三國演義
(10)

三國演義 (10)

초판 1쇄 발행 ▪ 2014년 11월 26일
초판 2쇄 발행 ▪ 2017년 7월 10일

저 자 ▪ 나관중 원저, 모종강 평론 개정
역 자 ▪ 박기봉
펴낸곳 ▪ 비봉출판사
주 소 ▪ 서울 금천구 가산디지털2로 98, 2동 808호(롯데IT캐슬)
전 화 ▪ (02)2082-7444
팩 스 ▪ (02)2082-7449
E-mail ▪ bbongbooks@hanmail.net
등록번호 ▪ 2007-43 (1980년 5월 23일)
ISBN ▪ 978-89-376-0418-8 04820
978-89-376-0408-9 04820 (전12권)

값 15,000원

나관중 원저
모종강 평론·개정
박기봉 역주

비봉출판사

차 례

제 10 권

第三十一回

曹操倉亭破本初
玄德荊州依劉表

〖1〗 却說曹操乘袁紹之敗，整頓軍馬，迤邐追襲．袁紹幅巾單衣，引八百餘騎，奔至黎陽北岸．大將蔣義渠出寨迎接．紹以前事訴與義渠．義渠乃招諭離散之衆，衆聞紹在，又皆蟻聚．軍勢復振，議還冀州．軍行之次，夜宿荒山．紹於帳中聞遠遠有哭聲，遂私往聽之．却是敗軍相聚，訴說喪兄失弟·棄伴亡親之苦，各各搥胸大哭，皆曰："若聽田豊之言，我等怎遭此禍!"(*不罵袁紹，只哭想田豊，袁紹愈覺不堪.) 紹大悔曰："吾不聽田豊之言，兵敗將亡；今回去，有何面目見之耶!"(*不因其言驗而敬信之，乃因其言驗而羞見之．讒人之言自此得入矣.) 次日，上馬正行間，逢紀引軍來接．紹對逢紀曰："吾不聽田豊之言，致有此敗．吾今歸去，羞見此人."(*開之以譖端.) 逢紀因譖曰："豊在獄中聞主公兵敗，撫掌大笑曰：'果不出吾之料!'"(*哭是耳聞, 笑是傳說; 哭是實, 笑是虛.) 袁紹大怒曰: "竪儒怎敢笑我! 我必殺之!"(*逢紀之譖田豊, 亦如郭圖之譖張郃·高覽, 而紹皆信之, 是當疑而不疑也.) 遂命使者齎寶劍先往冀州獄中殺田豊.

*注: **倉亭**(창정): 즉, 倉亭津. 옛날 黃河의 나루터(지금의 산동성 范縣 東北, 陽谷 境內). **迤邐**(이리): 구불구불 이어진 모양. 천천히. 점차. 〈迤〉: 구불구불 이어지다. 천천히. 연속하다. 향하다. 〈邐〉: 연하다. **蟻聚**(의취): 개미떼처럼 모여들다. **私往**(사왕): 은밀히 가다. **搥胸**(추흉): 가슴을 손으로 치다.

〖2〗 却說田豊在獄中, 一日, 獄吏來見豊曰: "與別駕賀喜!" 豊曰: "何喜可賀?" 獄吏曰: "袁將軍大敗而回,君必見重矣." 豊笑曰: "吾今死矣!" 獄吏問曰: "人皆爲君喜,君何言死也?" 豊曰: "袁將軍外寬而內忌, 不念忠誠. 若勝而喜, 猶能赦我; 今戰敗則羞, 吾不望生矣."(*知人必敗, 又知其必羞, 田豊眞知人哉!) 獄吏未信. 忽使者齎劍至, 傳袁紹命, 欲取田豊之首, 獄吏方驚. 豊曰: "吾固知必死也." 獄吏皆流淚. 豊曰: "大丈夫生於天地間, 不識其主而事之, 是無智也! 今日受死, 夫何足惜!"(*此紹不識豊, 非豊不識紹也. 然豊不怨紹, 只怨自己, 怨自己眞深於怨紹也.) 乃自刎於獄中. 後人有詩曰:

昨朝沮授軍中死, 今日田豊獄內亡.

河北棟梁皆折斷, 本初焉不喪家邦.

田豊旣死, 聞者皆爲歎惜.

*注: **別駕**(별가): 官名. 〈別駕從事〉: 刺史의 佐吏. 刺史가 관할 지구를 순찰할 때 別駕는 驛車를 타고 수행하므로 이렇게 부르게 되었다.

〖3〗 袁紹回冀州, 心煩意亂, 不理政事. 其妻劉氏勸立後嗣. 紹所生三子：長子袁譚，字顯思，出守青州；次子袁熙，字顯奕，出守幽州；三子袁尙字顯甫，是紹後妻劉氏所生，生得形貌俊偉，紹甚愛之，因此留在身邊.(*方知前日因幼子患病，而不肯發兵，正是此人.) 自官渡兵敗之後，劉氏勸立尙爲後嗣，紹乃與審配·逢紀·辛評·郭圖四人商議. 元來審·逢二人向輔袁尙，辛·郭二人向輔袁譚，四人各爲其主.(*一家之中又分二黨.) 當下袁紹謂四人曰："今外患未息，內事不可不早定. 吾將議立後嗣：長子譚，爲人性剛好殺；次子熙，爲人柔懦難成；三子尙，有英雄之表，禮賢敬士，吾欲立之. 公等之意若何?"(*袁紹與劉表正是一流人.) 郭圖曰："三子之中，譚爲長，今又居外；主公若廢長立幼，此亂萌也. 目下軍威稍挫，敵兵壓境，豈可復使父子兄弟自相爭亂耶?(*下卷事早伏於此.) 主公且理會拒敵之策，立嗣之事，毋容多議." 袁紹躊躇未決.

*注：**向**(향)：전. 이전；원래부터. 종래로. **且理會**(차리회)：당분간 …을 처리하다. 〈且〉：우선. 당분간. 잠시.

〖4〗 忽報袁熙引兵六萬，自幽州來；袁譚引兵五萬，自青州來；外甥高幹亦引兵五萬，自并州來：各至冀州助戰. 紹喜，再整人馬來戰曹操.(*立嗣之事，至此忽然放下.) 時操引得勝之兵，陳列於河上，有土人簞食壺漿以迎之. 操見父老數人，鬚髮盡白，乃命入帳中賜坐， 問之曰："老丈多少年紀?" 答曰："皆近百歲矣." 操曰："吾軍士驚擾汝鄕，吾甚不安." 父老曰："桓帝時，有黃星見於楚·宋之分，遼東人殷馗善觀天文，夜宿於此，對老漢等言：'黃星見於乾象，正照此間. 後五十年，當有眞人起於梁·沛之間.' 今以年計之，整整五十年. 袁本初重斂於民，民皆怨之. 丞相興仁義之兵，弔民伐罪，官渡一戰，破袁紹百萬之衆，正應當時殷馗之言，兆民可望太平矣." 操笑曰："何敢當老丈所言?" 遂取酒食絹帛賜老人而遣之, 號令三軍: "如有下鄕殺人家鷄犬者, 如殺人之罪!" (*有時賤人如鷄犬, 有時貴鷄犬如人. 皆老奸權變處.) 於是軍民震服, 操亦心中暗喜.

*注: **簞食壺漿**(단사호장): 대나무그릇에 담은 밥과 병에 담은 국. 〈簞食〉: 대나무 그릇에 담은 밥. 〈壺漿〉: 국이나 술을 담은 병.(*出處: 〈孟子 · 梁惠王下〉. 백성들이 자신들이 반기는 군대를 영접하기 위해 음식물을 싸들고 와서 환영한다는 뜻이다.) **黃星**(황성): 즉 土星. **馗**(규): 거리. 광대뼈. **老漢**(노한): 노인. 늙은이. **乾象**(건상): 즉, 하늘(天). 〈乾〉은 본래 周易의 卦 이름으로 陽性 및 天을 상징한다. **眞人**(진인): 여기서는 〈眞命天子〉의 뜻이다. 하늘의 명을 받은 진짜 天子란 뜻. **梁·沛**(량·패): 두 곳 모두 東漢時 諸侯王의 封國으로 지금의 하남성, 산동성, 강소성, 안휘성 지역에 있었다. **弔民伐罪**(조민벌죄): 억압받고 있는 백성들을 위로하고 포악한 통치자를 토벌하다. **如殺人之罪**(여살인지죄): 살인죄와 같이(처벌하다). **震服**(진복): 두려워 복종하다. 畏懼屈服. 震驚佩服.

〖5〗 人報袁紹聚四州之兵, 得二三十萬, 前至倉亭下寨. 操提兵前進, 下寨已定. 次日, 兩軍相對, 各布成陣勢. 操引諸將出陣, 紹亦引三子一甥及文官武將出到陣前. 操曰: "本初計窮力盡, 何尙不思投降? 直待刀臨項上, 悔無及矣!" 紹大怒, 回顧衆將曰: "誰敢出馬?" 袁尙欲於父前逞能, 便舞雙刀, 飛馬出陣, 來往奔馳. 操指問衆將曰: "此何人?" 有識者答曰: "此袁紹三子袁尙也." 言未畢, 一將挺槍早出. 操視之, 乃徐晃部將史渙也. 兩騎相交, 不三合, 尙撥馬刺斜而走. 史渙赶來, 袁尙拈弓搭箭, 翻身背射, 正中史渙左目, 墜馬而死. 袁紹見子得勝, 揮鞭一指, 大隊人馬擁衆過來, 混戰大殺一場, 各鳴金收軍還寨.

*注: **刺斜**(척사): 옆면(旁邊). 側面. 비스듬히. 척사리(刺斜裏). 격사리(隔斜

裏). 사척리(斜刺裏). 척사리(刺邪裏) 등도 같은 뜻이다.

〖6〗 操與諸將商議破紹之策. 程昱獻 '十面埋伏' 之計, 勸操退軍於河上, 伏兵十隊, 誘紹追至河上, "我軍無退路, 必將死戰, 可勝紹矣." (*十面埋伏是韓信破項羽之計. 背水爲陣是韓信破陳餘之計. 今抄兩篇文字合成一篇新文字.) 操然其計, 左右各分五隊. 左: 一隊夏侯惇, 二隊張遼, 三隊李典, 四隊樂進, 五隊夏侯淵; 右: 一隊曹洪, 二隊張郃, 三隊徐晃, 四隊于禁, 五隊高覽. 中軍許褚爲先鋒.

次日, 十隊先進, 埋伏左右已定. 至半夜, 操令許褚引兵前進, 僞作劫寨之勢. 袁紹五寨人馬, 一齊俱起, 許褚回軍便走. 袁紹引軍赶來, 喊聲不絕; 比及天明, 赶至河上. 曹軍無去路. 操大呼曰: "前無去路, 諸軍何不死戰?" (*所謂置之死地而後生.) 衆軍回身奮力向前. 許褚飛馬當先, 力斬十數將. 袁軍大亂. 袁紹退軍急回, 背後曹軍赶來.

正行間, 一聲鼓響, 左邊夏侯淵, 右邊高覽, 兩軍衝出. 袁紹聚三子一甥, 死衝血路奔走. 又行不到十里, 左邊樂進, 右邊于禁殺出, 殺得袁軍屍橫遍野, 血流成渠. 又行不到數里, 左邊李典, 右邊徐晃, 兩軍截殺一陣. 袁紹父子膽喪心驚, 奔入舊寨. 令三軍造飯, 方欲待食, 左邊張遼, 右邊張郃, 徑來衝寨. 紹慌上馬, 前奔倉亭. 人馬困乏, 欲待歇息, 後面曹操大軍赶來. 袁紹捨命而走.

正行之間, 左邊曹洪, 右邊夏侯惇, 擋住去路. 紹大呼曰: "若不決死戰, 必爲所擒矣!" 奮力衝突, 得脫重圍. 袁熙·高幹皆被箭傷. 軍馬死亡殆盡. 紹抱三子痛哭一場, 不覺昏倒. 衆人急救. 紹口吐鮮血不止, 嘆曰: "吾自歷戰數十場, 不意今日狼狽至此! 此天喪吾也! 汝等各回本州, 誓與曹賊一決雌雄!" 便教辛評·郭圖火急隨袁譚前往青州整頓, 恐曹操犯境; 令袁熙仍回幽州, 高幹仍回并州: 各去收拾人馬, 以備調用. 袁紹引袁尙等入冀州養病, 令尙與審配·逢紀暫掌軍事.(*此時立尙之意已決.)

*注: **狼狽**(낭패): 일이 실패로 돌아가거나 기대에 어긋나 딱하게 된 것을 말한다. 〈狼〉: 이리. 늑대. 〈狽〉: 狼 비슷하나 종류가 다른 맹수로서, 傳說에 의하면, 〈狽〉의 앞다리가 매우 짧아서 혼자서는 달리지도 걷지도 못하지만 눈이 밝아서 멀리 내다볼 수 있다. 그래서 狼의 도움을 받아 두 마리 狼의 등 위에 자기 앞다리를 걸치고 먼 곳을 보면서 狼이 볼 수 없는 곳에 관한 정보를 狼에게 알려주면서 같이 달림으로써 상부상조한다. 그러나 狼의 도움이 없으면 혼자서는 아무것도 할 수 없으므로, 이로부터 일이 크게 틀어져서 어찌할 수 없는 상태를 〈狼과 狽〉, 즉 〈狼狽〉라 하게 되었다고 한다. **天喪吾**(천상오): 하늘이 나를 버리다.(*出處: 〈論語·先進篇〉: 顔淵死, 子曰: "噫! 天喪予! 天喪予!") **調用**(조용): (인력, 물자를) 조달하여(이동시켜) 쓰다. 轉用하다.

〖7〗 却說曹操自倉亭大勝, 重賞三軍; 令人探察冀州虛實. 細作回報: "紹臥病在牀. 袁尙·審配緊守城池, 袁譚·袁熙·高幹皆回本州." 衆皆勸操急攻之. 操曰: "冀州糧食極廣, 審配又有機謀, 未可急拔. 見今禾稼在田, 恐廢民業, 姑待秋成後取之未晩."(*前與呂布相持, 以歲荒解兵; 今與袁紹相持, 又以秋成解兵. 前止爲軍計, 今却爲民食計. 此皆老人拜迎之力也.) 正議間, 忽荀彧有書到, 書說: "劉備在汝南, 得劉辟·龔都數萬之衆. 聞丞相提軍出征河北, 乃令劉辟守汝南, 備親自引兵乘虛來攻許昌. 丞相可速回軍禦之."(*忽然接入劉玄德, 鬪筍絶妙.) 操大驚, 留曹洪屯兵河上, 虛張聲勢, 操自提大兵往汝南來迎劉備.

*注: **秋成**(추성): 秋收. 가을에 익은 곡식을 수확하다. **汝南**(여남): 豫州에 속한 郡名. 治所는 平輿. 지금의 하남성 平輿縣 北. **虛張聲勢**(허장성세):

실속은 없으면서 크게 떠벌려 허세를 부리다.

〖8〗 却說玄德與關·張·趙雲等, 引兵欲襲許都. 行近穰山地面, 正遇曹兵殺來. 玄德便於穰山下寨. 軍分三隊: 雲長屯兵於東南角上, 張飛屯兵於西南角上, 玄德與趙雲於正南立寨. 曹操兵至, 玄德鼓譟而出. 操布成陣勢, 叫玄德打話. 玄德出馬於門旗下. 操以鞭指罵曰: "吾待汝爲上賓, 汝何背義忘恩?" 玄德曰: "汝托名漢相, 實爲國賊! 吾乃漢室宗親, 奉天子密詔, 來討反賊!" 遂於馬上朗誦衣帶詔. 操大怒, 教許褚出戰. 玄德背後趙雲挺槍出馬. 二將相交三十合, 不分勝負. 忽然喊聲大震, 東南角上, 雲長衝突而來; 西南角上, 張飛引軍衝突而來. 三軍一齊掩殺. 曹軍遠來疲困, 不能抵當, 大敗而走. 玄德得勝回營.(*不是以少勝多, 實是以逸勝勞.)

*注: 穰山(양산): 東漢時에는 이런 地名은 없었다. 托名(탁명): 남의 이름을 사칭하다.

〖9〗 次日, 又使趙雲搦戰. 操兵旬日不出. 玄德再使張飛搦戰, 操兵亦不出. 玄德愈疑.(*此正曹操遣兵截龔都, 襲汝南時也. 於此却不敍明, 令人測摸不出.) 忽報龔都運糧至, 被曹軍圍住. 玄德急令張飛去救. 忽又報夏侯惇引軍抄背後徑取汝南. 玄德大驚曰: "若如此, 吾前後受敵, 無所歸矣!" 急遣雲長救之. 兩軍皆去. 不一日, 飛馬來報夏侯惇已打破汝南, 劉辟棄城而走, 雲長現今被圍. 玄德大驚. 又報張飛去救龔都, 也被圍住了. 玄德急欲回兵, 又恐操兵後襲. 忽報寨外許褚搦戰. 玄德不敢出戰, 候至天明, 教軍士飽餐, 步軍先起, 馬軍後隨, 寨中虛傳更點. 玄德等離寨約行數里, 轉過土山, 火把齊明, 山頭上大呼曰: "休教走了劉備! 丞相在此專等!" 玄德慌尋走路. 趙雲曰: "主公勿憂, 但跟某來." 趙雲挺槍躍馬, 殺開條路, 玄德掣雙股劍後隨. 正戰間, 許褚追之, 與趙雲力戰. 背後于禁·李典又到. 玄德見勢危, 落荒而走. 聽得背後喊聲漸遠, 玄德望深山僻路, 單馬逃生.

*注: **虛傳更點**(허전경점): 시간(更點)을 거짓으로 알리다. 〈更點〉: 고대의 計時 단위. 하룻밤을 五更으로 나누고, 다시 一更(약 2시간)을 五點으로 나누어서 每更마다 북을 쳐서 시간을 알렸다. 여기서는 텅 빈 영채 안에서 마치 군사들이 주둔하고 있는 것처럼 속이기 위해 일부러 매 시간마다 북을 친 것을 말한다. **專等**(전등): 특별히 기다리다. 오로지 기다리다. **落荒而走**(낙황이주): 대로를 벗어나 들판으로(풀숲으로) 달아나다. **逃生**(도생): 도망쳐서 구사일생으로 살아남다.

〖10〗 捱到天明, 側首一彪軍衝出. 玄德大驚, 視之, 乃劉辟引敗軍千餘騎, 護送玄德家小前來; 孫乾·簡雍·糜芳亦至, 訴說: "夏侯惇軍勢甚銳, 因此棄城而走. 曹兵赶來, 幸得雲長當住, 因此得脫." 玄德曰: "不知雲長今在何處?" 劉辟曰: "將軍且行, 却再理會." (*不直說雲長被圍, 最得慰人之法.) 行到數里, 一棒鼓響, 前面擁出一彪人馬, 當先大將乃是張郃, 大叫: "劉備快下馬受降!" 玄德方欲退後, 只見山頭上紅旗磨動, 一軍從山塢內擁出, 爲首大將乃高覽也. 玄德兩頭無路, 仰天大呼曰: "天何使我受此窘極也! 事勢至此, 不如就死!" 欲拔劍自刎. 劉辟急止之曰: "容某死戰, 奪路救君." 言訖, 便來與高覽交鋒. 戰不三合, 被高覽一刀砍於馬下. (*先寫劉辟之死, 以襯趙雲之勇.) 玄德正慌, 方欲自戰, 高覽後軍忽然自亂, 一將衝陣而來, 槍起處, 高覽翻身落馬, 視之, 乃趙雲也. 玄德大喜. 雲縱馬挺槍, 殺散後隊, 又來前軍獨戰張郃. 郃與雲戰三十餘合, 撥馬敗走. 雲乘勢衝殺, 却被郃兵守住山隘，路窄不得出．正奪路間，只見雲長·關平·周倉引三百軍到，兩下夾攻，殺退張郃．各出隘口，占住山險下寨．玄德使雲長尋覓張飛．原來張飛去救龔都，龔都已被夏侯淵所殺；飛奮力殺退夏侯淵，迤邐赶去，却被樂進引軍圍住．雲長路逢敗軍，尋踪而去，殺退樂進，與飛同回見玄德．人報曹軍大隊赶來，玄德教孫乾等保護老小先行，玄德與關·張·趙雲在後，且戰且走．操見玄德去遠，收軍不赶．

*注: **捱到**(애도): 〈挨到(애도)〉와 같은 뜻: (…까지) 기다리다. (…까지) 기다려서. **側首**(측수): 옆. 곁. 측면(旁邊); 머리를 옆으로 돌리다. **當住**(당주): 막아내다(=擋住). 대처하다. **理會**(리회): 알다. 이해하다. 주의를 돌리다. 알게 되다. 처치를 강구하다. **一棒鼓響**(일봉고향): 북소리가 한 차례 울리다. 〈棒〉: (막대기, 방망이, 몽둥이 등을 사용해서 이루어지는) 동작이나 사정이 경과하는 段落을 표시하는 量詞. **磨動**(마동): (맷돌을 돌리듯이) 둥그런 원을 그리며 흔들다. 빙빙 휘돌리다. **山塢**(산오): 사면이 높고 중앙이 낮은 산지. 山坳(산요). **窘極**(군극): 극도로 난처하다(곤란하다. 막히다. 딱하다). **迤邐**(이리): 구불구불 이어진 모양. 천천히. 점차. 점점 더(가까이). **且戰且走**(차전차주): 싸우면서 달아나다. 〈且…且…〉: …하면서…하다.

〖11〗 玄德敗軍不滿一千．狼狽而奔，前至一江．喚土人問之，乃漢江也．玄德權且安營．土人知是玄德，奉獻羊酒，(*前老人獻酒於曹操，是畏其勝；今土人獻酒於玄德，是憐其敗．勝時之酒易得，敗時之酒難當.) 乃聚飮於沙灘之上．玄德嘆曰："諸君皆有王佐之才，不幸跟隨劉備．備之命窘，累及諸君．今日身無立錐，誠恐有誤諸君．君等何不棄備而投明主，以取功名乎?" 衆皆掩面而哭．雲長曰："兄言差矣．昔日高祖與項羽爭天下，數敗於羽；後九里山一戰成功，而開四百年基業. 勝負兵家之常, 何可自隳其志!" (*玄德此時不減高祖睢水滎陽時矣.) 孫乾曰: "成敗有時, 不可喪心. 此離荊州不遠. 劉景升坐鎭九郡, 兵强糧足, 更且與公皆漢室宗親, 何不往投之?" 玄德曰: "但恐不容耳." 乾曰: "某願先往說之, 使景升出境而迎主公." (*不用玄德自往, 却使表來迎, 妙甚.) 玄德大喜, 便令孫乾星夜往荊州.

*注: **王佐之才**(왕좌지재): 왕을 보좌하는 신하. 즉 재상감. 재상이 될 만한 재능. **立錐**(입추): 즉, 立錐之地. 송곳을 세울 정도의 극히 작은 땅. **九里山**(구리산): 〈九嶷山(구의산)〉이라고도 한다. 지금의 강소성 徐州市 北에 있는데, 옛날 楚와 漢이 다툴 때 유방이 이곳에서 항우를 크게 이김으로써 형세를 역전시켰다. 이곳에 舜임금의 陵이 있었다고 한다. **隳志**(휴지): 뜻을 무너뜨리다. 뜻을 꺾다. 喪志. 〈隳〉: 부수다. 깨뜨리다. 파괴하다. **坐鎭**(좌진): (관리가)현지에 주재하며 지키다. **更且**(경차): 게다가. 한층 더. 더욱.

〖12〗 到郡入見劉表, 禮畢, 劉表問曰: "公從玄德, 何故至此?" 乾曰: "劉使君天下英雄, 雖兵微將寡, 而志欲匡扶社稷. 汝南劉辟·龔都素無親故, 亦以死報之. 明公與使君, 同爲漢室之冑; 今使君新敗, 欲往江東投孫仲謀. (*此句只是虛語.) 乾諫言曰: '不可背親而向疎. 荊州劉將軍禮賢下士, 士歸之如水之投東, 何況同宗乎?' 因此使君特使乾先來拜白, 唯明公命之." (*乾亦善爲說詞.)

表大喜曰: "玄德, 吾弟也, 久欲相會, 而不可得, 今肯惠顧, 實爲幸甚!" 蔡瑁譖曰: "不可. 劉備先從呂布, 後事曹操, 近投袁紹, 皆不克終. 足可見其爲人. 今若納之, 曹操必可兵於我, 枉動干戈. 不如斬孫乾之首, 以獻曹操, 操必重待主公也." 孫乾正色曰: "乾非懼死之人也. 劉使君忠心爲國, 非曹操 · 袁紹 · 呂布等比. 前此相從, 不得已也. 今聞劉將軍漢朝苗裔, 誼切同宗, 故千里相投. 爾何獻讒而妒賢如此耶?”劉表聞言, 乃叱蔡瑁曰: “吾主意已定, 汝勿多言.” 蔡瑁慚恨而出.(*便伏後文謀害劉備事.) 劉表遂命孫乾先往報玄德, 一面親自出郭三十里迎接.

玄德見表, 執禮甚恭, 表亦相待甚厚. 玄德引關·張等拜見劉表. 表遂與玄德等同入荊州, 分撥院宅居住.

*注: **禮賢下士**(예현하사): (옛날 임금이나 대신이) 어진 이를 예의와 겸손으로 대하다. **拜白**(배백): 삼가 아뢰다. 절을 하고 보고하다. **惠顧**(혜고): 남이 나를 찾아주는 것을 높여서 이르는 말. 惠來. 惠臨. 惠枉. **枉動干戈**(왕동간과): 공연히 군대를 움직이다.(공연히 전쟁에 휘말리다). 〈枉〉: 공연히. 쓸데없이. **誼切同宗**(의절동종): 같은 종족이어서 그 정의가 간절하다. 〈誼〉: 옳다(義와 通用). 의논하다(議와 通用); 정의. 우정. 情分. 情誼. 〈切〉: 깊다. 친밀하다. 정성스럽다. 간절하다. **慚恨**(참한): 부끄러워하고 한스러워하다.

〖13〗 却說曹操探知玄德已往荊州, 投奔劉表, 便欲引兵攻之. 程昱曰: “袁紹未除, 而遽攻荊襄, 倘袁紹從北而起, 勝負未可知矣. 不如還兵許都, 養軍蓄銳, 待來年春暖, 然後引兵先破袁紹, 後取荊襄: 南北之利, 一擧可收也.” 操然其言, 遂提兵回許都. 至建安八年春正月, 操復商議興師. 先差夏侯惇 · 滿寵鎭守汝南, 以拒劉表; 留曹仁 · 荀彧守許都;, 親統大軍, 前赴官渡屯扎.

且說袁紹自舊歲感冒吐血症候, 方今稍愈, 商議欲攻許都. 審配諫曰: “舊歲官渡 · 倉亭之敗, 軍心未振; 尙當深溝高壘, 以養軍民之力.” 正議間, 忽報曹操進兵官渡, 來攻冀州. 紹曰: “若候兵臨城下, 將至河邊, 然後拒敵, 事已遲矣. 吾當自領大軍出迎.” 袁尙曰: “父親病體未痊, 不可遠征. 兒願提兵前去迎敵.” 紹許之, 遂使人往靑州取袁譚, 幽州取袁熙, 并州取高幹: 四路同破曹

操. 正是:

纔向汝南鳴戰鼓, 又從冀北動征鼙.

未知勝負如何, 且聽下文分解.

*注: **遽攻**(거공): 급히 치다. 갑자기 치다. 〈遽〉: 서둘러 빨리. **荊襄**(형양): 荊州와 襄陽. 〈荊州〉의 治所가 襄陽(지금의 호북성 襄樊市)이다. **建安八年**(건안팔년): 서기 203年. 신라 奈解尼師今 8年. 고구려 山上王 延優 7年. **感冒**(감모): 감기에 걸리다; 자극을 받아 병이 도지다. 〈冒〉: 여기서는 〈持病이 再發하다〉란 뜻이다. **尙**(상): 아직. 더욱이. **纔向**(재향): 방금 전에. 〈纔(才)〉: 방금. 이제 막. 〈向〉: 이전. 종전. **征鼙**(정비): 전쟁의 북소리. 〈鼙〉: 馬上鼓. 騎兵이 말 위에서 치는 북.

第三十一回 毛宗崗 序始評

(1). 蘇老泉讀書至此而嘆曰: "此孟德 · 本初之所以興亡乎! 孟德旣勝烏桓, 曰: '吾所以勝者, 幸也. 前諫吾者乃萬全之策也.' 遂賞諫者, 曰: '後勿難言.' 本初敗於官渡, 曰: '諸人聞吾敗必相哀, 惟田別駕不然, 幸其言之中也.' 乃殺田豐. 爲明主謀而忠, 其言雖不驗而見褒; 爲庸主謀而忠, 其言雖已驗而見罪, 何其不同如此哉!"

(2). 玄德勢小, 曹操不敢小覷之; 本初勢大, 曹操偏能小覷之. 然徐州之役, 八面埋伏是小題大做, 固不敢小視玄德也. 倉亭之戰, 十面埋伏是大題大做, 亦不敢小視本初也. 獅子搏兎 · 搏象, 皆用全力, 曹操可謂能兵矣!

(3). 劉備之於曹操, 初與之爲交, 而後與之爲讐者也. 劉備之於袁紹, 初與之爲敵, 後托之爲援者也. 劉備之於呂布, 初與之爲敵, 而後與之爲交, 既與之爲交, 而又與之爲敵者也. 劉備之於孫權, 初托之爲援, 而後與之爲敵, 旣與之爲敵, 而終托之爲援者也. 在徐州, 則先爲主而後爲客; 在西川, 則先爲客而後爲主. 惟其於劉表, 可謂始終如一, 惜表之不足與有爲耳.

(4). 此卷有伏筆, 有補筆, 有轉筆, 有換筆. 如袁氏譚·尙相爭, 尙在後卷, 而在郭圖口中先伏一筆,…, 此伏筆之法也. 袁紹愛幼子已見前卷, 尙未說明何人, 而於此方補一筆,…, 此補筆之法也. 曹操乘勢欲攻紹, 忽因秋成在卽, 又因劉備來襲, 回救許都, 是忽轉一筆,…, 此轉筆之法也. 倉亭之戰, 曹操設計, 袁紹中計, 前後詳敍兩番, 至汝南之襲, 但敍劉備中計, 不敍曹操設計, 前隱後現, 又換一樣筆法,…, 此換筆之法也.

第三十二回

奪冀州袁尚爭鋒
決漳河許攸獻計

〖1〗 却說袁尚自斬史渙之後, 自負其勇, 不待袁譚等兵至, 自引兵數萬出黎陽, 與曹軍前隊相迎. 張遼當先出馬, 袁尚挺槍來戰, 不三合, 架隔遮攔不住, 大敗而走. 張遼乘勢掩殺, 袁尚不能主張, 急急引軍奔回冀州. 袁紹聞袁尚敗回, 又受了一驚, 舊病復發, 吐血數斗, 昏倒在地.(*尚之敗, 袁紹實縱之; 紹之死, 袁尚實速之也.) 劉夫人慌救入臥內, 病勢漸危. 劉夫人急請審配·逢紀, 直至袁紹榻前, 商議後嗣. 紹但以手指而不能言. 劉夫人曰: "尚可繼後嗣否?" 紹點頭.(*袁紹此時即不點頭, 亦不容不立尚矣.) 審配便就榻前寫了遺囑. 紹翻身大叫一聲, 又吐血斗餘而死.(*孫策死得磊磊落落, 袁紹死得昏昏悶悶. *建安七年(西紀2020年)五月:一譯者.) 後人有詩曰:

累世公卿立大名, 少年意氣自縱橫.

空招俊傑三千客，漫有英雄百萬兵.
羊質虎皮功不就，鳳毛鷄膽事難成.
更憐一種傷心處，家難徒延兩弟兄.

***注:** 漳河(장하): 지금의 하북성과 하남성 경계에 있는 강으로 衛河의 支流. **架隔遮攔不住**(가격차란부주): 막아내지(견뎌내지) 못하다. 〈架〉: 막다. 견디다. 지탱하다; 싸우다. 때리다. 〈隔〉: 막다. 막히다. 〈遮〉: 막다. 차단하다. 저지하다. 〈攔〉: 막다. 저지하다. 〈…不住〉: …하지 못하다(동사 뒤에 붙어서 동작이 불안정, 불확실하고 유동적임을 나타낸다). **主張**(주장): 견디다. 지탱하다(支撐); 주장. 견해. 주장하다. **漫有**(만유): 공연히 …가지고 있다. 〈漫〉: 공연히. 쓸데없이(空, 徒然).

〖2〗袁紹既死，審配等主持喪事. 劉夫人便將袁紹所愛寵妾五人，盡行殺害.(*妒性猖獗矣.) 又恐其陰魂於九泉之下再與紹相見，乃髡其髮，刺其面，毁其屍：其妬惡如此. 袁尚恐寵妾家屬爲害，并收而殺之.(*漢惠帝見人彘而泣. 今袁尚助母爲虐，毋乃太甚?) 審配·逢紀立袁尚爲大司馬將軍，領冀·青·幽·并四州牧，遣書報喪.

此時袁譚已發兵離青州；知父死，便與郭圖·辛評商議. 圖曰："主公不在冀州，審配·逢紀必立顯甫爲主矣. 當速行." 辛評曰："審·逢二人必預定機謀. 今若速往，必遭其禍." 袁譚曰："若此當何如?" 郭圖曰："可屯兵城外，觀其動靜. 某當親往察之." 譚依言. 郭圖遂入冀州，見袁尚. 禮畢，尚問："兄何不至?" 圖曰："因抱病在軍中，不能相見."(*尚既僭立，譚不奔喪，尚固不弟，譚亦不子.) 尚曰："吾受父親遺命，立我爲主，加兄爲車騎將軍. 目下曹軍壓境，請兄爲前部，吾隨後便調兵接應也." 圖曰："軍中無人商議良策，願乞審正南·逢元圖二人爲輔."(*郭圖索二謀士，欲去尚之左右手也.) 尚曰："吾亦欲仗此二人早晚畫策，如何離得?”圖曰:“然則於二人內遣一人去，何如?”尙不得已，乃令二人拈鬮，拈着者便去．逢紀拈着，尙卽命逢紀齎印綬，同郭圖赴袁譚軍中．紀隨圖至譚軍，見譚無病，心中不安，獻上印綬．譚大怒，欲斬逢紀．郭圖密諫曰:“今曹軍壓境，且只款留逢紀在此，以安尙心．待破曹之後，却來爭冀州不遲.”譚從其言，卽時拔寨起行，前至黎陽，與曹軍相抵．

*注: **髠其髮**(곤기발): (형벌로서) 머리를 빡빡 깎다. **調兵**(조병): 군사를 (병력을) 이동하다. 인원을 이동 배치하다. **仗此二人**(장차이인): 이 두 사람에 의지하여. 〈仗〉: 기대다. 의지하다. 병장기. **拈鬮**(념구): 제비뽑다. **款留**(관류): (손님을) 성심으로 머무르게 하다(만류하다). **却來**(각래): 도리어. 거꾸로; 사실인즉. 그 실상은. **相抵**(상저): 서로 대치하다. 대항하다.

〖3〗譚遣大將汪昭出戰，操遣徐晃迎敵．二將戰不數合，徐晃一刀斬汪昭於馬下．曹軍乘勢掩殺，譚軍大敗．譚收敗軍入黎陽，遣人求救於尙．尙與審配計議，只發兵五千餘人相助．曹操探知救軍已到，遣樂進·李典引兵於半路接着，兩頭圍住盡殺之.(*救如無救.) 袁譚知尙止撥兵五千，又被半路坑殺，大怒，乃喚逢紀責罵．紀曰:“容某作書致主公，求其親自來救.”譚卽令紀作書，遣人到冀州致袁尙．尙與審配共議．配曰:“郭圖多謀，前次不爭而去者，爲曹軍在境也．今若破曹，必來爭冀州矣．不如不發救兵，借操之力以除之.”(*是何言語?) 尙從其言，不肯發兵．使者回報，譚大怒，立斬逢紀，(*譖田豊之報.) 議欲降曹．

*注: **兩頭**(양두): 양 쪽. 양 편; 쌍방; 두 번. 〈頭〉: 방위사의 뒤에 사용되어 〈쪽〉, 〈편〉의 뜻을 지닌 명사를 만든다.(*上頭. 下頭. 前頭. 外頭.) **坑殺**(갱살): 땅에 파묻어 죽이다. 몰살시키다.

〖4〗 早有細作密報袁尙. 尙與審配議曰: "使譚降曹, 并力來攻, 則冀州危矣." 乃留審配并大將蘇由固守冀州, 自領大軍來黎陽救譚.(*第一次少發兵, 第二次不發兵, 第三次親自領兵, 其反復無常酷肖其父.) 尙問軍中誰敢爲前部, 大將呂曠·呂翔兄弟二人願去. 尙點兵三萬, 使爲先鋒, 先至黎陽. 譚聞尙自來, 大喜, 遂罷降曹之議. (*鬩牆則鬩, 御侮則御, 固兄弟之常理也.) 譚屯兵城中, 尙屯兵城外, 爲犄角之勢.

不一日, 袁熙·高幹皆領軍到城外, 屯兵三處, 每日出兵與操相持. 尙屢敗, 操兵屢勝. 至建安八年春二月, 操分路攻打, 袁譚·袁熙·袁尙·高幹皆大敗, 棄黎陽而走. 操引兵追至冀州. 譚與尙入城堅守; 熙與幹離城三十里下寨, 虛張聲勢. 操兵連日攻打不下. 郭嘉進曰: "袁氏廢長立幼, 而兄弟之間, 權力相併, 各自樹黨, 急之則相救, 緩之則相爭.(*後來遺計定遼東亦是此意.) 不如擧兵南向荊州, 征討劉表, 以候袁氏兄弟之變; 變成而後擊之, 可一擧而定也." 操善其言, 命賈詡爲太守, 守黎陽; 曹洪引兵守官渡. 操引大軍向荊州進兵.

*注: **犄角之勢**(의각지세): 병력을 다른 장소에 갈라놓아서 적을 견제하거나 협공하기 편하도록, 또는 서로 지원하기 편하도록 한 상태를 말한다. **建安八年**(건안팔년): 서기 203年. **權力相併**(권력상병): 권력을 차지하기 위해 서로 목숨 걸고 싸우다. 〈併〉: 나란히 하다. 아우르다. 목숨 걸고 싸우다. 필사적이다.

〖5〗 譚·尙聽知曹軍自退, 遂相慶賀. 袁熙·高幹各自辭去. 袁譚與郭圖·辛評議曰: "我爲長子, 反不能承父業. 尙乃繼母所生, 反承大爵, 心實不甘."(*不出郭嘉之料.) 圖曰: "主公可勒兵城外, 只做請顯甫·審配飮酒, 伏刀斧手殺之, 大事定矣." 譚從其言. 適別駕王修自青州來，譚將此計告之．修曰："兄弟者，左右手也．今與他人爭鬪，斷其手足而曰我必勝，安可得乎？夫棄兄弟而不親，天下其誰親之？彼讒人離間骨肉，以求一朝之利，願塞耳勿聽也．"(*數語抵得一篇棠棣之詩.）譚怒，叱退王修，使人去請袁尙．尙與審配商議，配曰："此必郭圖之計也．主公若往，必遭奸計．不如乘勢攻之．"袁尙依言，便披挂上馬，引兵五萬出城．袁譚見袁尙引軍來，情知事泄，亦即披挂上馬，與尙交鋒．尙見譚大罵，譚亦罵曰："汝藥死父親，(*劈空造出一罵案，凡兄弟相爭者往往如此.）簒奪爵位，今又來殺兄耶？"二人親自交鋒，(*豈復成兄弟也.）袁譚大敗．尙親冒矢石，衝突掩殺.(*戰操何其怯，追兄何其猛.）譚引敗軍奔平原，尙收兵還．袁譚與郭圖再議進兵，令岑壁爲將，領兵前來．尙自引兵出冀州．兩陣對圓，旗鼓相望．壁出罵陣．尙欲自戰，大將呂曠拍馬舞刀，來戰岑壁．二將戰不數合，曠斬岑壁於馬下．譚兵又敗，再奔平原．審配勸尙進兵，追至平原．譚抵當不住，退入平原，堅守不出．尙三面圍城攻打．

*注: **勒兵**(륵병): 군사 대오를 정돈하고 점검하다. 군대의 행진을 방해하다. 진군을 막다. **情知**(정지): 깊이 알다(深知), 분명히(명백히) 알다(明知). 〈情〉: 분명히. 명백히. **平原**(평원): 東漢時 平原縣은 青州 소속. 治所는 지금의 산동성 平原縣 西南. **對圓**(대원): 양쪽 군대가 싸우기 전에 각자 半圓形의 陣을 이루는데, 상대의 半圓과 합하면 하나의 圓처럼 된다. 그래서 싸우기 위해 陣을 벌려 선 모습을 이렇게 부르게 되었다. **罵陣**(매진): 罵戰. 陣 앞에서 큰 소리로 욕하다. 이로부터 〈사람의 面前에서 욕을 하다〉란 뜻이 파생되었다.

〖6〗 譚與郭圖計議，圖曰："今城中糧少，彼軍方銳，勢不相敵．愚意可遣人投降曹操，使操將兵攻冀州，尙必還救．將軍引兵夾擊之, 尙可擒矣. 若操擊破尙軍, 我因而斂其軍實以拒操. 操軍遠來, 糧食不繼, 必自退兵. 我可以仍據冀州, 以圖進取也."(*一袁尙且不能勝, 乃欲勝旣破袁尙之曹操, 恐無是理, 但說得好聽耳.) 譚從其言, 問曰: "何人可爲使?" 圖曰: "辛評之弟辛毗, 字佐治, 見爲平原令. 此人乃能言之士, 可命爲使." 譚卽召辛毗, 毗欣然而至. 譚修書付毗, 使三千軍送毗出境, 毗星夜齎書, 往見曹操.

*注: 軍實(군실): 군용 무기와 양식 등. 군수물자.

〖7〗 時操屯軍西平伐劉表, 表遣玄德引兵爲前部以迎之. 未及交鋒, 辛毗到操寨, 見操, 禮畢, 操問其來意. 毗具言袁譚相求之意, 呈上書信. 操看書畢, 留辛毗於寨中, 聚文武計議. 程昱曰: "袁譚被袁尙攻擊太急, 不得已而來降, 不可准信." 呂虔·滿寵亦曰: "丞相旣引兵至此,安可復舍表而助譚?" 荀攸曰: "三公之言未善. 以愚意度之, 天下方有事, 而劉表坐保江漢之間, 不敢展足, 其無四方之志可知矣.(*料劉表如見.) 袁氏據四州之地, 帶甲數十萬. 若二子和睦, 共守成業, 天下事未可知也. 今乘其兄弟相攻, 勢窮而投我. 我提兵先除袁尙, 後觀其變并滅袁譚, 天下定矣. 此機會不可失也." 操大喜, 便邀辛毗飮酒, 謂之曰: "袁譚之降, 眞耶詐耶? 袁尙之兵, 果可必勝耶?" 毗對曰: "明公勿問眞與詐也, 只論其勢可耳. 袁氏連年喪敗, 兵革疲於外, 謀臣誅於內, 兄弟讒隙, 國分爲二. 加之飢饉並臻, 天災人困, 無問智愚, 皆知土崩瓦解, 此乃天滅袁氏之時也. 今明公提兵攻鄴, 袁尙不還救, 則失巢穴; 若還救, 則譚踵襲其後. 以明公之威, 擊疲敗之衆, 如迅風之掃秋葉也. 舍此之圖, 而伐荊州, 荊州豊樂之地, 國和民順, 未可搖動. 況四方之患, 莫大於河北; 河北旣平, 則霸業成矣, 願明公詳之."(*其言全不爲袁譚, 竟是爲曹操. 辛氏兄弟各懷一心, 與袁氏兄弟正復相似.) 操大喜曰: "恨與辛佐治相見之晩也." 卽日督軍還取冀州. 玄德恐操有謀, 不敢追襲, 引兵自回荊州.

*注: 西平(서평): 지금의 하남성 舞陽 東南. 讒隙(참극):참소의 말로 피차 감정상 사이가 벌어지다. 踵襲(종습): 뒤따라 습격하다. 〈踵〉: 발 뒤꿈치. 뒤를 밟다. 잇다. 이르다.

〖8〗 却說袁尙知曹軍渡河, 急急引軍還鄴, 命呂曠·呂翔斷後. 袁譚見尙退軍, 乃大起平原軍馬, 隨後赶來. 行不到數十里, 一聲砲響, 兩軍齊出: 左邊呂曠, 右邊呂翔, 兄弟二人截住袁譚. 譚勒馬告二將曰: "吾父在日, 吾並未慢待二將軍, 今何從吾弟而見逼耶?" 二將聞言, 乃下馬降譚. 譚曰: "勿降我, 可降曹丞相." 二將因隨譚歸營. 譚候曹軍至, 引二將見操. 操大喜, 以女許譚爲妻, 卽令呂曠·呂翔爲媒.(*人謂袁譚此時失却一弟, 得却一妻; 背却一父, 得却一翁矣. 孰知後來皆成畵餠耶!) 譚請操攻取冀州. 操曰: "方今糧草不接, 搬運勞苦, 我由濟河, 遏淇水入白溝, 以通糧道, 然後進兵." 令譚且居平原. 操引軍退屯黎陽, 封呂曠·呂翔爲列侯, 隨軍聽用. 郭圖謂袁譚曰: "曹操以女許婚, 恐非眞意. 今又封賞呂曠·呂翔, 帶去軍中, 此乃牢籠河北人心. 後必將爲我禍. 主公可刻將軍印二顆, 暗使人送與二呂, 令作內應. 待操破了袁尙, 可乘便圖之." (*孰知二呂之不復爲袁氏用乎!) 譚依言, 遂刻將軍印二顆, 暗送與二呂. 二呂受訖, 徑將印來稟曹操. 操大笑曰: "譚暗送印者, 欲汝等爲內助, 待我破袁尙之後, 就中取事耳. 汝等且權受之, 我自有主張." 自此曹操便有殺譚之心.(*曹操許女之意, 旣是假非眞, 郭圖刻印之謀, 亦弄巧成拙.)

*注: 慢待(만대): 쌀쌀하게 대하다. 서운하게 대하다. 淇水(기수): 지금의 하남성 北部에 있다. 옛날에는 황하의 지류로 지금의 하남성 汲縣 동북의

淇門鎭에서 남으로 흘러 황하로 들어갔다. 조조가 원상을 공격하기 위해 군량을 운반하기 위해 큰 枋木으로 淇口에 방책을 만들어 淇水가 東으로 흘러 白溝로 흘러들게 했는데, 이것이 후에 衛河의 支流가 되었다. **白溝**(백구): 지금의 하남성 浚縣 서쪽에 있다. 그 발원지는 淇水와 가까운데 東北으로 흘러 지금의 하남성 內黃縣 西北에서 옛 淸河와 합쳐진다. 曹操는 淇水의 물을 東으로 돌려서 白溝로 흘러들게 했는데, 지금도 그 일부가 남아 있다(그것을 〈衛海〉라 부른다). **聽用**(청용): 〈聽使〉. 말을 듣다. 시키는 일을 하다. 지시를 기다리다. **牢籠**(뇌롱): 우리. 새장. 속박. 올가미; 구슬리다. 꾀다. **自有主張**(주장): 따로 생각(주장. 견해)이 있다. 〈主張〉: 주장하다; 견디다. 지탱하다(支撐).

〖9〗 且說袁尙與審配商議: "今曹兵運糧入白溝, 必來攻冀州, 如之奈何?" 配曰: "可發檄使武安長尹楷屯毛城, 通上黨運糧道, 令沮授之子沮鵠守邯鄲, 遠爲聲援. 主公可進兵平原, 急攻袁譚, 先絕袁譚, 然後破曹." (*不急攻讐而先攻兄, 爲計亦左矣.) 袁尙大喜, 留審配與陳琳守冀州, 使馬延·張顗二將爲先鋒, 連夜起兵攻打平原. 譚知尙兵來近, 告急於操. 操曰: "吾今番必得冀州矣." 正說間, 適許攸自許昌來; 聞尙又攻譚, 入見操曰: "丞相坐守於此, 豈欲待天雷擊殺二袁乎?" 操笑曰: "吾已料定矣." 遂令曹洪先進兵攻鄴, 操自引一軍來攻尹楷. 兵臨本境, 楷引軍來迎. 楷出馬, 操曰: "許仲康安在?" 許褚應聲而出, 縱馬直取尹楷. 楷措手不及, 被許褚一刀斬於馬下, 餘衆奔潰. 操盡招降之, 卽勒兵取邯鄲. 沮鵠進兵來迎. 張遼出馬, 與鵠交鋒. 戰不三合, 鵠大敗, 遼從後追赶. 兩馬相離不遠, 遼急取弓射之, 應弦落馬. 操指揮軍馬掩殺, 衆皆分散. 於是操引大軍前抵冀州. 曹洪已近城下. 操令三軍繞城築起土山, 又暗掘地道以攻之. (*前官渡之戰, 袁紹用土山地道;

今冀州之攻，曹操亦用土山地道.）審配設計堅守，法令甚嚴．東門守將馮禮，因酒醉有誤巡警，配痛責之．馮禮懷恨，潛地出城降操．操問破城之策，禮曰："突門內土厚，可掘地道而入."操便命馮禮引三百壯士，夤夜掘地道而入．

*注: **武安**(무안): 지금의 하북성 武安縣 西南. **毛城**(모성): 지금의 하북성 涉縣 西南. **上黨**(상당): 郡名. 東漢 말의 治所는 壺關(지금의 산서성 長治市 北). **邯鄲**(한단): 戰國時代 趙나라의 수도. 지금의 하북성 邯鄲市 西南. **張顗**(장의): 〈顗(의)〉: 근엄하다. **突門**(돌문): 정식 성문 이외의 비밀출구. **夤夜**(인야): 심야. 〈夤〉: 잇다. 깊다(심).

〖10〗却說審配自馮禮出降之後，每夜親自登城點視軍馬．當夜在突門閣上，望見城外無燈火．配曰："馮禮必引兵從地道而入也."急喚精兵運石擊突閘門；門閉，馮禮及三百壯士，皆死於土內．操折了這一場，遂罷地道之計，退軍於洹水之上，以候袁尚回兵．袁尚攻平原，聞曹操已破尹楷·沮鵠，大軍圍困冀州，乃掣兵回救．部將馬延曰："從大路去，曹操必有伏兵；可取小路，從西山出滏水口去劫曹營，必解圍也."尚從其言，自領大軍先行，令馬延與張顗斷後．早有細作去報曹操．操曰："彼若從大路上來，吾當避之；若從西山小路而來，一戰可擒也．吾料袁尚必擧火爲號，令城中接應，吾可分兵擊之."於是分撥已定．

*注: **點視**(점시): 일일이 대조하여 보다. 점호하다. **突門**(돌문): 성 밑의 작은 비밀 문. **閘門**(갑문): 水門. 柵門. 여기서는 지하갱도의 出口를 말한다. **洹水**(원수): 지금의 하남성 北部의 林縣 林慮山에서 발원하여 東流하여 안양시를 거쳐 內黃縣에 이르러 衛河로 들어가는 강. **西山**(서산): 鄴縣 以西. 지금의 산서성과 하북성 경계를 이루는 太行山脈. **滏水**(부수): 옛 하류명. 지금의 滏陽河(지금의 하북성 서남부에 있다). **滏水口**(부수구):

즉, 滏水의 발원지. 지금의 하북성 滋縣 西北의 石鼓山에서 발원. 산이 높고 골짜기가 깊어서 형세가 매우 험하다. 고대 鄴縣의 西北 要道. **分撥**(분발): 나누어 보내다. 〈撥〉: 보내다(調撥. 分配).

〖11〗 却說袁尙出滏水界口, 東至陽平, 屯軍陽平亭, 離冀州十七里, 一邊靠着滏水. 尙令軍士堆積柴薪乾草, 至夜焚燒爲號. 遣主簿李孚扮作曹軍都督, 直至城下, 大叫"開門!"審配認得是李孚聲音, 放入城中, 說:"袁尙已陳兵在陽平亭, 等候接應. 若城中兵出, 亦擧火爲號."配敎城中堆草放火, 以通音信. 孚曰:"城中無糧, 可發老弱殘兵并婦人出降, 彼必不爲備, 我卽以兵繼百姓之後出攻之."配從其論.

次日, 城上竪起白旗, 上寫"冀州百姓投降". 操曰:"此是城中無糧, 敎老弱百姓出降, 後必有兵出也."操敎張遼·徐晃各引三千軍馬, 伏於兩邊. 操自乘馬, 張麾蓋至城下. 果見城門開處, 百姓扶老携幼, 手持白旗而出. 百姓纔出盡, 城中兵突出. 操敎將紅旗一招, 張遼·徐晃兩路兵齊出亂殺, 城中兵只得復回. 操自飛馬赶來, 到弔橋邊, 城中弩箭如雨, 射中操盔, 險透其頂. 衆將急救回陣. 操更衣換馬, 引衆將來攻尙寨, 尙自迎敵. 時各路軍馬一齊殺至, 兩軍混戰, 袁尙大敗.

尙引敗兵退往西山下寨, 令人催取馬延·張顗軍來. 一 不知曹操已使呂曠·呂翔去招安二將. 二將隨二呂來降, 操亦封爲列侯. 卽日進兵攻打西山, 先使二呂·馬延·張顗截斷袁尙糧道. 尙情知西山守不住, 夜走濫口. 安營未定, 四下火光並起, 伏兵齊出, 人不及甲, 馬不及鞍, 尙軍大潰, 退走五十里. 勢窮力極, 只得遣豫州刺史陰夔至操營請降. 操佯許之, 却連夜使張遼·徐晃去劫寨. 尙盡棄印綬·節鉞·衣甲·輜重, 望中山而逃.

*注: **陽平**(양평): 즉 陽平亭, 陽平城. 지금의 하북성 臨漳縣 서남. **麾蓋**(휘개): 대장기와 수레에 세우는 일산. **險**(험): 하마터면. **情知**(정지): 깊이 알다(深知). 분명히 알다(明知). **濫口**(람구): 〈後漢書 · 袁紹傳〉에서는 〈藍口(람구)〉로 되어 있다. 지금의 하남성 安陽縣 경계에 〈藍嵯山〉이 있는데, 〈藍口〉는 이 〈藍嵯山〉의 入口를 말한다. **中山**(중산): 中山國. 治所는 盧奴縣(지금의 하북성 定縣).

〖12〗 操回軍攻冀州. 許攸獻計日: "何不決漳河之水以淹之?" (*前下邳之淹, 其計出於曹操之謀士郭嘉. 今漳河之決, 其計出於袁氏之客許攸. 是亦以袁攻袁也.) 操然其計, 先差軍於城外掘河塹, 週圍四十里, 審配在城上見操軍在城外掘塹, 却掘得甚淺. 配暗笑日: "此欲決漳河之水以灌城耳. 河深可灌, 如此之淺, 有何用哉!" 遂不爲備. 當夜曹操添十倍軍士倂力發掘. 比及天明, 廣深二丈, 引漳水灌之, 城中水深數尺. 更兼糧絕, 軍士皆餓死. 辛毗在城外用槍挑袁尚印綬衣服, 招安城內之人. 審配大怒, 將辛毗家屬老小八十餘口, 就於城上斬之, 將頭擲下. 辛毗號哭不已. 審配之姪審榮素與辛毗相厚, 見辛毗家屬被害, 心中懷忿, 乃密寫獻門之書, 拴於箭上, 射下城來. 軍士拾獻辛毗, 毗將書獻操. 操先下令: 如入冀州, 休得殺害袁氏一門老小; 軍民降者免死.

次日天明, 審榮大開西門, 放曹兵入. 辛毗躍馬先入, 軍將隨後, 殺入冀州. 審配在東南城樓上, 見操軍已入城中, 引數騎下城死戰. 正迎徐晃交馬. 晃生擒審配, 綁出城來. 路逢辛毗, 毗咬牙切齒, 以鞭鞭配首日: "賊殺才! 今日死矣!" 配大罵: "辛毗賊徒! 引曹操破我冀州, 我恨不殺汝也!"

徐晃解配見操. 操日: "汝知獻門接我者乎?" 配日: "不知." 操日: "此汝姪審榮所獻也." 配怒日: "小兒不行, 乃至於此!"

操曰:“昨孤至城下, 何城中弩箭之多耶?”配曰:“恨少, 恨少!”操曰:“卿忠於袁氏, 不容不如此. 今肯降吾否?”配曰:“不降! 不降!”辛毗哭拜於地曰:“家屬八十餘口, 盡遭此賊殺害. 願丞相戮之, 以雪此恨!”配曰:“吾生爲袁氏臣, 死爲袁氏鬼, 不似汝輩讒諂阿諛之賊! 可速斬我!”操教牽出. 臨受刑, 叱行刑者曰:“吾主在北, 不可使吾面南而死!”乃向北跪, 引頸就刃. 後人有詩嘆曰:

河北多名士, 誰如審正南.
命因昏主喪, 心與古人參.
忠直言無隱, 廉能志不貪,
臨亡猶北面, 降者盡羞慚.

*注: **河塹**(하참): 壕塹. 해자. **用槍挑**(용창도): 창끝으로 들어 올리다. 〈挑〉: 들어 올리다(양기. 거기). **軍將**(군장): 군중의 장수. **以鞭鞭配首**(이편편배수): 채찍으로(以鞭) 심배의 머리를(配首) 치다(鞭). 〈鞭〉: 앞의 것은 名詞(채찍), 뒤의 것은 動詞(채찍으로 치다)이다. **賊殺才**(적살재): 이 나쁜 살인자. 〈賊〉: 나쁜. 흉악한. 〈殺才〉: 사람을 죽인 자(才). (*〈才〉: 奴才: 노예. 蠢才: 둔한 놈. 鈍才). **小兒不行**(소아불행): (辱) 이 나쁜 놈 새끼. 〈不行〉: 나쁜. 돼먹지 못한. **不容不如此**(불용불여차): 이와 같지 않은 것을 용납(허용)하지 않을 수 없다. 이처럼 할 수밖에 없다.

〖13〗 審配既死, 操憐其忠義, 命葬於城北. 衆將請曹操入城. 操方欲起行, 只見刀斧手擁一人至, 操視之, 乃陳琳也. 操謂之曰:“汝前爲本初作檄, 但罪狀孤, 可也; 何乃辱及祖·父耶?”(*陳琳作檄事已隔數卷, 至此忽然一提.) 琳答曰:“箭在弦上, 不得不發耳.”(*以箭自比, 以弦比袁紹. 箭非自發, 乃弦發之也. 操若能爲琳之弦, 琳亦願爲操之箭矣.) 左右勸操殺之. 操憐其才, 乃赦之, 命爲從事.

*注: 罪狀(죄장): 죄를 진술하다. 〈狀〉: 진술하다. 형용하다; 고소장.

〖14〗 却說操長子曹丕, 字子桓, 時年十八歲. 丕初生時, 有雲氣一片, 其色青紫, 圓如車蓋, 覆於其室, 終日不散. 有望氣者, 密謂操曰: "此天子氣也, 令嗣貴不可言!" 丕八歲能屬文, 有逸才, 博古通今; 善騎射, 好擊劍.(*百忙中忽入曹丕一小傳, 早爲後文曹丕稱帝伏線.) 時操破冀州, 丕隨父在軍中, 先領隨身軍, 徑投袁紹家, 下馬拔劍而入. 有一將當之曰: "丞相有命, 諸人不許入紹府." 丕叱退, 提劍入後堂. 見兩個婦人相抱而哭, 丕向前欲殺之. 正是:

四世公侯已成夢, 一家骨肉又遭殃.

未知性命如何, 且聽下文分解.

*注: 望氣者(망기자): 옛날에 雲氣를 보고 吉凶과 禍福을 점치던 方士. 令嗣(영사): (남의 아들이나 후사를 높여서 부르는 말.) 귀하의 후사. 아드님. 영랑(令郎). 屬文(속문): 글을 지음. 〈屬〉: 〈촉zhǔ〉: 잇다. 맡기다. 모으다. 권하다: 〈속shǔ〉; 무리. 벼슬아치. 살붙이; 글을 엮다. 마침.

第三十二回 毛宗崗 序始評

(1). 君子觀於袁氏之亂, 而信古來圖大事者, 未有兄弟不協而能有濟者也. 桃園兄弟, 以異姓而如骨肉, 固無論已. 他如權之据吳, 則有 "汝不如我, 我不如汝" 之兄: 操之開魏, 則有 "寧可無洪, 不可無公" 之類, 同心同德, 是以能成帝業. 彼袁氏者, 則紹與術既相左於前, 譚與尙復相爭於後, 各自矛盾, 以貽敵人之利, 豈不重可惜哉!

(2). 甚矣, 朋黨之爲禍烈也! 以袁氏觀之, 初則衆謀士立黨, 後則兩公子亦立黨. 初則田豊 · 沮授爲一黨, 審配·郭圖爲一黨; 後則郭圖與審配又因譚·尙而分爲二黨. 於是, 逢紀黨審配, 辛評又黨郭圖. 甚至審配之侄, 背其叔而黨其友; 辛評之弟, 背其兄而黨其讐. 然則謂袁氏之亡, 亡於朋黨可也.

(3). 陳琳之檄, 罵曹嵩, 又罵曹騰. 其罵也, 勝似殺矣. 陶謙不殺操之父, 而操欲報讐; 陳琳罵操之祖父, 勝於殺操之祖父, 而操不報讐, 何也? 曰: 琳爲袁紹而罵, 則非琳罵之, 而紹罵之也. 紹爲主而琳爲從, 不罪陳琳而歸罪於袁紹. 猶之不罪張闓而歸罪於陶謙耳. 雖然, 使琳爲曹操罵紹而爲紹所獲, 則紹必殺琳. 紹不能爲此度外之事, 而操獨能爲此度外之事. 君子於此益識袁 · 曹之優劣矣.

第三十三回

曹丕乘亂納甄氏
郭嘉遺計定遼東

〖1〗 却說曹丕見二婦人啼哭, 拔劍欲斬之. 忽見紅光滿目, 遂按劍而問曰: "汝何人也?" 一婦人告曰: "妾乃袁將軍之妻劉氏也." 丕曰: "此女何人?" 劉氏曰: "此次男袁熙之妻甄氏也. 因熙出鎭幽州, 甄氏不肯遠行, 故留於此." 丕拖此女近前, 見披髮垢面. 丕以衫袖拭其面而觀之, 見甄氏玉肌花貌, 有傾國之色, 遂對劉氏曰: "吾乃曹丞相之子也, 願保汝家, 汝勿憂慮." 遂按劍坐於堂上.

却說曹操統領衆將入冀州城, 將入城門, 許攸縱馬近前, 以鞭指城門而呼操曰: "阿瞞, 汝不得我, 安得入此門?" (*驕甚, 淺甚.) 操大笑. 衆將聞言, 俱懷不平. (*爲後許褚殺許攸張本.) 操至紹府門下, 問曰: "誰曾入此門來?" 守將對曰: "世子在內." 操喚出責之.

劉氏出拜曰:“非世子不能保全妾家. 願獻甄氏爲世子執箕帚.” 操敎喚出甄氏拜於前. 操視之曰:“眞吾兒婦也!”遂令曹丕納之.(*本是袁氏欲娶曹氏之女, 却弄出曹氏娶袁氏之婦.)

*注: **傾國之色**(경국지색):〈漢書 · 孝武李夫人傳〉: “北方有佳人, 絕世而獨立, 一顧傾人城, 再顧傾人國(북방에 한 아름다운 여인이 있었는데 그 아름답기가 전무후무하여, 그녀가 한 번 돌아보면 한 성城이 기울어졌고, 두 번 돌아보면 한 나라가 기울어졌다).” 이로부터 후에 와서는 극히 아름다운 여자를 〈傾國傾城〉 또는 〈傾國之色〉이라고 하게 되었다. **阿瞞**(아만): 조조의 兒名. **世子**(세자): 고대 천자나 제후의 嫡長子 또는 繼承人. **執箕帚**(집기추): 쓰레받기(箕)와 빗자루(帚)를 드는 사람, 즉 처첩(妻妾).

〖2〗 操既定冀州, 親往袁氏墓下設祭, 再拜而哭甚哀.(*奸雄身段.) 顧謂衆官曰:“昔日吾與本初共起兵時, 本初問吾曰:‘若事不輯, 方面何所可據?’ 吾問之曰:‘足下意欲若何?’ 本初曰:‘吾南據河, 北阻燕 · 代, 兼沙漠之衆, 南向以爭天下, 庶可以濟乎!’ 吾答曰:‘吾任天下之智力, 以道御之, 無所不可.’(*虎牢關以前之言.) 此言如昨, 而今本初已喪, 吾不能不爲流涕也!”衆皆嘆息. 操以金帛糧米賜紹妻劉氏.(*劉氏受賜, 不羞愧否?) 乃下令曰:“河北居民遭兵革之難, 盡免今年租賦.”(*此奸雄收拾民心處.) 一面寫表申朝, 操自領冀州牧.

*注: **不輯**(부집): 成功하지 못하다. 成事시키지 못하다. 〈輯〉: 成. 集. 編輯. **方面**(방면): 1. 옛날 한 지방의 軍政 要職이나 그 장관. 2. 상대와 나란히 있는 사람이나 사물들 중의 하나. 3. 방향. 방위. 4. 사방. 사면. **阻**(조): 기대다. 의지하다. **任**(임): 위임하다. 임용하다. 부리다. 의거하다.

〖3〗 一日, 許褚走馬入東門, 正迎許攸. 攸喚褚曰:“汝等無我, 安能出入此門乎?" 褚怒曰: "吾等千生萬死, 身冒血戰, 奪得城池. 汝安敢誇口?" 攸罵曰: "汝等皆匹夫耳, 何足道哉!" 褚大怒, 拔劍殺攸,(*攸之當死, 不在此時, 早在呼阿瞞之時矣.) 提頭來見曹操, 說許攸如此無禮, "某殺之矣." 操曰: "子遠與吾舊交, 故相戲耳, 何故殺之!"(*奸雄假話.) 深責許褚, 令厚葬許攸. (*都是奸雄欺人處.) 乃令人遍訪冀州賢士. 冀民曰: "騎都尉崔琰, 字季珪, 清河東武城人也. 數曾獻計於袁紹, 紹不從, 因此托疾在家." 操卽召琰爲本州別駕從事,(*此奸雄收拾士心處.) 因謂曰: "昨按本州戶籍, 共計三十萬衆, 可謂大州." 琰曰: "今天下分崩, 九州幅裂, 二袁兄弟相爭, 冀民暴骨原野, 丞相不急存問風俗, 救其塗炭, 而先計校戶籍, 豈本州士女所望於明公哉?"(*曹操方誇其衆多, 崔琰却惜其匱乏, 賢士之名, 洵不虛傳) 操聞言, 改容謝之, 待爲上賓.

*注: **誇口**(과구): 허풍 떨다. **清河東武城**(청하동무성): 지금의 산동성 武城縣 서북. 清河는 郡·國名으로 그 치소는 甘陵(지금의 산동성 臨淸縣) 동쪽에 있었다. **別駕從事**(별가종사): 刺史가 州를 순행할 때 다른 수레를 타고 수행하는 벼슬. 副州牧으로 조조처럼 州牧이 현지에 주둔하고 있지 않을 때에는 실제로 그 주의 최고 행정책임자가 된다. **幅裂**(폭렬): 천이 찢어지듯이 찢어지다. 강토가 사분오열되다. **存問**(존문): 위로하다. 위문하다.

〖4〗 操已定冀州, 使人探袁譚消息. 時譚引兵劫掠甘陵·安平·渤海·河間等處, 聞袁尙敗走中山, 乃統軍攻之. 尙無心戰鬪, 徑奔幽州投袁熙. 譚盡降其衆, 欲復圖冀州. 操使人召之, 譚不至. 操大怒, 馳書絕其婚, 自統大軍征之, 直抵平原. 譚聞操自統軍來, 遣人求救於劉表. 表請玄德商議. 玄德曰: "今操已破冀州, 兵勢正盛. 袁氏兄弟不久必爲操擒, 救之無益. 況操常有窺荊襄之意, 我只養兵自守, 未可妄動." 表曰: "然則何以謝之?" 玄德曰: "可

作書與袁氏兄弟，以和解爲名，婉詞謝之.” 表然其言，先遣人以書遺譚. 書略日:

君子違難，不適讎國. 日前聞君屈膝降曹，則是忘先人之讐，棄手足之誼，而遺同盟之恥矣. 若“冀州”不弟，當降心相從. 待事定之後，使天下平其曲直，不亦高義耶? (*先責其降操，後勸其睦尙.)

又與袁尙書日:

“青州”天性峭急，迷於曲直. 君當先除曹操，以卒先公之恨. 事定之後，乃計曲直，不亦善乎? 若迷而不返，則是韓盧·東郭自困於前，而遺田父之獲也. (*先言睦譚之利，後言攻譚之害.)

*注: **甘陵**(감릉): 기주 淸河國에 속했던 縣名. 지금의 산동성 臨淸縣 동. **安平**(안평): 기주에 속한 옛 왕국명. 13개 縣을 통할했음. 治所는 信都縣. 지금의 河北省 冀縣. **河間**(하간): 冀州에 속한 王國名으로 治所는 樂城. 지금의 하북성 獻縣 동남. **直抵**(직저): 곧바로 도착하다. 〈抵〉: 도착하다. 도달하다. 이르다. **婉詞**(완사): 완곡한 말. **違難**(위난): 재난을 피하다. 난리를 피하다. 〈違〉: 避(피)하다. **不適**(부적): 가지 않다. 〈適〉: 往의 뜻. **冀州**(기주): 古人들은 官名으로 人名을 대신했다. 여기서는 袁譚의 동생 袁尙을 가리킨다. 다음의 〈青州〉도 마찬가지로 袁譚을 가리킨다. 그가 한때 青州刺史를 역임했기 때문이다. **峭急**(초급): 〈峭〉: 가파르다. 가까이하기 어렵다. 성격이 조급하여 가까이하기 어렵다. **韓盧·東郭**(한로·동곽): 〈戰國策·齊策三〉에 나오는 이야기. 이름난 사냥개(韓子盧)와 세상에서 가장 영리한 토끼(東郭逡)의 이름. 앞에서 결사코 달아나는 토끼를 뒤에서 결사코 쫓아가던 개가 산을 세 바퀴 돌고 산꼭대기를 다섯 번 오르내리느라 기진맥진해서 토끼가 먼저 쓰러지자 개도 그 위에 쓰러져 죽었는데, 지나가던 농부가 전혀 힘 안 들이고 이 개와 토끼를 주웠다는 이야기. 〈鷸蚌相爭(휼방상쟁)〉과 같은 맥락의 이야기. **田父**(전부): 농부.

〖5〗 譚得表書, 知表無發兵之意, 又自料不能敵操, 遂棄平原, 走保南皮. 曹操追至南皮. 時天氣寒肅, 河道盡凍, 糧船不能行動. 操令本處百姓敲氷拽船, 百姓聞令而逃. 操大怒, 欲捕斬之.(*露出奸雄本相.) 百姓聞得, 乃親往營中投首. 操曰: "若不殺汝等, 則吾號令不行; 若殺汝等, 吾又不忍: 汝等快往山中藏避, 休被我軍士擒獲."(*己則放之, 而若使軍士獲之, 則曰: "殺人者, 軍士也, 非我也." 奸雄之極.) 百姓皆垂淚而去.

袁譚引兵出城, 與曹軍相敵. 兩陣對圓, 操出馬以鞭指譚而罵曰: "吾厚待汝, 如何生異心?" 譚曰: "汝犯吾境界, 奪吾城池, 賴吾妻子, 反說我有異心耶!" 操大怒, 使徐晃出馬. 譚使彭安接戰. 兩馬相交, 不數合, 晃斬彭安於馬下. 譚軍敗走, 退入南皮. 操遣軍四面圍住. 譚着慌, 使辛評見操約降.(*此時何不仍與袁尙相和, 求救於袁尙耶?) 操曰: "袁譚小子, 反覆無常, 吾難准信. 汝弟辛毗, 吾已重用, 汝亦留此可也." 評曰: "丞相差矣! 某聞 '主貴臣榮, 主憂臣辱'. 某久事袁氏, 豈可背之!" 操知其不可留, 乃遣回. 評回見譚, 言操不准投降. 譚叱曰: "汝弟見事曹操, 汝懷二心耶?" 評聞言, 氣滿填胸, 昏絕於地. 譚令扶出, 須臾而死. 譚亦悔之. 郭圖謂譚曰: "來日盡驅百姓當先, 以軍繼其後, 與曹操決一死戰."(*不惜百姓者, 能保土地乎?) 譚從其言.

當夜盡驅南皮百姓, 皆執刀槍聽令. 次日平明, 大開西門, 軍在後, 驅百姓在前, 喊聲大擧, 一齊擁出, 直抵曹寨. 兩軍混戰, 自辰至午, 勝負未分, 殺人遍地. 操見未獲全勝, 乘馬上山, 親自擊鼓. 將士見之, 奮力向前, 譚軍大敗. 百姓被殺者無數. 曹洪奮威突陣, 正迎袁譚, 擧刀亂砍, 譚竟被曹洪殺於陣中.(*殺袁譚者, 乃是曹操之弟. 何曹氏有兄弟, 而袁氏無兄弟耶?)

郭圖見陣大亂, 急馳入城中. 樂進望見, 拈弓搭箭, 射下城濠,人馬俱陷.(*郭圖驅民爲兵, 宜其死也.) 操引兵入南皮, 安撫百姓. 忽有一彪軍來到, 乃袁熙部將焦觸·張南也. 操自引軍迎之. 二將倒戈卸甲, 特來投降. 操封爲列侯. 又黑山賊張燕, 引軍十萬來降, 操封爲平北將軍. 下令將袁譚首級號令, 敢有哭者斬. 頭挂北門外.

*注: **南皮**(남피): 동한 때 기주 渤海郡의 郡治 所在地. 지금의 하남성 南皮 동북. **投首**(투수): 자수하다. 고발하다. **賴吾妻子**(뢰오처자): 나의 처를 가로채다. 처를 보내주지 않다. 〈賴〉: 힘입다; 얻다; 손에 넣다; 덮어씌우다. 속여서 가로채다. 〈賴婚〉: 혼약을 파기하다. **着慌**(착황): 당황하다. 허둥대다; 조급해 하다. 안달하다. **陣中**(진중): 전투 중. 전장 안. 〈陣〉: 전투. 전투대형. 전장. **黑山賊**(흑산적): 동한 말 하북 지역에서 일어난 농민 반란군. **號令**(호령): 죄인을 처형하여 그 목을 매달아 대중들에게 보이다.

〖6〗 一人布冠衰衣, 哭於頭下. 左右拏來見操. 操問之, 乃青州別駕王修也, 因諫袁譚被逐, 今知譚死, 故來哭之. 操曰: "汝知吾令否?" 修曰: "知之." 操曰: "汝不怕死耶?" 修曰: "我生受其辟命, 亡而不哭, 非義也. 畏死忘義, 何以立世乎! 若得收葬譚屍, 受戮無恨." 操曰: "河北義士, 何其如此之多也! 可惜袁氏不能用! 若能用, 則吾安敢正眼覷此地哉!" (*連前沮授, 審配, 辛評等總贊一句.) 遂命收葬譚屍, 禮修爲上賓, 以爲司金中郎將. 因問之曰: "今袁尙已投袁熙,取之當用何策?" 修不答. 操曰: "忠臣也."(*明於兄弟之義者, 必知君臣之分.) 問郭嘉, 嘉曰: "可使袁氏降將焦觸·張南等自攻之." 操用其言, 隨差焦觸·張南, 呂曠·呂翔, 馬延·張顗, 各引本部兵, 分三路進攻幽州. 一面使李典·樂進會合張延, 打并州, 攻高幹.

*注: **衰衣**(최의): 즉, 縗衣(최의). 고대의 상복. 거친 마포로 지었다. **辟命**

(벽명): 辟除(벽제)의 명령. 〈辟除〉: 漢代에 중앙의 최고 행정장관과 지방의 州나 郡의 장관이 속리(屬吏)를 마음대로 임명할 수 있는 권리를 가졌던 제도. 王修의 관직은 靑州刺史의 別駕從事였는데, 그것은 袁譚이 생전에 임명한 것이기 때문에 〈辟命〉이라고 한 것이다.

〖7〗 且說袁尙 · 袁熙知曹兵將至, 料難迎敵, 乃棄城引兵, 星夜奔遼西, 投烏桓去了. 幽州刺史焦觸, 聚幽州衆官, 歃血爲盟, 共議背袁向曹之事. 焦觸先言曰: "吾知曹丞相當世英雄, 今往投降, 有不遵令者斬." 依次歃血, 循至別駕韓珩. 珩乃擲劍於地, 大呼曰: "吾受袁公父子厚恩, 今主敗亡, 智不能救, 勇不能死, 於義缺矣! 若北面而降曹, 吾不爲也!" 衆皆失色. 焦觸曰: "夫興大事, 當立大義. 事之濟否, 不待一人. 韓珩旣有志如此, 聽其自便." 推珩而出. (*烏桓不殺韓珩, 亦是奇士.) 焦觸乃出城迎接三路軍馬, 徑來投操. 操大喜, 加爲鎭北將軍.

*注: **遼西**(요서): 幽州에 속한 郡名. 治所는 陽樂, 지금의 요령시 錦州 북. **烏桓**(오환): 고대의 소수민족. 당시 遼西 등 다섯 郡의 경계 밖에 거주했다. **幽州刺史焦觸**(유주자사초촉): 〈毛本〉에는 幽州刺史烏桓觸으로 되어 있으나, 烏桓觸이 아니라 원래 원소의 부하였다가 조조에게 항복해간 장수 焦觸이어야 맞다. 〈三國志·魏書·袁紹傳〉에 이 일이 이렇게 기록되어 있다. "尙·熙爲其將焦觸·張南所攻, 奔遼西烏桓. 觸自號幽州刺史, 驅率諸郡太守令長, 背袁向曹,…"라고 하였다. **珩**(형): 패옥. 갓끈. **若**(약): 이와 같은(如此). 그와 같은(這樣的).

〖8〗 忽探馬來報: "樂進 · 李典 · 張燕攻打并州, 高幹守住壺關口, 不能下." 操自勒兵前往, 三將接着, 說幹拒關難擊. 操集衆將共議破幹之計. 荀攸曰: "若破幹, 須用詐降計方可." 操然之,喚降將呂曠·呂翔, 附耳低言如此如此. 呂曠等引軍數十, 直抵關下, 叫曰: "吾等原係袁氏舊將, 不得已而降曹. 曹操爲人詭譎, 薄待吾等; 吾今還扶舊主, 可疾開關相納." 高幹未信, 只敎二將自上關說話. 二將卸甲棄馬而入, 謂幹曰: "曹軍新到, 可乘其軍心未定, 今夜劫寨. 某等願當先." 幹喜, 從其言, (*二呂舍尙而降譚, 又舍譚而降操; 今復舍操而降幹, 卽使眞降, 亦當慮其反覆矣. 幹乃信而不疑, 宜其敗也.) 是夜敎二呂當先, 引萬餘軍前去. 將至曹寨, 背後喊聲大震, 伏兵四起. 高幹知是中計, 急回壺關城, 樂進·李典已奪了關. 高幹奪路走脫, 往投單于. 操領兵拒住關口, 使人追襲高幹. 幹到單于界, 正迎北番左賢王. 幹下馬拜伏於地, 言: "曹操呑倂疆土, 今欲犯王子地面, 萬乞救援, 同力克復, 以保北方." 左賢王曰: "吾與曹操無讐, 豈有侵我土地? 汝欲使我結怨於曹氏耶!" 叱退高幹. 幹尋思無路, 只得去投劉表; 行至上潞, 被都尉王琰所殺, 將頭解送曹操. 操封琰爲列侯.

*注: **壺關口**(호관구): 〈호관〉: 并州 上黨郡 壺關縣. 지금의 산서성 長治市 동남 壺口山 아래 있다. 산과 냇물이 서로 교차하는 모습이 병에서 물이 쏟아지는 모습을 닮았다고 해서 붙여진 이름이다. **勒兵**(륵병): 군사 대오를 정돈하고 점검하다. **詭譎**(궤휼): 변화무상하다. 이상야릇하다. 괴상하다. **上潞**(상로): 지금의 섬서성 商縣.

〚9〛 并州旣定, (*先取靑州, 次取冀州, 又次取幽州, 今又定并州, 四州於此一結.) 操商議西擊烏桓. 曹洪等曰: "袁熙·袁尙兵敗將亡, 勢窮力盡, 遠投沙漠; 我今引兵西擊, 倘劉備·劉表乘虛襲許都, 我救應不及, 爲禍不淺矣. 請回師勿進爲上." 郭嘉曰: "諸公所言錯矣. 主公雖威震天下, 沙漠之人恃其邊遠, 必不設備. 乘其無備, 卒然擊之, 必可破也.(*先說烏桓可擊.) 且袁紹與烏桓有恩, 而尙與熙兄弟猶存, 不可不除.(*次說烏桓不可不擊.) 劉表坐談之客耳,(*先言劉表不足慮.) 自知才不足以御劉備, 重任之, 則恐不能制; 輕任之, 則備不爲用. 一 雖虛國遠征, 公無憂也."(*次言劉備可慮而不足慮.) 操曰: "奉孝之言極是." 遂率大小三軍, 車數千輛, 望前進發. 但見黃沙漠漠, 狂風四起; 道路崎嶇, 人馬難行. 操有回軍之心, 問於郭嘉. 嘉此時不伏水土, 臥病車中. 操泣曰: "因我欲平沙漠, 使公遠涉艱辛, 以至染病, 吾心何安!" 嘉曰: "某感丞相大恩, 雖死不能報萬一." 操曰: "吾見北地崎嶇, 意欲回軍, 若何?" 嘉曰: "兵貴神速. 今千里襲人, 輜重多而難以趨利, 不如輕兵兼道以出, 掩其不備. 但須得識徑路者爲引導耳." 遂留郭嘉於易州養病, 求鄕道官以引路.

*注: 不伏水土(불복수토): 물과 토양에 익숙하지 못하다. 〈伏〉: 〈服〉과 통용. 習慣. 適應. 익숙하다. 易州(역주): 치소는 지금의 하북성 易縣. 이것은 隋代에 설치된 지명이다. 鄕道官(향도관): 嚮導官. 길 안내자.

〖10〗 人薦袁紹舊將田疇深知此境, 操召而問之. 疇曰: "此道秋夏間有水, 淺不通車馬, 深不載舟楫, 最難行動. 不如回軍, 從盧龍口越白檀之險, 出空虛之地, 前近柳城, 掩其不備: 蹋頓可一戰而擒也." 操從其言, 封田疇爲靖北將軍, 作鄕道官, 爲前驅; 張遼爲次; 操自押後: 倍道輕騎而進. 田疇引張遼前至白狼山, 正遇袁熙·袁尙會合蹋頓等數萬騎前來. 張遼飛報曹操. 操自勒馬登高望之, 見蹋頓兵無隊伍, 參差不整. 操謂張遼曰: "敵兵不整, 便可擊之." 乃以麾授遼. 遼引許褚·于禁·徐晃分四路下山, 奮力急攻, 蹋頓大亂. 遼拍馬斬蹋頓於馬下, 餘衆皆降. 袁熙·袁尙引數千騎投遼東去了.

*注: 盧龍口(로룡구): 一名, 盧龍塞. 지금의 하북성 喜峰口 일대. 훍색이

검은 빛이 나고 산세가 龍을 닮았다고 해서 이런 이름이 붙여졌다. **白檀**(백단): 지금의 하북성 承德市 서남 灤平(난평) 동북. **柳城**(유성): 지금의 요녕성 錦州市 서북, 朝陽縣의 서남. **掩**(엄): 엄습하다. **蹋頓**(답돈): 遼西 오환족의 맹주였던 선우單于. 〈삼국연의〉 毛宗崗本에는 冒頓(묵돌: 讀音은 〈모돈〉이 아니고 〈묵돌〉)로 되어 있으나, 〈삼국지〉와 〈자치통감〉에는 〈蹋頓(답돈)〉으로 되어 있으므로 번역에서는 이에 따랐다. 冒頓(묵돌)은 漢初 匈奴王의 이름으로, 본문의 시대와는 다른 시기에 살았던 사람인데 모종강이 착각을 한 것 같다. **押後**(압후): 뒷부분을 단속하다. 〈押〉: 누리다. 검속하다. **白狼山**(백랑산): 산 이름. 지금 이름은 白鹿山. 지금의 요녕성 凌源縣 동남.

〖11〗 操收軍入柳城, 封田疇爲柳亭侯, 以守柳城. 疇涕泣曰: "某負義逃竄之人也, 蒙厚恩全活, 爲幸多矣; 豈可賣盧龍之寨, 以邀賞祿哉! 死不敢受侯爵." (*田疇爲操設謀, 雖不及王修之不答, 而不受侯爵, 則高於呂曠等多矣.) 操義之, 乃拜疇爲議郎. 操撫慰單于人等, 收得駿馬萬匹, 卽日回兵. 時天氣寒且旱, 二百里無水, 軍又乏糧, 殺馬爲食, 鑿地三四十丈, 方得水. 操回至易州, 重賞先曾諫者; 因謂衆將曰: "孤前者乘危遠征, 僥倖成功. 雖得勝, 天所佑也, 不可以爲法. 諸君之諫, 乃萬安之計, 是以相賞. 後勿難言." (*與袁紹之殺田豊, 眞霄壤之隔.)

操到易州時, 郭嘉已死數日, 停柩在公廨. 操往祭之, 大哭曰: "奉孝死,乃天喪吾也!" 回顧衆官曰: "諸君年齒, 皆孤等輩, 惟奉孝最少, 吾欲托以後事. 不期中年夭折, 使吾心腸崩裂矣!" 嘉之左右, 將嘉臨死所封之書呈上, 曰: "郭公臨死, 親筆書此, 囑曰: '丞相若從書中所言, 遼東事定矣.' " 操拆書視之, 點頭嗟嘆. 諸人皆不知其意. 次日, 夏侯惇引衆人稟曰: "遼東太守公孫康,久不賓服, 今袁熙·袁尙又往投之, 必爲後患. 不如乘其未動, 速往征之, 遼東可得也." 操笑曰: "不煩諸公虎威. 數日之後, 公孫康自送二袁之首至矣." 諸將皆不肯信.

*注: **易州**(역주): 수나라 때 설치한 행정구역명. 〈삼국연의〉에서의 이곳은 〈易縣〉이어야 한다. 기주 河間郡에 속하며, 지금의 하북성 雄縣 북에 있었다. **賓服**(빈복): 복종하다. 〈賓〉: 따르게 하다. 복종(하게)하다.

〖12〗 却說袁熙·袁尙引數千騎奔遼東. 遼東太守公孫康, 本襄平人, 武威將軍公孫度之子也. 當日知袁熙·袁尙來投, 遂聚本部屬官商議此事. 公孫恭曰: "袁紹在日, 嘗有呑遼東之心. 今袁熙·袁尙兵敗將亡, 無處依棲, 來此相投, 是鳩奪鵲巢之意也. 若容納之, 後必相圖. 不如賺入城中殺之, 獻頭與曹公, 曹公必重待我." 康曰: "只怕曹操引兵下遼東, 又不如納二袁使爲我助."(*有此一折, 方見郭嘉遺計之奇.) 恭曰: "可使人探聽, 如曹兵來攻, 則留二袁; 如其不動, 則殺二袁, 送與曹公."(*皆在郭嘉料中.) 康從之, 使人去探消息.

*注: **襄平**(양평): 유주 요동군의 治所로 지금의 요령성 遼陽市. **鳩奪鵲巢**(구탈작소): 비둘기(鳩)나 뻐꾸기(鳲鳩)가 까치의 둥지를 빼앗다. 전해오는 말에 의하면, 비둘기나 뻐꾸기는 제 집을 짓지 않고 까치가 집을 다 지어놓으면 그 집을 빼앗아 차지한다고 한다.

〖13〗 却說袁熙·袁尙至遼東, 二人密議曰: "遼東軍兵數萬, 足可與曹操爭衡, 今暫投之, 後當殺公孫康而奪其地, 養成氣力而抗中原, 可復河北也."(*不出公孫恭之料.) 商議已定, 乃入見公孫康. 康留於館驛, 只推有病, 不卽相見. 不一日, 細作回報: "曹操兵屯易州, 並無下遼東之意." 公孫康大喜, 乃先伏刀斧手於壁衣中,使二袁入.(*皆在郭嘉料中.) 相見禮畢, 命坐. 時天氣嚴寒, 尙見牀榻上無裀褥, 謂康曰: "願鋪坐席." 康瞋目言曰: "汝二人之頭, 將行萬里, 何席之有!" 尙大驚. 康叱曰: "左右何不下手!" 刀斧手擁出, 就坐席上砍下二人之頭, 用木匣盛貯, 使人送到易州, 來見曹操.(*皆在郭嘉料中.)

時操在易州, 按兵不動. 夏侯惇·張遼入稟曰: "如不下遼東, 可回許都. 一 恐劉表生心." 操曰: "待二袁首級至, 則便回兵."(*更不說明緣故, 正不知葫蘆裏甚藥.) 衆皆暗笑. 忽報遼東公孫康遣人送袁熙·袁尙首級至, 衆皆大驚. 使者呈上書信. 操大笑曰: "不出奉孝之料!" 重賞來使, 封公孫康爲襄平侯·左將軍. 衆官問曰: "何爲不出奉孝之所料?" 操遂出郭嘉書以示之. 書略曰:

> 今聞袁熙·袁尙往投遼東, 明公切不可加兵. 公孫康久畏袁氏呑併, 二袁往投必疑; 若以兵擊之, 必併力迎敵, 急不可下; 若緩之, 公孫康·袁氏必自相圖, 其勢然也. (*郭嘉遺書在衆人眼中看出, 妙.)

衆皆踊躍稱善. 操引衆官復設祭於郭嘉靈前. 一 亡年三十八歲, 從征十有一年, 多立奇勳. 後人有詩讚曰:

> 天生郭奉孝, 豪杰冠群英.
> 腹內藏經史, 胸中隱甲兵.
> 運謀如范蠡, 決策似陳平.
> 可惜身先喪, 中原樑棟傾.

操領兵還冀州, 使人先扶郭嘉靈柩於許都安葬.

*注: **壁衣**(벽의): 壁式衣架. 벽을 장식하기 위해 설치해 놓은 커튼(帷幕). 사람이 임시로 그 속에 들어가 숨을 수 있게 되어 있다. **裀褥**(인욕): 요와 이불. (=茵褥). **何爲**(하위): 무엇을 말하는가(何謂). 〈爲〉는 〈謂〉와 통용된다. **切不可**(절불가): 결코(부디. 제발) …해서는 안 된다. **踊躍**(용약):

껑충껑충 뛰다. 열렬하다. 앞을 다투다. 范蠡(범려): 春秋時 越나라의 謀臣. 越王 句踐을 도와서 나라를 부강하게 하여 吳나라를 멸망시켰다. 성공한 후에는 물러나 상업에 종사하여 세 번이나 거부가 되었다. 陳平(진평): 한고조 劉邦을 도와서 漢을 건국하는 데 큰 공을 세웠다.

〖14〗 程昱等請曰: "北方旣定, 今還許都, 可早建下江南之策." 操笑曰: "吾有此志久矣. 諸君所言, 正合吾意."(*早爲後文赤壁鏖兵伏線.) 是夜宿於冀州城東角樓上, 憑欄仰觀天文. (*將敍地下金光, 先敍天上星文, 鬪笋絶妙.) 時荀攸在側, 操指曰: "南方旺氣燦然, 恐未可圖也."(*又爲後文赤壁兵敗伏線.) 攸曰: "以丞相天威, 何所不服!" 正看間, 忽見一道金光, 從地而起. 攸曰: "此必有寶於地下." 操下樓令人隨光掘地. 正是:

星文方向南中指, 金寶旋從北地生.

不知所得何物, 且聽下文分解.

*注: 一道金光(일도금광): 한 줄기의 금빛. 〈道〉: 줄기나 가닥 등을 세는 양사. 星文(성문): 星象. 星光. 旋(선): 그리고(還). 또(又): 오래지 않아(不久), 금방(立刻). 급히(急忙): 돌다(回轉). 돌아오다(回還). 여기서는 앞 구절의 〈方〉과 對가 되어서 〈바로 그때〉란 뜻을 나타낸다.

第三十三回 毛宗崗 序始評

(1). 袁尙母劉氏之妬, 其酷烈也甚矣, 乃城破之後不能死節, 而獻甄氏於曹丕以圖苟全, 又何其無烈性至此乎? 可見婦之貞者必不妬, 婦之妬者必不貞. 呂后爲項羽所得而不死, 所以有人彘之刑. 飛燕(*指漢成帝趙皇后.)曾事射鳥兒, 所以多殺皇嗣; 武曌有聚麀之恥, 所以弑王后殺蕭妃, 豈非妬婦之明驗哉! (*武曌(무

조): 唐의 則天武后. 聚麀(취우): 禽獸不知父子夫婦之倫, 故有父子共牝之事. 後以指兩代的亂倫行爲.)

(2). 殺許攸者曹操也, 非許褚也. 許攸數謀曹操, 操欲殺攸久矣. 欲自殺之而恐有殺故人·殺功臣之名, 特假手於許褚耳. 許褚殺攸, 而操曾不之罪, 故曰非許褚殺之, 而曹操殺之也.

(3). 曹操有時而仁, 有時而暴. 免百姓秋租, 仁矣; 使百姓敲氷拽船, 何其暴也! 不殺逃民而縱之, 仁矣; 又戒令勿爲軍士所獲, 仍不禁軍之殺民, 何其暴也! 其暴處多是眞, 其仁處多是假. 蓋曹操待冀州之民, 與其待袁紹無以異耳. 殺其子, 奪其婦, 取其地, 而乃哭其墓. 然則其哭也, 爲眞慈悲乎? 爲假慈悲乎? 奸雄之奸, 非復常人意量所及.

(4). 急之則合, 緩之則離, 此郭嘉所以策冀州者也. 其策遼東, 亦猶是矣. 曹操進軍攻北, 而譚與尙和, 及其回兵南, 而譚與尙遂相鬪. 觀譚之與尙, 而熙尙之與公孫康, 豈異此哉! 但操於譚則兩滅之, 於熙尙與康, 則一存而一滅之; 於冀州則待其亂而我滅之, 於遼東則聽其自滅, 而更不煩我滅之. 此則微有不同者爾.

第三十四回

蔡夫人隔屛聽密語
劉皇叔躍馬過檀溪

〖1〗 却說曹操於金光處, 掘出一銅雀, 問荀攸曰: "此何兆也?" 攸曰: "昔舜母夢玉雀入懷而生舜. 今得銅雀, 亦吉祥之兆也." (*後曹丕欲學舜之禪堯, 於此先伏一筆.) 操大喜, 遂命作高臺以慶之. 乃卽日破土斷木, 燒瓦磨磚, 築銅雀臺於漳河之上, 若計一年而工畢. (*大兵之後又興大役, 愛民者如是乎?) 少子曹植進曰: "若建層臺, 必立三座: 中間高者, 名爲銅雀; 左邊一座, 名爲玉龍; 右邊一座, 名爲金鳳. 更作兩條飛橋, 橫空而上, 乃爲壯觀." 操曰: "吾兒所言甚善. 他日臺成, 足可娛吾老矣." 原來曹操有五子, 惟植性敏慧, 善文章, (*爲後七步成章伏線.) 曹操平日最愛之. 於是留曹植與曹丕在鄴郡造臺, 使張燕守北寨. 操將所得袁紹之兵, 共五六十萬,班師回許都. 大封功臣; 又表贈郭嘉爲貞侯, 養其子奕於府中.(*以上了却北方事, 以下專敍南方事.) 復聚衆謀士商議, 欲南征劉表. 荀彧曰: "大軍方北征而回, 未可復動. 且待半年, 養精蓄銳, 劉表·孫權可一鼓而下也." 操從之, 遂分兵屯田, 以候調用.

*注: **檀溪**(단계): 지금의 호북성 襄樊市 서남. 지금은 완전히 말랐다. **漳河**(장하): 지금의 하북성과 하남성 경계에 있는 강으로 衛河의 支流. **鄴郡**(업군): 하북성 磁縣 남쪽. **表贈**(표증): 문서로 上奏하여 死者에게 작위를 追贈하다.

〖2〗 却說玄德自到荊州, 劉表待之甚厚. 一日, 正相聚飮酒, 忽報降將張武·陳孫在江夏擄掠人民, 共謀造反. 表驚曰: "二賊又反, 爲禍不小!" 玄德曰: "不須兄長憂慮, 備親往討之." 表大喜, 卽點三萬軍, 與玄德前去. 玄德領命卽行, 不一日, 來到江夏. 張武·陳孫引兵來迎. 玄德與關·張·趙雲出馬在門旗下, 望見張武所騎之馬, 極其雄駿. 玄德曰: "此必千里馬也." 言未畢, 趙雲挺槍而出, 徑衝彼陣. 張武縱馬來迎, 不三合, 被趙雲一槍刺落馬下, 隨手扯住轡頭, 牽馬回陣. 陳孫見了, 隨赶來奪. 張飛大喝一聲, 挺矛直出, 將陳孫刺死. 衆皆潰散. 玄德招安餘黨, 平復江夏諸縣, 班師而回.(*此段專爲得馬而敍, 爲檀溪張本) 表出郭迎接入城, 設宴慶功. 酒至半酣, 表曰: "吾弟如此雄才, 荊州有倚賴也. 但憂南越不時來寇, 張魯·孫權皆足爲慮."(*但慮南越, 張魯, 孫權, 而獨不慮及曹操, 可謂知近不知遠矣.) 玄德曰: "弟有三將, 足可委用. 使張飛巡南越之境, 雲長拒固子城, 以鎭張魯; 趙雲拒三江, 以當孫權. 何足慮哉?"(*玄德所慮只在曹操耳.) 表喜, 欲從其言. 蔡瑁告其姊蔡夫人,曰: "劉備遣三將居外, 而自居荊州, 久必爲患." 蔡夫人乃夜對劉表曰: "我聞荊州人多與劉備往來, 不可不防之. 今容其居住城中，無益，不如遣使他往.”表曰：“玄德仁人也.”蔡氏曰：“只恐他人不似汝心.”(*呼夫曰“汝”，夫人之尊如此!) 表沈吟不答.

*注：**江夏**(강하)：郡名. 동한 말에는 형주 강하군 鄂縣으로, 한때 손권이 왕도로 삼은 적이 있다. 郡治 所在地(지금의 호북성 武昌(즉, 鄂城) 西南). **門旗**(문기)：軍陣이나 軍營의 문 앞에 세우는 깃발. **隨手**(수수)：즉시. 뒤이어. **轡頭**(비두)：말고삐와 재갈. **倚賴**(의뢰)：依賴. 의지. **南越**(남월)：남방 越人들의 거주지. 〈越〉：고대에 남방의 부족들이 廣西, 廣東, 福建, 折江 등지에 흩어져 살았던 지역. **固子城**(고자성)：동한 삼국시대에는 이런 지명이 없었다. 三江(삼강)：호북성 黃岡에 있는 지명. 江을 隔하여 鄂城(악성)과 접경한다. 大江이 세 갈래로 나뉘어 흐르다가 여기서 다시 하나로 합쳐진다. **沈吟**(침음)：망설이다. 주저하다. 깊이 생각하다. 심사숙고하다.

〖3〗次日出城，見玄德所乘之馬極駿，問之，知是張武之馬. 表稱讚不已. 玄德遂將此馬送與劉表. 表大喜，騎回城中. 蒯越見而問之. 表曰：“此玄德所送也.”越曰：“昔先兄蒯良，最善相馬；越亦頗曉. 此馬眼下有淚槽，額邊生白點，名爲‘的盧’，騎則妨主. 張武爲此馬而亡. 主公不可乘之.”(*若云亡張盧者是的盧，則亡呂布者豈赤兎耶? 恐馬不任咎也.) 表聽其言. 次日，請玄德飮宴，因言曰：“昨承惠良馬，深感厚意. 但賢弟不時征進，可以用之. 敬當送還.”玄德起謝. 表又曰：“賢弟久居此間，恐廢武事. 襄陽屬邑新野縣，頗有錢糧，弟可引本部軍馬於本縣屯札，何如?”(*數語已在前沈吟不語時算定矣.) 玄德領諾.

次日，謝別劉表，引本部軍馬徑往新野，(*從荊州移屯新野，與前從徐州移屯小沛同一局面.) 方出城門，只見一人在馬前長揖曰：“公所騎馬, 不可乘也.” 玄德視之, 乃荊州幕賓伊籍, 字機伯, 山陽人也. 玄德忙下馬問之. 籍曰: “昨聞蒯異度對劉荊州云: ‘此馬名的盧,乘則妨主.’ 因此還公,公豈可復乘之?” 玄德曰: “深感先生見愛. 但凡人生死有命, 豈馬所能妨哉!” 籍服其高見, 自此常與玄德往來.(*爲後伊籍兩番救玄德伏線.)

*注: **淚槽**(루조): 눈물주머니. 누낭(淚囊). **的盧**(적로): 이마에 백색 반점이 있는 말. '的顱' 로도 쓴다. 〈的〉: 백색. 말의 흰 이마. 白額馬 ; 밝다. 선명하다. 명백하다. **妨主**(방주): 주인을 해치다. 주인을 상하다. 〈妨〉: 해치다. 상하다. **襄陽**(양양): 지금의 호북성 襄樊市. **新野縣**(신야현): 형주 남양군에 속한 縣名. 후에는 襄陽郡에 속하게 됨. 지금은 하남성 新野南. **幕賓**(막빈): 軍中이나 官署에서 초청해서 온 參事 또는 參議. 幕僚. 幕友. 顧問. 參謀 등을 이름. **山陽**(산양): 군명. 치소는 昌邑. 지금의 산동성 金鄉縣 西北

〖4〗 玄德自到新野, 軍民皆喜, 政治一新. 建安十二年春, 甘夫人生劉禪. 是夜有白鶴一隻, 飛來縣衙屋上, 高鳴四十餘聲, 望西飛去.(*應後劉禪稱帝西川四十餘年.) 臨分娩時, 異香滿室. 甘夫人嘗夜夢仰呑北斗, 因而懷孕, 故乳名阿斗.

此時曹操正統兵北征. 玄德乃往荊州, 說劉表曰: “今曹操悉兵北征, 許昌空虛, 若以荊襄之衆, 乘間襲之, 大事可就也.”(*讀前卷曹操北征烏桓之時, 深怪劉備在荊州何便睡着? 今觀此處, 方知英雄謀略.) 表曰: “吾坐據九州足矣, 豈可別圖?”(*不出前卷郭嘉所料.) 玄德黙然. 表邀入後堂飮酒. 酒至半酣, 表忽然長嘆. 玄德曰: “兄長何故長嘆?” 表曰: “吾有心事, 未易明言.” 玄德再欲問時, 蔡夫人出立屛後, 劉表乃垂頭不語. 須臾席散, 玄德自歸新野.

*注: **建安十二年**(건안십이년): 서기 207년. 신라 奈解尼師今 12년. **阿斗**

(아두): (兒名) 북두성. 〈阿〉: 항렬이나 兒名, 혹은 姓 앞에 쓰여 친밀한 뜻을 나타낸다. 悉兵(실병): 병력을 다 동원하다.

〖5〗 至是年冬, 聞曹操自柳城回, 玄德甚嘆表之不用其言. 忽一日, 劉表遣使至, 請玄德赴荊州相會. 玄德隨使而往. 劉表接着, 敍禮畢, 請入後堂飮宴; 因謂玄德曰: "近聞曹操提兵回許都, 勢日强盛, 必有呑倂荊襄之心. 昔日悔不聽賢弟之言,失此好機會." 玄德曰: "今天下分裂, 干戈日起, 機會豈有盡乎? 若能應之於後, 未足爲恨也."(*往者不可諫, 來者猶可追.) 表曰: "吾弟之言甚當." 相與對飮. 酒酣, 表忽潸然下淚. 玄德問其故, 表曰: "吾有心事, 前者欲訴與賢弟, 未得其便." 玄德曰: "兄長有何難決之事? 倘有用弟之處, 弟雖死不辭." 表曰: "前妻陳氏所生長子琦, 爲人雖賢, 而柔懦不足立事; 後妻蔡氏所生少子琮, 頗聰明. 吾欲廢長立幼, 恐礙於禮法; 欲立長子, 爭奈蔡氏族中, 皆掌軍務, 後必生亂: 因此委決不下." 玄德曰: "自古廢長立幼, 取亂之道. 若憂蔡氏權重, 可徐徐削之, 不可溺愛而立少子也."(*自是正論.) 表默然.

*注: 潸然(산연): 눈물을 줄줄 흘리는 모양. 〈潸〉: 눈물 흘리다. 立事(립사): 建功立業. 起事. 擧事. 爭奈(쟁나): 어찌하랴(怎奈. 無奈). 어찌하여. 어떻게. 委決(위결): 결정하다.

〖6〗 原來蔡夫人素疑玄德, 凡遇玄德與表敍論, 必來竊聽. 是時正在屛風後, 聞玄德此言, 心甚恨之. 玄德自知語失, 遂起身如厠. 因見己身髀肉復生, 亦不覺潸然流淚.(*劉表下淚是兒女態, 玄德下淚是英雄氣.) 少頃, 復入席, 表見玄德有淚容, 怪問之. 玄德長嘆曰: "備往常身不離鞍, 髀肉皆散; 今久不騎, 髀裏肉生. 日月蹉跎, 老將至矣, 而功業不建: 是以悲耳!" 表曰: "吾聞賢弟在許昌，與曹操靑梅煮酒，共論英雄．賢弟盡擧當世名士，操皆不許，而獨曰：‘天下英雄，惟使君與操耳．’以曹操之權力，猶不敢居吾弟之先，何慮功業不建乎?”玄德乘着酒興，失口答曰：“備若有基本，天下碌碌之輩，誠不足慮也．”(*前於曹操面前，假作愚人身分；今在劉表面前，却露出英雄本色．) 表聞言黙然．玄德自知失語，托醉而起，歸館舍安歇．(*前寫玄德黙然，後寫劉表黙然；前寫劉表長嘆，後寫玄德長嘆；前寫劉表下淚，後寫玄德下淚；前云玄德自知失語起身如厠，後又云玄德自知失語托醉而起．皆故意作此兩兩相對之筆．) 後人有詩讚玄德曰：

曹公屈指從頭數，天下英雄獨使君．
髀肉復生猶感歎，爭敎寰宇不三分?

*注：**如厠**(여측)：측간에 가다．〈如〉：가다(之)．　**髀肉**(비육)：허벅지 살．**蹉跎**(차타)：때를 놓치다．허송세월하다．불운하여 때를 얻지 못하다．발이 물건에 걸려 넘어지다．　**失口**(실구)：失言．　**爭敎**(쟁교)：어떻게 해야 …하겠는가?〈爭〉：왜，어찌…하랴．怎．〈敎〉：하게 하다．　**寰宇**(환우)：천하．

〖7〗却說劉表聞玄德語，口雖不言，心懷不足，別了玄德，退入內宅．蔡夫人曰：“適間我於屛後聽得玄德之言，甚輕覷人，足見其有呑倂荊州之意．今若不除，必爲後患．”表不答，但搖頭而已．蔡氏乃密召蔡瑁入，商議此事．瑁曰：“請先就館舍殺之，然後告知主公．”蔡氏然其言，瑁出，便連夜點軍．

*注：**適間**(적간)：방금 전에．剛才．　**輕覷**(경처)：깔보다．업신여기다．**搖頭**(요두)：머리를 가로 젓다(부정이나 거절의 뜻을 나타냄)．

〖8〗却說玄德在館舍中秉燭而坐，三更以後，方欲就寢．忽一人叩門而入，視之乃伊籍也．原來伊籍探知蔡瑁欲害玄德，特夤夜來報．(*此伊籍第一番救玄德．) 當下伊籍將蔡瑁之謀，報知玄德，催促玄德速速起身. 玄德曰: "未辭景升, 如何便去?" 籍曰: "公若辭, 必遭蔡瑁之害矣." 玄德乃辭別伊籍, 急喚從者, 一齊上馬, 不待天明, 星夜奔回新野. 比及蔡瑁領軍到館舍時, 玄德已去遠矣. 瑁悔恨無及, 乃寫詩一首於壁間, 徑入見表曰: "劉備有反叛之意, 題反詩於壁上, 不辭而去矣." 表不信, 親詣館舍觀之, 果有詩四句. 詩曰:

數年徒守困, 空對舊山川.

龍豈池中物, 乘雷欲上天.

〖9〗劉表見詩大怒, 拔劍言曰: "誓殺此無義之徒!" 行數步, 猛省曰: "吾與玄德相處許多時, 不曾見他作詩. 一 此必外人離間之計也." 遂回步入館舍, 用劍尖削去此詩, 棄劍上馬. 蔡瑁請曰: "軍士已點齊, 可就往新野擒劉備." 表曰: "未可造次, 容徐圖之." 蔡瑁見表持疑不決, 乃暗與蔡夫人商議: 即日大會衆官於襄陽, 就彼處謀之. 次日, 瑁稟表曰: "近年豊熟, 合聚衆官於襄陽, 以示撫勸之意. 請主公一行." 表曰: "吾近日氣疾作, 實不能行. 可令二子爲主待客." 瑁曰: "公子年幼, 恐失於禮節." 表曰: "可往新野請玄德待客." (*請玄德赴會, 不用蔡瑁說, 却用劉表說. 甚妙.) 瑁暗喜正中其計, 便差人請玄德赴襄陽.

*注: **猛省**(맹성): 정신이 번쩍 들다. 매우 깊이 반성하다. **即日**(즉일): 그날. 당일. 수일 내; 가까운 시일 내. **撫勸**(무권): 위로하고 권면하다. **氣疾**(기질): 호흡기 계통의 질병.

〖10〗却說玄德奔回新野, 自知失言取禍, 未對衆人言之. 忽使者至, 請赴襄陽. 孫乾曰: "昨見主公匆匆而回, 意甚不樂. 愚意度之, 在荊州必有事故. 今忽請赴會, 不可輕往." 玄德方將前項事訴與諸人. 雲長曰: “兄自疑心語失, 劉荊州並無嗔責之意. 外人之言, 不可輕信. 襄陽離此不遠, 若不去, 則荊州反生疑矣.” 玄德曰: “雲長之言是也.” 張飛曰: “‘筵無好筵, 會無好會’, 不如休去.” 趙雲曰: “某將馬步軍三百人同往, 可保主公無事.” 玄德曰: “如此甚好.”

遂與趙雲卽日赴襄陽. 蔡瑁出郭迎接, 意甚謙謹. 隨後劉琦·劉琮二子, 引一班文武官僚出迎. 玄德見二公子俱在, 並不疑忌. 是日請玄德於館舍暫歇. 趙雲引三百軍圍繞保護. 雲披甲挂劍, 行坐不離左右. 劉琦告玄德曰: “父親氣疾作, 不能行動, 特請叔父待客, 撫勸各處守牧之官.” 玄德曰: “吾本不敢當此; 旣有兄命, 不敢不從.”

〖11〗 次日, 人報九郡四十二州官員, 俱已到齊. 蔡瑁預請蒯越計議曰: “劉備世之梟雄, 久留於此, 後必爲害, 可就今日除之.” 越曰: “恐失士民之望.” 瑁曰: “吾已密領劉荊州言語在此.” 越曰: “旣如此, 可預作准備.” 瑁曰: “東門峴山大路, 已使吾弟蔡和引軍守把; 南門外已使蔡中守把; 北門外已使蔡勳守把. 止有西門不必守把: 前有檀溪阻隔, 雖有數萬之衆, 不易過也.”(*先說得如此之險, 方見後文脫難之奇.) 越曰: “吾見趙雲行坐不離玄德, 恐難下手.” 瑁曰: “吾伏五百軍在城內准備.” 越曰: “可使文聘·王威二人另設一席於外廳, 以待武將. 先請住趙雲, 然後可行事.”(*與張繡欲謀曹操先使人灌醉典韋同一方法.) 瑁從其言.

當日殺牛宰馬, 大張筵席. 玄德乘的盧馬至州衙, 命牽入後園摑繫. 衆官皆至堂中. 玄德主席, 二公子兩邊分坐, 其餘各依次而坐. 趙雲帶劍立於玄德之側. 文聘·王威入請趙雲赴席, 雲推辭不去, 玄德令雲就席, 雲勉强應命而出.

蔡瑁在外收拾得鐵桶相似, 將玄德帶來三百軍, 都遣歸館舍, 只待半酣, 號起下手. 酒至三巡, 伊籍起把盞, 至玄德前, 以目視玄德, 低聲謂曰: "請更衣." 玄德會意, 卽起如厠. 伊籍把盞畢, 疾入後園, 接着玄德, 附耳報曰: "蔡瑁設計害君, 城外東南北三處, 皆有軍馬守把. 惟西門可走, 公宜急逃!"(*此伊籍第二番救玄德.) 玄德大驚, 急解的盧馬, 開後園門牽出, 飛身上馬, 不顧從者, 匹馬望西門而走. 門吏問之, 玄德不答, 加鞭而出. 門吏當之不住, 飛報蔡瑁. 瑁卽上馬, 引五百軍隨後追赶.

*注: **守把**(수파): 把守하다. 防守하다. **請住趙雲**(청주조운): 조운을 청하여 붙들어 두다. 擐**繫**(환계): 목책에 묶다. 〈擐〉: 목책. 울짱. **推辭**(추사): 거절하다. 사양하다. **勉强**(면강): 마지못해. 어쩔 수 없이. 강요하다. **把盞**(파잔): 把醆. 술잔을 들다(잡다). 술을 부어 권하다. (*주로 술을 따라 손님에게 권하는 경우에 씀). **更衣**(갱의): 옷을 갈아입다. 변소에 가다.

〖12〗 却說玄德撞出西門, 行無數里, 前有一大溪, 攔住去路. 那檀溪闊數丈, 水通襄江, 其波甚緊. 玄德到溪邊, 見不可渡, 勒馬再回, 遙望城西塵頭大起, 追兵將至. 玄德曰: "今番死矣!" 遂回馬到溪邊. 回頭看時, 追兵已近, 玄德着慌, 縱馬下溪. 行不數步, 馬前蹄忽陷, 浸濕衣袍. 玄德乃加鞭大呼曰: "的盧! 的盧! 今日妨吾!" 言畢, 那馬忽從水中湧身而起, 一躍三丈, 飛上西岸, 玄德如從雲霧中起.

*注: **其波甚緊**(기파심긴): 그 물살이 매우 빠르다. 물살이 급하다. **塵頭**(진두) 크게 일어나는 먼지. **回頭看時**(회두간시): 고개를 돌려 바라보니.

〖13〗 後來蘇學士有古風一篇, 單咏躍馬檀溪事. 詩曰:

老去花殘春日暮, 宦遊偶至檀溪路.

停驂遙望獨徘徊, 眼前零落飄紅絮.
暗想咸陽火德衰, 龍爭虎鬪交相持.
襄陽會上王孫飮, 坐中玄德身將危.
逃生獨出西門道, 背後追兵復將到.
一川烟水漲檀溪, 急叱征騎往前跳.
馬蹄踏碎青玻璃, 天風響處金鞭揮.
耳畔但聞千騎走, 波中忽見雙龍飛.
西川獨覇眞英主, 坐上龍駒兩相遇.
檀溪溪水自東流, 龍駒英主今何處!
臨流三嘆心欲酸, 斜陽寂寂照空山.
三分鼎足渾如夢, 踪跡空流在世間.

*注: **蘇學士**(소학사): 북송 시인 〈소식蘇軾〉이란 설이 있으나 그의 〈소동파집蘇東坡集〉에는 이 시가 보이지 않는다. 한편 북송 시인 소순흠(蘇舜欽: 字子美)이란 설도 있으나 그의 문집 〈소학사蘇學士문집〉에도 이 시는 보이지 않는다. **宦遊**(환유): 관직을 구하려 밖으로 나가거나 관리가 되어 타향에서 지냄. **偶**(우): 마침. 우연히. 驂(참): 수레를 끄는 네 마리의 말들 중 양쪽 바깥쪽의 말을 〈驂〉이라 한다. 여기서는 〈車馬〉를 가리킨다. **咸陽火德衰**(함양화덕쇠): 〈咸陽〉: 한 고조 劉邦이 관중에 들어가 咸陽을 함락시킴으로써 漢朝의 기초를 놓았던 것에서, 여기서는 漢을 말함. 〈火德〉: 五行의 相生相剋 이론으로 각 朝代의 交替를 말했는데, 漢은 〈火의 德〉으로 성립되었다고 한다. 따라서 〈咸陽火德衰〉는 곧 漢朝의 衰落을 말한다. **烟水**(연수): 수증기가 자욱한 수면. **青玻璃**(청파리): 푸른 유리. 여기서는 맑고 푸른 檀溪의 물을 비유한 것이다. **耳畔**(이반): 귓가. 耳伴. 耳邊. **龍駒**(용구): 잘 생긴 망아지. 기린아. 준마. **渾如夢**(혼여몽): 꿈속처럼 흐릿하다. 〈渾〉: 흐리다.

〖14〗 玄德躍過溪西, 顧望東岸. 蔡瑁已引軍赶到溪邊, 大叫: "使君何故逃席而去?" 玄德日: "吾與汝無仇讐, 何故欲相害?" 瑁日: "吾並無此心, 使君休聽人言." 玄德見瑁手將拈弓取箭, 乃急撥馬望西南而去. 瑁謂左右日: "是何神助也?" 方欲收軍回城, 只見西門內趙雲引三百軍赶來. 正是:

躍去龍駒能救主, 追來虎將欲誅仇.

未知蔡瑁性命如何, 且聽下文分解.

第三十四回 毛宗崗 序始評

(1). 管仲之有三歸(論語 3-22: 管氏有三歸), 或云是臺, 或云是女. 以今度之, 意者管仲喜得三歸之女, 而卽以此名其臺未可知也. 然則是臺亦是女, 非有兩三歸也. 若銅雀之二橋則不然, 曹植所欲建者, 玉龍金鳳所接之二橋; 曹操所欲得者, 乃孫策周瑜所娶之二喬. "橋"之與 "喬"則有辨矣.

(2). 曹操攻冀州之時, 備不勸表襲許都, 至操擊烏桓之時, 備乃勸表襲許都, 其故何也? 從冀州回救許都也近, 近則不可襲; 從烏桓回救許都也遠, 遠則可襲, 勢不同也. 且有不救袁譚以示怯於前, 操必輕表而不設備, 乘其不備而襲之, 此所謂 "始如處女, 後若脫兎", 眞兵家之妙算也. 劉表不用備言, 失此機會, 可勝嘆哉!

(3). 范增欲殺沛公, 而項羽不忍; 蔡瑁欲殺玄德, 而劉表不忍. 然鴻門之宴項羽在, 故范增不能爲政; 襄陽之宴劉表不在, 則蔡瑁爲政. 由此言之, 襄陽一會, 其更險於鴻門哉!

第三十五回

玄德南漳逢隱淪
單福新野遇英主

〖1〗 却說蔡瑁方欲回城, 趙雲引軍赶出城來. 原來趙雲正飮酒間, 忽見人馬動, 急入內觀之, 席上不見了玄德. 雲大驚, 出投館舍, 聽得人說: "蔡瑁引軍望西赶去了." 雲火急綽槍上馬, 引着原帶來三百軍, 奔出西門, 正迎見蔡瑁, 急問曰: "吾主何在?" 瑁曰: "使君逃席而去, 不知何往." 趙雲是謹細之人, 不肯造次, 卽策馬前行. 遙望大溪. 別無去路, 乃復回馬, 喝問蔡瑁曰: "汝請吾主赴宴, 何故引着軍馬追來?" 瑁曰: "九郡四十二州縣官僚俱在此, 吾爲上將, 豈可不防護?" 雲曰: "汝逼吾主何處去了?" 瑁曰: "聞使君匹馬出西門, 到此却又不見." 雲驚疑不定, 直來溪邊看時, 只見隔岸一帶水跡. 雲暗忖曰: "難道連馬跳過了溪去?" (*以爲必無此事.) 令三百軍四散觀望, 並不見踪跡. 雲再回馬時, 蔡瑁已入城去了. 雲乃拏守門軍士追問, 皆說: "劉使君飛馬出西門而去." 雲再欲入城, 又恐有埋伏, 遂急引軍歸新野.

*注: **隱淪**(은륜): 은둔하다. 은거하다. 은사. 은둔자. **出投**(출투): 나가서 …에 뛰어들다. **造次**(조차): 경솔하다. 멋대로 하다. 덤벙대다. **難道**(난도): 설마 …겠는가.

〚2〛 却說玄德躍馬過溪, 似醉如癡, 想: "此闊澗一躍而過, 豈非天意!" 迤邐望南漳策馬而行. 日將沈西. 正行之間, 見一牧童跨於牛背上, 口吹短笛而來. 玄德嘆曰: "吾不如也!" 遂立馬觀之. 牧童亦停牛罷笛, 熟視玄德, 曰: "將軍莫非破黃巾劉玄德否?" 玄德驚問曰: "汝乃村僻小童, 何以知吾姓字?"(*馬背上人不識牛背上人, 牛背上人却偏識馬背上人.) 牧童曰: "我本不知. 因常侍師父, 有客到日, 多曾說有一劉玄德, 身長七尺五寸, 垂手過膝, 目能自顧其耳, 乃當世之英雄. 今觀將軍如此模樣, 想必是也."(*借牧童口中畵出一玄德.) 玄德曰: "汝師何人也?" 牧童曰: "吾師覆姓司馬, 名徽, 字德操, 潁州人也, 道號 '水鏡先生'."(*能識英雄, 不愧水鏡之目.) 玄德曰: "汝師與誰爲友?"(*不知其人視其友, 亦以其自號水鏡, 故有此問也.) 小童曰: "與襄陽龐德公·龐統爲友."(*此卷敍玄德見司馬徽, 正爲見諸葛亮伏線耳.) 玄德曰: "龐德公乃龐統何人?" 童子曰: "叔姪也. 龐德公, 字山民, 長俺師父十歲; 龐統, 字士元, 小俺師父五歲. 一日, 我師父在樹上采桑, 適龐統來相訪, 坐於樹下, 共相議論, 終日不倦. 吾師甚愛龐統, 呼之爲弟." 玄德曰: "汝師今居何處?" 牧童遙指曰: "前面林中, 便是莊院." 玄德曰: "吾正是劉玄德. 汝可引我去拜見你師父."

*注: 迤邐(이리): 천천히(緩行貌). 구불구불 이어진 모양(曲折連綿貌). 차츰차츰 (가까이). **南漳**(남장): 縣名. 호북성의 현명. 현재의 襄陽시 西南,

宜城市 西에 있다. 乃(내): ①而. 又(and). ②而且. ③還是. ④然而. 可是. ⑤若. 如果 등의 뜻을 나타낸다.

〖3〗童子便引玄德, 行二里餘, 到莊前下馬. 入至中門, 忽聞琴聲甚美. 玄德教童子且休通報, 側耳聽之. 琴聲忽住而不彈, 一人笑而出曰: "琴韻淸幽, 音中忽起高抗之調, 必有英雄竊聽." 童子指謂玄德曰: "此卽吾師水鏡先生也." 玄德視其人, 松形鶴骨, 器宇不凡, 慌忙進前施禮, 一 衣襟尙濕.一 水鏡曰: "公今日幸免大難." 玄德驚訝不已. 小童曰: "此劉玄德也." 水鏡請入草堂, 分賓主坐定. 玄德見架上滿堆書卷, 窗外盛栽松竹, 橫琴於石床之上, 淸氣飄然. (*隱然爲諸葛草廬先寫一樣子.) 水鏡問曰: "明公何來?" 玄德曰: "偶爾經由此地, 因小童相指, 得拜尊顔, 不勝欣幸." 水鏡笑曰: "公不必隱諱. 公今必逃難至此." 玄德遂以襄陽一事告之. 水鏡曰: "吾觀公氣色, 已知之矣." 因問玄德曰: "吾久聞明公大名, 何故至今猶落魄不偶耶?" 玄德曰: "命途多蹇, 所以至此." 水鏡曰: "不然, 蓋因將軍左右不得其人耳."(*將欲薦出兩人, 先說他左右無人.) 玄德曰: "備雖不才, 文有孫乾·糜竺·簡雍之輩, 武有關·張·趙雲之流, 竭忠輔相, 頗賴其力." 水鏡曰: "關·張·趙雲, 皆萬人敵, 惜無善用之之人. 若孫乾·糜竺輩, 乃白面書生, 非經綸濟世之才也."(*隱然說他左右之人不及吾意中之人.) 玄德曰: "備亦嘗側身以求山谷之遺賢, 奈未遇其人何!" 水鏡曰: "豈不聞孔子云: '十室之邑, 必有忠信.' 何謂無人?"(*不說我意中有人, 只說天下未嘗無人.) 玄德曰: "備愚昧不識, 願賜指敎."(*直待水鏡說未嘗無人, 然後玄德請問其人.) 水鏡曰: "公聞荊襄諸郡小兒之謠言乎? 其謠曰: '八九年間始欲衰, 至十三年無孑遺. 到頭天命有所歸, 泥中蟠龍向天飛.' 此謠始於建安初: 建安八年, 劉景升喪却前妻，便生家亂，此所謂‘始欲衰’也；‘無孑遺’者，不久則景升將逝，文武零落無孑遺矣．‘天命有歸’，‘龍向天飛’，蓋應在將軍也．”(*且不答所問之人，忽自述所聞之謠．）玄德聞言，驚謝曰：“備安敢當此!”水鏡曰：“今天下之奇才，盡在於此，公當往求之．”玄德急問曰：“奇才安在？果係何人？”水鏡曰：“伏龍·鳳雛，兩人得一，可安天下．”玄德曰：“伏龍·鳳雛何人也？”水鏡撫掌大笑曰：“好，好．”(*說出伏龍·鳳雛四字，却又不明指其姓名，只言“好！好!”眞絕世妙文．）玄德再問時，水鏡曰：“天色已晚，將軍可於此暫宿一宵，明日當言之．”(*此時宜說出姓名矣，乃又欲遲至明日．逼近之至，又復漾開去．妙絕．）卽命小童具飮饌相待，馬牽入後院喂養．玄德飮膳畢，卽宿於草堂之側．

*注：**高抗之調**(고항지조)：소리가 높고 낭랑하다. 우렁차다. **器宇**(기우)：의표(儀表). 風度. 풍채. **欣幸**(흔행)：기쁘고 다행스럽다.(행복하다). 기쁘다. **落魄不偶**(낙백불우)：실의에 빠지고 운수가 나쁘다. 고대에는 偶數(雙數)는 좋고 奇數(單數)는 나쁘다고 생각하여, 運數가 좋지 못한 것을 〈不偶〉라고 했다. **命途多蹇**(명도다건)：불운하다. 운세가 나쁘다. 〈命途〉：운명. 〈多蹇〉：〈蹇〉:역경의 괘 이름(坎上艮下). 험준한 데서 고생하는 상. 곤궁간난(困窮艱難). **經綸**(경륜)：본래의 뜻은 엉킨 실을 실타래에 감아 잘 정리한다는 뜻인데, 정치를 잘함을 비유한 말이다. **濟世**(제세)：세상을 구하다. **側身**(측신)：몸을 낮추다. 〈側〉：곁. 기울다. 낮추다. **奈…何**(나…하)：어찌 …할 수 있겠는가. **十室之邑，必有忠信**(십실지읍, 필유충신)：〈論語·公冶長〉편에 나오는 말로, 〈열 집이 모여 사는 작은 마을에도 충성스럽고 신실한 사람은 있게 마련이다〉란 뜻이다. **無孑遺**(무혈유)：남겨놓은 자가 하나도 없다. **到頭**(도두)：도저(到底). 마침내. 필경(畢竟). 결국. 끝내. 아주. **蟠龍**(반룡)：똬리를 틀고 있는 용. **建安八年**(건안팔년)：서기 203년. **果係何人**(과계하인)：과연 누구인가. 과연 어떤 사람인가. 〈係〉：이다

(=是). **撫掌**(무장): 拍掌. 기뻐서 손뼉을 치다. **好, 好**(호호): (상대방의 말이나 추가적인 질문을 막기 위한 말) 좋아, 됐어. 됐소, 그만합시다.

〖4〗 玄德因思水鏡之言, 寢不成寐. 約至更深, 忽聽一人叩門而入. 水鏡曰: "元直何來?" 玄德起床密聽之, 聞其人答曰: "久聞劉景升善善惡惡, 特往謁之. 及至相見, 徒有虛名. 蓋善善而不能用, 惡惡而不能去者也.(*此劉公之所以亡.) 故遺書別之, 而來至此." 水鏡曰: "公懷王佐之才, 宜擇人而事, 奈何輕身往見景升乎? 且英雄豪杰, 只在眼前, 公自不識耳." 其人曰: "先生之言是也." 玄德聞之大喜, 暗忖: "此人必是伏龍·鳳雛." 卽欲出見, 又恐造次.

候至天曉, 玄德求見水鏡, 問曰: "昨夜來者是誰?" 水鏡曰: "此吾友也." 玄德求與相見. 水鏡曰: "此人欲往投明主, 已到他處去了."(*妙在不說出將投玄德.) 玄德請問其姓名. 水鏡笑曰: "好! 好!"(*妙在不說出姓名.) 玄德再問: "伏龍·鳳雛, 果係何人?" 水鏡亦只笑曰: "好! 好!"(*昨夜不說, 待至明日; 及至明日, 只是不說. 妙.) 玄德拜請水鏡出山相助, 同扶漢室. 水鏡曰: "山野閒散之人, 不堪世用. 自有勝吾十倍者來助公, 公宜訪之."(*自己不出, 只是薦人, 及至薦人, 又待其自訪. 妙.)

正談論間, 忽聞莊外人喊馬厮, 小童來報: "有一將軍, 引數百人到莊來也." 玄德大驚, 急出視之, 乃趙雲也. 玄德大喜. 雲下馬入見曰: "某夜來回縣, 尋不見主公, 連夜跟問到此. 主公可作速回縣. 只恐有人來縣中厮殺."(*此時只恐蔡瑁兵來, 後文却是曹仁兵來.) 玄德辭了水鏡, 與趙雲上馬, 投新野來. 行不數里, 一彪人馬來到, 視之, 乃雲長·翼德也. 相見大喜, 玄德訴說躍馬檀溪之事, 共相嗟訝.

*注: 更深(경심): 밤이 깊다. 深夜.　善善惡惡(선선오악): 선한 사람을 좋아하고 악한 사람을(惡: 악) 미워한다(惡: 오).　徒(도): 한갓. 공연히.　王佐之才(왕좌지재): (제)왕을 보필할 훌륭한 인재.　自有(자유): 따로 있다.　跟問(근문): 追問. 캐묻다. 추궁하다. 묻고 묻다. 수소문하다.　嗟訝(차아): 감탄하고(嗟) 놀라다(訝).

〖5〗到縣中, 與孫乾等商議. 乾曰: "可先致書於景升, 訴告此事." 玄德從其言, 卽令孫乾齎書至荊州. 劉表喚入問曰: "吾請玄德襄陽赴會, 緣何逃席而去?" 孫乾呈上書札, 具言蔡瑁設謀相害, 賴躍馬檀溪得脫. 表大怒, 急喚蔡瑁責罵曰: "汝焉敢害吾弟!" 命推出斬之. 蔡夫人出, 哭求免死, 表怒猶未息. 孫乾告曰: "若殺蔡瑁, 恐皇叔不能安居於此矣." 表乃責而釋之, (*所謂惡惡而不能去.) 使長子劉琦同孫乾至玄德處請罪. 琦奉命赴新野, 玄德接着, 設宴相待. 酒酣, 琦忽然墮淚. 玄德問其故. 琦曰: "繼母蔡氏, 常懷謀害之心; 姪無計免禍, 幸叔父指敎." 玄德勸以小心盡孝, 自然無禍. 次日, 琦泣別. 玄德乘馬送琦出郭, 因指馬謂琦曰: "若非此馬, 吾已爲泉下之人矣." 琦曰: "此非馬之力, 乃叔父之洪福也." 說罷, 相別, 劉琦涕泣而去.

〖6〗玄德回馬入城, 忽見市上一人, 葛巾布袍, 皁絛烏履, 長歌而來. 歌曰:

天地反覆兮, 火欲殂,
大廈將崩兮, 一木難扶.
山谷有賢兮, 欲投明主,
明主求賢兮, 却不知吾.

玄德聞歌, 暗思: "此人莫非水鏡所言伏龍·鳳雛乎?" (*玄德自聞伏龍鳳·雛之後, 不知伏龍鳳·雛爲誰, 刻刻以此關心, 處處以此猜測.) 遂下馬相見, 邀入縣衙; 問其姓名. 答曰: "某乃潁上人也, 姓單. 名福.(*妙在不說出眞姓名.) 久聞使君納士招賢, 欲來投托, 未敢輒造; 故行歌於市, 以動尊聽耳."(*孰知市上行歌之人, 卽莊上叩門之人乎?) 玄德大喜, 待爲上賓. 單福曰: "適使君所乘之馬, 再乞一觀."(*玄德方喜得人, 單福却先欲看馬. 奇妙.) 玄德命去鞍牽於堂下. 單福曰: "此非的盧馬乎? 雖是千里馬, 却只妨主, 不可乘也." 玄德曰: "已應之矣." 遂具言躍檀溪之事. (*妨主當應在張武之死, 不應在檀越之奔.) 福曰: "此乃救主, 非妨主也; 終必妨一主. 某有一法可禳." 玄德曰: "願聞禳法." 福曰: "公意中有仇怨之人, 可將此馬賜之; 待妨過了此人, 然後乘之, 自然無事." 玄德聞言變色曰: "公初至此, 不教吾以正道, 便教作利己妨人之事, 備不敢聞敎." 福笑謝曰: "向聞使君仁德, 未敢便信, 故以此言相試耳." 玄德亦改容起謝曰: "備安能有仁德及人, 唯先生敎之." 福曰: "吾自潁上來此, 聞新野之人歌曰: '新野牧, 劉皇叔; 自到此, 民豊足.' 可見使君之仁德及人也." 玄德乃拜單福爲軍師, 調練本部人馬.

*注: 皁絛(조조): 검은 비단으로 만든 띠. 〈皁〉: 하인. 검정. 검은 비단. 〈絛〉: 끈. **火欲殂**(화욕조): 漢나라가 곧 망하려 하다. 고대에는 五行의 상생과 상극으로 王朝의 흥망과 교체의 원리를 설명했는데, 여기서 火는 곧 火德으로 漢나라를 가리킨다. 〈殂〉: (임금이) 죽다. **姓單, 名福**(성선, 명복): 성은 선(單)이고 이름은 복(福). 〈單〉: 사람의 성이나 고을이름 또는 흉노왕의 뜻으로 쓰일 때는 음이 〈단dān〉이 아니라 〈선shàn〉이다. **輒造**(첩조): 문득 찾아오다. 〈造〉: 이르다. 가다. 도달하다. 갑자기.

〖7〗 却說曹操自冀州回許都, 常有取荊州之意, 特差曹仁·李典并降將呂曠·呂翔等, 領兵三萬屯樊城, 虎視荊襄, 就探看虛實.

時呂曠·呂翔稟曹仁曰:“今劉備屯兵新野, 招軍買馬, 積草儲糧, 其志不小, 不可不早圖之. 吾二人自降丞相之後, 未有寸功, 願請精兵五千, 取劉備之頭以獻丞相.” 曹仁大喜, 與二呂兵五千, 前往新野厮廝殺. 探馬飛報玄德, 玄德請單福商議. 福曰:“既有敵兵, 不可令其入境. 可使關公引一軍從左而出, 以敵來軍中路; 張飛引一軍從右而出, 以敵來軍後路; 公自引趙雲出兵, 前路相迎, 敵可破矣.” 玄德從其言, 即差關·張二人去訖, 然後與單福·趙雲等, 共引二千人馬出關相迎. 行不數里, 只見山後塵頭大起, 呂曠·呂翔引軍來到, 兩邊各射住陣角. 玄德出馬於旗門下, 大呼曰:“來者何人, 敢犯吾境?” 呂曠出馬曰:“吾乃大將呂曠也, 奉丞相命, 特來擒汝.” 玄德大怒, 使趙雲出馬. 二將交戰, 不數合, 趙雲一槍刺呂曠於馬下. 玄德麾軍掩殺. 呂翔抵敵不住, 引軍便走. 正行間, 路傍一軍突出, 爲首大將乃關雲長也. 衝殺一陣, 呂翔折兵大半, 奪路走脫. 行不到十里, 又一軍攔住去路, 爲首大將挺矛大叫:“張翼德在此!” 直取呂翔. 翔措手不及, 被張飛一矛刺中, 翻身落馬而死. 餘衆四散奔走. 玄德合軍追赶, 大半多被擒獲. 玄德班師回縣, 重待單福, 犒賞三軍.

*注: **虛實**(허실): 내막(내부 사정). **既**(기): 이미. 벌써; …한 바에는. …한 이상에는. **射住陣角**(사주진각): 戰陣 대형의 양쪽에서 화살을 쏘아 상대의 접근을 막다. 제36회 〖1〗에 나오는 〈兩翼軍射住〉와 같은 뜻이다. 〈陣角〉: 戰陣 대형의 兩翼. **旗門**(기문): 군대의 임시 주둔지에 기치를 세워 표시한 營門.

〖8〗 却說敗軍回見曹仁, 報說二呂被殺, 軍士多被活捉. 曹仁大驚, 與李典商議. 典曰:“二將欺敵而亡. 今只宜按兵不動, 申報丞相, 起大兵來征勦, 乃爲上策.” 仁曰:“不然. 今二將陣亡, 又折許多軍馬, 此仇不可不急報. 量新野彈丸之地, 何勞丞相大軍?" 典曰: "劉備人傑也, 不可輕視." 仁曰: "公何怯也?" 典曰: "兵法云: '知彼知己,百戰百勝.' 某非怯戰, 但恐不能必勝耳." 仁怒曰: "公懷二心耶? 吾必欲生擒劉備." 典曰: "將軍若去, 某守樊城." 仁曰: "汝若不同去, 眞懷二心矣." 典不得已, 只得與曹仁點起二萬五千軍馬, 渡河投新野而來. 正是:

偏裨既有輿尸辱, 主將重興雪恥兵.

未知勝負如何, 且聽下文分解.

*注: **欺敵**(기적): 적을 깔보다. 적을 업신여기다. **陣亡**(진망): 패전하다. 전사하다. **急報**(급보): 급히 보복하다. **量新野**(량신야): 新野 따위. 신야 쯤이야. **偏裨**(편비): 裨將. 副將. 대장을 돕는 장수. **輿尸**(여시): 전쟁에서 패하여 죽은 자의 시체를 수레에 싣고 돌아오다(戰敗而死, 擡回屍體). 전사자를 수없이 많이 내다.

第三十五回 毛宗崗 序始評

(1). 此卷爲玄德訪孔明·孔明見玄德作一引子耳. 將有南陽諸葛廬, 先有南漳水鏡莊引之; 將有孔明爲軍師, 先有單福爲軍師以引之. 不特此也, 前卷有玉龍·金鳳, 此卷乃有伏龍·鳳雛; 前卷有一雀一馬, 此卷乃有一鳳一龍. 是前卷又爲此卷作引也.

究竟一鳳·一龍未曾明指其爲誰. 不但水鏡不肯說龍·鳳之名, 卽單福亦不肯自道其眞姓名. "龐統" 二字在童子口中輕輕逗出, 而玄德却不知此人卽爲鳳雛; "元直" 二字在水鏡夜間輕輕逗出, 而玄德却不知此人之卽爲單福. 隱隱躍躍, 如簾內美人, 不露全身, 只露半面, 令人心神恍惚, 猜測不定. 至於 "諸葛亮" 三字, 通篇更不一露, 又如隔墻聞環佩聲, 并半面亦不得見.

(*輕輕逗出(경경두출): 머물러 있는 것을 겨우 끌어내다.)

(2). 趙雲在襄陽城外, 檀溪水邊, 接連幾個轉身不見玄德, 可謂急矣. 若使翼德處此, 必殺蔡瑁; 若使雲長處此, 縱不殺蔡瑁, 必拿住蔡瑁, 要在他身上尋還我兄, 安肯將蔡瑁輕輕放過, 却自尋到新野, 又尋到南漳乎? 三人忠勇一般, 而子龍爲人又極精細, 極安頓. 一人有一人性格, 各各不同, 寫來眞是好看.

(3). 玄德於波飜浪滾之後, 忽聞童子吹笛, 先生鼓琴; 於電走風馳之後, 忽見石案香淸, 松軒茶熟. 正在心驚膽戰, 俄而氣定神閒. 眞如過弱水而訪蓬萊, 脫苦海而遊閬苑, 恍疑身在神仙境界矣! 至於夜半聽水鏡與元直共語, 彷佛王積薪聽婦姑奕碁, 雖極分明, 却費揣度, 可聞而不可知, 可聽而不可見, 尤神妙之至.

(4). 水鏡之薦伏龍鳳雛, 不肯明指其人, 是薦而猶未薦也. 然不便說出, 正深於薦者也. 何也? 其人鄭重, 而言之不甚鄭重, 則聽者不知其爲鄭重矣. 唯鄭重言之, 使知其人之重. 說且不可輕說, 見又不可輕見, 用又何可輕用耶? 此三顧之勤, 所以不敢後, 而百里之任, 所以不敢辱也.

第三十六回

玄德用計襲樊城
元直走馬薦諸葛

〖1〗 却說曹仁忿怒, 遂大起本部大兵, 星夜渡河, 意欲踏平新野.

且說單福得勝回縣, 謂玄德曰:"曹仁屯兵樊城, 今知二將被誅, 必起大軍來戰."玄德曰:"當何以迎之?"福曰:"彼若盡提兵而來, 樊城空虛, 可乘間奪之."玄德問計. 福附耳低言如此如此. 玄德大喜, 預先准備已定. 忽探馬報說:"曹仁引大軍渡河來了."單福曰:"果不出吾之料."遂請玄德出軍迎敵. 兩陣對圓, 趙雲出馬喚彼將答話. 曹仁命李典出陣, 與趙雲交鋒. 約戰十數合, 李典料敵不過, 撥馬回陣. 雲縱馬追赶, 兩翼軍射住, 遂各罷兵歸寨. 李典回見曹仁, 言:"彼軍精銳, 不可輕敵, 不如回樊城."曹仁大怒曰:"汝未出軍時, 已慢吾軍心; 今又賣陣, 罪當斬首!" 便喝刀斧手推出李典要斬; 衆將苦告方免. 乃調李典領後軍, 仁自引兵爲前部.

次日, 鳴鼓進軍, 布成一個陣勢, 使人問玄德曰: "識吾陣勢?" (*曹仁弄巧, 以顯單福之智.) 單福便上高處觀看畢, 謂玄德曰: "此 '八門金鎖陣' 也. 八門者: 休·生·傷·杜·景·死·驚·開. 如從生門·景門·開門而入, 則吉; 從傷門·驚門·休門而入, 則傷; 從杜門·死門而入, 則亡. 今八門雖布得整齊, 只是中間通欠主持, 如從東南角上生門擊入, 往正西景門而出, 其陣必亂." 玄德傳令, 敎軍士把住陣角, 命趙雲引五百軍從東南而入, 徑往西出. 雲得令, 挺槍躍馬, 引兵徑投東南角上, 吶喊殺入中軍. 曹仁便投北走. 雲不追赶, 却突出西門, 又從西殺轉東南角上來. 曹仁軍大亂. (*此非寫趙雲, 是寫單福.) 玄德麾軍衝擊, 曹兵大敗而退. 單福命休追赶, 收軍自回.

*注: **樊城**(번성): 지금의 호북성 襄樊市 漢水 북안. 漢水를 사이에 두고 襄陽城과 마주보고 있다. **踏平**(답평): 짓밟다. 밟아서 평평하게 하다. **賣陣**(매진): 전투에서 적으로부터 뇌물을 받고 일부러 져주다. **通欠主持**(통흠주지): 전체를 주관하는 것이 빠져 있다. 〈通〉: 전체. 모두. 〈欠〉:부족하다. 모자라다. 〈主持〉: 주관하다. **陣角**(진각): 전투대형의 양익(兩翼). **殺轉**(쇄전): 급히 돌다.

〖2〗却說曹仁輸了一陣, 方信李典之言; 因復請典商議. 言: "劉備軍中必有能者, 吾陣竟爲所破." 李典曰: "吾雖在此, 甚憂樊城." 曹仁曰: "今晚去劫寨, 如得勝, 再作計議; 如不勝, 便退軍回樊城." 李典曰: "不可.劉備必有准備." 仁曰: "若如此多疑, 何以用兵!" 遂不聽李典之言. 自引軍爲前隊, 使李典爲後應, 當夜二更劫寨.

却說單福正與玄德在寨中議事, 忽狂風驟起. 福曰: "今夜曹仁必來劫寨." 玄德曰: "何以敵之?" 福笑曰: "吾已預算定了." 遂密密分撥已畢. 至二更, 曹仁兵將近寨, 只見寨中四圍火起, 燒着寨柵. 曹仁知有准備, 急令退軍. 趙雲掩殺將來, 仁不及收兵回寨, 急望北河而走. 將到河邊, 纔欲尋船過河, 岸上一彪軍殺到: 爲首大將, 乃張飛也.(*此皆在前附耳低言之中.) 曹仁死戰, 李典保護曹仁下船渡河. 曹軍大半淹死水中. 曹仁渡過河面, 上岸奔至樊城, 令人叫門. 只見城上一聲鼓響, 一將引軍而出, 大喝曰: "吾已取樊城多時矣." 衆驚視之, 乃關雲長也.(*此亦在前附耳低言之中.) 仁大驚, 撥馬便走. 雲長追殺過來. 曹仁又折了好些軍馬, 星夜投許昌; 於路打聽, 方知有單福爲軍師, 設謀定計.

*注: **輸**(수): 잃다. 지다. 패하다. **驟起**(취기): 갑자기 불다. 〈驟〉: 달리다. 몰다. 갑자기. **密密**(밀밀): 단단히. 주도면밀하게. **將**(장): 겨우. 가까스로. **叫門**(규문): 소리쳐서 문을 열도록 하다. **好些**(호사): 많은. 비교적 많은(좋은). **打聽**(타청): 물어보다. 알아보다.

〖3〗 不說曹仁敗回許昌. 且說玄德大獲全勝, 引軍入樊城. 縣令劉泌出迎. 玄德安民已定. 那劉泌乃長沙人, 亦漢室宗親, 遂請玄德到家, 設宴相待. 只見一人侍立於側. 玄德視其人器宇軒昂, 因問泌曰: "此何人?" 泌曰: "此吾之甥寇封, 本羅睺寇氏之子也;, 因父母雙亡, 故依於此." 玄德愛之, 欲嗣爲義子. 劉泌欣然從之, 遂使寇封拜玄德爲父, 改名劉封. 玄德帶回, 令拜雲長·翼德爲叔. 雲長曰: "兄長旣有子, 何必用螟蛉, 後必生亂."(*雲長收關平爲子, 而獨不欲玄德收寇封者, 臣之子無爭立之嫌, 君之子則有爭立之嫌故也.) 玄德曰: "吾待之如子, 彼必事吾如父, 何亂之有!" 雲長不悅.(*爲後孟達說劉封伏案.) 玄德與單福計議, 令趙雲引一千軍守樊城. 玄德領衆自回新野.

*注: 螟蛉(명령): 명충나방과 잠자리. 옛사람들은 나나니벌이 이들을 업고 가서 기른다고 오해하여 養子 들이는 것에 비유했다. 〈螟蛉子〉: 養子.

〖4〗 却說曹仁與李典回許都, 見曹操, 泣拜於地請罪, 具言損將折兵之事. 操曰: "勝負乃軍家之常. 但不知誰爲劉備畫策?"(*問得緊要.)曹仁言: "是單福之計." 操曰: "單福何人也?"(*不但曹操不知其爲何人, 卽玄德此時亦不知其果何人也.) 程昱笑曰: "此非單福也. 此人幼好學擊劍; 中平末年, 嘗爲人報讐殺人, 披髮塗面而走, 爲吏所獲; 問其姓名不答, 吏乃縛於車上, 擊鼓行於市, 令市人識之, 雖有識者不敢言, 而同伴竊解救之. 乃更姓名而逃, 折節向學, 遍訪名師. 嘗與司馬徽談論.(*始爲豪俠, 繼爲名士.) ── 此人乃穎州徐庶, 字元直, 單福乃其托名耳."(*單福眞姓名, 直至此處方借程昱口中敍明.) 操曰: "徐庶之才, 比君如何?" 昱曰: "十倍於昱."(*與後元直讚孔明語相似.) 操曰: "惜乎! 賢士歸於劉備! 羽翼成矣! 奈何?" 昱曰: "徐庶雖在彼, 丞相要用, 召來不難." 操曰: "安得彼來歸?" 昱曰: "徐庶爲人至孝, 幼喪其父, 止有老母在堂. 現今其弟徐康已亡, 老母無人侍養. 丞相可使人賺其母至許昌, 令作書召其子, 則徐庶必至矣."(*不以丞相召之, 而以母召之, 固知庶之不可召也.) 操大喜, 使人星夜前去取徐庶母.

*注: 中平末年(중평말년): 〈中平〉: 동한 靈帝의 年號(184~189). 〈中平末年〉: 서기189년. 신라 伐休尼師今 6년. 折節(절절): 평소의 志節이나 作風을 꺾다. 바꾸다.

〖5〗 不一日, 取至. 操厚待之, 因謂之曰: "聞令嗣徐元直, 乃天下奇才也. 今在新野, 助逆臣劉備, 背叛朝廷, 正猶美玉落於汚泥之中, 誠爲可惜. 今煩老母作書, 喚回許都, 吾於天子之前保奏, 必有重賞."(*先以助逆背叛恐之, 繼以美玉汚泥動之, 而後復稱天子以壓之, 擧重賞以陷之: 全是欺婦人語.) 遂命左右捧過文房四寶, 令徐母作書. 徐母日: "劉備何如人也?"(*不便發作, 先問一句, 妙甚.) 操曰: "沛郡小輩, 妄稱'皇叔', 全無信義, 所謂外君子而內小人者也."(*先說玄德並非宗室, 後說玄德非好人, 全是欺婦人語.) 徐母厲聲曰: "汝何虛誑之甚也! 吾久聞玄德乃中山靖王之後, 孝景皇帝閣下玄孫, 屈身下士, 恭己待人, 仁聲素著, 世之黃童·白叟·牧者·樵夫皆知其名: 眞當世英雄也. 吾兒輔之, 得其主矣. 汝雖托名漢相, 實爲漢賊. 乃反以玄德爲逆臣, 欲使吾兒背明投暗, 豈不自恥乎!" 言訖, 取石硯便打曹操.(*此一石硯抵得博浪椎.) 操大怒, 叱武士執徐母出, 將斬之. 程昱急止之, 入諫操曰: "徐母觸忤丞相者, 欲求死也. 丞相若殺之, 則招不義之名, 而成徐母之德. 徐母旣死, 徐庶必死心助劉備以報讐矣; 不如留之, 使徐庶身心兩處, 縱使助劉備, 亦不盡力也. 且留得徐母在, 昱自有計賺徐庶至此, 以輔丞相."(*昱之爲操謀, 誠善.) 操然其言, 遂不殺徐母, 送於別室養之.(*操之不殺徐母者, 懲於王陵故事也.)

*注: 保奏(보주): 천자에게 인물을 추천, 보증하다. 〈保〉: 賢才나 공적 있는 官吏를 보증하여 추천하다(保薦. 保擧). 虛誑(허광): 거짓말. 黃童白叟(황동백수): 어린아이와 백발의 노인. 縱使(종사): 설령. 비록(假使). 王陵(왕릉): 한조(漢朝)의 공신. (*제 37회 (1) 주: 〈伏劍同流〉 참조).

〖6〗 程昱日往問候, 詐言曾與徐庶結爲兄弟, 待徐母如親母; 時常饋送物件, 必具手啓. 徐母因亦作手啓答之. 程昱賺得徐母筆跡, 乃倣其字體, 詐修家書一封, 差一心腹人, 持書徑奔新野縣, 尋問"單福"行幕. 軍士引見徐庶. 庶知母有家書至, 急喚入問之.

來人曰："某乃館下走卒, 奉老夫人言語, 有書附達." 庶拆封視之, 書曰:

近汝弟康喪, 擧目無親. 正悲慘間, 不期曹丞相使人賺至許昌, 言汝背反, 下我於縲絏, 賴程昱等救免. 若得汝來降, 能免我死. 如書到日, 可念劬勞之恩, 星夜前來, 以全孝道, 然後徐圖歸耕故園,(*妙在此句不敎他事曹操, 宛似其母聲口.) 免遭大禍. 吾今命若懸絲, 耑望救援, 更不多囑.

*注: **手啓**(수계): 서찰. **賺得**(잠득): 속여서 취하다(騙取). **行幕**(행막): 임시 본영. **走卒**(주졸): 심부름꾼. **附達**(부달): 동봉하여(덧붙여) 전달하다. 〈達〉: 전달하다. **賺至**(잠지): 속여서 이르게 하다. 속여서 오도록 하다. **縲絏**(류설): 죄인을 검은 포승줄로 묶다. 갇힌 몸. **劬勞之恩**(구로지은): 부모가 나를 낳아서 길러준 은혜. 〈劬勞〉: 勤勞. 부모가 자식을 길러준 은혜를 말한다. **耑**(전): 專과 同義. 오로지.

〖7〗徐庶覽畢, 淚如泉湧. 持書來見玄德曰:"某本潁州徐庶, 字元直, 爲因逃難, 更名單福. 前聞劉景升招賢納士, 特往見之; 及與論事, 方知是無用之人, 故作書別之. 夤夜至司馬水鏡莊上, 訴說其事. 水鏡深責庶不識主, 因說: '劉豫州在此, 何不事之?'(*只此句話玄德不曾聽得, 至此補出, 妙甚.) 庶故作狂歌於市, 以動使君; 幸蒙不棄, 卽賜重用. 爭奈老母今被曹操奸計, 賺至許昌囚禁, 將欲加害. 老母手書來喚, 庶不容不去. 非不欲效犬馬之勞, 以報使君; 奈慈親被執, 不得盡力. 今當告歸, 容圖後會." 玄德聞言, 大哭曰:"子母乃天性之親. 元直無以備爲念. 待與老夫人相見之後, 或者再得奉敎."(*玄德更不相留, 眞善體孝子之情.) 徐庶便拜謝欲行. 玄德曰:"乞再聚一宵, 來日餞行." 孫乾密謂玄德曰:"元直天下奇才, 久在新野, 盡知我軍中虛實. 今若使歸曹操,必然重用，我其危矣．主公宜苦留之，切勿放去．操見元直不去，必斬其母．元直知母死，必爲母報讐，力攻曹操也．”(*此計亦妙，但非仁人所忍也.) 玄德曰：“不可．使人殺其母，而吾用其子，不仁也；留之不使去，以絕其子母之道，不義也．吾寧死，不爲不仁不義之事．”(*玄德謝孫乾留庶之計，與謝單福相馬之說一樣意思.) 衆皆感嘆．

*注：**爭奈**(쟁나)：어찌하랴. 〈爭〉：어찌하여. 어떻게.　**餞行**(전행)：餞別하다. 송별연을 베풀다.　**其危矣**(기위의)：장차 위험하게 될 것이다. 〈其〉：(조사) 장차…하게 될 것이다. 앞으로 …하려 한다.

〖8〗玄德請徐庶飮酒，庶曰：“今聞老母被囚，雖金波玉液不能下咽矣.” 玄德曰：“備聞公將去，如失左右手，雖龍肝鳳髓，亦不甘味.” 二人相對而泣，坐以待旦．諸將已於郭外安排筵席餞行．玄德與徐庶並馬出城，至長亭，下馬相辭．玄德擧杯謂徐庶曰：“備分淺緣薄，不能與先生相聚．望先生善事新主，以成功名.” 庶泣曰：“某才微智淺，深荷使君重用．今不幸半途而別，實爲老母故也．縱使曹操相逼，庶亦終身不設一謀.” 玄德曰：“先生旣去，劉備亦將遠遁山林矣.” 庶曰：“某所以與使君共圖王覇之業者，恃此方寸耳；今以老母之故，方寸亂矣，縱使在此，無益於事.(*眞情實話.) 使君宜別求高賢輔佐，共圖大業，何便灰心如此!” 玄德曰：“天下高賢，恐無出先生右者.”(*此句宜逼出孔明矣.) 庶曰：“某樗櫟庸才，何敢當此重譽?”(*只自謙遜，尙不提起孔明.) 臨別，又顧謂諸將曰：“願諸公善事使君，以圖名垂竹帛，功標靑史，切勿效庶之無始終也.” 諸將無不傷感．玄德不忍相離，送了一程，又送一程．庶辭曰：“不勞使君遠送，乃就此告別.”(*此時還只謝遠送，不提起孔明.) 玄德就馬上執庶之手曰：“先生此去，天各一方，未知相會却在何日!” 說罷，淚如雨下．庶亦涕泣而別．玄德立馬於林畔，看徐庶乘馬與從者匆匆而去．玄德哭曰：“元直去矣！吾將奈何？”凝淚而望，却被一樹林隔斷．玄德以鞭指曰：“吾欲盡伐此處樹木．”衆問何故，玄德曰：“因阻吾望徐元直之目也．”

*注：金波玉液(금파옥액)：美酒．〈金波〉：달빛(月光)．술 이름(酒名)．술(酒)．　筵席餞行(연석전행)：송별의 술자리．〈筵席〉：술자리．〈餞行〉：잔치를 베풀어 송별하다．　長亭(장정)：10리마다 있는 역참의 여관．　方寸(방촌)：사방 한 치．즉 마음(심장)을 가리킴．　灰心(회심)：실망하다．낙담하다．낙심하다．　出先生右者(출선생우자)：선생보다 뛰어난 자．　樗櫟(저력)：가죽나무와 상수리나무(처럼 쓸모없는 사람．재주 없는 사람)．〈樗〉：가죽나무．〈櫟〉：상수리나무．둘 다 쓸모없는 나무들이다．　天各一方(천각일방)：서로 멀리 떨어지다．(天差地遠．天遠地隔．天懸地隔．)

〖9〗正望間，忽見徐庶拍馬而回．玄德曰：“元直復回，莫非無去意乎？”遂欣然拍馬向前迎問曰：“先生此回，必有主意．”庶勒馬謂玄德曰：“某因心緖如麻，忘却一語．此間有一奇士，只在襄陽城外二十里隆中．使君何不求之？”(*此時方說出一句要緊話，薦出一个要緊人，却又不言其名，先言其地．)玄德曰：“敢煩元直爲備請來相見．”庶曰：“此人不可屈致，使君可親往求之．若得此人，無異周得呂望・漢得張良也．”玄德曰：“此人比先生才德何如？”庶曰：“以某比之，譬猶駑馬並麒麟，寒鴉配鸞鳳耳．此人每嘗自比管仲・樂毅，以吾觀之，管・樂殆不及此人．此人有經天緯地之才，蓋天下一人也．”(*還只贊其人，不言其名．)玄德喜曰：“願聞此人姓名．”(*玄德至此方問姓名．)庶曰：“此人乃瑯琊陽都人，覆姓諸葛，名亮，字孔明，(*至此方說出孔明姓名．紆徐之極，鄭重之極．)乃漢司隷校尉諸葛豊之後．其父名珪，字子貢，爲泰山郡丞，早卒；亮從其叔玄．玄與荊州劉景升有舊，因往依之，遂家於襄陽．後玄卒，亮與弟諸葛均躬耕於南陽.(*細敍其家門履歷.) 嘗好爲〈梁父吟〉. 所居之地有一岡, 名臥龍岡, 因自號爲 '臥龍先生'. 此人乃絕代奇才, 使君急宜枉駕見之. 若此人肯相輔佐, 何愁天下不定乎!" 玄德曰: "昔水鏡先生曾爲備言: '伏龍·鳳雛, 兩人得一, 可安天下.' 今所云莫非卽伏龍·鳳雛乎?"(*因臥龍二字憶起伏龍, 又因伏龍憶起鳳雛. 曲甚.) 庶曰: "鳳雛乃襄陽龐統也. 伏龍正是諸葛孔明."(*水鏡雙薦兩人, 却並不曾說出一人. 元直單薦一人, 却早說出兩人. 妙極.) 玄德踊躍曰: "今日方知 '伏龍 · 鳳雛' 之語, 何期大賢只在目前! 非先生言, 備有眼如盲也!" 後人有讚徐庶走馬薦諸葛詩曰:

痛恨高賢不再逢, 臨岐泣別兩情濃.

片言却似春雷震, 能使南陽起臥龍.

徐庶薦了孔明, 再別玄德, 策馬而去. 玄德聞徐庶之語, 方悟司馬德操之言, 似醉方醒, 如夢初覺. 引衆將回至新野, 便具厚幣, 同關 · 張前去南陽請孔明.(*寫玄德求賢之急.)

*注: **隆中**(융중): 산 이름. 지금의 호북성 襄陽縣 西. **屈致**(굴치): 공경하는 마음으로 정중하게 부르지 않고 상대가 굴욕감을 느끼도록 하는 것. 〈致〉: 使…至. **呂望**(여망): 西周 시대 사람. 늙어서 渭水 강변에서 낚시를 하다가周 文王을 만나, 그를 도와 商나라를 멸망시키고 周나라를 건국하는데 큰 공을 세웠음. 姓은 姜, 姜太公. 齊나라의 시조. **張良**(장량): 劉邦을 도와 漢나라를 開國하는 데 큰 功을 세운 謀臣. **寒鴉**(한아): 갈가마귀. **鸞鳳**(란봉): 난새와 봉황. **管仲**(관중): 춘추시대 齊나라의 정치가. 齊 桓公을 도와 齊를 覇國으로 만들었다. 〈管鮑之交〉의 故事로 유명함. **樂毅**(악의): 전국시대 燕나라의 上將軍. 趙 · 楚 · 韓 · 魏 · 燕 다섯 나라의 軍士를 지휘하여 당시 最强國이던 齊나라를 쳐서 크게 이겼음. **經天緯地**(경천위지): 천하를 다스리다. 천하를 다스릴 수 있을 정도로 재능이 대단히 뛰어나다. 천하를 주무르다. 천하를 주름잡다. **瑯琊陽都**(랑야양도): 지금의 산동

성 沂南縣 남쪽. **有舊**(유구): 오랜 사귐(친분)이 있다. **南陽**(남양): 여기서는 남양군 鄧縣(즉 양양성 서쪽)의 隆中을 가리킨다. **梁父吟**(양보음): 〈梁甫吟〉으로도 씀. 원래는 樂府 楚調의 曲名이다. 〈梁甫〉는 곧 〈梁父〉로 태산 아래에 있는 산 이름인데, 사람이 죽으면 이 산에 장사지냈으므로 〈葬歌〉로 불리었다. 그러나 지금 전해지는 것은 諸葛亮이 지은 〈梁甫吟〉으로, 이것은 춘추시대 齊나라의 晏嬰이 복숭아 두 개로 세 명의 力士를 죽인 일(二桃殺三士)을 읊은 것이다. **枉駕**(왕가): 왕림하다. 惠臨하다.

〖10〗 且說徐庶既別玄德, 感其留戀之情, 恐孔明不肯出山輔之, 遂乘馬直至臥龍岡下, 入草廬見孔明.(*寫元直爲人之忠.) 孔明問其來意. 庶曰: "庶本欲事劉豫州, 奈老母爲曹操所囚, 馳書來召, 只得捨之而往. 臨行時, 將公薦與玄德. 玄德即日將來奉謁. 望公勿推阻, 即展生平之大才以輔之, 幸甚!" 孔明聞言作色曰: "君以我爲享祭之犧牲乎!" 說罷, 拂袖而入. 庶羞慚而退, 上馬趲程, 赴許昌見母. 正是:

囑友一言因愛主, 赴家千里爲思親.

未知後事若何, 下文便見.

*注: **留戀**(유련): 차마 떠나지 못하다. 떠나기 서운해 하다; 그리워하다. **推阻**(추조): 거절하다. 핑계를 대다. **趲程**(찬정): 길을 바삐 가다. 趲行.

*〈**梁父吟**〉

步出齊城門, 遙望蕩陰里.

里中有三墓, 纍纍正相似.

問是誰家塚, 田疆古冶氏.

力能排南山, 文能絕地紀.

一朝被讒言, 二桃殺三士.

誰能爲此謀, 國相齊晏子.

*注: 纍纍(류류): 연이어 있는 모양. **田疆古冶氏**(전강고야씨): 〈晏子春秋〉에 나오는 〈二桃殺三士〉 이야기의 세 주인공은 公孫接, 田開疆, 古冶子 三人이다. **地紀**(지기): 〈地維〉와 同義. 땅을 유지하는 동아줄. 이것이 끊어지면 땅이 기울어진다고 함. 옛 전설에 의하면 天柱와 地維가 있어서 天地가 보전된다고 생각하였다.

第三十六回 毛宗崗 序始評

(1). 此卷以孔明爲主, 而單福其賓也, 卽龐統亦其賓也. 水鏡雙薦伏龍·鳳雛; 而單福專薦伏龍, 帶言鳳雛, 於孔明則詳之, 於龐統則略之, 是文有賓主之別焉. 蓋主爲重, 則賓爲輕, 故玄德旣知單福之卽是元直, 並不提起水鏡莊上先曾聽得; 旣知鳳雛之卽是龐統, 並不提起牧童口中先曾說出. 此非玄德於此有所不暇言, 而實作者於此有所不暇記. 總之, 注意在正筆, 而旁筆皆在所省耳.

(2). 龐統有叔, 孔明亦有叔. 徐庶有弟, 孔明亦有弟. 龐統之叔與水鏡爲友, 孔明之叔與劉表爲交. 徐庶則母在而弟亡, 孔明則弟在而父亡. 龐統來歷在牧童口中敍出, 徐庶來歷在程昱口中敍出, 孔明來歷在徐庶口中敍出. 敍龐統止及其叔, 敍徐庶止及其母與弟. 敍孔明則不但其弟與叔, 并及其父與祖. 或先或後, 或略或詳, 參差錯落, 眞敍事妙品.

(3). 蔡瑁假玄德之詩, 而劉表疑之; 程昱假書母之書, 而徐庶信之. 豈庶之智不如表哉? 情切於母子故也. 緩則易於審量, 急則不及致詳；疏則傍觀者淸，親則關心者亂．若徐庶遲疑不赴，不成其爲孝子矣．故君子於徐庶無譏焉．

第三十七回

司馬徽再薦名士
劉玄德三顧草廬

〖1〗 却說徐庶趲程赴許昌. 曹操知徐庶已到, 遂命荀彧·程昱等一班謀士往迎之. 庶入相府拜見曹操.(*爲親屈, 非爲操屈也.) 操曰: "公乃高明之士, 何故屈身而事劉備乎?" 庶曰: "某幼逃難, 流落江湖, 偶至新野, 遂與玄德交厚. 老母在此, 幸蒙慈念, 不勝愧感."(*人欲殺其母, 而反謝其慈念, 眞萬不得已之言.) 操曰: "公今至此, 正可晨昏侍奉令堂, 吾亦得聽淸誨矣." 庶拜謝而出. 急往見其母, 泣拜於堂下. 母大驚曰: "汝何故至此?" 庶曰: "近於新野事劉豫州; 因得母書, 故星夜至此." 徐母勃然大怒, 拍案罵曰: "辱子飄蕩江湖數年, 吾以爲汝學業有進, 何其反不如初也! (*元直始不過爲俠客, 繼則居然作名士, 本是後勝於初, 乃責其反不如初. 妙甚.) 汝旣讀書, 須知忠孝不能兩全. 豈不識曹操欺君罔上之賊? 劉玄德仁義布於四海，況又漢室之胄，汝旣事之，得其主矣．今憑一紙僞書，更不詳察，遂棄明投暗，自取惡名，眞愚夫也！吾有何面目與汝相見！ 汝玷辱祖宗， 空生於天地間耳！” 罵得徐庶拜伏於地，不敢仰視．母自轉入屛風後去了．少頃，家人出報曰：“老夫人自縊於梁間．” 徐庶慌入救時，母氣已絶．(*本欲全母之生以歸，乃歸而反速母之死，元直其抱恨終天乎！) 後人有〈徐庶母讚〉曰：

賢哉徐母，流芳千古．
守節無虧，於家有輔．
教子多方，處身自苦．
氣若丘山，義出肺腑．
讚美豫州，毁觸魏武．
不畏鼎鑊，不懼刀斧．
唯恐後嗣，玷辱先祖．
伏劍同流，斷機堪伍．
生得其名，死得其所．
賢哉徐母，流芳千古！

徐庶見母已死，哭絶於地，良久方甦．曹操使人齎禮弔問，又親往祭奠．徐庶葬母柩於許昌之南原，居喪守墓．凡操有所賜，庶俱不受．(*以上了却徐庶，以下專敍孔明.)

*注：**令堂**(영당)：慈堂．令慈．남의 어머니의 존칭． **淸誨**(청회)：훌륭한 가르침． **辱子**(욕자)：자기 몸과 자기 부모를 욕되게 하는 아들．즉 불효자식． **玷辱**(점욕)：면목을 손상시켜 욕보임．〈玷〉：玉의 티．잘못(하다)． **鼎鑊**(정확)：옛날 죄인을 삶아 죽이던 酷刑 刑具． **伏劍同流**(복검동류)：칼로 자진한 王陵의 母親과 같은 종류이다．王陵은 漢朝의 공신．秦末 유방이 패현에서 봉기했을 때 그는 수천 명을 모아 남양에 할거하고 있었는데，후에 한과 초가 서로 싸울 때 유방에게 귀의했다．그러자 항우가 그의 모친을

군중으로 잡아와서 王陵에게 항복해 오라고 협박했다. 그러자 왕릉의 모친은 그가 전심으로 유방을 섬길 수 있도록 칼로 자살했다. 〈伏劍〉: 칼로 자살하다. 〈同流〉: 同類. **斷機堪伍**(단기감오): 〈堪伍〉: 같은 대열이 되기에 충분하다. 베틀 위에 걸려 있는 짜고 있던 베를 잘라서 아들을 훈계한 맹자 어머니와 동렬(同列)이다. 전설에 의하면, 孟子가 학업을 중단하고 집에 돌아오자 그때 베를 짜고 있던 맹자의 어머니가 그 베를 가위로 자르면서 학업을 중도에 그만두는 것이 어떤 것을 의미하는지 가르치자 이에 크게 깨달은 맹자가 그 후 각고 노력하여 위대한 학자가 되었다고 한다. 〈斷機〉는 현명한 어머니가 아들을 가르치는 전형적인 사례로 거론된다.

〖2〗 時操欲商議南征, 荀彧諫曰: "天寒未可用兵; 姑待春暖, 方可長驅大進." 操從之, 乃引漳河之水作一池, 名玄武池, 於內教練水軍, 准備南征.

却說玄德正安排禮物, 欲往隆中謁諸葛亮. 忽人報: "門外有一先生, 峩冠博帶, 道貌非常, 特來相探." 玄德曰: "此莫非卽孔明否?" 遂整衣出迎. 視之, 乃司馬徽也. 玄德大喜, 請入後堂高坐, 拜問曰: "備自別仙顔, 日因軍務倥傯, 有失拜訪. 今得光降, 大慰仰慕之私." 徽曰: "聞徐元直在此, 特來一會." 玄德曰: "近因曹操囚其母, 徐母遣人馳書, 喚回許昌去矣." 徽曰: "此中曹操之計矣! 吾素聞徐母最賢, 雖爲操所囚, 必不肯馳書召其子: 此書必詐也. 元直不去, 其母尙存; 今若去, 母必死矣!" 玄德驚問其故. 徽曰: "徐母高義, 必羞見其子也." (*其子不知而其友知之, 所謂關心者亂, 傍觀者淸.) 玄德曰: "元直臨行, 薦南陽諸葛亮, 其人若何?" (*此處方是正文, 以上只算閑話.) 徽笑曰: "元直欲去, 自去便了, 何又惹他出來嘔心血也?" (*不薦之薦, 不讚之讚. 妙在極閑極冷.) 玄德曰: "先生何出此言?" 徽曰: "孔明與博陵崔州平·潁州石廣元·汝南孟公威與徐元直四人爲密友. 此四人務於精純, 唯孔明獨觀其大略. 嘗抱膝長吟, 而指四人曰: '公等仕進可至刺史·郡守.' 衆問孔明之志若何, 孔明但笑而不答. 每常自比管仲·樂毅, 其才不可量也." 玄德曰: "何潁州之多賢乎!" 徽曰: "昔有殷馗善觀天文, 嘗謂群星聚於潁分, 其地必多賢士." (*玄德所求, 水鏡所薦, 止一賢耳. 乃舍一賢而美多賢.) 時雲長在側曰: "某聞管仲·樂毅乃春秋戰國名人, 功蓋寰宇; 孔明自比此二人, 毋乃太過?" 徽笑曰: "以吾觀之, 不當比此二人; 我欲另以二人比之." 雲長問那二人. 徽曰: "可比興周八百年之姜子牙·旺漢四百年之張子房也." 衆皆愕然. 徽下階相辭欲行, 玄德留之不住. 徽出門仰天大笑曰: "臥龍雖得其主, 不得其時, 惜哉!" 言罷, 飄然而去. (*寫水鏡如閑雲野鶴, 忽然飛來, 忽然飛去.) 玄德歎曰: "眞隱居賢士也."

*注: 漳河(장하): 지금의 하북성과 하남성 경계에 있는 강으로 衛河의 支流. **峩冠博帶**(아관박대): 높은 관과 넓은 허리띠. 고대 사대부들의 의상이었다. **倥傯**(공총): 〈倥〉: 바쁘다. 〈傯〉: 바쁘다. **光降**(광강): 왕림해주셔서 영광입니다. 〈光〉: 영예. 명예; 자랑스럽다(상대의 방문에 대하여 경의를 나타내는 말). 光臨. 光顧. 候光(후광: 왕림을 기다립니다). **精純**(정순):(어느 한 분야에서) 정밀하고 순수함. **大略**(대략): 전체적인 큰 국면에 대한 전략. 방략. **殷馗**(은규): 제31회에 그 이름이 소개되었던 사람. 遼東人으로 天文에 밝았다. **潁分**(영분): 潁州 분야(지방). **寰宇**(환우): 世界. **姜子牙**(강자아): 呂尙 姜太公. 周 文王을 도와 殷을 멸망시키고 周 건국에 큰 공을 세웠다. **張子房**(장자방): 張良. 劉邦을 도와 漢을 건국하는 데 큰 공을 세운 책사.

〖3〗 次日, 玄德同關·張并從人等來隆中. 遙望山畔數人, 荷鋤耕於田間, 而作歌曰:

蒼天如圓蓋，陸地如棋局.
世人黑白分，往來爭榮辱.
榮者自安安，辱者定碌碌.
南陽有隱居，高眠臥不足.

玄德聞歌，勒馬喚農夫問曰："此歌何人所作?" 答曰："乃臥龍先生所作也."(*未見其人，先聞其歌.) 玄德曰："臥龍先生住何處?" 農夫曰："自此山之南，一帶高岡，乃臥龍岡也. 岡前疏林內茅廬中，卽諸葛先生高臥之地." 玄德謝之，策馬前行. 不數里，遙望臥龍岡，果然淸景異常.(*未見其人，先觀其地.) 後人有古風一篇，單道臥龍居處. 詩曰：

襄陽城西二十里，一帶高岡枕流水.
高岡屈曲壓雲根，流水潺湲飛石髓.
勢若困龍石上蟠，形如單鳳松陰裏.
柴門半掩閉茅廬，中有高人臥不起.
修竹交加列翠屛，四時籬落野花馨.
床頭堆積皆黃卷，座上往來無白丁.
叩戶蒼猿時獻果，守門老鶴夜聽經.
囊裏名琴藏古錦，壁間寶劍映松文.
廬中先生獨幽雅，閒來親自勤耕稼.
專待春雷驚夢回，一聲長嘯安天下.

*注：定(정)：一定. 반드시. 必定. **碌碌**(녹록)：돌이 많은 모양(多石貌). 용렬하고 무능한 모양(平庸無能貌). 정신없이 바쁘게 수고하는 모양(煩忙勞苦貌). **單道**(단도)：한 마디로(간단하게. 단순하게) 말하다. **枕流水**(침류수)：직역하면, 흐르는 물을 베개삼다이다. 그러나 여기서는 〈베개 삼을 만한 작은 시냇물이 흐르다〉란 뜻이다. (*晉의 孫楚가 은거하면서 〈枕石漱流(침석수류)〉로 餘生을 보내고 싶다고 해야 할 것을 〈枕流漱石〉이라고 잘못

표현했는데, 王濟가 이를 나무라자 그는 〈枕流〉는 귀를 씻기 위함이고 〈漱石〉은 이를 닦기 위해서라고 교묘하게 변명했다는 故事에서 유래된 말.) **雲根**(운근): 깊은 산에서 구름이 일어나는 곳(深山雲起之處). **潺湲**(잔원): 물이 졸졸 흐르다. 또는 그 소리. **石髓**(석수): 玉髓. 일종의 반투명 광물로 그 모양은 乳房 모양, 포도 모양, 종유석 모양 등이 있다. **修竹**(수죽): 脩竹. 긴 대나무. 〈修〉: 닦다. 다스리다. 길다(=長: 脩). **黃卷**(황권): 서적. **白丁**(백정): 평민. 백성. 보통사람. **蒼猿**(창원): 회백색 털의 원숭이. 〈蒼〉: 푸른색. 회백색. (새나 동물의 털 색깔의 경우 대부분 灰白色 또는 蒼白을 나타낸다.)

〖4〗 玄德來到莊前, 下馬親叩柴門. 一童出問. 玄德曰: "漢左將軍·宜城亭侯·領豫州牧·皇叔劉備, 特來拜見先生." 童子曰: "我記不得許多名字." 玄德曰: "你只說劉備來訪." 童子曰: "先生今早少出." 玄德曰: "何處去了?" 童子曰: "踪跡不定, 不知何處去了." 玄德曰: "幾時歸?" 童子曰: "歸期亦不定, 或三五日, 或十數日." 玄德惆悵不已. 張飛曰: "旣不見, 自歸去罷了." 玄德曰: "且待片時." 雲長曰: "不如且歸, 再使人來探聽." 玄德從其言, 囑付童子: "如先生回, 可言劉備拜訪."

遂上馬, 行數里, 勒馬回觀隆中景物, 果然山不高而秀雅, 水不深而澄淸; 地不廣而平坦, 林不大而茂盛; 猿鶴相親, 松篁交翠: 觀之不已.

*注: **少出**(소출): 잠시 나가다. **惆悵**(추창): 실망하여 탄식하다. 〈惆〉: 실심하다. 실망하다. 〈悵〉: 원망하다. 한탄하다. **松篁**(송황): 소나무와 참대나무. 소나무와 대나무 숲.

〖5〗 忽見一人, 容貌軒昻, 丰姿俊爽, 頭戴逍遙巾, 身穿皂布袍，杖藜從山僻小路而來．玄德曰：“此必臥龍先生也!” 急下馬向前施禮，問曰：“先生非臥龍否?” 其人曰：“將軍是誰?” 玄德曰：“劉備也.” 其人曰：“吾非孔明，乃孔明之友：博陵崔州平也.” 玄德曰：“久聞大名，幸得相遇．乞即席地權坐，請教一言.” 二人對坐於林間石上，關 · 張侍立於側．州平曰：“將軍何故欲見孔明?” 玄德曰：“方今天下大亂，四方雲擾，欲見孔明，求安邦定國之策耳.” 州平笑曰：“公以定亂爲主，雖是仁心，但自古以來，治亂無常．自高祖斬蛇起義，誅無道秦，是由亂而入治也；至哀 · 平之世二百年，太平日久，王莽簒逆，又由治而入亂；光武中興，重整基業，復由亂而入治；至今二百年，民安已久，故干戈又復四起：此正由治入亂之時，未可猝定也．將軍欲使孔明斡旋天地，補綴乾坤，恐不易爲，徒費心力耳．豈不聞‘順天者逸，逆天者勞’，‘數之所在，理不得而奪之；命之所定，人不得而强之’乎?” 玄德曰：“先生所言，誠爲高見．但備身爲漢胄，合當匡扶漢室，何敢委之數與命?” (*與孔明“成敗利鈍非所逆睹”之言(*第九十七回中)，一樣意思.) 州平曰：“山野之夫，不足與論天下事．適承明問，故妄言之.” 玄德曰：“蒙先生見教．但不知孔明往何處去了?” 州平曰：“吾亦欲訪之，正不知其何往.” 玄德曰：“請先生同至敝縣，若何?” 州平曰：“愚性頗樂閒散，無意功名久矣．容他日再見.” 言訖，長揖而去．玄德與關 · 張上馬而行．張飛曰：“孔明又訪不着，却遇此腐儒，閒談許久!” 玄德曰：“此亦隱者之言也.”

*注：丰姿俊爽(봉자준상)：〈丰〉：예쁘다．우거지다．얼굴이 토실토실 살찌고 아름다운 모양．〈俊爽〉：용모가 총명하고 이지적이다． **逍遙巾**(소요건)：고대의 일종 頭巾名． **席地權坐**(석지권좌)：땅바닥에 잠시 앉다． **雲擾**(운요)：구름처럼 어지럽다． **哀平**(애평)：西漢末 哀帝 劉欣(B.C. 6~A.D.1년 재위)과 平帝 劉衎(유간：기원 1~5년 재위)의 치세． **王莽**(왕망)：西漢 孝元

皇后의 조카. 策謀로 平帝를 죽이고 漢朝를 빼앗아 즉위하여 〈新〉 나라를 세웠으나(서기 5~23년) 내치와 외교에 실패하여 재위 15년 만에 光武帝에게 망했다. **猝定**(졸정): 갑작스럽게 안정되다. **斡旋**(알선): 여기서는 〈돌리다〉란 뜻이다. **適承明問**(적승명문): 마침 귀하신 질문을 받고. **敝縣**(폐현): 〈敝〉: 자기 자신의 것을 낮추어 부르는 말. **愚**(우): 저. 제.(자기의 겸칭).

〖6〗 三人回至新野, 過了數日, 玄德使人探聽孔明. 回報曰: "臥龍先生已回矣." 玄德便教備馬. 張飛曰: "量一村夫, 何必哥哥自去, 可使人喚來便了." 玄德叱曰: "汝豈不聞孟子云: '欲見賢而不以其道, 猶欲其入而閉之門也.' 孔明當世大賢, 豈可召乎!" (*孔明能比管·樂, 玄德能讀〈孟子〉.) 遂上馬, 再往訪孔明. 關·張亦乘馬相隨.

時值隆冬, 天氣嚴寒, 彤雲密布. 行無數里, 忽然朔風凜凜, 瑞雪霏霏, 山如玉簇, 林似銀粧. (*臥龍岡雪景必更可觀.) 張飛曰: "天寒地凍, 尙不用兵, 豈宜遠見無益之人乎! 不如回新野以避風雪." 玄德曰: "吾正欲使孔明知我慇懃之意. 汝弟輩怕冷, 可先回去." 飛曰: "死且不怕, 豈怕冷乎! 但恐哥哥空勞神思." (*用兵不怕冷, 訪客却怕冷, 一笑.) 玄德曰: "勿多言, 只相隨同去."

*注: **孟子云**(맹자운): 〈孟子〉 萬章下(10-7). **隆冬**(융동): 한겨울. **彤雲**(동운): 陰雲. **凜凜**(늠름): 매섭게 춥다. 살을 에듯 춥다. 凜冽(늠렬). **瑞雪**(서설): 서설. 상서로운 눈. 때맞추어 내리는 눈. **霏霏**(비비): 펑펑(눈이나 비. 연기. 구름 따위가 매우 성한 모양). **玉簇**(옥족): 〈簇〉: 작은 대. 떼. 무리. 모이다.

〖7〗 將近茅廬, 忽聞路旁酒店中有人作歌. 玄德立馬聽之.

其歌曰:

壯士功名尙未成, 嗚呼久不遇陽春.

君不見,

東海老叟辭荊蓁, 後車遂與文王親.

八百諸侯不期會, 白魚入舟涉孟津.

牧野一戰血流杵, 鷹揚偉烈冠武臣.

又不見,

高陽酒徒起草中, 長揖芒碭隆準公.

高談王覇驚人耳, 輟洗延坐欽英風.

東下齊城七十二, 天下無人能繼踪.

兩人非際聖天子, 至今誰復識英雄?

(*歌中之意, 獨有取於呂望與酈生者, 隱然合着管仲·樂毅也. 管仲相於齊, 而呂望封於齊; 樂毅下齊七十餘城, 而酈生亦下齊七十餘城. 孔明自比管·樂, 而此作歌之人, 與孔明相彷佛. 故其所歌之人, 亦與管·樂相彷佛耳. (〈酈生〉: 酈食其(력이기): 漢初의 책사. 고조를 위해 齊나라에 가서 유세하여 70여 성을 항복받았는데, 그 직후 韓信이 대병으로 齊나라를 공략했으므로 크게 노한 齊王 田廣한테 죽임을 당했음.—역자)

歌罷, 又有一人擊卓而歌.(*此又何人?) 其歌曰:

吾皇提劍淸寰海, 創業垂基四百載.

桓靈季業火德衰, 奸臣賊子調鼎鼐.

靑蛇飛下御座旁, 又見妖虹降玉堂.

群盜四方如蟻聚, 奸雄百輩皆鷹揚.

吾儕長嘯空拍手, 悶來村店飮村酒.

獨善其身盡日安, 何須千古名不朽!

(*前歌是弔古, 此歌是感今; 前歌是嗟遇, 此歌是自慰. 一唱一和, 如相贈答.)

*注:**東海老叟**(동해노수): 동해의 늙은이. 즉 呂望(姜太公). 처음의 여덟 句의 가사는 강태공의 이야기이다. **荊蓁**(형진): 가시나무 숲. 草野. 미천한 신분. 〈荊〉: 가시나무. 〈蓁〉: 숲. 우거지다. **白魚入舟**(백어입주): 周 武王이 殷의 紂王을 치러 갈 때, 商에 반대하는 수많은 제후들이 사전 약속을 하지 않았음에도 맹진에 모여서 殷의 紂王을 치는 데 동참했다. 무왕이 孟津에서 황하를 건너며 강 중간에 이르자 큰 잉어가 무왕의 배 안으로 뛰어 올라와서 무왕이 그것을 가지고 제사를 지냈다. 이 이야기는 〈史記·周本紀〉에 나온다. **牧野**(목야): 지금의 하남성 기현 서남쪽에 있다. 주 무왕이 殷의 군대를 이곳에서 대패시켰다. **血流杵**(혈류저): 피가 절굿공이를 흘러 보내다. 죽은 사람이 많았음을 형용한 말. 〈杵〉: 절구에 곡식을 넣고 빻는 절굿공이. **鷹揚**(응양): 하늘을 나는 매처럼 용맹하다. 특출하다. **冠武臣**(관무신): 무신들 가운데 으뜸이다. 〈冠〉: 모자. 으뜸가다. 우승하다. 일등하다. **高陽酒徒**(고양주도): 秦末漢初 때의 책사인 高陽人 酈食其(역이기). 그는 원래 秦의 성문지기였으나 후에 劉邦에게 귀의하여 여러 가지 계책을 올려 큰 공을 세웠는데, 그는 스스로를 〈高陽酒徒〉라고 불렀다. 당시 유방이 발을 씻으면서 찾아온 그를 거만한 태도로 대하자 그 역시 절을 하지 않고 오랫동안 손을 올려 揖만 했다. 그러나 그와 이야기를 나눠본 유방은 태도를 고쳐 그를 上坐에 앉히고 그가 올리는 계책을 따라 여러 전투에서 승리했다. 또 그는 齊나라로 가서 유세하여 70여 城을 항복받았다. 후에 廣野君으로 봉해졌다. 두 번째 여덟 句의 가사는 역이기의 일을 노래한 것이다. **芒碭隆準公**(망탕융준공): 沛縣 출신의 漢高祖 유방. 유방의 콧날이 우뚝 솟아서 〈隆準公〉이라 불렸다. 〈隆〉: 높다(高). 〈準〉: 콧날. 콧마루(鼻梁). **輟洗**(철세): 발 씻던 일을 중지하다. 〈輟〉: 그치다. 중지하다. **際聖天子**(제성천자): 영명한 천자를 만나다. 〈際〉: 만나다. 사귀다. **調鼎鼐**(조정내): 조정의 대권을 장악(농락)하다. 〈鼎鼐(정내)〉: 큰 솥(大鼎). 가마솥. 옛날에는 재상이 나라 일을 다스리는 것을 〈큰 가마솥〉에서 다섯 가지 맛(五味)을 조화시

키는 것에 비유하였으므로 〈鼎鼐〉를 황제 이하의 최고 權位로 비유하였다. 조정의 대권. **百輩**(백배): 무리 전부. 〈百〉: 凡. 일체. 전부.

〖8〗 二人歌罷, 撫掌大笑. 玄德曰: "臥龍其在此間乎?" 遂下馬入店. 見二人憑桌對飮: 上首者白面長鬚, 下首者淸奇古貌. 玄德揖而問曰: "二公誰是臥龍先生?" 長鬚者曰: "公何人? 欲尋臥龍何幹?" 玄德曰: "某乃劉備也. 欲訪先生, 求濟世安民之術." 長鬚者曰: "吾等非臥龍, 皆臥龍之友也: 吾乃潁州石廣元, 此位是汝南孟公威."(*水鏡說孔明之友, 自徐庶而外, 更有崔·石·孟三人, 今玄德俱不期而會. 一則遇於初訪孔明之後, 一則遇於在訪孔明之前.) 玄德喜曰: "備久聞二公大名, 幸得邂逅. 今有隨行馬匹在此, 敢請二公同往臥龍莊上一談." 廣元曰: "吾等皆山野慵懶之徒, 不省治國安民之事, 不勞下問. 明公請自上馬, 尋訪臥龍."

*注: **其在…乎**(기재…호): 아마도 있겠지? 〈其〉: 아마도. 혹시. 추측을 나타내는 助詞. **上首**(상수): 位次가 높은 쪽. 上席. 上座. 흔히 왼편을 말함. **下首**(하수): 下席. 흔히 오른 편을 말함. **此位**(차위): 이분. 〈位〉: (量詞) 분. 명. **邂逅**(해후): 사전에 약속하지 않았는데 우연히 만나는 것. **慵懶**(용나): 게으르다. 나태하다.

〖9〗 玄德乃辭二人, 上馬投臥龍岡來. 到莊前下馬, 扣門問童子曰: "先生今日在莊否?" 童子曰: "現在堂上讀書." 玄德大喜, 遂跟童子而入. 至中門, 只見門上大書一聯, 云: "淡泊以明志. 寧靜以致遠." 玄德正看間, 忽聞吟咏之聲, 乃立於門側窺之, 見草堂之上, 一少年擁爐抱膝, 歌曰:

鳳翱翔於千仞兮, 非梧不棲;

士伏處於一方兮, 非主不依.

樂躬耕於隴畝兮，吾愛吾廬；

聊寄傲於琴書兮，以待天時.

*注：**翶翔**(고상)：빙빙 돌며 날다. 새가 날개를 위아래로 흔드는 것이 翶(고), 날개를 움직이지 않고 공중에 떠 있는 것이 翔(상)이다. **隴畝**(롱묘)：밭. 밭이랑. 시골. **聊**(료)：잠시. **寄傲**(기오)：오만한(도도한) 마음을 의탁하다(부치다).

〖10〗 玄德待其歌罷，上草堂施禮曰："備久慕先生，無緣拜會. 昨因徐元直稱薦，敬至仙莊，不遇空回. 今特冒風雪而來，得瞻道貌，實爲萬幸!" 那少年慌忙答禮曰："將軍莫非劉豫州，欲見家兄否?" 玄德驚訝曰："先生又非臥龍耶?" 少年曰："某乃臥龍之弟諸葛均也. 愚兄弟三人：長兄諸葛瑾，現在江東孫仲謀處爲幕賓，孔明乃二家兄."(*前徐庶止敍孔明之弟而未及其兄，今却在諸葛均口中補敍出諸葛瑾，只一兄一弟，分作兩番出落，眞敍事妙品.) 玄德曰："臥龍今在家否?" 均曰："昨爲崔州平相約，出外閒游去矣."(*第二番又不遇.) 玄德曰："何處閒遊?" 均曰："或駕小舟游於江湖之中，或訪僧道於山嶺之上，或尋朋友於村落之間，或樂琴棋於洞府之內：往來莫測，不知去所." 玄德曰："劉備直如此緣分淺薄，兩番不遇大賢!" 均曰："少坐獻茶." 張飛曰："那先生旣不在，請哥哥上馬." 玄德曰："我旣到此間，如何無一語而回?" 因問諸葛均曰："聞令兄臥龍先生熟諳韜略，日看兵書，可得聞乎?" 均曰："不知." 張飛曰："問他則甚! 風雪甚緊，不如早歸."(*又借翼德焦燥，衬出玄德謙恭.) 玄德叱止之. 均曰："家兄不在，不敢久留車騎，容日却來回禮." 玄德曰："豈敢望先生枉駕. 數日之後，備當再至. 願借紙筆作一書，留達令兄，以表劉備慇懃之意."(*第一次通名，第二次致書，以次而來，漸漸相近.) 均遂進文房四寶. 玄德呵開凍筆，拂展

雲箋, 寫書曰:

備久慕高名, 兩次晉謁, 不遇空回, 惆悵何似! 竊念備漢朝苗裔, 濫叨名爵. 伏睹朝廷陵替, 綱紀崩摧, 群雄亂國, 惡黨欺君, 備心膽俱裂. 雖有匡濟之誠, 實乏經綸之策. 仰望先生仁慈忠義, 慨然展呂望之大才, 施子房之鴻略,(*稱呂望·子房, 正與司馬徽·徐元直所言相應.) 天下幸甚! 社稷幸甚! 先此布達, 再容齋戒薰沐, 特拜尊顔, 面傾鄙悃, 統希鑒原.

*注: **稱薦**(칭천): 칭찬하여 천거하다. **敬至**(경지): 삼가 찾아오다. 〈敬〉: (부사) 삼가. **幕賓**(막빈): 軍中이나 官署에서 초청해서 온 參事 또는 參議. 幕僚. 幕友. 顧問. 參謀 등을 이름. **僧道**(승도): 승려나 도사. **洞府**(동부): 도교에서 말하는 신선이 사는 곳(神仙居住的地方). **熟諳韜略**(숙암도략): 〈熟諳〉: 잘 알다. 숙지하다. 〈韜略〉: 육도삼략. 병법. 군사적 책략. **問他則甚**(문타즉심): 그에게 물어본들 무엇하겠는가. 〈甚〉: 무엇. 怎麽. **却來回禮**(각래회례): 거꾸로 答訪을 하다. **枉駕**(왕가): 왕림하다. 혜림하다. **呵開**(가개): 불어서 펴다. 〈呵〉: 꾸짖다. 불다. **雲箋**(운전): 〈箋〉:작은 종이. 雲函. 雲翰. 상대방의 편지를 높여서 부르는 말. **晉謁**(진알): 진견(進見). 나아가 뵙다. 일종의 謙辭이다. 〈晉〉: 進. **惆悵**(추창): 실망, 낙담하는 모양. 슬퍼하는 모양. **濫叨**(람도): 외람되이…을 갖다(입다). 〈濫〉: 넘쳐흐르다. 지나치다. 함부로 …하다. 〈叨〉: 욕심 부리다. 탐내다. 은혜를 입다. 폐를 끼치다. 욕되게 하다. **陵替**(릉체): 쇠락하다. **先此布達**(선차포달): 이에 먼저 알립니다. 〈布達〉: 알리다. 통고하다. **薰沐**(훈목): 熏香沐浴. **面傾**(면경): 얼굴을 기울이다. **鄙悃**(비곤): 자신의 진심어린 성의를 겸허하게 말한 것. 〈悃〉: 정성. 마음이 지성 순일함. **統希鑒原**(통희감원): 〈統〉: 간절히. 〈統希〉: 간절히 바라다. 통망(統望). 〈鑒原〉: 감량(鑒諒). (손아래 사람의 사정을) 헤아리거나 미루어 살피다. 양해하다.

〖11〗 玄德寫罷，遞與諸葛均收了，拜辭出門．均送出，玄德再三慇懃致意而別．(*第一次囑其童，第二次囑其弟，以次而來，漸漸相近.) 方上馬欲行， 忽見童子招手籬外， 叫曰：“老先生來也.” 玄德視之，見小橋之西，一人暖帽遮頭，狐裘蔽體，騎着一驢，後隨一青衣小童，携一葫蘆酒，踏雪而來；(*絕妙一幅畵圖.) 轉過小橋，口吟詩一首．詩曰：

一夜北風寒，萬里彤雲厚．
長空雪亂飄，改盡江山舊．
仰面觀太虛，疑是玉龍鬪．
紛紛鱗甲飛，頃刻遍宇宙．
騎驢過小橋，獨嘆梅花瘦．

玄德聞歌曰：“此眞臥龍矣.” 滾鞍下馬， 向前施禮曰：“先生冒寒不易！劉備等候久矣!” 那人慌忙下驢答禮．諸葛均在後曰：“此非臥龍家兄，乃家兄岳父黃承彦也.” 玄德曰：“適間所吟之句，極其高妙.” 承彦曰：“老夫在小婿家觀〈梁父吟〉， 記得這一篇．適過小橋，偶見籬落間梅花，故感而誦之．不期爲尊客所聞.” 玄德曰：“曾見令婿否?” 承彦曰：“便是老夫也來看他.” 玄德聞言，辭別承彦，上馬而歸，正値風雪又大．回望臥龍岡，悒怏不已.(*前番玩景，此番無心玩景，惟有悒怏．寫得有情致.)

*注：**適間**(적간)：방금(剛才). **籬落**(리락)：울타리. **悒怏**(읍앙)：우울하여 마음이 편치 않은 모양. 섭섭하다. 서운하다. 서글프다. 〈悒〉：근심하다. 〈怏〉：원망하다.

〖12〗 後人有詩單道玄德風雪訪孔明，詩曰：

一天風雪訪賢良，不遇空回意感傷．
凍合溪橋山石滑，寒侵鞍馬路途長．

當頭片片梨花落，撲面紛紛柳絮狂.
回首停鞭遙望處，爛銀堆滿臥龍岡.
*注：**單道**(단도)：한 마디로(간단하게. 단순하게) 말하자면.　**柳絮**(유서)：버들 솜. 버들개지.　**爛銀**(란은)：조각난 은. 〈爛〉：문드러지다. 조각나다. 찬란하다. (*눈이 펑펑 쏟아지고 있는 중에 바라본 와룡강의 풍경은 〈은이 반짝이는 모습〉이 아니라 〈조각난 은들이 쌓이는 모습〉이다.)

〖13〗 玄德回新野之後，光陰荏苒，又早新春.(*冬雪則龍蟄，春雷則龍起．訪臥龍者，固當於春時訪之.) 乃命卜者揲蓍，選擇吉期，齋戒三日，薰沐更衣，再往臥龍岡謁孔明．關·張聞之不悅，遂一齊入諫玄德．正是：
高賢未服英雄志，屈節偏生傑士疑.
不知其言若何，下文便曉.
*注：**光陰荏苒**(광음임염)：세월(시간. 시일)을 천연(遷延)하다. 시간을 끌다. 〈荏〉：들깨. 땅콩. 부드럽다. 시간을 천연하다. 〈苒〉：성하다. 우거지다. (시간을) 천연하다.　**揲蓍**(설시)：(점을 칠 때 괘를 얻기 위해 수를 세는 데 쓰는 풀) 시초(蓍草)를 세다(揲). 〈揲〉：(하나하나 집어가며) 세다. 〈蓍〉：시초. 톱 풀. 가세 풀. 그 줄기로 점을 친다.　**偏**(편)：치우치다; 기어코. 일부러; 뜻밖에. 공교롭게.

第三十七回 毛宗崗 序始評

(1). 玄德望孔明之急，聞水鏡而以爲孔明，見崔州平而以爲孔明，見石廣元孟公威而以爲孔明，見諸葛均黃承彦而又以爲孔明，正如永夜望曙者，見燈光而以爲曙也，見月光而以爲曙也，見星光而又以爲曙也．又如旱夜望雨者，聽風聲而以爲雨也，聽泉聲而以爲雨也，聽漏聲而又以爲雨也．〈西廂〉曲云："風動竹聲，只道金佩響；月移花影，疑是玉人來．" 玄德求賢如渴之情，有類此者．孔明卽欲不出，安得而不出乎？

(2)．順天者逸，逆天者勞．無論徐庶有始無終，不如不出：卽如孔明盡瘁至死，畢竟魏未滅，吳未吞，濟得甚事！然使春秋賢士盡學長沮·桀溺·接輿·丈人，而無知其不可而爲之仲尼，則誰著尊周之義於萬年？使三國名流盡學水鏡·州平·廣元·公威，而無志決身殲，不計利鈍之孔明，則誰傳扶漢之心於千古？玄德之言曰："何敢委之數與命！" 孔明其同此心歟？

(3)．淡泊寧靜之語，是孔明一生本領．淡泊，則其人之冷可知：寧靜，則其人之閑可知．天下非極閑極冷之人，做不得極忙極熱之事．後來自博望燒屯，以至六出祁山，無數極忙極熱文字，皆從極閑極冷中積蓄得來．

(4)．觀水鏡"未得其時"之言，及州平"徒費心力"之語，令讀者眼光直射注五丈原一篇．蓋在孔明未起手時，早爲他結尾伏下一筆矣．今有作稗官者，往往前不顧後，後不顧前．更有閱稗官者，亦往往前忘其後，後忘其前．或曰：此等人當令其讀〈三國〉．予曰：此等人正未許其讀〈三國〉．

第三十八回

定三分隆中決策
戰長江孫氏報仇

〖1〗 却說玄德訪孔明兩次不遇, 欲再往訪之. 關公曰: "兄長兩次親往拜謁, 其禮太過矣. 想諸葛亮有虛名而無實學, 故避而不敢見.(*今有請名士作文, 請名醫治病而遲遲不赴者, 乃當以此誚之.) 兄何惑於斯人之甚也!" 玄德曰: "不然. 昔齊桓公欲見東郭野人, 五反而方得一面.(*關公愛讀〈春秋〉,便對他說一〈春秋〉故事.) 況吾欲見大賢耶?" 張飛曰: "哥哥差矣. 量此村夫, 何足爲大賢! 今番不須哥哥去, 他如不來, 我只用一條麻繩縛將來." 玄德叱曰: "汝豈不聞周文王謁姜子牙之事乎? 文王且如此敬賢, 汝何太無禮! 今番汝休去, 我自與雲長去." 飛曰: "旣兩位哥哥都去,小弟如何落後!" 玄德曰: "汝若同往, 不可失禮." 飛應諾. 於是三人乘馬引從者往隆中.

*注: **東郭野人**(동곽야인): 齊 桓公이 小臣 하나를 만나기 위해 세 번이나

찾아갔으나 만나지 못하자 주위 사람들이 그만 찾아가라고 권했다. 그러나 듣지 않고 다시 찾아가서 다섯 번째 겨우 만났다. 여기서 말하는 東郭野人은 원래의 故事에서 말하는 小臣을 가리킨다. **量此村夫**(양차촌부): 이까짓 촌 사람쯤이야. **文王且**(문왕차): 문왕조차. 〈且〉: 마저. 조차. …인데 하물며.

〖2〗 離草廬半里之外, 玄德便下馬步行,(*其恭也如是.) 正遇諸葛均. 玄德忙施禮, 問曰: "令兄在莊否?" 均曰: "昨暮方歸. 將軍今日可與相見." 言罷, 飄然自去. 玄德曰: "今番僥倖得見先生矣!" 張飛曰: "此人無禮! 便引我等到莊也不妨, 何故竟自去了!" 玄德曰: "彼各有事, 豈可相强."(*若使諸葛均一見玄德, 便連忙回轉, 報出孔明迎門相揖, 則不成其爲臥龍兄弟矣.) 三人來到莊前叩門, 童子開門出問. 玄德曰: "有勞仙童轉報, 劉備專來拜見先生." 童子曰: "今日先生雖在家, 但今在草堂上晝寢未醒." 玄德曰: "旣如此, 且休通報." 分付關·張二人, 只在門首等着. 玄德徐步而入, 見先生仰臥於草堂几席之上. 玄德拱立階下. 半晌, 先生未醒. 關·張在外立久, 不見動靜, 入見玄德猶然侍立. 張飛大怒, 謂雲長曰: "這先生如何傲慢! 見我哥哥侍立階下, 他竟高臥, 推睡不起! 等我去屋後放一把火, 看他起不起!" 雲長再三勸住. 玄德仍命二人出門外等候. 望堂上視, 見先生翻身將起, 忽又朝裏壁睡着. 童子欲報. 玄德曰: "且勿驚動." 又立了一個時辰, 孔明纔醒, 口吟詩曰:(*妙在還不便起, 且自吟詩.)

大夢誰先覺, 平生我自知.
草堂春睡足, 窗外日遲遲.

***注**: **便…不妨**(편…불방): 설령 …하더라도 안 될 게 없을 텐데(무방할 텐데). 〈便〉: (가설연사) 비록(설령)…일지라도(하더라도). **竟**(경): 그냥. 줄곧; 다만 …뿐; 뜻밖에. 의외에. **動靜**(동정): 동정. 동태; 인기척. 무슨

소리. **猶然**(유연): 여전히(仍然). 여전히 그대로(仍然如此); 게다가(尙且). 더구나(尙且如此); 빙그레 웃다(微笑自得之貌). **推睡**(추수): 잠을 핑계 대고. **一把**(일파): 한번 (손으로 잡다. 쥐다). 〈把〉: 〈一〉과 함께 손으로 잡는 동작의 회수를 나타낸다. **遲遲**(지지); 느리다. 꾸물거리다. 해가 긴 모양.

〖3〗孔明吟罷, 翻身問童子曰: "有俗客來否?" 童子曰: "劉皇叔在此, 立候多時." 孔明乃起身曰: "何不早報! 尙容更衣." 遂轉入後堂. 又半晌, 方整衣冠出迎. 玄德見孔明身長八尺, 面如冠玉, 頭戴綸巾, 身披鶴氅, 飄飄然有神仙之槪.(*在玄德眼中畫出一孔明.) 玄德下拜曰: "漢室末冑·涿郡愚夫, 久聞先生大名, 如雷貫耳. 昨兩次晉謁, 不得一見, 已書賤名於文几, 未審得入覽否?" 孔明曰: "南陽野人, 疏懶成性, 屢蒙將軍枉臨, 不勝愧赧." 二人敍禮畢, 分賓主而坐, 童子獻茶. 茶罷, 孔明曰: "昨觀書意, 足見將軍憂民憂國之心; 但恨亮年幼才疏, 有誤下問." 玄德曰: "司馬德操之言, 徐元直之語, 豈虛談哉? 望先生不棄鄙賤, 曲賜敎誨." 孔明曰: "德操·元直, 世之高士. 亮乃一耕夫耳, 安敢談天下事? 二公謬擧矣. 將軍奈何舍美玉而求頑石乎?" 玄德曰: "大丈夫抱經世奇才, 豈可空老於林泉之下? 願先生以天下蒼生爲念, 開備愚魯而賜敎."

*注: **綸巾**(륜건): 비단 천으로 만든 일종의 두건. 일명 諸葛巾이라고도 함. **鶴氅**(학창): 원래는 새의 깃털(鳥羽)로 만든 겉옷이란 뜻이다. 그러나 道士들이 입는 道袍나 기타 모든 종류의 외투를 〈鶴氅〉이라고 하는데, 공명이 즐겨 입었던 鶴氅은 소매가 넓고 뒷솔기가 갈라진 흰옷의 가를 돌아가며 검은 헝겊을 넓게 댄 외투이다.〈氅〉: 외투. **飄飄然**(표표연): 경쾌한 모양(輕擧貌). 바람에 나부끼는 모양(飄揚貌). 사람의 기품이나 모습이 탈속한 모습(形容人的氣度神態超塵脫俗). **昨**(작): 어제; 이전. 과거. 옛날. **文几**(문

궤): 책상. **疏懶成性**(소나성성): 게으름(태만)이 습성이 되어버렸다. 〈疏懶〉: 게으르다. 태만하다. 〈成性〉: 습성(성격)이 되다. **愧赧**(괴난): 부끄러워 얼굴이 붉어지다. **曲賜**(곡사): ~해 주십시오. 曲垂. 敬詞로서 상대방의 賜與를 높여 부르는 말. 〈曲〉: 존경을 나타내는 말. 상대방이 신분을 낮춰서 함을 나타낸다. **頑石**(완석): 막돌. 잡석.

〖4〗 孔明笑曰: "願聞將軍之志." 玄德屛人促席而告曰: "漢室傾頹, 奸臣竊命. 備不量力, 欲伸大義於天下, 而智術淺短, 迄無所就. 惟先生開其愚而拯其厄, 實爲萬幸!" (*孔明問志, 玄德言懷, 方是深談.) 孔明曰: "自董卓造逆以來, 天下豪杰并起. 曹操勢不及袁紹, 而竟能克紹者, 非唯天時, 抑亦人謀也. 今操已擁百萬之衆, 挾天子以令諸侯, 此誠不可與爭鋒.(*先說曹操不可取.) 孫權據有江東, 已歷三世, 國險而民附, 此可用爲援而不可圖也.(*次說孫權不可取.) 荊州北據漢·沔, 利盡南海, 東連吳會, 西通巴·蜀, 此用武之地, 非其主不能守: 是殆天所以資將軍, 將軍豈有意乎? (*此言荊州可取.) 益州險塞, 沃野千里, 天府之國, 高祖因之以成帝業; 今劉璋闇弱, 民殷國富, 而不知存恤, 智能之士, 思得明君.(*此言益州可取.) 將軍旣帝室之胄, 信義著於四海, 總攬英雄, 思賢如渴, 若跨有荊·益, 保其巖阻, 西和諸戎, 南撫彝·越, 外結孫權, 內修政理; (*孫權不可取則結之.) 待天下有變, 則命一上將將荊州之兵以向宛·洛, 將軍身率益州之衆以出秦川, 百姓有不簞食壺漿以迎將軍者乎? (*曹操雖不可取, 而終當伐之.) 誠如是, 則大業可成, 漢室可興矣. 此亮所以爲將軍謀者也. 唯將軍圖之."(*未下局時, 先將一盤局勢算得停停當當, 豈非天下第一手?)

*注: **促席**(촉석): 자리에 가까이 다가가 앉다. 무릎을 맞대다. 〈促〉: =近. **竊命**(절명): 王命을 훔치다. **迄**(흘): …에(까지) 이르다. 끝내. 결국.

其愚(기우): 제 어리석음. 〈其〉: 여기서는 1인칭 代詞. **抑**(억): 또한(而且. 於是). 그렇지 않으면. 역시. 만약. 다만. 그러나. (*非唯天時, 抑亦人謀: 비단 천시뿐만 아니라 또한 사람의 계책도 있다.) **漢沔**(한면): 漢水. 漢水의 최상류를 漾水(양수), 흘러 내려와서 沔縣(면현)을 지난 후부터를 沔水(면수)라 하고, 다시 흘러와서 褒水(포수)와 합쳐진 후를 漢水라고 부른다. **利盡南海**(이진남해): 남부 해변까지의 물산과 자원을 전부 얻을 수 있다. 〈南海〉: 본서에서는 지금의 廣東, 廣西 지구를 가리킨다. **吳會**(오회): 吳郡의 治所 吳縣(지금의 江蘇省 蘇州市). 〈會〉: 대도시 또는 행정의 중심지. 吳縣은 당시 동남 지구의 가장 큰 도회였으므로 이렇게 불렀다. **巴蜀**(파촉): 巴郡과 蜀郡. 지금의 重慶(중경: 당시의 江州)과 成都를 중심으로 한 四川 지구. **豈**(기): =〈其〉의 뜻이다(祈使를 표시하거나 推測을 나타냄.) **天府之國**(천부지국): 천혜의 창고. 땅이 기름지고 산천이 험고하고 물산이 넉넉함을 이르는 말. **存恤**(존휼): 위무, 구제하다. 돌보다. **總攬**(총람): 인심을 얻어 모두 자기에게 심복시키다. 국가의 권력을 모두 장악하다. **荊益**(형익): 荊州와 益州. **保其巖阻**(보기암조): 그 險要地를 지켜 보존하다. **諸戎**(제융): 당시 서방의 각 소수민족들. **彝越**(이월): 彝族과 越族. 당시 서남과 남방의 소수민족. **宛洛**(완락): 宛城과 洛陽. 〈宛城〉: 지금의 하남성 南陽市. 漢代에 南陽郡의 治所. **秦川**(진천): 섬서성 渭水平原. 옛 秦나라 땅은 사방 변경 요새가 견고하고 그 가운데를 渭水가 관통하여 토지가 비옥했는데, 사람들은 이를 秦川이라 하였다. 섬서성 중부와 남부 지구와 감숙성 동남부. **簞食壺漿**(단사호장): 대나무 그릇에 담은 밥과 병에 담은 국. 소박한(거친) 음식.

〖5〗 言罷, 命童子取出畵一軸, 挂於中堂, 指謂玄德曰: "此西川五十四州之圖也.(*正不知先生幾時覓下此一軸圖. 可見其一向高臥, 非眞正睡着也.) 將軍欲成霸業, 北讓曹操占天時, 南讓孫權占地理, 將軍可占人和.(*天時·地利·人和, 分得奇.) 先取荊州爲家, 後卽取西川建基業, 以成鼎足之勢, 然後可圖中原也."(*旣曰成鼎足, 又曰圖中原. 蓋成鼎足是順天時, 圖中原是盡人事. 孔明劃策已盡於此.) 玄德聞言, 避席拱手謝曰: "先生之言, 頓開茅塞, 使備如撥雲霧而睹青天. 但荊州劉表·益州劉璋, 皆漢室宗親, 備安忍奪之?" 孔明曰: "亮夜觀天象, 劉表不久人世; 劉璋非立業之主: 久後必歸將軍." 玄德聞言, 頓首拜謝. 只這一席話, 乃孔明未出茅廬, 已知三分天下, 眞萬古之人不及也! 後人有詩讚曰:

豫州當日嘆孤窮, 何幸南陽有臥龍.
欲識他年分鼎處, 先生笑指畵圖中.

*注: **西川**(서천): 여기서는 현재의 사천성 대부분과 섬서성 남부 일대가 포괄되는 益州를 가리킨다. **茅塞**(모색): (길이) 풀로 꽉 막히다. 〈孟子(盡心上)〉에 나오는 말이다. 후에 와서 자신의 어리석음이나 아둔함을 뜻하게 되었다. **何幸**(하행): 얼마나 다행인가. 다행히도.

〖6〗 玄德拜請孔明曰: "備雖名微德薄, 願先生不棄鄙淺, 出山相助. 備當拱聽明誨." 孔明曰: "亮久樂耕鋤, 懶於應世, 不能奉命." 玄德泣曰: "先生不出, 如蒼生何!" 言畢, 淚沾袍袖, 衣襟盡濕. 孔明見其意甚誠, 乃曰: "將軍旣不相棄, 願效犬馬之勞."(*此孔明因玄德意誠而許諾.) 玄德大喜, 遂命關·張入, 拜獻金帛禮物. 孔明固辭不受. 玄德曰: "此非聘大賢之禮, 但表劉備寸心耳." 孔明方受. 於是玄德等在莊中共宿一宵. 次日, 諸葛均回, 孔明囑付曰: "吾受劉皇叔三顧之恩, 不容不出. 汝可躬耕於此, 勿得荒蕪田畝. 待吾功成之日, 卽當歸隱."(*方出山便思退步, 是眞淡泊寧靜之人.) 後人有詩嘆曰:

身未升騰思退步, 功成應憶去時言.

只因先主丁寧後，星落秋風五丈原.

*注: **蒼生**(창생): 백성. **沾袍袖**(첨포수): 겉옷의 소매를 (눈물로) 적시다. 〈沾〉: 적시다. **升騰**(승등): 올라가다. 상승하다; 발전하다. 번창하다. 출세하다. **丁寧**(정녕): 신신 당부하다. 재삼 부탁하다. **五丈原**(오장원): 지금의 섬서성 岐山縣 南斜谷口 서측. 제갈량은 최후에 이곳에서 병들어 죽었다.

〖7〗 又有古風一篇曰:

高皇手提三尺雪，碭碭白蛇夜流血.
平秦滅楚入咸陽，二百年前幾斷絕.
大哉光武興洛陽，傳至桓靈又崩裂.
獻帝遷都幸許昌，紛紛四海生豪傑.
曹操專權得天時，江東孫氏開鴻業.
孤窮玄德走天下，獨居新野愁民危.
南陽臥龍有大志，腹內雄兵分正奇.
只因徐庶臨行語，茅廬三顧心相知.
先生爾時年三九，收拾琴書離隴畝.
先取荊州後取川，大展經綸補天手.
縱橫舌上鼓風雷，談笑胸中換星斗.
龍驤虎視安乾坤，萬古千秋名不朽.
(*亮出山時年方二十七歲.)

玄德等三人別了諸葛均，與孔明同歸新野. 玄德待孔明如師，食則同卓，寢則同榻，終日共論天下之事. 孔明曰: “曹操於冀州作玄武池以練水軍，必有侵江南之意. 可密令人過江探聽虛實.” 玄德從之，使人往江東探聽.(*下文將敍東吳事，此乃過枝接葉處.)

*注: **正奇**(정기): =奇正. 고대의 병법 용어. 陣을 마주하여 싸우는 것이 〈正〉, 매복을 하고 있다가 기습, 엄습하는 것 등이 〈奇〉이다. **隴畝**(농무):

밭이랑. 시골. 민간.　龍驤(용양): 용이 고개를 들다. 용이 달리다.

〖8〗 却說孫權自孫策死後, 據住江東, 承父兄基業, 廣納賢士, 開賓館於吳會, 命顧雍 · 張紘延接四方賓客. 連年以來, 你我相薦. 時有會稽(山陰)闞澤, 字德潤; 彭城嚴畯, 字曼才; 沛郡(竹邑)薛綜, 字敬文; 汝南(南頓)程秉, 字德樞; 吳郡朱桓, 字休穆, (吳郡吳人)陸績, 字公紀; 吳人張溫, 字惠恕;(*張溫有二, 前董卓所殺之張溫, 乃洛陽張溫; 此張溫, 則吳郡張溫.) 吳郡(餘杭)凌統, 字公績; (會稽)烏傷駱統, 字公緒; (吳郡)烏程吾粲, 字孔休; 此數人皆至江東, 孫權敬禮甚厚. 又得良將數人: 乃汝南(富陂)呂蒙, 字子明; 吳郡(吳人)陸遜, 字伯言; 瑯邪徐盛, 字文嚮; 東郡(發干)潘璋, 字文珪; 廬江(安豊)丁奉, 字承淵. 文武諸人, 共相輔佐, 由此江東稱得人之盛.(*方寫玄德得一賢, 接寫孫權得多士. 程普 · 黃蓋 · 周泰 · 韓當, 則孫堅所得; 周瑜 · 張昭 · 張紘 · 虞翻 · 太史慈等, 則孫策所得; 若魯肅 · 諸葛瑾 · 顧雍, 則孫權初立時所得, 今闞澤 · 呂蒙等數人, 又獨後至, 前分敍, 此總敍. 或詳或略, 筆法各妙.)

〖9〗 建安七年, 曹操破袁紹, 遣使往江東, 命孫權遣子入朝隨駕.(*袁術欲使呂布質女, 曹操欲使孫權質子, 一樣意思.) 權猶豫未決. 吳太夫人命周瑜 · 張昭等面議. 張昭曰: "操欲令我遣子入朝, 是牽制諸侯之法也. 然若不令去, 恐其興兵下江東, 勢必危矣."(*既知遣質之爲牽制, 而又憂不遣質之將危, 是首鼠兩端之語.) 周瑜曰: "將軍承父兄餘資, 兼六郡之衆, 兵精糧足, 將士用命, 有何逼迫而欲送質於人? 質一入, 不得不與曹氏連和; 彼有命召, 不得不往: 如此, 則見制於人也. 不如勿遣, 徐觀其變, 別以良策禦之."(*孔明爲玄德畫策, 只數語決疑; 周瑜爲孫權畫策, 亦只數語決疑.) 吳夫人曰: "公瑾之言是也." 權遂從其言, 謝使者, 不遣子. 自此曹操有下江南之意.

但正値北方未寧, 無暇南征.(*輕按下曹操, 再接敍東吳.)

建安八年十一月, 孫權引兵伐黃祖, 戰於大江之中, 祖軍敗績. 權部將凌操輕舟當先, 殺入夏口, 被黃祖部將甘寧一箭射死. 凌操子凌統, 時年方十五歲, 奮力往奪父屍而歸.(*前孫策求父屍, 今凌統奪父屍, 遙遙相對.) 權見風色不利, 收軍還東吳.

*注: **建安七年**(건안칠년): 서기 202년. 신라 나해니사금 7년. **餘資**(여자): 여유의 재물. 충분한 물자. **用命**(용명): 윗사람의 명령을 받들다. **夏口**(하구): 漢水가 장강으로 들어가는 입구. 지금의 호북성 武漢市 漢口. 옛날 漢水가 섬서성 沔縣 서남에 있는 嶓冢山(파총산)에서 흐르기 시작할 때의 물 이름은 漾水, 면현을 지나면서부터는 沔水, 漢中을 지나면서부터는 漢水, 襄陽 이하에서는 夏水 혹은 襄江이라 불렀다. 그래서 한수가 長江으로 흘러들어 가는 곳을 夏口라고 불렀던 것이다. **風色**(풍색): 풍향. 동향. 형세. 정세. (***首鼠兩端**(수서양단): 구멍에서 머리만 내밀고 엿보는 쥐(와 같다). 태도가 분명치 않고 우유부단하다. 결단성이 없다.)

〖10〗 却說孫權弟孫翊爲丹陽太守. 翊性剛好酒, 醉後嘗鞭撻士卒.(*前則有宋憲·魏續之叛呂布, 後則有范疆·張達之刺張飛, 皆爲此也.) 丹陽督將嬀覽·郡丞戴員, 二人常有殺翊之心; 乃與翊從人邊洪結爲心腹, 共謀殺翊. 時諸將縣令, 皆集丹陽. 翊設宴相待. 翊妻徐氏美而慧, 極善卜〈易〉, 是日卜一卦, 其象大凶, 勸翊勿出會客. 翊不從,(*不聽婦言本是好處, 不聽慧夫人言却是蠢處.) 遂與衆大會. 至晩席散, 邊洪帶刀跟出門外, 卽抽刀砍死孫翊. 嬀覽·戴員乃歸罪邊洪, 斬之於市. (*與後文司馬昭之歸罪成濟 正復相同.) 二人乘勢擄翊家資侍妾. 嬀覽見徐氏美貌, 乃謂之曰: "吾爲汝夫報仇, 汝當從我; 不從則死." 徐氏曰: "夫死未幾, 不忍便相從; 可待至晦日, 設祭除服, 然後成親未遲."(*旣不從, 又不死, 權變之極.) 覽從之. 徐氏乃密召孫翊心腹舊將孫高·傅嬰二人入府，泣告曰："先夫在日，常言二公忠義．今嬀·戴二賊，謀殺我夫，只歸罪邊洪，將我家資童婢盡皆分去．嬀覽又欲强占妾身．妾已詐許之，以安其心．二將軍可差人星夜報知吳侯，一面設密計以圖二賊，雪此仇辱，生死啣恩．"言畢再拜．孫高·傅嬰皆泣曰："我等平日感府君恩遇，今日所以不卽死難者，正欲爲復仇計耳．(*此二語卽徐氏之意．) 夫人所命，敢不效力!"於是密遣心腹使者往報孫權．

*注: **啣恩**(함은): 은혜를 품다. 〈啣〉: 품다. 〈銜〉과 同字

〖11〗至晦日，徐氏先召孫·傅二人，伏於密室幃幕之中，然後設祭於堂上．祭畢，卽除去孝服，沐浴薰香，濃粧艶裹，言笑自若．嬀覽聞之甚喜．至夜，徐氏遣婢妾請覽入府，(*倒先去請，權變之極．) 設席堂中飮酒．飮旣醉，徐氏乃邀覽入密室．覽喜，乘醉而入．徐氏大呼曰："孫·傅二將軍何在!"二人卽從幃幕中持刀躍出．嬀覽措手不及，被傅嬰一刀砍倒在地，孫高再復一刀，登時殺死．(*不殺之於席間而殺之於密室者，恐戴員知之而不來故也．精細之極．) 徐氏復傳請戴員赴宴．員入府來，至堂中，亦被孫·傅二將所殺．一面使人誅戮二賊家小，及其餘黨．徐氏遂重穿孝服，將嬀覽·戴員首級，祭於孫翊靈前．(*此方是眞正設祭．) 不一日，孫權自領軍馬至丹陽，見徐氏已殺嬀·戴二賊，乃封孫高·傅嬰爲牙門將，令守丹陽，取徐氏歸家養老．江東人無不稱徐氏之德．後人有詩讚曰:

才節雙全世所無，姦回一旦受摧鋤．
庸臣從賊忠臣死，不及東吳女丈夫．

*注: **登時**(등시): 즉시. 바로 그때. **姦回**(간회): 奸惡邪僻한 (사람). 惡漢. **摧鋤**(최서): 〈摧〉: 때려 부수다. 꺾다. 무너뜨리다. 〈鋤〉: 호미 괭이. 김매다. 없애다. 제거하다.

〖12〗 且說東吳各處山賊, 盡皆平復. 大江之中, 有戰船七千餘隻. 孫權拜周瑜爲大都督, 總統江東水陸軍馬.(*爲後赤壁鏖兵伏線.) 建安十二年, 冬十月, 權母吳太夫人病危, 召周瑜·張昭二人至, 謂曰: "我本吳人, 幼亡父母, 與弟吳景徙居越中. 後嫁於孫氏, 生四子. 長子策生時, 吾夢月入懷; 後生次子權, 又夢日入懷.(*日勝於月, 爲後孫權稱帝伏線.) 卜者云: '夢日月入懷者, 其子大貴.' 不幸策早喪, 今將江東基業付權. 望公等同心助之, 吾死不朽矣!" 又囑權曰: "汝事子布·公瑾以師傅之禮, 不可怠慢. 吾妹與我共嫁汝父, 則亦汝之母也. 吾死之後, 事吾妹如事我. 汝妹亦當恩養, 擇佳婿以嫁之."(*爲後玄德入贅伏線.) 言訖遂終. 孫權哀哭, 具喪葬之禮, 自不必說.

*注: 吾死不朽(오사불후): 나는 죽더라도 썩지 않는다. 이는 臨終을 앞둔 사람이 하기 어려운 말이다. "吾死不憂"(죽더라도 걱정이 없다)로 되는 것이 이치에 맞는 것 같다. 自(자): 따로. 별도로.

〖13〗 至來年春, 孫權商議欲伐黃祖. 張昭曰: "居喪未及期年, 不可動兵." 周瑜曰: "報仇雪恨, 何待期年?"(*伐人之喪不可, 喪中伐人亦不可, 然以報父仇則無不可也. 若論報仇, 正當服縞素而興師, 何待服除之有? 張昭之見往往不及周瑜.) 權猶豫未定. 適北平都尉呂蒙入見, 告權曰: "某把龍湫水口, 忽有黃祖部將甘寧來降. 某細詢之: 寧字興霸, 巴郡臨江人也; 頗通書史, 有氣力, 好遊俠; 嘗招合亡命, 縱橫於江湖之中; 腰懸銅鈴, 人聽鈴聲, 盡皆避之; 又嘗以西川錦作帆幔, 時人皆稱爲 '錦帆賊'. 後悔前非, 改行從善, 引衆投劉表; 見表不能成事, 卽欲來投東吳, 却被黃祖留住在夏口. 前東吳破祖時, 祖得甘寧之力, 救回夏口; 乃待寧甚薄. 都督蘇飛屢薦寧於祖. 祖曰: '寧乃劫江之賊, 豈可重用!'(*周倉起於"黃巾", 而關公用爲親隨. 甘寧起於劫江, 而黃祖不肯用爲心腹. 君子用人最是通融, 小人用人偏極拘執.) 寧因此懷恨.(*爲後殺黃祖伏線.) 蘇飛知其意, 乃置酒邀寧到家, 謂之曰: '吾薦公數次, 奈主公不能用. 日月逾邁, 人生幾何, 宜自遠圖. 吾當保公爲鄂縣長, 自作去就之計.' (*蘇飛之薦甘寧於黃祖爲甘寧也, 非爲黃祖也. 若爲黃祖, 則當告祖曰: "不重用則殺之, 勿以資敵國." 何乃導之入吳耶? 飛之爲友謀則忠矣, 爲主謀則不忠.) 寧因此得過夏口, 欲投江東, 恐江東恨其救黃祖殺凌操之事. 某具言主公求賢若渴, 不記舊恨; 況各爲其主, 又何恨焉? 寧欣然引衆渡江, 來見主公. 乞鈞旨定奪." 孫權大喜曰: "吾得興霸, 破黃祖必矣." 遂命呂蒙引甘寧入見. 參拜已畢, 權曰: "興霸來此, 大獲我心, 豈有記恨之理? (*黃祖不錄甘寧之功, 孫權不記甘寧之怨, 彼此正相反.) 請無懷疑. 願教我以破黃祖之策." 寧曰: "今漢祚日危, 曹操終必簒竊. 南荊之地, 操所必爭也. 劉表無遠慮, 其子又愚劣, 不能承業傳基, 明公宜蚤圖之, 若遲, 則操先圖之矣.(*孔明勸玄德取荊州, 甘寧亦勸孫權取荊州.) 今宜先取黃祖. 祖今年老昏邁, 務於貨利; 侵求吏民, 人心皆怨; 戰具不修, 軍無法律. 明公若往攻之, 其勢必破. 既破祖軍, 鼓行而西, 據楚關而圖巴·蜀, 霸業可定也." (*孔明勸玄德取巴蜀, 甘寧亦勸孫權取巴蜀. 如此見識, 豈得以劫江之賊目之也?) 孫權曰: "此金玉之論也!"

*注: **湫**(추): 못. 웅덩이. **水口**(수구): 물이 흘러나가고 들어오는 출입구나 그 근방. 水上關口要塞. **巴郡臨江**(파군임강): 지금의 사천성 忠縣으로 파군의 治所: 지금의 重慶市(江州). **招合亡命**(망명): 떠돌아다니는(도망 다니는) 자들을 불러 모으다. 〈亡命〉: 도망하다. 망명하다; (악당 등이) 목숨을 내걸다. 죽음을 두려워하지 않다. **帆幔**(범만): 돛. 〈幔〉: 장막. **逾邁**(유매): 너무 늙다. 지나가다. 경과하다. 〈逾〉: 넘다. 지나다. 더욱. 〈邁〉: 가다. 지나다; 늙다. 日月逾邁(尙經). **定奪**(정탈): (可否나 取捨를)

결정하다. **獲我心**(획아심): 나의 마음에 들다(맞다). 내 생각과 일치하다. 〈獲〉: 얻다(得). 죄를(또는 신용을) 얻다. 마땅함을 얻다. **必爭**(필쟁): 〈爭〉: 爭奪, 奪取. **老昏邁**(노혼매): 늙어서 정신이 흐리다. 치매. **侵求吏民**(침구리민): 侵奪掠取於吏民. 관리와 백성들의 재물을 침탈하고 빼앗고 있다. **鼓行**(고행): 북을 치며 진군하다.

〖14〗 遂命周瑜爲大都督, 總水陸軍兵; 呂蒙爲前部先鋒; 董襲與甘寧爲副將; 權自領大軍十萬, 征討黃祖. 細作探知, 報知江夏. 黃祖急聚衆商議, 令蘇飛爲大將, 陳就·鄧龍爲先鋒, 盡起江夏之兵迎敵. 陳就·鄧龍各引一隊艨艟, 截住沔口, 艨艟上各設強弓硬弩千餘張, 將大索繫定艨艟於水面上. (*後文曹操之船用連環, 此處黃祖之船用貫索. 環不可斷, 索則可斷也.) 東吳兵至, 艨艟上鼓響, 弓弩齊發, 兵不敢進, 約退數里水面. 甘寧謂董襲曰: “事已至此, 不得不進.” 乃選小船百餘隻, 每船用精軍五十人: 二十人撐船, 三十人各披衣甲, 手執鋼刀, 不避矢石, 直至艨艟傍邊, 砍斷大索, 艨艟遂橫. 甘寧飛上艨艟, 將鄧龍砍死. 陳就棄船而走. 呂蒙見了, 跳下小船, 自擧櫓棹, 直入船隊, 放火燒船. 陳就急待上岸, 呂蒙捨命赶到跟前, 當胸一刀砍翻. (*以上寫水軍戰功.) 比及蘇飛引軍於岸上接應時, 東吳諸將一齊上岸, 勢不可當. 祖軍大敗. 蘇飛落荒而走, 正遇東吳大將潘璋, 兩馬相交, 戰不數合, 被璋生擒過去, 徑至船中來見孫權. (*以上寫陸路戰功.) 權命左右以檻車囚之, 待活捉黃祖, 一并誅戮. 催動三軍, 不分晝夜, 攻打夏口. 正是:

只因不用錦帆賊, 致令衝開大索船.

不知黃祖勝負如何, 且看下文分解.

*注: 艨艟(몽동): 고대의 일종의 戰船. 좁고 긴 兵船인데 쇠가죽(牛皮)으로 선체를 싸서 날아오는 矢石을 막으며 앞으로 나아가 적의 배를 들이받아 파

괴하는 배. 몽충(艨衝). **截住**(절주): 가로막다. 〈截〉: 자르다. 가로로 막다. 차단하다. **沔口**(면구): 沔水(또는 漢水라고도 함)의 河口. 〈沔〉: 섬서성을 흐르는 漢水의 지류. **將大索**(장대삭): 굵은 밧줄로써(以大索). 〈將〉: …을 가지고(以). **撑船**(탱선): 배를 젓다. 〈撑〉: 버티다. 배를 젓다. **櫓棹**(노도): 노. **急待上岸**(급대상안): 급히 강 언덕 위로 오르려고 하다. 〈待〉: 기다리다(動詞). 막 …하려고 하다. 막 …하려고 할 때(助動詞). **捨命**(사명): 죽음을 무릅쓰고. 필사적으로. **落荒而走**(낙황이주): =落荒. =落荒而逃: 큰길을 벗어나 황야로(들판으로. 풀숲으로) 도망치다(달아나다).

第三十八回 毛宗崗 序始評

(1). 孔明旣云曹操不可與爭鋒, 而又曰 "中原可圖", 其故何哉? 蓋漢賊不兩立, 雖知天時, 必盡人事, 所以明大義於天下耳. 且其言有應有不應: 三分鼎足, 言之應者也; 功成歸田, 言之不必應者也. 其必應者, 酬三顧之恩; 其不必應者, 念托孤之重. 大段規模, 固已算定於前, 而相理制宜, 不妨變通於後. 如必說一句, 定是一句, 天下豈有印板事體, 古人豈有印板言語, 書中豈有印板文章乎?

(2). 或曰: 孔明不勸玄德取孫·曹之地, 而勸玄德取二劉之地, 將欲扶漢而反自剪其宗室, 毋乃不可乎? 予曰: 不然. 二劉之地, 玄德不取, 必爲孫·曹所有. 故爭荊州於孫權, 何如受荊州於劉表? 此玄德之失計於先也. 取西川於劉璋, 無異取西川於曹操, 此孔明之預規其後也. 不得以此爲孔明病.

(3). 正敍孔明出草廬之後, 讀者方欲拭目而觀孔明之事, 乃忽然舍却新野, 夾敍東吳, 不但爲孫權一邊不當冷落, 亦將爲孔明遊說東吳張本也. 且其間文字亦有相連而及者. 孔明爲玄德畫策, 便有周瑜爲孫權畫策以配之. 孫權爲孫堅報仇, 便有徐氏爲孫翊報仇以配之. 又玄德得賢相, 孫權亦得良將. 孔明欲圖荊益, 甘寧亦請圖荊益. 凡如此類, 皆天然成對, 豈非妙文?

(4). 二喬姊妹, 分嫁二婿; 二吳姊妹, 同歸一夫. 權母謂權曰: "吾死之後, 汝事吾妹如事我." 然則母死之前, 權以母姨爲庶母; 母死之後, 權卽以母姨爲繼母矣. 以母姨爲庶母, 與尋常之庶母不同; 以母姨爲繼母, 與尋常之繼母不同. 權卽欲不盡孝而不可得矣. 雖然, 不獨孫權宜然也. 凡繼母之與前母, 亦姊妹行也. 卽庶母之與適母, 亦姊妹之行也. 豈必母姨而後爲母之姊妹, 豈必事母之姊妹而後盡孝哉!

(5). 唐世勣起於盜賊之中, 而甘寧亦起於盜賊之中. 世勣初號 "無賴賊", 繼號 "難當賊", 末號 "佳賊", 而甘寧亦號 "錦帆賊". 然世勣阿附武侯, 而甘寧忠事孫權, 則世勣之 "佳" 不必 "佳", 而甘寧之 "錦" 乃眞錦也.

(6). 今之學孔明者, 不能學其決策草廬, 而但學其晝寢; 學甘寧者, 不能學其改邪歸正, 而但學其銅鈴錦帆; 學孫權者, 不能學其尊賢禮士, 爲父報讐, 而但學其喪中爭戰; 學徐氏者, 不能學其智謀節義, 而但學其濃妝艷裹, 言笑自若. 爲之一笑!

第三十九回

荊州城公子三求計
博望坡軍師初用兵

〖1〗 却說孫權督衆攻打夏口. 黃祖兵敗將亡, 情知守把不住, 遂棄江夏, 望荊州而走. 甘寧料得黃祖必走荊州, 乃於東門外伏兵等候.(*黃祖之不用甘寧, 猶梁惠王之不用衛鞅也.) 祖帶數十騎突出東門, 正走之間, 一聲喊起, 甘寧攔住. 祖於馬上謂寧曰: "我向日不曾輕待汝, 今何相逼耶?" 寧叱曰: "吾昔在江夏, 多立功績, 汝乃以'劫江賊' 待我, 今日尙有何說!" (*寧不自以爲賊而黃祖待之以賊, 今日乃眞爲黃祖之賊矣.) 黃祖自知難免, 撥馬而走. 甘寧衝開士卒, 直赶將來, 只聽得後面喊聲起處, 又有數騎赶來. 寧視之, 乃程普也. 寧恐普來爭功, 慌忙拈弓搭箭, 背射黃祖. 祖中箭翻身落馬. 寧梟其首級, 回馬與程普合兵一處, 回見孫權, 獻黃祖首級. 權命以木匣盛貯, 待回江東祭獻於亡父靈前.(*應在七回中事. 前孫策能以活黃祖換死孫堅, 今孫權又能以死黃祖祭死孫堅. 有子如此, 孫堅不死矣.) 重賞三軍, 陞甘寧爲都尉. 商議欲分兵守江夏. 張昭曰: "孤城不可守, 不如且回江東. 劉表知我破黃祖, 必來報仇; 我以逸待勞, 必敗劉表. 表敗而後乘勢攻之, 荊襄可得也." 權從其言, 遂棄江夏, 班師回江東.

*注: **荊州城**(형주성): 〈三國志演義〉에서는 형주의 치소인 양양을 나타낸다. **博望坡**(박망파): 박망 고개(비탈). 博望에 있다. 지금의 하남성 方城 서남. **情知**(정지): 깊이 알다(深知), 분명히(명백히) 알다(明知). 〈情〉: 분명히. 명백히. **梟其首級**(효기수급): 원래 〈梟〉는 〈목을 베어 나무 같은 데 매달다〉는 뜻이지만, 여기서는 단순히 〈목을 베다〉는 뜻으로 쓰였다.(아래 節에서도 같다.)

〖2〗 蘇飛在檻車內, 密使人告甘寧求救. 寧曰: "飛即不言, 吾豈忘之?" 大軍既至吳會, 權命將蘇飛梟首, 與黃祖首級一同祭獻. 甘寧乃入見權, 頓首哭告曰: "某向日若不得蘇飛, 則骨塡溝壑矣, 安能效命於將軍麾下哉? 今飛罪當誅, 某念其昔日之恩, 情願納還官爵, 以贖飛罪." (*甘寧非呂蒙無由見孫權, 然非蘇飛則無由見呂蒙也, 推本窮源, 知恩報德, 是有血性男子, 不是無義氣丈夫.) 權曰: "彼既有恩於君, 吾爲君赦之. 一 但彼若逃去奈何?" 寧曰: "飛得免誅戮, 感恩無地, 豈肯走乎! 若飛去, 寧願將首級獻於階下." (*既願以官爵贖之, 又願以首級保之. 如此報德, 方不負施德之人.) 權乃赦蘇飛, 止將黃祖首級祭獻. 祭畢設宴, 大會文武慶功.

*注: **飛即不言**(비즉불언): 비록 蘇飛가 말하지 않더라도. 〈即〉: (接續詞) 설령(설사)…하더라도(일지라도). 만약. **情願**(정원): 진심으로 원하다. 달게 받다; 차라리 …을 원하다. 차라리 …할지언정. **納還**(납환): 반납하다. 돌려주다. **無地**(무지): 몸 둘 곳이 없다. 어쩔 줄 모르다.

〖3〗 正飮酒間, 只見座上一人大哭而起, 拔劍在手, 直取甘寧. 寧忙擧坐椅以迎之. 權驚視其人, 乃凌統也. 因甘寧在江夏時, 射死他父親凌操, 今日相見, 故欲報仇.(*方寫孫權報仇, 便接寫甘寧報恩; 方寫甘寧報恩, 又接寫凌統報仇. 義士之義, 孝子之孝, 各各出色.) 權連忙勸住, 謂統曰: "興霸射死卿父, 彼時各爲其主, 不容不盡力. 今旣爲一家人, 豈可復理舊仇? 萬事皆看吾面." 凌統叩頭大哭曰: "不共戴天之仇, 豈容不報!" 權與衆官再三勸之, 凌統只是怒目而視甘寧. 權卽日命甘寧領兵五千 · 戰船一百隻, 往夏口鎭守, 以避凌統. 寧拜謝, 領兵自往夏口去了. 權又加封凌統爲丞烈都尉, 統只得含恨而止. 東吳自此廣造戰船, 分兵守把江岸; 又命孫靜引一枝軍守吳會; 孫權自領大軍, 屯柴桑; 周瑜日於鄱陽湖教練水軍, 以備攻戰.

*注: **連忙**(련망): 얼른. 재빨리. 급히. **柴桑**(시상): 지금의 강서성 九江市 서남에 있다. **鄱陽湖**(파양호): 강서성 북부 鄱陽縣에 있는 호수 이름. 고대의 彭蠡(팽려).

〖4〗 話分兩頭. 却說玄德差人打探江東消息. 回報: "東吳已攻殺黃祖, 現今屯兵柴桑." 玄德便請孔明計議. 正話間, 忽劉表差人來請玄德赴荊州議事. 孔明曰: "此必因江東破了黃祖, 故請主公商議報仇之策也. 某當與主公同往, 相機而行, 自有良策." 玄德從之, 留雲長守新野, 令張飛引五百人馬跟隨往荊州來. 玄德在馬上謂孔明曰: "今見景升, 當若何對答?" 孔明曰: "當先謝襄陽之事. 他若令主公去征討江東, 切不可應允, 但說容歸新野, 整頓軍馬."(*此孔明不欲惡識孫權, 正爲後文投托東吳地步.) 玄德依言. 來到荊州, 館驛安下, 留張飛屯兵城外, 玄德與孔明入城見劉表. 禮畢, 玄德請罪於階下. 表曰: "吾已悉知賢弟被害之事. 當時卽欲斬蔡瑁之首, 以獻賢弟; 因衆人告免, 故姑恕之. 賢弟幸勿見罪." 玄德曰: "非干蔡將軍之事, 想皆下人所爲耳." 表曰: "今江夏失守, 黃祖遇害, 故請賢弟共議報復之策." 玄德曰: "黃祖性暴, 不能用人, 故致此禍. 今若興兵南征, 倘曹操北來, 又當奈何?" 表曰: "吾今年老多病, 不能理事, 賢弟可來助我. 我死之後, 弟便爲荊州之主也."(*前有陶謙讓徐州, 此有劉表讓荊州.) 玄德曰: "兄何出此言! 量備安敢當此重任?" 孔明以目視玄德. 玄德曰: "容徐思良策." 遂辭出, 回至館驛. 孔明曰: "景升欲以荊州付主公, 奈何却之?" 玄德曰: "景升待我, 恩禮交至, 安忍乘其危而奪之?" 孔明嘆曰: "眞仁慈之主也."(*此時玄德若取了荊州, 省却後來無數手脚矣. 使非玄德仁慈, 安得文字曲折?)

*注: **相機**(상기): 기회(기미)를 살피다. 〈相〉: 보다. 살펴보다. 관찰하다. **自有**(자유): 당연히(응당)…이 있다; 별도로(따로) 있다. **若何**(약하): 여하. 어떻게. **幸勿見罪**(행물견죄): 아무쪼록 탓하지 말아 주시오. 탓하지 말기를 바라다. 〈幸〉: 바라다. 희망하다. 기대하다(表示希望, 期望之詞). 〈幸勿〉: 아무쪼록 …하지 말아 주시오. 바라는 정도가 〈幸〉보다 더 심한 경우에는 〈乞〉을 쓴다. 〈罪〉: 죄. 탓하다. **干**(간): 관련되다. 연루되다. 관계하다.(蔡將軍과는 상관없는 일이다). **交至**(교지): 함께 지극히 하다. 〈交〉: (副詞) 동시에 함께. 일제히.

〖5〗 正商論間, 忽報公子劉琦來見. 玄德接入, 琦泣拜曰: "繼母不能相容, 性命只在旦夕, 望叔父憐而救之." 玄德曰: "此賢姪家事耳, 奈何問我?" 孔明微笑. 玄德求計於孔明. 孔明曰: "此家事, 亮不敢與聞." 少時, 玄德送琦出, 附耳低言曰: "來日我使孔明回拜賢姪, 可如此如此, 彼定有妙計相告." 琦謝而去.

次日, 玄德只推腹痛, 乃浼孔明代往回拜劉琦. 孔明允諾, 來至公子宅前下馬, 入見公子. 公子邀入後堂. 茶罷, 琦曰: "琦不見容於繼母, 幸先生一言相救." (*此劉琦第一番求計.) 孔明曰: "亮客寄於此, 豈敢與人骨肉之事? 一 倘有漏泄, 爲害不淺." 說罷, 起身告辭. (*此孔明第一次推却.) 琦曰: "旣承光顧, 安敢慢別." 乃挽留孔明入密室共飮. 飮酒之間, 琦又曰: "繼母不見容, 乞先生一言救我." (*此劉琦第二番求計.) 孔明曰: "此非亮所敢謀也." 言訖, 又欲辭去. (*此孔明第二次推却.) 琦曰: "先生不言則已, 何便欲去?" 孔明乃復坐. 琦曰: "琦有一古書, 請先生一觀." 乃引孔明登一小樓. (*自後堂而密室, 自密室而小樓, 寫得曲細.) 孔明曰: "書在何處?" 琦泣拜曰: "繼母不見容, 琦命在旦夕, 先生忍無一言相救乎?" (*此劉琦第三番求計.) 孔明作色而起, 便欲下樓, (*此孔明第三次推却.) 只見樓梯已撤去. (*此玄德附耳低言之計也.) 琦告曰: "琦欲求敎良策, 先生恐有泄漏, 不肯出言. 今日上不至天, 下不至地, 出君之口, 入琦之耳: 可以賜敎矣." (*此時並無隔屛竊聽之人.) 孔明曰: "'疎不間親', 亮何能爲公子謀?" 琦曰: "先生終不幸敎琦乎! 琦命固不保矣, 請卽死於先生之前." 乃掣劍欲自刎. (*此亦玄德附耳低言之計也.) 孔明止之, 曰: "已有良計." 琦拜曰: "願卽賜敎." 孔明曰: "公子豈不聞申生·重耳之事乎? 申生在內而亡, 重耳在外而安. (*劉琦請孔明觀古書, 此却是孔明敎劉琦觀古書.) 今黃祖新亡, 江夏乏人守禦. 公子何不上言, 乞屯兵守江夏, 則可以避禍矣." (*或笑孔明爲劉琦劃策, 不過是三十六計, 走爲上計耳, 何須如此作難方才說出? 不知走非容易, 使人不知是走, 方是會走; 若使人知其走, 便走不成, 走不脫矣.) 琦再拜謝敎, 乃命人取梯送孔明下樓. 孔明辭別, 回見玄德, 具言其事. 玄德大喜.

*注: **浼孔明代往**(매공명대왕): 공명에게 대신 가달라고 부탁하다. 〈浼〉: 본래의 뜻은 〈더럽히다〉. 〈명예 등을 손상케 하다〉이지만. 轉하여, 〈남에

게 폐를 끼치다〉, 〈청탁하다〉, 〈위탁하다〉란 뜻으로 쓰인다. **與人骨肉之事**(여인골육지사): 남의 골육지사에 관여하다. 〈與〉: 참여하다. 관여하다. **慢別**(만별): 쌀쌀하게 헤어지다. 〈慢〉: 느리다. 거만하다. (태도가) 쌀쌀하다. 냉담하다. **幸教**(행교): 가르쳐 주기를 바라다(원하다). **申生·重耳**(신생·중이): 申生과 重耳는 春秋時 晉獻公의 두 아들로, 獻公이 驪姬(여희)를 총애하여 그녀가 낳은 아이 奚齊(해제)를 태자로 세우기 위해 이들 형제를 모함하여 죽이려고 하자, 申生은 모함을 피하지 않고 자살하였고, 重耳는 외국으로 도망가서 19년간 망명생활을 한 후 결국 돌아와서 晉侯가 되어 霸者까지 되었는데, 이 사람이 바로 晉文公이다.

〖6〗次日，劉琦上言欲守江夏. 劉表猶豫未決，請玄德共議. 玄德曰："江夏重地，固非他人可守，正須公子自往. 東南之事，兄父子當之；西北之事，備願當之."(*使劉表當孫權，而自當曹操，亦孔明所教也.) 表曰："近聞曹操於鄴郡作玄武池以練水軍，必有南征之意，不可不防."(*劉表正欲防孫權，因玄德說出曹操，便順口說防曹操.) 玄德曰："備已知之，兄勿憂慮." 遂拜辭回新野. 劉表令劉琦引兵三千，往江夏鎭守.(*爲後玄德走江夏張本.)

*注: 鄴郡(업군): 하북성 磁縣 南.

〖7〗却說曹操罷三公之職，自以丞相兼之. 以毛玠爲東曹掾，崔琰爲西曹掾，司馬懿爲文學掾. 懿字仲達，河內溫人也，穎州太守司馬儁之孫，京兆尹司馬防之子，主簿司馬朗之弟也.(*敍司馬懿獨詳其家世，蓋在魏末代漢之先，早爲晉之代魏伏線.) 自是文官大備. 乃聚武將商議南征. 夏侯惇進曰："近聞劉備在新野，每日教演士卒，必爲後患，可早圖之." 操卽命夏侯惇爲都督，于禁·李典·夏侯蘭·韓浩爲副將，領兵十萬，直抵博望城，以窺新野.(*不窺荊襄而窺新野，操固輕視劉表而重視玄德也.) 荀彧諫曰："劉備英雄，今更兼諸葛亮爲軍師，不可輕敵." 惇曰："劉備鼠輩耳，吾必擒之!"(*輕視玄德，與曹操相反.) 徐庶曰："將軍勿輕視劉玄德. 今玄德得諸葛亮爲輔，如虎生翼矣." 操曰："諸葛亮何人也?" 庶曰："亮字孔明，道號臥龍先生. 有經天緯地之才，出鬼入神之計，眞當世之奇士，非可小覷." 操曰："比公若何?" 庶曰："庶安敢比亮? 庶如螢火之光，亮乃皓月之明也."(*不愧名亮字孔明.) 夏侯惇曰："元直之言謬矣. 吾看諸葛亮如草芥耳，何足懼哉! 吾若不一陣生擒劉備，活捉諸葛，願將首級獻與丞相." 操曰："汝早報捷書，以慰吾心." 惇奮然辭曹操，引軍登程.

*注: 三公(삼공): 太尉，司徒，司空. **河內溫**(하내온): 하남성 溫縣. 河內는 郡名. **京兆尹**(경조윤): 〈京兆〉: 漢代 京畿의 행정 관할구획 이름. 지금의 섬서성 西安市 以東에서 華縣에 이르는 지역. 〈尹〉: 地方長官. **出鬼入神**(출귀입신): 귀신들 사이를 마음대로 들락거리다. 변화가 하도 무쌍해서 붙잡을(파악할) 수가 없다. **小覷**(소처): 얕보다. 깔보다. 업신여기다. **登程**(등정): 起程. 출발하다. 떠나다.

〖8〗 却說玄德自得孔明，以師禮待之. 關·張二人不悅，曰："孔明年幼，有甚才學? 兄長待之太過! 又未見他眞實效驗!" 玄德曰："吾得孔明，猶魚之得水也. 兩弟勿復多言." 關·張見說，不言而退. 一日，有人送犛牛尾至. 玄德取尾親自結帽. 孔明入見，正色曰："明公無復有遠志,但事此而已耶?" 玄德投帽於地而謝曰："吾聊假此以忘憂耳." 孔明曰："明公自度比曹操若何?" 玄德曰："不如也." 孔明曰："明公之衆，不過數千人，萬一曹兵至，何以迎之?" 玄德曰："吾正愁此事，未得良策." 孔明曰："可速招募民兵，亮自教之，可以待敵." 玄德遂招新野之民，得三千人.

孔明朝夕教演陣法.

*注: **甚才學**(심재학): 무슨 재주와 학문. 〈甚〉: 무슨(什麽). **見說**(견설): (말을) 듣다. 들은 바에 의하면. **犛牛**(리우): 부림소. 역우. 얼룩소. 야크(牦牛). 털이 길고 황갈색이다.

〖9〗 忽報曹操差夏侯惇引兵十萬, 殺奔新野來了. 張飛聞知, 謂雲長曰: "可着孔明前去迎敵便了." 正說之間, 玄德召二人入, 謂曰: "夏侯惇引兵到來, 如何迎敵?" 張飛曰: "哥哥何不使'水'去?" 玄德曰: "智賴孔明, 勇須二弟, 何可推調!" 關·張出, 玄德請孔明商議, 孔明曰: "但恐關·張二人不肯聽吾號令; 主公若欲亮行兵, 乞假劍印." (*韓信非挂印登壇不能令樊噲, 孔明非取劍印不能令關·張.) 玄德便以劍印付孔明, 孔明遂聚集衆將聽令. 張飛謂雲長曰: "且聽令去, 看他如何調度." 孔明令曰: "博望之左有山, 名曰豫山; 右有林, 名曰安林: 可以埋伏軍馬. (*不識地理者, 不可以爲軍師.) 雲長可引一千軍往豫山埋伏, 等彼軍至, 放過休敵; 其輜重糧草, 必在後面, 但看南面火起, 可縱兵出擊, 就焚其糧草. 翼德可引一千軍去安林背後山谷中埋伏, 只看南面火起, 便可出, 向博望城舊屯糧草處縱火燒之. 關平·劉封可引五百軍, 預備引火之物, 於博望坡後兩邊等候, 至初更兵到, 便可放火矣." 一 又命于樊城取回趙雲, 令爲前部, "不要赢, 只要輸. 主公自引一軍爲後援. 各須依計而行, 勿使有失." 雲長曰: "我等皆出迎敵, 未審軍師却作何事?" 孔明曰: "我只坐守縣城." 張飛大笑曰: "我們都去厮殺, 你却在家裏坐地, 好自在." 孔明曰: "劍印在此, 違令者斬!" 玄德曰: "豈不聞'運籌帷幄之中, 決勝千里之外'? 二弟不可違令." 張飛冷笑而去, 雲長曰: "我們且看他的計應也不應, 那時却來問他未遲." 二人去了. 衆將皆未知孔明韜略, 今雖聽令,却都疑惑不定. (*又寫衆將多未信. 前夏侯惇輕孔明, 是敵人不肯信. 今衆將疑孔明, 是自家人亦不肯信. 先有此兩處不信, 愈顯得下文奇妙.) 孔明謂玄德曰: "主公今日可便引兵就博望山下屯住. 來日黃昏, 敵軍必到, 主公便棄營而走; 但見火起, 卽回軍掩殺. 亮與糜竺·糜芳引五百軍守縣." 命孫乾·簡雍准備慶喜筵席, 安排"功勞簿"伺候. 派撥已畢, 玄德亦疑惑不定.(*不唯衆人不信, 連玄德亦未信, 愈顯得下文奇妙.)

*注: **可着**(가착): 하게 하다. 시키다(可使). 〈着〉: 시키다(使). 하게 하다(敎). **推調**(추조): 거절하다. 사양하다. 물리하다. **劍印**(검인): 검과 장수의 印綬(seal). **調度**(조도): 관리하다. 배치하다. 지도(지시)하다. **休敵**(휴적): 대적하지 말라. **只要**(지요): …하기만 하다. **未審**(미심): 알지 못하다. 〈審〉: 자세히 알다. **好自在**(호자재): 매우 편안히 있다. 유유자적하다. **運籌帷幄之中**(운주유악지중): 〈運〉: 운용하다. 〈籌〉 兵謀. 計劃. 〈帷幄〉: 군중의 장막. 장막 안에서 세우는 작전계획의 여하에 따라 천리 밖의 승패가 결정된다는 뜻. 이 말과 뒤의 〈決勝千里之外〉 두 마디는 한 고조 劉邦이 張良의 뛰어난 지모를 평가하여 한 말이다. **派撥**(파발): 按配하다. 調遣, 派遣하다. 분담시키다.

〖10〗 却說夏侯惇與于禁等引兵至博望, 分一半精兵作前隊, 其餘盡護糧車而行.(*糧車在後, 正應孔明所言.) 時當秋月. 商飇徐起.(*此非閑筆, 正爲後文火勢襯染.) 人馬趲行之間, 望見前面塵頭忽起. 惇便將人馬擺開, 問鄕導官曰: "此間是何處?" 答曰: "前面便是博望坡, 後面是羅川口." 惇令于禁·李典押住陣脚, 親自出馬陣前. 遙望軍馬來到, 惇忽然大笑. 衆問: "將軍爲何而笑?" 惇曰: "吾笑徐元直在丞相面前, 誇諸葛亮爲天人; 今觀其用兵, 乃以此等軍馬爲前部, 與吾對敵, 正如驅犬羊與虎豹鬪耳! (*此是民兵誘敵之故.)

吾於丞相前誇口，要活捉劉備·諸葛亮，今必應吾言矣."(*極寫夏侯惇之驕，以反衬後文之敗.) 遂自縱馬向前．趙雲出馬．惇罵曰："汝等隨劉備，如孤魂隨鬼耳!"雲大怒，縱馬來戰．兩馬相交，不數合，雲詐敗而走．夏侯惇從後追赶．雲約走十餘里，回馬又戰，不數合又走．韓浩拍馬向前諫曰："趙雲誘敵，恐有埋伏."惇曰："敵軍如此，雖十面埋伏，吾何懼哉!"遂不聽浩言，直赶至博望坡．一聲砲響，玄德自引軍衝將過來，接應交戰．夏侯惇笑謂韓浩曰："此卽埋伏之兵也!(*誰知此處伏兵亦是誘敵.) 吾今晩不到新野，誓不罷兵!"乃催軍前進．玄德·趙雲退後便走.

*注: **商飈**(상표): 가을철에 세게 부는 바람. 폭풍. 회오리바람. **擺開**(파개): 진열하다. 펴놓다. **押住**(압주): 눌러놓다. 지키다. 관장하다. 〈押〉: 저당 잡다. 압송하다. 구금하다. 관장하다. 누르다(壓과 통용). **陣脚**(진각): 陣의 선두. 전체 대오(泛指整个隊伍). **衝將過來**(충장과래): 돌진해 나오다. 충돌해 나오다. 짓쳐 나오다. 〈將〉: 동사와 방향보어 사이에 쓰여 그 동작의 지속성이나 개시 등을 나타낸다. (*走將進去: 걸어 들어가다. 打將進去: 쳐들어가다).

〖11〗時天色已晩，濃雲密布，又無月色；晝風旣起，夜風愈大.(*先寫月色之暗，以反衬後文火光之明，先寫風力之大，以正衬後文火勢之大.) 夏侯惇只顧催軍赶殺．于禁·李典赶到窄狹處，兩邊俱是蘆葦．典謂禁曰："欺敵者必敗．南道路狹，山川相逼，樹木叢雜，倘彼用火攻，奈何?"禁曰："君言是也．吾當往前爲都督言之；君可止住後軍."李典便勒回馬，大叫："後軍慢行!"人馬走發，那裏攔當得住?　于禁驟馬大叫："前軍都督且住!"夏侯惇正走之間，見于禁從後軍奔來，便問何故．禁曰："南道路狹，山川相逼，樹木叢雜，可防火攻."夏侯惇猛省，卽回馬，令軍馬勿進．言未已，只聽背後喊聲震起，早望見一派火光燒着，隨後兩邊蘆亦着，一霎時，四方八面，盡皆是火，又値風大，火勢愈猛.(*方信前寫秋月，商飈，不是閑筆.) 曹家人馬，自相踐踏，死者不計其數. 趙雲回軍赶殺，夏侯惇冒煙突火而走.

*注：**晝風旣起，夜風愈大**(주풍기기，야풍유대)：낮부터 불기 시작한 바람이 밤이 되자 더욱 거세졌다. **只顧**(지고)：오로지. 다만. 한사코. **欺敵**(기적)：적을 얕보다. 적을 가볍게 여기다(輕敵). **山川相逼**(산천상핍)：산골짜기가 매우 좁다. 〈逼〉：좁다. **走發**(주발)：폭발하다. 爆炸하다. **猛省**(맹성)：갑자기 깨닫다. 정신이 번쩍 들다.

〖12〗 且說李典見勢頭不好，急奔回博望城時，火光中一軍攔住. 當先大將，乃關雲長也. 李典縱馬混戰，奪路而走. 于禁見糧草車輛，都被火燒，便投小路奔逃去了. 夏侯蘭 · 韓浩來救糧草，正遇張飛. 戰不數合，張飛一槍刺夏侯蘭於馬下. 韓浩奪路走脫. 直殺到天明，却纔收軍. 殺得屍橫遍野，血流成河. 後人有詩曰：

博望相持用火攻，指揮如意笑談中.
直須驚破曹公膽，初出茅廬第一功!

夏侯惇收拾殘軍，自回許昌.

*注：**勢頭**(세두)：정세. 형세. **却纔**(각재)：방금. 지금 막. **直**(직)：(副詞) 바로. 곧바로. 곧장.

〖13〗 却說孔明收軍，關 · 張二人相謂曰："孔明眞英傑也."(*唯有前番疑惑，乃有此處稱嘆.) 行不數里，見糜竺 · 糜芳引軍簇擁着一輛小車，車中端坐一人，乃孔明也. 關 · 張下馬拜伏於車前. 須臾，玄德 · 趙雲 · 劉封 · 關平等皆至，收聚衆軍，把所獲糧草輜重，分賞將士，班師回新野. 新野百姓望塵遮道而拜，曰："吾屬生全，皆使君得賢人之力也!" 孔明回至縣中, 謂玄德曰: "夏侯惇雖敗去, 曹操必自引大軍來." 玄德曰: "似此如之奈何?" 孔明曰: "亮有一計, 可敵曹軍." 正是:

　　破敵未堪息戰馬, 避兵又必賴良謀.

未知其計若何, 且看下文分解.

第三十九回 毛宗崗 序始評

(1). 謀人國不可輕, 故三顧始出; 謀人家亦不可輕, 故三聽後言. 謀國事不可不密, 故屏人促坐; 謀家事尤不可不密, 故登樓去梯. 劉琦方懼禍, 孔明又懼其漏言之禍. 孔明未授計, 玄德先授以求計之計. 玄德·孔明, 其眞天下有心人乎!

(2). 前徐庶在玄德面前誇獎孔明, 是正筆·緊筆; 今在曹操面前誇奬孔明, 是旁筆·閑筆. 然無旁筆·閑筆, 則不見正筆·緊筆之妙. 不但孔明一邊愈加渲染, 又使徐庶一邊亦不冷落, 眞敍事妙品.

(3). 孔明初出草廬, 第一次用計, 便是火攻. 夫兵猶火也, 用兵如用火, 用火亦如用兵. 兵不足而以火濟之, 是以火濟火也. 乃玄德之言曰: "我得孔明, 如魚得水." 翼德亦曰: "何不使'水'去?" 然則以孔明而用火, 是猶以水濟火矣. 以火濟火而火之威烈; 以水濟火而火之用神.

(4). 博望一燒, 有無數衬染: 寫雲濃·月淡是反衬; 寫秋風·夜風·林木·蘆葦是正衬; 寫徐庶誇獎是順衬, 寫夏侯輕侮, 關

·張不信是逆衬. 且其間又曲折多端: 當趙雲誘敵, 則有韓浩諫追爲一折; 玄德誘敵, 則有于禁·李典中途疑沮爲再折; 人馬走發, 攔當不住, 則又有夏侯猛省, 傳令勿追爲三折. 令讀者至此, 幾疑計之不成, 燒之不果; 而功且終就, 而敵此終破. 方嘆文章之妙, 有非猜測之所能及者. 若只一味直寫, 則竟依〈綱目〉例大書曰: "諸葛亮破曹兵於博望", 一句可了, 又何勞作演義者撰此一篇哉!

(5). 劉表因見黃祖被殺, 故欲玄德爲助我以防孫權; 孔明欲留孫權爲援, 故勸玄德舍權而當曹操. 此爲後文伏線也. 甘寧借江夏爲避仇之地, 而劉琦復借江夏爲避患之地. 乃孔明爲劉琦謀今日安身之所, 而早爲玄德謀兵敗借援之所. 此亦爲後文伏線也.

第四十回

蔡夫人議獻荊州
諸葛亮火燒新野

〖1〗 却說玄德問孔明求拒曹兵之計. 孔明曰: "新野小縣, 不可久居. 近聞劉景升病在危篤, 可乘此機會, 取彼荊州爲安身之地, 庶可拒曹操也." 玄德曰: "公言甚善; 但備受景升之恩, 安忍圖之!" 孔明曰: "今若不取, 後悔何及!"(*爲後文爭荊州伏線.) 玄德曰: "吾寧死, 不忍作負義之事." 孔明曰: "且再作商議."

却說夏侯惇敗回許昌, 自縛見曹操, 伏地請死. 操釋之. 惇曰: "惇遭諸葛亮詭計, 用火攻破我軍." 操曰: "汝自幼用兵, 豈不知狹處須防火攻?" 惇曰: "李典 · 于禁曾言及此, 悔之不及!" 操乃賞二人(*兵敗而有賞, 曹瞞勝人之處). 惇曰: "劉備如此猖獗, 眞腹心之患也, 不可不急除." 操曰: "吾所慮者, 劉備 · 孫權耳; 餘皆不足介意. 今當乘此時掃平江南." 便傳令起大兵五十萬, 令曹仁·曹洪爲第一隊, 張遼·張郃爲第二隊, 夏侯淵·夏侯惇爲第三隊, 于禁·李典爲第四隊, 操自領諸將爲第五隊: 每隊各引兵十萬. 又令許褚爲折衝將軍, 引兵三千爲先鋒. 選定建安十三年秋七月丙午日出師.(*併記其日, 重其事也.)

*注: **庶可拒**(서가거): 어떻게든 막아낼 수 있을 것이다. 〈庶〉: 어떻게든. 거의. 대체로(가능이나 기대를 나타냄), **猖獗**(창궐): 못된 세력이 발생하여 기승을 부리어 퍼짐. **折衝將軍**(절충장군): 무관인 장군의 관직명. 〈折衝〉: 적을 제압하여 승리를 거두다. **建安十三年**: 서기 208년. 신라 奈解尼師今 13년.

〖2〗 大中大夫孔融諫曰: "劉備 · 劉表皆漢室宗親, 不可輕伐; 孫權虎踞六郡, 且有大江之險, 亦不易取. 今丞相興此無義之師, 恐失天下之望." 操怒曰: "劉表·劉備·孫權皆逆命之臣, 豈容不討!" 遂叱退孔融, 下令: "如有再諫者, 必斬." 孔融出府, 仰天嘆曰: "以至不仁伐至仁, 安得不敗乎?"(* "至仁"獨指劉備, 而表與權又在所輕.) 時御史大夫郗慮家客聞此言, 報知郗慮. 慮常被孔融侮慢, 心正恨之, 乃以此言入告曹操; 且曰: "融平日每每狎侮丞相, 又與禰衡相善, 一 衡贊融曰 '仲尼不死', 融贊衡曰 '顔回復生', 一 向者禰衡之辱丞相, 乃融使之也." 操大怒, 遂命廷尉捕捉孔融. 融有二子, 年尚少, 時方在家, 對坐奕棋. 左右急報曰: "尊君被廷尉執去, 將斬矣! 二公子何不急避?" 二子曰: "破巢之下, 安有完卵乎?"(*操之殘惡, 二子早已看透.) 言未已, 廷尉又至, 盡收融家小并二子, 皆斬之,(*操之殺禰衡, 必假手於他人; 今殺孔融, 則竟自殺之, 更不避殺賢士之名矣.) 號令融屍於市. 京兆脂習伏屍而哭. 操聞之, 大怒, 欲殺之. 荀彧曰: "彧聞脂習常諫融曰: '公剛直太過, 乃取禍之道.' 今融死而來哭, 乃義人也, 不可殺."(*脂習之哭孔融，與王修之哭袁譚正復相似.）操乃止．習收融父子屍首，皆葬之．後人有詩讚孔融曰：

孔融居北海，豪氣貫長虹．
座上客常滿，樽中酒不空．
文章驚世俗，談笑侮王公．
史筆褒忠直，存官紀‘大中’．
(*應第十一回中．〈綱目〉書中〈殺大中大夫孔融〉，存其官也.)

曹操既殺孔融，傳令五隊軍馬次第起行，只留荀彧等守許昌．

*注：**大中大夫**(태중대부)：조정의 정사를 의논하고 황제의 자문에 응하는 직임．〈大中〉은〈태중(太中)〉으로 읽는다． **虎踞**(호거)：범이 웅크리고 있다．〈踞〉：웅크리다． **郗慮**(치려)：인명．이를〈郄慮(극려)〉로 쓴 판본들도 있으나〈자치통감〉에 따라〈郗慮〉로 했다． **侮慢**(모만)：경멸하다．무시하다．업신여기다． **狎侮**(압모)：버릇없이 굴다．친해져서 농지거리를 하다． **相善**(상선)：서로 친하게 지내다． **仲尼不死**(중니불사)：공융이 공자의 후손임을 함축한 말． **顔回**(안회)：공자가 가장 사랑했던 제자．요절했다． **破巢之下，安有完卵**(파소지하，안유완란)：새집이 깨뜨려질 때 어찌 온전한 알이 있겠는가．〈**覆巢之下無完卵**〉이란 말의 출처가 바로 이곳이다． **京兆**(경조)：즉 京兆尹．〈京兆尹〉：漢代 京畿의 행정구역．지금의 섬서성 西安 以東으로부터 華縣에 이르는 사이 구간으로 그 관할 아래에 12개 縣이 있었다．후에 와서는〈京都〉라 稱하게 되었다．

〖3〗却說荊州劉表病重，使人請玄德來托孤．玄德引關·張至荊州見劉表．表曰：“我病已入膏肓，不久便死矣，特托孤於賢弟．我子無才，恐不能承父業．我死之後，賢弟可自領荊州．”(*陶謙三讓徐州，劉表可謂再讓荊州矣.）玄德泣拜曰：“備當竭力以輔賢姪，安敢有他意乎!”正說間，人報曹操自統大兵至．玄德急辭劉表，星夜回新野. 劉表病中聞此信, 吃驚不小, 商議寫遺囑, 令玄德輔佐長子劉琦爲荊州之主.(*劉表臨死不聽婦人言而立少子, 雖不能正其始, 猶能正其終也.) 蔡夫人聞之大怒, 關上內門, 使蔡瑁·張允二人把住外門. 時劉琦在江夏, 知父病危, 來至荊州探病. 方到外門, 蔡瑁當住曰: "公子奉父命鎭守江夏, 其任至重; 今擅離職守, 倘東吳兵至, 如之奈何? 若入見主公, 主公必生嗔怒, 病將轉增, 非孝也. 宜速回."(*蔡瑁此時但阻琦之見父而不敢害琦者, 畏玄德之在新野耳.) 劉琦立於門外, 大哭一場, 上馬仍回江夏. 劉表病勢危篤, 望劉琦不來, 至八月戊申日, 大叫數聲而死.(*劉表欲立劉琦而不能殺蔡瑁, 以至如此.) 後人有詩嘆劉表曰:

昔聞袁氏居河朔, 又見劉君霸漢陽.
總爲牝晨致家累, 可憐不久盡銷亡.

*注: **病入膏肓**(병입고황): 병이 너무 깊어 치료할 수 없는 지경에 이르다. 옛날 사람들은 심장 아래의 작은 脂肪 덩어리를 〈膏〉, 橫隔膜 위의 엷은 膜을 〈肓〉이라 불렀는데, 〈膏〉와 〈肓〉 사이에는 藥效가 미치지 못한다고 생각했다. **遺囑**(유촉): 遺書. **嗔怒**(진노): 성을 내다. 노발대발하다. 격노하다. **河朔**(하삭): 황하 中下流의 北岸 지구. **漢陽**(한양): 漢水 북쪽(*〈陽〉: 山南水北.). **總**(총): 전부. 모두. 필경. 결국. **牝晨**(빈신): 〈牝鷄司晨〉. 〈牝鷄晨鳴〉. 암탉이 새벽 시간을 알리다. 암탉이 새벽에 울다. 여성이 집안의 주도권을 잡고 있어 가정이나 국가를 파멸에 이르게 한다는 것의 비유. 원소와 유표는 둘 다 妻 때문에 망했다. (*出處: 〈尙書·牧書〉: "牝鷄無晨, 牝鷄之晨, 惟家之索.") **銷亡**(소망): 衰亡.

〖4〗 劉表旣死, 蔡夫人與蔡瑁·張允商議, 假寫遺囑, 令次子劉琮爲荊州之主,(*袁紹之妻立少子是順父之命, 劉表之妻立少子是逆父之命, 蔡氏劣於劉氏矣.) 然後擧哀報喪. 時劉琮年方十四歲, 頗聰明, 乃聚衆言曰:"吾父棄世, 吾兄現在江夏, 更有叔父玄德在新野. 汝等立我爲主, 倘兄與叔興兵問罪, 如何解釋?"(*劉琮賢於袁尙.) 衆官未及對, 幕官李珪答曰:"公子之言甚善. 今可急發哀書至江夏, 請大公子爲荊州之主, 就命玄德一同理事, 北可以敵曹操, 南可以拒孫權. 此萬全之策也."(*劉表有如此之臣而平日不能重托之, 乃使蔡瑁掌兵權, 何其用人之舛誤也.) 蔡瑁叱曰:"汝何人, 敢亂言以逆主公遺命!" 李珪大罵曰:"汝內外朋謀, 假稱遺命, 廢長立幼, 眼見荊襄九郡, 送於蔡氏之手! 故主有靈, 必當殛汝!"(*劉表不重李珪, 足見其善善而不能用.) 蔡瑁大怒, 喝令左右推出斬之. 李珪至死大罵不絶. 於是蔡瑁遂立劉琮爲主. 蔡氏宗族分領荊州之兵; 令治中鄧義·別駕劉先守荊州; 蔡夫人自與劉琮前赴襄陽駐扎, 以防劉琦·劉備. 就葬劉表之柩於襄陽城東漢陽之原, 竟不訃告劉琦與玄德.(*自死至葬而竟不訃告, 婦人作事舛錯至此, 宜其亡之速也.)

*注: **擧哀報喪**(거애보상): 哭을 하고 訃告를 띄우다. **解釋**(해석): 해명하다. 설명하다. 변명하다. **眼見**(안견): 눈으로 보다. 눈앞에서. **殛汝**(극여): 너희들을 죽일 것이다. 〈殛〉: 誅戮. **治中**(치중): 관직명. 州郡의 문서를 관장하고 長을 보좌하는 일을 한다. **漢陽**(한양): 漢水의 북쪽(*〈陽〉: 山南水北. 洛陽: 洛水의 북안이란 뜻이다).

〖5〗 劉琮至襄陽, 方纔歇馬, 忽報曹操引大軍徑望襄陽而來. 琮大驚, 遂請蒯越·蔡瑁等商議. 東曹掾傅巽進言曰:"不特曹操兵來爲可憂; 今大公子在江夏, 玄德在新野, 我皆未往報喪, 若彼興兵問罪, 荊襄危矣. 巽有一計, 可使荊襄之民, 安如泰山, 又可保全主公名爵."(*不憂曹操而憂玄德·劉琦, 則其計可知矣.) 琮曰:"計將安出?" 巽曰:"不如將荊襄九郡, 獻與曹操, 操必重待主公也."(*李珪旣殺, 此傅巽之言所由來也.) 琮叱曰:"是何言也! 孤受先君之基業, 坐尙未穩, 豈可便棄之他人?" 蒯越曰: "傅公悌之言是也. 夫逆順有大體, 强弱有定勢. 今曹操南征北討, 以朝廷爲名, 主公拒之, 其名不順. 且主公新立, 外患未寧, 內憂將作, 荊襄之民, 聞曹兵至, 未戰而膽先寒, 安能與之敵哉?" (*蒯越常助蔡瑁謀害玄德, 宜其有此論.) 琮曰: "諸公善言, 非我不從; 但以先君之業, 一旦棄與他人, 恐貽笑於天下耳." (*傅·蒯二人志不及此十四歲兒.)

*注: **逆順有大體(대체)**: 逆理와 順理에는 대체가 있다. 〈大體〉: 대국. 중요한 이치(도리); 대체로. 대략. (*〈資治通鑑〉에는 투항을 권유하는 蒯越의 설득 논리가 이렇게 기록되어 있다. "蒯越曰: 逆順有大體, 强弱有定勢. 以人臣而拒人主, 逆道也; 以新造之楚而禦中國, 必危也; 以劉備而敵曹公, 不當也. 三者皆短, 將何以待敵? 且將軍自料何如劉備? 若備不足禦曹公, 則雖全楚不能以自存也; 若足禦曹公, 則備不爲將軍下也.")

〖6〗 言未已, 一人昻然而進曰: "傅公悌·蒯異度之言甚善, 何不從之?" 衆視之, 乃山陽高平人, 姓王, 名粲, 字仲宣. 粲容貌瘦弱, 身材短小; 幼時往見中郎蔡邕, 時邕高朋滿座, 聞粲至, 倒履迎之. 賓客皆驚曰: "蔡中郎何獨敬此小子耶?" 邕曰: "此子有異才, 吾不如也." 粲博聞强記, 人皆不及: 嘗觀道旁碑文一過, 便能記誦; 觀人奕棋, 棋局亂, 粲復爲擺出, 不差一子. 又善算術. 其文詞妙絕一時. 年十七, 辟爲黃門侍郎, 不就. 後因避亂至荊襄, 劉表以爲上賓.

當日謂劉琮曰: "將軍自料比曹公何如?" 琮曰: "不如也." (*與玄德·孔明問答相似. 一則商議備敵, 一則商議降敵, 語同而意不同.) 粲曰: "曹公兵强將勇, 足智多謀; 擒呂布於下邳, 摧袁紹於官渡, 逐劉備於隴右, 破烏桓於白狼, 梟除蕩定者, 不可勝計. 今以大軍南下荊襄, 勢難抵敵. 傅·蒯二君之謀, 乃長策也. 將軍不可遲疑, 致生後悔."(*文人不可與謀國事如此.) 琮曰: "先生見教極是, 但須稟告母親知道." 只見蔡夫人從屛後轉出, (*慣立屛後竊聽人語, 此婦人惡態.) 謂琮曰: "旣是仲宣·公悌·異度三人所見相同, 何必告我?" 於是劉琮意決, 便寫降書, 令宋忠潛地往曹操軍前投獻. 宋忠領命, 直至宛城, 接着曹操, 獻上降書. 操大喜, 重賞宋忠, 分付: "敎劉琮出城迎接, 便着他永爲荊州之主."(*假話騙小兒.)

*注: **昻然**(앙연): 의젓한. 떳떳한. **擺出**(파출): 꺼내어 늘어놓다. **辟**(벽): 임금이 관직 등을 주려고 부르다. **隴右**(롱우): 고대 地區名. 隴山(六盤山 南端의 별칭) 以西 地區. 고대에는 以西를 〈右〉라 했다. 대략 지금의 감숙성 六盤山 以西, 황하 以東 地區에 해당. **白狼**(백랑): 지금의 遼寧省 凌源縣 동남. **梟除蕩定者**(효제탕정자): 목을 베고 제거하고 쓸고 평정한 것. **只見**(지견): 얼핏 보다. 문득보다. **宛城**(완성): 지금의 하남성 南陽市. 漢時에 南陽郡의 治所였다. **接着**(접착): 영접하다; 잇따라. 연이어. 이어서. **便着**(편착): 便使. 곧바로 …하게 하다(敎). 〈着〉: 시키다(使).

〖7〗 宋忠拜辭曹操, 取路回荊襄. 將欲渡江, 忽見一枝人馬到來, 視之, 乃關雲長也. 宋忠回避不迭, 被雲長喚住, 細問荊州之事. 忠初時隱諱; 後被雲長盤問不過, 只得將前後事情, 一一實告. 雲長大驚, 隨捉宋忠至新野見玄德, 備言其事. 玄德聞之大哭. 張飛曰: "事已如此, 可先斬宋忠, 隨起兵渡江, 奪了襄陽, 殺了蔡氏 · 劉琮, 然後與曹操交戰." 玄德曰: "你且緘口. 我自有斟酌." 乃叱宋忠曰: "你知衆人作事, 何不早來報我? 今雖斬汝, 無益於事. 可速去."(*宋忠且不殺, 豈肯殺劉琮母子乎?) 忠拜謝, 抱頭鼠竄而去.

*注: 不迭(부질): (동사 뒤에 붙어서) 미치지 못함(대처할 수 없음)을 나타낸다.(*回避~: 미처 피하지 못하다.) **盤問**(반문): 자세히 캐어묻다. 꼬치꼬치 캐어묻다. 盤覈(반핵). **備言**(비언): 상세히 말하다. 전부(구체적으로) 말하다. **自有**(자유): 당연히(응당)…이 있다; 별도로(따로) 있다. **鼠竄**(서찬): 쥐가 도망가듯이 달아나다.

〖8〗玄德正憂悶間, 忽報公子劉琦差伊籍到來. 玄德感伊籍昔日相救之恩, 降階迎之, 再三稱謝. 籍曰: "大公子在江夏, 聞荊州已故, 蔡夫人與蔡瑁等商議, 不來報喪, 竟立劉琮爲主. 公子差人往襄陽探聽, 回說是實; 恐使君不知, 特差某賫哀書呈報, 并求使君盡起麾下精兵, 同往襄陽問罪." 玄德看書畢, 謂伊籍曰: "機伯只知劉琮僭立, 更不知劉琮已將荊襄九郡獻與曹操矣." 籍大驚曰: "使君何從知之?" 玄德具言拿獲宋忠之事. 籍曰: "若如此, 使君不如以弔喪爲名, 前赴襄陽, 誘劉琮出迎, 就便擒下, 誅其黨類, 則荊州屬使君矣."(*最是善策.) 孔明曰: "機伯之言是也, 主公可從之." 玄德垂淚曰: "吾兄臨危托孤於我, 今若執其子而奪其地, 異日死於九泉之下, 何面目復見我兄乎?"(*劉琮旣降曹操, 則玄德非取荊州於劉璋, 而取荊州於曹操也. 何尙以劉表爲言乎? 前劉表讓之不取, 失一機會; 今劉琮失之而不取, 又失一機會.) 孔明曰: "如不行此事, 今曹兵已至宛城, 何以拒敵?" 玄德曰: "不如走樊城以避之."

〖9〗正商議間, 探馬飛報曹兵已到博望了. 玄德慌忙發付伊籍回江夏整頓軍馬, 一面與孔明商議拒敵之計. 孔明曰: "主公且寬心. 前番一把火, 燒了夏侯惇大半人馬; 今番曹軍又來, 必敎他中這條計. (*不說出何計, 正使人猜測不着.) 我等在新野住不得了, 不如早到樊城去." 便差人四門張榜, 曉諭居民: "無問老幼男女, 願從者，卽於今日皆跟我往樊城暫避，不可自誤." 差孫乾往河邊調撥船隻，救濟百姓，差糜竺護送各官家眷到樊城．一面聚諸將聽令，先敎雲長："引一千軍去白河上流頭埋伏．各帶布袋，多裝沙土，遏住白河之水；至來日三更後，只聽下流頭人喊馬嘶，急取起布袋，放水渰之，却順水殺將下來接應." 又喚張飛："引一千軍去博陵渡口埋伏．此處水勢最慢，曹軍被渰，必從此逃難，可便乘勢殺來接應." 又喚趙雲："引軍三千，分爲四隊，自領一隊伏於東門外，其三隊分伏西·南·北三門，却先於城內人家屋上，多藏硫黃焰硝引火之物．曹軍入城，必安歇民房．來日黃昏後，必有大風；(*不知天時者，不可以爲軍師.) 但看風起，便令西·南·北三門伏軍盡將火箭射入城去；待城中火勢大作，却於城外吶喊助威．只留東門放他出走．汝却於東門外從後擊之．(*從後擊之，妙，赶他到水邊去.) 天明會合關·張二將，收軍回樊城." (*又先算定收軍時候.) 再令糜芳·劉封二人："帶二千軍，一半紅旗，一半青旗，去新野城外三十里鵲尾坡前屯住．一見曹軍到，紅旗軍走在左，青旗軍走在右．他心疑必不敢追．汝二人却去分頭埋伏，只望城中火起，便可追殺敗兵，然後却來白河上流頭接應." 孔明分撥已定，乃與玄德登高瞭望，只候捷音．

*注：**發付**(발부)：보내다．파견하다．　**調撥**(조발)：동원하다(調動分撥)．**白河**(백하)：漢水 지류．하남성 서남부의 嵩縣 남쪽의 伏牛山에서 出源，남으로 흘러 湖北省에 이르러 襄樊市에서 漢水로 들어간다．　**上流頭**(상류두)：상류．〈頭〉：접미사．①명사 뒤：石頭(돌)，木頭(나무)，骨頭(뼈)，舌頭(혀)：②동사 뒤에 붙어 그 일의 가치를 나타내는 추상명사를 만든다：念頭(읽을 만한 것)，看頭(볼만한 것)：③형용사의 뒤에서 抽象名詞를 만든다：苦頭兒(고통．고생)，准頭(확실한 것)．④방위사의 뒤에 붙음：上頭(위)，下頭(아래)，外頭(밖)，前頭(앞)．　渰(엄)：淹(엄)과 通함．물에 잠기

다. 물에 빠지다. **順水殺將下來**(순수살장하래): 물을 따라서 급히 아래로 오다. 〈將〉: 동사와 방향 보어 사이에 쓰여 그 동작의 지속성이나 개시 등을 나타낸다. **渡口**(도구): 나루터. **鵲尾坡**(작미파): 동한 삼국시에는 이런 지명이 없었다. **分頭**(분두): 각각. 따로따로. 분담하여. **捷音**(첩음): 승전보.

〖10〗 却說曹仁·曹洪引軍十萬爲前隊, 前面已有許褚引三千鐵甲軍開路, 浩浩蕩蕩, 殺奔新野來. 是日午牌時分, 來到鵲尾坡, 望見坡前一簇人馬, 盡打青·紅旗號. 許褚催軍向前. 劉封·糜芳分爲四隊, 青·紅旗各歸左右. 許褚勒馬, 敎且休進: "前面必有伏兵, 我兵只在此處住下." 許褚一騎馬飛報前隊曹仁. 曹仁曰: "此是疑兵, 必無埋伏, 可速進兵. 我當催軍繼至." 許褚復回坡前, 提兵殺入. 至林下追尋時, 不見一人. 時日已墜西. 許褚方欲前進, 只聽得山上大吹大擂. 擡頭看時, 只見山頂上一簇旗, 旗叢中兩把傘蓋: 左玄德, 右孔明, 二人對坐飮酒. 許褚大怒, 引軍尋路上山. 山上擂木砲石打將下來, 不能前進. 又聞山後喊聲大震. 欲尋路厮殺. 天色已晚.

*注: **午牌時分**(오패시분): 정오 무렵. 〈午牌〉: 옛날 정오를 알리기 위해 걸어놓았던 표찰. **疑兵**(의병): 적을 속이기 위해 군사로 거짓 꾸미는 일. 또는 그렇게 꾸며놓은 군사. **大吹大擂**(대취대뢰): 일제히 나팔을 불고 북을 치다(두드리다). 큰소리치다.(=大吹大拍). **兩把**(양파): 두 개. 〈把〉: 손으로 잡는 자루가 있는 기구에 쓰이는 양사. 자루. 하나. 개. **擂木砲石**(뢰목포석): 〈擂〉: 갈다; 치다. 두드리다. 〈擂木〉: 옛날에 싸울 때 높은 곳에서 밀어서 떨어뜨려 적들이 압사하도록 한 굵은 통나무 토막. 〈砲石〉: 돌쇠로 튕겨서 쏘아대는 돌. 〈砲〉: 고대 병기의 일종으로 돌을 쏘아 보내는 기계장치. **打將下來**(타장하래): 쳐내려오다. 〈打下〉: 공격하다. 공략하

다. 〈將〉: 동사와 방향보어 중간에 쓰여 동작의 개시나 지속을 나타낸다.

〖11〗 曹仁領兵到, 教且奪新野城歇馬. 軍士至城下時, 只見四門大開. 曹兵突入, 並無阻當, 城中亦不見一人, 竟是一座空城了. 曹洪曰: "此是勢孤計窮, 故盡帶百姓逃竄去了. 我軍權且在城安歇, 來日平明進兵." 此時各軍走乏, 都已飢餓, 皆去奪房造飯. 曹仁·曹洪就在衙內安歇.(*已入火甕中矣.) 初更已後,(*初更.) 狂風大作,(*未寫火, 先寫風.) 守門軍士飛報火起. 曹仁曰: "此必軍士造飯不小心, 遺漏之火, 不可自驚." 說猶未了, 接連幾次飛報, 西·南·北三門皆火起.(*不見兵只見火, 奇幻.) 曹仁急令衆將上馬時, 滿縣火起, 上下通紅. 是夜之火, 更勝前日博望燒屯之火. 後人有詩嘆曰:

奸雄曹操守中原, 九月南征到漢川.
風伯怒臨新野縣, 祝融飛下焰摩天.

*注: **權且**(권차): 잠시. 일단. **走乏**(주핍): 걸어서 지치다. 〈乏〉: 지치다. 피곤하다. **小心**(소심): 조심하다. **漢川**(한천): 지금의 호북성 漢川, 唐代에 설치한 縣名. **風伯**(풍백): 전설에 나오는 바, 바람을 주관한다는 風神. **祝融**(축융): 전설에 나오는 火神. **焰摩天**(염마천): 본래는 전설상의 火神 祝融이 거처하는 곳을 가리키지만, 여기서는 〈화염이 하늘 높이 솟았다〉는 뜻이다.

〖12〗 曹仁引衆將突煙冒火, 尋路奔走, 聞說東門無火, 急急奔出東門. 軍士自相踐踏, 死者無數. 曹仁等方纔脫得火厄, 背後一聲喊起, 趙雲引軍赶來混戰. 敗軍各逃性命, 誰肯回身厮殺. 正奔走間, 糜芳引一軍至, 又衝殺一陣. 曹仁大敗, 奪路而走, 劉封又引一軍截殺一陣. 到四更時分, 人馬困乏, 軍士大半焦頭爛額; 奔至白河邊，喜得河水不甚深，人馬都下河吃水：人相喧嚷，馬盡嘶鳴.

*注：**焦頭爛額**(초두란액)：불에 머리를 태우고 불에 이마를 데다. **喧嚷**(훤양)：시끄럽게 떠들고 소리치다. **嘶鳴**(시명)：말이 큰 소리로 울다.

〖13〗却說雲長在上流用布袋遏住河水. 黃昏時分，望見新野火起；至四更，忽聽得下流頭人喊馬嘶，急令軍士一齊掣起布袋，水勢滔天，望下流衝去，曹軍人馬俱溺於水中，死者極多. 曹仁引衆將望水勢慢處奪路而走. 行到博陵渡口，只聽喊聲大起，一軍攔路，當先大將，乃張飛也，大叫："曹賊快來納命!"曹軍大驚. 正是：

城內纔看紅焰吐，水邊又遇黑風來.

未知曹仁性命如何，且看下文分解.

*注：**掣起**(체기)：끌어올리다. 당겨 올리다. **纔看**(재간)：비로소 보다. 처음으로 보다. 〈纔(才)〉：어떤 시점에 이르러서 비로소 동작, 작용이 발생하게 되는 것을 나타낸다. …에야 비로소.

第四十回 毛宗崗 序始評

(1). 玄德取荊州於劉表病危之時，則不正；取荊州於劉琮僭立之後，則無不正也. 卽謂取荊州於劉琮僭立之時，或有不正，而取荊州於劉琮降操之日，則更無不正也. 失此不取，而使荊州爲曹操所有之荊州，又爲孫權所欲得之荊州，於是借荊州·分荊州·索荊州·還荊州，遂至有無數葛藤於後，則皆此卷中一着之錯耳.

(2). 或謂文人無行，文如蔡邕而失身董卓，文如王粲而勸降曹操, 斯固然矣. 然如孔融·禰衡之互相稱許, 則豈非名稱其實者哉! 兩人之志節, 實足動義概而忭雄風. 然則無行文人之說, 其賴此二人而一雪斯言與.

(3). 凡用計之難, 不難在第一次, 而難在第二次. 當敵人經過一番之後, 仍以前法施之, 而敵人依舊不覺, 則奇莫奇於斯矣. 然其前後用法亦微有不同者, 前之火純用火, 後之火兼用水. 若以卦象論之, 前卦只是巽爲風, 離爲火, 後卦乃變成水·火既濟. 惜乎曹操出兵之時, 不早令管輅卜之也.

(4). 博望之火易料, 新野之火難料, 何也? 博望之火在城外, 新野之火在城中; 博望之火在林木, 新野之火在房屋也. 然孔明新野之火時城中房屋之火, 呂布濮陽之火亦是城中房屋之火. 而呂布伏兵城中, 孔明伏兵城外, 火中之伏兵可見, 火外之伏兵不可知, 則新野之燒更甚於濮陽矣, 況火不足而繼之以水.

第四十一回

劉玄德携民渡江
趙子龍單騎救主

〖1〗 却說張飛因關公放了上流水, 遂引軍從下流殺將來, 截住曹仁混殺, 忽遇許褚, 便與交鋒; 許褚不敢戀戰, 奪路走脫. 張飛赶來, 接着玄德·孔明, 一同沿河到上流. 劉封·糜芳已安排船隻等候, 遂一齊渡河, 盡望樊城而去. 孔明教將船筏放火燒毁.

却說曹仁收拾殘軍, 就新野屯住, 使曹洪去見曹操, 具言失利之事. 操大怒曰: "諸葛村夫, 安敢如此!" 催動三軍, 漫山塞野, 盡至新野下寨. 傳令軍士一面搜山, 一面塡塞白河. 令大軍分作八路, 一齊去取樊城. 劉曄曰: "丞相初至襄陽, 必須先買民心. 今劉備盡遷新野百姓入樊城, 若我兵徑進, 二縣爲齏粉矣; 不如先使人招降劉備. 備卽不降, 亦可見我愛民之心; (*此句是正意.) 若其來降, 則荊州之地, 可不戰而定也." (*此句是陪說.) 操從其言, 便問:“誰可爲使?”劉曄曰:“徐庶與劉備至厚,今現在軍中,何不命他一往?”操曰:“他去恐不復來.”曄曰:“他若不來, 貽笑于人矣. 丞相勿疑.”操乃召徐庶至, 謂曰:“我本欲踏平樊城, 奈憐衆百姓之命. 公可往說劉備:如肯來降, 免罪賜爵;若更執迷, 軍民共戮, 玉石俱焚. 吾知公忠義, 故特使公往, 願勿相負.”(*明知備之不降而招之, 又明知庶之不勸備降而遣之, 皆詐也. 不過先禮後兵以示虛惠於百姓.) 徐庶受命而行. 至樊城, 玄德 · 孔明接見, 共訴舊日之情. 庶曰:“曹操使庶來招降使君, 乃假買民心也. 今彼分兵八路, 塡白河而進, 樊城恐不可守, 宜速作行計.”(*不待徐庶教之行, 而孔明之行計已定矣.) 玄德欲留徐庶, 庶辭曰:“某若不還, 恐惹人笑. 某今老母已喪, 抱恨終天. 身雖在彼, 誓不爲設一謀. 公有臥龍輔佐, 何愁大業不成. 庶請辭.”(*若無臥龍輔佐, 此時徐庶亦不留乎? 或曰:徐庶孝子也, 母雖死而墳墓在焉, 故不敢絕操耳.) 玄德不敢强留.

*注: 因(인):…때문에. …까닭에. 混殺(혼살): 마구 죽이다. 虀粉(제분): 잘게 부순 가루. 〈虀〉: 다지다. 잘게 부수다. 잘게 다진 조미용 생강. 마늘. 부추. 卽(즉): 만약. 설령 …하더라도. 行計(행계): 떠나갈 계책. 달아날 계책. 終天(종천): 온종일. 평생.

〖2〗徐庶辭回, 見了曹操, 言玄德并無降意. 操大怒, 卽日進兵. 玄德問計于孔明, 孔明曰:“可速棄樊城, 取襄陽暫歇.”(*本意在襄陽, 孰知下文偏不是襄陽.) 玄德曰:“奈百姓相隨許久, 安忍棄之?”孔明曰:“可令人遍告百姓:有願隨者同去, 不願者留下.”先使雲長往江岸整頓船隻, 令孫乾 · 簡雍在城中聲揚曰:“今曹兵將至, 孤城不可久守. 百姓願隨者, 便同過江.”(*若使此時不告百姓, 潛師宵遁, 則後來必不爲曹操所追及矣.) 兩縣之民, 齊聲大呼曰:“我等雖死, 亦願隨使君.”(*此之謂人和.) 卽日號泣而行. 扶老携幼, 將男帶女，滾滾渡河，兩岸哭聲不絕．玄德于船上望見，大慟曰："爲吾一人而使百姓遭此大難，吾何生哉!"欲投江而死，(*或曰；玄德之欲投江與曹操之買民心一樣，都是假處．然曹操之假，百姓知之；玄德之假，百姓偏不以爲假．雖同一假也，而玄德勝曹操多矣.）左右急救止．聞者莫不痛哭．船到南岸，回顧百姓，有未渡者，望南而哭．玄德急令雲長催船渡之，方纔上馬.(*不携百姓則已，旣已携之，豈可携其半而棄其半？則催船更渡，乃必然之勢也.）

*注：**將男帶女**(장남대녀)：사내아이와 여자아이들을 데리고．〈將〉：거느리다．데리다．부축하다．돕다．〈帶〉:데리다．이끌다．통솔하다． **滾滾**(곤곤)：콸콸(물이 세차게 흐르는 모양)．줄줄이(끊어지지 않는 모양．밀려오는(굴러가는) 모양)． **大慟**(대통)：크게 슬퍼하다．〈慟〉：크게 슬퍼하다．

〖3〗行至襄陽東門，只見城上遍挿旌旗，壕邊密布鹿角．玄德勒馬大叫曰："劉琮賢姪，吾但欲救百姓，并無他念．可快開門."(*亦以百姓動之.）劉琮聞玄德至，懼而不出．蔡瑁·張允徑來敵樓上，叱軍士亂箭射下．城外百姓，皆望敵樓而哭.(*劉琮拒玄德則不義，棄百姓則不仁.）城中忽有一將，引數百人徑上城樓，大喝："蔡瑁·張允賣國之賊！劉使君乃仁德之人，今爲救民而來投，何得相拒!"衆視其人，身長八尺，面如重棗，乃義陽人也，姓魏，名延，字文長.(*魏延之歸玄德，尙在數十回之後，却早於此處現出．妙.）當下魏延輪刀砍死守門將士，開了城門，放下弔橋，大叫："劉皇叔快領兵入城，共殺賣國之賊!"張飛便躍馬欲入，玄德急止之，曰："休驚百姓!"魏延只顧招呼玄德軍馬入城． 只見城內一將飛馬引軍而出，大喝："魏延無名小卒，安敢造亂！認得我大將文聘麽!"魏延大怒，挺槍躍馬，便來交戰．兩下軍兵在城邊混殺，喊聲大震．玄德曰:"本欲保民，反害民也! 吾不願入襄陽!" 孔明曰:"江陵乃荊州要地，不如先取江陵爲家."(*本要取江陵，誰知後文又不是江陵.)玄德曰:"正合吾心." 於是引着百姓，盡離襄陽大路，望江陵而走. 襄陽城中百姓，多有乘亂逃出城來，跟玄德而去.(*此之謂人和.) 魏延與文聘交戰，從巳至未，手下兵卒皆已折盡. 延乃撥馬而逃，却尋不見玄德，自投長沙太守韓玄去了.(*爲後救黃忠伏線.)

*注: **鹿角**(녹각): 사슴 뿔. 일종의 군사적 방어시설로 사슴뿔처럼 가지가 나 있는 나무를 땅위에 꽂아서 적병의 진입을 저지하는 시설. **敵樓**(적루): 적의 정세를 살피기 위한 성벽의 망루. **重棗**(중조): 검붉은 색(深暗紅色)의 대추. 보통 사람의 얼굴색을 형용할 때 쓰는 표현이다. **弔橋**(조교): 다리의 전부 또는 한 부분을 들어 올렸다 내렸다 할 수 있도록 매달아 놓은 다리. 주로 성 밖의 해자나 군사 거점에 설치된다. 〈弔〉: 조상하다. 매달다. **造亂**(조란): 반란을 일으키다. 모반하다. **江陵**(강릉): 지금의 호북성 江陵. **從巳至未**(종사지미): 巳時(오전 9시)에서 未時(오후 3시)까지. **折盡**(절진): 죽어 없어지다. 모조리 죽다.

〖4〗 却說玄德同行軍民十餘萬，大小車數千輛，挑擔背負者不計其數. 路過劉表之墓，玄德率衆將拜于墓前，哭告曰:"辱弟備無德無才，負兄寄托之重，罪在備一身，與百姓無干. 望兄英靈，垂救荊襄之民!" 言甚悲切，軍民無不下淚.(*曹操哭袁紹之墓是假哭，玄德哭劉表之墓是眞哭.) 忽哨馬報說:"曹操大軍已屯樊城，使人收拾船筏，卽日渡江赶來也." 衆將皆曰:"江陵要地，足可拒守. 今擁民衆數萬，日行十餘里，似此幾時得至江陵? 倘曹兵到，如何迎敵? 不如暫棄百姓，先行爲上." 玄德泣曰:"擧大事者必以人爲本. 今人歸我，奈何棄之?"(*不携百姓則已，旣已携之，豈可携於前而棄於後? 到低同行，亦必然之勢也.) 百姓聞玄德此言，莫不傷感. 後人有

詩讚曰:

臨難仁心存百姓, 登舟揮淚動三軍.

至今憑弔襄江口, 父老猶然憶使君.

却說玄德擁着百姓, 緩緩而行. 孔明曰: "追兵不久卽至, 可遣雲長往江夏求救於公子劉琦, 敎他速起兵乘船會于江陵." (*方知前日爲劉琦劃策, 已早爲今日玄德伏線.) 玄德從之, 卽修書令雲長同孫乾帶五百軍往江夏求救; 令張飛斷後; (*爲長坂橋伏線.) 趙雲保護老小; (*爲當陽伏線.) 其餘俱管顧百姓而行. 每日只走十餘里便歇.

*注: **罪在備一身, 與百姓無干**(죄재비일신, 여백성무간): 죄는 유비 한 몸에 있지 백성들과는 상관없다. 이 말의 본래 출처는 〈尙書 · 湯誓篇〉: "余一人有罪, 無以萬夫, 萬夫有罪, 在余一人."과, 이의 변형인 〈論語 · 堯曰篇〉: "朕躬有罪, 無以萬方; 萬方有罪, 罪在朕躬." 〈呂氏春秋 · 順民篇〉: "余一人有罪, 無及萬夫; 萬夫有罪, 在余一人."이다. **哨馬**(초마): 기마초병. **卽日**(즉일): 수일 내. 가까운 시일 내; 그 날. 당일. **傷感**(상감): 슬픔에 잠기다. 비애를 느끼다(젖다). **憑弔**(빙조): 유적지나 무덤 앞에서 옛사람이나 옛일을 추모함. 위령제를 지내다. **襄江**(양강): 長江의 지류인 漢水(한수)는 樊城과 襄陽 사이를 지나 夏口(지금의 호북성 무한시 漢口)에서 長江과 합쳐지는데, 襄陽과 夏口 사이 구간의 물 이름이 襄江 또는 夏水이다.(제 38회 (7)의 注 夏口 참조.) **江夏**(강하): 郡名. 東漢末에는 형주 강하군 鄂縣으로, 한때 손권이 왕도로 삼은 적이 있다. 郡治 所在地(지금의 호북성 武昌(즉, 鄂城) 西南). **江陵**(강릉): 지금의 호북성 江陵. **管顧**(관고): 책임지고 보살피다.

〖5〗 却說曹操在樊城, 使人渡江至襄陽, 召劉琮相見. 琮懼怕不敢往見. 蔡瑁 · 張允請行. 王威密告琮曰: "將軍旣降, 玄德又走, 曹操必懈弛無備. 願將軍奮整奇兵, 設于險處擊之, 操可獲矣. 獲操則威震天下, 中原雖廣, 可傳檄而定. 此難遇之機, 不可失也."(*王威此計妙不可言. 劉琮若能行之, 是一時快事; 劉琮則不行之, 亦千古快談.) 琮以其言告蔡瑁. 瑁叱王威曰: "汝不知天命, 安敢妄言!" 威怒罵曰: "賣國之徒, 吾恨不生啖汝肉!" 瑁欲殺之, 蒯越勸止. (*李珪死而王威不死, 亦僥倖耳.) 瑁遂與張允同至樊城, 拜見曹操. 瑁等辭色甚是諂佞. 操問: "荊州軍馬錢糧, 今有多少?" 瑁曰: "馬軍五萬, 步軍十五萬, 水軍八萬, 共二十八萬; 錢糧大半在江陵; 其餘各處, 亦足供給一載."(*旣有如此之兵糧, 而不修戰具, 蔡瑁非人哉!) 操曰: "戰船多少? 原是何人管領?" 瑁曰: "大小戰船, 共七千餘隻, 原是瑁等二人掌管." 操遂加瑁爲鎭南侯 · 水軍大都督, 張允爲助順侯 · 水軍副都督. (*爲赤壁伏線.) 二人大喜拜謝.(*狗才.) 操又曰: "劉景升旣死, 其子降順, 吾當表奏天子, 使永爲荊州之主."(*連許兩番, 誰知都是假話!) 二人大喜而退. 荀攸曰: "蔡瑁 · 張允乃諂佞之徒, 主公何遂加以如此顯爵, 更教都督水軍乎?" 操笑曰: "吾豈不識人! 止因吾所領北地之衆, 不習水戰, 故且權用此二人; 待成事之後, 別有理會."(*奸雄用人全是權詐.)

*注: **樊城**(번성): 지금의 호북성 襄樊市 漢水 북안. 漢水를 사이에 두고 襄陽城과 마주보고 있다. **奇兵**(기병): 기습병(軍). 적을 기습하는 군대. **辭色**(사색): 말과 얼굴빛. 언사와 안색. **諂佞**(첨녕): 매우 심하게 아첨함. **加**(가): 어떤 직위나 직책을 주다(使居其位). 어떤 직책을 맡게 하다. **都督**(도독): 병력을 통솔하는 장수. **且權**(차권): =權且(권차). 우선. 당분간. 임시로.

〖6〗 却說蔡瑁 · 張允歸見劉琮, 具言: "曹操許保奏將軍永鎭荊襄." 琮大喜. 次日, 與母蔡夫人齎捧印綬兵符, 親自渡江拜迎曹操.(*大事去矣.) 操撫慰畢, 卽引隨征軍將, 進屯襄陽城外. 蔡瑁·張允令襄陽百姓焚香拜接. 曹操俱用好言撫諭.(*百姓焚香是沒奈何, 曹操撫諭是了世事.) 入城至府中坐定, 卽召蒯越近前, 撫慰曰: "吾不喜得荊州, 喜得異度也."(*老奸.) 遂封蒯越爲江陵太守 · 樊城侯; 傅巽 · 王粲等皆爲關內侯; (*三人前勸劉琮降操, 正爲此耳.) 而以劉琮爲青州刺史, 便敎起程. (*兩次詐許, 今番變卦, 惡極.) 琮聞命大驚, 辭曰: "琮不願爲官, 願守父母鄕土." 操曰: "青州近帝都, 敎你隨朝爲官, 免在荊襄被人圖害." 琮再三推辭, 曹操不准. 琮只得與母蔡夫人同赴青州. 只有故將王威相隨, 其餘官員俱送至江口而回. (*劉琮此時行旅之況, 更慘於玄德矣.) 操喚于禁囑付曰: "你可引輕騎追劉琮母子殺之, 以絕後患."(*惡極, 然亦勢所必然.) 于禁得令, 領衆赶上, 大喝曰: "我奉丞相令, 敎來殺汝母子! 可早納下首級!" 蔡夫人抱劉琮而大哭. 于禁喝令軍士下手. 王威忿怒, 奮力相鬪, 竟被衆軍所殺. 軍士殺死劉琮及蔡夫人. 于禁回報曹操, 操重賞于禁. 便使人往隆中搜尋孔明妻小, 却不知去向. ── 原來孔明先已令人搬送至三江內隱避矣.(*徐庶之母被執, 而孔明之家杳然, 畢竟臥龍妙人, 勝元直十倍.) ─ 操深恨之.

*注: 可(가): 응당. 마땅히 해야 한다(應當. 應該). 三江(삼강): 호북성 黃岡에 있는 지명. 江을 隔하여 鄂城(악성)과 접경한다. 큰 강이 세 갈래로 나뉘어 흐르다가 여기서 다시 하나로 합쳐진다.

〖7〗 襄陽旣定, 荀攸進言曰: "江陵乃荊襄重地, 錢糧極廣. 劉備若據此地, 急難動搖." 操曰: "孤豈忘之!" 隨命于襄陽諸將中, 選一員引軍開道. 諸將中却獨不見文聘. 操使人尋問, 方纔來見. 操曰: "汝來何遲?" 對曰: "爲人臣而不能使其主保全境土, 心實悲慚, 無顔早見耳." 言訖, 欷歔流涕.(*與袁紹之客王修等相類.) 操曰："眞忠臣也!" 除江夏太守，賜爵關內侯，便教引軍開道. 探馬報說："劉備帶領百姓，日行止十數里，計程只有三百餘里."(*已行過一月矣.) 操敎各部下精選五千鐵騎，星夜前進，限一日一夜，赶上劉備.(*以一日一夜赶一月之程，兵雖强而亦疲矣.) 大軍陸續隨後而進.

*注：**隨**(수)：곧바로. 즉시(隨即. 馬上. 便. 遂). 欷歔(희허)：흐느껴 울다. 훌쩍거리며 울다. 〈欷(희)〉：한숨을 쉬다. 흐느끼다. 〈歔(허)〉：흐느끼다.

〖8〗 却說玄德引十數萬百姓，三千餘軍馬，一程程挨着往江陵進發. 趙雲保護老小，張飛斷後. 孔明曰："雲長往江夏去了，絕無回音，不知若何." 玄德曰："敢煩軍師親自走一遭. 劉琦感公昔日之敎，今若見公親至，事必諧矣." 孔明允諾，便同劉封引五百軍先往江夏求救去了.(*關公旣去，孔明又行，止剩張·趙二將矣.) 當日，玄德自與簡雍·糜竺·糜芳同行. 正行間，忽然一陣狂風就馬前刮起，塵土沖天，平遮紅日. 玄德驚曰："此何兆也?" 簡雍頗明陰陽，袖占一課，失驚曰："此大凶之兆也. 應在今夜. 主公可速棄百姓而走." 玄德曰："百姓從新野相隨至此，吾安忍棄之?" 雍曰："主公若戀而不棄，禍不遠矣." 玄德問："前面是何處?" 左右答曰："前面是當陽縣，有座山名爲景山." 玄德便教就此山扎住. 時秋末冬初，凉風透骨；黃昏將近，哭聲遍野.

*注：**一程程**(일정정)：〈一程一程〉. 매 路程마다. **挨着**(애착)：연이어. 연달아. (一个挨着一个地過去：하나씩 하나씩 연달아 지나가다.) **走一遭**(주일조)：한 차례 달리다. 〈遭〉：만나다. 번. 차. 회. **就馬前**(취마전)：바로 말 앞에서. 〈就〉：바로. **刮起**(괄기)：불기 시작하다. **平遮**(평차)：전부 다 가리다. 〈平〉：두루(遍布). 일제히(齊一). 고르게(均平). **袖占一課**(수점일과)：손을 소매 속에 넣고 엄지손가락으로 나머지 네 손가락의

마디를 짚어가며 간지를 계산하여 점을 치는 것. 〈袖〉: 소매 속(袖裏). 〈課〉: 占의 일종(*起課: 점을 치다). **當陽縣**(당양현): 형주 南郡에 속했던 縣 이름. 지금의 호북성 當陽縣 동쪽. **透骨**(투골): 뼛속까지 스며들다(사무치다).

〖9〗 至四更時分, 只聽得西北喊聲震地而來. 玄德大驚, 急上馬引本部精兵二千餘人迎敵. 曹兵掩至, 勢不可當. 玄德死戰. 正在危迫之際, 幸得張飛引軍至, 殺開一條血路, 救玄德望東而走. 文聘當先攔住, 玄德罵曰: "背主之賊, 尙有何面目見人!" 文聘羞慚滿面, 引兵自投東北去了.(*文聘尙有良心.) 張飛保着玄德, 且戰且走. 奔至天明, 聞喊聲漸漸遠去, 玄德方纔歇馬. 看手下隨行人, 止有百餘騎, 百姓·老小并糜竺·糜芳·簡雍·趙雲等一干人, 皆不知下落. 玄德大哭曰: "十數萬生靈, 皆因戀我, 遭此大難; 諸將及老小, 皆不知存亡: 雖土木之人, 寧不悲乎!"

*注: 一干(일간): (어떤 사건과 간계가 있는) 일련의. 한 무리의. 〈干〉: 관계하다. 관련되다.

〖10〗 正悽惶時, 忽見糜芳面帶數箭, 踉蹌而來, 口言: "趙子龍反投曹操去了也!"(*將寫趙雲盡忠, 却報趙雲降操, 是借糜芳口中反衬下文.) 玄德叱曰: "子龍是吾故交, 安肯反乎?"(*玄德之言是正衬下文.) 張飛曰: "他今見我等勢窮力盡, 或者反投曹操, 以圖富貴耳!"(*糜芳不知趙雲, 張飛亦疑趙雲, 不獨反衬玄德之識, 正反衬趙雲之忠.) 玄德曰: "子龍從我于患難, 心如鐵石, 非富貴所能動搖也." 糜芳曰: "我親見他投西北去了." 張飛曰: "待我親自尋他去. 若撞見時, 一槍刺死!" 玄德曰: "休錯疑了, 豈不見你二兄誅顔良·文醜之事乎? 子龍此去, 必有事故. 吾料子龍必不棄我也!" 張飛那裏肯聽, 引二十餘騎, 至長坂橋. 見橋東有一帶樹木, 飛生一計: 敎所從二十餘騎, 都砍下樹枝, 拴在馬尾上, 在樹林內往來馳騁, 沖起塵土, 以爲疑兵.(*翼德漸用智, 想爲孔明陶熔故也.) 飛却親自橫矛立馬于橋上, 向西而望.

*注: **悽惶**(처황): 슬퍼하고 두려워하다. 面帶數箭(면대수전): 직역하면, 〈얼굴에 화살 여러 개를 달고 있다〉지만, 〈얼굴에 화살을 여러 대 맞았다〉는 뜻이다. 踉蹌(량창): 비틀거리며 걷다. 〈踉(량)〉: 비틀거리다. 〈蹌(창)〉: 비틀거리다. **那裏**(나리): 〈哪里〉로도 쓴다. 〈어찌…하겠는가〉(反語文)〉. **長坂**(장판): 지금의 호북성 當陽縣 동북 綠林山區 서부의 天柱山.

〖11〗 却說趙雲自四更時分, 與曹軍厮殺, 往來衝突, 殺至天明, 尋不見玄德, 又失了玄德老小. 雲自思曰: "主公將甘·糜二夫人與小主人阿斗, 托付在我身上; 今日軍中失散, 有何面目去見主人? 不如去決一死戰, 好歹要尋主母與小主人下落."(*方敍明不歸東南, 投轉西北之故.) 回顧左右, 只有三四十騎相隨. 雲拍馬在亂軍中尋覓, 二縣百姓號哭之聲, 震天動地; 中箭着槍·抛男棄女而走者, 不計其數.(*將寫二夫人, 先寫兩縣百姓, 是以旁筆佐正筆.) 趙雲正走之間, 見一人臥在草中, 視之乃簡雍也. 雲急問曰: "曾見兩位主母否?" 雍曰: "二主母棄了車仗, 抱阿斗而走. 我飛馬赶去, 轉過山坡, 被一將刺了一槍, 跌下馬來, 馬被奪了去. 我爭鬪不得, 故臥在此." 雲乃將從人所騎之馬, 借一匹與簡雍騎坐, 又着二卒扶護簡雍先去報與主人: "我上天入地, 好歹尋主母與小主人來. 如尋不見, 死在沙場上也!" 說罷, 拍馬望長坂坡而去.

*注: **阿斗**(아두): 현덕의 아들 이름. 부인이 아들을 뱄을 때 북두칠성 별이 품안에 들어오는 꿈을 꾸어서 이름을 〈斗〉로 지었다고 한다. 〈阿〉는 〈아이〉란 뜻으로 흔히 아이들의 이름 앞에 붙이는 접두사이다. 好歹(호

대hǎo dǎi): 좋은 것과 나쁜 것. 좋든 나쁘든. 어쨌든, 하여튼, 좌우간. 어떻게 해서든. 〈歹〉: (알è): 앙상한 뼈. (대dǎi): 나쁘다. 패려궂다. **下落**(하락): 행방. 소재. 간 곳. **着**(착): =使. …하게 하다. 시키다. **沙場**(사장): 모래톱. 모래벌판. 싸움터.

〖12〗 忽一人大叫: "趙將軍那裏去?" 雲勒馬問曰: "你是何人?" 答曰: "我乃劉使君帳下護送車仗的軍士, 被箭射倒在此." 趙雲便問二夫人消息. 軍士曰: "恰纔見甘夫人披頭跣足, 相隨一夥百姓婦女, 投南而走." 雲見說, 也不顧軍士, 急縱馬望南趕去. 只見一夥百姓, 男女數百人, 相携而走. 雲大叫曰: "內中有甘夫人否?" 夫人在後面望見趙雲, 放聲大哭. 雲下馬插槍而泣曰: "使主母失散, 雲之罪也! 糜夫人與小主人安在?" 甘夫人曰: "我與糜夫人被逐, 棄了車仗, 雜於百姓內步行,(*與簡雍語相應.) 又撞見一枝軍馬衝散. 糜夫人與阿斗不知何往. 我獨自逃生至此." 正言間, 百姓發喊, 又撞出一枝軍來. 趙雲拔槍上馬看時, 面前馬上綁着一人, 乃糜竺也. 背後一將, 手提大刀, 引着千餘軍, 乃曹仁部將淳于導, 拿住糜竺, 正要解去獻功. 趙雲大喝一聲, 挺槍縱馬, 直取淳于導. 導抵敵不住, 被雲一槍刺落馬下, 向前救了糜竺, 奪得馬二匹. 雲請甘夫人上馬, 殺開條大路, 直送至長坂坡. 只見張飛橫矛立馬於橋上, 大叫: "子龍! 你如何反我哥哥?"(*此時已知不反, 又問一句, 爲前文餘波.) 雲曰: "我尋不見主母與小主人, 因此落後, 何言反耶?" 飛曰: "若非簡雍先來報信, 我今見你, 怎肯干休也." 雲曰: "主公在何處?" 飛曰: "只在前面不遠." 雲謂糜竺曰: "糜子仲保甘夫人先行, 待我仍往尋糜夫人與小主人去." 言罷, 引數騎再回舊路.

*注: **帳下**(장하): 막사 안(營帳中). 장수의 부하. 휘하. **恰纔**(흡재): 마

침(=恰才). 때마침. 바로.　一夥(일과): 한 무리. 한 떼. 〈夥(과)〉: 무리. 떼. 伙(화)와 同義.　**見說**(견설): 듣다(聞).　**解去**(해거): 압송해 가다.　**獻功**(헌공): 공로를 보고하다. 공적을 올리다.　**干休**(간휴): 그만두다. 가만두다.　**待我**(대아): 我待…. 나는 …해야겠다(하려고 한다). 〈待〉: 반드시(須). …할 필요가 있다(需要). 하려고 한다(欲. 將要).

〖13〗 正走之間, 見一將手提鐵槍, 背着一口劍, 引十數騎躍馬而來. 趙雲更不打話, 直取那將. 交馬只一合, 把那將一槍刺倒, 從騎皆走. 原來那將乃曹操隨身背劍之將夏侯恩也. (*本爲曹操背劍, 今爲趙雲送劍.) 曹操有寶劍二口: 一名倚天, 一名青釭, 倚天劍自佩之, 青釭劍令夏侯恩佩之. 那青釭劍砍鐵如泥, 鋒利無比. 當時夏侯恩自恃勇力, 背着曹操, 只顧引人搶奪擄掠. 不想撞着趙雲, 被他一槍刺死. 奪了那口劍, 看靶上有金嵌"青釭"二字, 方知是寶劍也. 雲插劍提槍, 復殺入重圍; 回顧手下從騎, 已沒一人, 只剩得孤身. (*得了寶劍, 失了從騎.) 雲并無半點退心, 只顧往來尋覓; 但逢百姓, 便問糜夫人消息. 忽一人指曰: "夫人抱着孩兒, 左腿上着了槍, 行走不得, 只在前面牆缺內坐地."

*注: **背着**(배착): ①등에 메고. ②배반하고. 어기고.　**只顧**(지고): 오로지. 단지. 다만.　**靶**(파): (기물의)손잡이. 칼자루. 고삐. 과녁.　**但**(단): 다만 …만 하면. (만나기만 하면).

〖14〗 趙雲聽了, 連忙追尋. 只見一個人家, 被火燒壞土牆, 糜夫人抱着阿斗, 坐於牆下枯井之旁啼哭. 雲急下馬伏地而拜. 夫人曰: "妾得見將軍, 阿斗有命矣. 望將軍可憐他父親飄蕩半世, 只有這點骨血. 將軍可護持此子, 教他得見父面, 妾死無恨!" (*言之傷心, 聞之酸鼻. 阿斗乃甘夫人所生, 而患難之中, 糜夫人能携持付託, 勝如己出，更自難得.）雲曰：“夫人受難，雲之罪也．不必多言，請夫人上馬．雲自步行死戰，保夫人透出重圍.”糜夫人曰：“不可！將軍豈可無馬？此子全賴將軍保護．妾已重傷，死何足惜！望將軍速抱此子前去，勿以妾爲累也.”(*好夫人.）雲曰：“喊聲將近，追兵已至，請夫人速速上馬.”糜夫人曰：“妾身委實難去,休得兩誤.”乃將阿斗遞與趙雲曰：“此子性命全在將軍身上!”(*人知昭烈在白帝城托阿斗於孔明，不知糜夫人在長坂坡托阿斗於子龍，一樣付託之重.）趙雲三回五次請夫人上馬，夫人只不肯上馬．四邊喊聲又起．雲厲聲曰：“夫人不聽吾言，追軍若至，爲之奈何?”糜夫人乃棄阿斗于地，翻身投入枯井中而死．(*人但知趙雲不惜死以保其主，不知糜夫人不惜死以保其子．趙雲固奇男子，糜夫人亦奇婦人.）後人有詩讚之曰：

戰將全憑馬力多，步行怎把幼君扶．
拚將一死存劉嗣，勇決還虧女丈夫．

*注：**連忙**(연망)：얼른. 급히. 바삐. **骨血**(골혈)：혈육. 육친. 피붙이. **委實**(위실)：실제로. 정말로. **三回五次**(삼회오차)：재삼재사. 수삼차. 거듭거듭. 여러 번. 三番兩次. 三番五次. **怎**(즘)：어떻게. **拚**(반)：버리다. 捨棄. 〈拚死〉：목숨을 버리다(割出性命). 〈拚命〉：목숨을 버리다(割出性命). **還**(환)：역시. 과연. **虧**(휴)：덕분이다. 다행히.

〖15〗趙雲見夫人已死，恐曹軍盜屍，便將土牆推倒，掩蓋枯井．掩訖，解開勒甲絛，放下掩心鏡，將阿斗抱護在懷，綽槍上馬．早有一將，引一隊步軍至，乃曹洪部將晏明也，持三尖兩刃刀來戰趙雲．不三合，被趙雲一槍刺倒．殺散衆軍，衝開一條路．正走間，前面又一枝軍馬攔路．當先一員大將，旗號分明，大書“河間張郃”．雲更不答話，挺槍便戰．約十餘合，雲不敢戀戰，奪路而走．背後張郃赶來，雲加鞭而行，不想趷蹬一聲，連馬和人，顚入土坑

之內. 張郃挺槍來刺, 忽然一道紅光, 從土坑中滾起, 那匹馬平空一躍, 跳出坑外. 後人有詩曰:

紅光罩體困龍飛, 征馬衝開長坂圍.

四十二年眞命主, 將軍因此顯神威.

張郃見了, 大驚而退. 趙雲縱馬正走, 背後忽有二將大叫: "趙雲休走!" 前面又有二將, 使兩般軍器, 截住去路: 後面赶的是馬延·張顗, 前面阻的是焦觸·張南, 都是袁紹手下降將. 趙雲力戰四將, 曹軍一齊擁至. 雲乃拔靑釭劍亂砍, 手起處, 衣甲透過, 血如湧泉. 殺退衆軍將, 直透重圍.(*玄德逃難賴良馬, 子龍殺將賴寶劍. 一馬一劍正復相對.)

*注: 條(조): 끈. 띠. **一枝**(일지): 〈一支〉와 같은 뜻. 한 부대. 〈枝〉: =支. 부족의 支派나 隊伍 등에 쓰이는 量詞. 跐躂(걸달: kētà): (象聲詞) 콰당! 물건이 땅에 떨어질 때 나는 소리. 〈躂〉: 콰당! (발을 헛디뎌 넘어지는 모양). **滾起**(곤기): 쫙 뻗어 나오다. 〈滾〉: 큰물이 솟아 흐르는 모양(大水涌流貌). 힘차게 뻗어 앞으로 나아가는 모양(奔騰向前貌). **平空**(평공): 공중. 허공. 罩(조): 가리. 잡다. 싸다. **四十二年**: 蜀漢의 後主 劉禪의 재위 기간이 四十二年(서기 223~263년)이다. **兩般**(양반): 두 가지 종류. 〈般〉: 종류. 방법. 가지. **透過**(투과): 통과하다. 꿰뚫고 지나가다.

〖16〗 却說曹操在景山頂上, 望見一將, 所到之處, 威不可當, 急問左右是誰. 曹洪飛馬下山, 大叫曰: "軍中戰將可留姓名!" 雲應聲曰: "吾乃常山趙子龍也!" 曹洪回報曹操. 操曰: "眞虎將也! 吾當生致之." 遂令飛馬傳報各處: "如趙雲到, 不許放冷箭, 只要捉活的." 因此趙雲得脫此難; 此亦阿斗之福所致也.(*曹操要捉生趙雲, 却使趙雲保得活阿斗.) 這一場殺: 趙雲懷抱後主, 直透重圍, 砍倒大旗兩面, 奪搠三條; 前後槍刺劍砍, 殺死曹營名將五十餘

員.(*總敍一句, 省却無數筆墨.) 後人有詩曰:

血染征袍透甲紅, 當陽誰敢與爭鋒.

古來衝陣扶危主, 只有常山趙子龍.

趙雲當下殺透重圍, 已離大陣, 血滿征袍. 正行間, 山坡下又撞出兩枝軍, 乃夏侯惇部將鍾縉·鍾紳兄弟二人, 一個使大斧, 一個畵戟, 大喝: "趙雲快下馬受縛!" 正是:

纔離虎窟逃生去, 又遇龍潭鼓浪來.

畢竟子龍怎地脫身, 且聽下文分解.

*注: **飛馬**(비마): 策馬飛奔. 말에 채찍질을 하여 날듯이 달려가다. **生致**(생치): 산 채로 잡다(活捉). **鼓浪**(고랑): 물결을 일으키다. 〈鼓〉: (바람. 물결 등을) 일으키다.

第四十一回 毛宗崗 序始評

(1). 前孔明教劉琦是走爲上計, 今教玄德亦是走爲上計. 然劉琦之走得免於難, 玄德之走幾不免於難, 何其故也? 則皆玄德不忍之心爲累耳. 若非不忍於劉表, 則可以不走; 若非不忍於劉琮, 則又可以不走; 卽走矣, 若非不忍於百姓, 則猶可以輕於走·捷於走·脫然於走. 其走而及於難者乃玄德之過於仁, 而非孔明之疏於計也.

(2). 蔡氏之死, 天不假手於玄德; 劉琮之死, 天不假手於劉琦, 而殺之者乃是曹操. 此造物者之巧也. 然操于張繡之降則不殺, 于張魯之降則不殺, 于袁譚之初降而未叛, 則亦不遽殺, 而獨於劉琮母子則必殺之而後已. 其故何居? 曰: "琮之意在永保荊州, 失之則悔, 悔則必怨, 怨則舊臣之未降者或將噓餘燼而復燃, 則可慮者一. 卽其臣之已降者, 見故主尙在, 亦將懷二心以圖我, 則可慮者二. 且操方欲下江南, 而琮或復與琦合, 將結劉備以爲我肘腋之患, 則可慮者三. 操之籌此至熟矣, 琮卽欲不死, 豈可得哉?”

(3). 檀溪之役, 子龍以三百人而不能救玄德; 長坂之役, 子龍以單騎而獨能救阿斗, 事之不可知者也. 關公之保二夫人, 歷過五關而皆得無恙; 子龍之保二夫人, 止過長坂而不能兩全, 又事之不可知者也. 或謂檀溪不關龍馬之力, 當陽亦豈虎將之功, 天也, 非人也. 我謂關公盡事兄之節, 子龍竭救主之忠, 天也, 亦人也! 玄德棄荊州, 旣失其地利, 猶幸邀天之佑, 得人之助爾.

(4). 凡敍事之難, 不難在聚處, 而難在散處. 如當陽長坂一篇, 玄德與衆將及二夫人并阿斗, 東三西四, 七斷八續, 詳則不能加詳, 略亦不可偏略, 庸筆至此, 幾於束手. 今作者將糜芳中箭在玄德眼中敍出, 簡雍著槍糜竺被縛在趙雲眼中敍出, 二夫人棄車步行在簡雍口中敍出, 簡雍報信在翼德口中敍出; 甘夫人下落則借軍士口中詳之, 糜夫人及阿斗下落則借百姓口中詳之; 歷落參差, 一筆不忙, 一筆不漏. 又有旁筆寫秋風, 寫秋夜, 寫曠野哭聲, 將數千兵及數萬百姓無不點綴描畫.

(5). 予嘗讀〈史記〉, 至項羽垓下一戰, 寫項羽, 寫虞姬, 寫楚歌, 寫九里山, 寫八千子弟, 寫韓信調軍, 寫衆將十面埋伏, 寫烏江自刎, 以爲文章紀事之妙莫有奇于此者, 及見〈三國〉當陽, 長坂之文, 不覺嘆龍門之復生也.

第四十二回

張翼德大鬧長坂橋
劉豫州敗走漢津口

〖1〗 却說鍾縉·鍾紳二人攔住趙雲厮殺. 趙雲挺槍便刺, 鍾縉當先揮大斧來迎. 兩馬相交, 戰不三合, 被雲一槍刺落馬下. 奪路便走. 背後鍾紳持戟赶來, 馬尾相銜, 那枝戟只在趙雲後心內弄影. 雲急撥轉馬頭, 恰好兩胸相拍. 雲左手持槍隔過畵戟, 右手拔出靑釭寶劍砍去, 帶盔連腦, 砍去一半, 紳落馬而死.(*旣寫趙雲又寫寶劍.) 餘衆奔散. 趙雲得脫, 望長坂橋而走. 只聞後面喊聲大震, 原來文聘引軍赶來. 趙雲到得橋邊, 人困馬乏.(*此處寫趙雲人困馬乏, 愈見其適間威勇莫當.) 見張飛挺矛立馬於橋上, 雲大呼曰: "翼德援我!" 飛曰: "子龍速行, 追兵我自當之."

*注: 漢津口(한진구): 지금의 호북성 형문荊門 동북 한수를 건너는 나루. 弄影(농영): 그림자가 어른거리다. 恰好(흡호): 바로. 마침. 마침 잘.

隔過(격과): 막아내다. 〈隔〉: 막다. 〈過〉: 동사 뒤에서 그 일이 이미 완성되었음을 표시하거나, 또는 모종의 행위나 변화가 이전에 발생하여 현재는 더 이상 지속되지 않고 있다는 뜻을 나타낸다. **只聞**(지문): 얼핏 들리다. (*只聽, 只見 등에서의 〈只〉는 〈얼핏〉이란 뜻을 나타낸다.) **人困馬乏**(인곤마핍): 사람과 말이 다 지치다.

〖2〗雲縱馬過橋, 行二十餘里, 見玄德與衆人憩於樹下. 雲下馬伏地而泣. 玄德亦泣. (*幾不得見而復見, 故不得不泣.) 雲喘息而言曰: "趙雲之罪, 萬死猶輕! 縻夫人身帶重傷, 不肯上馬, 投井而死, 雲只得推土牆掩之. 懷抱公子, 身突重圍; 賴主公洪福, 幸而得脫. 適來公子尚在懷中啼哭, 此一會不見動靜, 想是不能保也." 遂解視之, 原來阿斗正睡着未醒.(*阿斗一生只是睡着未醒耳.) 雲喜曰: "幸得公子無恙!" 雙手遞與玄德. 玄德接過, 擲之于地曰: "爲汝這孺子, 幾損我一員大將!" (*袁紹憐幼子而拒田豊之諫, 玄德擲幼子以結趙雲之心. 一智一愚, 相去天壤.) 趙雲忙向地下抱起阿斗, 泣拜曰: "雲雖肝腦塗地, 不能報也!" 後人有詩曰:

曹操軍中飛虎出, 趙雲懷內小龍眠.
無由撫慰忠臣意, 故把親兒擲馬前.

*注: **適來**(적래): 방금(剛才. 適才. 適間). 조금 전(近來). **肝腦塗地**(간뇌도지): 간과 뇌가 흙에 범벅이 되다. 참살을 당하다. (나라를 위하여) 목숨을 기꺼이 바치다.

〖3〗却說文聘引軍追趙雲至長坂橋, 只見張飛倒竪虎鬚, 圓睜環眼, 手綽蛇矛, 立馬橋上. 又見橋東樹林之後, 塵頭大起, 疑有伏兵, 便勒住馬, 不敢近前.(*可知繫樹枝于馬尾, 馳騁林間, 的是妙計.) 俄而, 曹仁·李典·夏侯惇·夏侯淵·樂進·張遼·張郃·許褚等都至.

見飛怒目橫矛，立馬于橋上，又恐是諸葛孔明之計，都不敢近前，扎住陣脚．一字兒擺在橋西，使人飛報曹操．操聞之，急上馬，從陣後來．張飛睜圓環眼，隱隱見後軍靑羅傘蓋·旄鉞旌旗來到，料得是曹操心疑，親自來看．飛乃厲聲大喝曰："我乃燕人張翼德也！誰敢與我決一死戰?"聲如巨雷．曹軍聞之，盡皆股栗．曹操急令去其傘蓋，回顧左右曰："吾向曾聞雲長言：翼德于百萬軍中，取上將之首，如探囊取物．今日相逢，不可輕敵．"言未已，張飛睜目又喝曰："燕人張翼德在此！ 誰敢來決死戰?"(*其聲愈猛.) 曹操見張飛如此氣槪，頗有退心．飛望見曹操後軍陣脚移動，乃挺矛又喝曰："戰又不戰，退又不退，却是何故?"喊聲未絕，曹操身邊夏侯傑驚得肝膽碎裂，倒撞於馬下．操便回馬而走．于是諸軍衆將一齊望西逃奔．正是：黃口孺子，怎聞霹靂之聲；病體樵夫，難聽虎豹之吼．一時棄槍落盔者，不計其數，人如潮湧，馬似山崩，自相踐踏．後人有詩讚曰：

長坂橋頭殺氣生，橫槍立馬眼圓睜．
一聲好似轟雷震，獨退曹家百萬兵．

*注: **圓睜環眼**(원정환안): 고리 모양(環)의 눈(眼)을 둥그렇게(圓) 부릅뜨다(睜·睛). 검은 눈동자가 눈 가운데서 동그랗게 다 드러나는 고리눈을 부릅뜬 모습. 睜圓環眼. **俄而**(아이): 곧. 머지않아. **陣脚**(진각): 陣頭. 벌려선 전투대형의 맨 앞쪽. 군사 대오. **隱隱**(은은): 흐릿하게. 어슴푸레. **股栗**(고율): 겁을 먹고 두 다리를 벌벌 떨다. 〈栗〉: 〈慄〉과 同. 추위나 두려움에 벌벌 떨다. **却是**(각시): 도대체. 결국. **黃口**(황구): 새 새끼의 노란 주둥이. 어린아이. **好似**(호사): 마치 …같다. …과 비슷하다. **轟**(굉): 울리다. 울리는 소리. (수레가 덜커덕 거리며 가는 소리나 총, 우레 등의 소리가 쿵쿵 또는 우르르 쿵쾅 울리는 소리의 형용 또는 그 소리).

〖4〗 却說曹操懼張飛之威，驟馬望西而走，冠簪盡落，披髮奔逃.(*與袁紹磐河遇關·張時一般光景.) 張遼·許褚赶上，扯住轡環. 曹操倉皇失措.(*猶疑被翼德追獲.) 張遼曰："丞相休驚. 料張飛一人，何足深懼! 今急回軍殺去，劉備可擒也." 曹操方纔神色稍定，乃令張遼·許褚再至長坂橋探聽消息.

且說張飛見曹軍一擁而退，不敢追赶；速喚回原隨二十騎，摘去馬尾樹枝，(*細甚) 令將橋梁拆斷，(*失算矣.) 然後回馬來見玄德，具言斷橋一事. 玄德曰："吾弟勇則勇矣，惜失於計較." 飛問其故. 玄德曰："曹操多謀. 一 汝不合拆斷橋梁，彼必追至矣." 飛曰："他被我一喝，倒退數里，何敢再追?" 玄德曰："若不斷橋，彼恐有埋伏，不敢進兵；今拆斷了橋，彼料我無軍而怯，必來追赶. 彼有百萬之衆，雖涉江漢，可塡而過，豈懼一橋之斷耶?"(*馬尾樹枝是翼德巧處，拆斷橋梁是翼德拙處. 莽人使乖，到低是莽.) 於是卽刻起身，從小路斜投漢津，望沔陽路而走.

*注: **冠簪**(관잠): 관과 비녀. **轡環**(비환); 고삐와 재갈. **失措**(실조): 無措. 어찌할 줄 모르다. **料張飛一人**(료장비일인): 장비 한 사람쯤이야. 〈**料**〉: 〈量〉과 같은 뜻이다. 料量. 料猜. **神色**(신색): 안색. 얼굴빛. **且說**(차설): 그런데. 각설하고. 한편. 〈却說〉과 같은 뜻으로 화제를 돌릴 때 쓰이는 발어사. **不合**(불합): 맞지 않다. 부당하다. 해서는 안 된다. 하지 말아야 한다. **起身**(기신): 출발하다. 떠나다: 몸을 일으키다. **斜投**(사투): 옆길로 들어서다. 옆길로 새다. **漢津**(한진): 지금의 호북성 형문荊門 동북의 한수를 건너는 나루. **沔陽**(면양): 지금의 호북성 면양현 남쪽의 京山.

〖5〗 却說曹操使張遼·許褚探長坂橋消息，回報曰："張飛已拆斷橋梁而去矣." 操曰："彼斷橋而去，乃心怯也."(*曹操料張飛，玄德料曹操, 都各不差.) 遂傳令差一萬軍, 速搭三座浮橋, 只今夜就要過. 李典曰: "此恐是諸葛亮之詐謀, 不可輕進." 操曰: "張飛一勇之夫, 豈有詐謀!" (*李典之疑是疑孔明, 曹操之信是信張飛.) 遂傳下號令, 火速進兵.

却說玄德行近漢津, 忽見後面塵頭大起, 鼓聲連天, 喊聲震地. 玄德曰: "前有大江, 後有追兵, 如之奈何?" (*幾與檀溪之危相似.) 急命趙雲准備抵敵.

曹操下令軍中曰: "今劉備釜中之魚, 穽中之虎, 若不就此時擒捉, 如放魚入海, 縱虎歸山矣. 衆將可努力向前." 衆將領命, 一個個奮威追赶. 忽山坡後鼓聲響處, 一隊軍馬飛出, 大叫曰: "我在此等候多時了!" 當頭那員大將, 手執青龍刀, 坐下赤兎馬, 一原來是關雲長, 去江夏借得軍馬一萬, 探知當陽長坂大戰, 特地從此路截出. 曹操一見雲長, 卽勒住馬回顧衆將曰: "又中諸葛亮之計也!" (*與李典之言相照.) 傳令大軍速退.

*注: 特地(특지): 특히. 특별히. 각별히. 일부러.

〖6〗 雲長追赶十數里, 卽回軍, 保護玄德等到漢津, 已有船隻伺候; 雲長請玄德并甘夫人·阿斗至船中坐定. 雲長問曰: "二嫂嫂如何不見?" 玄德訴說當陽之事. 雲長嘆曰: "曩日獵于許田時, 若從吾意, 可無今日之患."(*第二十回中事忽于此提照出來.) 玄德曰: "我于此時亦投鼠忌器耳."(*又追解前事.)

正說之間, 忽見江南岸戰鼓大鳴, 舟船如蟻, 順風揚帆而來. 玄德大驚. 船來至近, 只見一人白袍銀鎧, 立于船頭上, 大呼曰: "叔父別來無恙! 小姪得罪!" 玄德視之, 乃劉琦也.(*先聽其言, 後見其人, 敍得變化.) 琦過船, 哭拜曰: "聞叔父困於曹操, 小姪特來接應." 玄德大喜, 遂合兵一處, 放舟而行. 在船中正訴情由, 江西南上戰船一字兒擺開，乘風唿哨而至．劉琦驚曰：“江夏之兵，小姪已盡起至此矣．今有戰船攔路，非曹操之軍，則江東之軍也．如之奈何?” 玄德出船頭視之，見一人綸巾道服，坐在船頭上，乃孔明也，背後立着孫乾．(*只雲長·劉琦·孔明三人，分作三次相見，皆故作驚人之筆.) 玄德慌請過船，問其何故却在此．

孔明曰：“亮自至江夏，先令雲長于漢津登陸地而接．我料曹操必來追赶，主公必不從江陵來，必斜取漢津矣；故特請公子先來接應，我竟往夏口，盡起軍前來相助．” 玄德大悅，合爲一處，商議破曹之策．孔明曰：“夏口城險，頗有錢糧，可以久守．請主公且到夏口屯住．公子自回江夏，整頓戰船，收拾軍器，爲犄角之勢，可以抵當曹操． 若共歸江夏， 則勢反孤矣．” 劉琦曰：“軍師之言甚善．但愚意欲請叔父暫至江夏，整頓軍馬停當，再回夏口不遲．” 玄德曰：“賢姪之言亦是．” 遂留下雲長，引五千軍守夏口，玄德·孔明·劉琦共投江夏．

*注：**投鼠忌器**(투서기기)：쥐를 때려잡으려 하니 그릇을 깰까봐 염려된다. **情由**(정유)：사정. 사연. 내막. **一字兒**(일자아)：一字. 一字 모양으로. 한 줄로. **唿哨**(홀초)：호초(呼哨). 두 손가락을 입에 넣고 힘껏 불 때 나는 날카로운 소리. 휘파람소리.(把手指放在嘴里用力吹出哨音). 동료들끼리 소식을 전하기 위한 구호로 쓰임. **綸巾**(윤건)：푸른 비단 띠로 만든 두건. 또는 두건의 테두리에 푸른 비단 띠를 두른 것을 가리키기도 하는데, 제갈량이 즐겨 썼던 것이라고 해서 흔히 〈諸葛巾〉이라 부르기도 한다. **斜取**(사취)：옆길로 오다. **竟**(경)：곧장. 곧바로(一直. 直接). **夏口**(하구)：호북성 무한시 漢口. 한수와 장강이 합쳐지는 곳. **犄角之勢**(의각지세)：(소나 사슴 등) 서로 마주보고 솟아난 두 개의 뿔(犄角)처럼, 병력을 다른 장소에 갈라놓아서 적을 견제하거나 협공하기 편하도록 하거나, 또는 서로 지원하기 편하도록 하는 것. 對峙하다. **愚**(우)：저. 제.(자기의

겸칭). **停當**(정당): 적절하다. 타당하다. 잘 처리하다. 처분하다.

〖7〗 却說曹操見雲長在旱路引軍截出, 疑有伏兵, 不敢來追; 又恐水路先被玄德奪了江陵, 便星夜提兵赴江陵來. 荊州治中鄧義·別駕劉先已備知襄陽之事, 料不能抵敵曹操, 遂引荊州軍民出郭投降.(*本是玄德欲取江陵, 却反是曹操取江陵, 變化之極.) 曹操入城, 安民已定, 釋韓嵩之囚, 加爲大鴻臚.(*韓嵩之囚在二十三回中.) 其餘衆官, 各有封賞. 曹操與衆將議曰: "今劉備已投江夏, 恐結連東吳, 是滋蔓也.當用何計破之?" 荀攸曰: "我今大振兵威, 遣使馳檄江東, 請孫權會獵于江夏, 共擒劉備, 分荊州之地, 永結盟好. 孫權必驚疑而來降, 則吾事濟矣." 操從其計, 一面發檄遣使赴東吳; 一面計點馬步水軍共八十三萬, 詐稱一百萬, 水陸并進, 船騎雙行, 沿江而來, 西連荊·峽, 東接蘄·黃, 寨柵聯絡三百餘里.(*極寫曹操軍威, 正爲下文赤壁衬染.)

*注: **旱路**(한로): 육로. **治中**(치중): 주나 군에서 정사문서를 담당하는 관리. 흔히 州 자사나 郡 태수의 보좌관 역을 겸한다. **備知**(비지): 주지(周知)하다. 모두 다 알다(盡知). **大鴻臚**(대홍려): 관명. 朝賀나 慶弔 등의 행사에서 행사를 주관하거나 외국 손님을 접대하는 등 외교 관계의 최고 책임자. **滋蔓**(자만): 무성하게 퍼져나가다. **荊·峽**(형협): 荊州와 峽州(협주). 峽州는 나중(北周 때)에 설치된 州로서, 그 치소는 夷陵(지금의 호북성 宜昌 서북). **蘄·黃**(기황): 蘄春과 黃州. 기춘현은 형주 강하군에 속했으며, 故 城址는 지금의 호북성 기춘현 南에 있다. 黃州는 지금의 호북성 黃岡이다.

〖8〗 話分兩頭. 却說江東孫權, 屯兵柴桑郡, 聞曹操大軍至襄陽, 劉琮已降, 今又星夜兼道取江陵, 乃集衆謀士商議禦守之策.

魯肅曰："荊州與國鄰接，江山險固，士民殷富．吾若據而有之，此帝王之資也．今劉表新亡，劉備新敗，肅請奉命往江夏弔喪，因說劉備使撫劉表衆將，同心一意，共破曹操；備若喜而從命，則大事可成矣．"(*孔明欲得荊州，魯肅亦欲得荊州．孔明欲合東吳以破曹，魯肅亦欲合劉備以破曹．是魯肅識見過人處.) 權喜，從其言，卽遣魯肅齎禮往江夏弔喪．

*注：**柴桑**(시상)：지금의 강서성 九江市 서남에 있다．**已降**(이항)：곧바로 항복하다．〈已〉：곧바로(隨後．旋卽)．**兼道**(겸도)：보통 이틀에 걸려서 갈 길을 하루에 가다．두 배의 속도로 길을 가다．**士民殷富**(사민은부)：백성들의 수도 많고 유족하다．〈士民〉：백성．〈殷富〉：풍부하다．유복하다．

〖9〗却說玄德至江夏，與孔明·劉琦共議良策．孔明曰："曹操勢大，急難抵敵，不如往投東吳孫權，以爲應援．使南北相持，吾等於中取利，有何不可?"(*的的妙算.) 玄德曰："江東人物極多，必有遠謀，安肯相容耶?" 孔明笑曰："今操引百萬之衆，虎踞江漢，江東安得不使人來探聽虛實？若有人到此，亮借一帆風，直至江東，憑三寸不爛之舌，說南北兩軍互相呑并．若南軍勝，共誅曹操以取荊州之地；(*此句是主.) 若北軍勝，則我乘勝以取江南可也．"(*此句是賓.) 玄德曰："此論甚高．但如何得江東人到?"

正說間，人報："江東孫權差魯肅來弔喪，船已傍岸．"孔明笑曰："大事濟矣!" 遂問劉琦曰："往日孫策亡時，襄陽曾遣人去弔喪否?"(*孫策之死在二十九回中.) 琦曰："江東與我家有殺父之讐，安得通慶弔之禮!"(*孫堅之死在第七回中.) 孔明曰："然則魯肅此來，非爲弔喪，乃來探聽軍情也．" 遂謂玄德曰："魯肅至，若問曹操動靜，主公只推不知．再三問時，主公只說可問諸葛亮．"計會已定，使人迎接魯肅．肅入城弔喪；收過禮物，劉琦請肅與玄德相見．(*

魯肅此來，非爲見劉琦，正爲見玄德.）禮畢，邀入後堂飮酒．肅曰："久聞皇叔大名，無緣拜會；今幸得見，實爲欣慰．近聞皇叔與曹操會戰，必知彼虛實：敢問曹軍約有幾何？"(*欲問江夏動靜，先問北軍虛實.）玄德曰："備兵微將寡，一聞操至則走，竟不知彼虛實．"魯肅曰："聞皇叔用諸葛孔明之謀，(*諸葛孔明四字不消玄德說出，却是魯肅先說．妙甚.）兩場火燒得曹操魂亡膽落，何言不知耶？"玄德曰："除非問孔明，便知其詳．"肅曰："孔明安在？願求一見．"玄德教請孔明出來相見.

*注：**虎踞**(호거)：범이 웅크리고 앉아 있듯이 버티고 있다. **江漢**(강한)：長江과 漢水. **計會**(계회)：계책을 상의하다. 會計. 計算. 計議. 商量. 商議. 議論. **竟**(경)：끝내. 결국. **除非**(제비)：오직 …해야만 (비로소). 다만 …함으로써만 비로소(只有).

〖10〗肅見孔明禮畢，問曰："向慕先生才德，未得拜晤．今幸相遇，願聞目今安危之事．"孔明曰："曹操奸計，亮已盡知，但恨力未及，故且避之."(*曰'亮已盡知'，隱然要孫權請教；曰'力未及'，隱然要孫權助力.）肅曰："皇叔今將止於此乎？"孔明曰："使君與蒼梧太守吳巨有舊，將往投之．"肅曰："吳巨糧少兵微，自不能保，焉能容人？"孔明曰："吳巨處雖不足久居，今且暫依之，別有良圖．"肅曰："孫將軍虎踞六郡，兵精糧足，又極敬賢禮士，江東英雄多歸附之．今爲君計，莫若遣心腹往結東吳，以共圖大事．"孔明曰："劉使君與孫將軍自來無舊，恐虛費詞說，且別無心腹之人可使."(*言無心腹之人可使，隱然除却自己，更無人可去矣.）肅曰："先生之兄現爲江東參謀，日望與先生相見．肅不才，願與公同見孫將軍，共議大事."(*孔明自己要去，却待魯肅請他．連諸葛瑾在彼并不提起，亦待魯肅說出.）玄德曰："孔明是吾之師，頃刻不可相離，安可去也?" 魯肅請孔明同去, 玄德佯不許. 孔明曰: "事急矣, 請奉命一行." 玄德方纔許諾. 魯肅遂別了玄德·劉琦, 與孔明登舟, 望柴桑郡來. 正是:

只因諸葛扁舟去, 致使曹兵一旦休.

不知孔明此去畢竟如何, 且看下文分解.

*注: **拜晤**(배오): 만나 뵙다. 〈晤〉: 밝다. 만나다. 相逢하다. 마주대하다. **目今**(목금): 목하. 지금. 현재. **蒼梧**(창오): 郡名. 交州의 한 郡으로 작은 고장이다. 일단 그곳에 들어가면 다시 나와 중원을 넘볼 가능성이 희박해진다. 치소는 廣信(지금의 廣西省 梧州市). **吳巨**(오거): 毛本과 明嘉靖本에는 모두 〈吳臣〉으로 되어 있으나 〈三國志 · 吳書〉의 〈士燮傳〉과 〈薛綜傳〉에는 〈吳巨〉로 되어 있다. 〈三國志〉에 따랐다. **自來**(자래): 본래. 원래(原來. 從來). **舞舊**(무구): 서로 사귄 적이 없다. **詞說**(사설): 說詞. 변설. **一行**(일행): 한 번 가다.

第四十二回 毛宗崗 序始評

(1). 前回寫趙雲, 此回寫張飛. 寫趙雲是幾番血戰, 寫張飛只是一聲叱喝. 天下事亦有虛聲而可當實際者, 然必其人平日之實際足以服人, 而後臨時之虛聲足以聳聽. 所以張飛之功, 與趙雲等, 非若今人之全靠虛聲, 渾無實際, 他人喫盡老力, 我只出一張寡嘴也.

(2). 翼德喝退曹軍, 若非有雲長昔日誇獎之語, 曹操當時未必如此之懼也. 不但此也. 翼德橫矛立馬於橋上, 而曹兵疑爲誘敵之計, 若非有孔明兩番火攻驚破曹兵之膽, 當時曹操又未必如此之疑也. 則非翼德之先聲奪人, 而實則雲長之先聲足以奪人; 又非雲長之先聲奪人, 而實則孔明之先聲足以奪人耳.

(3). 玄德將阿斗擲地, 亦擲得不差. 由後觀之, 以一英雄之趙雲救一無用之劉禪, 誠不如勿救矣. 然從來豪傑不遇時, 庸人多厚福. 禪之智則劣于父, 而其福則過於父. 玄德勞苦一生, 甫登大寶, 未幾而殂, 反不如庸庸之子安享四十二年南面之福也. 長坂之役, 本是庸主賴虎將之力而得生, 人反謂虎將賴庸主之福而不死, 爲之一嘆.

(4). 讀書之樂, 不大驚則不大喜, 不大疑則不大快, 不大急則不大慰. 當子龍殺出重圍, 人困馬乏之後, 又遇文聘追來, 是一急; 及見玄德之時, 懷中阿斗不見聲息, 是一疑; 至翼德斷橋之後, 玄德被曹操追至江邊更無去路, 又一急; 及雲長旱路接應之後, 忽見江上戰船攔路, 不知是劉琦, 又一驚; 及劉琦同載之後, 忽又見戰船攔路, 不知是孔明, 又一疑一急. 令讀者眼中如猛電之一去一來, 怒濤之一起一落. 不意尺幅之內, 乃有如此變幻也.

(5). 孔明勸玄德結孫權爲援, 魯肅亦勸孫權結玄德爲援, 所見略同. 而孔明巧處, 不用我去求人, 偏使人來求我. 若魯肅一至, 孔明慌忙出迎, 偏沒趣矣. 妙在魯肅求見, 然後肯出, 此孔明之巧也. 一見之後, 若孔明先下說詞, 又沒趣矣. 妙在孔明並不挑撥魯肅, 魯肅先來求搭孔明, 又孔明之巧也. 魯肅欲邀孔明同去, 若使孔明欣然應允, 又沒趣矣. 妙在玄德假意作難, 孔明勉强一行, 又孔明之巧也. 求人之意甚急, 故作不屑求人之態; 胸中十分要緊, 口內十分遲疑.

第四十三回

諸葛亮舌戰群儒
魯子敬力排衆議

〖1〗 却說魯肅·孔明辭了玄德·劉琦, 登舟望柴桑郡來. 二人在舟中共議. 魯肅謂孔明曰: "先生見孫將軍, 切不可實言曹操兵多將廣." 孔明曰: "不須子敬叮嚀, 亮自有對答之語." 及船到岸, 肅請孔明于館驛中暫歇, 先自往見孫權.

權正聚文武於堂上議事, 聞魯肅回, 急召入, 問曰: "子敬往江夏, 體探虛實, 若何?" 肅曰: "已知其略, 尙容徐稟." 權將曹操檄文示肅曰: "操昨遣使齎文至此, 孤先發遣來使, 現今會衆商議未定." 肅接檄文觀看, 其略曰:

> 孤近承帝命, 奉詔伐罪. 旄麾南指, 劉琮束手; 荊襄之民, 望風歸順. 今統雄兵百萬, 上將千員, 欲與將軍會獵於江夏, 共伐劉備, 同分土地, 永結盟好. 幸勿觀望, 速賜回音.

魯肅看畢, 曰: "主公尊意若何?" 權曰: "未有定論." 張昭曰: "曹操擁百萬之衆, 借天子之名, 以征四方, 拒之不順.(*此是論理.) 且主公大勢可以拒操者, 長江也. 今操旣得荊州, 長江之險, 已與我共之矣, 勢不可敵.(*此是論勢.) 以愚之計, 不如納降, 爲萬安之策." (*張昭第一次勸降.) 衆謀士皆曰: "子布之言, 正合天意." (*張昭只言地利不可恃, 衆人又言天意不可違.) 孫權沈吟不語. 張昭又曰: "主公不必多疑. 如降操, 則東吳民安, 江南六郡可保矣."(*張昭第二次勸降.) 孫權低頭不語.

*注: 叮嚀(정녕): 〈=丁寧〉. 재삼 부탁하다. 신신당부하다. 〈叮〉: 정성스럽다. 〈嚀〉: 친절하다. 自有(자유): 당연히(응당)…이 있다; 별도로(따로) 있다. 體探(체탐): 탐방. 탐청. 몸소 알아보다(찾아보다). 〈體〉: 親自. 尙(상): 아직. 또한. 發遣(발견): 파견하다. 發往. 奉詔伐罪(봉조벌죄): 천자의 칙명을 받들어 죄인을 토벌하다(奉命討伐罪人). 旄麾(모휘): 〈旄〉와 〈麾〉는 군대에서 사용하는 기치. 즉 군대를 의미함. 束手(속수): 손을 묶다(묶이다). 望風(망풍): 소문을 듣다. 會獵(회렵): 많은 사람이 모여서 사냥하다. 여기서는 전쟁(會戰)을 가리킨다. 納降(납항): 항복을 받다(드리다). 항복하다. 투항하다. 江南六郡(강남육군): 揚州 관할의 여섯 개 군으로 九江郡, 廬江郡, 吳郡, 會稽郡, 丹陽郡, 豫章郡. 당시에는 六郡의 대부분이 孫權의 지배하에 있었다.

〖2〗 須臾, 權起更衣, 魯肅隨于權後. 權知肅意, 乃執肅手而言曰: "卿欲如何?" 肅曰: "恰纔衆人所言, 深誤將軍. 衆人皆可降曹操, 唯將軍不可降曹操." 權曰: "何以言之?" 肅曰: "如肅等降操, 當以肅還鄕黨, 累官故不失州郡也; 將軍降操, 欲安所歸乎? 位不過封侯, 車不過一乘, 騎不過一匹, 從不過數人, 豈得南面稱孤哉! 衆人之意, 各自爲己, 不可聽也. 將軍宜早定大計!" (*

衆人是就東吳全勢論，子敬只就孫權一人身上說，極其痛快.) 權歎曰："諸人議論，大失孤望．子敬開說大計，正與吾見相同．此天以子敬賜我也！(*張昭爲孫策所得士，周瑜亦孫策所得士，惟魯肅則孫權自得之，故獨私爲己有.) 但操新得袁紹之衆，近又得荊州之兵，恐勢大難以抵敵."(*魯肅囑孔明，正爲此也.) 肅曰："肅至江夏，引諸葛瑾之弟諸葛亮在此，主公可問之，便知虛實." 權曰："臥龍先生在此乎?" 肅曰："現在館驛中安歇." 權曰："今日天晩，且未相見．來日聚文武于帳下，先教見我江東英俊，然後升堂議事." 肅領命而去．

*注：更衣(경의)：옷을 갈아입다. 옷을 갈아입고 쉬는 곳. 옛날 大小便의 婉辭. 〈更衣室〉：화장실(厠所). 恰纔(흡재)：방금. 바로. 지금. 恰才. 如(여)：…같은. 累官故(누관고)：관직에 관계한 경험 때문에. 〈累〉：연루되다. 관련되다. 州郡(주군)：주와 군의 관직. 且(차)：곧바로(就). 일단. 教見(교견)：보도록(見) 하다(使).

〖3〗次日，至館驛中見孔明，又囑曰："今見我主，切不可言曹操兵多." 孔明笑曰："亮自見機而變，決不有悞." 肅乃引孔明至幕下，早見張昭·顧雍等一班文武二十餘人，峩冠博帶，整衣端坐．孔明逐一相見，各問姓名．施禮已畢，坐于客位．張昭等見孔明丰神飄洒，器宇軒昻，料道此人必來游說．張昭先以言挑之曰："昭乃江東微末之士，久聞先生高臥隆中，自比管·樂，此語果有之乎?"(*張昭之意，卽欲借管·樂壓倒孔明．俗諺所謂'借他的拳，撞他的嘴'也.) 孔明曰："此亮平生小可之比也."(*"小可"二字妙，意謂尙不止此.) 昭曰："近聞劉豫州三顧先生于草廬之中，幸得先生，以爲'如魚得水'，思欲席捲荊襄．今一旦以屬曹操，未審是何主見?"(*是當面嘲笑.) 孔明自思："張昭乃孫權手下第一個謀士，若不先難倒他，如何說得孫權?"(*意不在張昭，而在孫權.) 遂答曰："吾觀取漢上之地, 易如反掌. 我主劉豫州躬行仁義, 不忍奪同宗之基業, 故力辭之.(*說得冠冕.) 劉琮孺子, 聽信佞言, 暗自投降, 致使曹操得以猖獗. 今我主屯兵江夏, 別有良圖, 非等閒可知也."(*亦是實話, 並非大言.) 昭曰: "若此, 是先生言行相違也. 先生自比管·樂, 一 管仲相桓公, 霸諸侯, 一匡天下; 樂毅扶持微弱之燕, 下齊七十餘城: 一 此二人者, 眞濟世之才也. 先生在草廬之中, 但笑傲風月, 抱膝危坐. 今旣從事劉豫州, 當爲生靈興利除害, 剿滅亂賊.(*不責其不降曹, 反責其不攻曹, 惡極.) 且劉豫州未得先生之時, 尙且縱橫寰宇, 割據城池; 今得先生, 人皆仰望, 雖三尺童蒙, 亦謂彪虎生翼, 將見漢室復興, 曹氏卽滅矣. 朝廷舊臣, 山林隱士, 無不拭目而待: 以爲拂高天之雲翳, 仰日月之光輝, 拯民於水火之中, 措天下于衽席之上, 在此時也. 何先生自歸豫州, 曹兵一出, 棄甲抛戈, 望風而竄; 上不能報劉表以安庶民, 下不能輔孤子而據疆土; 乃棄新野, 走樊城, 敗當陽, 奔夏口, 無容身之地: 是豫州旣得先生之後, 反不如其初也. 管仲·樂毅, 果如是乎? 愚直之言, 幸勿見怪!"(*當面搶白.)

*注: **峩冠博帶**(아관박대): 높은 관과 넓은 띠. 즉 선비의 의관을 말함. **逐一**(축일): 하나하나. 일일이. **丰神飄洒**(봉신표쇄): 멋있는 풍채가 바람에 휘날리는 듯하다. 〈丰神〉: 풍채. 풍모. 용모. 〈飄洒〉: 나부끼다. 흩날리다. **器宇軒昂**(기우헌앙): 풍채가 당당하다. 〈器宇〉: 器觀. 외관. 용모. 풍채. 〈軒昂〉: 위풍당당하다. 기개(기상)가 드높다. **料道**(료도): 추측하다. **平生**(평생): 일생. 평소. 한때. **小可之比**(소가지비): 적어도 그것과는 비견될 수 있다(견줄 수 있다). 〈小可〉: 적어도. 적더라도(尙可. 猶小小). 적어도 나의 한 평생은 적어도 그들 수준은 될 것이란 뜻. **主見**(주견): 의견. 主意. 主張. **難倒**(난도): 괴롭히다. 곤란하게 하다. (적. 계획. 희망 등을) 꺾다. 좌절시키다. 야단쳐서 거꾸러뜨리다. 주춤하게 하다. **等閒**(등한): 등한하

다. 예사롭다. 쉽다. 보통이다. 홀시하다. 쉬운 일. 대수롭지 않은 일. **危坐**(위좌): 똑바로 앉다. 단정히 앉다. **衽席**(임석): 방석. 편안한 곳. **望風而竄**(망풍이찬): 소문만 듣고도, 멀리서 보기만 하고도, 달아나 숨다. **搶白**(창백): (면전에서) 타박하다. 책망하다.

〖4〗 孔明聽罷, 啞然而笑曰: "鵬飛萬里, 其志豈群鳥能識哉? 譬如人染沈痾, 當先用糜粥以飲之, 和藥以服之, 待其腑臟調和, 形體漸安, 然後用肉食以補之, 猛藥以治之, 則病根盡去, 人得全生也. 若不待氣脈和緩, 便投以猛藥厚味, 欲求安保, 誠爲難矣.(*先生忽然講醫道, 隱然笑張昭是庸臣謀國, 如庸醫殺人也.) 吾主劉豫州, 向日軍敗于汝南, 寄跡劉表, 兵不滿千, 將止關·張·趙雲而已: 此正如病勢尫羸已極之時也.(*三顧草廬正是病重時求名醫耳.) 新野山僻小縣, 人民稀少, 糧食鮮薄, 豫州不過暫借以容身, 豈眞將坐守于此耶? 夫以甲兵不完, 城郭不固, 軍不經練, 糧不繼日, 然而博望燒屯, 白河用水, 使夏侯惇·曹仁輩心驚膽裂: 竊謂管仲·樂毅之用兵, 未必過此.(*公然自贊.) 至於劉琮降操, 豫州實出不知; 且又不忍乘亂奪同宗之基業, 此眞大仁大義也.(*高擡玄德, 美其親親之仁.) 當陽之敗, 豫州見有數十萬赴義之民, 扶老携幼相隨, 不忍棄之, 日行十里, 不思進取江陵, 甘與同敗, 此亦大仁大義也.(*又高擡玄德, 美其愛民之德.) 寡不敵衆, 勝負乃其常事. 昔高皇數敗于項羽, 而垓下一戰成功, 此非韓信之良謀乎? 夫信久事高皇, 未嘗累勝.(*隱然以玄德比高皇, 自比韓信.) 蓋國家大計, 社稷安危, 是有主謀. 非比誇辯之徒, 虛譽欺人: 坐議立談, 無人可及; 臨機應變, 百無一能.— 誠爲天下笑耳." 這一篇言語, 說得張昭並無一言回答.

*注: **啞然**(아연): 기가 막혀서 벌린 입이 닫히지 않는 모양. 너무 어이가

없어서 웃는 모양. **鵬飛萬里**(붕비만리): 붕새가 만리를 날아가다. 〈莊子. 逍遙遊篇〉에 나오는 말이다. **沈痾**(침아): 중병. 병이 들다. 〈痾(아)〉: 病. 痾와 同字. **和藥**(화약): 調制 약물. 調和 약물. **尫羸**(왕리): 여위고(쇠약하고, 병들고) 약하다. 중병. **出不知**(출부지): 모르는 가운데 일어나다. **非比**(비비): 비할 바 아니다. 다르다. **誇辯**(과변): 큰소리치다. 호언장담하다. **說得**(설득): 〈설득하다〉란 뜻이 아니라 〈…한 말을 했고, 그 결과로 …이(게) 되었다〉란 뜻이다.

〖5〗 座間忽一人抗聲問曰: "今曹公兵屯百萬, 將列千員, 龍驤虎視, 平吞江夏, 公以爲何如?" 孔明視之, 乃虞翻也. 孔明曰: "曹操收袁紹蟻聚之兵, 劫劉表烏合之衆, 雖數百萬不足懼也." 虞翻冷笑曰: "軍敗于當陽, 計窮于夏口, 區區求救于人, 而猶言'不懼', 此眞大言欺人也!" (*亦是當面嘲笑.) 孔明曰: "劉豫州以數千仁義之師, 安能敵百萬殘暴之衆? 退守夏口, 所以待時也. 今江東兵精糧足, 且有長江之險, 猶欲使其主屈膝降賊, 不顧天下恥笑. 一 由此論之, 劉豫州眞不懼操賊者矣!" 虞翻不能對.

*注: **抗聲**(항성): 높은 소리. 〈抗〉: '亢'과 同意. 高亢. (노래 소리 등이)높고 낭랑하다. 우렁차다. **龍驤虎視**(용양호시): 용이 고개를 쳐들고(驤) 범이 노려보다(視). 위풍당당하다. **平吞**(평탄): 평정하여 삼키다. **區區**(구구): 분주히(匆忙). 바삐(急忙). 〈區〉는 〈驅〉와 通한다: 구애되다. 융통성이 없다. 고집스럽다(拘泥. 局限); 분주진력(奔走盡力)하다: 작다(小). 적다(少). **恥笑**(치소): 멸시와 조소.

〖6〗 座間又一人問曰: "孔明欲效儀·秦之舌, 游說東吳耶?" 孔明視之, 乃步騭也. 孔明曰: "步子山以蘇秦·張儀爲辯士, 不知蘇秦·張儀亦豪杰也. 蘇秦佩六國相印, 張儀兩次相秦, 皆有匡扶人國之謀, 非比畏强凌弱, 懼刀避劍之人也. 君等聞曹操虛發詐僞之詞, 便畏懼請降, 敢笑蘇秦·張儀乎?" 步騭默然無語.

*注: **儀·秦**(의진): 張儀와 蘇秦. 둘 다 전국시 縱橫家. 장의는 連橫을, 소진은 縱橫을 주장하면서 각국을 유세하였는데, 辨說을 잘 하기로 유명. **步騭**(보즐): 姓步, 名騭. 〈騭(즐)〉: 수말. 오르다. **虛發**(허발): 헛방을 놓다.

〖7〗 忽一人問曰: "孔明以曹操何如人也?" 孔明視其人, 乃薛綜也. 孔明答曰: "曹操乃漢賊也, 又何必問?" 綜曰: "公言差矣. 漢傳世至今, 天數將終. 今曹公已有天下三分之二, 人皆歸心. (*虞翻但誇曹操之强猶可, 至薛綜乃辯其不是漢賊, 喪心蔑理, 比虞翻又低一着.) 劉豫州不識天時, 强欲與爭, 正如以卵擊石, 安得不敗乎?" 孔明厲聲曰: "薛敬文安得出此無父無君之言乎! 夫人生天地間, 以忠孝爲立身之本. 公旣爲漢臣, 則見有不臣之人, 當誓共戮之: 臣之道也. 今曹操祖宗叨食漢祿, 不思報效, 反懷篡逆之心, 天下之所共憤; 公乃以天數歸之, 眞無父無君之人也, 不足與語! 請勿復言!" 薛綜滿面羞慙, 不能對答.

*注: 叨食(도식): 외람되이 먹다. 〈叨〉: 외람되이. 탐내다.

〖8〗 座上又一人應聲曰: "曹操雖挾天子以令諸侯, 猶是相國曹參之後. 劉豫州雖云中山靖王苗裔, 却無可稽考, 眼見只是織蓆販屨之夫耳, 何足與曹操抗衡哉!" (*對臣罵主已爲失體, 况又左袒曹操, 更底一着.) 孔明視之, 乃陸績也. 孔明笑曰: "公非袁術座間懷橘之陸郎乎? 請安坐, 聽吾一言: 曹操旣爲曹相國之後, 則世爲漢臣矣. 今乃專權肆橫, 欺凌君父, 是不唯無君, 亦且蔑祖, 不唯漢室之亂臣, 亦曹氏之賊子也. (*猶借曹參罵曹操, 詞令妙品.) 劉豫州堂堂帝胄，當今皇帝，按譜賜爵，何云‘無可稽考’？(*按譜賜爵，二十回中事.) 且高祖起身亭長，而終有天下．織蓆販屨，又何足爲辱乎？(*又以高祖比玄德.) 公小兒之見，不足與高士共語．" 陸績語塞．

*注：**相國曹參**(상국조참)：江蘇 沛縣人．원래 秦末 沛縣의 獄吏였으나, 후에 劉邦을 따라 봉기하여 여러 차례 공을 세워 平陽侯가 되었다．漢惠帝 때 丞相을 역임했다．　**眼見**(안견)：눈으로 보다．직접 보다．　**袁術座間懷橘**(원술좌간회귤)：陸績이 6세 때 九江에서 袁術을 만나보았는데, 원술이 귤을 내어 손님을 대접했다．그는 그 자리에서 귤 세 개를 품 안에 숨겼다가 자리에서 일어날 때 그만 땅에 떨어뜨리고 말았다．원술이 왜 귤을 품안에 숨겼느냐고 묻자, 그는 "가지고 가서 부모님께 드리려고 했다" 고 대답했다．그러자 원술은 그를 기특하게 여겼다고 한다.(이 일은 〈三國志·吳書·陸績傳〉에 나온다.)　**旣**(기)：(접속사) …한 이상은．…한 바에는(…,〈則〉·〈就〉와 호응함)．　**蔑祖**(멸조)：無祖．조상이 없다．〈蔑〉：없다．작다; 멸시하다．깔보다．

〖9〗座上一人忽曰："孔明所言，皆强詞奪理，均非正論，不必再言．且請問孔明治何經典?" 孔明視之，乃嚴畯也．孔明曰："尋章摘句，世之腐儒也，何能興邦立事？且古耕莘伊尹，釣渭子牙，張良·陳平之類，鄧禹·耿弇之輩，皆有匡扶宇宙之才，未審其平生治何經典．一 豈亦效書生，區區于筆硯之間，數黑論黃·舞文弄墨而已乎?" 嚴畯低頭喪氣而不能對．

*注：**强詞奪理**(강사탈리)：이치에 맞지 않는 억지의 말．　**均**(균)：(부사) 전부．모두．다．　**尋章摘句**(심장적구)：책을 읽을 때 멋진 구절만 깊은 이해 없이 베끼다．문장에 독창성이 없다．　**耕莘伊尹**(경신이윤)：莘野에서 농사를 짓던 伊尹．이윤은 후에 商의 湯王을 도와 夏를 멸망시키고 商을 건국하는데 큰 공을 세웠다．〈莘〉：有莘．고대 國名．지금의 산동성 曹縣 서북에 있었

다. 一說에는 商湯이 有莘氏의 딸을 아내로 맞을 때 伊尹은 그 딸의 〈陪嫁之臣〉(배가지신: 딸을 시집보낼 때 같이 딸려 보내는 신하)으로 商에 따라가서 湯王을 만나 그의 참모가 되었다고 한다. **釣渭子牙**(조위자아): 渭水에서 낚시질을 하다가 周 文王을 만나, 후에 武王을 도와 殷을 멸하고 周나라를 건국하는 데 큰 공을 세운 姜太公. **張良 · 陳平**(장량 · 진평): 漢高祖 劉邦을 도와 漢을 건국하는 데 큰 공을 세운 사람들. **鄧禹 · 耿弇**(등우 · 경감): 두 사람은 한 光武帝 劉秀를 따라서 싸워 동한을 건국하는 데 큰 공을 세운 공신들이다. 〈弇〉: (엄): 덮다. (감): 사람이름. **區區**(구구): 얽매이다. 융통성이 없다(拘泥). 고집스럽다(局限). **數黑論黃**(수흑논황): 이러쿵저러쿵 시비하다. 남의 흉을 보다. 큰소리치다.(*數短論長. 數黑論白. 數黃道黑. 說長道短). **舞文弄墨**(무문농묵): 글 장난하다. 글재주를 부리다.

〖10〗 忽又一人大聲曰:"公好爲大言, 未必眞有實學, 恐適爲儒者所笑耳." 孔明視其人, 乃汝南程德樞也. 孔明答曰:"儒者君子小人之別. 君子之儒, 忠君愛國, 守正惡邪, 務使澤及當時, 名留後世. 一 若夫小人之儒, 唯務雕蟲, 專工翰墨; 青春作賦, 皓首窮經; 筆下雖有千言, 胸中實無一策. 且如揚雄以文章名世, 而屈身事莽, 不免投閣而死, 此所謂小人之儒也; 雖日賦萬言, 亦何取哉!"(*以揚雄事莽爲當日降操者比.) 程德樞不能對. 衆人見孔明對答如流, 盡皆失色.

*注: **儒者君子小人之別**(유자군자소인지별): 〈論語(雍也篇)〉에 나오는 말이다. "子謂子夏曰: 女爲君子儒, 無爲小人儒." **若夫**(약부): 문장의 첫머리에서 〈…에 대하여는〉, 〈그런데〉의 뜻을 나타낸다. **雕蟲**(조충): 벌레를 새기다. 보잘 것 없는 작은 기예나 기능에 종사는 것을 비유한 것으로 여기서는 辭章之學을 가리킴. (*출처: 揚雄의 〈法言 · 吾子〉) **翰墨**(한묵):

筆墨. 書畵나 辭章에 종사하는 것을 말한다. **皓首**(호수): 흰 머리. 노인. **揚雄**(양웅): 字는 子雲. 西漢의 文學家, 哲學家, 言語學者. 成帝時 給事黃門郎에 임명되었는데, 후에 王莽의 新朝에서 大夫가 되어 天祿閣의 校書로 일했다. 후에 다른 일에 연루되어 처형당하게 되자, 자살하려고 천록각에서 뛰어내렸다. 주요 著書로는 〈法言〉, 〈方言〉이 있고 〈甘泉賦〉, 〈河東賦〉 등의 문학작품이 있다.

〖11〗 時座上張溫·駱統二人, 又欲問難. 忽一人自外而入, 厲聲言曰: "孔明乃當世奇才, 君等以唇舌相難, 非敬客之禮也. 曹操大軍臨境, 不思退敵之策, 乃徒鬪口耶!"(*彼此問難, 一往一復, 畢竟作何結局, 得此人來喝倒, 絕妙收科.) 衆視其人, 乃零陵人, 姓黃, 名蓋, 字公覆, 現爲東吳糧官.(*爲後文伏線.) 當時黃蓋謂孔明曰: "愚聞多言獲利, 不如默而無言. 何不將金石之論爲我主言之, 乃與衆人辯論也?"(*黃蓋數語倒可勝得孔明, 衆謀士不及也.) 孔明曰: "諸君不知世務, 互相問難, 不容不答耳."(*未見周郎與曹操戰, 先見孔明與衆謀士戰. 周郎之戰是舟師水卒, 孔明之戰是舌箭唇槍.) 於是黃蓋與魯肅引孔明入, 至中門, 正遇諸葛瑾. 孔明施禮. 瑾曰: "賢弟旣到江東, 如何不來見我?" 孔明曰: "弟旣事劉豫州, 理宜先公後私. 公事未畢, 不敢及私. 望兄見諒." 瑾曰: "賢弟見過吳侯, 却來敍話." 說罷自去. (*去得妙. 若與孔明一同入見孫權, 則孫權與孔明坐, 諸葛瑾將與衆謀士侍立耶!) 魯肅曰: "適間所囑, 不可有誤." 孔明點頭應諾.

*注: **問難**(문난): 논란하다. 토론하다. 질문하다. **鬪口**(투구): 입씨름하다. 말다툼하다. 언쟁하다(=鬪嘴). **金石之論**(금석지론): 〈金石良言〉. 鐘鼎이나 碑碣에 새기는 文字처럼 매우 귀중한 교훈이나 권고의 말. **世務**(세무): 세무. 당면한 세상사. **却來**(각래): …한 후에(却) 오다(來). 〈却來〉는 흔히 〈도리어〉, 〈거꾸로〉, 〈사실인즉〉 등의 뜻으로 사용되지만, 여기서는

〈却〉(…한 후에. …하고 나서)과 〈來〉(오다)가 독립적으로 결합되어 쓰이고 있다. **適間**(적간): 방금(剛才).

〖12〗 引至堂上, 孫權降階而迎, 優禮相待. 施禮畢, 賜孔明坐. 衆文武分兩行而立. 魯肅立於孔明之側, 只看他講話. 孔明致玄德之意畢, 偷眼看孫權; 碧眼紫鬚, 堂堂一表. 孔明暗思: "此人相貌非常, 只可激, 不可說. 等他問時, 用言激之便了."(*先生先講醫道, 此又善相法.) 獻茶已畢, 孫權曰: "常聞魯子敬談足下之才, 今幸得相見, 敢求敎益." 孔明曰: "不才無學, 有辱明問." 權曰: "足下近在新野, 佐劉豫州與曹操決戰, 必深知彼軍虛實."(*孫權之意, 專以欲知曹兵虛實.) 孔明曰: "劉豫州兵微將寡, 更兼新野城小無糧, 安能與曹操相持?"(*只說玄德兵少, 尙未說出曹兵多少.) 權曰: "曹兵共有多少?" 孔明曰: "馬步水軍, 約有一百餘萬."(*三次應承魯肅, 至此忽然變卦.) 權曰: "莫非詐乎?" 孔明曰: "非詐也. 曹操就兗州已有靑州軍二十萬; 平了袁紹, 又得五六十萬; 中原新招之兵三四十萬; 今又得荊州之兵二三十萬: 以此計之, 不下一百五十萬. 一 亮以百萬言之, 恐驚江東之士也." 魯肅在旁, 聞言失色, 以目視孔明; 孔明只做不見. 權曰: "曹操部下戰將, 還有多少?"(*旣問其兵又問其將者, 或兵雖多而將少, 猶不足懼也.) 孔明曰: "足智多謀之士, 能征慣戰之將, 何止一二千人."(*旣誇其兵, 又誇其將, 且又誇其謀臣, 更不怕氣壞了魯肅.) 權曰: "今曹操平了荊·楚, 復有遠圖乎?" (*或兵將雖多, 而無遠志, 猶不足懼也.) 孔明曰: "即今沿江下寨, 准備戰船, 不欲圖江東, 待取何地?"

*注: **偷眼看**(투안간): 훔쳐보다. **表**(표): 용모. 모양. 모습. **辱明問**(욕명문): 밝은 물음을 욕되게 하다. 황송하게도 밝으신 질문을 받다. **能征慣戰** (능정관전): 싸움에 강하고 익숙하다. **即今**(즉금): 당장. 목전. 지금.

〖13〗 權曰: "若彼有呑倂之意, 戰與不戰, 請足下爲我一決." 孔明曰: "亮有一言, 但恐將軍不肯聽從."(*勸他投降, 頗覺口重, 故先着此一句.) 權曰: "願聞高論." 孔明曰: "向者宇內大亂, 故將軍起江東, 劉豫州收衆漢南, 與曹操並爭天下. 今曹操芟除大難, 略已平矣; 近又新破荊州, 威震海內; 縱有英雄, 無用武之地: 故豫州遁逃至此. 願將軍量力而處之: 若能以吳·越之衆與中國抗衡, 不如早與之絕; (*此句反是賓.) 若其不能, 何不從衆謀士之論, 按兵束甲, 北面而事之?"(*此句反是主.) 權未及答. 孔明又曰: "將軍外托服從之名, 內懷疑貳之見, 事急而不斷, 禍至無日矣!" 權曰: "誠如君言, 劉豫州何不降操?"(*急問此句, 已是不樂.) 孔明曰: "昔田橫, 齊之壯士耳, 猶守義不辱. 況劉豫州王室之胄, 英才蓋世, 衆士仰慕. 一 事之不濟, 此乃天也, 又安能屈處人下乎!"(*明明說孫權不及玄德, 并不及田橫, 惡甚. 前魯肅以爲諸臣皆可降, 惟孫權不可降, 高待孫權也. 今孔明以爲玄德不可降, 惟孫權可降, 薄待孫權也. 孫權聞之安得不怒乎?) 孫權聽了孔明此言, 不覺勃然變色, 拂衣而起, 退入後堂. 衆皆哂笑而散.

*注: **芟除**(삼제): 베다. 없애다. **吳越**(오월): 손권이 다스리는 지역은 江東인데, 강동은 춘추시의 吳國과 越國의 지방이었기에 이렇게 부른 것이다. **中國**(중국): 즉 中原. 曹操가 당시 지배한 곳은 黃河 유역 지역, 즉 중국 대륙의 가운데 지방이었다. **與之絕**(여지절): 〈絕與〉의 倒置. 관계를 끊다. **按兵束甲**(안병속갑): 병기와 갑옷을 거두어들이다. 〈按〉: 사용을 정지하다. **北面而事之**(북면이사지): 曹操에게 투항하여 그를 섬기는 臣下가 되다. 고대에 조정에서 君王은 남향을 향하여 앉고 신하는 북쪽을 향하여 앉았다. 〈北面〉: 北向. **疑貳之見**(의이지견): 의심하여 딴 마음을 품고 있는 생각. **田橫**(전횡): 秦末 齊國人. 楚漢 전쟁 중 자립하여 齊王이 되어 劉邦과 싸웠으나 실패한 후 부하 500명을 이끌고 바다 속의 섬으로 달아났다.

유방이 그를 불렀으나 그는 漢의 臣下가 되기 싫다고 하면서 도중에 자살했다. 섬에 남아 있던 사람들도 그의 자살 소식을 듣고는 모두 따라서 자살했다. 哂笑(신소): 비웃다. 조소하다. 빙그레 웃다.

〖14〗 魯肅責孔明曰: "先生何故出此言? 幸是吾主寬洪大度, 不卽面責. 先生之言, 藐視吾主甚矣." 孔明仰面笑曰: "何如此不能容物耶?(*反責孫權, 妙.) 我自有破操之計, 彼不問我, 我故不言."(*方纔話出眞話, 然却是不曾說出.) 肅曰: "果有良策, 肅當請主公求敎." 孔明曰: "吾視曹操百萬之衆, 如群蟻耳! 但我一擧手, 則皆爲虀粉矣!"(*又說出大話, 然却是不曾說出.) 肅聞言, 便入後堂見孫權. 權怒氣未息, 顧謂肅曰: "孔明欺吾太甚!" 肅曰: "臣亦以此責孔明, 孔明反笑主公不能容物. 破曹之策, 孔明不肯輕言, 主公何不求之?" 權回嗔作喜曰: "原來孔明有良謀, 故以言詞激我. 我一時淺見, 幾誤大事." 便同魯肅重復出堂, 再請孔明敍話.(*孔明前在草廬必待玄德三請: 今在江東, 亦必待孫權再問.)

*注: 藐視(묘시): 깔보다. 업신여기다. 容物(용물): 氣量(器量)이 크다(氣量大). 남을 포용할 수 있다(能容人). 自有(자유): 따로 있다. 별도로 있다. 虀粉(제분): 마늘이나 생강 등 양념 다지듯이 짓이겨서 가루로 만들다. 欺吾(기오): 나를 무시하다. 나를 깔보다. 敍話(서화): 이야기를 나누다. 담화하다.

〖15〗 權見孔明, 謝曰: "適來冒瀆威嚴, 幸勿見罪." 孔明亦謝曰: "亮言語冒犯, 望乞恕罪." 權邀孔明入後堂, 置酒相待. 數巡之後, 權曰: "曹操平生所惡者, 呂布·劉表·袁紹·袁術·豫州與孤耳. 今數雄已滅, 獨豫州與孤尙存. 孤不能以全吳之地, 受制于人. 吾計決矣.(*有志氣!) 非劉豫州莫與當曹操者.(*此句是求玄德相助.) 然豫州新敗之後, 安能抗此難乎?"(*此句是恐玄德不能相助.) 孔明曰: "豫州雖新敗, 然關雲長猶率精兵萬人, 劉琦領江夏戰士, 亦不下萬人.(*言玄德之勢不爲弱.) 曹操之衆, 遠來疲憊; 近追豫州, 輕騎一日夜行三百里, 此所謂 '强弩之末, 勢不能穿魯縞' 者也. 且北方之人不習水戰. 荊州士民附操者, 迫於勢耳, 非本心也.(*言曹操之勢不足畏.) 今將軍誠能與豫州協力同心, 破曹軍必矣. 曹軍破, 必北還, 則荊·吳之勢强, 而鼎足之形成矣.(*隱然以荊州自處, 而與吳 · 魏並列爲三.) 成敗之機, 在於今日, 唯將軍裁之." 權大悅曰: "先生之言, 頓開茅塞. 吾意已決, 更無他疑. 卽日商議起兵, 共滅曹操!" 遂令魯肅將此意傳論文武官員, 就送孔明於館驛安歇.

*注: **適來**(적래): 방금(剛才. 適才. 適間). 조금 전(近來). **强弩之末, 勢不能穿魯縞**(강노지말, 세불능천노호): 강궁으로 쏜 화살도 멀리 떨어진 목표 지점에 떨어질 때에는 그 힘이 사라진 결과 魯地에서 생산되는 얇은 비단도 뚫지 못한다. 강대한 세력도 멀리 오면 쇠약해져 아무런 힘도 없게 됨을 비유한 말이다. (*出處: 〈史記·韓安國傳〉: "且强弩之極, 矢不能穿魯縞." 〈漢書·韓安國傳〉: "强弩之末, 力不能入魯縞." **頓開**(돈개): 문득 깨치다. 갑자기 알게 되다. **茅塞**(모색): (길이) 띠 풀로 꽉 막히다. (자신의) 우둔함, 어리석음을 일컫는 말이다.

〖16〗 張昭知孫權欲興兵, 遂與衆議曰: "中了孔明之計也!" 急入見權曰: "昭等聞主公將興兵與曹操爭鋒, 主公自思比袁紹若何?(*說他不如玄德尙然不樂, 說他不如袁紹一發不喜.) 曹操向日兵微將寡, 尙能一鼓克袁紹; 何況今日擁百萬之衆南征, 豈可輕敵? 若聽諸葛亮之言, 妄動甲兵, 此謂負薪救火也."(*張昭第三次勸降.) 孫權只低頭不語. 顧雍曰: "劉備因爲曹操所敗, 故欲借我江東之兵以拒之, 主公奈何爲其所用乎? 願聽子布之言."(*舌戰之時, 顧雍獨無一言，却在此時開口.) 孫權沈吟未決. 張昭等出，魯肅入見曰:"適張子布等，又勸主公休動兵，力主降議，此皆全軀保妻子之臣，自爲謀之計耳. 願主公勿聽也." 孫權尙在沈吟. 肅曰:"主公若遲疑，必爲衆人誤矣." 權曰:"卿且暫退，容我三思." 肅乃退出. 時武將或有要戰的，文官都是要降的，議論紛紛不一.

*注: **負薪救火**(부신구화): 〈抱薪救火(포신구화)〉와 同義. 섶을 지고 불을 끄다. 잘못된 방법으로 災害를 없애려다가는 도리어 그 재해가 더 커지게 된다는 뜻. 〈薪〉: 섶. 시.(*출처: 〈韓非子·有度〉). **全軀**(전구): 몸을 온전히 보전하다. 〈全〉: 동사로서 "온전히 보존하다"란 뜻. **自爲謀**(자위모): 자신을 위한 생각(꾀). 〈爲自謀〉에서 代詞(自)가 前置된 형식이다. **遲疑**(지의): 주저하다. 망설이며 결정짓지 못하다.

〖17〗 且說孫權退入內宅，寢食不安，猶豫未決. 吳國太見權如此，問曰:"何事在心，寢食俱廢?" 權曰:"今曹操屯兵於江漢，有下江南之意. 問諸文武，或欲降者，或欲戰者. 欲待戰來，恐寡不敵衆；欲待降來，又恐曹操不容.(*寡不敵衆，是懲於劉備；恐曹操不容，是懲於劉琮.) 因此猶豫不決." 吳國太曰:"汝何不記吾姊臨終之語乎?"(*第三十八回(10)中之事) 孫權如醉方醒，似夢初覺，想出這句話來. 正是:

追思國母臨終語，引得周郎立戰功.

畢竟說着甚的，且看下文分解.

*注: **國太**(국태): 國母. 帝王의 母親. 여기서는 손권의 姨母를 가리킨다. 그는 자기 언니(孫權의 母親)와 함께 손권의 父親에게 시집을 와서 둘째 妻가 되었다가 손권의 친모가 죽자 〈國太〉가 된 것이다. **待戰來**(대전래): 싸우려고 하다. 〈待〉: …하려고 하다. **寡不敵衆**(과부적중): 적은 숫자의 군사로는 많은 수의 군사를 대적하지 못한다. 여기서 〈敵〉은 〈상대하다〉,

〈대적하다〉란 뜻의 動詞이다.

第四十三回 毛宗崗 序始評

(1). 劉琮之事卽孫權前車之鑒也. 琮之臣王粲·蒯越等皆爲尊官, 而琮獨見殺. 權而降操, 亦猶是耳. 善乎魯肅之言日: "諸臣皆可降, 惟將軍不可降." 眞金玉之言哉!

(2). 文人之病, 患在議論多而成功少. 大兵將至, 而口中無數之乎者也, 詩云子日, 猶刺刺不休, 此晉人之言談, 宋儒之講學, 所以無補於國事也. 張昭等一斑文士得武人黃蓋叱而止之, 大是快事.

(3). 玄德客寓荊州, 又値蕩析, 脫身南走, 未有所歸. 孫權据有江東, 已歷三世, 而孔明說權之言日: "操軍破, 必北還, 則荊·吳世强, 鼎足之形成矣." 是以荊州自處而分畫三國也. 不幾大言乎? 日: 此固草廬之所以語先主者也. 不但荊州未取, 而早爲其意中所有, 卽益州未奪, 而亦預爲其目中所無. 且其時劉表雖亡, 而劉璋·張魯·馬騰·韓遂尙在, 觀其鼎足一語, 竟似未嘗有此數人者, 豈非英雄識見有所先定與?

(4). 曹操青梅煮酒之日, 謂玄德日: "天下英雄, 惟使君與操." 而孫權亦日: "非豫州莫與當曹操者." 何其言之不謀而相合與? 蓋天下英雄能識英雄. 不待識之於鼎足之時, 而早識之於孤窮之日. 每怪今人肉眼, 見人赫奕, 則畏而重之; 見人淪落, 則鄙而笑之. 異故相非, 同必相識. 英雄之不遇識者, 正爲天下更無有英雄如此人者耳.

(5). 此回文字曲處, 妙在孔明一至東吳, 魯肅不卽引見孫權, 且歇館驛, 此一曲也. 又妙在孫權不卽請見, 必待明日, 此再曲也. 及至明日, 又不卽見孫權, 先見衆謀士, 此三曲也. 及見衆謀士, 又彼此角辯, 議論齟齬, 此四曲也. 孔明言語旣觸衆謀士, 又忤孫權, 此五曲也. 迨孫權作色而起, 拂衣而入, 讀者至此, 幾疑玄德之與孫權終不相合, 孔明之至東吳終成虛往者也. 然後下文峰回路轉, 詞洽情投. 將欲通之, 忽若阻之; 將欲近之, 忽若遠之. 令人驚疑不定, 眞是文章妙境.

(6). 孫權旣聽魯肅之說, 定吾身之謀, 又聞孔明之言, 識彼軍之勢, 此時破曹之計決矣. 乃復躊躇不斷, 寢食俱廢者, 何哉? 蓋非此一折, 則後文周郞之略不顯, 而孔明激周瑜之智不奇. 不必孫權之果出于此, 而作者特欲爲後文取勢耳. 觀此可悟文章之法.

第四十四回

孔明用智激周瑜
孫權決計破曹操

〖1〗 却說吳國太見孫權疑惑不決, 乃謂之曰: "先姊遺言云: '伯符臨終有言: 內事不決問張昭, 外事不決問周瑜.' 今何不請公瑾問之?" (*國太述先姊遺言, 先姊却又是述伯符遺言. 孫策遺命是二十九回中事.) 權大喜, 卽遣使往鄱陽請周瑜議事. (*可知前文寫孫權沈吟·猶豫, 不過欲逼出周郎.) 原來周瑜在鄱陽湖訓練水師, 聞曹操大軍至漢上, 便星夜回柴桑郡議軍機事. 使者未發, 周瑜已先到. 魯肅與瑜最厚, 先來接着, 將前項事細述一番. 周瑜曰: "子敬休憂, 瑜自有主張. (*與孔明答應魯肅一般.) 今可速請孔明來相見." 魯肅上馬去了.

周瑜方纔歇息. 忽報張昭·顧雍·張紘·步騭四人來相探. 瑜接入堂中坐定, 敍寒溫畢, 張昭曰: "都督知江東之利害否?" (*問得驚惶之極.) 瑜曰: "未知也." (*假糊塗.) 昭曰: "曹操擁衆百萬, 屯於漢上, 昨傳檄文至此, 欲請主公會獵於江夏. 雖有相呑之意, 尙未露其形. 昭等勸主公請降之, 庶免江東之禍. 不想魯子敬從江夏帶劉備軍師諸葛亮至此, 彼因自欲雪憤, 特下說詞, 以激主公. 子敬却執迷不悟. 正欲待都督一決." 瑜曰: "公等之見皆同否?" 顧雍等曰: "所議皆同." 瑜曰: "吾亦欲降久矣. 公等請回. 明早見主公, 自有定議."(*只用順口答應, 妙.) 昭等辭去.

*注: **伯符**(백부): 孫堅에게는 아들 넷이 있었는데 모두 吳夫人의 소생이었다. 넷 중 長子의 이름이 孫策으로 그 字가 伯符였고, 次子의 이름은 孫權으로 字는 仲謀였다. 여기 나오는 吳國太는 吳夫人의 여동생으로 손권의 이모인 동시에 모친이다. **鄱陽**(파양): 지금의 강서성 波陽縣 동북에 있다. **自有**(자유): 별도로 있다. 따로 있다. **敍寒溫**(서한온): 인사를 하다. 〈날씨가 춥고 더움을 말하다〉. 〈敍禮〉, 〈講禮〉, 〈各問慰〉와 같은 뜻이다. **利害**(이해): 이익과 손해. 형세의 편리함과 험요(形勢便利與險要). **特下說詞**(특하설사): 일부러 일장 변설을 함으로써. 〈特〉: 일부러. 특별히. 〈下〉: 使用하다. 施行하다. 〈說詞〉: 詞說. 변설.

〖2〗 少頃, 又報程普·黃蓋·韓當等一班戰將來見. 瑜迎入, 各問慰訖. 程普曰: "都督知江東早晚屬他人否?" 瑜曰: "未知也."(*又是假糊塗.) 普曰: "吾等自隨孫將軍開基創業, 大小數百戰, 方纔戰得六郡城池. 今主公聽謀士之言, 欲降曹操, 此眞可恥可惜之事! 吾等寧死不辱. 望都督勸主公決計興兵, 吾等願效死戰!" 瑜曰: "將軍等所見皆同否?" 黃蓋忿然而起, 以手拍額曰: "吾頭可斷, 誓不降曹!" 衆人皆曰: "吾等都不願降!" 瑜曰: "吾正欲與曹操決戰, 安肯投降! 將軍等請回. 瑜見主公, 自有定議."(*亦只順口應答, 妙.) 程普等別去.

又未幾, 諸葛瑾·呂範等一班兒文官相候. 瑜迎入, 講禮畢, 諸葛瑾曰："舍弟諸葛亮自漢上來，言劉豫州欲結東吳，共伐曹操，文武商議未定．因舍弟爲使，瑾不敢多言，(*是避嫌疑之言.) 專候都督來決此事．" 瑜曰："以公論之若何?" 瑾曰："降者易安，戰者難保．" (*二語明明說文官欲保身，武官不惜死.) 周瑜笑曰："瑜自有主張，來日同至府下定議．" 瑾等辭退．

*注: **效死**(효사): =效命. 목숨 바쳐 일하다. 사력을 다하다. 〈效〉: 바치다. 진력하다. **一班兒**(일반아): 一班. 한 패. 한 무리. **相候**(상후): 相探. 방문하다. **舍弟**(사제): 제 아우. 〈舍〉: 주로 친척 중에서 자기보다 어리거나 항렬이 낮은 사람을 남에게 지칭할 때 쓰는 말.(例: 舍侄. 舍弟). 연장자일 경우에는 〈家〉를 붙인다.(例: 家兄). **都督來決此事**(도독래결차사): 도독께서 이 일을 결정해 주시오. 〈來〉: 동사 앞에 놓여 상대방에게 어떤 행동을 하게 하는 어감을 나타낸다.(~해 주시오. ~해 보시오). **降者易安, 戰者難保**(항자이안, 전자난보): "降則易安, 戰則難保"의 뜻이다. 항복하면 안전하기 쉽고, 싸우면 보전하기 어렵다. 〈者〉: 여기서는 〈連詞(접속사)〉로 〈則〉의 뜻이다.(*例文: 秋霜降者草花落, 水搖動者萬物作.) 다음 〖3〗번 문장의 "戰則必敗, 降則易安"과 동의.

〖3〗 忽又報呂蒙·甘寧等一班兒來見．瑜請入，亦敍談此事．有要戰者，有要降者，互相爭論．瑜曰："不必多言，來日都到府下公議．" 衆乃辭去．周瑜冷笑不止．(*不知他葫蘆裏賣甚藥.)

至晩，人報魯子敬引孔明來拜．瑜出中門迎入.，敍禮罷，分賓主而坐．肅先問瑜曰："今曹操驅衆南侵，和與戰二策，主公不能決，一聽於將軍．將軍之意若何?" 瑜曰："曹操以天子爲名，其師不可拒．且其勢大，未可輕敵．戰則必敗，降則易安．吾意已決．來日見主公，便當遣使納降．" (*此是周郎假話，所以急孔明，試孔明也.) 魯肅愕然曰："君言差矣! 江東基業，已歷三世，豈可一旦棄於他人?

伯符遺言，外事付托將軍，今正欲仗將軍保全國家，爲泰山之靠，奈何亦從懦夫之議耶?”(*周瑜不過欲挑撥孔明開口，却妙在孔明不言，只在魯肅回答.）瑜曰：“江東六郡，生靈無限；若罹兵革之禍，必有歸怨於我，故決計請降耳.”(*孫權欲求助於豫州，周瑜却欲孔明求助於我，故又反言以挑撥之.）肅曰：“不然. 以將軍之英雄，東吳之險固，操未必便能得志也.”(*又妙在孔明不言，讓魯肅回答.）二人互相爭辨，孔明只袖手冷笑.(*前寫周瑜冷笑，此又寫孔明冷笑，都是滿腹春秋.）瑜曰：“先生何故哂笑?”孔明曰：“亮不笑別人,笑子敬不識時務耳.”肅曰：“先生如何反笑我不識時務?”孔明曰：“公瑾主意欲降操，甚爲合理.”瑜曰：“孔明乃識時務之士，必與吾有同心.”(*大家說假話，好看殺人.）肅曰：“孔明，你也如何說此?”孔明曰：“操極善用兵，天下莫敢當. 向只有呂布·袁紹·袁術·劉表敢與對敵，今數人皆被操滅，天下無人矣.(*句句奚落孫權，又句句奚落周瑜，妙極.）獨有劉豫州不識時務，强與爭衡；今孤身江夏，存亡未保. 將軍決計降操，可以保妻子，可以全富貴. 國祚遷移，付之天命，何足惜哉!”魯肅大怒曰：“汝敎吾主屈膝受辱於國賊乎!”

***注**: 主意(주의): 생각. 의견. **國祚**(국조): 국가 政權. 국가 運命. 帝位.

〖4〗孔明曰：“愚有一計，並不勞牽羊擔酒，納土獻印；亦不須親自渡江；只須遣一介之使，扁舟送兩個人到江上. 操一得此兩人，百萬之衆，皆卸甲捲旗而退矣.”(*說到此處更奇極幻極.）瑜曰：“用何二人，可退操兵?”孔明曰：“江東去此兩人，如大木飄一葉，太倉減一粟耳；而操得之，必大喜而去.”(*且不便說是何人，偏要待他再問. 妙極.）瑜又問：“果用何二人?”孔明曰：“亮居隆中時，即聞操於漳河新造一臺，名曰銅雀，極其壯麗；廣選天下美女以實其中. 操本好色之徒，久聞江東喬公有二女，長曰大喬，次曰小喬, 有沈魚落雁之容, 閉月羞花之貌. 操曾發誓曰: '吾一願掃平四海, 以成帝業, 一願得江東二喬, 置之銅雀臺, 以樂晩年, 雖死無恨矣.' (*方說出要他妻子及其主人之嫂.) 今雖引百萬之衆, 虎視江南, 其實爲此二女也. 將軍何不去尋喬公, 以千金買此二女, (*佯爲不知, 妙.) 差人送與曹操? 操得二女, 稱心滿意, 必班師矣. 此范蠡獻西施之計, 何不速爲之?" (*妙在又借一故事爲證.) 周瑜曰: "操欲得二喬, 有何證驗?" (*周瑜不卽怒罵, 又核實一句.) 孔明曰: "曹操幼子曹植, 字子建, 下筆成文. 操嘗命作一賦, 名曰〈銅雀臺賦〉. 賦中之意, 單道他家合爲天子, 誓取二喬." (*有詩爲證, 竟似天眞萬眞.) 瑜曰: "此賦公能記否?" (*又核實一句, 不卽發怒. 妙甚.) 孔明曰: "吾愛其文華美, 嘗竊記之." 瑜曰: "試請一誦." 孔明卽時誦〈銅雀臺賦〉云:

*注: 一介(일개): 한 개. 〈介〉: 낱. 개(=個. 个). **太倉**(태창): 옛날 경성에 있던 양곡 창고. **卽聞**(즉문): 그때 들으니. 〈卽〉: 當時. 當天. **漳河**(장하): 지금의 하북성과 하남성 경계에 있는 강으로 衛河의 支流. **銅雀**(동작): 臺名. 鄴城(지금의 하북성 臨漳縣 三臺村)에 있다. 建安 15년(210년)에 曹操가 건축. 누각 꼭대기에 주물로 된 一丈五尺 높이의 큰 銅雀이 있다. **沈魚落雁之容**(침어낙안지용): 이어지는 〈閉月羞花之貌(폐월수화지모)〉와 함께 여자의 용모가 아름다운 것을 형용한 것이다. 물고기(魚)와 기러기(雁)와 달(月)과 꽃(花)들이 이 여자 앞에서는 스스로 추함을 느껴 고기는 물속으로 가라앉고, 기러기는 땅으로 내려앉고, 달은 모습을 구름 속으로 감추고, 꽃은 부끄러워한다. **掃平**(소평): 소탕하여 평정하다. **稱心滿意**(칭심만의): 마음에 들어 만족해하다. **班師**(반사): 군대를 철수시키다. 회군하다. **范蠡獻西施**(범려헌서시): 춘추시 越의 謀臣 范蠡가 越王勾踐을 도와 吳를 멸망시키기 위해 미인계를 쓰면서 절세미인 서시를 吳王夫差에게 바쳤는데, 오왕부차는 서시에게 빠져 결국 越에게 나라를 멸망당하고 말

았다. **幼子**(유자): 막내아들. 어린 아들. **下筆成文**(하필성문): 붓을 종이에 내려놓으면 그대로 문장이 되다. 글 솜씨(문장력)가 극히 뛰어남을 형용한 말. **單道**(단도): 한 마디로(간단하게. 단순하게) 말하다. **合爲天子**(합위천자): 응당(마땅히) 천자가 되어야 한다. 〈合〉: 응당(마땅히) …해야 한다. **竊**(절): 훔치다. 도둑질하다; 남몰래. 살짝; 저(의 의견). (크게 드러내지 않는다는 뜻으로 자신(의 의견)을 낮추어 하는 말). 삼가 …하다.

〖5〗

從明后以嬉游兮, 登層臺以娛情.
見太府之廣開兮, 觀聖德之所營.
建高門之嵯峨兮, 浮雙闕乎太淸.
立中天之華觀兮, 連飛閣乎西城.
臨漳水之長流兮, 望園果之滋榮.
〈*立雙臺於左右兮, 有玉龍與金鳳.
攬〈二喬〉於東南兮, 樂朝夕之與共.
俯皇都之宏麗兮, 瞰雲霞之浮動.
欣群才之來萃兮, 協飛熊之吉夢.*〉
仰春風之和穆兮, 聽百鳥之悲鳴.
雲天亘其旣立兮, 家願得乎雙逞.
揚仁化於宇宙兮, 盡肅恭於上京.
唯桓文之爲盛兮, 豈足方乎聖明?
休矣! 美矣! 惠澤遠揚.
翼佐我皇家兮, 寧彼四方.
同天地之規量兮, 齊日月之輝光.
永貴尊而無極兮, 等君壽於東皇.
〈*御龍旂以遨遊兮, 回鸞駕而周章.

恩化及乎四海兮, 嘉物皇而民康.

願斯臺之永固兮, 樂終古而未央.*〉

*注: **明后**(명후): 영명한 군주. 〈后〉: 군주. **嬉游**(희유): 즐겁게 놀다. **娛情**(오정): 기분을 좋게 함. **太府**(태부): 조정의 財物과 貢賦 등을 收藏하는 곳. **嵯峨**(차아): 높이 우뚝 솟다. **浮雙闕**(부쌍궐): 두 개의 마주보고 우뚝 서 있는 대궐 문. **太淸**(태청): 하늘. 공중. **華觀**(화관): 화려한 樓臺. **臨漳水**(임장수): 漳水 가에. 실제로는 漳水 위를 가로질러 놓여있다. **攬二喬**(람이교): 二喬를 끌어당기다. 〈攬〉: 끌어(잡아)당기다. 잡아묶다. 끌어안다. *본래의 銅雀賦는 〈連二橋於東西兮, 若長空之蝃蝀(체동) : 東西로 이어진 두 개의 다리, 마치 공중의 무지개 같구나.)로 되어 있는데, 소설의 작자가 諸葛亮이 周瑜를 자극하는 것을 描寫하기 위하여 일부러 이 글자를 고쳐서 조조가 손책의 처인 〈大喬〉와 주유의 처인 〈小喬〉를 빼앗으려 한다는 사실을 증명하는 것으로 조작했다. 원문에서는 "橋"이지 "喬"가 아니다. **樂朝夕之與共**(락조석지여공): 〈樂朝夕與之共〉. 조석으로 그와 함께 있음을 즐기다. **宏麗**(굉려): 장엄하다. 웅장하다(宏偉壯麗). **萃**(췌): 모이다(集). **協飛熊**(협비웅): 周文王이 한 번은 꿈에 곰이 나는 것(飛熊)을 보았는데, 점쟁이의 말이, 앞으로 賢臣을 만날 것이라고 했다. 과연 그는 후에 渭水 가에서 姜太公을 만났다. 후에 이 일은 帝王이 賢臣을 만날 徵兆로 인용된다. 〈協〉: 合致되다. **和穆**(화목): 溫和. **雲天亘**(운천긍): 구름이 하늘에서 …까지 뻗치다. 이 〈雲天亘〉 세 글자는, 〈三國志·魏書·陳思王曹植傳〉에서 배송지裴松之가 주注에서 음담陰澹이 쓴 위기魏紀를 인용하여 소개한 곳에서는 〈天雲垣(천운원)…〉(공작대를 하늘의 구름이 담처럼 둘러싸고 있다)으로 되어 있고, 〈曹子建集〉에는 〈天功怛(천공달)…〉(하늘이 공작대를 보고 놀라서)로 되어 있으나, 문맥으로 보아 본서는 毛宗崗本의 〈雲天亘…〉을 취했다. **逞**(령): 근심을 풀(리)다(解患). **仁化**(인화): 仁德의 敎化. 훌륭한 정치. **宇宙**(우주): 모든 지역. 방방곡곡. **肅恭**(숙공): 엄숙하고

공경함. 上京(상경): 서울. 수도. **桓文**(환문): 齊의 桓公과 晉의 文公. 春秋時 霸者. **方乎**(방호): …에 비교하다. …에 견주다. **休**(휴): 좋다. 아름답다. **翼佐**(익좌): 보좌하다. **規量**(규량): 규모. 도량. **東皇**(동황): 東皇太一. 神의 이름. 天의 尊神. **御龍旂**(어룡기): 龍旗를 꽂은 수레를 몰다. 〈旂〉: 旗와 同. **遨遊**(오유): 놀다. **回鸞駕**(회란가): 〈鸞駕〉: 방울 수레를 몰고 돌아다니다. 〈鸞〉: 〈鑾〉(방울 란)과 통한다. 車鈴. **周章**(주장): 두루 돌아다니며 놀다(周游流覽). **阜**(부): 풍부하다. 풍성하다. 富와 통용. **終古**(종고): 久遠. 영원. 自古以來. 언제나(經常). **未央**(미앙): 未盡. 끝나지 않다.
(*이 詩는 曹植의 〈曹子建集〉에 〈登臺賦〉란 제목으로 실려 있는데, 그러나 거기에는 〈*…*〉 표시를 한 "立雙臺於左右兮"부터 "協飛熊之吉夢"까지와 "御龍旂以遨遊兮"부터 "樂終古而未央"까지가 없다.)

〖6〗 周瑜聽罷, 勃然大怒, 離座指北而罵曰: "老賊欺吾太甚!"(*至此不得不怒, 不得不罵.) 孔明急起, 止之曰: "昔單于屢侵疆界, 漢天子許以公主和親, 今何惜民間二女乎?"(*偏說'民間'二字, 爲佯不知.) 瑜曰: "公有所不知,(*知之久矣.) 大喬是孫伯符將軍主婦, 小喬乃瑜之妻也." 孔明佯作惶恐之狀, 曰: "亮實不知, 失口亂言, 死罪! 死罪!" 瑜曰: "吾與老賊誓不兩立!" 孔明曰: "事須三思, 免致後悔."(*旣知是他妻子及其主之嫂矣, 又故意說此兩句, 愈惡, 愈妙.) 瑜曰: "吾承伯符寄托, 安有屈身降操之理? 適來所言, 故相試耳.(*方說出眞話.) 吾自離鄱陽湖, 便有北伐之心, 雖刀斧加頭, 不易其志也! 望孔明助一臂之力, 同破曹賊."(*前此說假話, 本欲孔明來求我; 今却是我求孔明矣.) 孔明曰: "若蒙不棄, 願效犬馬之勞, 早晚拱聽驅策." 瑜曰: "來日入見主公, 便議起兵." 孔明與魯肅辭出, 相別而去.

*注: **單于**(선우): 흉노의 왕. 이때에는 발음이 〈단우〉가 아니라 〈선우〉이다. **誓不兩立**(서불양립): 원수와 이 세상에서 공존하지 않겠다고 맹세하다. 쌍방 간의 원한이 매우 깊음을 말하는 것이다. **適來**(적래): 방금(剛才). **助一臂之力**(조일비지력): 한 팔의 힘을 도와주다. 좀 거들어주다. **早晩**(조만): 아침과 저녁. 언제든지. **驅策**(구책): 휘몰다. 몰아대다. 부리다. 사역하다. =驅使.

〖7〗 次日清晨, 孫權升堂. 左邊文官張昭·顧雍等三十餘人; 右邊武官程普·黃蓋等三十餘人: 衣冠濟濟, 劍佩鏘鏘, 分班侍立.(*前孔明入見, 止列着文官; 今周瑜入見, 兼列着武官.) 少頃, 周瑜入見. 禮畢, 孫權問慰罷, 瑜曰: "近聞曹操引兵屯漢上, 馳書至此, 主公尊意若何?" 權卽取檄文與周瑜看. 瑜看畢, 笑曰: "老賊以我江東無人, 敢如此相侮耶!"(*聽賦則怒, 見檄則笑. 怒極而笑, 笑正其怒也.) 權曰: "君之意若何?" 瑜曰: "主公曾與衆文武商議否?" 權曰: "連日議此事: 有勸我降者, 有勸我戰者. 吾意未定, 故請公瑾一決." 瑜曰: "誰勸主公降?" 權曰: "張子布等皆主其意." 瑜卽問張昭曰: "願聞先生所以主降之意."(*昨日隨口答應, 此時忽然盤問.) 昭曰: "曹操挾天子而征四方, 動以朝廷爲名; 近又得荊州, 威勢愈大. 吾江東可以拒操者, 長江耳. 今操艨艟戰艦, 何止千百, 水陸並進, 何可當之? 不如且降, 更圖後計."(*不知圖甚後計.) 瑜曰: "此迂儒之論也! (*一句罵倒張昭.) 江東自開國以來, 今歷三世, 安忍一旦廢棄!" 權曰: "若此, 計將安出?" 瑜曰: "操雖托名漢相, 實爲漢賊. 將軍以神武雄才, 仗父兄餘業, 據有江東, 兵精糧足, 正當橫行天下, 爲國家除殘去暴, 奈何降賊耶? (*以大義論之, 則不當降操.)

*注: **濟濟**(제제): 많은 모양(衆多之貌). 아름답고 훌륭한 모양. 크게 威儀

가 있는 모양.　鏘鏘(장장): 玉 등이 울리는 소리. 달릴 때 검의 손잡이에 장식한 佩玉 등이 울리는 소리.

〖8〗 且操今此來, 多犯兵家之忌: 北土未平, 馬騰·韓遂爲其後患, 而操久於南征, 一忌也; (*此處忽提馬騰, 爲後文徐庶流言伏筆.) 北軍不熟水戰, 操捨鞍馬, 仗舟楫, 與東吳爭衡, 二忌也; (*爲後計殺蔡瑁·張允伏筆.) 又時値隆冬盛寒, 馬無藁草, 三忌也; (*時値隆冬, 爲後借東風伏筆.) 驅中國士卒, 遠涉江湖, 不服水土, 多生疾病, 四忌也. (*爲後連環計伏筆.) 操兵犯此數忌, 雖多必敗. 將軍擒操, 正在今日. (*以大勢論之, 則又不必降操.) 瑜請得精兵數萬, 進屯夏口, 爲將軍破之!" 權矍然起曰: "老賊欲廢漢自立久矣, 所懼二袁·呂布·劉表與孤耳. 今數雄已滅, 惟孤尙存. (*與對孔明語一般.) 孤與老賊, 誓不兩立! 卿言當伐, 甚合孤意. 此天以卿授我也." (*與對魯肅語一般.) 瑜曰: "臣爲將軍決一血戰, 萬死不辭. 只恐將軍狐疑不定." (*又反激孫權一句以決之.) 權拔佩劍砍面前奏案一角, 曰: "諸官將有再言降操者, 與此案同!" (*張昭此時大難爲情.) 言罷, 便將此劍賜周瑜, 即封瑜爲大都督, 程普爲副都督, 魯肅爲贊軍校尉. "如文武官將有不聽號令者, 即以此劍誅之." (*寫得孫權出色.) 瑜受了劍, 對衆言曰: "吾奉主公之命, 率衆破曹. 諸將官吏來日俱於江畔行營聽令. 如遲誤者, 依七禁令·五十四斬施行." (*寫得周瑜聲勢.) 言罷, 辭了孫權, 起身出府. 衆文武各無言而散.

*注: **藁草**(고초): 볏짚과 풀. 말의 먹이.　**服水土**(복수토): 물과 토양에 익숙하다. 기후와 토양에 적응하다.　**矍然**(확연): 놀라서 눈을 휘둥그렇게 뜨고 두리번거리는 모양.　**狐疑**(호의): (여우처럼) 의심이 많다.　**奏案**(주안): 사건을 보고하다. 상소 안건; 상소문을 놓아두는 책상.　**行營**(행영): 출정시의 군영. 임시 병영. 막사.　**遲誤**(지오): 늦어서 일을 그르치다.

七禁令 · 五十四斬(칠금령 · 오십사참): 고대 군법의 명칭. 〈太平御覽〉에는 〈武侯兵法〉의 〈七禁令〉이 기재되어 있다. 〈군사 일을 가벼이 여기는 것(輕軍)〉, 〈군사 행동이 느리거나 태만한 것(慢軍)〉, 〈군사 물자를 훔치는 것(盜軍)〉, 〈군령을 얕보는 것(欺軍)〉, 〈군사를 배신하는 것(背軍)〉, 〈군심을 어지럽히는 것(亂軍)〉, 〈군사 일을 그르치는 것(誤軍)〉 등 7개 조의 禁令. 각 조의 禁令 아래 다시 약간의 項目들이 포괄되어 있는데 전부 54개 項으로 되어 있다. 그 중의 어느 하나만 범해도 참수형에 처했으므로 〈五十四斬〉이라 불렀다.

〚9〛 周瑜回到下處, 便請孔明議事. 孔明至, 瑜曰: "今日府下公議已定, 願求破曹良策." 孔明曰: "孫將軍心尙未穩, 不可以決策也." (*拔劍砍案之後, 又說他心未穩, 不是孔明看不出.) 瑜曰: "何謂心不穩?" 孔明曰: "心怯曹兵之多, 懷寡不敵衆之意. 將軍能以軍數開解, 使其了然無疑, 然後大事可成." (*孫權屢以曹兵多寡爲問, 孔明便從此看出他心未穩.)瑜曰: "先生之論甚善." 乃復入見孫權. 權曰: "公瑾夜至, 必有事故." 瑜曰: "來日調撥軍馬, 主公心有疑否?" 權曰: "但憂曹操兵多, 寡不敵衆耳. 他無所疑." 瑜笑曰: "瑜特爲此來開解主公. 主公因見操檄文, 言水陸大軍百萬, 故懷疑懼, 不復料其虛實. 今以實較之: 彼將中國之兵, 不過十五六萬, 且已久疲; 所得袁氏之衆, 亦止七八萬耳, 尙多懷疑未服. 夫以久疲之卒, 狐疑之衆, 其數雖多, 不足畏也. 瑜得五萬兵, 自足破之, 願主公勿以爲慮." 權撫瑜背曰: "公瑾此言, 足釋吾疑. 子布無謀, 深失孤望; 獨卿及子敬, 與孤同心耳. 卿可與子敬 · 程普, 卽日選軍前進. 孤當續發人馬, 多載資糧, 爲卿後應. 卿前軍倘不如意, 便還就孤. 孤當親與操賊決戰, 更無他疑."

周瑜謝出, 暗忖曰: "孔明早已料着吳侯之心. 其計畫又高我一頭. 久必爲江東之患, 不如殺之."(*周郎欲殺孔明, 正爲孔明知己.) 乃令人連夜請魯肅入帳, 言欲殺孔明之事. 肅曰: "不可. 今操賊未破, 先殺賢士, 是自去其助也."(*周瑜患孔明, 子敬只患曹操.) 瑜曰: "此人助劉備, 必爲江東之患."(*不是患孔明, 乃患玄德之得孔明耳.) 肅曰: "諸葛瑾乃其親兄, 可令招此人同事東吳, 豈不妙哉?" 瑜善其言.(*可見周郎非忌勝己者, 特忌勝己者之爲敵用耳.)

*注: **下處**(하처): 숙소. **未穩**(미온): 확고하지 못하다. **開解**(개해): 달래서 마음을 풀어주다. 타이르다. **調撥**(조발): (주로 물자를) 조달하다. 동원하다; (위치, 용도, 인원 등을) 이동 배치하다(調動分撥). **一頭**(일두): 머리 하나 길이의 높이. 일정한 높이.

〖10〗 次日平明, 瑜赴行營, 升中軍帳高坐, 左右立刀斧手, 聚集文官武將聽令. 原來程普年長於瑜, 今瑜爵居其上, 心中不樂, 是日乃托病不出, 令長子程咨自代.(*周郎初點兵時, 程普以年少輕周郎, 與孔明初點兵時, 關·張以年少輕孔明正復相似.) 瑜令衆將曰: "王法無親, 諸君各守乃職. 方今曹操弄權, 甚於董卓: 囚天子於許昌, 屯暴兵於境上. 我今奉命討之, 諸君幸皆努力向前. 大軍到處, 不得擾民, 賞勞罰罪, 並不徇縱."

令畢, 卽差韓當·黃蓋爲前部先鋒, 領本部戰船, 卽日起行, 前至三江口下寨, 別聽將令; 蔣欽·周泰爲第二隊; 凌統·潘璋爲第三隊; 太史慈·呂蒙爲第四隊; 陸遜·董襲爲第五隊; 呂範·朱治爲四方巡警使, 催督六郡官軍. 水陸并進, 克期取齊. 調撥已畢, 諸將各自收拾船隻軍器起行. 程咨回見父程普, 說周瑜調兵, 動止有法. 普大驚曰: "我素欺周郎懦弱, 不足爲將; 今能如此, 眞將才也! 我如何不服!" 遂親詣行營謝罪.(*關·張之服孔明在奏捷之後, 程普之服周郎卽在調兵之時, 又不同.) 瑜亦遜謝.

*注: 平明(평명): 새벽. 乃職(내직): 당신의 직책. 〈乃〉: 너. 너의; 그. 그의; (동사) …이다. 바로 …이다; 이에; 비로소; 단지; 오히려. 幸(행): 바라다. 희망하다. 〈幸勿〉: 아무쪼록 …하지 말아 주시오. 徇縱(순종): 放任不管. 정실에 사로잡혀 그냥 버려두다. 三江口(삼강구): 장강 연안에는 삼강구가 세 곳 있는데 그 하나는 지금의 호북성 黃岡 서북, 長江 東岸에 있고, 또 하나는 지금의 호북성 鄂城 서쪽에 있고, 다른 하나는 호남 岳陽 북쪽에 있는데, 〈삼국연의〉에 나오는 삼강구는 黃岡에 있는 것을 말한다. 〈三江口〉란 支流 3개가 만나는 어귀를 말한다. 克期取齊(극기취제): 정해진 기한에(克期) 다 모이다. 〈克期〉: 기한을 정하다. 〈取齊〉: 다 모이다. 집합하다. 遜謝(손사): 謝罪하다. 謝過하다. 겸손하게 (상대의 謝罪를) 辭絕하다(謙讓辭謝). (周瑜 또한 자신이 잘못했다고 사과했다.)

〖11〗 次日, 瑜請諸葛瑾, 謂曰: "令弟孔明有王佐之才, 如何屈身事劉備? 今幸至江東, 欲煩先生不惜齒牙餘論, 使令弟棄劉備而事東吳, 則主公旣得良輔,(*此句爲孫權, 是周郎本意.) 而先生兄弟又得相見, 豈不美哉? 先生幸卽一行." 瑾曰: "瑾自至江東, 愧無寸功. 今都督有命, 敢不效力." 卽時上馬, 徑投驛亭來見孔明. 孔明接入, 哭拜, 各訴闊情. 瑾泣曰: "弟知伯夷·叔齊乎?" 孔明暗思: "此必周郎敎來說我也."(*開口便見雌雄.) 遂答曰: "夷·齊古之聖賢也." 瑾曰: "夷·齊雖至餓死首陽山下, 兄弟二人亦在一處. 我今與你同胞共乳, 乃各事其主, 不能旦暮相聚. 視夷·齊之爲人, 能無愧乎?" 孔明曰: "兄所言者, 情也; 弟所守者, 義也. 弟與兄皆漢人, 今劉皇叔乃漢室之胄, 兄若能去東吳, 而與弟同事劉皇叔, 則上不愧爲漢臣, 而骨肉又得相聚, 此情義兩全之策也. (*此言兄可以來從弟.) 不識兄意以爲何如?" 瑾思曰: "我來說他, 反被他說了我也."(*眞可笑矣.) 遂無言回答, 起身辭去. 回見周瑜, 細述孔明之言.瑜曰:"公意若何?"瑾曰:"我受孫將軍厚恩,安肯相背!"瑜曰:"公旣忠心事主,不必多言.我自有服孔明之計."(*在他阿兄面前,不好說得要殺耳.)正是:

智與智逢宜必合,才和才角又難容.

畢竟周瑜定何計伏孔明,且看下文分解.

*注:**今幸至**(금행지): 今幸(孔明)至. 〈幸〉: 다행히. **不惜齒牙餘論**(불석치아여론): 한번 말로써 설득하는 수고를 아끼지 말아 달라. **旣…又…**: ~할 뿐만 아니라 또한 ~하다. ~한데다가 또한 ~하다. **幸卽一行**(행즉일행): (선생께서) 즉시 한번 갔다 오시기를 바랍니다. 〈幸〉: 원하다. 바라다. **驛亭**(역정): 역참. **訴闊情**(소활정): 오랫동안 서로 떨어져 있으면서 그리워하던 정(久別相念之情)을 털어놓다(訴). **伯夷·叔齊**(백이·숙제): 商나라 때 孤竹國 군주의 두 아들. 부친이 죽자 둘은 서로 군주의 자리를 양보하다가 先後로 周로 갔으나 周武王이 殷王 紂를 치러가는 것을 보고 말고삐를 잡고 말렸으나 듣지 않았다. 그 후 武王이 商을 멸망시키는 것을 보고는 周의 곡식을 먹는 것은 수치스런 일이라고 하면서 首陽山(지금의 산서성 永濟縣 남쪽)으로 들어가 굶어 죽었다.(*伯夷叔齊에 관한 고사는 〈孟子〉(公孫丑·萬章)에 소개되고, 〈史記〉에는 〈伯夷列傳〉에서 소개되어 있다.) **角**(각): 겨루다. 경쟁하다.

第四十四回 毛宗崗 序始評

(1). 張昭有負孫策付託之重, 或解之曰:"'內事不決問張昭', 原不當以外事問之."不知天下未有能謀內事而不能謀外事者,又未有不能謀外事而能謀內事者. 攘外乃所以安內, 外患至而不能捍, 謂之知內, 吾不信也.

(2).前卷孫權謂孔明曰:"非豫州莫與當曹操者."是孔明之激怒孫權而致孫權之求助於玄德也.此卷周瑜謂孔明曰:"望孔明助一臂之力, 同破曹賊."是孔明之激怒周瑜而致周瑜之求助於孔明也. 本是玄德求助於孫權, 却能使孫權反求助於玄德; 本是孔明求助於周瑜, 却能使周瑜反求助於孔明. 孔明之智, 眞妙絕千古.

(3). 周瑜拒操之志早已決於胸中, 而詐言降操者, 是以言挑撥孔明, 欲使其求助於我也. 魯肅不知其詐, 而極力爭之; 孔明知其詐, 而隨口順之. 瑜·亮二人各自使乖, 各說假話, 大家暗暗猜着, 大家只做不知, 而中間夾着一至誠之魯肅, 時出幾句老實語以形之, 寫來眞是好看.

(4). 周瑜非忌孔明也, 忌玄德也. 孔明爲玄德所有, 則忌之, 使孔明而爲東吳所有, 則不忌也. 觀其使諸葛瑾招之之意可見矣. 非若龐涓之忌孫臏, 同事一君而必欲殺之而後快也. 一則在異國而招之使入我國, 一則在我國而驅之使入異國. 是以龐涓較周瑜, 則周瑜眞愛孔明之至耳.

第四十五回

三江口曹操折兵
群英會蔣幹中計

〖1〗 却說周瑜聞諸葛瑾之言, 轉恨孔明, 存心欲謀殺之. 次日, 點齊軍將, 入辭孫權. 權曰: "卿先行, 孤卽起兵繼後." 瑜辭出, 與程普·魯肅領兵起行, 便邀孔明同往.(*邀孔明不是好意). 孔明欣然從之.(*孔明從之, 亦不是不知.) 一同登舟, 駕起帆檣, 迤邐望夏口而進. 離三江口五六十里, 船依次第歇定. 周瑜在中央下寨, 岸上依西山結營, 週圍屯住. 孔明只在一葉小舟內安身.(*孔明之舟如一葉, 孔明之身亦如一葉. 以一葉之身寄于東吳, 而安如泰山, 眞神人也.)

*注: 三江口(삼강구): 장강 연안에는 삼강구가 세 곳 있는데 그 하나는 지금의 호북성 黃岡 서북, 長江 東岸에 있고, 또 하나는 지금의 호북성 鄂城 서쪽에 있고, 다른 하나는 호남 岳陽 북쪽에 있는데, 〈삼국연의〉에 나오는 삼강구는 黃岡에 있는 것을 말한다. 〈三江口〉란 支流 3개가 만나는 어귀를

말한다. **轉**(전):(부사) 오히려. **存心**(존심): 마음씨. 어떤 마음(생각)을 먹다(품다); 고의로. 일부러. **點齊**(점제): 점검을 끝내다. 〈齊〉: (이 경우 동사 뒤에 쓰여 보어가 됨.) 갖추다. 완전하게 하다. 완비되다.(=濟와 통함). **帆檣**(범장): 돛(帆). 〈檣〉은 돛을 세우는 긴 장대. 보통 〈帆〉과 〈檣〉을 합쳐서 〈帆〉이라 부른다. **迤邐**(이리): 천천히(緩行貌). 점차. 차츰차츰. 점점 더(가까이). **次第**(차제): 차례. 순서. **西山**(서산): 일명 〈樊山〉. 지금의 호북성 鄂城市 西에 있다. 지금은 구곡령 이상을 西山이라 하고 번구에 임한 것을 樊山이라고 한다. 이 산은 황강 적벽과 강을 사이에 두고 마주보고 있다.

〖2〗 周瑜分撥已定, 使人請孔明議事. 孔明至中軍帳, 敍禮畢, 瑜曰: "昔曹操兵少, 袁紹兵多, 而操反勝紹者, 因用許攸之謀, 先斷烏巢之糧也.(*三十回中事.) 今操兵八十三萬, 我兵只五六萬, 安能拒之? 亦必須先斷操之糧, 然後可破. 我已探知操軍糧草, 俱屯於聚鐵山. 先生久居漢上, 熟知地理. 敢煩先生與關·張·子龍輩, ― 吾亦助兵千人, ― 星夜往聚鐵山斷操糧道. 彼此各爲主人之事, 幸勿推調."(*天下有不懷好意人最會說好話.) 孔明暗思: "此因說我不動, 設計害我. 我若推調, 必爲所笑. 不如應之, 別有計議." 乃欣然領諾.(*寫孔明乖覺, 只是不露出來.) 瑜大喜. 孔明辭出. 魯肅密謂瑜曰: "公使孔明劫糧, 是何意見?" 瑜曰: "吾欲殺孔明, 恐惹人笑, 故借曹操之手殺之, 以絶後患耳." 肅聞言, 乃往見孔明, 看他知也不知. 只見孔明略無難色, 整點軍馬要行. 肅不忍, 以言挑之曰: "先生此去可成功否?"(*寫魯肅忠厚, 以反衬周瑜.) 孔明笑曰: "吾水戰·步戰·馬戰·車戰, 各盡其妙, 何愁功績不成? 非比江東公與周郎輩止一能也."(*又用反激語, 先生慣行此法.) 肅曰: "吾與公瑾何謂一能?" 孔明曰: "吾聞江南小兒謠言云: '伏路把關饒子敬，臨江水戰有周郎.' 公等於陸地但能伏路把關；周公瑾但堪水戰，不能陸戰耳."

*注：**聚鐵山**(취철산)：東漢 三國時에는 이런 地名은 없었다. **幸勿**(행물)：아무쪼록 …하지 말아 주십시오. 〈幸(행)〉：바라다. 희망하다. **推調**(추조)：핑계를 대서 거절하다(推托). 사양하다. 물리치다(推辭). **知也不知**(지야부지)：아는지 모르는지. 〈也〉：문장 가운데서 잠깐 멈추는 어기를 표시하는 조사. **饒**(요)：(…에게) 양보하다(讓). (…보다) 뛰어난 자가 없다. 제일 낫다.

〖3〗 肅乃以此言告知周瑜. 瑜怒曰："何欺我不能陸戰耶! 不用他去! 我自引一萬馬軍，往聚鐵山斷操糧道."(*寫孔明耐得，寫周瑜耐不得.) 肅又將此言告孔明. 孔明笑曰："公瑾令吾斷糧者，實欲使曹操殺吾耳.(*方纔說破他使我之故.) 吾故以片言戲之，公瑾便容納不下. 目今用人之際，只願吳侯與劉使君同心，則功可成；如各相謀害，大事休矣.(*此以正言敎之，止其害我之謀.) 操賊多謀，他平生慣斷人糧道，今如何不以重兵隄備? 公瑾若去，必爲所擒.(*此以忠言告之，平其好勝之氣.) 今只當先決水戰，挫動北軍銳氣，別尋妙計破之. 望子敬善言以告公瑾爲幸." 魯肅遂連夜回見周瑜，備述孔明之言. 瑜搖首頓足曰："此人見識勝吾十倍，今不除之，後必爲我國之禍!" 肅曰："今用人之際，望以國家爲重. 且待破曹之後，圖之未晩." 瑜然其說.

*注：**隄備**(제비)：방비하다. 대비하다.

〖4〗 却說玄德分付劉琦守江夏，自領衆將引兵往夏口. 遙望江南岸旗幡隱隱，戈戟重重，料是東吳已動兵矣，乃盡移江夏之兵，至樊口屯扎. 玄德聚衆曰："孔明一去東吳，杳無音信，不知事體

何如. 誰人可去探聽虛實回報?”(*魚久脫水, 無乃涸乎?) 糜竺曰:
“竺願往.” 玄德乃備羊酒禮物, 令糜竺至東吳, 以犒軍爲名, 探聽虛實. 竺領命, 駕小舟順流而下, 徑至周瑜大寨前. 軍士入報周瑜, 瑜召入. 竺再拜, 致玄德相敬之意, 獻上酒禮. 瑜受訖, 設宴款待糜竺. 竺曰: “孔明在此已久, 今願與同回.” 瑜曰: “孔明方與我同謀破曹, 豈可便去? (*旣不放去, 又不令與糜竺相見, 寫周瑜不懷好意.) 吾亦欲見劉豫州, 共議良策; 奈身統大軍, 不可暫離. 若劉豫州肯枉駕來臨, 深慰所望.” (*不放孔明去, 反欲賺玄德來, 寫周瑜一發不懷好意了.) 竺應諾, 拜辭而回. 肅問瑜曰: “公欲見玄德, 有何計議?” 瑜曰: “玄德世之梟雄, 不可不除. 吾今乘機誘至殺之, 實爲國家除一後患.” 魯肅再三勸諫, 瑜只不聽, 遂傳密令: “如玄德至, 先埋伏刀斧手五十人於壁衣中, 看吾擲杯爲號, 便出下手.”

*注: **隱隱**(은은): 흐릿하다. 희미하다(隱約不分明貌); 풍성하다. 많다(盛多貌). **重重**(중중): 겹쳐진 모양. 거듭된 모양. **樊口**(번구): 지금의 호북성 鄂城市 서북. 樊山 자락 아래 위치하여 樊港이 長江으로 들어가는 입(口)에 해당하므로 붙여진 이름. **事體**(사체): 일. 사건. 사정. **枉駕來臨**(왕가래림): 배를 저어 와주시다. 왕림해 주시다. 〈枉〉: 구부리다. 억울하다. 헛되이. 보람 없이; (謙辭로서 상대방에게 굴욕스런 일이나 처지를 받아들여 주기를 청한다는 뜻에서) ~해주시다. **計議**(계의): 협의하다. 상의하다. **只**(지): 그러나. 끝내(一直); 전혀. 아예(簡直). **壁衣**(벽의): 壁式衣架. 벽을 장식하기 위해 설치해 놓은 커튼(帷幕). 사람이 임시로 그 속에 들어가 숨을 수 있게 되어 있다.

〖5〗 却說糜竺回見玄德, 具言周瑜欲請主公到彼面會, 別有商議. 玄德便教收拾快船一隻, 只今便行. 雲長諫曰: “周瑜多謀之士, 又無孔明書信, 恐其中有詐, 不可輕去.” 玄德曰: “我今結東吳以共破曹操, 周郎欲見我, 我若不往, 非同盟之意. 兩相猜忌, 事不諧矣." 雲長曰: "兄長若堅意要去, 弟願同往." 張飛曰: "我也跟去." 玄德曰: "只雲長隨我去. 翼德與子龍守寨, 簡雍固守鄂縣, 我去便回." 分付畢, 卽與雲長乘小舟, 并從者二十餘人, 飛棹赴江東. 玄德觀看江東艨艟戰艦·旌旗甲兵, 左右分布整齊, 心中甚喜. 軍士飛報周瑜: "劉豫州來了." 瑜問: "帶多少船隻來?" 軍士答曰: "只有一隻船, 二十餘從人." 瑜笑曰: "此人命合休矣!" 乃命刀斧手先埋伏定, 然後出寨迎接. 玄德引雲長等二十餘人, 直到中軍帳. 敍禮畢, 瑜請玄德上坐.(*天下惟不懷好意人最會虛恭敬.) 玄德曰: "將軍名傳天下, 備不才, 何煩將軍重禮?" 乃分賓主而坐. 周瑜設宴相待.

注: 只今(지금): 현재. 지금. 事不諧矣(사불해의): 일은 잘 처리되지 못하고 만다. 〈諧〉: 잘 타협되다. 잘 처리되다. 鄂縣(악현): 후에 武昌으로 改名. 지금의 호북성 鄂城市 서쪽에 위치. 合休矣(합휴의): 응당(마땅히) 끝나야 한다. 〈合〉: 응당(마땅히) …해야 한다. 〈休〉: 끝나다. 정지하다. (萬事~矣: 만사가 끝이다.) (동사의 앞에서) 금지나 말리는 뜻을 나타낸다. (~憂: 걱정하지 마라.) 埋伏定(매복정): 매복시켜 놓다. 〈定〉: 굳다. 응고하다. (동사 뒤에서) 동작이나 행위가 그대로 쭉 변하지 않고 있음을 나타낸다. …해 놓다.(*立~: 서 있다.)

〖6〗 且說孔明偶來江邊, 聞說玄德來此與都督相會, 吃了一驚, 急入中軍帳竊看動靜. 只見周瑜面有殺氣, 兩邊壁衣中密排刀斧手. 孔明大驚曰: "似此如之奈何?" 回視玄德, 談笑自若; 却見玄德背後一人, 按劍而立, 乃雲長也. 孔明喜曰: "吾主無危矣." 遂不復入, 乃回身至江邊等候.

周瑜與玄德飮宴. 酒行數巡, 瑜起身把盞, 猛見雲長按劍立於玄德背後，忙問何人．玄德曰："吾弟關雲長也．"瑜驚曰："非向日斬顔良·文醜者乎?"(*二十五回中事.) 玄德曰："然也．"瑜大驚，汗流滿背，便斟酒與雲長把盞．少頃，魯肅入．玄德曰："孔明何在? 煩子敬請來一會．"瑜曰："且待破了曹操，與孔明相會未遲．"(*又不肯教孔明相見，寫周瑜不懷好意.) 玄德不敢再言．雲長以目視玄德，玄德會意，卽起身辭瑜曰："備暫告別，卽日破敵收功之後，專當叩賀．"瑜亦不留，送出轅門．玄德別了周瑜，與雲長等來至江邊，只見孔明已在舟中．玄德大喜．孔明曰："主公知今日之危乎?"玄德愕然曰："不知也．"孔明曰："若無雲長，主公幾爲周郎所害矣．"玄德方纔省悟，便請孔明同回樊口．孔明曰："亮雖居虎口，安如泰山.(*唯龍能制虎.) 今主公但收拾船隻軍馬候用，以十一月二十甲子日後爲期，可令子龍駕小舟來南岸邊等候．切勿有誤．"玄德問其意．孔明曰："但看東南風起，亮必還矣．"(*預先算定，眞是奇絕，妙絕.) 玄德再欲問時，孔明催促玄德作速開船．言訖自回．玄德與雲長及從人開船，行不數里，忽見上流頭放下五六十隻船來．船頭上一員大將，橫矛而立，乃張飛也．一 因恐玄德有失，雲長獨力難支，特來接應．於是三人一同回寨，不在話下．

*注: **把盞**(파잔): 把醆으로도 쓴다. 술잔을 잡다. 주로 술을 따라서 손님에게 권하는 경우에 쓴다. **卽日**(즉일): 가까운 시일 내. 수일 내; 즉일. 당일. **叩賀**(고하): 정중히 축의를 전하다. **候用**(후용): 필요하다. 쓰기를 기다리다. 쓰려고 하다. 等用. **不在話下**(부재화하): 더 말할 나위가 없다; 각설하고. 그것은 그렇다 치고(화제를 딴 데로 돌릴 때 쓰는 말).

〖7〗 却說周瑜送了玄德，回至寨中．魯肅入問曰："公旣誘玄德至此，爲何又不下手?"瑜曰："關雲長，世之虎將也，여현덕행좌相隨．吾若下手，他必來害我．"肅愕然．忽報曹操遣使送書至．

瑜喚入. 使者呈上書. 看時, 封面上判云: "漢大丞相付周都督開拆". 瑜大怒, 更不開看, 將書扯碎, 擲於地上, 喝斬來使. 肅曰: "兩國相爭, 不斬來使." 瑜曰: "斬使以示威!" 遂斬使者, 將首級付從人持回. 隨令甘寧爲先鋒, 韓當爲左翼, 蔣欽爲右翼, 瑜自部領諸將接應. 來日四更造飯, 五更開船, 鳴鼓吶喊而進.

*注: 判云(판운): 분명하게 말하다. 〈判〉: 분명하게. 판연히. 部領(부령): 統轄率領. 통솔하다. 통할하다. 吶喊(납함): 적진을 향해 돌진할 때 군사가 일제히 고함을 지르는 것.

〖8〗 却說曹操知周瑜毁書斬使, 大怒, 便喚蔡瑁·張允等一班荊州降將爲前部, 操自爲後軍, 催督戰船. 到三江口. 早見東吳船隻, 蔽江而來. 爲首一員大將, 坐在船頭上大呼曰: "吾乃甘寧也! 誰敢來與我決戰?" 蔡瑁令弟蔡壎前進. 兩船將近, 甘寧拈弓搭箭, 望蔡壎射來, 應弦而倒. (*先寫先鋒立功.) 寧驅船大進, 萬弩齊發. 曹軍不能抵當. 右邊蔣欽, 左邊韓當, 直衝入曹軍隊中. 曹軍大半是青·徐之兵, 素不習水戰, 大江面上, 戰船一擺, 早立脚不住. 甘寧等三路戰船, 縱橫水面. 周瑜又催船助戰. 曹軍中箭着砲者, 不計其數. 從巳時直殺到未時. 周瑜雖得利, 只恐寡不敵衆, 遂下令鳴金, 收住船隻. (*此孔明所謂先挫北軍銳氣者也. 雖是周瑜之功, 亦卽孔明所教.) 曹軍敗回. 操登旱寨, 再整軍士, 喚蔡瑁·張允責之曰: "東吳兵少, 反爲所敗, 是汝等不用心耳!" (*爲下文曹操誤殺二人張本.) 蔡瑁曰: "荊州水軍, 久不操練; 青·徐之軍, 又素不習水戰, 故爾致敗. 今當先立水寨, 令青·徐軍在中, 荊州軍在外, 每日教習精熟, 方可用之." 操曰: "汝旣爲水軍都督, 可以便宜從事, 何必稟我?" 於是張·蔡二人, 自去訓練水軍. 沿江一帶分二十四座水門, 以大船居於外爲城郭, 小船居於內, 可通往來. (*爲周瑜計殺二人張本.) 至晚, 點上燈火, 照得天心水面通紅. 旱寨三百餘里, 烟火不絕.(*將寫周瑜所放之火, 先寫曹操軍中之火.)

*注: 早(조): 이미. 벌써. 일찍. 곧바로. 오래 전에. **擺**(파): 흔들(리)다; 벌여놓다. **水寨**(수채): 강 위에 배를 벌여 세워 만든 영채. **便宜從事**(편의종사): 〈便宜行事〉. 윗사람의 지시를 기다리지 않고 실제 상황에 따라 스스로 판단하여 처리하다. **天心**(천심): 하늘 한가운데. **旱寨**(한채): 땅 위에 세운 영채.

〖9〗 却說周瑜得勝回寨, 犒賞三軍, 一面差人到吳侯處報捷. 當夜, 瑜登高觀望, 只見西邊火光接天. 左右告曰: "此皆北軍燈火之光也."(*又寫火光預爲下文赤壁火光襯染.) 瑜亦心驚. 次日, 瑜欲親往探看曹軍水寨, 乃命收拾樓船一隻. 帶着鼓樂, 隨行健將數員, 各帶强弓硬弩, 一齊上船迤邐前進. 至操寨邊, 瑜命下了矴石, 樓船上鼓樂齊奏. 瑜暗窺他水寨, 大驚曰: "此深得水軍之妙也!" 問: "水軍都督是誰?" 左右曰: "蔡瑁·張允." 瑜思曰: "二人久居江東, 諳習水戰, 吾必設計先除此二人, 然後可以破曹."(*爲下文賺蔣幹張本.) 正窺看間, 早有曹軍飛報曹操, 說: "周瑜偷看吾寨." 操命縱船擒捉. 瑜見水寨中旗號動, 急教收起矴石, 兩邊四下一齊輪轉櫓棹, 望江面上如飛而去. 比及曹寨中船出時, 周瑜的樓船已離了十數里遠, 追之不及, 回報曹操.

*注: **樓船**(누선): 누각이 있는 큰 배. 고대에 주로 작전용으로 사용되었다. **鼓樂**(고악): 음악을 연주하다. 악대. **迤邐**(이리): 천천히(緩行貌). **下了矴石**(하료정석): 닻을 내리다. 〈矴石〉: 물속에 던져서 배를 안정시키는 데 사용하는 돌로 만든 닻. 〈矴〉: 碇(정). 錨(묘). **諳習**(암습): 익숙하다. 숙련하다. **四下**(사하): 사방. 도처(=八下里). **櫓棹**(노도): 노. 배를 젓는 도구. 〈櫓〉는 비교적 큰 것으로 뒤에서 배의 방향을 조종하는 데 쓰고, 〈棹〉는

비교적 작은 것으로 배의 측면에서 배를 움직이는 데 쓴다.

〚10〛 操問衆將曰: "昨日輸了一陣, 挫動銳氣; 今又被他深窺吾寨. 吾當作何計破之?" 言未畢, 忽<u>帳下</u>一人出曰: "某自幼與周郞同窗<u>交契</u>, 願憑三寸不爛之舌, 往江東說此人來降."(*周瑜旣觀水寨之後, 正欲使人渡江離間蔡瑁張允, 而蔣幹請往江東, 適中機會, 恰好湊着周瑜也.) 曹操大喜, 視之, 乃九江人, 姓蔣, 名幹, 字子翼, 見爲帳下<u>幕賓</u>. 操問曰: "子翼與周公瑾相厚乎?" 幹曰: "丞相放心. 幹到<u>江左</u>, 必<u>要成功</u>." 操問: "要<u>將</u>何物去?" 幹曰: "只<u>消</u>一童隨往, 二僕駕舟, 其餘不用." 操甚喜, 置酒與蔣幹送行. 幹葛巾布袍, 駕一隻小舟, 徑到周瑜寨中, 命傳報: "故人蔣幹相訪." 周瑜正在帳中議事, 聞幹至, 笑謂諸將曰: "說客至矣!" 遂與衆將附耳低言, 如此如此.(*妙在不敍明所授何計, 直待下文方見.) 衆皆應命而去.

*注: **帳下**(장하): 막사 안(營帳中). 장수의 部下. 麾下. **交契**(교계): 의기투합하는 친구. 下文의 〈契友〉와 同義. 〈契〉: 투합. 의기투합. **幕賓**(막빈): 軍中이나 官署에서 초청해서 온 參事 또는 參議. 幕僚. 幕友. 顧問. 參謀 등을 말한다. **江左**(강좌): 江東. 장강 하류의 이동 지구.(* "江東稱江左, 江西稱江右, 何也? 曰: 自江北視之, 江東在左, 江西在右耳."(출처: 淸. 魏禧 〈日錄·雜說〉). 〈江西〉: 장강 하류의 以西 지구. 〈江北〉: 長江 하류의 以北 地區. 습관상 장강 하류 북안의 淮水 以南 지구를 말한다. 때로는 중원 지구를 장강 以北에 포함시키기도 한다. 〈江外〉: 江南. 中原에서 볼 때 강남은 長江 밖에 있으므로 이렇게 부른다. **要成功**(요성공): 성공하려고 하다. 〈要〉:(조동사). …하려고 한다. …할 것이다. …하고야 말 것이다. **將**(장): 帶領. 攜帶. 取. 拿. …을 가지고. 휴대하여. **消**(소): 필요로 하다. 수요하다.

〖11〗瑜整衣冠，引從者數百，皆錦衣花帽，前後簇擁而出.（*葛巾布袍，極其淡素；錦衣花帽，極其喧赫．相形之下，甚是好看.）蔣幹引一青衣小童，昂然而來．瑜拜迎之．幹曰："公瑾別來無恙!"瑜曰："子翼良苦，遠涉江湖，爲曹氏作說客耶?"（*妙在開口便說破他.）幹愕然曰："吾久別足下，特來敍舊，奈何疑我作說客也?"瑜笑曰："吾雖不及師曠之聰，聞絃歌而知雅意."幹曰："足下待故人如此，便請告退."瑜笑而挽其臂曰："吾但恐兄爲曹氏作說客耳．旣無此心，何速去也?"遂同入帳．敍禮畢，坐定，卽傳令悉召江左英傑與子翼相見.（*誇耀江東人物.）

須臾，文官武將，各穿錦衣；帳下偏裨將校，都披銀鎧：分兩行而入.（*誇耀江東殷富.）瑜都敎相見畢，就列於兩傍而坐．大張筵席，奏軍中得勝之樂，輪換行酒．瑜告衆官曰："此吾同窗契友也．雖從江北到此，却不是曹家說客．公等勿疑."遂解佩劍付太史慈曰："公可佩我劍作監酒，今日宴飮，但敍朋友交情；如有提起曹操與東吳軍旅之事者，卽斬之!"（*一發使他開口不得，妙甚.）太史慈應諾，按劍坐於席上．蔣幹驚愕，不敢多言.（*直是開口不得.）周瑜曰："吾自領軍以來，滴酒不飮；今日見了故人，又無疑忌，當飮一醉."說罷，大笑暢飮.（*爲下文詐醉張本.）座上觥籌交錯.

*注: **花帽**(화모): 꽃무늬를 수놓은 모자. **昂然**(앙연): 의젓이. 당당하게. **良苦**(량고): 대단히(매우) 고생하다. **敍舊**(서구): (친구 간에) 옛 일을 이야기하다. 회고담을 하다. **師曠之聰**(사광지총): 사광처럼 소리에 민감함. 사광은 춘추시 晉의 악사로 거문고를 잘 탈 뿐 아니라 音의 변별 능력이 매우 뛰어났다. 〈聰〉: 귀가 밝다. 소리에 민감하다. **雅意**(아의): 상대방의 생각을 높여 부르는 말. 〈雅〉: 상대방의 언행을 높여 부를 때 앞에 붙이는 말. 雅意. 雅敎. **行酒**(행주): 연석에서 술잔을 돌림. **滴酒**(적주): 한 방울의 술. **暢飮**(창음): 유쾌하게 술을 마시다. 痛飮하다. **觥籌交錯**(굉주교

착): 큰 술잔이 번거롭게 왔다 갔다 하다. 연회가 성황리에 진행되다. 〈觥〉: 큰 술잔. 〈籌〉: (누가 많이 마시나 내기를 하기 위해 마신 술잔의 수를 세는) 대나무 산가지(籌).

〖12〗 飮至半酣, 瑜携幹手, 同步出帳外. 左右軍士皆全裝貫帶, 持戈執戟而立. (*誇耀江東軍威.) 瑜曰: "吾之軍士, 頗雄壯否?" 幹曰: "眞熊虎之士也." 瑜又引幹到帳後一望, 糧草堆如山積. (*又誇耀江東軍糧.) 瑜曰: "吾之糧草, 頗足備否?" 幹曰: "兵精糧足, 名不虛傳." 瑜佯醉大笑曰: "想周瑜與子翼同學業時,不曾望有今日." 幹曰: "以吾兄高才,實不爲過." 瑜執幹手曰: "大丈夫處世, 遇知己之主, 外托君臣之義, 內結骨肉之恩, 言必行, 計必從, 禍福共之. 假使蘇秦 · 張儀 · 陸賈 · 酈生復出, 口似懸河, 舌如利刃, 安能動我心哉!" 言罷大笑. 蔣幹面如土色. 瑜復携幹入帳, 會諸將再飮; 因指諸將曰: "此皆江東之英傑. 今日此會, 可名'群英會'." 飮至天晩, 點上燈燭, 瑜自起舞劍作歌. 歌曰:

丈夫處世兮立功名, 立功名兮慰平生.

慰平生兮吾將醉, 吾將醉兮發狂吟!

歌罷, 滿座歡笑.

*注: **全裝貫帶**(전장관대): 全副武裝(=完全武裝)을 하다(貫帶). **熊虎之士**(웅호지사): 곰과 범 같은 군사들. 용맹한 군사들. **蘇秦**(소진) · **張儀**(장의): 둘 다 전국시의 종횡가(縱橫家). 장의는 連橫을, 소진은 縱橫을 주장하면서 각국을 유세하였는데, 辨說을 잘 하기로 유명했다. **陸賈**(육가): 漢初의 정치가. 劉邦이 천하를 평정할 때 使者로서 여러 제후국을 찾아가 유방에게 귀순하도록 설득했다. **酈生**(역생): 즉, 酈食其(역이기). 秦末 楚漢 전쟁 중에 유방에 귀의하여 그의 謀士가 되어 큰 공을 세웠으며 변론에도 능했다. **懸河**(현하): 급류. 거침없는 웅변. 〈口似懸河〉: 청산유수처럼 거

침없이 줄줄 이야기하다.

〖13〗 至夜深, 幹辭曰: "不勝酒力矣." 瑜命撤席, 諸將辭出. 瑜曰: "久不與子翼同榻, 今宵抵足而眠." 於是佯作大醉之狀, 携幹入帳共寢. 瑜和衣臥倒, 嘔吐狼藉. 蔣幹如何睡得着? 伏枕聽時, 軍中鼓打二更, 起視殘燈尚明. 看周瑜時, 鼻息如雷. 幹見帳內卓上, 堆着一卷文書, 乃起牀偷視之, 却都是往來書信. 內有一封, 上寫"張允蔡瑁謹封". 幹大驚, 暗讀之, 書略曰:

> 某等降曹, 非圖仕祿, 迫於勢耳. 今已賺北軍困於寨中, 但得其便, 卽將操賊之首, 獻於麾下. 早晚人到, 便有關報, 幸勿見疑, 先此敬覆.

幹思曰: "原來蔡瑁·張允結連東吳!" 遂將書暗藏於衣內. 再欲檢看他書時, 牀上周瑜翻身, 幹急滅燈就寢. 瑜口內含糊曰: "子翼, 我數日之內, 敎你看操賊之首!" (*旣騙之以卓上來書, 又騙之以牀中醉語, 騙法愈妙.) 幹勉强應之. 瑜又曰: "子翼, 且住!… 敎你看操賊之首!…" (*宛然是醉人聲口.) 及幹問之, 瑜又睡着.

> *注: **抵足**(저족): 서로 발을 부닥치다. 〈抵〉: 부닥치다. 겨루다. **和衣**(화의): 옷을 입은 채로. 〈和〉: …한(인) 채로. **狼藉**(낭자): 매우 어지러운 모양. 이리 떼는 언제나 풀 위에 누워 자는데, 떠날 때는 언제나 풀을 마구 어지럽게 헤쳐 놓아서 그 흔적을 없앤다고 한다. 이 때문에 마구 어지럽혀져 있는 모습을 가리켜 〈狼藉하다〉고 한다. 〈藉〉: 깔개. 자리. **睡得着**(수득착): 잠이 들 수 있다. **幸勿**(행물): …하지 말기 바란다. **敬覆**(경복): 敬復. 삼가 회답을 올립니다. **勉强**(면강): 억지로. 마지못해.

〖14〗 幹伏於牀上, 將近四更, 只聽得有人入帳, 喚曰: "都督醒否?" 周瑜夢中做忽覺之狀, 故問那人曰: "牀上睡着何人?" (*

又宛然是醉人情狀, 裝來逼眞.) 答曰: "都督請子翼同寢, 何故忘却?" 瑜懊悔曰: "吾平日未嘗飮醉; 昨日醉後失事, 不知可曾說甚言語?" (*旣詐醉, 又詐醒; 旣詐說, 又詐忘. 裝來逼眞.) 那人曰: "江北有人到此." 瑜喝: "低聲!" 便喚: "子翼." 蔣幹只粧睡着. (*前是周瑜假睡, 此又是蔣幹假睡. 幹受人騙, 又要騙人.) 瑜潛出帳. 幹竊聽之, 只聞有人在外曰: "張・蔡二都督道: '急切不得下手.' …" (*旣騙之以帳中醉語, 又騙之以帳外人語. 騙法愈妙.) 後面言語頗低, 聽不眞實. 少頃, 瑜入帳, 又喚: "子翼." 蔣幹只是不應, 蒙頭假睡. (*蔣幹只道自己騙人, 不料已受人騙.) 瑜亦解衣就寢. (*計策已完, 可以解衣矣.) 幹尋思: "周瑜是個精細人, 天明尋書不見, 必然害我." 睡至五更, 幹起喚周瑜; 瑜却睡着. 幹戴上巾幘, 潛步出帳, 喚了小童, 徑出轅門. 軍士問: "先生那裏去?" 幹曰: "吾在此恐誤都督事, 權且告別." 軍士亦不阻當. (*皆是周瑜之計.)

*注: **不知可曾說**(부지가증설): 도대체 …를(라고) 말한 적이 있는지 모른다. 〈可〉:(부사) 도대체, 결국은, 정말 등 강조의 뜻을 나타낸다. **潛出**(잠출): 살그머니 나가다. 〈潛〉: 몰래. 살그머니. 비밀히. 〈潛步〉: 살금살금 걷다. **竊聽**(절청): 몰래 듣다. 〈竊〉: 몰래. 마음속으로. 슬그머니. 훔치다. 도둑. 저(의 의견). (크게 드러내지 않는다는 뜻으로 자신을 낮추어 하는 말). **急切**(급절): 급히. 당장. 서둘러. **蒙頭**(몽두): 머리에 뒤집어쓰다. 모르는 체하다. **精細**(정세): 정교하다; 세심하다. 주의 깊다. **巾幘**(건책): 두건. 〈幘〉: 머리를 싸는 수건. **權且**(권차): 잠시. 우선. 당분간. 임시로. **阻當**(조당): 가로막다. 저지하다.

〖15〗 幹下船, 飛棹回見曹操. 操問: "子翼幹事若何?" 幹曰: "周瑜雅量高致, 非言詞所能動也." 操怒曰: "事又不濟, 反爲所笑!" 幹曰: "雖不能說周瑜, 却與丞相打聽得一件事, 乞退左右.” 幹取出書信, 將上項事逐一說與曹操. 操大怒曰: “二賊如此無禮耶!” (*前只是蔣幹中計, 今曹操亦中計了.) 卽便喚蔡瑁 · 張允到帳下. 操曰: “我欲使汝二人進兵.” 瑁曰: “軍尙未曾練熟, 不可輕進.” 操怒曰: “軍若練熟, 吾首給獻於周郎矣!” 蔡 · 張二人不知其意, 驚慌不能回答. (*若使曹操出書示之, 責以謀反, 而蔡 · 張二人猶可辨, 操亦不至於殺二人矣. 正妙在不說明白, 致二人驚惶失語, 宛然是機謀已泄, 不能抵對.) 操喝武士推出斬之. 須臾, 獻頭帳下, 操方省悟曰: “吾中計矣!” 後人有詩嘆曰:

曹操奸雄不可當, 一時詭計中周郎.
蔡張賣主求生計, 誰料今朝劍下亡!

*注: **雅量高致**(아량고치): 〈雅量〉: 기개와 도량(氣度寬宏). 〈高致〉: 고상한 정취(情趣高雅). **與**(여): …을 위하여. 〈爲〉와 통용. **打聽**(타청): 알아내다. 물어보다. **帳下**(장하): 막사 안(營帳中). 장수의 部下. 麾下.

〖16〗 衆將見殺了張 · 蔡二人, 入問其故. 操雖心知中計, 却不肯認錯, (*聰明人吃騙, 往往不肯認錯, 不獨曹操爲然也.) 乃謂衆將曰: “二人怠慢軍法, 吾故斬之.” 衆皆嗟呀不已. 操於衆將內選毛玠 · 于禁爲水軍都督, 以代蔡 · 張二人之職.

細作探知, 報過江東. 周瑜大喜曰: “吾所患者, 此二人耳. 今旣剿除, 吾無憂矣.” 肅曰: “都督用兵如此, 何愁曹賊不破乎!” 瑜曰: “吾料諸將不知此計, 獨有諸葛亮識見勝我, 想此謀亦不能瞞也. 子敬試以言挑之, 看他知也不知, 便當回報.” 正是:

還將反間成功事, 去試從旁冷眼人.

未知肅去問孔明, 還是如何, 且看下文分解.

*注: **認錯**(인착): 착오(잘못)를 인정하다. **嗟呀**(차하): 입을 딱 벌리고 탄식하다. 〈呀(하)〉: 입을 딱 벌리다. **還**(환): 또. 더; 아직, 아직도.

反間(반간): 적의 간첩을 역이용하다. 적을 이간시키다. **冷眼**(냉안): 차가운 눈(초리). 냉담한 대우. 냉정한 눈(태도). 초연한(무관심한) 태도. (*〈冷眼傍觀(냉안방관)〉: 냉정한(싸늘한) 눈으로 방관(외면)하다.) 여기서는 孔明의 태도를 가리키고 있다. **還是**(환시): (의문구 안에서 糾明이나 追窮을 나타내며 "究竟"에 상당함.) 도대체. 대관절; 필경. 결국.

第四十五回 毛宗崗 序始評

(1). 凡大功之將成, 必有其端之先見. 而所謂端者, 又有順有逆. 敵方疑我, 而我先有小敗以驕其志, 此端之逆見者也. 敵方輕我, 而我先小勝以挫其銳, 此端之順見者也. 曹操當劉琮新降, 豫州新敗之後, 席卷荊襄, 氣呑吳會, 驕盈極矣, 是不可不先有以挫之. 周郎以江口之小勝, 預爲赤壁之見端, 殆不用逆而用順者乎?

(2). 文有正衬有反衬. 寫魯肅老實以衬孔明之乖巧, 是反衬也. 寫周瑜乖巧以衬孔明爲加倍乖巧, 是正衬也. 譬如寫國色者, 以醜女形之而美, 不若以美女形之而覺其更美. 寫虎將者, 以懦夫形之而勇, 不若以勇夫形之而覺其更勇. 讀此可悟文章相衬之法.

(3). 孔明未出草廬之時, 卽日外結孫權, 故荊州之守, 關公欲分兵拒吳, 則孔明止之; 關公之沒, 玄德欲興兵伐吳, 則孔明諫之. 至白帝托孤而後, 終孔明之世, 未嘗與吳相惡, 蓋欲結之以共討漢賊也. 惟魯肅之見與孔明合, 而周瑜之見與魯肅殊. 肅方引孔明以相助, 而瑜則欲殺孔明; 肅方引玄德以相助, 而瑜又欲殺玄德. 是瑜之不及魯肅遠矣. 雖然, 肅知玄德與孔明之爲人傑, 故欲得之以爲援; 周瑜亦知玄德孔明之爲人傑, 故必欲殺之以絕患. 天下非人傑不能知人傑. 嗚呼! 瑜亦人傑矣哉!

(4). 周瑜詐睡, 是騙蔣幹; 蔣幹詐睡, 又騙周瑜. 周瑜假呼蔣幹, 是明知其假睡; 蔣幹不應周瑜, 是不知其詐呼. 周瑜之醉, 醉却是醒; 蔣幹之醒, 醒却是夢. 妙在先說破他是說客, 使他開口不得; 又妙在說他不是說客, 一發使他開口不得. 妙在夢中呼子翼, 罵操賊, 使他十分疑惑; 又妙在醒來忘却呼子翼, 罵操賊, 一發使他十分疑惑. 周瑜假做極疏, 却步步是密; 蔣幹自道極乖, 却步步是呆. 寫來眞是好看.

第四十六回

用奇謀孔明借箭
獻密計黃蓋受刑

〖1〗 却說魯肅領了周瑜言語, 徑來舟中相探孔明. 孔明接入小舟對坐. 肅曰: "連日措辦軍務, 有失聽敎." 孔明曰: "便是亮亦未與都督賀喜." 肅曰: "何喜?" 孔明曰: "公瑾使先生來探亮知也不知, 便是這件事可賀喜也." (*妙在不等他開口, 先自說出. 不想黑夜之事, 孔明早已知之矣.) 唬得魯肅失色, 問曰: "先生何由知之?" 孔明曰: "這條計只好弄蔣幹. 曹操雖被一時瞞過, 必然便省悟, 只是不肯認錯耳. (*隔江之事孔明又已知之矣.) 今蔡·張二人旣死, 江東無患矣, 如何不賀喜! 吾聞曹操換毛玠·于禁爲水軍都督, 則這兩個手裏, 好歹送了水軍性命." (*爲後文赤壁伏線.) 魯肅聽了, 開口不得, 把些言語支吾了半晌, 別孔明而回. 孔明囑曰: "望子敬在公瑾面前, 勿言亮先知此事. 恐公瑾心懷妒忌, 又要尋事害亮." (*爲下文造箭伏筆.) 魯肅應諾而去, 回見周瑜, 把上項事只得實說了. 瑜大驚曰: "此人決不可留! 吾決意斬之!" 肅勸曰: "若殺孔明, 却被曹操笑也." 瑜曰: "吾自有公道斬之, 教他死而無怨." (*前欲使曹操殺之, 此直欲自殺之.) 肅曰: "何以公道斬之?" 瑜曰: "子敬休問, 來日便見."

*注: **措辦**(조판):조치하다. 배려하다. **便是**(편시): 就是. 바로 …이다. 〈便〉: '就' 와 같이 강조의 뜻을 나타내는 부사이다. **唬**(하): 깜짝 놀라다.(*嚇唬(혁하). 〈嚇(혁)〉: 놀라게 하다.) **只好**(지호): 겨우(盡可. 只可). 부득이. 할 수 없이(只得. 只能. 不得不). **只是**(지시): 다만. 오직; 그러나. 그런데. **好歹**(호대): 좋은 것과 나쁜 것. 좋든 나쁘든. 어쨌든, 하여튼, 좌우간. 어떻게 해서든(好壞. 無論如何). **支吾**(지오): 말을 얼버무리다. 조리가 없다. 이리저리 둘러대다. 지탱하다. 버티다. **只得**(지득): 부득이. 할 수 없이(只能. 只好. 不得不). **公道**(공도): 정의. 정도; 떳떳하다. 도리에 맞다.

〖2〗 次日, 聚衆將於帳下, 教請孔明議事, 孔明欣然而至. 坐定, 瑜問孔明曰: "卽日將與曹軍交戰. 水路交兵, 當以何兵器爲先?" 孔明曰: "大江之上, 以弓箭爲先." 瑜曰: "先生之言, 甚合愚意. 但今軍中正缺箭用, 敢煩先生監造十萬枝箭, 以爲應敵之具. 此係公事, 先生幸勿推却." (*前使斷糧, 今使造箭. 前要斷糧是周瑜自說, 今要用箭却待孔明先說. 妙甚.) 孔明曰: "都督見委, 自當效勞. 敢問十萬枝箭, 何時要用?" 瑜曰: "十日之內, 可完辦否?" 孔明曰: "曹軍卽日將至, 若候十日, 必誤大事." (*不以爲促, 反以爲緩, 奇妙.) 瑜曰: "先生料幾日可完辦?" 孔明曰: "只消三日, 便可拜納十萬枝箭." (*不唯不請寬期, 反欲自己立限, 眞奇絕妙絕.) 瑜曰: "軍中無戲言." 孔明曰: "怎敢戲都督? 願納軍令狀: 三日不辦, 甘當重罰." 瑜大喜, 喚軍政司當面取了文書, 置酒相待, 曰: "待軍事畢後, 自有酬勞." 孔明曰: "今日已不及, 來日造起. 至弟三日, 可差五百小軍, 到江邊搬箭."(*已算定江邊.) 飮了數杯, 辭去. 魯肅曰: "此人莫非詐乎?" 瑜曰: "他自送死, 非我逼他. 今明白對衆要了文書, 他便兩脇生翅, 也飛不去. 我只分付軍匠人等, 敎他故意遲延, 凡應用物件, 都不與齊備. 如此, 必然誤了日期. 那時定罪, 有何理說? 公今可去探他虛實, 却來回報."

*注: **卽日**(즉일): 가까운 시일 내. 수일 내; 즉일. 당일. **推却**(추각): 사양하다. 거절하다. **見委**(견위): 위임해 주다. 위임받다. 〈見〉: (조동사) 동사 앞에 쓰여 (누구에게서) …을 해 받기 원함을 나타냄. (*請勿~怪: 탓하지 마십시오.) **戱言**(희언): 농담. 戱談. **軍令狀**(군령장): 만약 임무를 완성하지 못하면 軍令에 의하여 처벌을 받겠다는 내용을 써넣은, 명령을 받고 쓰는 誓約書 또는 覺書. **軍政司**(군정사): 軍務를 관리하는 부서. 여기서는 그 일을 책임진 官員을 말한다. **自有**(자유): 별도로. 따로. **造起**(조기): 만들기 시작하다. **送死**(송사): 목숨을 잃다. 장례를 치르다. **便兩脇生翅**(편양협생시): 설령 양쪽 겨드랑이에 날개가 생기더라도. 〈便…也〉: (접속사) 설령 …하더라도 그래도. 비록 …일지라도 그래도. **齊備**(제비): 갖추다. 구비하다. 완비하다. **定罪**(정죄): 죄를 결정하다. 죄를 언도하다.

〖3〗 肅領命來見孔明. 孔明曰: "吾曾告子敬, 休對公瑾說, 他必要害我. 不想子敬不肯爲我隱諱, 今日果然又弄出事來. 三日內如何造得十萬箭? 子敬只得救我!" 肅曰: "公自取其禍, 我如何救得你?" 孔明曰: "望子敬借我二十隻船, 每船要軍士三十人, 船上皆用靑布爲幔, 各束草千餘個, 分布兩邊. 吾別有妙用. 第三日, 包管有十萬枝箭. 只不可又敎公瑾得知. 一 若彼知之, 吾計敗矣." 肅允諾, 却不解其意. 回報周瑜, 果然不提起借船之事, 只言:“孔明并不用箭竹 · 翎毛 · 膠漆等物, 自有道理. 瑜大疑曰:“且看他三日後如何回覆我!”

*注: **弄出事來**(농출사래): 사건을 일으키다. 〈弄出來〉: 저지르다. 만들어 내다. 일으키다. **幔**(만): 천막. 휘장. 커튼처럼 옆으로 길게 둘러친 휘장. **包管**(포관): (動詞) 보증하다. 전적으로 책임지다. (副詞) 틀림없이. 꼭. 반드시. 절대로. **翎毛**(영모): 새의 깃과 짐승의 털. **膠漆**(교칠): 아교와 칠. **回覆**(회복): 회보(回報). 회답.

〖4〗 却說魯肅私自撥輕快船二十隻, 各船三十餘人, 并布幔束草等物, 盡皆齊備, 候孔明調用. 第一日, 却不見孔明動靜; 第二日亦只不動. 至第三日四更時分, 孔明密請魯肅到船中. 肅問曰:“公召我來何意?” 孔明曰:“特請子敬同往取箭.” 肅曰:“何處去取?” 孔明曰:“子敬休問, 前去便見.” 遂命將二十隻船, 用長索相連, 徑望北岸進發. 是夜大霧漫天, 長江之中, 霧氣更甚, 對面不相見. (*此是預先算定.) 孔明促舟前進, 果然是好大霧! 前人有篇〈大霧垂江賦〉曰:

*注: **私自**(사자): 자기 생각대로. 제멋대로; 몰래. 은밀하게. **調用**(조용): (인력. 물자를) 이동하여 쓰다. 轉用하다. **只不動**(지부동): 줄곧 움직이지 않다. 〈只〉: 줄곧. 쭉. **好**(호): (부사) 참으로. 몹시. 아주.

〖5〗 大哉長江! 西接岷 · 峨, 南控三吳, 北帶九河. 匯百川而入海, 歷萬古而揚波.

至若龍伯 · 海若, 江妃 · 水母, 長鯨千丈, 天蜈九首, 鬼怪異類, 咸集而有. 蓋夫鬼神之所憑依, 英雄之所戰守也.

時而陰陽旣亂, 昧爽不分. 訝長空之一色, 忽大霧之四屯. 雖輿薪而莫睹, 唯金鼓之可聞.

初若溟濛，纔隱南山之豹；漸而充塞，欲迷北海之鯤．然後上接高天，下垂厚地；渺乎蒼茫，浩乎無際．

鯨鯢出水而騰波，蛟龍潛淵而吐氣．又如梅霖收溽，春陰釀寒；溟溟漠漠，浩浩漫漫．

東失柴桑之岸，南無夏口之山．戰船千艘，俱沈淪於岩壑；漁舟一葉，驚出沒於波瀾．

甚則穹昊無光，朝陽失色；返白晝爲昏黃，變丹山爲水碧．雖大禹之智，不能測其淺深；離婁之明，焉能辨乎咫尺？

於是馮夷息浪，屏翳收功；魚鼈遁跡，鳥獸潛踪．隔斷蓬萊之島，暗圍閶闔之宮．恍惚奔騰，如驟雨之將至；紛紜雜沓，若寒雲之欲同．

乃能中隱毒蛇，因之而爲瘴癘；內藏妖魅，憑之而爲禍害．降疾厄於人間，起風塵於塞外．小民遇之大傷，大人觀之感慨．

蓋將返元氣於洪荒，混天地爲大塊．

*注：**岷峨**(민아)：〈岷〉：岷山(지금의 사천성 북부에 위치)．〈峨〉：아미산(지금의 사천성 아미현 서남에 위치)．　**控**(공)：관통하다．통제하다．　**三吳**(삼오)：옛 지구 이름．吳郡，吳興(治所，절강성 吳興縣)，會稽；一說에는 吳郡，吳興，丹陽．　**九河**(구하)：도해(徒駭)，태사(太史)，마협(馬頰)，복부(覆釜)，호소(胡蘇)，간(簡)，혈(絜)，구반(鉤盤)，격진(鬲津) 등 아홉 개의 江．一說에는 고대 황하 하류의 수많은 지류의 總稱．　**至若**(지약)：至于．…으로 말하면．…에 관해서는 (화제를 바꾸거나 제시할 때 쓴다)．…때에 이르러．　**龍伯·海若·江妃·水母**(용백·해약·강비·수모)：전설에 나오는 水神，海神，女神，水神의 이름이다．　**天蜈**(천오)：전설에 나오는 머리 아홉 개를 가진 짐승의 이름．지네의 일종．　**昧爽**(매상)：어둠과 밝음．날이 새려고 먼동이 틀 때．어둑새벽．　**訝**(아)：아! 놀라다．　**屯**(둔)：모이다．　**溟濛**(명몽)：모호하다．흐릿하다．　**南山之豹**(남산지표)：남산의 표범．안개나 비에 몸이

젖을까봐 피하는 표범.(*出處: 〈列女傳·陶答子妻〉: "첩이 듣건대, 남산에는 표범이 있는데, 안개비가 7일 내리면 산에서 먹이를 먹으려 내려오지 않는다고 합니다. 그 이유는, 비를 맞으면 그 털의 윤택이 사라지기 때문이라고 합니다.") **北海之鯤**(북해지곤): 북방 바다에 사는 일종의 大魚. (*出處: 〈莊子·逍遙遊〉. "北海有魚, 其名爲鯤. 鯤之大, 不知其幾千里也.") **蒼茫**(창망): 넓고 멀어서 아득하다. 망망하다. **鯨鯢**(경예): 고래. 〈鯨〉: 수컷 고래. 〈鯢〉: 암컷 고래. **梅霖收溽**(매림수욕): 〈梅霖〉: 장마비. 〈收溽〉: 찌는 듯한 무더위. 〈溽〉: 젖다. 짙다. 찌다. 무더위. **溟溟漠漠**(명명막막): 〈溟溟〉: 부슬비가 내리는 모양. 그윽하고 어둡다. 〈漠漠〉: (연기. 안개 등이) 자욱하다. 막막하다. 광활하여 아득하다. **浩浩漫漫**(호호만만): 〈浩浩〉: 한없이 크다. 광대하다. 넓다. 〈漫漫〉: 끝없다. 가없다. 가득하다. **艘**(소): 배. 척. 배의 수효를 세는 말. **沈淪**(침륜): 침몰하다. 영락(몰락)하다. 타락하다. **穹昊**(궁호): 昊穹. 하늘. **大禹**(대우): 夏의 禹임금. 洪水를 다시렸다. **離婁之明**(이루지명): 〈離婁〉: 고대 전설속의 인물로, 시력이 극히 좋아서 一百步 밖에서 가을 철 가는 짐승의 털끝(秋毫之末)을 볼 수 있었다고 한다.(*〈孟子〉(離婁篇) 참조.) **馮夷**(풍이): 神話 속의 水神. **屏翳**(병예): 神話 속의 風神. **蓬萊**(봉래): 고대 전설 중의 三神山의 하나. **閶闔**(창합): 전설 중의 天上의 門. 轉하여 대궐문. 宮門이란 뜻으로도 쓴다. **乃**(내): 이에. 그래서. **瘴癘**(장려): 장려. 주로 아열대의 습지대에서 발생하는 악성 말라리아 따위의 전염병. 〈瘴〉: 瘴氣. 瘴毒. **妖魅**(요매): 요사스런 귀신. **蓋將**(개장): 以下 二句의 뜻은, 천지가 나눠지기 이전의 혼몽한 상태로 되돌려 놓는 것 같다는 뜻이다. **洪荒**(홍황): 혼돈 몽매한 상태. 까마득한 옛날. 태고적.(=鴻荒).

〖6〗 當夜五更時候, (*三日之限已滿.) 船已近曹操水寨. 孔明教把船隻頭西尾東, 一帶擺開, 就船上擂鼓吶喊.(*取箭之法甚奇.) 魯肅驚曰:"倘曹兵齊出, 如之奈何?" 孔明笑曰:"吾料曹操於重霧中必不敢出. 吾等只顧酌酒取樂, 大霧散便回."

却說曹寨中, 聽得擂鼓吶喊, 毛玠·于禁二人慌忙飛報曹操. 曹操令曰:"重霧迷江, 彼軍忽至, 必有埋伏, 切不可輕動. 可撥水軍弓弩手亂箭射之." 又差人往旱寨內喚張遼·徐晃各帶弓弩軍三千, 火速到江邊助射. 比及號令到來, 毛玠·于禁怕南軍搶入水寨, 已差弓弩手在寨前放箭. 少頃, 旱寨內弓弩手亦到. 約一萬餘人, 盡皆向江中放箭: 箭如雨發. 孔明教把船回, 頭東尾西, 逼近水寨受箭,(*彼送來, 我受之.) 一面擂鼓吶喊. 待至日高霧散, 孔明令收船急回. 二十隻船兩邊束草上, 排滿箭枝.(*不消膠漆翎毛, 箭已完辦.) 孔明令各船上軍士齊聲叫曰:"謝丞相箭!" 比及曹軍寨內報知曹操時, 這裏船輕水急, 已放回二十餘里, 追之不及. 曹操懊悔不已.

*注: 只顧(지고): 다만. 단지. 搶入(창입): 급히 쳐들어오다. 已(이): 곧바로. 뒤이어.(隨後. 旋卽). 放(방): 放舟. 배를 띄우다. 배를 저어가다. 懊悔(오회): 후회하다.

〖7〗 却說孔明回船謂魯肅曰:"每船上箭約五六千矣. 不費江東半分之力, 已得十萬餘箭, 明日則將來射曹軍, 却不甚便!"(*此是權領, 後卽送還.) 肅曰:"先生眞神人也! 何以知今日如此大霧?" 孔明曰:"爲將而不通天文, 不識地利, 不知奇門, 不曉陰陽, 不看陣圖, 不明兵勢, 是庸才也.(*"天文"一句是主, 下幾句陪說.) 亮於三日前已算定今日有大霧, 因此敢任三日之限. 公瑾教我十日完辦, 工匠料物, 都不應手, 將這一件風流罪過, 明白要殺我. 一 我命係於天, 公瑾焉能害我哉!" 魯肅拜服.

船到岸時, 周瑜已差五百軍在江邊等候搬箭. 孔明教于船上取之, 可得十餘萬枝, 都搬入中軍帳交納. 魯肅入見周瑜, 備說孔明

取箭之事. 瑜大驚, 慨然嘆曰: "孔明神機妙算, 吾不如也!" 後人有詩讚曰:

一天濃霧滿長江, 遠近難分水渺茫.
驟雨飛蝗來戰艦, 孔明今日伏周郎.

*注: **將來射**(장래사): 將之來射. 그것을(之) 가지고(將) 가서(來) ~을 쏘다(射). **却不**(각불): 어찌 …않겠는가? **奇門**(기문): 고대 병법가들이 말한 奇門에는 여러 가지 서로 다른 설이 있다. 제갈공명의 八陣法은 天·地·風·雲·龍·虎·鳥·蛇 八陣으로 나뉘는데, 여기서 天·地·風·雲은 四正門이고, 龍·虎·鳥·蛇은 四奇門이다. **陰陽**(음양): 占星術과 占卜 등 吉凶을 미리 알기 위한 술수. **庸才**(용재): 범재. 용재. **算定**(산정): …이라 여기다. 점을 치다. 계산을 끝내다. **任**(임): 받아들이다. 담당하다. 맡다. **將…風流罪過**(장…풍류죄과): ① 風雅之事를 범한 잘못을 가지고(將). ② 男女風情의 過失을 가지고(將). ③ 경미한 過失을 가지고(將). ④전혀 아무런 상관도 없는 일로 덮어씌운 죄나 무고하게 꾸며낸 罪名을 가지고(將). **係於天**(계어천): 하늘에(於天) 달려 있다(係). **拜服**(배복): 탄복하다. 경복하다. **神機妙算**(신기묘산): 신묘한 계략과 전술.

〖8〗少頃, 孔明入寨見周瑜. 瑜下帳迎之, 稱羨曰: "先生神算, 使人敬服." 孔明曰: "詭譎小計, 何足爲奇." (*自謙處正是自負.) 瑜邀孔明入帳共飲. 瑜曰: "昨吾主遣使來催督進軍,瑜未有奇計, 願先生教我." (*前問用何兵器是假問, 今問用何計策是眞問.) 孔明曰: "亮乃碌碌庸才, 安有妙計?" 瑜曰: "某昨觀曹操水寨, 極其嚴整有法, 非等閒可攻. 思得一計, 不知可否. 先生幸爲我一決之." 孔明曰: "都督且休言, 各自寫於手內, 看同也不同." 瑜大喜, 教取筆硯來, 先自暗寫了, 却送與孔明; 孔明亦暗寫了. 兩個移近坐榻, 各出掌中之字, 互相觀看, 皆大笑. (*八十三萬大軍已盡於兩人掌中矣.) 原來周瑜掌中字, 乃一 "火"字, 孔明掌中, 亦一 "火"字. 瑜曰: "旣我兩人所見相同, 更無疑矣. 幸勿漏泄." 孔明曰: "兩家公事, 豈有漏泄之理. 吾料曹操雖兩番經我這條計, (*又將博望·新野事一提.) 然必不爲備. 今都督儘行之可也." (*操能料之於陸, 不能料之於水.) 飮罷分散. 諸將皆不知其事.

*注: **詭譎**(궤휼): 야릇하고 간사스럽게 속임. **碌碌**(록록): 녹록하다. 평범하다. 보잘것없다. **等閒**(등한): 등한하다. 예사롭다(尋常). 보통이다. 쉽다. 마음대로(輕易. 隨便). 헛되이. 실없이. 공연히(無端. 平白). **却**(각): …한 후에. …하고나서. **儘行**(진행): 얼마든지. 마음껏 하다(儘管). 어떻게 하든 상관없다.

〖9〗 却說曹操平白折了十五六萬箭, (*江東得箭十餘萬, 曹操失箭十五六萬, 蓋大半射在船上, 小半射落水中矣. 若曹操亦整整只失得十萬箭, 不唯無此等文, 亦無此等事也.) 心中氣悶. 荀攸進計曰: "江東有周瑜·諸葛亮二人用計, 急切難破. 可差人去東吳詐降, 爲奸細內應, 以通消息, 方可圖也." 操曰: "此言正合吾意. 汝料軍中誰可行此計?" 攸曰: "蔡瑁被誅, 蔡氏宗族, 皆在軍中. 瑁之族弟蔡中·蔡和現爲副將, 丞相可以恩結之, 差往詐降東吳, 必不見疑." (*二蔡詐降, 以殺兄爲名, 易使人信.) 操從之. 當夜密喚二人入帳囑付曰: "汝二人可引些少軍士, 去東吳詐降. 但有動靜, 使人密報. 事成之後, 重加封賞. 休懷二心!" 二人曰: "吾等妻子俱在荊州, 安敢懷二心, 丞相勿疑. (*曹操之不疑者在此, 周瑜之不信者亦在此.) 某二人必取周瑜·諸葛亮之首, 獻於麾下." 操厚賞之. 次日, 二人帶五百軍士, (*蔣幹作說客, 只帶一小童; 二蔡爲細作, 乃有五百軍士.) 駕船數隻, 順風望着南岸來.

*注: **平白**(평백): 공연히. 쓸데없이(凭空. 無緣無故). **急切**(급절): 급히.

당장. 서둘러. **奸細**(간세): 스파이. 첩자.

〖10〗 且說周瑜正理會進兵之事, 忽報江北有船來到江口, 稱是蔡瑁之弟蔡和·蔡中, 特來投降. 瑜喚入. 二人哭拜曰: "吾兄無罪, 被操賊所殺. 吾二人欲報兄仇, 特來投降.(*殺蔡瑁者, 周瑜也; 欲報兄仇, 則不當投降矣.) 望賜收錄, 願爲前部." 瑜大喜, (*大喜者, 非喜其眞降, 正喜其詐降也.) 重賞二人, 卽命與甘寧引軍爲前部. 二人拜謝, 以爲中計. 瑜密喚甘寧分付曰: "此二人不帶家小, 非眞投降,(*正與二蔡對曹操語相應.) 乃曹操使來爲奸細者. 吾今欲將計就計, 教他通報消息. (*爲黃蓋伏線.) 汝可慇懃相待, 就裏提防. 至出兵之日, 先要殺他兩個祭旗.(*後文事先伏於此.) 汝切須小心, 不可有誤." 甘寧領命而去. 魯肅入見周瑜曰: "蔡中·蔡和之降, 多應是詐, 不可收用." 瑜叱曰: "彼因曹操殺其兄, 欲報仇而來降, 何詐之有! 你若如此多疑, 安能容天下之士乎!" (*二蔡詐, 周郎更詐.) 肅默然而退, 乃往告孔明. 孔明笑而不言. 肅曰: "孔明何故哂笑?" 孔明曰: "吾笑子敬不識公瑾用計耳. 大江隔遠, 細作極難往來. 操使蔡和·蔡中詐降, 竊探我軍中事. 公瑾將計就計, 正要他通報消息.(*一一都被看破, 妙.) '兵不厭詐', 公瑾之謀是也." (*并瞞着魯肅, 所謂兵不厭詐也.) 肅方纔省悟.

*注: **理會**(리회): 주의를(관심을) 돌리다. 눈치를 채다. **江口**(강구): 峽口. 西陵峽口. 지금의 호북성 宜昌 西. **多應**(다응): 대개. 아마. 多半. **哂笑**(신소): 비웃다. **兵不厭詐**(병불염사): 병법에선 기만책 사용을 꺼리지 않는다.

〖11〗 却說周瑜夜坐帳中, 忽見黃蓋潛入中軍來見周瑜. 瑜問曰: "公覆夜至, 必有良謀見教." 蓋曰: "彼衆我寡, 不宜久持, 何不用火攻之?" 瑜曰: "誰教公獻此計?" (*前戒孔明勿漏泄, 今問此一句, 正疑掌中之字漏泄也.) 蓋曰: "某出自己意, 非他人之所教也." 瑜曰: "吾正欲如此, 故留蔡中·蔡和詐降之人, 以通消息; 但恨無一人爲我行詐降計耳." (*自欲使人詐降, 故深喜敵人來詐降; 及有敵人來詐降, 却恨無自家人去詐降.) 蓋曰: "某願行此計." 瑜曰: "不受些苦, 彼如何肯信?" 蓋曰: "某受孫氏厚恩, 雖肝腦塗地, 亦無怨悔." 瑜拜而謝之曰: "君若肯行此苦肉計, 則江東之萬幸也." (*周瑜苦心, 黃蓋苦肉. 苦心不易, 苦肉更難.) 蓋曰: "某死亦無怨." 遂謝而出.

*注: **見教**(견교): 가르침을 받다. 가르쳐 주시다. **苦肉計**(고육계): 苦肉之計. 苦肉策. 적을 속이기 위하여 자신의 희생을 무릅쓰고 꾸미는 계책.

〖12〗次日, 周瑜鳴鼓大會諸將於帳下. 孔明亦在座. 周瑜曰: "操引百萬之衆, 連絡三百餘里, 非一日可破. 今令諸將各領三個月糧草, 准備禦敵." 言未訖, 黃蓋進曰: "莫說三個月, 便支三十個月糧草, 也不濟事! 若是這個月破的, 便破; 若是這個月破不的, 只可依張子布之言, 棄甲倒戈, 北面而降之耳!" (*先說要降, 爲詐降張本.) 周瑜勃然變色, 大怒曰: "吾奉主公之命, 督兵破曹, 敢有再言降者必斬. 今兩軍相敵之際, 汝敢出此言, 慢我軍心, 不斬汝首, 難以服衆!" 喝左右將黃蓋斬訖報來. (*明知衆將必勸, 故意粧此花面.) 黃蓋亦怒曰: "吾自隨破虜將軍, 縱橫東南, 已歷三世, 那有你來?" (*前說要降, 與張昭相應; 此以年少輕周郎, 又與程普相應.) 瑜大怒, 喝令速斬. (*越粧越像.) 甘寧進前告曰: "公覆乃東吳舊臣, 望寬恕之." 瑜喝曰: "汝何敢多言, 亂吾法度!" 先叱左右將甘寧亂棒打出. 衆官皆跪告曰: "黃蓋罪固當誅, 但於軍不利, 望都督寬恕, 權且記罪. 破曹之後, 斬亦未遲." 瑜怒未息. (*越粧越像.) 衆官苦苦告求, 瑜曰: "若不看衆官面皮, 決須斬首! 今且免死!" 命左右拖翻打一百脊杖，以正其罪！(*隔夜商量主意，正在於此.) 衆官又告免. 瑜推翻案卓，叱退衆官，喝教行杖.(*越粧越像.) 將黃蓋剝了衣服，拖翻在地，打了五十脊杖. 衆官又復苦苦求免. 瑜躍起，指蓋曰："汝敢小覷我耶！(*正對"那有你來"一語，眞乃越粧越像.) 且寄下五十棍！再有怠慢，二罪俱罰！"恨聲不絶而入帳中. (*此時苦肉計已畢，若不有此餘怒，恐露出破綻來.眞越粧越像.)

*注: **便支**(편지): 설령 지탱한다고 해도(흔히 뒤에 也가 호응함). **破虜將軍**(파로장군): 〈孫堅〉을 가리킴. **那有你來**(나유이래): 너는 어디에서 왔느냐? 너는 그때 뭐하고 있었느냐? **權且記罪**(권차기죄): 당분간 그 죄를 기록해 두다. **苦苦**(고고): 극력. 간절히. 열심히. **決須**(결수): 반드시. 결단코. 절대로. **今且免死**(금차면사): 지금은(今) 일단(且) 죽음을(死) 면해 준다(免). **拖翻**(타번): 끌어내 뒤집어 눕히다. **正其罪**(정기죄): 그 죄를 처벌하다. 〈正罪〉: 治罪. 定罪. **且寄下**(차기하): 일단 (당분간) 맡겨 놓다. 〈寄〉: 記(罪)와 同義. 맡겨놓다. 유보하다. (***花面**(화면): 花臉(화검). 淨(정). 배역. 중국 전통극 배역의 하나로 성격이 강렬하거나 거친 남자 배역.)

〖13〗 衆官扶起黃蓋，打得皮開肉綻，鮮血迸流，扶歸本寨，昏絶幾次. 動問之人，無不下淚. 魯肅也往看問了，來至孔明船中，謂孔明曰："今日公瑾怒責公覆，我等皆是他部下，不敢犯顔苦諫；先生是客，何故袖手旁觀，不發一語？"孔明笑曰："子敬欺我."肅曰："肅與先生渡江以來，未嘗一事相欺. 今何出此言？"孔明曰："子敬，豈不知公瑾今日毒打黃公覆，乃其計耶？如何要我勸他？"(*甘寧知之而勸，勸亦是詐；孔明知之而不勸，不勸是眞.) 肅方悟. 孔明曰："不用苦肉計，何能瞞過曹操？今必令黃公覆去詐降，却教蔡中·蔡和報知其事矣. 子敬見公瑾時，切勿言亮先知其計，只說亮也埋怨都督便了.” 肅辭去, 入帳見周瑜. 瑜邀入帳後, 肅曰: “今日何故痛責黃公覆?” 瑜曰: “諸將怨否?” 肅曰: “多有心中不安者.” 瑜曰: “孔明之意若何?” 肅曰: “他也埋怨都督忒情薄.” 瑜笑曰: “今番須瞞過他也.” (*誰知反被他所瞞也.) 肅曰: “何謂也?” 瑜曰: “今日痛打黃蓋, 乃計也. 吾欲令他詐降, 先須用苦肉計瞞過曹操. 就中用火攻之, 可以取勝.” 肅乃暗思孔明之高見, 却不敢明言. (*周郎不瞞子敬, 那知子敬反瞞周郎.)

*注: 迸流(병류): 솟아나와 흐르다. **動問**(동문): 問候. 안부를 묻다. **犯顏**(범안): 군주나 상급자의 안면에 대놓고 듣기 싫어하는 소리를 하는 것. **苦諫**(고간): 극력 간하다. 〈苦〉: 극력. 꾸준히. 끈기 있게. **毒打**(독타): 심하게 때리다. 〈毒〉: 강하다. 심하다. 매섭다. **却**(각): …한 후에. …한 다음에. **忒情薄**(특정박): 아주 인정이 박하다. 〈忒〉: 아주. 대단히. 특히. 틀림. 착오. 오류. **須瞞過**(수만과): 잠시 속여 넘기다. 〈須〉: 잠깐. 잠시. **就中**(취중): 그러는 가운데. 그러는 동안에.

〖14〗 且說黃蓋臥於帳中, 諸將皆來動問. 蓋不言語, 但長吁而已. 忽報參謀闞澤來問. 蓋令請入臥內, 叱退左右. 闞澤曰: “將軍莫非與都督有仇?” 蓋曰: “非也.” 澤曰: “然則公之受責,莫非苦肉計乎?” (*不用黃蓋說明, 先是闞澤猜破, 妙甚.) 蓋曰: “何以知之?” 澤曰: “某觀公瑾擧動, 已料着八九分.” (*唯孔明便識得十分.) 蓋曰: “某受吳侯三世厚恩, 無以爲報, 故獻此計, 以破曹操. 肉雖受苦, 亦無所恨. 吾遍觀軍中, 無一人可爲心腹者. 唯公素有忠義之心, 敢以心腹相告.” 澤曰: “公之告我, 無非要我獻詐降書耳.” (*又不用黃蓋說明, 先是闞澤猜破, 妙甚.) 蓋曰: “實有此意. 未知肯否?” 闞澤欣然領諾. 正是:

勇將輕身思報主, 謀臣爲國有同心.

未知闞澤所言若何，且看下文分解.

*注: 長吁(장우): 길게 한숨 쉬다. 길게 탄식하다. 無非(무비): …가 아닌 것이 없다. 반드시 …이다.

第四十六回 毛宗崗 序始評

(1). 周瑜欲斷北軍之糧，明知其斷不成，智也. 孔明欲造江東之箭，明知其造不成，亦智也. 乃周瑜不斷糧，不能使北軍無糧；而孔明不造箭，却能使江東有箭，則孔明之智爲奇矣. 周瑜欲借曹操之刀以殺孔明， 早被孔明識破； 而孔明借曹操之箭以與周瑜，却使周瑜不知，則孔明之智爲尤奇矣. 十日之限已可畏，偏要縮至三日；三日之限已甚危，偏又放過兩日. 令讀者閱至第三日之夜，爲孔明十分着急，十分擔憂. 幾於水盡山窮，徑斷路絕，而不意奏功俄頃，報命一朝，眞乃妙事妙文.

(2). 借箭之計，其利有三：使東吳得十萬箭之用，一利也. 既得十萬箭之用，而又省造十萬箭之費，是以二十萬箭之利與江東也，二利也. 我有所得，則利在我；我縱無所得，而能使敵所有失，則利亦在我. 今我得十萬箭之用，省造十萬箭之費，而又令曹軍有十餘萬箭之失， 是以三十餘萬箭之利與江東也， 三利也. 在孔明不過施一小計耳，而其利至於如此，眞不愧軍師之稱哉!

(3). 孔明用計之妙，善於用借. 破北軍者，既借江東之兵；而助江東者，卽借北軍之箭. 是借於東又借於北也. 取箭者，既借魯肅之舟；而疑操者，復借一江之霧，是借於人又借於天也. 兵可借，箭可借，於是乎東風亦可借，荊州亦無不可借矣.

(4). 黃蓋苦肉之計, 苟非黃蓋之所自願, 此豈周瑜之所能使哉! 周瑜深欲用此計, 而恨未得黃蓋之一人, 惟黃蓋眞能舍此身, 而後可行苦肉之一計耳. 作者於此, 不是寫周瑜之智, 正是寫黃蓋之忠; 亦只是寫黃蓋之忠, 不是寫黃蓋之智.

(5). 吾嘗觀黃蓋苦肉之計, 而嘆其計之行亦有天意焉. 蓋此計之可慮者三: 使黃蓋受棒太毒而至於死, 雖捐軀而無補於國事, 則長逝者魂魄私恨無窮, 一可慮也. 使衆將不知, 有憤激而生變者, 則弄假成眞, 未圖彼軍而先致我軍之叛, 二可慮也. 又使曹操懲於蔣幹之被欺, 拒蓋之降而不納, 則黃蓋徒然受刑, 周瑜枉自粧喬, 適爲曹操所笑, 三可慮也. 乃黃蓋不死, 諸將不叛, 曹操不疑, 而周郎竟以此成功, 豈非天哉?

第四十七回

闞澤密獻詐降書
龐統巧授連環計

〖1〗 却說闞澤字德潤，會稽山陰人也．家貧好學，嘗借人書來看，看過一遍，便不遺忘；口才辨給，少有膽氣.(*膽氣從讀書得來.) 孫權召爲參謀，與黃蓋最相善.(*百忙中略述闞澤生平，不煩不略.) 蓋知其能言有膽，故欲使獻詐降書．澤欣然應諾曰：“大丈夫處世，不能立功建業，不幾與草木同腐乎！公旣捐軀報主，澤亦何惜微生!” 黃蓋滾下牀來，拜而謝之．澤曰：“事不可緩，卽今便行.” 蓋曰：“書已修下了.”

澤領了書，只就當夜扮作漁翁，駕小舟，望北岸而行．是夜寒星滿天．三更時候，早到曹軍水寨．巡江軍士拏住，連夜報知曹操．操曰：“莫非是奸細麽?” 軍士曰：“只一漁翁，自稱是東吳參謀闞澤，有機密事來見.” 操便教引將入來.

*注: **會稽**(회계): 郡名. 治所는 山陰(지금의 절강성 紹興市). **遺忘**(유망): 잊어버리다. **口才辨給**(구재변급): 응대가 민첩하고 말재주가 뛰어나다. **少有膽氣**(소유담기): 어릴 때부터 담력이 있었다. 〈少〉: (나이가) 적다. 유년기. 소년. 젊을 때. 젊은이. **不幾**(불기): 다를 게 없다. 〈幾〉: 가깝다(幾乎). 거의(將近). 하마터면. **與**(여): ~처럼(好象. 好同) **滾下牀來**(곤하상래): 침상에서 떨어지듯 내려오다. **寒星**(한성): 차가운 밤의 별. 차가운 별빛. **引將入來**(인장입래): 인도해 들어오다. 〈將〉: (助詞) 동사와 방향보어 중간에 쓰여 동작의 개시나 지속 등을 나타낸다.

〖2〗 軍士引闞澤至, 只見帳上燈燭輝煌, 曹操憑几危坐, 問曰: "汝既是東吳參謀,來此何幹?" 澤曰: "人言曹丞相求賢若渴, 今觀此問, 甚不相合. 一 黃公覆, 汝又錯尋思了也!" 操曰: "吾與東吳旦夕交兵, 汝私行到此, 如何不問?" 澤曰: "黃公覆乃東吳三世舊臣, 今被周瑜於衆將之前, 無端毒打, 不勝忿恨. 因欲投降丞相, 爲報讐之計, 特謀之於我. 我與公覆, 情同骨肉, 徑來爲獻密書. 未知丞相肯容納否?" 操曰: "書在何處?" 闞澤把書呈上. 操拆書, 就燈下觀看. 書略曰:

*注: **危坐**(위좌): 端坐. 단정히 앉다. 똑바로 앉다. **既是**(기시): 이미 …인 이상. 이미 …인 바에는. **尋思**(심사): 깊이(곰곰이, 잘) 생각하다. 이모저모로 궁리하다.

〖3〗 蓋受孫氏厚恩, 本不當懷二心. 然以今日事勢論之: 用江東六郡之卒, 當中國百萬之師, 衆寡不敵, 海內所共見也. 東吳將吏, 無論智愚, 皆知其不可. 周瑜小子, 偏懷淺戇, 自負其能, 輒欲以卵敵石, 兼之擅作威福, 無罪受刑, 有功不賞. 蓋係舊臣, 無端爲所摧辱, 心實恨之! 伏聞丞相誠心待物, 虛懷納士，蓋願率衆歸降，以圖建功雪恥．糧草軍仗，隨船獻納.(*用計專在此二句.）泣血拜白，萬勿見疑．

*注：偏懷(편회)：편협한 생각．淺戇(천당)：천박하고 어리석음．천박하고 고지식함．以卵敵石(이란적석)：以卵擊石．계란으로 돌을 대적하다．계란으로 바위치기．兼之(겸지)：이에 더하여．게다가．摧辱(최욕)：상대 세력을 꺾어 굴욕을 주다．〈摧〉：꺾다．부러뜨리다．때려 부수다．萬(만)：(긍정문에서) 대단히．매우．(부정문에서) 절대로．전혀．

〖4〗曹操於几案上翻覆將書看了十餘次，忽然拍案張目大怒曰："黃蓋用苦肉計，令汝下詐降書，就中取事，却敢來戲侮我耶!"便教左右推出斬之．左右將闞澤簇下．澤面不改容，仰天大笑．(*寫闞澤眞是有膽.）操教牽回，叱曰："吾已識破奸計，汝何故哂笑?"澤曰："吾不笑你．吾笑黃公覆不識人耳．"(*笑黃公覆正是笑你，却偏說不笑你，笑黃公覆．寫闞澤眞是能言.）操曰："何不識人?"澤曰："殺便殺，何必多問!"操曰："吾自幼熟讀兵書，深知奸僞之道．汝這條計，只好瞞別人，如何瞞得我!"澤曰："你且說書中那件事是奸計?"操曰："我說出你那破綻，教你死而無怨；你既是眞心獻書投降，如何不明約幾時? 一 今你有何理說?"闞澤聽罷，大笑曰："虧汝不惶恐，敢自誇熟讀兵書！還不及早收兵回去！儻若交戰，必被周瑜擒矣！無學之輩！可惜吾屈死汝手!"(*自負有智，偏要笑他無學，純用反激語．妙.）操曰："何謂我無學?"澤曰："汝不識機謀,不明道理,豈非無學?"操曰："你且說我那幾般不是處?"澤曰："汝無待賢之禮，吾何必言！但有死而已．"操曰："汝若說得有理，我自然敬服．"(*正要逼他說此一句，然後說耳.）澤曰："豈不聞'背主作竊，不可定期'？儻今約定日期，急切下不得手，這裏反來接應，事必泄漏．但可覰便而行，豈可預期相訂乎？汝不明此理, 欲屈殺好人, 眞無學之輩也!" 操聞言, 改容下席而謝曰: "某見事不明, 誤犯尊威, 幸勿挂懷." (*惟聰明人能轉變, 亦惟聰明人偏着騙耳. 旣已道破, 又被騙過.) 澤曰: "吾與黃公覆傾心投降, 如嬰兒之望父母, 豈有詐乎!" 操大喜曰: "若二人能建大功, 他日受爵, 必在諸人之上." 澤曰: "某等非爲爵祿而來, 實應天順人耳." (*先罵後諛. 罵則極其罵, 諛則極其諛.) 操取酒待之.

*注: **翻覆**(번복): 전복하다. 뒤집다. 몸을 뒤척이다. **簇下**(족하): 에워싸고(떼 지어) 내려가다(下). 〈簇〉: 무리. 떼. 무리를 이루다. (떼 지어) 모이다. 에워싸다. 둘러싸다(圍着. 擁着). **且說**(차설): 잠깐(잠시. 우선) 말하다. **破綻**(파탄): 허점. 결점. **虧**(휴): 다행히(幸虧. 多虧). 文頭에서 〈虧+你+(동)+(得. 還)〉의 형식으로 쓰여 비난, 조롱, 풍자의 뜻을 나타낸다. 이하 세 구절의 뜻은 이런 것이다. 즉, 〈너는 황공해 하지도 않고 감히 병서를 숙독했다고 자랑하는구나. 차라리 빨리 군대를 거두어 돌아가는 편이 나을 것이다.〉 **屈死**(굴사): 억울하게(무고하게) 죽다. 下文의 〈屈殺〉은 무고하게 죽이다는 뜻이다. **幾般**(기반): 어떻게, 얼마나. 몇 번.

〖5〗 少頃, 有人入帳, 於操耳邊私語. 操曰: "將書來看." 其人以密書呈上, 操觀之, 顏色頗喜. 闞澤暗思: "此必蔡中·蔡和來報黃蓋受刑消息, 操故喜我投降之事爲眞實也." 操曰: "煩先生再回江東, 與黃公覆約定, 先通消息過江, 吾以兵接應." (*可見不書時日之妙.) 澤曰: "某已離江東, 不可復還. 望丞相別遣機密人去." 操曰: "若他人去, 事恐泄漏." 澤再三推辭, 良久, 乃曰: "若去, 則不敢久停, 便當行矣." 操賜以金帛, 澤不受.

辭別出營, 再駕扁舟, 重回江東, 來見黃蓋, 細說前事. 蓋曰: "非公能辯, 則蓋徒受苦矣." 澤曰: "吾今去甘寧寨中, 探蔡和·蔡中消息." 蓋曰: "甚善." 澤至寧寨, 寧接入. 澤曰: "將軍昨爲救黃公覆，被周公瑾所辱，吾甚不平.” 寧笑而不答.(*寫甘寧是解人，笑者與闞澤會意也，不答者瞞着二蔡也.)

〖6〗 正話間，蔡和·蔡中至. 澤以目送甘寧，(*甘寧以笑，闞澤以目. 一笑一目，如相問答.) 寧會意，乃曰：“周公瑾只自恃其能，全不以我等爲念. 我今被辱，羞見江左諸人!” 說罷，咬牙切齒，拍案大叫. 澤乃虛與寧耳邊低語. 寧低頭不言，長嘆數聲. 蔡和·蔡中見寧·澤皆有反意，以言挑之曰：“將軍何故煩惱? 先生有何不平?” (*來了.) 澤曰：“吾等腹中之苦，汝豈知耶!” 蔡和曰：“莫非欲背吳投曹耶?” (*蔡和此時更忍不住.) 闞澤失色. 甘寧拔劍而起曰：“吾事已爲窺破，不可不殺之以滅口.” 蔡和·蔡中慌曰：“二公勿憂. 一吾亦當以心腹之事相告.” 寧曰：“可速言之!” 蔡和曰：“吾二人乃曹公使來詐降者. 二公若有歸順之心，吾當引進.” 寧曰：“汝言果眞乎?” 二人齊聲曰：“安敢相欺!” 寧佯喜曰：“若如此，是天賜其便也!” 二蔡曰：“黃公覆與將軍被辱之事，吾已報知丞相矣.” (*不打自招，正與闞澤於曹操席上所見照應.) 澤曰：“吾已爲黃公覆獻書丞相，今特來見興霸，相約同降耳.” 寧曰：“大丈夫旣遇明主，自當傾心相投.” 於是四人共飮，同論心事. 二蔡卽時寫書，密報曹操，說：“甘寧與某同爲內應.” 闞澤另自修書，遣人密報曹操，書中具言：黃蓋欲來，未得其便；但看船頭插靑牙旗而來者，卽是也.(*爲後文赤壁伏線.)

*注：另自(령자)：별도로. 따로.　**靑牙旗**(청아기)：푸른색 아기. 〈牙旗〉는 대장의 군영 앞에 세우는 큰 기.

〖7〗 却說曹操連得二書，心中疑惑不定，聚衆謀士商議曰：“江左甘寧，被周瑜所辱，願爲內應；黃蓋受責，令闞澤來納降：俱未可深信.(*寫曹操奸猾.)誰敢直入周瑜寨中,探聽實信?" 蔣幹進曰: "某前日空往東吳, 未得成功, 深懷慚愧. 今願捨身再往, 務得實信, 回報丞相." 操大喜, 卽時令蔣幹上船.

幹駕小舟, 徑到江南水寨邊, (*蔣幹第一番渡江, 只送兩个水軍都督; 第二番渡江, 却送了八十三萬大軍.) 便使人傳報. 周瑜聽得幹又到, 大喜曰: "吾之成功, 只在此人身上!" 遂囑付魯肅: "請龐士元來, 爲我如此如此."(*前番送去一封假書, 今番又要送去一个假人.)

原來襄陽龐統, 字士元, 因避亂寓居江東. 魯肅曾薦之於周瑜, 統未及往見. 瑜先使肅問計於統, 曰: "破曹當用何策?" 統密謂肅曰: "欲破曹兵, 須用火攻; (*伏龍·鳳雛所見略同.) 但大江面上, 一船着火, 餘船四散; 除非獻 '連環計', 敎他釘作一處, 然後功可成也." 肅以告瑜, 瑜深服其論, 因謂肅曰: "爲我行此計者, 非龐士元不可." 肅曰: "只怕曹操奸猾, 如何去得?"

*注: 除非(제비):(접속사) ①다만…함으로써만 비로소. 오직…해야만 비로소(유일한 조건을 표시. 종종 〈才〉, 〈否則〉, 〈不然〉 등과 합쳐서 사용됨.) ②…아니고서는. …(지)않고서는(계산에 넣지 않는 것을 표시함). 釘(정): 못을 박다. 못 등으로 물건을 고정시키거나 분산된 물건을 합치다.

〖8〗 周瑜沈吟未決, 正尋思沒個機會, 忽報蔣幹又來.(*來得湊巧, 蔣幹之功不小.) 瑜大喜, 一面分付龐統用計, 一面坐於帳上, 使人請幹. 幹見不來接, 心中疑慮, 敎把船於僻靜岸口纜繫, 乃入寨見周瑜. 瑜作色曰: "子翼何故欺我太甚?" 蔣幹笑曰: "吾想與你乃舊日弟兄, 特來吐心腹事, 何言相欺也?" 瑜曰: "汝要說吾降, 除非海枯石爛! 前番吾念舊日交情, 請你痛飮一醉, 留你共榻; 你却盜吾私書, 不辭而去, 歸報曹操, 殺了蔡瑁·張允, 致使吾事不成.(*正該謝他, 反去責他, 不當人子.) 今日無故又來, 必不懷好意! 吾不看舊日之情，一刀兩段！（*正要用他，反說要殺他，不當人子.）本待送你過去，爭奈吾一二日間，便要破曹賊；待留你在軍中，又必有泄漏.”便敎左右：“送子翼往西山庵中歇息．待吾破了曹操，那時渡你過江未遲.”（*若不是他渡江，怎能勾破曹操!）蔣幹再欲開言，周瑜已入帳後去了．

*注：沈吟(침음)：망설이다. 주저하다.　纜繫(람계)：닻줄로 묶다.　海枯石爛(해고석란)：바닷물이 마르고 바위가 문드러지다.　待(대)：…하려고 하다.　爭奈(쟁나)：어찌하랴(怎奈．無奈)．어찌하여．어떻게．

〖9〗左右取馬與蔣幹乘坐，送到西山背後小庵歇息，撥兩個軍人伏侍．幹在庵內，心中憂悶，寢食不安．是夜星露滿天，獨步出庵後，只聽得讀書之聲，信步尋去，見山岩畔有草屋數椽，內射燈光．幹往窺之，只見一人挂劍燈前，誦孫·吳兵書．幹思：“此必異人也.”叩戶請見．其人開門出迎，儀表非俗．幹問姓名，答曰：“姓龐,名統，字士元.”幹曰：“莫非鳳雛先生否?”統曰：“然也.”(*第三十四回出名，却於此處方纔出現.）幹喜曰：“久聞大名，今何僻居此地?”答曰：“周瑜自恃才高，不能容物，吾故隱居於此．公乃何人?”幹曰：“吾蔣幹也.”統乃邀入草庵，共坐談心．幹曰：“以公之才，何往不利？如肯歸曹，幹當引進.”統曰：“吾亦欲離江東久矣．公旣有引進之心，卽今便當一行，如遲則周瑜聞之，必將見害.”(*甘寧·闞澤騙二蔡，龐統又騙蔣幹.）

*注：信步尋去(신보심거)：발길 가는대로 걸어서 찾아가다. 발걸음이 내키는 대로 걸어서 찾아가다.　岩畔(암반)：바위 근처.〈畔〉：가. 가장자리. 주의. 부근. 근처.　數椽(수연)：(초가) 여러 칸.〈椽〉：서까래. 집의 칸수(間數)를 세는 단위.　孫·吳(손오)：孫武(孫子)와 吳起(吳子). 두 사람 모두 고대의 뛰어난 兵法家들이다.　談心(담심)：마음을 터놓고 이야기하다.

何往不利(하왕불리): 어디 간들 순조롭지(이롭지) 않겠는가. 〈不利〉: 잘 되지 않다. 성공하지 못하다. **卽今**(즉금): 目下. 바로 지금. 지금 당장.

〖10〗於是與幹連夜下山, 至江邊尋着原來船隻, 飛棹投江北. 旣至操寨, 幹先入見, 備述前事. 操聞鳳雛先生來,(*只道鳳雛飛來, 那知却是火老鴉.) 親自出帳迎入. 分賓主坐定, 問曰: "周瑜年幼, 恃才欺衆, 不用良謀. 操久聞先生大名, 今得惠顧, 乞不吝教誨."(*曹操見闞澤則前倨而後恭; 見龐統則前後俱恭.) 統曰: "某素聞丞相用兵有法, 今願一睹軍容." 操教備馬, 先邀統同觀旱寨. 統與操并馬登高而望. 統曰: "傍山依林, 前後顧盼, 出入有門, 進退曲折, 雖孫·吳再生, 穰苴復出, 亦不過此矣."(*先以美言諛之, 似更無計之可獻.) 操曰: "先生勿得過譽, 尙望指教." 於是又與同觀水寨. 見向南分二十四座門, 皆有艨艟戰艦, 列爲城郭, 中藏小船, 往來有巷, 起伏有序. 統笑曰: "丞相用兵如此, 名不虛傳!(*又以美言諛之, 似更無計之可獻. 前看旱寨是賓, 此看水寨是主.) 因指江南而言曰: "周郞, 周郞! 克期必亡!"

*注: **飛棹**(비도): 나는(날아가는) 듯이 노를 젓다. **惠顧**(혜고): 돌아봐 주시다. 방문해 주시다. 〈惠〉:상대방이 자기를 대하는 행위에 대한 존경을 표시하는 접두어.~해 주시다. 〈顧〉: 뒤돌아보다. 돌보다. 방문하다. 탐방하다. **顧盼**(고반): 주위를 돌아보다. 前後~: 앞뒤를 돌아보다. **曲折**(곡절): 곡절. 사정. 굽다. 구부러지다. **穰苴**(양저): 즉 司馬穰苴. 춘추시 齊國의 兵法家. **巷**(항): 골목길. 작고 구불구불한 길. **克期**(극기): 날짜를 정하다. 기일을 한정하다. (***火老鴉**(화로아): 세차게 타오르는 불길.)

〖11〗操大喜. 回寨, 請入帳中, 置酒共飮, 同說兵機. 統高談雄辯, 應答如流. 操深敬服, 慇懃相待.(*妙在尙不獻計, 只說閑話.) 統佯醉曰：“敢問軍中有良醫否?”(*然後以微言挑之，却妙在一句便住，不即說明.）操問何用．統曰：“水軍多疾，須用良醫治之.”(*方纔說明其意，却妙在尙不卽說連環.）時曹軍因不服水土，俱生嘔吐之疾，多有死者．操正慮此事；忽聞統言，如何不問？統曰：“丞相敎練水軍之法甚妙，但可惜不全.”(*闞澤見曹操，先激而後諛；龐統見曹操，先諛而後諷．相類而相反.）操再三請問，統曰：“某有一策，使大小水軍，並無疾病，安穩成功.”操大喜，請問妙策．統曰：“大江之中，潮生潮落，風浪不息；北兵不慣乘舟，受此顚播，便生疾病．若以大船小船各皆配搭，或三十爲一排，或五十爲一排，首尾用鐵環連鎖，上鋪闊板，休言人可渡，馬亦可走矣：乘此而行，任他風浪潮水上下，復何懼哉?”(*士元此來，添油乎？增炭乎？惜乎老瞞竟不解也.）曹操下席而謝曰：“非先生良謀，安能破東吳耶!”(*非先生良謀，安能燒北軍耶!）統曰：“愚淺之見，丞相自裁之.”操卽時傳令，喚軍中鐵匠，連夜打造連環大釘，鎖住船隻．諸軍聞之，俱各喜悅．後人有詩曰：

赤壁鏖兵用火攻，運籌決策盡皆同．
若非龐統連環計，公瑾安能立大功？

*注：**兵機**(병기)：전쟁의 機略. 전술전략. **不服水土**(불복수토)：水土不服. 새로운 기후와 풍토에 적응하지 못하다. 〈服〉：(動詞) 먹다. 복종하다. 익숙해지다. 적응하다. **顚播**(전파)：상하좌우로 크게 흔들리다. 요동치다. 〈顚簸(전파)〉와 同義. 〈顚〉：위아래로 흔들리다. 넘어지다. 뒤집히다. 〈播〉：흔들리다. 퍼뜨리다. 떠돌아다니다. **配搭**(배탑)：적당히 배합하다. 적절하게 배치하다. **排**(배)：배열하다. 줄. 열. **休言**(휴언)：말하지 마라. …은 말할 것도 없다. …는 커녕. …는 고사하고. **任他風浪潮水上下**(임타풍랑조수상하)：풍랑과 조수로 배가 상하로 출렁일지라도. 〈任他〉：=任憑(임빙)=卽使. 설령 …하더라도. 비록 …일지라도. **赤壁鏖兵**(적벽오병)：다음 回

에서 묘사하는 〈赤壁之戰〉. 〈赤壁〉: 지금의 호북성 蒲圻縣(포기현) 西北의 長江 南岸에 있다. 〈鏖兵〉: 격렬하거나 대규모적인 전투. 사상자를 많이 내며 격전하다. 大戰. 〈鏖〉: 치열하게 싸우다. 격전을 벌이다.

〖12〗 龐統又謂操曰: "某觀江左豪杰, 多有怨周瑜者; 某憑三寸舌, 爲丞相說之, 使皆來降. (*借此爲脫身之計. 卽下了火種, 不得不爲避火地也.) 周瑜孤立無援, 必爲丞相所擒. 瑜旣破, 則劉備無所用矣." 操曰: "先生果能成大功, 操請奏聞天子, 封爲三公之列." 統曰: "某非爲富貴, 但欲救萬民耳. 丞相渡江, 愼勿殺害." (*以美言驕之, 使之不疑. 妙.) 操曰: "吾替天行道, 安忍殺戮人民!" 統拜求榜文, 以安宗族. 操曰: "先生家屬, 見居何處?" 統曰: "只在江邊. 若得此榜, 可保全矣." 操命寫榜僉押付統. 統拜謝曰: "別後可速進兵, 休待周郎知覺." 操然之.

統拜別, 至江邊, 正欲下船, 忽見岸上一人, 道袍竹冠, 一把扯住統曰: "你好大膽, 黃蓋用苦肉計, 闞澤下詐降書, 你又來獻連環計: 只恐燒不盡絶! 你們把出這等毒手來, 只好瞞曹操, 也須瞞我不得!" 唬得龐統魂飛魄散. 正是:

莫道東南能制勝, 誰云西北獨無人?

畢竟此人是誰, 且看下文分解.

***注**: **奏聞**(주문): =聞奏. 천자께(임금께) 아뢰다. 上奏하다. **愼**(신): (부사) 참으로. 진실로. 절대로. 반드시. **替天**(체천): 하늘을 대신하다. 〈替〉: 대신하다. …을 위하여. **見居**(현거): 現居. **僉押**(첨압): 문서에 이름을 쓰고 手決(사인)을 하다. 〈僉〉: 후에는 주로 〈簽〉을 쓴다. **一把扯住**(일파차주): 한 번 붙잡다. 〈一把〉: 한 번 (손으로 잡다. 쥐다). 〈把〉: 〈一〉과 함께 손으로 잡는 동작의 회수를 나타낸다. 〈扯住〉: 붙잡다. **把出這等毒手來**(파출저등독수래): =把這等毒手出來. 이런 毒手를 뻗다. 동사 〈出…來〉의

賓語는 〈這等毒手〉이고, 介詞 〈把〉는 빈어가 동사 앞에 놓였음을 나타내는 것이다. **須瞞我不得**(수만아부득): 절대로 나를 속이지는 못한다. 〈須〉: (접속사) 그러나 절대로. 그렇지만. (*須不是: 절대로 그렇지 않다.) 唬(하): 깜짝 놀라다.

第四十七回 毛宗崗 序始評

(1). 欺庸人易, 欺奸雄難. 黃蓋受杖, 猶可不死於杖; 闞澤獻書, 宜其必死於書, 而卒能不死而成功者, 以得說奸雄之法也. 說奸雄之法與說英雄之法, 皆不當用順而當用逆. 英雄所自負者義耳, 張遼之說關公, 妙在責其輕死之非義; 奸雄所自負者智耳, 闞澤之說曹操, 妙在笑其料事之不明: 所謂用逆而不用順者也. 若使遼而甘言卑說, 則公之拒愈峻; 若使澤而伏地陳乞, 則澤之死愈速矣.

(2). 禦戰船之法, 有彼方連而我利其斷者, 有彼方斷而我利其連者. 黃祖之舟以大索相連, 衝之不能入, 甘寧以刀斷之, 而艨艟遂橫. 此則利其斷也. 曹操之舟散而不聚, 燒之不能盡, 龐統以環連之, 而火攻始便, 此則利其連也. 兵法變化無常, 孫臏以減竈勝, 而虞詡又以增竈勝, 隨機而應, 豈可執一論哉!

(3). 連環計, 一見於王允, 再見於龐統. 前之環虛名也, 後之環實事也. 王允以貂蟬雙鎖董·呂二人, 如環之交互相連, 故名連環耳. 若龐統則不然, 實實以鐵環連鎖操船, 與取名連環者不同. 前以貂蟬爲環, 止有一環; 後以鐵環爲環, 乃有無數連環. 前虛後實, 前少後多, 各極其妙.

(4). 北兵多病, 而龐統以連環之方治之, 此藥毋乃太毒乎? 雖然, 賣毒藥者不獨一龐統也, 黃蓋·闞澤皆是也. 蓋之藥甚苦, 澤之藥甚甘, 統之藥甚辣. 合苦者·甘者·辣者共成一劑毒藥, 然後周郎煎之以火, 孔明扇之以風, 而八十三萬大軍遂無一人有起色矣.

第四十八回

宴長江曹操賦詩
鎖戰船北軍用武

〖1〗 却說龐統聞言, 吃了一驚, 急回視其人, 原來却是徐庶.(*徐庶一向冷落, 至此忽然出現.) 統見是故人, 心下方定, 回顧左右無人, 乃曰: "你若說破我計, 可惜江南八十一州百姓, 皆是你送了也!" 庶笑曰: "此間八十三萬人馬, 性命如何?" 統曰: "元直眞欲破我計耶?" 庶曰: "吾感劉皇叔厚恩, 未嘗忘報. 曹操送死吾母, 吾已說過終身不設一謀,(*第三十六卷中事.) 今安肯破兄良策? 只是我亦隨軍在此, 兵敗之後, 玉石不分, 豈能免難? 君當敎我脫身之術, 我卽緘口遠避矣." 統笑曰: "元直如此高見遠識, 諒此有何難哉!" 庶曰: "願先生賜敎." 統去徐庶耳邊略說數句.(*妙在不敍明白.) 庶大喜, 拜謝. 龐統別却徐庶, 下船自回江東.

*注: 心下(심하): 심중. 마음속. 〈下〉: …중. …가운데. (명사 뒤에 쓰임)

(*言下: 언중. 意下: 의중). **說破**(설파): 폭로하다. 〈破〉: 명백하게 하다. 진상을 밝히다. **江南八十一州**(강남팔십일주): 강남 六郡은 실제로는 九十二縣이다. **送了也**(송료야): 보내버리고 마는 것이야(것이지). 〈也〉: (동사 뒤에서 판단 · 결정의 어기를 표시) …이야. …이지. **只是**(지시): 다만. 그러나. **諒此**(량차): 이를 살펴서 알다. **別却**(별각): 헤어지다. 떠나가다(脫離. 離開).

〖2〗 且說徐庶當晩密使近人去各寨中暗布謠言.(*附耳低言之計於此始見.) 次日, 寨中三三五五, 交頭接耳而說. 早有探事人報知曹操, 說: "軍中傳言西凉州韓遂·馬騰謀反, 殺奔許都來." 操大驚, 急聚衆謀士商議曰: "吾引兵南征, 心中所憂者, 韓遂·馬騰耳. 軍中謠言, 雖未辨虛實, 然不可不防."(*不便信, 又不得不信.) 言未畢, 徐庶進曰: "庶蒙丞相收錄, 恨無寸功報效. 請得三千人馬, 星夜往散關把住隘口; 如有緊急, 再行告報."(*不是防兵, 却是避火.) 操喜曰: "若得元直去, 吾無憂矣! 散關之上, 亦有軍兵, 公統領之. 目下撥三千馬步軍, 命藏覇爲先鋒, 星夜前去, 不可稽遲." 徐庶辭了曹操, 與藏覇便行. 此便是龐統救徐庶之計. 後人有詩曰:

曹操南征日日憂, 馬騰韓遂起戈矛.
鳳雛一語教徐庶, 正似遊魚脫釣鉤.

*注: **探事人**(탐사인): 염탐꾼. 探聽消息人. **散關**(산관): 大散關. 섬서성 寶鷄市 서남 大散嶺 위에 있는 關隘로 사천성과 섬서성 간의 교통의 要衝. 고대 병가들의 必爭의 要地. **稽遲**(계지): 遲滯. 滯留. 稽滯. 〈稽〉: 머무르다(稽留).

〖3〗 曹操自遣徐庶去後, 心中稍安, 遂上馬, 先看沿江旱寨, 次看水寨. 乘大船一隻於中央, 上建"帥"字旗號, 兩傍皆列水寨,船上埋伏弓弩千張. 操居於上. 時建安十三年冬十一月十五日, 天氣晴明, 平風靜浪. 操令: "置酒設樂於大船之上, 吾今夕欲會諸將." 天色向晩, 東山月上, 皎皎如同白日. 長江一帶, 如橫素練. (*如讀〈赤壁賦〉.) 操坐大船之上, 左右侍御者數百人, 皆錦衣繡襖, 荷戈執戟. 文武衆官, 各依次而坐. 操見南屛山色如畫, 東視柴桑之境, 西觀夏口之江, 南望樊山, 北覷烏林, 四顧空闊, (*寫江景如畫.) 心中歡喜, 謂衆官曰: "吾自起義兵以來, 與國家除凶去害, 誓願掃淸四海, 削平天下; 所未得者江南也, 今吾有百萬雄師, 更賴諸公用命, 何患不成功耶! 收服江南之後, 天下無事, 與諸公共享富貴, 以樂太平." (*寫曹操驕盈之甚.) 文武皆起謝曰: "願得早奏凱歌! 我等終身皆賴丞相福蔭." 操大喜, 命左右行酒. 飮至半夜, 操酒酣, 遙指南岸曰: "周瑜 · 魯肅, 不識天時! 今幸有投降之人, 爲彼心腹之患, 此天助吾也." (*寫曹操驕盈之甚.) 荀攸曰: "丞相勿言, 恐有泄漏." 操大笑曰: "座上諸公, 與近侍左右, 皆吾心腹之人也, 言之何礙!" 又指夏口曰: "劉備 · 諸葛亮, 汝不料螻蟻之力, 欲撼泰山, 何其愚耶!" 顧謂諸將曰: "吾今年五十四歲矣. 如得江南, 竊有所喜. 一 昔日喬公與吾至契, 吾知其二女皆有國色. 後不料爲孫策 · 周瑜所娶. 吾今新構銅雀臺於漳水之上, 如得江南, 當娶二喬, 置之臺上, 以娛暮年, 吾願足矣!" (*須知孔明之言不是說謊, 周瑜之怒亦不是錯怪.) 言罷大笑. 唐人杜牧之有詩曰:

折戟沈沙鐵未消, 自將磨洗認前朝.
東風不與周郞便, 銅雀春深鎖二喬.

*注: **帥字旗號**(수자기호): 〈帥〉자를 새긴 旗. 將帥가 머무는 막사나 배에 세운다. **建安十三年**: 서기 208년. 신라 奈解尼師今 13년. **素練**(소련): 염색하지 않은 흰 비단. **繡襖**(수오): 수를 놓은 웃옷. 〈襖(오)〉: 웃옷. 겹옷. **南屛山**(남병산): 동한 삼국 시에는 이런 산 이름이 없었다. 지금의

호북성 蒲圻 赤壁 遺址에 南屏이란 이름의 산이 있다. **樊山**(번산): 호북 鄂城의 西山. **烏林**(오림): 삼국 때에는 형주 長沙郡 蒲圻縣城 大江 北岸에 있었다. 지금의 호북성 洪湖縣 동북의 長江 北岸에 있는 鄔林磯(오림기). **削平**(삭평): 평정하다. **用命**(용명): 윗사람의 명령을 받들다. **收服**(수복): 정벌하다. 항복을 받다. **福蔭**(복음): 덕분. 덕택(福庇). **行酒**(행주): 연석에서 술잔을 돌리다. **螻蟻**(누의): 땅강아지와 개미. 미력함을 비유한다. **竊**(절): 저(의 의견). 크게 드러내지 않는다는 뜻으로 자신을 낮추어 하는 말. **至契**(지계): 서로 의기투합하는 친구. 交契. 契友. 〈契〉: 投合. 意氣投合. **杜牧之**(두목지): 唐나라 때의 시인 杜牧(서기 803~852)의 字. **折戟**(절극): 부러진 戟. **與周郎便**(여주랑편): 주랑에게 방편(수단)을 제공하다. 〈便〉: 便利. 方便. 手段. 方法. (*이 두 句節의 뜻은: 〈만약 동남풍이 주유에게 수단을 제공하지 않았더라면 그는 적벽대전에서 승리할 수 없었을 것이고, 그랬더라면 二喬는 曹操의 포로가 되어 銅雀臺에 갇혀있는 신세가 되어 있을 것이다.〉

〖4〗 曹操正笑談間, 忽聞鴉聲望南飛鳴而去.(*只怕是火老鴉.) 操問曰: “此鴉緣何夜鳴?” 左右答曰: “鴉見月明, 疑是天曉, 故離樹而鳴也.” (*鵲噪未爲吉, 鴉鳴亦是凶.) 操又大笑. 時操已醉, 乃取槊立於船頭上, 以酒奠於江中, 滿飲三爵, 橫槊謂諸將曰: “吾持此槊, 破黃巾·擒呂布·滅袁術·收袁紹, 深入塞北, 直抵遼東, 縱橫天下, 頗不負大丈夫之志也. 今對此景, 甚有慷慨, 吾當作歌, 汝等和之.”

*注: **鴉**(아): 큰 부리 까마귀. 검다. **緣何**(연하): 何緣. 무슨 연고로. 무슨 까닭으로. **奠**(전): 제물로 바치다. **槊**(삭): 자루가 긴 창. **直抵遼東**(직저요동): 제33회 내용 참조. 〈直抵〉: 直到. 곧바로 가다. 직행하다. 〈抵〉: 도착하다. 이르다. 다다르다. **慷慨**(강개): 의기(義氣)가 북받쳐서 슬퍼하고 한

탄하다.

〖5〗 歌曰:

對酒當歌, 人生幾何.

(* "當歌" "當"字, 多有誤解之者. 如云 "對酒宜歌", 則非也. "當"作 "該當"之 "當", 乃 "臨當"之 "當"耳, "當風", "當筵" "當場"之類. 言人生對酒臨歌之時有幾時哉! 卽人生幾見月當頭之意也.)

譬如朝露, 去日苦多.

慨當以慷, 憂思難忘.

何以解憂, 惟有杜康.

靑靑子衿, 悠悠我心.

但爲君故, 沈吟至今.

呦呦鹿鳴, 食野之苹.

我有嘉賓, 鼓瑟吹笙.

皎皎如月, 何時可輟?

憂從中來, 不可斷絶!

越陌度阡, 枉用相存.

契闊談讌, 心念舊恩.

月明星稀, 烏鵲南飛;

繞樹三匝, 無枝可依.

山不厭高, 水不厭深.

周公吐哺, 天下歸心.

(*自比周公, 驕盈極矣.)

歌罷, 衆和之, 共皆歡笑.

*注: **當歌**(당가): 노래 부를 상황이나 경우. 〈當〉: 〈宜(의당)〉의 뜻이 아니라 〈臨(임하다)〉의 뜻이다. 두 句의 뜻은 〈술 마시고 노래 부를 때가 인생에

서 몇 번이나 되겠는가.〉이다. **去日苦多**(거일고다): 지나간 날들이 매우 많다. 〈苦〉: 매우. 아주. **慨當以慷**(개당이강): 慷慨(강개): 노래 소리가 激昻되어 평정을 잃었음을 형용한 것. **杜康**(두강): 최초로 술을 빚었다는 전설상의 인물. 이로부터 〈술(酒)〉의 代稱이 되었다. **青青子衿**(청청자금): 푸른 옷깃(衿). (*이 두 句는 〈詩經 · 鄭風 · 子衿〉 중에 나오는 것으로, 賢者를 사모하는 마음을 노래한 것이다. 〈青衿〉: 周代 學者들의 服飾 또는 사모하는 사람의 푸른 옷깃. 이로부터 흔히 讀書人을 지칭함.) **悠悠**(유유): 흔들(거리)다. **君**(군): 사모하는 사람. **沈吟**(침음): 깊이 생각하다. 심사숙고하다. (深深的思念). **呦呦鹿鳴**(유유녹명): 사슴이 우~, 하고 울다. (*以下四句는 〈詩經 · 小雅 · 鹿鳴〉의 구절로, 〈呦呦〉: 사슴의 울음소리. 苹(평): 쑥의 일종. **嘉賓**(가빈): 반가운 손님. 주인이 손님을 높여 부르는 말. **鼓**(고): (현악기를) 타다. **笙**(생): 생황. 일종의 관악기. (*이상 四句의 본래 뜻은 賓客을 宴會에 초청하여 반기며 함께 즐긴다는 뜻이지만, 여기서는 賢才들을 불러들인다는 뜻을 나타낸 것이다.) **皎皎如月**(교교여월): 밝은 달처럼 밝다. (*이하 四句의 뜻은 賢才를 얻지 못한 근심이 큼을 비유한 것이다). **輟**(철): 그치다. 중지하다. **越陌度阡**(월맥도천): 〈越〉 · 〈度〉: 넘다. 건너다(跨越). 〈陌(맥)〉: 밭 사이에 東西로 난 小路. 〈阡(천)〉: 밭 사이에 南北으로 난 小路. **枉**(왕): 枉臨. 枉駕. 남의 방문을 높여서 부르는 말. **用**(용): =以. **存**(존): 問候. 안부를 묻다. **契闊**(계활): 서로 오래 헤어져서 소원했다. **談讌**(담연): 잔치를 열어 술을 마시며 이야기하다. 또는 술잔치. 주연. 〈讌〉: 宴과 同義. **匝**(잡): 돌다. 둘레. **山不厭高**(산불염고): 산은 그 높음을 싫어하지 않는다. 산은 높을수록 좋다. (*以下 二句는 賢才가 아무리 많아도 오히려 부족하게 느낀다는 뜻을 표현한 것이다.) **周公吐哺**(주공토포): 周의 名臣 周公은 찾아온 손님을 맞이하기 위해 한 끼 식사 중 세 번이나 입에 넣었던 음식을 토해내고, 머리를 감는 중에 찾아온 손님을 맞이하기 위해 세 번이나 물에 젖은 머리털을 손으로 잡고 나와서 맞이했을 정도로

賢士 구하기에 열심이었다고 한다. 인재를 성심으로 구하는 자세를 비유한 것이다. 이것이 成語 "一沐三握髮, 一飯三吐哺"의 故事이다.

〖6〗 忽座間一人進曰: "大軍相當之際, 將士用命之時, 丞相何故出此不吉之言?" 操視之, 乃揚州刺史·沛國相人, 姓劉, 名馥, 字元穎. 馥起自合淝, 創立州治, 聚逃散之民, 立學校, 廣屯田, 興治敎, 久事曹操, 多立功績. 當下操橫槊問曰: "吾言有何不吉?" 馥曰: "'月明星稀, 烏鵲南飛; 繞樹三匝, 無枝可依.' 此不吉之言也." (*蘇子瞻〈赤壁賦〉亦引此四句, 以爲孟德之困於周郎, 蓋南飛而無可依, 主應其南征而無所得耳.) 操大怒曰: "汝安敢敗吾興!" 手起一槊, 刺死劉馥. 衆皆驚駭. 遂罷宴. 次日, 操酒醒, 悔恨不已. 馥子劉熙, 告請父屍歸葬. 操泣曰: "吾昨因醉誤傷汝父, 悔之無及. 可以三公厚禮葬之." 又撥軍士護送靈柩, 卽日回葬. (*臨江飮酒, 橫槊賦詩, 忽然刺殺一人, 大是殺風景. 況隔夜則歌, 明日則泣, 亦是不吉之兆.)

*注: **相當**(상당): 서로 대적하다. 〈當〉: 대적하다. 대치하다. 막아내다. **合淝**(합비): 즉 合肥. 지금의 안휘성 合肥市. **州治**(주치): 옛날 한 州의 行政長官(州牧. 刺史)의 官署. **當下**(당하): 즉시(立刻). 바로(立卽).

〖7〗 次日水軍都督毛玠·于禁詣帳下, 請曰: "大小船隻, 俱已配搭連鎖停當. 旌旗戰具, 一一齊備. 請丞相調遣, 克日進兵." 操至水軍中央大戰船上坐定, 喚集諸將, 各各聽令. 水旱二軍, 俱分五色旗號: (*靑·黃·赤·黑·白, 按水·火·金·木·土.) 水軍中央黃旗毛玠·于禁, 前軍紅旗張郃, 後軍皂旗呂虔, 左軍靑旗文聘, 右軍白旗呂通; 馬步前軍紅旗徐晃, 後軍皂旗李典, 左軍靑旗樂進, 右軍白旗夏侯淵. 水陸路都接應使: 夏侯惇·曹洪; 護衛往來監戰使：許褚·張遼．其餘驍將，各依隊伍．

令畢，水軍寨中發擂三通，各隊伍戰船，分門而出．是日西北風驟起，各船拽起風帆，衝波激浪，穩如平地．北軍在船上，踊躍施勇，刺槍使刀．前後左右各軍，旗幡不雜．又有小船五十餘隻，往來巡警催督．(*爲下文曹操下小船逃命張本.) 操立於將臺之上，觀看調練，心中大喜，以爲必勝之法；敎且收住帆幔，各依次序回寨．

操升帳，謂衆謀士曰："若非天命助我，安得鳳雛妙計？鐵索連舟，果然渡江如履平地．" 程昱曰："船皆連鎖，固是平穩；但彼若用火攻，難以迴避．不可不防．" (*北軍未嘗無人.) 操大笑曰："程仲德雖有遠慮，却還有見不到處．" 荀攸曰："仲德之言甚是．丞相何故笑之?" (*北軍未嘗無人.) 操曰："凡用火攻，必藉風力．方今隆冬之際，但有西風北風，安有東風南風耶？吾居於西北之上，彼兵皆在南岸，彼若用火，是燒自己之兵也，吾何懼哉？(*正與後文周瑜發病，孔明寫方張本.) 若是十月小春之時，吾早已隄備矣．" 諸將皆拜伏曰："丞相高見，衆人不及．"

*注：**配搭**(배탑)：적당히 배합하다. 적절하게 배치하다. **停當**(정당)：적절하다. 타당하다. 잘 처리하다. **調遣**(조견)：지휘(지시)하다; 파견하다. 배정하다. **克日**(극일)：날짜를 한정하다. 기한을 정하다. (바삐) 다그치다. 서두르다. **發擂**(발뢰)：(북이나 종을) 치기 시작하다. **三通**(삼통)：세 번(차례). 〈通〉：동작의 회수를 나타내는 수사. 번, 차례, 바탕. (*打了三通鼓：북을 세 번 두드렸다.) **固**(고)：물론. 당연히. **小春**(소춘)：음력十月. **拜伏**(배복)：무릎을 꿇고 절하다. 탄복하다(佩服). 감탄하다.

〖8〗操顧諸將曰："青·徐·燕·代之衆，不慣乘舟．今非此計，安能涉大江之險!" 只見班部中，二將挺身出曰："小將雖幽·燕之人，也能乘舟．今願借巡船二十隻，直至北江口，奪旗鼓而還，以顯北軍亦能乘舟也.”(*二人舍其所長而爭其所短, 不亦兵乎?)

操視之, 乃袁紹手下舊將焦觸·張南也. 操曰:“汝等皆生長北方, 恐乘舟不便. 江南之兵, 往來水上, 習練精熟, 汝勿輕以性命爲兒戲也.” 焦觸·張南大叫曰:“如其不勝, 敢受軍法!” 操曰:“戰船盡已連鎖, 惟有小舟. 每舟可容二十人, 只恐未便接戰.” 觸曰:“若用大船, 何足爲奇? 乞付小舟二十餘隻, 某與張南各引一半, 只今日直抵江南水寨, 須要奪旗斬將而還.”(*多大言者, 少成事.) 操曰:“吾與汝二十隻船, 差撥精銳軍五百人, 皆長槍硬弩. 到來日天明, 將大寨船出到江面上, 遠爲之勢. 更差文聘亦領三十隻巡船, 接應汝回.” 焦觸·張南欣喜而退. 次日, 四更造飯, 五更結束已定, 早聽得水寨中擂鼓鳴金. 船皆出寨, 分布水面, 長江一帶, 青紅旗號交雜. 焦觸·張南領哨船二十隻, 穿寨而出, 望江南進發.

*注: **班部**(반부): 班列. 조정의 行列. **如其**(여기): 만일. (語感이 〈如果〉보다 강하다.) **直抵**(직저): 곧바로 가다. 直至. 〈抵〉: 다다르다. 겨루다. **遠爲之勢**(원위지세): 멀리서 그를 위한 세력이 되어주다. **結束**(결속): 마치다. 종료하다. 여기서는 〈衣甲과 裝備 등의 준비를 마치다〉란 뜻. **哨船**(초선): 순찰선. 초병들이 순찰하기 위해 타는 배. **穿寨**(천채): 營寨를 통과·관통하다. 〈穿〉: (공간, 틈 등을) 通過하다. 貫通하다.

〖9〗 却說南岸隔日聽得鼓聲喧震, 遙望曹操調練水軍, 探事人報知周瑜. 瑜往山頂觀之, 操軍已收回. 次日, 忽又聞鼓聲震天, 軍士急登高觀望, 見有小船衝波而來, 飛報中軍. 周瑜問帳下:“誰敢先出?” 韓當·周泰二人齊出曰:“某當權爲先鋒破敵.”(*因黃蓋病, 故二人權爲先鋒, 與前後文相應.) 瑜喜, 傳令各寨嚴加守禦, 不可輕動. 韓當·周泰各引哨船五隻, 分左右而出.

却說焦觸·張南憑一勇之氣, 飛棹小船而來. 韓當獨披掩心, 手執長槍, 立於船頭. 焦觸船先到, 便命軍士亂箭望韓當船上射來, 當用牌遮隔. 焦觸撚長槍與韓當交鋒. 當手起一槍, 刺死焦觸. 張南隨後大叫赶來, 隔斜裏周泰船出. 張南挺槍立於船頭, 兩邊弓矢亂射. 周泰一臂挽牌, 一手提刀, 一 兩船相離七八尺, 泰卽飛身一躍, 直躍過張南船上, 手起刀落, 砍張南於水中, (*有此二人之死, 愈令曹操信連環計之妙, 而更不疑連環之不可用也.) 亂殺駕舟軍士. 衆船飛棹急回. 韓當·周泰催船追赶, 到半江中, 恰與文聘船相迎. 兩邊便擺定船廝殺.

*注: **隔日**(격일): 하루 걸러서. 이틀 전에. 그저께. **當權**(당권): 〈當〉: 相當於 "則". (表示 承接) 〈權〉: 잠시. 일시. (*그렇다면 잠시 (선봉이 되어)…). **嚴加守禦**(엄가수어): 엄히 지키고 방어하다. 〈加〉: 문장 형식 〈부사(嚴) + 加 + 동명사(守禦)〉에서 〈加〉는 뒤의 동명사를 〈가하다〉란 뜻이므로, 번역할 때는 〈加〉를 생략하고 부사(嚴)와 〈동명사(守禦)〉의 動詞的 내용만으로 하면 된다. 즉, 嚴히 守禦하다. **掩心**(엄심): 가슴을 보호하는 갑옷. **遮隔**(차격): 막다. 차단하다. **撚長槍**(연장창): 긴 창을 꼬나 잡다. 〈撚〉: 물건을 손으로 잡고 비틀다. 꼬다. 꼬나 잡다. **隔斜裏**(격사리): 측면에서, 비스듬히. 옆면(旁邊). 측면(側面). 격사리(隔斜裏). 사척리(斜刺裏). 척사리(刺邪裏)와 같은 뜻.

〖10〗 却說周瑜引衆將立於山頂, 遙望江北水面艨艟戰船, 排合江上, 旗幟號帶, 皆有次序. 回看文聘與韓當·周泰相持. 韓當·周泰奮力攻擊, 文聘抵敵不住, 回船而走. 韓·周二人急催船追赶. 周瑜恐二人深入重地, 便將白旗招颭, 令衆鳴金. 二人乃揮棹而回. 周瑜於山頂看隔江戰船, 盡入水寨. 瑜顧謂衆將曰: "江北戰船如蘆葦之密, 操又多謀, 當用何計以破之?" 衆未及對, 忽見曹軍寨中，被風吹折中央黃旗，飄入江中.(*曹軍折旗，却在周瑜眼中望見. 敍法變換. 將寫周瑜旗角拂面，先寫曹操軍中折旗. 衬染絕佳.) 瑜大笑曰："此不祥之兆也!" 正觀之際，忽狂風大作，江中波濤拍岸. 一陣風過，刮起旗角於周瑜臉上拂過. 瑜猛然想起一事在心，(*試思，猛想是何想? 一事是何事?) 大叫一聲，往後便倒，口吐鮮血. 諸將急救起時，却早不省人事. 正是:

一時忽笑又忽叫，難使南軍破北軍.

畢竟周瑜性命如何，且看下文分解.

*注: **排合**(배합): 줄을 지어 모여 있다. **號帶**(호대): 이름을 쓴 띠. 〈帶〉: 좁고 긴 띠. **重地**(중지): 적의 내부에 있는 곳. 적진 안 깊숙한 곳. **招颭**(초점): 초전(招展). 바람에 펄럭이다(飄揚). 흔들(리)다(搖曳). (*第七十一回: 乃將紅旗招展.) **刮起**(괄기): 불어 올리다.(刮: 風吹) **旗角**(기각): =旗脚. 깃발의 말단(旗尾). **拂過**(불과): 스쳐 지나가다. **猛然**(맹연): 갑자기. 뜻밖에.

第四十八回 毛宗崗 序始評

(1). 天下有最失意之事，必有一最快意之事以爲之前焉. 將寫赤壁之敗，則先寫其艫艫千里，旌旗蔽空; 將寫華容之奔，則先寫其南望武昌，西望夏口. 蓋志不得，意不滿，足不高，氣不揚，則害不甚而禍不速也. 寫覇王者，極寫夜宴之樂，非爲夜宴寫也，爲烏江寫耳. 然則曹操之横槊賦詩，其項羽之夜宴乎? 曹操當舞槊作歌之時，正志得意滿之時也. 而其歌乃曰:"憂思難忘"，又曰:"何以解憂"，又曰"憂從中來"，何其宜樂而憂耶? 蓋樂者憂之所伏. 〈檀弓〉之言曰:"樂斯陶，陶斯咏，咏斯舞，舞斯慍，慍斯戚，戚斯嘆矣." 淳于之諷齊王亦曰:"樂不可極，樂極生悲.”是不獨“烏鵲南飛”爲南征失利之兆， 而卽其釃酒臨江，固知其憂必及之耳.

(2). 凡計之妙，欲使敵用我計而敗，必有不用我計而敗者，以堅敵之心，則焦觸·張南之敗是也，吳所以愚操者，連環之計耳.焦觸·張南敗於無環之舟，使操知不用連環之不利，而用連環之志愈決矣. 凡計之妙，我欲行此計而勝，必有不用此計而亦勝者，以杜敵之疑，則韓當·周泰之勝是也. 吳所欲用者，火攻之計耳.韓當·周泰勝以不火之舟，使操知東吳之不必用火，而後之用火乃爲操所不及料矣. 人但知前卷之獻連環，後卷之燒赤壁爲周郎破操之事，而此卷則似乎閑文之無當於前後也者，孰知乃前後之關目也耶!

(3). 火攻之策，不但孔明公瑾龐統黃蓋之所知，而亦徐庶程昱荀攸之所知也. 徐庶不爲操言之，而攸與昱則爲操言之矣. 爲操言之，而操亦未嘗不知之矣. 知之而終不免於犯之，其故何哉?蓋操知風之不東，而不知風之可借；知火之不利於南，而不知火之可轉於北. 有回天之人，而天亦不可知；有助人之天，而人亦不可知耳.

第四十九回

七星壇諸葛祭風
三江口周瑜縱火

〖1〗 却說周瑜立於山頂, 觀望良久, 忽然望後而倒, 口吐鮮血, 不省人事. 左右救回帳中. 諸將皆來動問, 盡皆愕然, 相顧曰: “江北百萬之衆, 虎踞鯨呑. 不料都督如此. 倘曹兵一至, 如之奈何?” 慌忙差人申報吳侯, 一面求醫調治. (*北軍求醫, 周瑜又求醫.)

却說魯肅見周瑜臥病, 心中憂悶, 來見孔明, 言周瑜猝病之事. 孔明曰: “公以爲何如?” 肅曰: “此乃曹操之福, 江東之禍也.” 孔明曰: “公瑾之病, 亮亦能醫.” (*北軍之病, 龐統醫之, 周瑜之病, 必須孔明治之.) 肅曰: “誠如此, 則國家萬幸!” 卽請孔明同去看病. 肅先入見周瑜, 瑜以被蒙頭而臥. 肅曰: “都督病勢若何?” (*魯肅是眞問病.) 周瑜曰: “心腹攪痛, 時復昏迷.” 肅曰: “曾服何藥餌?” 瑜曰: “心中嘔逆, 藥不能下.” 肅曰: “適來去望孔明, 言能醫都督之病. 現在帳外, 煩來醫治, 何如?" 瑜命請入, 敎左右扶起, 坐於床上. 孔明曰: "連日不晤君顔, 何期貴體不安!" (*孔明是假問病.) 瑜曰: "'人有旦夕禍福', 豈能自保?" 孔明笑曰: "'天有不測風雲', 人又豈能料乎?" 瑜聞失色, 乃作呻吟之聲. 孔明曰: "都督心中似覺煩積否?" 瑜曰: "然." 孔明曰: "必須用凉藥以解之." 瑜曰: "已服凉藥, 全然無效." 孔明曰: "須先理其氣; 氣若順, 則呼吸之間, 自然痊可." (*都是隱語, 妙語.) 瑜料孔明必知其意, 乃以言挑之曰: "欲得順氣, 當服何藥?" 孔明笑曰: "亮有一方, 便敎都督氣順." 瑜曰: "願先生賜敎." 孔明索紙筆, 屛退左右, 密書十六字曰: "欲破曹公, 宜用火攻; 萬事俱備, 只欠東風."

*注: **不料**(불료): 헤아리지 못하다. 예견하지 못하다. **調治**(조치): 몸조리하다. 요양하다. 처리하다. 조리하다. **攪痛**(교통): 휘젓듯이 아프다. **藥餌**(약이): 약과 음식. (병자가 먹는) 영양분이 많은 음식. **適來**(적래): 방금. 근래. **不晤**(불오): 만나지 못하다. 대면하지 못하다. **煩積**(번적): 번민울적(煩悶鬱積). **呼吸之間**(호흡지간): 숨 한 번 돌리는 사이. 잠깐사이. 순식간. **痊可**(전가): 痊愈. 병이 낫다. 완쾌되다.

〖2〗 寫畢, 遞與周瑜曰: "此都督病源也." (*此等病源, 近世醫家寫不出.) 瑜見了大驚, 暗思: '孔明眞神人也, 早已知我心事! 只索以實情告之.' 乃笑曰: "先生已知我病源, 將用何藥治之? 事在危急, 望卽賜敎." 孔明曰: "亮雖不才, 曾遇異人, 傳授奇門遁甲天書, 可以呼風喚雨. 都督若要東南風時, 可於南屛山建一臺, 名曰'七星壇': 高九尺, 作三層, 用一百二十人, 手執旗旛圍繞. 亮於臺上作法, 借三日三夜東南大風, 助都督用兵, 何如?" (*病貴驅風, 今反以風治病, 蓋三日之風勝於七年之艾矣!) 瑜曰: "休道三日三夜, 只一夜大風，大事可成矣．只是事在目前，不可遲緩．"（*不欲遲而多，但願速而少，今人服藥，往往如此．）孔明曰："十一月二十日甲子祭風，至二十二日丙寅風息，如何?"（*周以甲子興，紂以甲子亡，赤壁之戰幾同牧野之師．）瑜聞言大喜，矍然而起，便傳令差五百精壯軍士，往南屏山築壇；撥一百二十人，執旗守壇，聽候使令．

*注：只索(지색)：不得已．不得不．只得．할 수 없이．　奇門遁甲(기문둔갑)：八門遁甲(팔문둔갑)이라고도 한다．十干 중의 〈乙，兵，丁〉을 〈三奇〉라 하고，八卦의 變相인 〈休 · 生 · 傷 · 杜 · 景 · 死 · 驚 · 開〉를 〈八門〉이라고 하여 합하여 〈奇問〉이라 부른다．十干 중의 〈甲〉은 가장 존귀한 것으로서 그 모습을 드러내지 않는다．그래서 항상 소위 〈六儀〉인 〈戊 · 己 · 庚 · 辛 · 壬 · 癸〉 속에 숨어서 〈三奇〉와 〈六儀〉를 九宮에 분포시키면서 〈甲〉이 어느 한 宮을 독점하는 일이 없다．그래서 〈遁甲(甲을 숨기다)〉이라고 한다．迷信을 믿는 사람들은 〈奇門遁甲〉에 근거하여 吉凶과 禍福을 점칠 수 있다고 믿는다．　矍然(확연)：矍矍．깜빡 놀라 눈을 휘둥그렇게 하고 허둥지둥 이쪽저쪽을 보는 모양．

〖3〗孔明辭別出帳，與魯肅上馬，來南屏山相度地勢．令軍士取東南方赤土築壇，（*東南巽地，與風相取；色尙其赤，與火相照．）方圓二十四丈，每一層高三尺，共是九尺．下一層挿二十八宿旗：東方七面靑旗，按角 · 亢 · 氐 · 房 · 心 · 尾 · 箕，（*東方七宿，總名叫蒼龍．）布蒼龍之形；北方七面皂旗，按斗 · 牛 · 女 · 虛 · 危 · 室 · 壁，（*北方七宿，總名叫玄武．玄武，一說是龜，一說是蛇，一說是北方的神，龜蛇合體．）作玄武之勢；西方七面白旗，按奎 · 婁 · 胃 · 昴 · 畢 · 觜 · 參，（*西方七宿，總名叫白虎．）踞白虎之威；南方七面紅旗，按井 · 鬼 · 柳 · 星 · 張 · 翼 · 軫，（*南方七宿，總名叫朱雀．中國古代把上面所講的，在〈白道〉和〈黃道〉附近的二十八個星宿，叫做二十八宿．又按四方分爲四組，卽；蒼龍，白虎，朱雀，玄武. 古人認爲這是安定四方的四個天神.) 成朱雀之狀. 第二層周圍黃旗六十四面, 按六十四卦, 分八位而立. 上一層用四人, 各人戴束髮冠, 穿皂羅袍, 鳳衣博帶, 朱履方裾. 前左立一人, 手執長竿, 竿尖上用鷄羽爲葆, 以招風信; 前右立一人, 手執長竿, 竿上繫七星號帶, 以表風色; 後左立一人, 捧寶劍; 後右立一人, 捧香爐. 壇下二十四人, 各持旌旗·寶蓋·大戟·長戈·黃旄·白鉞·朱幡·皂纛, 環繞四面.

*注: **方圓**(방원): 네모와 원. 주위. 둘레. 범위. 方法. 準則. **六十四面**(六十四面): 64개. 〈面〉: 깃발 등 평면적을 가진 물건을 세는 단위. 개. **方裾**(방거): 네모난 옷자락(前襟) **葆**(보): 새의 깃으로 장식한 일종의 儀仗으로 風向을 관측하기 위한 도구. 새 깃을 깃대 끝에 꽂아서 마치 덮개(蓋)처럼 만든 것으로, 깃으로 된 〈덮개〉와 같다는 뜻에서 〈羽葆〉라고도 불렀다. 〈葆〉: 더부룩이 나다. 깃 장식. 깃대의 꼭대기에 다는 새 깃 장식. **風信**(풍신): 바람이 부는 時期와 方向. **號帶**(호대): 이름을 새긴 띠. **風色**(풍색): 바람의 방향. **寶蓋**(보개): 보물로 장식한 우산 덮개. **幡**(번): 장방형으로 아래로 드리워진 旗. **皂纛**(조독): 검은 기. 〈纛〉: ①옛날 군대나 의장대의 큰 기. ②고대 羽毛로 만든 舞具. ③제왕의 수레 위에 세운 쇠꼬리나 꿩 꼬리로 만든 장식물.

*(〈**二十八宿**(이십팔수)〉: 고대의 천문학자들은 天象과 日月星辰의 운행을 관측하기 위하여 28개의 恒星群을 관측 할 때의 標志로 삼았는데, 이것이 二十八宿이다. 이 二十八宿를 4개 組로 나누어 東方七宿, 北方七宿, 西方七宿, 南方七宿라 하고, 이를 四種의 동물 형상, 즉 蒼龍(東), 白虎(西), 朱雀(南), 玄武(北)와 짝을 지어 이를 〈四象〉이라고 불렀다.)

〖4〗 孔明於十一月二十日甲子吉辰, 沐浴齋戒, 身披道衣, 跣足散髮, 來到壇前.(*嚴似祈雨道士模樣.) 分付魯肅曰: "子敬自往軍中相助公瑾調兵．倘亮所祈無應，不可有怪．”魯肅別去．孔明囑咐守壇將士：“不許擅離方位．不許交頭接耳，不許失口亂言．不許失驚打怪．如違令者斬!”衆皆領命．孔明緩步登壇，觀瞻方位已定，焚香於爐，注水於盂，仰天暗祝．下壇入帳中少歇，令軍士更替吃飯．孔明一日上壇三次，下壇三次．一 却並不見有東南風．

*注：**失驚打怪**(실경타괴)：깜짝 놀라다. 깜짝 놀라 의아해 하다.　**更替**(경체)：교대하다. 교대로.

〖5〗且說周瑜請程普·魯肅一班軍官，在帳中伺候，只等東南風起，便調兵出；一面關報孫權接應．黃蓋已自准備火船二十隻，船頭密布大釘；船內裝載蘆葦乾柴，灌以魚油，上鋪硫黃·焰硝引火之物，各用青布油單遮蓋；船頭上插青龍牙旗，船尾各繫走舸：在帳下聽候，只等周瑜號令．甘寧·闞澤窩盤蔡和·蔡中在水寨中，每日飮酒，不放一卒登岸；周圍盡是東吳軍馬，把得水泄不通：只等帳上號令下來．周瑜正在帳中坐議，探子來報：“吳侯船隻離寨八十五里停泊,只等都督好音．”瑜卽差魯肅遍告各部下官兵將士：“俱各收拾船隻·軍器·帆櫓等物，號令一出，時刻休違．倘有遲誤，卽按軍法．”衆兵將得令，一個個摩拳擦掌，准備廝殺．

*注：**關報**(관보)：문서로 보고하다. 〈關〉：관청 간의 질의문서.　**油單**(유단)：기름 먹인 천. 防濕用.　**靑龍牙旗**(청룡아기)：깃대 위를 象牙로 장식하고 깃에는 靑龍을 수놓은 것으로 大將의 깃발이다. (*제47회에서 闞澤이 曹操를 찾아갔을 때 黃蓋가 투항하러 올 때는 배에 靑牙旗를 꽂고 올 것이라고 약속했기 때문에 이 기를 꽂은 것이다.)　**走舸**(주가)：가볍고 빠른 戰船. 快船.　**帳下**(장하)：막사 안(營帳中). 장수의 部下. 麾下.　**窩盤**(와반)：달래다. 위로하다. 꼭 붙어 있다.　**把得**(파득)：지켜서 …하다. 〈得〉(조사) 동사나 형용사 뒤에서 쓰여 결과나 정도를 표시하는 보어를 연결하는 역할을 한다.

摩拳擦掌(마권찰장): 주먹을 문지르고 손을 비비다. 한 바탕 해보려고 단단히 벼르다.

〖6〗 是日, 看看近夜, 天色晴明, 微風不動. 瑜謂魯肅曰: "孔明之言謬矣. 隆冬之時, 怎得東南風乎?" (*再借周瑜口中, 極力反寫一句, 以見下文之奇.) 肅曰: "吾料孔明必不謬談." 將近三更時分, 忽聽風聲響, 旗幡轉動. 瑜出帳看時, 旗脚竟飄西北, 一霎時間東南風大起. (*將寫風起, 先寫響聲, 次寫旗脚, 以漸而來. 妙甚.)

瑜駭然曰: "此人有奪天地造化之法·鬼神不測之術! 若留此人, 乃東吳禍根也. 及早殺却, 免生他日之憂." (*纔借得風來, 便欲殺借風之人, 周郎可謂狠矣!) 急喚帳前護軍校尉丁奉·徐盛二將: "各帶一百人. 徐盛從江內去, 丁奉從旱路去, 都到南屛山七星壇前. 休問長短, 拏住諸葛亮便行斬首, 將首級來請功." (*未調各路破曹操之兵, 先調兩路殺孔明之兵, 周郎之視孔明重於曹操, 重於八十三萬大兵也.) 二將領命, 徐盛下船, 一百刀斧手蕩開棹槳; 丁奉上馬, 一百弓弩手各跨征駒: 往南屛山來. 於路正迎着東南風起. 後人有詩曰:

七星壇上臥龍登, 一夜東風江水騰.
不是孔明施妙計, 周郎安得逞才能?

*注: **看看**(간간): 이제 곧. 막. **旗脚**(기각): 旗尾. 旗角. **及早**(급조): 일찌감치. 일찍. **殺却**(살각): 죽여 버리다. 〈却〉: (동사 뒤에서 보어로 쓰여서) 〈…해 버리다〉. 〈…하고 말다〉란 뜻을 나타냄. **休問長短**(휴문장단): 장단을 묻지 말라. 〈長短〉: 是非. 優劣. 이러쿵저러쿵. 하여튼. 어쨌든. **蕩開棹槳**(탕개도장): 마구 노를 젓다. 〈蕩〉: 恣縱. 放蕩不羈. 마구하다. 거리낌이 없는 모양(蕩蕩. 蕩然). **征駒**(정구): 戰馬.

〖7〗 丁奉馬軍先到, 見壇上執旗將士, 當風而立. 丁奉下馬提劍上壇，不見孔明，慌問守壇將士．答曰："恰纔下壇去了．" 丁奉忙下壇尋時，徐盛船已到．二人聚於江邊．小卒報曰："昨晚一隻快船停在前面灘口．適間却見孔明披髮下船，那船望上水去了．" 丁奉·徐盛便分水陸兩路追襲．徐盛教拽起滿帆，搶風而使．遙望前船不遠，徐盛在船頭上高聲大叫："軍師休去！都督有請!" 只見孔明立於船尾大笑曰："上覆都督：好好用兵；諸葛亮暫回夏口，異日再容相見．" 徐盛曰："請暫少住，　有緊話說．" 孔明曰："吾已料定都督不能容我，必來加害，預先教趙子龍來相接．一　將軍不必追赶．" 徐盛見前船無篷，只顧赶去．看看至近，趙雲拈弓搭箭，立於船尾大叫曰："吾乃常山趙子龍也！奉令特來接軍師．你如何來追赶？本待一箭死你來，顯得兩家失了和氣．一　教你知我手段!" 言訖，箭到處，射斷徐盛船上篷索．那篷墮落下水，其船便橫．趙雲却教自己船上拽起滿帆，乘順風而去．其船如飛，追之不及．岸上丁奉喚徐盛船近岸，言曰："諸葛亮神機妙算，人不可及．更兼趙雲有萬夫不當之勇，汝知他當陽長坂時否？吾等只索回報便了．" 於是二人回見周瑜，言孔明預先約趙雲迎接去了．　周瑜大驚曰："此人如此多謀，使吾曉夜不安矣!" (*周瑜第一次調撥兩路軍出去，而丁徐二人空身來見，竟無成功．是曹操可勝，八十三萬大兵可勝，而孔明一人必不可勝也.) 魯肅曰："且待破曹之後，却再圖之．"

*注：**恰纔**(흡재)：방금．바로．지금．恰才．　**適間**(적간)：방금(剛才)．**搶風而使**(창풍이사)：바람을 모아 사용하다(배를 몰다)．〈搶〉:부딪치다．모이다．빼앗다．　**上覆**(상복)：위에 보고하다(與上報告)．　**料定**(료정)：예측하다．단정하다．　**不必**(불필)：…하지 말라．…할 필요 없다．…할 것까지는 없다．　**篷**(봉)：①수레나 배전 위를 덮어서 일광이나 바람과 비를 막기 위한 시설．② 배의 돛(船帆)．③배(船)．　**待**(대)：…하려고 하다(欲．將要．待要)．　**顯得**(현득)：어떤 정황을 나타내는 데 쓰는 표현．…인 것처럼 보인

다. 분명히 … 될 것이다. **手段**(수단): ①기교나 재주(技巧, 本領). ② 방법이나 조치. **篷索**(봉삭): 돛을 매단 밧줄. 용총줄. **只索**(지색): 부득이. 어쩔 수 없이 할 수 없이. **曉夜**(효야): 밤낮. 日夜.

〖8〗 瑜從其言, 喚集諸將聽令. 先教甘寧: "帶了蔡中, 并降卒沿南岸而走, 只打北軍旗號, 直取烏林地面, 正當曹操屯糧之所, 深入軍中, 擧火爲號. 只留下蔡和一人在帳下, 我有用處." 第二喚太史慈分付: "你可領三千兵, 直奔黃州地界, 斷曹操合淝接應之兵, 就逼曹兵, 放火爲號; 只看紅旗, 便是吳侯接應兵到." 這兩隊兵最遠, 先發. 第三喚呂蒙: "領三千兵, 去烏林接應甘寧, 焚燒曹操寨柵." 第四喚凌統: "領三千兵, 直截彝陵界首, 只看烏林火起, 以兵應之." 第五喚董襲: "領三千兵, 直取漢陽, 從漢川殺奔曹操寨中, 看白旗接應." 第六喚潘璋: "領三千兵, 盡打白旗, 往漢陽接應董襲." 六隊船隻各自分路去了.

却令黃蓋安排火船, 使小卒馳書約曹操, 今夜來降. 一面撥戰船四隻, 隨於黃蓋船後接應. 第一隊領兵軍官韓當, 第二隊領兵軍官周泰, 第三隊領兵軍官蔣欽, 第四隊領兵軍官陳武: 四隊各引戰船三百隻, 前面各擺列火船二十隻. 周瑜自與程普在大艨艟上督戰, 徐盛·丁奉爲左右護衛, (*以上旱軍六隊, 水軍連黃蓋與周瑜亦是六隊, 共是十二隊, 與前卷曹操水軍五隊, 旱軍六隊, 正復相對.) 只留魯肅共闞澤及衆謀士守寨. 程普見周瑜調軍有法, 甚相敬服.

却說孫權差使命持兵符至, 說已差陸遜爲先鋒, 直抵蘄·黃地面進兵, 吳侯自爲後應. 瑜又差人西山放火炮, 南屛山擧號旗. 各各准備停當, 只等黃昏擧動. (*甲子日夜半有風, 至乙丑日黃昏發火, 黃昏以前, 却是周瑜一一調撥.)

*注: **黃州**(황주): 故城址는 지금의 호북성 黃岡에 있다. **合淝**(합비): 合肥.

揚州 九江郡에 속했던 縣名. 故城址는 지금의 안휘성 合肥에 있다. **逼**(핍): 접근하다. 가까이 가다. **直截**(직절): 곧바로(直) 물이나 평지를 건너가다(넘어가다(截). 〈截〉: 直渡. 跨越. **彝陵界首**(이릉계수): 〈彝陵〉: 縣名. 즉 夷陵. 형주 南郡에 속했다. 지금의 호북성 宜昌市 東. 〈界首〉: 경계. 地界. **漢陽**(한양): 본래의 뜻은 漢水 북쪽이란 뜻이다. (*〈陽〉: 山南水北.) 故城址는 지금의 호북성 武漢市 漢陽에 있다. **漢川**(한천): 唐代에 漢陽을 나누어 설치한 縣名. 故城址는 지금의 호북성 漢川. **蘄·黃**(기황): 蘄春과 黃州. 蘄春縣은 형주 강하군에 속했으며, 故城址는 지금의 호북성 蘄春縣 南에 있다.

〖9〗話分兩頭. 且說劉玄德在夏口專候孔明回來. 忽見一隊船到, 乃是公子劉琦自來探聽消息. 玄德請上敵樓坐定, 說: "東南風起多時, 子龍去接孔明, 至今不見到, 吾心甚憂." 小校遙指樊口港上: "一帆風送扁舟來到, 必軍師也." 玄德與劉琦下樓迎接. 須臾船到, 孔明·子龍登岸. 玄德大喜. 問候畢, 孔明曰: "且無暇告訴別事. 前者所約軍馬戰船, 皆已辦否?" 玄德曰: "收拾久矣, 只候軍師調用." 孔明便與玄德·劉琦升帳坐定, 謂趙雲曰: "子龍可帶三千軍馬, 渡江徑取烏林小路, 揀樹木蘆葦密處埋伏.(*第一隊亦取烏林, 與周瑜相合.) 今夜四更已後, 曹操必然從那條路奔走. (*算定四更, 則非周瑜所及也.) 等他軍馬過, 就半中間放起火來. 雖然不殺他盡絕, 也殺一半." 雲曰: "烏林有兩條路: 一條通南郡, 一條取荊州. 不知向那條路來?" 孔明曰: "南郡勢迫, 曹操不敢往; 必來荊州, 然後大軍投許昌而去."(*料如指掌.) 雲領計去了. 又喚張飛曰: "翼德可領三千兵, 渡江截斷彝陵這條路, 去葫蘆谷口埋伏. 曹操不敢走南彝陵, 必望北彝陵去. 來日雨過, 必然來埋鍋造飯. (*預知有雨者, 更非周瑜之所及也.) 只看烟起, 便就山邊放起火來. 雖然不捉得曹操，翼德這場功料也不小.”飛領計去了. 又喚糜竺・糜芳・劉封三人，各駕船隻，繞江剿擒敗軍，奪取器械. 三人領計去了. 孔明起身，謂公子劉琦曰:“武昌一望之地，最爲緊要. 公子便請回，率領所部之兵，陳於岸口. 操一敗必有逃來者，就而擒之，却不可輕離城郭.”劉琦便辭玄德・孔明去了. 孔明謂玄德曰:“主公可於樊口屯兵，憑高而望，坐看今夜周郞成大功也.”

*注: **勢迫**(세박): 형세가 급박하다. 즉, 적의 추격권 안에 들어 있다. 전장에서 멀리 떨어져 있지 않다. **葫蘆谷**(호로곡): 지금의 호북성 江陵縣 西北에 위치. **功料**(공료): 공정과 그에 소요되는 재료(工程及其所用的材料). 단, 여기서는 〈功勞〉의 假借. **武昌**(무창): 縣名. 손권이 吳王을 칭한 후 鄂縣을 都城으로 삼으면서 그 이름을 武昌으로 바꾸었다. 故城址는 호북성 鄂城에 있다. **一望之地**(일망지지): 비교적 가까운 거리에 있는 땅. 〈一望〉: 한 눈에 바라보다. 視力이 미치는 거리. 한 눈에 다 바라볼 수 있는 비교적 가까운 거리.

〖10〗 時雲長在側，孔明全然不睬.(*本要重用他，却反不睬他. 妙甚.) 雲長忍耐不住，乃高聲曰:“關某自隨兄長征戰，許多年來，未嘗落後. 今日逢大敵，軍師却不委用，此是何意?”(*待關公自問，妙甚. 無此憤激，不見後文之奇.) 孔明笑曰:“雲長勿怪! 某本欲煩足下把一個最緊要的隘口，怎奈有些違碍，不敢教去.”雲長曰:“有何違碍? 願卽見諭.”孔明曰:“昔日曹操待足下甚厚，足下當有以報之. 今日曹兵敗，必走華容道; 若令足下去時，必然放他過去. 因此不敢教去.” 雲長曰:“軍師好心多! 當日曹操果是重待某，某已斬顔良，誅文醜，解白馬之圍，報過他了. 今日撞見，豈肯輕放!” 孔明曰:“倘若放了時，却如何?” 雲長曰:“願依軍法!” 孔明曰:“如此，立下文書.”雲長便與了軍令狀.(*此寫關公之決.) 雲長曰: "若曹操不從那條路上來,如何?" 孔明曰: "我亦與你軍令狀." (*此寫孔明之智.) 雲長大喜. 孔明曰: "雲長可於華容小路高山之處, 堆積柴草, 放起一把火烟, 引曹操來." (*周郎旣以火逐之, 孔明又以火迎之. 周郎善於用火, 孔明更工於用火也.) 雲長曰: "曹操望見烟, 知有埋伏,如何肯來?" 孔明笑曰: "豈不聞兵法 '虛虛實實' 之論? 操雖能用兵, 只此可以瞞過他也. 他見烟氣, 將謂虛張聲勢, 必然投這條路來. (*奇絕! 妙絕!) 將軍休得容情." 雲長領了將令, 引關平·周倉并五百校刀手, 投華容道埋伏去了. (*前寫周瑜調撥, 後寫孔明調撥, 至此方完.) 玄德曰: "吾弟義氣深重, 若曹操果然投華容道去時, 只恐端的放了." (*不惟孔明料之, 玄德亦已料之矣.) 孔明曰: "亮夜觀乾象, 操賊未合身亡. 留這人情, 教雲長做了, 亦是美事." (*孔明旣知人, 又知天.) 玄德曰: "先生神算, 世所罕及!" 孔明遂與玄德往樊口, 看周瑜用兵, 留孫乾·簡雍守城. (*此俗諺所云雲端裏看厮殺也.)

*注: **委用**(위용): 委之以用. 씀을 맡기다. 써주다. **怎奈**(즘나): 奈何. 無奈. 어찌하겠는가. **違碍**(위애): 阻碍. 障碍. 불가피한 사정. **華容道**(화용도): 華容小路. 〈華容〉: 삼국시대에는 吳國 荊州 南郡에 속했다. 故城址는 지금의 호북성 監利縣 동북에 있다. **心多**(심다): 의심이 많다. **立下**(립하): 〈立〉: 즉시, 즉각. 〈下〉: (서신이나 문서 등을) 건네다. **容情**(용정): 너그럽게 봐주다. 용서하다. **校刀手**(교도수): 칼 등 무기를 손에 든 병사. **端的**(단적): 틀림없이. 확실히. 과연.

〖11〗 却說曹操在大寨中, 與衆將商議, 只等黃蓋消息. 當日東南風起甚緊. 程昱入告曹操曰: "今日東南風起, 宜預隄防." 操笑曰: "冬至一陽生. 來復之時, 安得無東南風? 何足爲怪!" (*若曹操見風而遵, 便不奇矣. 正妙在處之泰然, 乃見後文之出其不意也.) 軍士忽報江東一隻小船來到. 說有黃蓋密書. 操急喚入. 其人呈上書. 書中訴說: "周瑜關防得緊, 因此無計脫身. 今有鄱陽湖新運到糧, 周瑜差蓋巡哨, 已有方便. 好歹殺江東名將, 獻首來降. 只在今晚二更, 船上挿靑龍牙旗者, 卽糧船也." 操大喜, 遂與衆將來水寨中大船上, 觀望黃蓋船到.

*注: **冬至一陽生**(동지일양생): 陰陽五行說에 따르면, 陰의 기운과 陽의 기운은 끊임없이 순환변동 하는데, 陰이 극한에 도달하면 陽의 기운이 생기기 시작하고 陽이 극한에 도달하면 陰의 기운이 생기기 시작한다. 이처럼 陽의 極點인 동시에 陰의 始點이 夏至이고, 陰의 極點인 동시에 陽의 始點이 冬至이다. 그래서 〈夏至一陰生〉, 〈冬至一陽生〉이라고 한 것이다. **來復**(래복): 하나는 가고 다른 하나가 오다(往還, 去而復來). 음양의 순환교체. 回復. 回來. (*출처: 〈易 · 復〉: 陽氣始生. 陽氣經七日已由剝盡而開始復生. 因稱一周爲一來復.) **關防**(관방): 기밀누설을 방지하다. 단속하다. **已**(이): 이미. 벌써; 얼마 후. 나중에. **方便**(방편): 형편. 적당한 기회. **好歹**(호대): 어떻게 해서든. 어쨌든. 하여튼.

〖12〗 且說江東, 天色向晚, 周瑜喚出蔡和, 令軍士縛倒. 和叫: "無罪!" 瑜曰: "汝是何等人, 敢來詐降! 吾今缺少福物祭旗, 願借你首級." 和抵賴不過, 大叫曰: "汝家闞澤 · 甘寧, 亦曾與謀!" 瑜曰: "此乃吾之所使也." 蔡和悔之無及. 瑜令捉至江邊皂纛旗下, 奠酒燒紙, 一刀斬了蔡和, 用血祭旗畢, 便令開船. 黃蓋在第三隻火船上, 獨披掩心, 手提利刃, 旗上大書"先鋒黃蓋". 蓋乘一天順風, 望赤壁進發.

是時東風大作, 波浪洶涌. 操在中軍遙望隔江, 看看月上, 照耀江水, 如萬道金蛇, 翻波戲浪. 操迎風大笑, 自以爲得志.(*此時老奸尙在夢中.) 忽一軍指說: "江南隱隱一簇帆幔, 使風而來." 操憑高望之. 報稱: "皆挿靑龍牙旗. 內中有大旗, 上書先鋒黃蓋名字." 操笑曰: "公覆來降, 此天助我也!" 來船漸近. 程昱觀望良久, 謂操曰: "來船必詐, 且休敎近寨."(*北軍未嘗無人.) 操曰: "何以知之?" 程昱曰: "糧在船中, 船必穩重. 今觀來船, 輕而且浮. 更兼今夜東南風甚緊, 倘有詐謀, 何以當之?"(*可惜知覺得遲了.) 操省悟, 便問: "誰去止之?" 文聘曰: "某在水上頗熟, 願請一往." 言畢, 跳下小船, 用手一指, 十數隻巡船, 隨文聘船出. 聘立於船頭, 大叫: "丞相鈞旨: 南船且休近寨, 就江心抛住." 衆軍齊喝: "快下了篷!" 言未絕, 弓絃響處, 文聘被箭射中左臂, 倒在船中. 船上大亂, 各自奔回. 南船距操寨止隔二里水面. 黃蓋用刀一招, 前船一齊發火. 火趁風威, 風助火勢, 船如箭發, 烟焰漲天. 二十隻火船撞入水寨, 曹寨中船隻一時盡着; 又被鐵環鎖住, 無處逃避.(*方見連環計之妙.) 隔江砲響, 四下火船齊到, 但見三江面上, 火逐風飛, 一派通紅, 漫天徹地.(*適纔見萬道金蛇, 此時却變作千條火龍矣.)

*注: **福物**(복물): 제사상에 올리는 祭品. 특히 제사용 酒肉. 제사 후에 여러 사람들에게 나눠주어 먹게 하는 것을 〈散福〉이라고 하므로, 이런 제품을 〈福物〉이라 불렀다. **抵賴**(저뢰): 사실을 인정하기를 거부하다. 〈抵〉: 抵賴. **一天**(일천): 온 하늘. **看看**(간간): 이제 곧. 막. **萬道**(만도): 일만 마리(가닥). 〈道〉: (가늘고 긴 것을 세는 양사) 줄. 선. 가닥. **使風**(사풍): 바람을 사용하다(쓰다). **抛住**(포주): 버려두다. 방치하다. **響處**(향처): 울리는 순간. 〈處〉: 때. 시각(時, 時候). **止**(지): 단지. 다만(=只). **趁**(진): (기회를) 타다. (탈 것을) 타다. 바람을 타다. **一派**(일파): (量詞) 경치, 기상, 소리, 말 등에 사용하는 수사.

〖13〗 曹操回觀岸上營寨, 幾處烟火. 黃蓋跳在小船上, 背後數人駕舟，冒烟突火，來尋曹操．操見勢急，方欲跳上岸，忽張遼駕一小脚船，扶操下得船時，那隻大船，已自着了．(*前以五十隻小船爲往來巡警之用，至此却爲曹操救命之用.) 張遼與十數人保護曹操，飛奔岸口．黃蓋望見穿絳紅袍者下船，料是曹操，乃催船速進，手提利刃，高聲大叫："曹賊休走！黃蓋在此!" 操叫苦連聲．張遼拈弓搭箭，覷着黃蓋較近，一箭射去．此時風聲正大，黃蓋在火光中，那裏聽得弓絃響？正中肩窩，翻身落水．(*正寫曹操被火，忽寫黃蓋落水，正快意時又見此不快意事.) 正是：

火厄盛時遭水厄，棒瘡愈後患金瘡．

未知黃蓋性命若何，且看下文分解．

*注：**脚船**(각선)：小船．외돛대의 소형 범선．**着了**(착료)：(불이) 붙었다．**絳紅**(강홍)：진홍색．**叫苦**(규고)：비명을 지르다．죽는 소리를 하다．한탄하다．**肩窩**(견와)：어깨 앞의 우묵한 곳．**厄**(액)：災厄．災難．

第四十九回 毛宗崗 序始評

(1)．吾嘗讀〈易〉，觀風火(☴☲)之爲家人，火風(☲☴)之爲鼎，竊以爲可與赤壁之戰相況也．惟孫·劉合爲一家，而鼎足之形成．孫之合於劉，亦如火之合於風．風因火力，而風愈揚；火借風力，而火乃烈．瑜之不可無亮，猶亮之不可無瑜耳．

(2)．寫周郎用兵，不於旣戰時寫之，正於將戰未戰時寫之．一寫其東風未發之前：各處打點·各人准備·秣馬勵兵·治舟束甲，未戰而已勃勃乎有欲戰之勢；一寫其東風旣發之後：諸將聽令·各軍赴敵·按部分班·星馳電走，將戰而已森森然有必勝之形．蓋用兵之勝，決之於將戰未戰之時，而不待於旣戰之後也．若但觀其戰, 不過某人射某人於水中, 某人砍某人於馬下而已, 又何以見江東士氣之壯, 而周郎兵略之善哉!

(3). 周郎赤壁一戰, 未調破曹之兵, 而先調取孔明之兵; 以水陸十二隊, 分取八十三萬人, 而獨以兩隊當孔明一人. 蓋以孔明一人爲大敵, 又在八十三萬人之上也. 乃八十三萬人可勝, 而孔明終不可勝. 忌其不可勝, 而欲殺之, 人以病周郎之刻. 知其不可勝, 而强欲殺之, 吾以笑周郎之愚.

(4). 赤壁之火, 不自赤壁始也. 其下種在二回之前矣. 以大江爲竈, 以赤壁爲爐, 而黃蓋其擔柴者也. 闞澤其送炭者也. 龐統其添油者也. 況更有蔣幹之乞薪於人, 以佐其炊, 二蔡之採樵於外, 以資其爨者乎. 迨乎孔明執扇, 而從之, 周瑜因人而熱之, 而風伯施威, 祝融憑怒, 殆又其後事云.

第五十回

諸葛亮智算華容
關雲長義釋曹操

〖1〗 却說當夜張遼一箭射黃蓋下水, 救得曹操登岸, 尋着馬匹走時, 軍已大亂.(*舍大舟就小舟, 又舍水路奔旱路, 寫一時倉忙之甚.) 韓當冒烟突火來攻水寨. 忽聽得士卒報道: "後梢舵上一人, 高叫將軍表字." 韓當細聽,但聞高叫: "公義救我!" 當曰: "此黃公覆也!" 急教救起, 見黃蓋負箭着傷, 咬出箭桿, 箭頭陷在肉內. 韓當急爲脫去濕衣, 用刀剜出箭頭, 扯旗束之, 脫自己戰袍與黃蓋穿了, 先令別船送回大寨醫治. 原來黃蓋深知水性, 故大寒之時, 和甲墮江, 也逃得性命.(*黃蓋苦肉於前, 又苦肉於後, 勇不避難, 極寫其忠.)

*注: **梢舵**(소타): 〈梢〉: 艄(소)와 同字. 선미(船尾). 〈舵〉: 키. **表字**(표자): 別名. 別號. **剜出**(완출): 칼로 힘껏 파내다. **和甲**(화갑): 갑옷을 입은 채로. **也**(야): 그래도. 역시. …까지도.

〖2〗 却說當日滿江火滾, 喊聲震地. 左邊是韓當 · 蔣欽兩軍, 從赤壁西邊殺來; 右邊是周泰 · 陳武兩軍, 從赤壁東邊殺來; 正中是周瑜 · 程普 · 徐盛 · 丁奉大隊船隻都到. 火須兵應, 兵仗火威, 此正是: 三江水戰, 赤壁鏖兵. 曹軍着槍中箭 · 火焚水溺者, 不計其數. 後人有詩曰:

魏吳爭鬪決雌雄, 赤壁樓船一掃空.

烈火初張照雲海, 周郎曾此破曹公.

又有一絕云:

山高月小水茫茫, 追歎前朝割據忙.

南士無心迎魏武, 東風有意便周郎.

*注: **火滾**(화곤): 불이 활활 타다. **赤壁**(적벽): 산 이름. 지금의 호북성 포기(蒲圻) 서북. 이 외에도 赤壁山이 있는데 그 하나는 지금의 호북성 黃岡에 있고 또 하나는 호북성 武昌 동남에 있다. 〈삼국연의〉에서는 포기의 적벽과 황강의 적벽을 합쳐서 하나로 이야기하고 있다. **須**(수): 기다리다. **鏖兵**(오병): 격전. 대전. **便**(편): 편리하다. 따르다. 순종하다(順, 順從).

〖3〗 不說江中鏖兵. 且說甘寧令蔡中引入曹寨深處, 寧將蔡中一刀砍於馬下, 就草上放起火來. 呂蒙遙望中軍火起, 也放十數處火, 接應甘寧. 潘璋 · 董襲分頭放火吶喊, 四下裏鼓聲大震. 曹操與張遼引百餘騎, 在火林內走, 看前面無一處不着. 正走之間, 毛玠救得文聘, 引十數騎到. 操令軍尋路. 張遼指道: "只有烏林地面, 空闊可走." 操徑奔烏林. 正走間, 背後一軍赶到, 大叫: "曹賊休走!" 火光中現出呂蒙旗號. 操催軍馬向前, 留張遼斷後, 抵敵呂蒙. 却見前面火把又起, 從山谷中擁出一軍, 大叫: "凌統在此!" 曹操肝膽皆裂. 忽刺斜裏一彪軍到, 大叫: "丞相休慌! 徐晃在此!" 彼此混戰一場, 奪路望北而走. 忽見一隊軍馬, 屯在山坡前. 徐晃出問, 乃是袁紹手下降將馬延·張顗, 有三千北地軍馬, 列寨在彼; 當夜見滿天火起, 未敢轉動, 恰好接着曹操. 操教二將引一千軍馬開路, 其餘留着護身.

操得這枝生力軍馬, 心中稍安. 馬延·張顗二將飛騎前行. 不到十里, 喊聲起處, 一彪軍出. 爲首一將, 大呼曰: "吾乃東吳甘興霸也!" 馬延正欲交鋒, 早被甘寧一刀斬於馬下; 張顗挺槍來迎, 寧大喝一聲, 顗措手不及, 被寧手起一刀, 翻身落馬. 後軍飛報曹操. 操此時指望合淝有兵救應; 不想孫權在合淝路口, 望見江中火光, 知是我軍得勝, 便教陸遜擧火爲號, 太史慈見了, 與陸遜合兵一處, 衝殺將來. 操只得望彝陵而走. 路上撞見張郃, 操令斷後.

*注: **刺斜裏**(자사리): 비스듬히 기울어진 방향. 옆면 또는 측면에서(隔斜裏). **慌**(황): 당황하다. 두려워하다. 불안해하다. **枝**(일지): 〈支〉와 같은 뜻. 부족의 支派나 隊伍 등에 쓰이는 量詞. **生力**(생력): 신참. 新兵. 신예부대. (精銳的力量. 有生力量. 氣力, 生命力). **指望**(지망): (한 마음으로) 기대하다. 꼭 믿다. 기대. 희망.

〖4〗 縱馬加鞭, 走至五更, 回望火光漸遠, 操心方定, 問曰: "此是何處?" 左右曰: "此是烏林之西, 宜都之北." 操見樹木叢雜, 山川險峻, 乃於馬上仰面大笑不止. 諸將問曰: "丞相何故大笑?" 操曰: "吾不笑別人, 但笑周瑜無謀, 諸葛亮少智. 若是吾用兵之時, 預先在這裏伏下一軍, 如之奈何?" (*不要忙, 孔明已先合着你意了.) 說猶未了, 兩邊鼓聲震響, 火光竟天而起, 驚得曹操幾乎墜馬. 刺斜裏一彪軍殺出, 大叫: "我趙子龍奉軍師將令, 在此等候多時了!" 操教徐晃·張郃雙敵趙雲, 自己冒烟突火而去. 子龍不來追赶, 只顧搶奪旗幟. 曹操得脫.

*注: **宜都**(의도): 荊州에 속한 郡名. 조조가 형주를 평정한 후 南郡을 나누

어 枝江 以西를 臨江郡으로 하였는데, 유비가 다시 그 이름을 宜都郡으로 바꾸었다. 지금의 호북성 宜都縣 서북. 竟天(경천): 하늘 가득(滿天). 하늘 가에 닿을 정도로(直至天邊).

〖5〗天色微明, 黑雲罩地, 東南風尙不息. 忽然大雨傾盆, 濕透衣甲.(*可謂水火旣濟.) 操與軍士冒雨而行, 諸軍皆有飢色. 操令軍士往村落中劫掠糧食, 尋覓火種. (*火能爲利, 亦能爲害, 方脫其害, 又求其利. 前則遍地是火, 此處却要尋覓, 亦火之有盛必有衰也.) 方欲造飯, 後面一軍赶到. 操心甚慌,──原來却是李典·許褚保護着衆謀士來到. 操大喜, 令軍馬且行, 問: "前面是那裏地面?" 人報: "一邊是南彝陵大路, 一邊是彝陵北山路." 操問: "那裏投南郡江陵去近?" 軍士稟曰: "取彝陵北過葫蘆口去最便." 操敎走彝陵北. 行至葫蘆口, 軍皆飢餒, 行走不上, 馬亦困乏, 多有倒於路者. 操敎前面暫歇, 馬上有帶得鑼鍋的, 也有村中掠得糧米的, 便就山邊揀乾處埋鍋造飯, 割馬肉燒吃.(*回思橫槊賦詩之時, 眞所謂昨日今朝大不同.) 盡皆脫去濕衣, 於風頭吹晒. 馬皆摘鞍野放, 咽咬草根. 操坐於疏林之下, 仰面大笑. 衆官問曰: "適來丞相笑周瑜·諸葛亮, 引惹出趙子龍來, 又折了許多人馬.(*恰纔笑出來的.) 如今爲何又笑?" 操曰: "吾笑諸葛亮·周瑜畢竟智謀不足. 若是我用兵時, 就這個去處, 也埋伏一彪軍馬, 以逸待勞; 我等縱然脫得性命, 也不免重傷矣. 彼見不到此, 我是以笑之." (*不要忙! 孔明又合着你意了.) 正說間, 前軍後軍一齊發喊. 操大驚, 棄甲上馬. 衆軍多有不及收馬者. 早見四下火烟布合, 山口一軍擺開, 爲首乃燕人張翼德, 橫矛立馬, 大叫: "曹賊走那裏去!" 諸軍衆將見了張飛, 盡皆膽寒. 許褚騎無鞍馬來戰張飛. 張遼·徐晃二將, 縱馬也來夾攻. 兩邊軍馬混戰做一團. 操先撥馬走脫, 諸將各自脫身. 張飛從後赶來. 操迤邐奔逃．追兵漸遠，回顧衆將多已帶傷．

*注：**葫蘆口**(호로구)：지명．지금의 호북성 강릉 서북．　**鑼鍋**(라과)：군중에서 퇴각을 알리는 징(鑼) 및 취사용 솥(鍋)으로 겸용하는 구리로 만든 기물．노구솥．두 가지 용도로 쓰는 한 가지 물건이다．　**風頭**(풍두)：바람．〈頭〉：명사 뒤에 쓰이는 접미사．木頭．石頭．骨頭．舌頭．　**吹晒**(취쇄)：불어 말리다．　**咽咬**(인교)：(풀을) 뜯어 먹다．〈咽〉：목구멍．삼키다．〈咬〉：위아래 이빨로 물어뜯다．씹다．　**去處**(거처)：장소．곳．　**縱然**(종연)：비록 …하더라도．　**迤邐**(이리)：구불구불(曲折連綿貌)．천천히 나아가는 모습(徐行貌)．

〖6〗正行間，軍士稟曰："前面有兩條路，請問丞相從那條路去？"操問："那條路近？"軍士曰："大路稍平，却遠五十餘里．小路投華容道，却近五十餘里；只是地窄路險，坑坎難行．"操令人上山觀望，回報："小路山邊有數處烟起；大路并無動靜．"操教前軍便走華容道小路．諸將曰："烽烟起處，必有軍馬，何故反走這條路？"操曰："豈不聞兵書有云：'虛則實之，實則虛之．'諸葛亮多謀，故使人於山僻燒烟，使我軍不敢從這條山路走，他却伏兵於大路等着．吾料已定，偏不教中他計．"(*不要忙，却已中他計了．) 諸將皆曰："丞相妙算，人不可及．"(*且慢讚他．) 遂勒兵走華容道．此時人皆飢倒，馬盡困乏．焦頭爛額者扶策而行，中箭着槍者勉强而走．衣甲濕透，個個不全；(*此時又巴不得以火烘之矣．) 軍器旗幡，紛紛不整：大半皆是彝陵道上被赶得慌，只騎得禿馬，鞍轡衣服，盡皆拋棄．正値隆冬嚴寒之時，其苦何可勝言！(*極寫曹操狼狽，以衬關公釋放之義．)

*注：**坑坎**(갱감)：坎坷(감가)．도로가 울퉁불퉁 파인 모양．　**烽烟**(봉연)：봉화．연기．　**偏**(편)：(副詞) 기어코．꼭．　**焦頭爛額**(초두란액)：머리를

태우고 이마를 데다. 호된 공격을 받다. 대단히 낭패하고 곤경에 빠진 모양을 형용한 말. **巴不得**(파부득): 갈망하다. 간절히 바라다. **被赶得慌**(피간득황): 견딜 수 없을 정도로 내몰렸다. 〈赶〉: 쫓다. 내몰다. 〈…得慌〉: (육체적 심리적으로 견딜 수 없을 정도임을 나타내는 보어. 〈冷得慌〉: 못 견디게 춥다. 〈累得慌〉: 너무너무 피곤하다.) **秃馬**(독마): 맨 말. 민둥 말.(말에 안장이나 고삐 등이 전혀 없는 상태의 말).

〖7〗 操見前軍停馬不進, 問是何故. 回報曰: "前面山僻小路, 因早晨下雨, 坑塹內積水不流, 泥陷馬蹄, 不能前進." (*前苦於火, 今苦於水.) 操大怒, 叱曰: "軍旅逢山開路, 遇水疊橋, 豈有泥濘不堪行之理!" 傳下號令, 教老弱中傷軍士在後慢行, 强壯者擔土束柴, 搬草運蘆, 塡塞道路, 務要卽時行動, 如違令者斬. 衆軍只得都下馬, 就路傍砍伐竹木, 塡塞山路. 操恐後軍來赶, 令張遼·許褚·徐晃引百騎執刀在手, 但遲慢者便斬之.

此時軍已餓乏, 衆皆倒地, (*旣死於敵之火, 又死於我之刀, 操軍幾無孑遺矣.) 操喝令人馬踐踏而行. 死者不可勝數. 號哭之聲, 於路不絕. 操怒曰: "死生有命, 何哭之有? 如再哭者立斬!" (*只許自己笑, 不許別人哭.) 三停人馬: 一停落後, 一停塡了溝壑, 一停跟隨曹操. 過了險峻, 路稍平坦. 操回顧止有三百餘騎隨後, 並無衣甲袍鎧整齊者. (*八十三萬大軍只剩得三百餘騎.) 操催速行. 衆將曰: "馬盡乏矣, 只好少歇." 操曰: "赶到荊州將息未遲." (*有此一句, 乃見下文公之義.)

*注: **泥濘**(니녕): 진창. 질척거리다. **務要**(무요): 반드시 …하기를 바라다. **三停人馬**(삼정인마): 군사(人馬)를 세 부분으로 나누다. 〈停〉: 전체를 몇 개 部分으로 나누었을 때 그 일부분을 〈一停〉이라고 한다. 즉, 幾分之一. **馬盡乏**(마진핍): 말들이 모두 지치다. 〈乏〉: 결핍하다. 지치다. 피곤하다.

將息(장식): 휴식하다. 휴양하다.

〖8〗 又行不到數里, 操在馬上揚鞭大笑. 衆將問: "丞相何又大笑?" 操曰: "人皆言周瑜·諸葛亮足智多謀, 以吾觀之, 倒底是無能之輩. 若使此處伏一旅之師, 吾等皆束手受縛矣." 言未畢, 一聲砲響, 兩邊五百校刀手擺開, 爲首大將關雲長, 提青龍刀, 跨赤兎馬, 截住去路. 操軍見了, 亡魂喪膽, 面面相覷. 操曰: "旣到此處, 只得決一死戰." 衆將曰: "人縱然不怯, 馬力已乏, 安能復戰?" 程昱曰: "某素知雲長傲上而不忍下, 欺强而不凌弱; 恩怨分明, 信義素著. 丞相舊日有恩於彼, 今只親自告之, 可脫此難." (*不但孔明能料雲長, 程昱亦能料之.) 操從其說, 卽縱馬向前, 欠身謂雲長曰: "將軍別來無恙!" 雲長亦欠身答曰: "關某奉軍師將令, 等候丞相多時." (*不罵操賊而稱丞相, 便有不殺之意.) 操曰: "曹操兵敗勢危, 到此無路, 望將軍以昔日之情爲重." (*可謂哀鳴.) 雲長曰: "昔日關某雖蒙丞相厚恩, 然已斬顔良·誅文醜, 解白馬之危, 以奉報矣. 今日之事, 豈敢以私廢公?" (*今日之事君事也, 此庾公對孺子之語耳. 關公效之, 便有不殺之意.) 操曰: "五關斬將之時, 還能記否? (*此事在白馬解圍之後, 則公之未及報也.) 大丈夫以信義爲重. 將軍深明〈春秋〉, 豈不知庾公之斯追子濯孺子之事乎?" (*公明〈春秋〉, 卽以〈春秋〉動之. 小人之乞憐於君子, 必不以小人之情動君子, 而必以君子之道望君子也.) 雲長是個義重如山之人, 想起當日曹操許多恩義, 與後來五關斬將之事, 如何不動心? 又見曹軍惶惶皆欲垂淚, 一發心中不忍.

於是把馬頭勒回, 謂衆軍曰: "四散擺開." 這個分明是放曹操的意思. 操見雲長回馬, 便和衆將一齊衝將過去. 雲長回身時, 曹操已與衆將過去了. 雲長大喝一聲, 衆軍皆下馬, 哭拜於地. 雲長愈加不忍. 正猶豫間, 張遼驟馬而至. 雲長見了, 又動故舊之情,(*張遼無言, 關公亦無言. 都妙在不言處寫.) 長歎一聲, 並皆放去. 後人有詩曰:

曹瞞兵敗走華容, 正與關公狹路逢.
只爲當初恩義重, 放開金鎖走蛟龍.

*注: **倒底**(도저): 到底. 아무래도. 역시, 결국. 마침내. **校刀手**(교도수): 손에 칼 등 무기를 든 병사. **不忍下**(불인하): 차마 아래 사람에게 못할 짓을(잔인하게, 야박하게. 무자비하게) 못하다. 孟子는 이를 〈惻隱之心〉의 발로라고 했다. **素著**(소저): 본래부터 유명하다. 평소 저명하다. **庾公之斯追子濯孺子之事**(유공지사추자탁유자지사): 春秋時代 때, 鄭에서는 子濯孺子를 시켜서 衛를 침략하도록 했는데, 衛에서는 庾公之斯를 파견하여 鄭의 子濯孺子를 추격하도록 했다. 둘은 모두 활을 잘 쏘았는데, 이때 자탁유자는 병이 나서 활을 잡을 수 없다고 말하면서 〈이제 죽었구나!〉 하고 말했다. 그러자 유공지사가 그에게 말했다: 〈나는 尹公之斯로부터 활 쏘는 법을 배웠고, 유공지사는 선생에게서 활 쏘는 법을 배웠소. 나는 차마 선생에게서 배운 기술로 선생을 해칠 수가 없소.〉 그리고는 활촉을 두드려 뽑아버리고는 활촉도 없는 화살 네 대를 그에게 쏘고 나서 돌아갔다.(*〈孟子 · 離婁下(8-24)〉편에 나오는 이야기.) **惶惶**(황황): 불안해서 떨다. 두려워서 당황하다. **愈加**不忍(유가불인): 더욱 차마 …하지 못하다. 〈加〉: (어떤 동작을) 가하다. '加' 앞에 부사를 쓸 경우 단음절 부사만 쓰이고 쌍음절 부사일 경우에는 '加以' 를 써야 한다. (예: 特加注意: 특별히 주의하다. 嚴加管束: 엄하게 단속하다. 大加讚揚: 크게 찬양하다. 一定加以認眞考慮: 반드시 진지하게 고려해야 한다.)

〖9〗 曹操旣脫華容之難, 行至谷口, 回顧所隨軍兵, 只有二十七騎.(*三百餘騎殘兵, 又只剩得二十七人.) 比及天晩, 已近南郡, 火把齊明，一簇人馬攔路．操大驚曰：“吾命休矣!”(*操之見火而驚，如牛之望月而喘也.）只見一群哨馬衝到，方認得是曹仁軍馬．操纔安心．曹仁接着，言：“雖知兵敗，不敢遠離，只得在附近迎接.”操曰：“幾與汝不相見也!”於是引衆入南郡安歇．隨後張遼也到，說雲長之德．操點將校，中傷者極多，操皆令將息．曹仁置酒與操解悶，衆謀士俱在座．操忽仰天大慟．(*宜哭反笑，宜笑反哭，奸雄哭笑，與人不同.）衆謀士曰：“丞相於虎窟中逃難之時，全無懼怯；今到城中，人已得食，馬已得料，正須整頓軍馬復讐，何反痛哭?”操曰：“吾哭郭奉孝耳！若奉孝在，決不使吾有此大失也!”遂搥胸大哭曰：“哀哉，奉孝！痛哉，奉孝！惜哉，奉孝!”(*哭死的與活的看，奸甚．曹操信黃蓋之眞，自是有人到江東報去．拾僞書之蔣幹，有誰請到江東？獻連環之士元，孰引歸江北？不當哭郭嘉，還該笑自己.）衆謀士皆默然自慚．次日，操喚曹仁曰：“吾今暫回許都，收拾軍馬，必來報讐．汝可保全南郡．吾有一計，密留在此，非急休開，急則開之．依計而行，使東吳不敢正視南郡.”(*爲後文周瑜中箭伏線.）仁曰：“合淝·襄陽，誰可保守?”操曰：“荊州托汝管領；襄陽吾已撥夏侯惇守把．合淝最爲緊要之地，吾令張遼爲主將，樂進·李典爲副將，保守此地．但有緩急，飛報將來.”操分撥已定，遂上馬引衆奔回許昌．荊州原降文武各官，依舊帶回許昌調用．曹仁自遣曹洪據守彝陵·南郡，以防周瑜．

*注：**哨馬**(초마)：기마 초병．　**將息**(장식)：휴식하다．휴양하다(=將養)．**郭奉孝**(곽봉효)：郭嘉(곽가)의 字．곽봉효의 일에 대해서는 제 33회 참조．**緩急**(완급)：늦음과 빠름；급한 일．어려운 일．　**飛報將來**(비보장래)：나는 듯이 보고해 오다．급히 보고해 오다．　**據守**(거수)：굳게 지키다．把守하다．

〖10〗却說關雲長放了曹操，引軍自回．此時諸路軍馬，皆得馬匹·器械·錢糧，已回夏口；獨雲長不獲一人一騎，空身回見玄德．孔明正與玄德作賀，忽報雲長至．孔明忙離坐席，執杯相迎曰：“且喜將軍立此蓋世之功，除普天下之大害．合宜遠接慶賀!”雲長默然．孔明曰：“將軍莫非因吾等不曾遠接，故爾不樂?”回顧左右曰：“汝等緣何不先報?”(*雖孔明未必如此之詐，而作文者不可無如此之曲.) 雲長曰：“關某特來請死.”孔明曰：“莫非曹操不曾投華容道上來?”(*若不肯釋曹操，便不是關公；若操不走華容，必不是孔明.) 雲長曰：“是從那裏來．關某無能，因此被他走脫.”孔明曰：“拏得甚將士來?”雲長曰：“皆不曾拏.”孔明曰：“此是雲長想曹操昔日之恩，故意放了．但旣有軍令狀在此，不得不按軍法.”遂叱武士推出斬之．正是：

拚將一死酬知己，致令千秋仰義名．

未知雲長性命如何，且看下文分解．

*注：合宜(합의)：적합하다. 알맞다. **故爾**(고이)：故而. 그러므로. 때문에. **特**(특)：다만. 겨우. 단지 …뿐.(=只. 但. 不但. 不止). **莫非**(막비)：설마 …란 말인가? 설마 …은 아니겠지? …임에 틀림없다. **被他走脫**(피타주탈)：그에 의해 走脫을 당하다. 그가 走脫하는 상황을 당하다. **甚將士**(심장사)：어떤(甚：怎麽) 장사. **拚將一死**(변장일사)：목숨을 버리다. 拚死(변사)：拚命과 同義. 〈拚〉：서슴없이 버리다(舍棄不顧. 不顧一切地干). (*拚死拚活(변사변화)：不顧一切地鬪爭. 用盡全部精力).

第五十回 毛宗崗 序始評

(1). 凡計之中人，必度彼之何如人，而後中之，則未有不中者也．又度彼之料我爲何如人，而後中之，則又未有不中者也．彼方自以爲智，而我卽中之以其智，則正迎乎彼之意中．彼方料我之智，而我反中之以我之愚，則又出乎彼之意外．如孔明之料曹操於華容是也．夫擧火於此，而伏兵於彼，則智人之所爲，而爲彼之所知．擧火在此，而伏兵卽在此，此愚人之所爲，而爲彼之不及料．操固熟知有兵家虛實之法，而又熟知孔明之知有兵家虛實之法，此其所以爲孔明之所中與?

(2)．或疑關公之於操，何以欲殺之於許田，而不殺之於華容?曰：許田之欲殺，忠也；華容之不殺，義也．順逆不分，不可以爲忠；恩怨不明，不可以爲義．如關公者，忠可干霄，義亦貫日，眞千古一人．

(3)．懷惠者小人之情，報德者烈士之志．雖其人之大奸大惡，得罪朝廷，得罪天下，而彼能不害我，而以國士遇我，是卽我之知己也．我殺我之知己，此在無義氣丈夫則然，豈血性男子所肯爲乎?使關公當日以公義滅私恩，曰："吾爲朝廷斬賊，吾爲天下除凶!" 其誰曰不宜?而公之心，以爲他人殺之則義，獨我殺之則不義，故寧死而有所不忍耳．曹操可以釋陳宮而不釋，關公可以殺曹操而不殺，是關公之仁異於曹操．蔡邕哭董卓而王允罪之，關公釋曹操而孔明諒之，則孔明之見高於王允矣．

(4)．孔明旣知關公之不殺操，則華容之役，何不以翼德·子龍當之?曰：孔明，知天者也．天未欲殺操，則雖當之以翼德·子龍，必無成功．故孔明之使關公者，所以成關公之義；而其不使翼德·子龍者，亦以掩翼德·子龍之短也．然則關公之釋操，非公釋之，而孔明釋之；又非孔明釋之，而實天釋之耳．

(5). 曹操前哭典韋, 而後哭郭嘉. 哭雖同而所以哭則異: 哭典韋之哭, 所以感衆將士也; 哭郭嘉之哭, 所以愧衆謀士也. 前之哭勝似賞, 後之哭勝似打. 可謂奸雄眼淚, 旣可作錢帛用, 又可作梃杖用. 奸雄之奸, 眞是奸得可愛.

第五十一回

曹仁大戰東吳兵
孔明一氣周公瑾

〖1〗 却說孔明欲斬雲長, 玄德曰:“昔吾三人結義時, 誓同生死. 今雲長雖犯法, 不忍違却前盟. 望權記過, 容將功贖罪.” 孔明方纔饒了.

且說周瑜收軍點將, 各各敍功, 申報吳侯. 所得降卒, 盡行發付渡江. 大犒三軍, 遂進兵攻取南郡. 前隊臨江下寨, 前後分五營. 周瑜居中. 瑜正與衆商議征進之策, 忽報:“劉玄德使孫乾來與都督作賀.” 瑜命請入. 乾施禮畢, 言:“主公特命乾拜謝都督大德, 有薄禮上獻.” 瑜問曰:“玄德在何處?” 乾答曰:“現移兵屯油江口.” 瑜驚曰:“孔明亦在油江否?” 乾曰:“孔明與主公同在油江.” 瑜曰:“足下先回, 某親來相謝也.” 瑜收了禮物, 發付孫乾先回. 肅曰:“却纔都督爲何失驚?” 瑜曰:“劉備屯兵油江, 必有取南郡之意. 我等費了許多軍馬, 用了許多錢糧, 目下南郡反手可得; 彼等心懷不仁, 要就見成, ── 須放着周瑜不死!" 肅曰: "當用何策退之?" 瑜曰: "吾自去和他說話. 好便好; 不好時, 不等他取南郡, 先結果了劉備!" (*須放着孔明不死.) 肅曰: "某願同往." 於是瑜與魯肅引三千輕騎, 徑投油江口來.

*注: **權記過**(권기과): 당분간(權) 잘못을(過) 적어 두다(記). **將功**(장공): 以功. 공을 세움으로써. **方纔**(방재): 방금. 이제 막. 겨우. …해서야 비로소. **敍功**(서공): 공적을 평정(평가)하다. **發付**(발부): 보내다. 파견하다. **油江口**(유강구): 지금의 호북성 公安縣에 위치. 油江과 長江이 만나는 곳에 있으므로 붙여진 이름. 〈油江〉: 고대 長江의 支流. 현덕이 후에 지명을 公安으로 바꾸었다. **却纔**(각재): 방금(剛才). **失驚**(실경): 깜짝 놀라다. **反手**(반수): 손바닥을 뒤집다. 일이 쉽게 처리되다. **見成**(현성): **現成**. 見=現. 지어놓은 밥. 힘 안 들이고 손에 넣을 수 있는 이익. 不勞所得. 〈**要就見成**〉: 차려진 밥상에 숟가락만 들고 덤벼들려고 하다. **須放着**(수방착): 틀림없이 (또는 아마도) 잊어버리고 있다. 〈須〉: 틀림없이. 반드시; 아마. 대략. 〈放〉: 제쳐놓다. 내버려두다. 잊어버리다. **結果**(결과): 결국. 마침내; 끝내다; 죽이다(殺死). 해치우다. 없애버리다. (早期白話에 많이 나타남).

〖2〗 先說孫乾回見玄德, 言周瑜將親來相謝. 玄德乃問孔明曰: "來意若何?" 孔明笑曰: "那裏爲這些薄禮肯來相謝, 止爲南郡而來." 玄德曰: "他若提兵來, 何以待之?" 孔明曰: "他來便可如此如此應答." (*須知下文玄德之言, 皆是孔明之言.) 遂於油江口擺開戰船, 岸上列着軍馬. 人報: "周瑜·魯肅引兵到來." 孔明使趙雲領數騎來接. 瑜見軍勢雄壯, 心甚不安. (*須結果劉備不得.) 行至營門外, 玄德·孔明迎入帳中. 各敍禮畢, 設宴相待. 玄德擧酒致謝鏖兵之事. 酒至數巡, 瑜曰: "豫州移兵在此, 莫非有取南郡之意否?" 玄德曰: "聞都督欲取南郡, 故來相助.(*孰知乃是玄德欲取南郡, 周郎來相助乎?) 若都督不取, 備必取之." 瑜笑曰: "吾東吳久欲吞倂漢江, 今南郡已在掌中, 如何不取?" 玄德曰: "勝負不可預定. 曹操臨歸, 令曹仁守南郡等處, 必有奇計. 更兼曹仁勇不可當: 但恐都督不能取耳." 瑜曰: "吾若取不得, 那時任從公取." 玄德曰: "子敬 · 孔明在此爲證, 都督休悔." 魯肅躊躇未對. 瑜曰: "大丈夫一言旣出, 何悔之有!" 孔明曰: "都督此言, 甚是公論. 先讓東吳去取; 若不下, 主公取之, 有何不可!" 瑜與肅辭別玄德 · 孔明, 上馬而去. 玄德問孔明曰: "却纔先生敎備如此回答, 雖一時說了, 展轉尋思, 於理未然. 我今孤窮一身, 無置足之地, 欲得南郡, 權且容身; 若先敎周瑜取了, 城池已屬東吳矣, 却如何得住?" (*一向不要荊州, 此時却說出實話來.) 孔明大笑曰: "當初亮勸主公取荊州, 主公不聽, 今日却想耶?" 玄德曰: "前爲景升之地, 故不忍取; 今爲曹操之地, 理合取之." 孔明曰: "不須主公憂慮. 儘着周瑜去厮殺, 早晩敎主公在南郡城中高坐." (*玄德是讓曹操先取而後取之, 孔明是讓周瑜先取而後取之, 第未識如何早晩便得高坐, 令人不測.) 玄德曰: "計將安出?" 孔明曰: "只須如此如此." 玄德大喜, 只在江口屯箚, 按兵不動.

*注: **任從**(임종): 자유에 맡기다. 마음대로 하게 하다. **展轉**(전전): 輾轉. 이리저리 굴리다. 뒤척이다. **未然**(미연): 그렇지 않다. 아직 …이 아니다. **權且**(권차): 당분간. 잠시. 임시로. **已**(이): 이미; 조금 뒤. 얼마 후. **儘着**(진착): 먼저 하도록 하다. 되도록. 〈儘〉: 먼저 …하도록 하다('~着' 의 형태로 쓰임). 맨. 제일; 될수록. 되도록.

〖3〗 却說周瑜 · 魯肅回寨. 肅曰: "都督如何亦許玄德取南郡?"

瑜曰:“吾彈指可得南郡, 落得虛做人情.”(*誰知後來却實做了人情.)
隨問帳下將士:“誰敢先取南郡?”一人應聲而出, 乃蔣欽也. 瑜曰:“汝爲先鋒, 徐盛·丁奉爲副將, 撥五千精銳軍馬, 先渡江. 吾隨後引兵接應.”

且說曹仁在南郡, 分付曹洪守彝陵, 以爲犄角之勢. 人報:“吳兵已渡漢江.”仁曰:“堅守勿戰爲上.”驍騎牛金奮然進曰:“兵臨城下而不出戰, 是怯也. 況吾兵新敗, 正當重振銳氣. 某願借精兵五百, 決一死戰.”仁從之, 令牛金引五百軍出戰.

丁奉縱馬來迎. 約戰四五合, 奉詐敗, 牛金引軍追赶入陣. 奉指揮衆軍一裹圍牛金於陣中. 金左右衝突, 不能得出.

曹仁在城上望見牛金困在垓心, 遂披甲上馬, 引麾下壯士數百騎出城, 奮力揮刀, 殺入吳陣. 徐盛迎戰, 不能抵當. 曹仁殺到垓心, 救出牛金. 回顧尙有數十騎在陣, 不能得出, 遂復翻身殺入, 救出重圍. 正遇蔣欽攔路, 曹仁與牛金奮力衝散. 仁弟曹純, 亦引兵接應, 混殺一陣. 吳軍敗走, 曹仁得勝而回. 蔣欽兵敗, 回見周瑜. 瑜怒欲斬之. 衆將告免.

*注: **彈指**(탄지): 손가락을 꼬나서 소리를 내다. 원래는 인도의 풍속으로 환성이나 허락, 경고 등의 뜻이 함축되어 있다. 佛家에서는 손가락을 튕겨서 소리가 날 동안의 시간이란 뜻에서 극히 짧은 시간을 비유한다. 일순간. 눈 깜짝할 사이.(*〈法苑珠林〉: 二十念爲一瞬, 二十瞬名一彈指, 二十彈指名一羅預, 二十羅預名一須臾, 一日一夜有三十須臾.) **落得**(낙득): (나쁜) 결과가 되고 말다. …가 되고 말다. 기꺼이 …하다(樂得. 甘愿去做). **虛做人情**(허주인정): 형식적으로 인정을 베풀다. **裹**(과): 휘감다. 싸매다. 보따리. 〈一裹圍〉: 하나의 보따리처럼 빈틈없이 포위하다. **垓心**(해심): 싸움터 한가운데. 〈垓〉: 지경. 경계.

〖4〗 瑜卽點兵，要親與曹仁決戰．甘寧曰："都督未可造次．今曹仁令曹洪據守彝陵，爲犄角之勢．某願以精兵三千，徑取彝陵，都督然後可取南郡．"(*計亦甚善.) 瑜服其論，先敎甘寧領三千兵攻打彝陵．早有細作報知曹仁，仁與陳矯商議．矯曰："彝陵有失，南郡亦不可守矣．宜速救之．"仁遂令曹純與牛金暗地引兵救曹洪．曹純先使人報知曹洪，令洪出城誘敵．甘寧引兵至彝陵，洪出與甘寧交鋒．戰有二十余合，洪敗走．寧奪了彝陵．至黃昏時，曹純·牛金兵到，兩下相合，圍了彝陵．探馬飛報周瑜，說甘寧困於彝陵城中，瑜大驚．程普曰："可急分兵救之．"瑜曰："此地正當衝要之處，若分兵去救，倘曹仁引兵來襲，奈何?"呂蒙曰："甘興霸乃江東大將，豈可不救?"瑜曰："吾欲自往救之；但留何人在此，代當吾任?"蒙曰："留凌公績當之．蒙爲前驅，都督斷後；不須十日，必奏凱歌．"瑜曰："未知凌公績肯暫代吾任否?"凌統曰："若十日爲期，可當之；十日之外，不勝任矣．"瑜大喜，遂留兵萬余，付與凌統；卽日起大兵投彝陵來．蒙謂瑜曰："彝陵南僻小路，取南郡極便．可差五百軍去砍倒樹木，以斷其路．彼軍若敗，必走此路；馬不能行，必棄馬而走，吾可得其馬也．"(*得馬之利，恐不足償後文失地之辱.) 瑜從之，差軍去訖．大兵將至彝陵，瑜問："誰可突圍而入，以救甘寧?"周泰願往，卽時綽刀縱馬，直殺入曹軍之中，徑到城下．甘寧望見周泰至，自出城迎之．泰言："都督自提兵至．"寧傳令敎軍士嚴裝飽食，準備內應．

*注: 造次(조차): 덤벙대다. 경솔하다. 황망하다. 兩下(양하): 양쪽. 쌍방(=兩下裏. 兩下處).

〖5〗 却說曹洪·曹純·牛金聞周瑜兵將至，先使人往南郡報知曹仁，一面分兵拒敵．及吳兵至，曹兵迎之．比及交鋒，甘寧·周泰分兩路殺出, 曹兵大亂, 吳兵四下掩殺. 曹洪·曹純·牛金果然投小路而走; 却被亂柴塞道, 馬不能行, 盡皆棄馬而走. 吳兵得馬五百餘匹. 周瑜驅兵星夜趕到南郡, 正遇曹仁軍來救彝陵. 兩軍接着, 混戰一場. 天色已晚, 各自收兵.

曹仁回城中, 與衆商議. 曹洪曰: "目今失了彝陵, 勢已危急, 何不拆丞相遺計觀之, 以解此危?" 曹仁曰: "汝言正合吾意." 遂拆書觀之, 大喜, 便傳令教五更造飯. 平明, 大小軍馬, 盡皆棄城; 城上遍插旌旗, 虛張聲勢, 軍分三門而出.

*注: 目今(목금): 현재. 지금.　已(이): 극히. 심히. 너무; 이미. 벌써.

〖6〗 却說周瑜救出甘寧, 陳兵於南郡城外, 見曹兵分三門而出. 瑜上將臺觀看, 只見女牆邊虛插旌旗, 無人守護; 又見軍士腰下各束縛包裹.(*此是曹操錦囊之計, 以詐走賺周瑜也. 方在赤壁眞走之後, 又教曹仁詐走之法; 有赤壁之眞, 故不疑南郡之詐耳.) 瑜暗忖曹仁必先准備走路. 遂下將臺號令, 分布兩軍爲左右翼; 如前軍得勝, 只顧向前追赶, 直待鳴金, 方許退步. 命程普督後軍. 瑜親自引軍取城. 對陣鼓聲響處, 曹洪出馬搦戰. 瑜自至門旗下, 使韓當出馬, 與曹洪交鋒; 戰到三十余合, 洪敗走. 曹仁自出接戰, 周泰縱馬相迎; 鬪十餘合, 仁敗走. 陣勢錯亂.(*詐敗以誘之.) 周瑜麾兩翼軍殺出, 曹軍大敗. 瑜自引軍馬追至南郡城下, 曹軍皆不入城, 望西北而走.(*妙! 竟似眞敗者.) 韓當·周泰引前部盡力追赶. 瑜見城門大開, 城上又無人, 遂令衆軍搶城. 數十騎當先而入, 瑜在背後縱馬加鞭, 直入甕城. 陳矯在敵樓上, 望見周瑜親自入城來, 暗暗喝采道: "丞相妙策如神!" 一聲梆子響, 兩邊弓弩齊發, 勢如驟雨. 爭先入城的, 都顚入陷坑內. 周瑜急勒馬回時, 被一弩箭, 正射中左肋, 翻身落馬. 牛金從城中殺出, 來捉周瑜. 徐盛·丁奉二人捨命救去.

城中曹兵突出，吳兵自相踐踏，落塹坑者無數．程普急收軍時，曹仁·曹洪分兵兩路殺回，吳兵大敗．幸得凌統引一軍從刺斜裏殺來，敵住曹兵．曹仁引得勝兵進城，程普收敗軍回寨．

丁·徐二將救得周瑜到帳中，喚行軍醫者，用鐵鉗子拔出箭頭，將金瘡藥敷掩瘡口，疼不可當，飮食俱廢．醫者曰："此箭頭上有毒，急切不能痊可．若怒氣沖激，其瘡復發．"程普令三軍緊守各寨，不許輕出．三日後，牛金引軍來搦戰，程普按兵不動．牛金罵至日暮方回，次日又來罵戰，程普恐瑜生氣，不敢報知．第三日，牛金直至寨門外叫罵，聲聲只道要捉周瑜．程普與衆商議，欲暫且退兵，回見吳侯，却再理會．

*注: **女牆**(여장): 성 위에 凹形으로 쌓은 작은 담장. 활을 쏘기 위한 구멍을 내둔 부분. 包裹(포과): 보따리. 소포. 싸다. 포장하다. **甕城**(옹성): 月城. 성문 밖에 쌓아 놓은 半圓形의 작은 城. 城門을 엄호하고 방어를 강화하는 역할을 함. 鐵甕城. 梆子(방자): 딱따기. **塹坑**(참갱): 해자. 도랑. **鐵鉗子**(철겸자): 쇠 집게. 핀셋. **沖激**(충격): 세차게 부딪치다; 버럭 화를 내다. **罵戰**(매전): 罵陣(매진). 敵의 陣地 앞에서 욕을 퍼부어 敵을 격노케 함으로써 應戰하도록 만드는 것. **却**(각): …한 후에. …하고 나서. (*早期 白話小說에서 잘 쓰이는 표현). (*等到天晩, ~做區處: 어두워진 후에 처치하자.) **理會**(리회): 결말(을 내다). 처치(를 강구하다).

〖7〗却說周瑜雖患瘡痛，心中自有主張；已知曹兵常來寨前叫罵，却不見衆將來稟．一日，曹仁自引大軍，擂鼓吶喊，前來搦戰．程普拒住不出．周瑜喚衆將入帳，問曰："何處鼓噪吶喊?"衆將曰："軍中教演士卒．"瑜怒曰："何欺我也！吾已知曹兵常來寨前辱罵．程德謀旣同掌兵權，何故坐視?"遂命人請程普入帳問之．普曰："吾見公瑾病瘡，醫者言勿觸怒，故曹兵搦戰，不敢報知．"

瑜曰:“公等不戰, 主意若何?” 普曰:“衆將皆欲收兵暫回江東. 待公箭瘡平復, 再作區處.” 瑜聽罷, 於牀上奮然躍起, 曰:“大丈夫旣食君祿, 當死於戰場, 以馬革裹屍還, 幸也! 豈可爲我一人, 而廢國家大事乎?” (*語亦甚壯.) 言訖, 卽披甲上馬. 諸軍衆將, 無不駭然, 遂引數百騎出營前. 望見曹兵已布成陣勢, 曹仁自立馬於門旗下, 揚鞭大罵曰:“周瑜孺子, 料必橫夭, 再不敢正覷我兵!” 罵猶未絕, 瑜從群騎內突然出, 曰:“曹仁匹夫! 見周郎否!” 曹軍看見, 盡皆驚駭. 曹仁回顧衆將曰:“可大罵之!” 衆軍厲聲大罵. 周瑜大怒, 使潘璋出戰. 未及交鋒, 周瑜忽大叫一聲, 口中噴血, 墜於馬下. 曹兵衝來, 衆將向前抵住, 混戰一場, 救起周瑜, 回到帳中. 程普問曰:“都督貴體若何?” 瑜密謂普曰:“此吾之計也.” 普曰:“計將安出?” 瑜曰:“吾身本無甚痛楚; 吾所以爲此者, 欲令曹兵知我病危, 必然欺敵. 可使心腹軍士去城中詐降, 說吾已死, 今夜曹仁必來劫寨, 吾却於四下埋伏以應之, 則曹仁可一鼓而擒也.” 程普曰:“此計大妙!” 隨就帳下擧起哀聲. 衆軍大驚, 盡傳言都督箭瘡大發而死. 各寨盡皆挂孝.

*注: **區處**(구처): 처리하다. 결정하다. 방법. 수단. **馬革裹屍**(마혁과시): 말가죽으로 시체를 싸다. **橫夭**(횡요): 뜻밖에 일찍 죽다(意外地早死). *〈**橫死**(횡사)〉: 자살, 상해 혹은 의외의 사고로 죽다(因自殺, 被害或因意外事故而死之). **痛楚**(통초): 고통. 아픔. **欺敵**(기적): 적을 얕보다. **挂孝**(괘효): 상복을 입다(=穿孝).

〖8〗 却說曹仁在城中與衆商議, 言:“周瑜怒氣沖發, 金瘡崩裂, 以致口中噴血, 墜於馬下, 不久必亡.” 正論間, 忽報:“吳寨內有十數個軍士來降. 中間亦有二人, 原是曹兵被擄過去的.” 曹仁忙喚入問之. 軍士曰:“今日周瑜陣前金瘡碎裂, 歸寨卽死. 今衆將皆已挂孝擧哀. 我等因受程普之辱, 故特歸降, 便報此事." 曹仁大喜, 隨卽商議: "今晩便去劫寨, 奪周瑜之屍, 斬其首級, 送赴許都." 陳矯曰: "此計速行, 不可遲誤." 曹仁遂令牛金爲先鋒, 自爲中軍, 曹洪·曹純爲合後, 只留陳矯領些少軍士守城, 其餘軍兵盡起.(*爲下文孔明拿住陳矯伏筆.) 初更後出城, 徑投周瑜大寨. 來到寨門, 不見一人, 但見虛揷旗槍而已. 情知中計, 急忙退軍. 四下砲聲齊發: 東邊韓當·蔣欽殺來, 西邊周泰·潘璋殺來, 南邊徐盛·丁奉殺來, 北邊陳武·呂蒙殺來. 曹兵大敗, 三路軍皆被衝散, 首尾不能相救. 曹仁引十數騎殺出重圍, 正遇曹洪, 遂引敗殘軍馬一同奔走. 殺到五更, 離南郡不遠, 一聲鼓響, 凌統又引一軍攔住去路, 截殺一陣. 曹仁引軍刺斜而走, 又遇甘寧大殺一陣. 曹仁不敢回南郡, 徑投襄陽大路而行. 吳軍赶了一程, 自回.

*注: 合後(합후): 뒤를 끊어 掩護하다; 軍職 명칭으로 〈先鋒〉의 상대. 情知(정지): 분명히 알다. 殺來(쇄래): 돌진하다. 돌격하다. 刺斜(자사): 刺斜裏(자사리). 비스듬히. 측면에서.

〖9〗 周瑜·程普收住衆軍, 徑到南郡城下, 見旌旗布滿. 敵樓上一將叫曰: "都督少罪! 吾奉軍師將令, 已取城了. ── 吾乃常山趙子龍也." 周瑜大怒, 便命攻城. 城上亂箭射下. 瑜命且回軍商議, 使甘寧引數千軍馬, 徑取荊州; 凌統引數千軍馬, 徑取襄陽; 然後却再取南郡未遲. 正分撥間, 忽然探馬急來報說: "諸葛亮自得了南郡, 遂用兵符, 星夜詐調荊州守城軍馬來救, 却敎張飛襲了荊州." 又一探馬飛來報說: "夏侯惇在襄陽, 被諸葛亮差人賫兵符, 詐稱曹仁求救, 誘惇引兵出, 却敎雲長襲取了襄陽. 二處城池, 全不費力, 皆屬劉玄德矣." 周瑜曰: "諸葛亮怎得兵符?" 程普曰: "他拿住陳矯, 兵符自然盡屬之矣." 周瑜大叫一聲, 金瘡迸

裂.(*前是詐騙曹仁, 此番却弄出眞來了.) 正是:

幾郡城池無我分, 一場辛苦爲誰忙.

未知性命如何, 且看下文分解.

*注: **少罪**(소죄): 탓하지 마시오(勿罪). 〈少〉: 그만. 작작(猶別, 勿). 〈罪〉: 탓하다. 책망하다. **詐調**(사조): 以詐調動. 거짓으로 군사를 調動하다.

第五十一回 毛宗崗 序始評

(1). 君子觀於南郡之戰, 而歎兵家勝負之不可知也. 曹操於赤壁大敗之後, 而遺計於曹仁, 遂使周郎於赤壁大勝之後, 而中箭於南郡. 以八十三萬之衆不能勝瑜, 而一曹仁足以勝之; 以江口烏林之兵未嘗失利, 而一南郡則失之, 斯已奇矣. 更可異者: 由前而觀, 則黃蓋之中箭, 爲大勝中之小挫; 周瑜之中箭, 又爲大勝後之小挫. 由後而觀, 則曹操之算周瑜, 爲大挫後之小勝; 曹仁之失南郡, 又爲小勝後之大挫. 夫事之難料, 至於如此, 用兵者其何得以敗而沮, 勝而驕乎?

(2). 讀全卷而見孫·劉之合, 讀此卷而見孫·劉之離. 蓋同患則相恤, 同利則相爭, 凡人之情, 大抵然矣. 當曹操之來, 氣吞吳會, 赤壁之戰, 吳非爲劉, 實以自爲耳! 迨乎曹操已破, 北軍已還, 而荊州九郡, 劉備欲之, 孫權又欲之, 孔明欲爲玄德取之, 周瑜·魯肅又欲爲孫權取之. 於是乃以破曹而德色於劉, 因以索謝而取償於荊, 遂致孫與劉終不得爲好相識, 良可嘆也.

(3). 荊州之地, 孔明讓吳先攻, 而玄德患之; 周瑜許劉後取, 而魯肅又患之. 蓋玄德之不欲奪劉表, 不欲奪劉琮, 與魯肅之不

欲殺玄德, 不欲殺孔明, 同一仁人之心. 而其不欲以荊州讓人, 則皆仁者之智耳. 然玄德不知孔明之已有定算, 魯肅不知周瑜之假做人情, 則智尙有所未及也. 可見忠厚人乖覺(영리. 총명), 極乖覺處正是極忠厚處; 老實人使心, 極使心處正是極老實處.

(4). 觀孔明之襲南郡, 其卽呂蒙襲荊州之事所由伏乎? 周瑜力戰而任其勞, 孔明安坐而享其利. 瑜卽欲不怒, 安得而不怒? 吳卽欲不報, 安得而不報? 然而孔明則已有辭矣: 孔明襲之於曹氏, 非襲之於東吳; 取東吳之所將取, 非取東吳之旣取. 則雖同一襲, 而孔明之襲, 又大異於呂蒙之襲矣.

(5). 周瑜之失南郡, 不當怒孔明, 當自怨其計之疏耳. 昔趙人空壁逐韓信, 而信先使人立赤幟於趙城. 今瑜當曹仁劫寨之時, 預伏一軍於南郡之側, 則何至爲子龍所襲乎? 始之中箭, 旣輕進於前; 繼之失地, 又遲發於後, 是瑜之智, 殆出韓信之下.

第五十二回

諸葛亮智辭魯肅
趙子龍計取桂陽

〖1〗 却說周瑜見孔明襲了南郡, 又聞他襲了荊襄, 如何不氣? (眞是氣殺!) 氣傷箭瘡, 半晌方甦, 衆將再三勸解. 瑜曰: "若不殺諸葛村夫, 怎息我心中怨氣! 程德謀可助我攻打南郡, 定要奪還東吳." 正議間, 魯肅至. 瑜謂之曰: "吾欲起兵, 與劉備·諸葛亮共決雌雄, 復奪城池, 子敬幸助我." 魯肅曰: "不可. 方今與曹操相持, 尙未分成敗. 主公見攻合淝不下. (*爲前文補筆, 爲後文伏筆.) 不爭自家互相呑併, 倘曹兵乘虛而來, 其勢危矣. (*魯肅見識, 到底是結劉以拒曹.) 況劉玄德舊曾與曹操相厚, 若逼得緊急, 獻了城池, 一同攻打東吳, 如之奈何?" (*玄德自受衣帶詔後, 勢不復與曹操合矣. 然在東吳揣之, 何必不然?) 瑜曰: "吾等用計策, 損兵馬, 費錢糧, 他去圖現成, 豈不可恨!" (*也要思量東風是誰家的.) 肅曰: "公瑾且耐, 容某親見玄德, 將理來說他. 若說不通, 那時動兵未遲." 諸將曰: "子敬之言甚善."

*注: 不氣(불기): 마음을 진정시키다. 흥분을 가라앉히다. **勸解**(권해): 권유하다. 타이르다. 위로하다. **定**(정): 반드시(必定. 一定). **幸助我**(행조아): 나를 도와주기 바라다. 〈幸〉: 바라다. 희망하다. **不爭**(부쟁): 뜻하지 않게(不料). 만약(如果). **圖現成**(도현성): 불로소득을 탐내다(바라다). 〈圖〉: 탐내다. 바라다. 〈現成(현성)〉: 見成.(現=見). 지어놓은 밥. 힘 안 들이고 손에 넣을 수 있는 이익. 不勞所得. **將理來**(장리래): =以理來. 도리를 가지고. 도리로써. 〈將〉: 가지다. 쥐다; …으로써(以).

〖2〗 於是魯肅引從者徑投南郡來, 到城下叫門. 趙雲出問. 肅曰: "我要見劉玄德有話說." 雲答曰: "吾主與軍師在荊州城中." 肅遂不入南郡, 徑奔荊州. 見旌旗整列, 軍容甚盛, 肅暗羨曰: "孔明眞非常人也!" 軍士報入城中, 說魯子敬要見. 孔明令大開城門, 接肅入衙. 講禮畢, 分賓主而坐. 茶罷, 肅曰: "吾主吳侯, 與都督公瑾, 敎某再三申意皇叔: 前者, 操引百萬之衆, 名下江南, 實欲來圖皇叔; 幸得東吳殺退曹兵, 救了皇叔. 所有荊州九郡, 合當歸於東吳. 今皇叔用詭計, 奪占荊襄, 使江東空費錢糧軍馬, 而皇叔安受其利, 恐於理未順." 孔明曰: "子敬乃高明之士, 何故亦出此言? 常言道: '物必歸主.' 荊襄九郡, 非東吳之地, 乃劉景升之基業. 吾主固景升之弟也, 景升雖亡, 其子尙在; 以叔輔姪, 而取荊州, 有何不可?" (*劉表乃東吳之讐, 而孔明權借劉表以謝東吳者, 以子敬曾來弔劉表之喪故耳.) 肅曰: "若果係公子劉琦占據, 尙有可解; 今公子在江夏, 須不在這裏!" 孔明曰: "子敬欲見公子乎?" 便命左右: "請公子出來." (*趙雲之至南郡, 公子之到荊州, 皆不用先敍在前, 此省筆之法.) 只見兩從者從屛風後扶出劉琦. 琦謂肅曰:"病軀不能施禮, 子敬勿罪." 魯肅吃了一驚, 黙然無語, 良久, 言曰:"公子若不在, 便如何?"(*一見便望他死, 是老實人語.) 孔明曰:"公子在一日, 守一日; 若不在, 別有商議."(*語甚含糊, 妙.) 肅曰:"若公子不在, 須將城池還我東吳." 孔明曰:"子敬之言是也." 遂設宴相待.

*注: **荊州城**(형주성): 〈三國志演義〉에서는 형주의 治所인 襄陽을 나타낸다. **常言**(상언): 속담. 격언. **係**(계): …이다.(*恐係誤解: 아마도 오해일 것이다.) **須**(수): 본래. 절대로; 반드시. 마침내. 결국. 아마도. 대략.

〖3〗 宴罷, 肅辭出城, 連夜歸寨, 具言前事. 瑜曰:"劉琦正青春年少, 如何便得他死? 這荊州何日得還?" 肅曰:"都督放心. 只在魯肅身上, 務要討荊襄還東吳."(*讀此句, 必謂子敬定有妙策.) 瑜曰:"子敬有何高見?" 肅曰:"吾觀劉琦, 過於酒色, 病入膏肓. 見今面色羸瘦, 氣喘嘔血, 不過半年, 其人必死. 那時往取荊州, 劉備須無得推故."(*子敬別無妙策, 不過望劉琦死耳. 可發一笑.) 周瑜猶自忿氣未消, 忽孫權遣使至. 瑜令請入. 使曰:"主公圍合淝, 累戰不捷. 特令都督收回大軍, 且撥兵赴合淝相助." 周瑜只得班師回柴桑養病, 令程普部領戰船士卒, 來合淝聽孫權調用.(*以上按下東吳一邊, 以下專敘玄德一邊.)

*注: **身上**(신상): 몸. **務要**(무요): 꼭 …하도록 노력하다. 〈務〉: 반드시. 꼭. **膏肓**(고황): 〈膏〉는 심장의 아랫부분, 〈肓〉은 그 윗부분. 병이 생기면 낫기 어렵다는 부분. 현대의 의학용어로는 심장병이나 심근경색 비슷한 병이다. **見今**(현금): 현금. 지금. 이때는 〈見〉을 〈현〉으로 읽는다. **羸瘦**(리수): 파리하고 수척하다. **氣喘嘔血**(기천구혈): 숨을 헐떡거리고(가쁘고) 피를 토하다. **推故**(추고): 구실을 대다. 핑계를 대다.

〖4〗 却說劉玄德自得荊州·南郡·襄陽, 心中大喜, 商議久遠之計. 忽見一人上廳獻策, 視之, 乃伊籍也.(*第三十四回事.) 玄德感其舊日之恩, 十分相敬,(*又將檀溪事一提) 坐而問之. 籍曰: "要知荊州久遠之計, 何不求賢士以問之?" 玄德曰: "賢士安在?" 籍曰: "荊襄馬氏, 兄弟五人並有才名: 幼者名謖, 字幼常; (*帶敍馬謖, 爲後文歸蜀伏線.) 其最賢者, 眉間有白毛, 名良, 字季常. (*伊籍前曾諫馬, 此又薦馬.) 鄕里爲之諺曰: '馬氏五常, 白眉最良.' 公何不求此人而與之謀?" 玄德遂命請之. 馬良至, 玄德優禮相待, 請問保守荊襄之策. 良曰: "荊襄四面受敵之地, 恐不可久守; 可令公子劉琦於此養病, 招諭舊人以守之, 就表奏公子爲荊州刺史, 以安民心.(*孔明借公子以謝東吳, 馬良亦借公子以安民心, 前後相應.) 然後南征武陵·長沙·桂陽·零陵四郡, 積收錢糧, 以爲根本. 此久遠之計也." (*爲下文取四郡張本.) 玄德大喜, 遂問: "四郡當先取何郡?" 良曰: "湘江之西, 零陵最近, 可先取之; 次取武陵. 然後襄江之東取桂陽; 長沙爲後." 玄德遂用馬良爲從事, 伊籍副之. 請孔明商議送劉琦回襄陽, 替雲長回荊州. 便調兵取零陵, 差張飛爲先鋒, 趙雲合後, 孔明·玄德爲中軍, 人馬一萬五千; 留雲長守荊州; 糜竺·劉封守江陵.

*注: **坐而問之**(좌이문지): 그를 자리에 앉게 해서 묻다(坐之而問之).(*자리에 앉히는 것은 일종의 禮遇이다.) **爲之**(위지): 그에(之) 대하여(爲). **武陵**(무릉): 형주에 속한 郡名. 치소는 지금의 호남성 常德縣 西. **長沙**(장사): 郡名. 治所는 臨湘(지금의 호남성 長沙市). **桂陽**(계양): 형주에 속한 郡名. 지금의 호남성 침주(郴州). **從事**(종사): 官名. 三公이나 州, 郡의 長官에 소속된 官僚. **替**(체): 대신하다. …을(를) 위하여. … 때문에.

〖5〗 却說零陵太守劉度, 聞玄德軍馬到來, 乃與其子劉賢商議.

賢曰:"父親放心. 他雖有張飛·趙雲之勇, 我本州上將邢道榮, 力敵萬人, 可以抵對." 劉度遂命劉賢與邢道榮引兵萬餘, 離城三十里, 依山靠水下寨. 探馬報說:"孔明自引一軍到來." 道榮便引軍出戰. 兩陣對圓, 道榮出馬, 手使開山大斧, 厲聲高叫:"反賊安敢侵我境界?" 只見對陣中, 一簇黃旗出. 旗開處, 推出一輛四輪車, 車中端坐一人, 頭戴綸巾, 身披鶴氅, 手執羽扇. 用扇招邢道榮曰:"吾乃南陽諸葛孔明也. 曹操引百萬之衆, 被吾聊施小計, 殺得片甲不回. 汝等豈堪與我對敵? 我今來招安汝等, 何不早降?" 道榮大笑曰:"赤壁鏖兵, 乃周郎之謀也, 干汝何事, 敢來誑語!"(*不知孔明風力.) 輪大斧竟奔孔明. 孔明便回車, 望陣中走, 陣門復閉. 道榮直衝殺過來, 陣勢急分兩下而走. 道榮遙望中央一簇黃旗, 料是孔明, 乃只望黃旗而赶. 抹過山脚, 黃旗箚住, 忽地中央分開, 不見四輪車, 只見一將挺矛躍馬, 大喝一聲, 直取道榮, 乃張翼德也. 道榮輪大斧來迎, 戰不數合, 氣力不加, 撥馬便走. 翼德隨後赶來, 喊聲大震, 兩下伏兵齊出. 道榮捨死衝過, 前面一員大將, 攔住去路, 大叫:"認得常山趙子龍否!" 道榮料敵不過, 又無處奔走, 只得下馬請降. 子龍縛來寨中見玄德·孔明. 玄德喝教斬首. 孔明急止之, 問道榮曰:"汝若與我捉了劉賢, 便准你投降." 道榮連聲願往. 孔明曰:"你用何法捉他?" 道榮曰:"軍師若肯放某回去, 某自有巧說. 今晚軍師調兵劫寨, 某爲內應, 活捉劉賢, 獻與軍師. 劉賢旣擒, 劉度自降矣." 玄德不信其言. 孔明曰:"邢將軍非謬言也." 遂放道榮歸. 道榮得放回寨, 將前事實訴劉賢. 賢曰:"如之奈何?" 道榮曰:"可將計就計. 今夜將兵伏於寨外, 寨中虛立旗幡, 待孔明來劫寨, 就而擒之." 劉賢依計.

*注: **抵對**(저대): 맞서다. 대항하다. 항거하다(=抵敵). **對圓**(대원): 양쪽

군대가 싸우기 전에 각자 半圓形의 陣形을 이루는데, 상대의 半圓과 합하면 하나의 圓처럼 된다. 그래서 싸우기 위해 陣을 벌려 선 모습을 이렇게 부르게 되었다. **開山大斧**(개산대부): 산림을 개척할 때 사용하는 초승달 모양의 큰 도끼. **綸巾**(윤건): 푸른 비단 띠로 만든 두건. 또는 두건의 테두리에 푸른 비단 띠를 두른 것을 가리키기도 하는데, 제갈량이 즐겨 썼던 것이라고 해서 흔히 〈諸葛巾〉이라 부르기도 한다. **鶴氅**(학창): 원래는 새의 깃털(鳥羽)로 만든 겉옷이란 뜻이다. 그러나 道士들이 입는 道袍나 기타 모든 종류의 외투를 〈鶴氅〉이라고 하는데, 공명이 즐겨 입었던 鶴氅은 소매가 넓고 뒷솔기가 갈라진 흰옷의 가를 돌아가며 검은 헝겊을 넓게 댄 외투이다. **羽扇**(우선): 거위의 깃털이나 무리들 중에서 가장 큰 우두머리 사슴(麈)의 꼬리를 부채 모양으로 만든 것으로, 武將이 아닌 儒者가 군사를 지휘할 때 지휘봉 대신으로 사용한다. 이에 대한 자세한 설명은 (*제95회 (12)의 注 〈주미(麈尾)〉를 참조할 것.) **聊施**(료시): 잠시 사용하다. **竟**(경): 뜻밖에. 의외에. **抹過**(말과): 에돌다. 주위를 돌다. 빙 돌아가다.(*~山脚: 산기슭을 둘러가다).

〖6〗 當夜二更, 果然有一彪軍到寨口, 每人各帶草把, 一齊放火. 劉賢·道榮兩下殺來, 放火軍便退. 劉賢·道榮兩軍乘勢追赶, 赶了十餘里, 軍皆不見. 劉賢·道榮大驚, 急回本寨, 只見火光未滅, 寨中突出一將, 乃張翼德也. 劉賢叫道榮: “不可入寨, 却去劫孔明寨便了.” 於是復回軍. 走不十里, 趙雲引一軍刺斜裏殺出, 一槍刺道榮於馬下. 劉賢急撥馬奔走, 背後張飛赶來, 活捉過馬, 綁縛見孔明. 賢告曰: “邢道榮教某如此, 實非本心也.” 孔明令釋其縛, 與衣穿了, 賜酒壓驚, 教人送入城說父投降.(*待邢道榮則詐, 待劉賢則眞.) 如其不降, 打破城池, 滿門盡誅. 劉賢回零陵見父劉度, 備述孔明之德, 勸父投降. 度從之, 遂於城上竪起降旗, 大開城門, 賫捧印綬出城, 竟投玄德大寨納降. 孔明教劉度仍爲郡守, 其子劉賢赴荊州隨軍辦事.(*隱然以子爲質.) 零陵一郡居民, 盡皆喜悅.

*注: **却去**(각거): 뒤로 물러가다. 뒤로 돌아가다.(=後退. 離去). **活捉過馬**(활착과마): 산 채로 잡아서 말로 옮기다. 〈過〉: 옮기다(轉移). **壓驚**(압경): 음식을 대접하여 놀란 가슴을 진정시키다(위로하다).

〖7〗 玄德入城安撫已畢, 賞勞三軍. 乃問衆將曰: "零陵已取了, 桂陽郡何人敢取?"(*馬良之言, 本是零陵之後便取武陵, 今却先取桂陽.) 趙雲應曰: "某願往." 張飛奮然出曰: "飛亦願往!" 二人相爭. 孔明曰: "終是子龍先應, 只教子龍去." 張飛不服, 定要去取. 孔明教拈鬮, 拈着的便去. 又是子龍拈着. 張飛怒曰: "我並不要人相幇, 只獨領三千軍去, 穩取城池." 趙雲曰: "某也只領三千軍去. 如不得城, 願受軍令." 孔明大喜, 責了軍令狀, 選三千精兵付趙雲去. 張飛不服, 玄德喝退.

*注: **終是**(종시): 결국. 이미. **定**(정): 반드시. 꼭(必定. 一定). **拈鬮**(염구): 제비를 뽑다. 〈拈〉: 뽑다. 〈鬮〉: 제비. **穩取**(온취): 확실하게(틀림없이) 취하다. 안전하게 취하다. **責**(책): 쓰다. 체결하다. 요구하다.

〖8〗 趙雲領了三千人馬, 徑往桂陽進發. 早有探馬報知桂陽太守趙範. 範急聚衆商議. 管軍校尉陳應·鮑龍願領兵出戰. 原來二人都是桂陽嶺山鄉獵戶出身, 陳應會使飛叉, 鮑龍曾射殺雙虎. 二人自恃勇力, 乃對趙範曰: "劉備若來, 某二人願爲前部." 趙範曰: "我聞劉玄德乃大漢皇叔; 更兼孔明多謀, 關·張極勇; 今領兵來的趙子龍, 在當陽長坂百萬軍中, 如入無人之境. 我桂陽能有多少人馬? 不可迎敵, 只可投降." 應曰: "某請出戰. 若擒不得趙雲, 那時任太守投降不遲.” 趙範拗不過, 只得應允.

*注: **鮑龍**(포룡): 鮑隆(포륭)으로 된 판본도 있는데, 사서에는 나오지 않는 이름이다. **桂陽嶺**(계양령): 지금의 호남성 臨武縣 북에 위치한 山名. 〈香花嶺〉이라고도 부름. **獵戶**(렵호): 사냥꾼. **飛叉**(비차): 쇠사슬 끝에 Y자형의 강철을 꽂아 공중에 던져서 상대를 상하게 하는 무기. 〈叉〉: 갈고리. 작살. 갈퀴. **拗**: (요): 꺾다. (욱): 억누르다.

〖9〗陳應領三千人馬出城迎敵, 早望見趙雲領軍來到. 陳應列成陣勢, 飛馬綽叉而出. 趙雲挺槍出馬, 責罵陳應曰: “吾主劉玄德, 乃劉景升之弟, 今輔公子劉琦同領荊州, 特來撫民. 汝何敢迎敵!” 陳應罵曰: “我等只服曹丞相, 豈順劉備!” 趙雲大怒, 挺槍驟馬, 直取陳應. 應捻叉來迎. 兩馬相交, 戰到四五合, 陳應料敵不過, 撥馬便走. 趙雲追赶. 陳應回顧趙雲馬來相近, 用飛叉擲去, 被趙雲接住, 回擲陳應. 應急躲過, 雲馬早到, 將陳應活捉過馬, 擲於地下, 喝軍士綁縛回寨. 敗軍四散奔走. 雲入寨叱陳應曰: “量汝安敢敵我! 我今不殺汝, 放汝回去; 說與趙範, 早來投降.”(*與孔明放邢道榮不同.) 陳應謝罪, 抱頭鼠竄, 回到城中, 對趙範盡言其事. 範曰: “我本欲降, 汝强要戰, 以致如此.” 遂叱退陳應, 齎捧印綬, 引十數騎出城投大寨納降.

雲出寨迎接, 待以賓禮, 置酒共飲, 納了印綬. 酒至數巡, 範曰: “將軍姓趙, 某亦姓趙, 五百年前, 合是一家.(*近日此風盛行.) 將軍乃眞定人, 某亦眞定人, 又是同鄕. 倘得不棄, 結爲兄弟, 實爲萬幸.” 雲大喜, 各敍年庚. 雲與範同年. 雲長範四個月, 範遂拜雲爲兄. 二人同鄕, 同年, 又同姓, 十分相得. 至晩席散, 範辭回城.

*注: **捻**(념): 꼬다. 비틀다. **接住**(접주): 잡다. 받아쥐다. **量汝**(량여):

네 까짓 게. **年庚**(년경): 태어난 해와 달. 四柱. **雲長範**(운장범): 趙雲이 趙範보다 더 年長이다(나이가 많다).

〖10〗次日, 範請雲入城安民. 雲敎軍士休動, 只帶五十騎隨入城中. 居民執香伏道而接. 雲安民已畢, 趙範邀請入衙飮宴. 酒至半酣, 範復邀雲入後堂深處, 洗盞更酌. 雲飮微醉. 範忽請出一婦人, 與雲把酒. 子龍見婦人身穿縞素, 有傾城傾國之色, 乃問範曰: "此何人也?" 範曰: "家嫂樊氏也." 子龍改容敬之. 樊氏把盞畢, 範令就坐. 雲辭謝. 樊氏辭歸後堂. 雲曰: "賢弟何必煩令嫂擧盃耶?" 範笑曰: "中間有個緣故, 乞兄勿阻. 先兄棄世已三載, (*正當再醮之時矣.) 家嫂寡居, 終非了局, 弟常勸其改嫁. 嫂曰: '若得三件事兼全之人, 我方嫁之: 第一要文武雙全, 名聞天下; 第二要相貌堂堂, 威儀出衆; 第三要與家兄同姓.' (*再醮婦人, 却如此揀擇, 爲之一笑.) 你道天下那得有這般湊巧的? 今尊兄堂堂儀表, 名震四海, 又與家兄同姓, 正合家嫂所言. 若不嫌家嫂貌陋, 願陪嫁資, 與將軍爲妻, (*前呼尊兄, 此處忽改呼將軍, 正恐呼兄則有碍於娶嫂耳.) 結累世之親, 何如?" 雲聞言, 大怒而起, 厲聲曰: "吾旣與汝結爲兄弟, 汝嫂卽吾嫂也, 豈可作此亂人倫之事乎!" 趙範羞慚滿面, 答曰: "我好意相待, 如何這般無禮!" 遂目視左右, 有相害之意. 雲已覺, 一拳打倒趙範, 徑出府門, 上馬出城去了.

*注: **把酒**(파주): 술잔을 들다(잡다). 술을 권하다(=行酒. 把盞). **中間**(중간): 속. 가운데. 사이. **了局**(료국): 해결. 결말. 철저한 해결책. 궁극적인 계책. **湊巧的**(주교적): 공교로운 일. 〈湊巧〉: 마침. 공교로운. **陪嫁資**(배가자): 혼수품을 딸려 시집보내다. 〈陪嫁〉: 시집갈 때 몸종이나 혼수품을 딸려 보내다(=賠嫁).

〖11〗 範急喚陳應·鮑龍商議. 應曰: "這人發怒去了, 只索與他厮殺." 範曰: "但恐贏他不得." 鮑龍曰: "我兩個詐降在他軍中, 太守却引兵來搦戰, 我二人就陣上擒之." 陳應曰: "必須帶些人馬." 龍曰: "五百騎足矣." 當夜, 二人引五百軍, 徑奔趙雲寨來投降. 雲已心知其詐, 遂教喚入. 二將到帳下, 說: "趙範欲用美人計賺將軍, 只等將軍醉了, 扶入後堂謀殺, 將頭去曹丞相處獻功: 如此不仁. 某二人見將軍怒出, 必連累於某, 因此投降." 趙雲佯喜, 置酒與二人痛飮. 二人大醉, 雲乃縛於帳中, 擒其手下人問之, 果是詐降. 雲喚五百軍入, 各賜酒食, 傳令曰: "要害我者, 陳應·鮑龍也; 不干衆人之事. 汝等聽吾行計, 皆有重賞." 衆軍拜謝. 將降將陳·鮑二人當時斬了, 却敎五百軍引路, 雲引一千軍在後, 連夜到桂陽城下叫門. 城上聽時, 說: "陳·鮑二將軍殺了趙雲回軍, 請太守商議事務." 城上將火照看, 果是自家軍馬. 趙範急忙出城. 雲喝左右捉下. 遂入城, 安撫百姓已定, 飛報玄德.

*注: 只索(지색): 부득이. 부득불. 어쩔 수 없이. 贏(영): 이기다. **將降將**(장항장): 항복한 장수(降將)를. 앞의 〈將〉은 賓語(목적어)의 (動詞) 前置를 나타내는 介詞(전치사)이다. **當時**(당시): 당시; 바로 그 때. 즉시. 즉각. 당장. 當下. **却**(각): …한 다음에. **將火**(장화): 以火. 불을 가지고.

〖12〗 玄德與孔明親赴桂陽. 雲迎接入城, 推趙範於階下. 孔明問之, 範備言以嫂許嫁之事. 孔明謂雲曰: "此亦美事, 公何如此?" 雲曰: "趙範旣與某結爲兄弟, 今若娶其嫂, 惹人唾罵, 一也; 其婦再嫁, 便失大節, 二也; 趙範初降, 其心難測, 三也. 主公新定江·漢, 枕席未安, 雲安敢以一婦人而廢主公之大事?" 玄德曰: "今日大事已定, 與汝娶之, 若何?" 雲曰: "天下女子不少,但恐名譽不立，何患無妻子乎?”(*落落丈夫語.) 玄德曰:“子龍眞丈夫也!” 遂釋趙範，仍令爲桂陽太守，重賞趙雲.

張飛大叫曰:“偏子龍幹得功! 偏我是無用之人! (*不是眼紅，却是技痒.) 只撥三千軍與我去取武陵郡，活捉太守金旋來獻!” 孔明大喜曰:“翼德要去不妨，但要依一件事.” 正是:

軍師決勝多奇策，將士爭先立戰功.

未知孔明說出那一件事來，且看下文分解.

*注: **枕席**(침석): 汎指席榻. 枕頭和席子. (주로 여름에) 베개와 그 위에 펴는 자리. 침상과 베개. 잠자리. **與汝娶之**(여여취지): 그녀에게 장가들게 하다. 〈與〉: …하게 하다(使). …해주다(給). **偏**(편): (범위를 표시하는 부사). 단지. 유독.…만. **依**(의): 따르다. 동의하다. 순종하다.

第五十二回 毛宗崗 序始評

(1). 荊州者大漢之荊州，而非劉表之荊州也. 非劉表之荊州，何必劉表之子方可有? 卽以爲劉表之荊州，而劉表之子可有，劉表同宗之弟，何不可有? 然使孔明執此語以謝魯肅，則東吳之攻我必速矣. 東吳攻我，則我勢危. 曹操見我與吳之相攻，而復乘其間而圖我，則我愈危，故不若借劉琦以緩之. 緩之而彼不肯緩，則以將死之劉琦暫緩之. 此孔明之明，而熟於計也.

(2). 三國人才絕異，而其形貌亦多有異者: 如大耳之玄德，赤面長髯之關公，虎鬚環眼之翼德，碧眼紫鬚之仲謀及黃鬚之曹彰，斯皆奇矣; 而又有白眉之馬良. 至今稱衆中之優者，必曰白眉. 雖然，形貌末耳: 舜重瞳，重耳重瞳，項羽亦重瞳，黃巢左目亦重瞳; 或聖而帝，或譎而覇，或勇而亡，或好殺而亡. 人之賢不賢, 豈在貌之異不異哉?

(3). 馬良請表劉琦爲荊州牧, 以安衆心, 可見荊州之人, 未忘劉表. 其從曹操者, 迫於勢耳. 使玄德於劉表托孤之日, 而遂自取之, 則人心必不附. 人心不附, 則曹操來追, 而內變必作, 故知玄德之遲於取荊州, 未爲失算矣. 或曰: 荊州之人, 旣已未忘劉表, 益州之人, 豈其不念劉璋? 玄德不背劉表於死後, 而獨可奪劉璋於生前, 其故何歟? 曰: 荊州者東吳之所必爭也, 宜權借劉琦以謝東吳, 益州則非張魯之所敢爭也, 不必存劉璋以謝張魯. 當曹操習戰玄武之時, 未嘗須臾忘荊州也. 外患旣迫, 我何能猝定荊州之人心, 而消其內憂. 及曹操旣破張魯之後, 勢未暇遽窺益州也. 外患尙遲, 則我可徐撫益州之人心, 而戢其內變, 是以荊州之事, 不得以益州律之.

第五十三回

關雲長義釋黃漢升
孫仲謀大戰張文遠

〖1〗 却說孔明謂張飛曰: “前者子龍取桂陽郡時, 責下軍令狀而去. 今日翼德要取武陵, 必須也責下軍令狀, 方可領兵去.” 張飛遂立軍令狀, 欣然領三千軍, 星夜投武陵界上來. 金旋聽得張飛引兵到, 乃集將校, 整點精兵器械, 出城迎敵. 從事鞏志諫曰: “劉玄德乃大漢皇叔, 仁義布於天下; 加之張翼德驍勇非常, 不可迎敵. 不如納降爲上.” 金旋大怒曰: “汝欲與賊通連爲內變耶?” 喝令武士推出斬之. 衆官皆告曰: “先斬家人, 於軍不利.” 金旋乃喝退鞏志, 自率兵出. 離城二十里, 正迎張飛. 飛挺矛立馬, 大喝金旋, 旋問部將: “誰敢出戰?” 衆皆畏懼, 莫敢向前.(*如此將士而欲迎敵, 多見其不知量也.) 旋自驟馬舞刀迎之. 張飛大喝一聲, 渾如巨雷, 金旋失色, 不敢交鋒, 撥馬便走. 飛引衆軍隨後掩殺. 金旋走至城邊，城上亂箭射下．旋驚視之，見鞏志立於城上曰：“汝不順天時，自取敗亡．吾與百姓自降劉矣．”言未畢，一箭射中金旋面門，墜于馬下．(*將寫黃忠之箭，先寫鞏志之射，天然一个引子.) 軍士割頭獻張飛．鞏志出城納降．飛就令鞏志賫印綬，往桂陽見玄德．玄德大喜，遂命鞏志代金旋之職．

*注：**責下**(책하)：써내다(寫下)．체결하다(立下)．요구하다(要求．期望)．**立軍令狀**(립군령장)：군령장을 쓰다．〈立〉：쓰다．체결(制定)하다．**通連**(통련)：…와 연결되어 통하다．**渾如巨雷**(혼여거뢰)：꼭 큰 우레와 같다．〈渾〉：완전히．거의．아주．**面門**(면문)：얼굴．표정；입．

〚2〛 玄德親至武陵安民畢，馳書報雲長，言翼德・子龍各得一郡．(*明明挑動雲長.) 雲長乃回書上請曰：“聞長沙尚未取，如兄長不以弟爲不才，教關某幹這件功勞甚好．”玄德大喜，遂教張飛星夜去替雲長守荊州，令雲長來取長沙．

雲長既至，入見玄德・孔明．孔明曰：“子龍取桂陽，翼德取武陵，都是三千軍去．今長沙太守韓玄，固不足道．只是他有一員大將，乃南陽人，姓黃，名忠，字漢升；是劉表帳下中郎將，與劉表之姪劉磐共守長沙，後事韓玄；雖今年近六旬，却有萬夫不當之勇，不可輕敵．雲長去，必須多帶軍馬．”雲長曰：“軍師何故長別人銳氣，滅自己威風？量一老卒，何足道哉！關某不須用三千軍，只消本部下五百名校刀手，決定斬黃忠・韓玄之首，獻來麾下．”玄德苦擋，雲長不依，只領五百校刀手而去．孔明謂玄德曰：“雲長輕敵黃忠，只恐有失．主公當往接應．”玄德從之，隨後引兵望長沙進發．

*注：**長別人銳氣，滅自己威風**(장별인예기，멸자기위풍)：남(적군)의 예기는 진작(증가，증진)시켜 주고 자기(아군)의 위풍은 꺾다．**量**(량)：까짓

…따위.　**只消**(지소): ~만 필요하다.　**校刀手**(교도수): 손에 칼 등 무기를 든 병사.　**決定**(결정): (동사) 결정하다; (부사) 반드시. 꼭. 필히.(必然. 一定).　**苦擋**(고당): 〈苦〉: 극력. 힘껏. 〈擋〉: 막다. 말리다.　**不依**(불의): 따르지 않다. 순종하지 않다.

〖3〗 却說長沙太守韓玄, 平生性急, 輕於殺戮, 衆皆惡之. 是時聽知雲長軍到, 便喚老將黃忠商議. 忠曰: "不須主公憂慮. 憑某這口刀, 這張弓, 一千個來, 一千個死!"(*誇刀誇弓, 爲射關公伏線.) 原來黃忠能開二石力之弓, 百發百中. 言未畢, 階下一人應聲而出, 曰: "不須老將軍出戰, 只就某手中定活捉關某." 韓玄視之, 乃管軍校尉楊齡. 韓玄大喜, 遂令楊齡引軍一千, 飛奔出城. 約行五十里, 望見塵頭起處, 雲長軍馬早到. 楊齡挺槍出馬, 立於陣前罵戰. 雲長大怒, 更不打話, 飛馬舞刀, 直取楊齡. 齡挺槍來迎. 不三合, 雲長手起刀落, 砍楊齡於馬下.(*先寫楊齡之死, 以反衬黃忠之勇.) 追殺敗兵, 直至城下. 韓玄聞之大驚, 便敎黃忠出馬. 玄自來城上觀看. 忠提刀縱馬, 引五百騎兵飛過弔橋. 雲長見一老將出馬, 知是黃忠, 把五百校刀手一字擺開, 橫刀立馬而問曰: "來將莫非黃忠否?" 忠曰: "旣知我名,焉敢犯我境!" 雲長曰: "特來取汝首級!" 言罷, 兩馬交鋒. 鬪一百餘合, 不分勝負. 韓玄恐黃忠有失, 鳴金收軍. 黃忠收軍入城. 雲長也退軍, 離城十里下寨, 心中暗忖: "老將黃忠, 名不虛傳: 鬪一百合, 全無破綻. 來日必用拖刀計, 背砍贏之."

*注: **平生**(평생): 평생. 일생; 평소. 종래. 여태까지.　**二石力**(이석력): 쌀 두 섬을 들 수 있는 힘. 즉 240근의 무게를 들 수 있는 힘.　**罵戰**(매전): 罵陣(매진). 敵의 진지 앞에서 욕을 퍼부어 敵을 화나게 함으로써 응전하도록 만드는 것.　**破綻**(파탄): 터진 자리. 결점. 허점.　**拖刀計**(타도계): 칼을

끌면서 패주하는 것처럼 하여 적이 가까이 오기를 기다렸다가 갑자기 돌아서서 적을 치는 전술. 기만전술, 유인전술의 일종.   贏之(영지): 그를 이기다.

〖4〗 次日早飯畢, 又來城下搦戰. 韓玄坐在城上, 教黃忠出馬. 忠引數百騎殺過弔橋, 再與雲長交馬. 又鬪五六十合, 勝負不分. 兩軍齊聲喝采. 鼓聲正急時, 雲長撥馬便走. 黃忠赶來. 雲長方欲用刀砍去, 忽聽得腦後一聲響; 急回頭看時, 見黃忠被戰馬前失, 掀在地下. 雲長急回馬, 雙手擧刀猛喝曰: "我且饒你性命! 快換馬來厮殺!" 黃忠急提起馬蹄, 飛身上馬, 奔入城中. 玄驚問之, 忠曰: "此馬久不上陣, 故有此失." 玄曰: "汝箭百發百中, 何不射之?" 忠曰: "來日再戰, 必然詐敗, 誘到弔橋邊射之." 玄以自己所乘一匹青馬與黃忠. 忠拜謝而退, 尋思: "難得雲長如此義氣! 他不忍殺害我, 我又安忍射他? 若不射, 又恐違了將令." 是夜, 躊躇未定.

*注: **喝采**(갈채): 크게 소리치다(외치다). 큰 소리로 외치다. (*=喝彩. 喝呼. 喝叫).   **前失**(전실): (말이나 소 따위가) 앞으로 고꾸라져 발을 부러뜨림. 앞으로 넘어지다(고꾸라지다). =打前失.   **掀**(흔): 뒤집히다(翻), 솟구쳐 오르다. 나둥그러지다.   **提起**(제기): 들어 올리다. 잡아 올리다.   **青馬**(청마): 푸른빛이 도는 검정 말.   **難得**(난득): 얻기 어렵다. 구하기 어렵다. 좀처럼 얻기 어려운 일이다.(감사의 뜻을 나타내는 말. *例: 難得先生如此厚意.)

〖5〗 次日天曉, 人報雲長搦戰. 忠領兵出城. 雲長兩日戰黃忠不下, 十分焦躁, 抖擻威風, 與忠交馬. 戰不到三十餘合, 忠詐敗, 雲長赶來. 忠想昨日不殺之恩, 不忍便射, 帶住刀, 把弓虛拽弦響, 雲長急閃, 却不見箭; 雲長又赶, 忠又虛拽, 雲長急閃, 又無箭；只道黃忠不會射，放心赶來．將近弔橋，黃忠在橋上搭箭開弓，弦響箭到，正射在雲長盔纓根上．前面軍齊聲喊起．雲長吃了一驚，帶箭回寨，方知黃忠有百步穿楊之能，今日只射盔纓，正是報昨日不殺之恩也．雲長領兵而退．

注：抖擻(두수)：손으로 물건을 들어 흔들어 털다. 振作하다. 奮發하다. ~精神：정신을 차리다. 精神~：원기가 왕성하다. 閃(섬)：급히 피하다. 只道(지도)：단지 …라고 말(생각)하다. 盔纓(회영)：투구 끈. 百步穿楊(백보천양)：일백 보 밖에서 화살을 쏘아 버드나무 잎을 꿰뚫다. 활을 쏘는 실력이 매우 뛰어남을 형용한 말이다. 百發百中. (〈百發穿楊〉의 出處：〈戰國策 · 西周策：蘇厲謂周君曰章〉：楚有養由基者，善射，去柳葉者，百步而射之，百發百中，左右皆曰："善." 有一人過曰："善射，可教射也矣." 養由基曰："人皆曰，善，子乃曰，可教射，子何不代我射之也?" 客曰："我不能教子支左屈右．夫射柳葉者，百發百中，而不已善息，少焉氣力倦，弓撥矢鉤，一發不中，前功盡矣.")

〖6〗黃忠回到城上來見韓玄．玄便喝左右捉下黃忠．忠叫曰："無罪!" 玄大怒曰："我看了三日，汝敢欺我！汝前日不力戰，必有私心；昨日馬失，他不殺汝，必有關通．今日兩番虛拽弓弦，第三箭却止射他盔纓，如何不是外通內連？若不斬汝，必爲後患!" 喝令刀斧手推下城門外斬之．衆將欲告，玄曰："但告免黃忠者，便是同情." 剛推到門外，恰欲擧刀，忽然一將揮刀殺入，砍死刀手，救起黃忠，大叫曰："黃漢升乃長沙之保障，今殺漢升，是殺長沙百姓也！韓玄殘暴不仁，輕賢慢士，當衆共殛之！願隨我者便來!" 衆視其人，面如重棗，目若朗星，乃義陽人魏延也．(*前四十一回中，早爲此處伏線.) — 自襄陽赶劉玄德不着，來投韓玄；玄怪其傲慢少禮，不肯重用，故屈沈於此．當日救下黃忠，敎百姓同殺韓玄，袒臂一呼，相從者數百餘人．黃忠攔擋不住．魏延直殺上城頭，一刀砍韓玄爲兩段，提頭上馬，引百姓出城，投拜雲長．雲長大喜，遂入城．安撫已畢，請黃忠相見；忠托病不出．雲長卽使人去請玄德·孔明．

*注: **關通**(관통): =貫通. 여기서는 결탁하다. 내통하다. 連通하다는 뜻을 나타냄. **却止**(각지): 도리어(却) 다만(止). **外通內連**(외통내련): 안팎으로 연결되어 서로 통하다. **同情**(동정): 同氣. 같은 性質. 같은 사정이나 이유. 지금 우리가 말하는 感情上 발생하는 共鳴現象인 〈同情〉과는 다른 뜻이다. **保障**(보장): 보장. 보증. 지키는 힘. **殛之**(극지): 그를 죽이다. 형벌에 처하다. **重棗**(중조): 검붉은 색(深暗紅色)의 대추. 보통 사람의 검붉은 얼굴색을 말함. **朗星**(낭성): 밝게 빛나는 별. **赶不着**(간부착): 따라가지 (따라잡지) 못하다(赶不上). 만나지 못하다(遇不着). **怪**(괴): 이상하다. 괴이하다; 책망하다. 탓하다. **屈沈**(굴침): 억울하게 빠지다(가라앉다. 꺼져있다. 함몰하다). 〈屈〉: 억울함. 무고한 죄. 억울한 압박. (*叫屈: 억울함을 호소하다. 委屈: 억울하다). **救下**(구하): 구해 내다. 〈下〉: 동작의 완성이나 결과 또는 그 결과로 고정, 안정된 느낌을 나타낸다. (*定下: 예약해 두다. 買下: 사 놓다.) **袒臂**(단비): 웃통을 벗어 팔을 드러내다. 팔을(소매를) 걷어붙이다. 〈袒〉: 웃통을 벗다. 袒露. **攔當**(란당): 막아내다. 말리다.

〖7〗 却說玄德自雲長來取長沙，與孔明隨後催促人馬接應．正行間，靑旗倒捲，一鴉自北南飛，連叫三聲而去．(*曹操烏鵲南飛，不是吉兆；偏有此處烏鴉，却是吉兆.) 玄德曰："此應何禍福?" 孔明就馬上袖占一課，曰："長沙郡已得，又主得大將．午時後定見分曉．" 少頃，見一小校飛報前來，說："關將軍已得長沙郡，降將黃忠·魏延．尚等主公到彼．" 玄德大喜，遂入長沙．雲長接入廳上，具言黃忠之事．玄德乃親往黃忠家相請，忠方出降，求葬韓玄屍首於長

沙之東. 後人有詩讚黃忠曰:

將軍氣概與天參, 白髮猶然困漢南.

至死甘心無怨望, 臨降低首尚懷慚.

寶刀燦雪彰神勇, 鐵騎臨風憶戰酣.

千古高名應不泯, 長隨孤月照湘潭.

*注: **倒捲**(도권): =倒卷. 앞에서 뒤로, 혹은 밑에서 위로 말(리)다. 거꾸로 말(리)다. 〈倒〉: (동사) (위치, 방향, 성질 등이) 전도되다./넘어지다. 쓰러지다. (부사): 거꾸로. 반대로. 뜻밖에.　**課**(과): 占卜의 일종. 여기서는 占卜의 수량 單位.　**主**(주): 조짐. 징조. (길흉, 화복, 자연의 변화 등을) 예시하다.(*例: 早霞主雨: 아침놀은 비가 올 징조이다.)　**定見**(정현): 반드시 드러난다. 〈定〉: 반드시. 〈見〉: =現.　**耑等**(전등): 오로지 …만을 기다린다. 〈耑〉: (단): 끝 / (전): 오로지(專과 동의).　**與天參**(여천참): 하늘과 나란히 서있다(竝立. 羅列). 하늘에 닿다.　**猶然**(유연): 아직. 여전히.　**漢南**(한남): 여기서는 〈湘南〉을 가리킨다. 지금의 湖南省 남부 지역.　**戰酣**(전감): =酣戰. 싸움이 한창이다. 〈酣〉: 술이 거나하게 취하다./실컷. 푹. 한창. 절정이다. (사물의 발전이 격렬한 정도에 이르렀음을 형용하는 말).　**泯**(민): 소멸하다. 사라지다. 없어지다.　**孤月**(고월): 달(月亮). 밝은 달이 하늘에 홀로 떠 있으므로 〈孤月〉이라 불렀다.　**湘潭**(상담): 즉 〈湘水〉. 詩의 押韻을 위해 〈湘潭〉으로 썼다. 〈湘水〉: 지금의 호남성의 최대 河流. 흘러서 長沙를 지나간다.

〖8〗 玄德待黃忠甚厚. 雲長引魏延來見, 孔明喝令刀斧手推下斬之. 玄德驚問孔明曰: "魏延乃有功無罪之人, 軍師何故欲殺之" 孔明曰: "食其祿而殺其主, 是不忠也; 居其土而獻其地, 是不義也. 吾觀魏延腦後有反骨, 久後必反, 故先斬之, 以絕禍根." (*先生不惟善卜, 又善相, 早爲一百回後伏線.) 玄德曰: "若斬此人,恐降者人人自危. 望軍師恕之." 孔明指魏延曰: "吾今饒汝性命. 汝可盡忠報主, 勿生異心; 若生異心, 我好歹取汝首級." 魏延喏喏連聲而退.(*鞏志殺金旋而孔明不罪之, 乃獨罪魏延者, 知延之必反, 故欲借此以殺延耳.) 黃忠薦劉表姪劉磐, — 現在攸縣閒居. 玄德取回, 教掌長沙郡. 四郡已平, 玄德班師回荊州, 改油江口爲公安. 自此錢糧廣盛, 賢士歸之, 將軍馬四散屯於隘口.

*注: 自危(자위): 자신도 위험하다고 여기다. 好歹(호대): 어떻게 해서든. 喏喏(야야): (공손히 대답하는 소리) 예 예. 攸縣(유현): 縣名. 지금의 호남성 유현攸縣 동북.

〖9〗 却說周瑜自回柴桑養病, 令甘寧守巴陵郡, 令凌統守漢陽郡, 二處分布戰船, 聽候調遣. 程普引其餘將士投合淝縣來. 原來孫權自從赤壁鏖兵之後, 久在合淝, 與曹兵交鋒, 大小十余戰, 未決勝負. 不敢逼城下寨, 離城五十里屯兵. 聞程普兵到, 孫權大喜, 親自出營勞軍. 人報魯子敬先至, 權乃下馬立待之. 肅慌忙滾鞍下馬施禮. 衆將見權如此待肅, 皆大驚異. 權請肅上馬, 並轡而行, 密謂曰: "孤下馬相迎, 足顯公否?" 肅曰: "未也." 權曰: "然則何如而後爲顯耶?" 肅曰: "願明公威德加於四海, 總括九州, 克成帝業, 使肅名書竹帛, 始爲顯矣." 權撫掌大笑. 同至帳中, 大設飮宴, 犒勞鏖兵將士, 商議破合淝之策.

*注: 巴陵(파릉): 지금의 호남성 岳陽. 逼城(핍성): 성에 접근하다. 始(시): 비로소. 撫掌(무장): 손뼉을 치다.

〖10〗 忽報張遼差人來下戰書. 權拆書觀畢, 大怒曰: "張遼欺吾太甚! 汝聞程普軍來, 故意使人搦戰! 來日吾不用新軍赴敵, 看我大戰一場!" 傳令當夜五更, 三軍出寨, 望合淝進發. 辰時左右,軍馬行至半途，曹兵已到．兩邊布成陣勢．孫權金盔金甲，披挂出馬；左宋謙，右賈華，二將使方天畵戟，兩邊護衛．三通鼓罷，曹軍陣中，門旗兩開，三員將全裝貫帶，立於陣前：中央張遼，左邊李典，右邊樂進．張遼縱馬當先，專搦孫權決戰．權綽槍欲自戰，陣門中一將挺槍驟馬早出，乃太史慈也．(*太史慈一向冷落，於此略一寫之.）張遼揮刀來迎．兩將戰有七八十合，不分勝負．曹陣上李典謂樂進曰："對面金盔者，孫權也．若捉得孫權，足可與八十三萬大軍報讐．" 說猶未了，樂進一騎馬，一口刀，從刺斜裏徑取孫權，如一道電光，飛至面前，手起刀落．宋謙·賈華急將畵戟遮架．刀到處，兩枝戟齊斷，只將戟桿望馬頭上打．樂進回馬，宋謙綽軍士手中槍赶來．李典搭上箭，望宋謙心窩裏便射，應弦落馬．太史慈見背後有人墮馬，棄却張遼，望本陣便回．張遼乘勢掩殺過來，吳兵大亂，四散奔走．張遼望見孫權，驟馬赶來．看看赶上，刺斜裏撞出一軍，爲首大將，乃程普也，截殺一陣，救了孫權．張遼收軍自回合淝．

*注：**遮架**(차가)：막다．　**戟桿**(극간)：화극의 자루．　**心窩裏**(심와리)：심장이 있는 부분．명치．(*後心窩裏：등에서 심장의 위치에 해당하는 곳).

〖11〗程普保孫權歸大寨，敗軍陸續回營．孫權因見折了宋謙，放聲大哭．長史張紘曰："主公恃盛壯之氣，輕視大敵，三軍之衆，莫不寒心．卽使斬將搴旗，威振疆埸，亦偏將之任，非主公所宜也．願抑賁·育之勇，懷王覇之計．且今日宋謙死於鋒鏑之下，皆主公輕敵之故．今後切宜保重．"(*孫權以輕追而被箭，孫策以輕出而受創．前車之覆，後車之鑒.）權曰："是孤之過也．從今當改之．" 少頃，太史慈入帳，言："某手下有一人，姓戈，名定，與張遼手下養馬後槽是弟兄．後槽被責懷怨，今晚使人報來，擧火爲號，刺殺張遼，以報宋謙之讐.(*作奸細者不過一小卒，爲內應者亦只一養馬後槽，可發一笑.) 某請引兵爲外應." 權曰: "戈定何在?" 太史慈曰: "已混入合淝城中去了. 某願乞五千兵去." 諸葛瑾曰: "張遼多謀, 恐有准備, 不可造次." 太史慈堅執要行.(*孫權輕出, 太史慈又輕進, 君臣皆輕, 安得不敗.) 權因傷感宋謙之死, 急欲報讐, 遂令太史慈引兵五千, 去爲外應.

*注: **長史**(장사): 관명. 東漢 時 三公과 고급장군 府內에 長史를 두어 府內의 사무를 총괄하게 했다. **卽使**(즉사): 설령 …하더라도(할지라도. 일지라도). **搴旗**(건기): 적에게 이기고 旗를 빼앗다. 〈搴〉: 빼다. 뽑다(拔取). **疆場**(강역): 본래의 뜻은 변경, 국경, 국가의 영토 등이나 여기서는 戰場을 가리킴. **賁·育之勇**(분육지용): 〈賁〉: 孟賁. 전국시대 때 사람. 〈育〉: 夏育. 周나라 때 사람. 둘 다 勇士였다. **鋒鏑**(봉적): 창날과 화살촉. **養馬後槽**(양마후조): 말에게 먹이를 먹여 기르는 마구간을 관리하는 사람. 마구간지기. 〈後槽〉: 마구간. 마부.

〖12〗 却說戈定乃太史慈鄕人; 當日雜在軍中, 隨入合淝城, 尋見養馬後槽, 兩個商議. 戈定曰: "我已使人報太史慈將軍去了, 今夜必來接應. 你如何用事?"(*此等人有甚計策商量出來.) 後槽曰: "此間離軍中較遠, 夜間急不能進, 只就草堆上放起一把火, 你去前面叫反, 城中兵亂, 就裏刺殺張遼, (*說得忒容易了.) 餘軍自走也." 戈定曰: "此計大妙!"

是夜張遼得勝回城, 賞勞三軍, 傳令不許解甲宿睡.(*旣勝而能愼, 是大將, 不是戰將.) 左右曰: "今日全勝, 吳兵遠遁, 將軍何不卸甲安息?" 遼曰: "非也. 爲將之道, 勿以勝爲喜, 勿以敗爲憂. 倘吳兵度我無備, 乘虛攻擊, 何以應之? 今夜防備, 當比每夜更加謹愼."(*不但爲將之道爲然也, 立身處世, 大抵宜爾.) 說猶未了, 後寨火起,一片聲叫反，報者如麻．張遼出帳上馬，喚親從將校十數人，當道而立．左右曰："喊聲甚急，可往觀之．" 遼曰："豈有一城皆反者？此是造反之人，故驚軍士耳．如亂者先斬!"(*其智能謀，其靜能鎭.) 無移時，李典擒戈定并後槽至．遼詢得其情，立斬於馬前．只聽得城門外鳴鑼擊鼓，喊聲大震．遼曰："此是吳兵外應，可就計破之．"便令人於城門內放起一把火，衆皆叫反，大開城門，放下弔橋．太史慈見城門大開，只道內變，挺槍縱馬先入．城上一聲砲響，亂箭射下，太史慈急退，身中數箭．(*太史慈中箭與周瑜中箭，前後又相似.) 背後李典·樂進殺出，吳兵折其大半，乘勢直赶到寨前．陸遜·董襲殺出，救了太史慈．曹兵自回．孫權見太史慈身帶重傷，愈加傷感．張昭請權罷兵．權從之，遂收兵下船，回南徐潤州．比及屯住軍馬，太史慈病重；權使張昭等問安，太史慈大叫曰："大丈夫生於亂世，當帶三尺劍立不世之功；今所志未遂，奈何死乎!"(*人人有此志，不能人人遂此志，爲之三嘆.) 言訖而亡，年四十一歲．後人有詩讚曰：

矢志全忠孝，東萊太史慈．
姓名昭遠塞，弓馬震雄師．
北海酬恩日，神亭酣戰時．
臨終言壯志，千古共嗟咨!

孫權聞慈死，傷悼不已，命厚葬於南徐北固山下，養其子太史亨於府中．

*注：**用事**(용사)：일을 처리하다．권력을 잡다．　**叫反**(규반)：반란이야! 하고 소리치다．　**宿睡**(숙수)：안심하고 푹 자다．밤새도록 자다．〈宿〉：안심하다．편안하다(안심．안우)．밤을 세는 양사(하룻밤，이틀 밤이라 할 때의 밤)．_**如麻**(여마)：삼과 같다．수가 많고(衆多) 뒤섞여 어지러운 것(紛亂)을 형용한 말．　**無移時**(무이시)：시간이 바뀌지 않아．얼마 안 있어．두 시간 내에．(옛날의 시간 단위는 하루를 12시로 나누었다)．　**只道**(지도)：다만 …라

고만 생각하다(여기다). **南徐潤州**(남서윤주): 南徐州. 지금의 강소성 丹徒. 지금의 강소성 鎭江市. 丹徒와 붙어 있다. **比及**(비급): …의 때에 이르다. …의 때가 되다. **大叫曰**(대규왈): 〈三國志·吳書四: 太史慈傳〉에는 "丈夫生世, 當帶七尺之劍, 以升天子之階. 今所志未從, 奈何而死乎!"라고 했다고 한다. **矢志**(시지): 뜻을 세우다. 포부를 가지다. 〈矢〉: 화살. 맹세하다. **傷悼**(상도): 애도하다. **北固山**(북고산): 지금의 강소성 鎭江市 동북 長江 가에 있다. 동한 때에는 揚州 吳郡 丹徒縣에 속했다.

〖13〗 却說玄德在荊州整頓軍馬, 聞孫權合淝兵敗, 已回南徐, 與孔明商議. 孔明曰: "亮夜觀星象, 見西北有星墜地, 必應折一皇族."(*方敍太史慈死, 只疑東南有將星墮地, 乃忽接出西北劉琦. 接筆甚幻.) 正言間, 忽報公子劉琦病亡. 玄德聞之, 痛哭不已. 孔明勸曰: "生死分定, 主公勿憂, 恐傷貴體. 且理大事, 可急差人到彼守禦城池, 並料理葬事." 玄德曰: "誰可去?" 孔明曰: "非雲長不可." 卽時便敎雲長前去襄陽保守. 玄德曰: "今日劉琦已死, 東吳必來討荊州, 如何對答?" 孔明曰: "若有人來, 亮自有言對答." 過了半月, 人報東吳魯肅特來弔喪. 正是:

先將計策安排定, 只等東吳使命來.

未知孔明如何對答, 且看下文分解.

*注: **應**(응): (하늘의) 감응. 應驗. **大事**(대사): 상사. 장례. **料理**(요리): 처리하다. 정리하다.

第五十三回 毛宗崗 序始評

(1). 雲長不殺黃忠, 是好勝處, 不是慈悲處. 以爲殺墮馬之人, 不足爲勇故耳. 若認作慈悲, 則爲宋襄公之仁義, 豈所以論雲長哉. 設以宋襄公處此, 不但墮馬不殺, 卽不墮馬亦不殺, 何也? 白髮黃忠, 已在不禽二毛之例也.

(2). 此處有雲長義釋黃忠, 後復有翼德義釋嚴顔以對之. 此處有黃忠射盔纓, 不射關公, 前却有趙雲射蓬索, 不射徐盛以對之. 然關公不殺黃忠, 是不便殺, 欲留待後殺. 翼德不殺嚴顔, 是竟不殺; 趙雲不殺徐盛, 是本當殺, 姑不殺; 黃忠不殺關公, 是眞不忍殺. 四人各有一樣肚腸, 寫來更不相犯.

(3). 張遼之守合淝, 其眞大將之才乎. 赤壁之戰, 射黃蓋以救曹操, 猶不過戰將之能耳. 觀於此卷, 有大將之才三. 旣勝而能懼, 是其愼也. 聞變而不亂, 是其定也. 乘機而誘敵, 是其謀也. 宜其爲關公之器重與? 惟大將不懼大將, 亦惟大將能知大將, 於黃忠見關公之神武, 於張遼亦見關公之知人.

第五十四回

吳國太佛寺看新郎
劉皇叔洞房續佳偶

〘1〙 却說孔明聞魯肅到，與玄德出城迎接，接到公廨，相見畢．肅曰："主公聞令姪棄世，特具薄禮，遣某前來致祭．周都督再三致意劉皇叔·諸葛先生．" 玄德·孔明起身稱謝，收了禮物，置酒相待．肅曰："前者皇叔有言：'公子不在，卽還荊州．' 今公子已去世，必然見還．不識幾時可以交割?"(*第二次索荊州.) 玄德曰："公且飮酒，有一個商議."(*此是孔明所敎.) 肅强飮數盃，又開言相問．玄德未及回答，孔明變色曰："子敬好不通理，直須待人開口!(*前番用柔，此番用剛．忽柔忽剛，令人不測.) 自我高皇帝斬蛇起義，開基立業，(*先擡出高皇帝來，壓倒東吳.) 傳至於今．不幸奸雄並起，各據一方．少不得天道好還，復歸正統．我主人乃中山靖王之後，孝景皇帝玄孫，(*次擡出孝景皇帝來，壓倒東吳.) 今皇上之叔,(*次擡出今皇上來, 壓倒東吳.) 豈不可分茅裂土? 況劉景升乃我主之兄也, 弟承兄業, 有何不順? 汝主乃錢塘小吏之子, 素無功德於朝廷; 今倚勢力, 占據六郡八十一州, 尙自貪心不足, 而欲并呑漢土.(*前旣高擡皇叔, 此又明罵孫權.) 劉氏天下, 我主姓劉倒無分, 汝主姓孫反要强爭? 且赤壁之戰, 我主多負勤勞, 衆將並皆用命, 豈獨是汝東吳之力?(*此言我不虧東吳.) 若非我借東南風, 周郎安能展半籌之功?(*此言東吳反虧我.) 江南一破, 休說二喬置於銅雀宮,(*照應四十四回中語.) 雖公等家小亦不能保. 適來我主人不卽答應者, 以子敬乃高明之士, 不待細說. 何公不察之甚也!"(*脚頭纔立得定, 便會變面, 便會說硬話. 今人多有之矣. 但本事不及孔明耳.)

*注: **見還**(견환): 돌려주기 바란다. 〈見〉: 동사 앞에 쓰여 피동이나 (누구에게서) …해 받기를 원함을 나타냄. **好**(호): (부사) 참으로. 몹시. **直**(직): (부사) 줄곧. 자꾸. 그저. 끊임없이. **少不得**(소부득): 없어서는 안 된다. …하지 않을 수 없다. …하지 않으면 안 된다. **分茅裂土**(분모열토): 고대에 天子가 諸侯를 分封할 때, 白茅로 흙을 싸서 줌으로써 土地 分封의 뜻을 표시했다. 즉, 土地分封. **錢塘**(전당): 지금의 절강성 杭州市. **强爭**(강쟁): 심하게(강력히) 다투다. **用命**(용명): 윗사람의 명령을 받들다(聽從命令. 執行命令). 목숨을 바쳐 일하다(싸우다). (效命. 奮不顧身地工作或戰鬪). **半籌之功**(반주지공): 반 푼 어치의 공로. 극히 작은 공로. 〈籌〉: 算가지. 사람, 공로, 계책, 방법 등을 세는 단위. **休說**(휴설): 말할 것도 없다. **適來**(적래): 방금. **不待細說**(부대세설): 자세히 말할 필요가 없다. 〈待〉: 필요로 하다. …하려고 하다.

〖2〗 一席話, 說得魯子敬緘口無言; 半晌乃曰: "孔明之言, 怕不有理. 爭奈魯肅身上甚是不便."(*理上說不去, 只得以情告之.) 孔明曰: "有何不便處?" 肅曰: "昔日皇叔當陽受難時, 是肅引孔明渡江, 見我主公.(*第四十三回中事一提.) 後來周公瑾要興兵取荊州, 又是肅擋住. 至說待公子去世還荊州, 又是肅擔承.(*又將第五十二回中事一提.) 今却不應前言, 教魯肅如何回覆? (*主人面上說不去, 只得以自己情分告之.) 我主與周公瑾必然見罪. 肅死不恨, 只恐惹惱東吳, 興動干戈, 皇叔亦不能安坐荊州, 空爲天下恥笑耳."(*旣告之以情, 又動之以勢.) 孔明曰: "曹操統百萬之衆, 動以天子爲名, 吾亦不以爲意, 豈懼周郞一小兒乎! (*前是論理, 此又論勢.) 若恐先生面上不好看, 我勸主人立紙文書, 暫借荊州爲本,(*豈有城池而可以契借者乎? 若云爲本, 正不知起利幾分算.) 待我主別圖得城池之時, 便交付還東吳. 此論如何?"(*極似賴債者, 並不回絕, 只用話脫.) 肅曰: "孔明待奪得何處, 還我荊州?" 孔明曰: "中原急未可圖; 西川劉璋闇弱, 我主將圖之. 若圖得西川, 那時便還."(*以荊州爲本, 以西川爲利, 待得利之後, 單還本錢, 則是不起利者矣.) 肅無奈, 只得聽從. 玄德親筆寫成文書一紙, 押了字. 保人諸葛孔明也押了字.(*妙極!) 孔明曰: "亮是皇叔這裏人, 難道自家作保? 煩子敬先生也押個字, 回見吳侯也好看." 肅曰: "某知皇叔乃仁義之人, 必不相負." 遂押了字, 收了文書. 宴罷辭回. 玄德·孔明送到船邊. 孔明囑曰: "子敬回見吳侯, 善言伸意, 休生妄想. 若不准我文書, 我翻了面皮, 連八十一州都奪了.(*一句硬.) 今只要兩家和氣, 休教曹賊笑話."(*又一句軟.)

*注: **一席話**(일석화): 한 차례의 대화. 〈席〉: 자리. 차례. (한)바탕. (대화, 담화 따위를 헤아리는 단위). **怕不**(파부): 어쩌면(아마도)…일지도 모른다. 〈怕〉: 무서워하다. 근심하다. 걱정하다. **爭奈**(쟁나): 어찌하랴. 어떻게(怎奈). 어떻게 할 길이 없다(無奈). 〈爭〉: 어떻게. **見罪**(견죄): 탓하다. 나무라다. 언짢게 여기다. **惹惱**(야뇌): 노하게 하다. 감정을 상하게 하다. **不以爲意**(불이위의): 개의치 않다. 신경을 쓰지 않다. **立紙文書**(입지문

서): 종이에 (약속) 문서를 써주다. 〈立〉: 체결하다. 제정하다. **借荊州爲本**(차형주위본): 형주를 빌려서 원본(밑천)으로 삼다. 〈本〉: 밑천. 원금(원본). 자본. **待奪得**(대탈득): …을 빼앗으려고 하다. 〈待〉: …하려고 하다. 필요로 하다. **西川**(서천): 여기서는 현재의 四川省 대부분과 陝西省 남부 일대가 포괄되는 益州를 가리킨다.

〖3〗 肅作別下船而回. 先到柴桑郡見周瑜. 瑜問曰: "子敬討荊州如何?" 肅曰: "有文書在此." 呈與周瑜, 瑜頓足曰: "子敬中諸葛之謀也! 名爲借地, 實是混賴.(*從來文書不足憑, 不獨荊州爲然也.) 他說取了西川便還, 知他幾時取西川? 假如十年不得西川, 十年不還? 這等文書, 如何中用, 你却與他做保! (*從來保人難做, 不獨魯肅爲然也.) 他若不還時, 必須連累足下. 儻主公見罪, 奈何?" 肅聞言, 呆了半晌, 曰: "恐玄德不負我." (*活寫老實人.) 瑜曰: "子敬乃誠實人也. 劉備梟雄之輩, 諸葛亮奸猾之徒, 恐不似先生心地." 肅曰: "若此, 如之奈何?" 瑜曰: "子敬是我恩人, 想昔日指囷相贈之情, 如何不救你? 你且寬心住數日, 待江北探細的回, 別有區處." 魯肅跼蹐不安.

*注: **討**(토): 요구하다. 청구하다. 재촉하다. 받아내다. **混賴**(혼뢰): (과실·책임 따위를) 어물쩍 넘어가다(회피하다). (잘못을)시인하려 들지 않다. 〈混〉: 남을 속이다. 가장하다. 〈賴〉: 회피하다. 발뺌하다. **中用**(중용): 유용하다. 쓸모 있다. **呆了**(태료): 멍하다. 어리둥절하다. 멍청하다. **恐**(공):(동사) 두려워하다./(부사) 아마. **區處**(구처): 처리하다. 조처하다. **跼蹐**(국척): 두려워 몸을 움츠리다(畏縮).

〖4〗 過了數日, 細作回報: "荊州城中揚起布幡做好事, 城外別建新墳, 軍士各挂孝." 瑜驚問曰: "沒了甚人?" 細作曰: "劉玄德沒了甘夫人, 即日安排殯葬." (*甘夫人之死, 在東吳一邊聽得, 文法變換.) 瑜謂魯肅曰: "吾計成矣. 使劉備束手受縛, 荊州反掌可得!" 肅曰: "計將安出?" 瑜曰: "劉備喪妻, 必將續娶. 主公有一妹, 極其剛勇, 侍婢數百, 居常帶刀, 房中軍器擺列遍滿, 雖男子不及. 我今上書主公, 教人去荊州爲媒, 說劉備來入贅. 賺到南徐, 妻子不能勾得, 幽囚在獄中, 却使人去討荊州換劉備. 等他交割了荊州城池, 我別有主意, 於子敬身上須無事也." 魯肅拜謝. 周瑜寫了書呈, 選快船送魯肅投南徐見孫權, 先說借荊州一事, 呈上文書. 權曰: "你却如此糊塗! 這樣文書, 要他何用!" (*諺曰: "不做媒人不做保, 一世無煩惱.") 肅曰: "周都督有書呈在此, 說用此計, 可得荊州." 權看畢, 點頭暗喜, 尋思誰人可去. 猛然省曰: "非呂範不可." 遂召呂範至, 謂曰: "近聞劉玄德喪婦. 吾有一妹, 欲招贅玄德爲婿, 永結姻親, 同心破曹, 以扶漢室. 非子衡不可爲媒, 望即往荊州一言." (*做媒不用魯肅, 却用呂範, 正恐識破討荊州耳.) 範領命, 即日收拾船隻, 帶數個從人, 望荊州來.

*注: **布幡**(포번): 상중에 올리는 베로 만든 깃발. 弔旗. **好事**(호사): 좋은 일. 慶事. 중·도사 등을 불러서 재(齋)를 지내는 것. **殯葬**(빈장): 出棺과 埋葬. 장사지내다. 매장하다. **反掌可得**(반장가득): =易如反掌可得. **入贅**(입췌): 데릴사위로 들어가다. **勾得**(구득): 결합하다. 결탁하다(*여기서는 〈결혼하다〉는 뜻이다.) **却**(각): 그렇게 한 후에. **書呈**(서정): 書信.(*例: 寫了一封書呈). 信函. **招贅**(초췌): 데릴사위를 맞아들이다. (招婿. 招女婿). **婿**(서): 사위. 남편. 夫婿: 남편.

〖5〗 却說玄德自沒了甘夫人, 晝夜煩惱. 一日, 正與孔明閑敘, 人報東吳差呂範到來. 孔明笑曰: "此乃周瑜之計, 必爲荊州之故. 亮只在屛風後潛聽. (*也學蔡夫人身段.) 但有甚說話, 主公都應承了.(*想孔明此時已料着七八分.) 留來人在館驛中安歇, 別作商議."
玄德敎請呂範入. 禮畢, 坐定, 茶罷, 玄德問曰: "子衡來, 必有所諭?" 範曰: "範近聞皇叔失偶, 有一門好親, 故不避嫌, 特來作媒. 未知尊意若何?" 玄德曰: "中年喪妻, 大不幸也. 骨肉未寒, 安忍便議親?" 範曰: "人若無妻, 如屋無梁, 豈可中道而廢人倫? 吾主吳侯有一妹, 美而賢, 堪奉箕箒. 若兩家共結秦·晉之好, 則曹賊不敢正視東南也. 此事家國兩便, 請皇叔勿疑. 但我國太吳夫人甚愛幼女, 不肯遠嫁, 必求皇叔到東吳就婚." 玄德曰: "此事吳侯知否?"(*已疑是周郎之計, 故有此問.) 範曰: "不先稟吳侯, 如何敢造次來說!" 玄德曰: "吾年已半百, 鬢髮斑白, 吳侯之妹, 正當妙齡, 恐非配偶." 範曰: "吳侯之妹, 身雖女子, 志勝男兒, 常言: '若非天下英雄, 吾不事之.' 今皇叔名聞四海, 正所謂淑女配君子, 豈以年齒上下相嫌乎!" 玄德曰: "公且少留, 來日回報." 是日設宴相待, 留於館舍.

*注: **應承**(응승): 승낙(응락)하다. 받아들이다. **好親**(호친): 혼인하기에 좋다. **議親**(의친): 혼사를 의논하다. 〈親〉: 혼인. **堪奉箕箒**(감봉기추): 쓰레받기와 빗자루를 받들 수 있다. 妻妾이 되어 남편을 섬길 수 있다. 〈箕帚〉: 쓰레받기와 비. 婦人이 주로 사용하는 물건. 轉하여 남의 婦人. 〈堪〉: 감당하다. **秦·晉之好**(진·진지호): 春秋戰國 시대에 秦과 晉은 婚姻을 통해 오랫동안 友好關係를 유지해 왔다. **國太**(국태): 國母. **斑白**(반백): =頒白. 반백이다. 희끗희끗하다. **妙齡**(묘령): 한창 젊은 나이. 여자의 스물 안팎의 나이.

〖6〗 至晚, 與孔明商議. 孔明曰: "來意亮已知道了. 適間卜〈易〉, 得一大吉大利之兆.(*卦象之辭, 必是老夫得其女妻.) 主公便可應允. 先敎孫乾和呂範回見吳侯,(*立契時, 兩邊都有保人; 說親時, 兩家亦各有媒人.) 面許已定, 擇日便去就親." 玄德曰:"周瑜定計欲害劉備, 豈可以身輕入危險之地?" 孔明大笑曰:"周瑜雖能用計, 豈能出諸葛亮之料乎! 略用小謀, 使周瑜半籌不展, 吳侯之妹, 又屬主公; 荊州萬無一失."(*玄德將與孫夫人成魚水之歡, 終賴有如魚得水之孔明也.) 玄德懷疑未決. 孔明竟教孫乾往江南說合親事. 孫乾領了言語, 與呂範同到江南, 來見孫權. 權曰:"吾願將小妹招贅玄德, 并無異心." 孫乾拜謝, 回荊州見玄德, 言:"吳侯專候主公去結親." 玄德懷疑不敢往. 孔明曰:"吾已定下三條計策, 非子龍不可行也." 遂喚趙雲近前, 附耳言曰:"汝保主公入吳, 當領此三個錦囊. 囊中有三條妙計, 依次而行."(*孫仲謀·公瑾皆入孔明囊中矣.) 即將三個錦囊, 與雲貼肉收藏. 孔明先使人赴東吳納了聘, 一切完備.

*注: **適間**(적간): 방금(剛才). **就親**(취친): 결혼하다. **略**(략):(부사) 잠시. **說合親事**(설합친사): 중매를 하다. 〈說合〉: 중개하다. 소개하다. 중매하다. 〈親事〉: 혼사. **言語**(언어): 말; 분부. 명령. **將小妹招贅**(장소매초췌): 작은 누이동생을 위해(에게) 데릴사위를 맞이해 주다. **貼肉**(첩육): 살에 붙이다. 몸 안에 간직하다. **納聘**(납빙): 남자 쪽에서 여자 쪽에 定婚禮物을 보내다.

〖7〗 時建安十四年冬十月. 玄德與趙雲·孫乾取快船十隻, 隨行五百餘人, 離了荊州, 前往南徐進發. 荊州之事, 皆聽孔明裁處. 玄德心中怏怏不安. 到南徐州, 船已傍岸. 雲曰:"軍師分付三條妙計, 依次而行. 今已到此, 當先開第一個錦囊來看." 於是開囊看了計策. 便喚五百隨行軍士, 一一分付如此如此. 衆軍領命而去. 又教玄德先往見喬國老.(*不是趙雲教玄德, 却是孔明教趙雲.) 一一那喬國老乃二喬之父, 居於南徐. 一一 玄德牽羊擔酒, 先往拜見,

說呂範爲媒 · 娶夫人之事. 隨行五百軍士, 都披紅挂彩, 入南徐買辦物件, 傳說玄德入贅東吳, 城中人盡知其事.(*方知用五百人妙處.) 孫權知玄德已到, 敎呂範相待, 且就館舍安歇.

*注: **建安十四年**(건안십사년): 서기 209년. 신라 奈解尼師今 14년. 고구려 山上王 延優 13년. **怏怏**(앙앙): 마음이 차지 않거나 우울하고 불쾌한 모양. **國老**(국로): 옛날 늙어서 官職에서 물러난 卿大夫. **披紅挂彩**(피홍괘채): (표창. 위로. 축하의 뜻으로) 붉은 천을 걸치다. **買辦**(매판): 구입하다. 사서 준비하다.

〖8〗 却說喬國老旣見玄德, 便入見吳國太賀喜. (*已在孔明算中.) 國太曰: "有何喜事?" 喬國老曰: "令愛已許劉玄德爲夫人, 今玄德已到, 何故相瞞!" (*周瑜一个丈人, 反爲孔明用了.) 國太驚曰: "老身不知此事!" 便使人請吳侯問虛實, 一面先使人於城中探聽. 人皆回報: "果有此事. 女婿已在館驛安歇, 五百隨行軍士都在城中買猪羊菓品, 准備成親. 做媒的女家是呂範, 男家是孫乾, 俱在館驛中相待." 國太吃了一驚.

少頃, 孫權入後堂見母親. 國太搥胸大哭.(*孫權一个母親, 又爲孔明用了.) 權曰: "母親何故煩惱?" 國太曰: "你直如此將我看承得如無物! 我姐姐臨危之時, 分付你甚麽話來!" 孫權失驚, 曰: "母親有話明說, 何苦如此!" 國太曰: "男大須婚, 女大須嫁, 古今常理. 我爲你母親, 事當稟命於我. 你招劉玄德爲婿, 如何瞞我? 女兒須是我的!" (*俱已在孔明算中.) 權吃了一驚, 問曰: "那裏得這話來?" 國太曰: "若要不知, 除非莫爲. 滿城百姓, 那一個不知? 你倒瞞我!" 喬國老曰: "老夫已知多日了, 今特來賀喜." 權曰: "非也. 此是周瑜之計, 因要取荊州, 故將此爲名, 賺劉備來拘囚在此, 要他把荊州來換; 若其不從, 先斬劉備. 此是計策, 非實意也." 國太大怒，罵周瑜曰："汝做六郡八十一州大都督，直恁無條計策去取荊州，却將我女兒爲名，使美人計！殺了劉備，我女便是望門寡，明日再怎的說親？須誤了我女兒一世！你們好做好！"喬國老曰："若用此計，便得荊州，也被天下人恥笑，此事如何行得！"說得孫權默然無語.

*注：**看承如無物**(간승여무물)：안중에 두지 않다. 업신여기다.〈看承〉：보다. 여기다. 대하다.　**何苦**(하고)：무엇이 안타까워. 무엇 때문에.(*〈何故〉：왜. 어찌 …할 수 있겠느냐.)　**稟命**(품명)：명령을 받다(=稟令).　**除非**(제비)：오직 …해야만 (비로소). 다만 …함으로써만 비로소. (*只有：유일한 조건을 표시하며 종종 才, 否則, 不然 등과 합쳐서 사용된다.)　**直恁**(직임)：결국 이처럼. 결국 이렇게.(竟然如此)〈直〉：결국. 뜻밖에.〈恁〉：이와 같이.　**望門寡**(망문과)：망문과부. 까막과부. 定婚을 한 후 婚姻을 하기 전에 신랑감이 죽어서 다시 시집을 가지 못한 여자.　**須**(수)：결국.　**好做好**(호주호)：아주 잘들 하고(놀고) 있다.〈做好〉：해내다. 해놓다. 끝내다.　**便**(편)：(假定) 설령 …하더라도. 비록 …일지라도.　**說得**(설득)：말을 들은.〈得〉：동사나 형용사 뒤에서 정도나 결과를 표시하는 보어.

〖9〗國太不住口的罵周瑜.　(*罵周瑜便是罵孫權.)　喬國老勸曰："事已如此，劉皇叔乃漢室宗親，不如眞個招他爲婿，免得出醜."權曰："年紀恐不相當."國老曰："劉皇叔乃當世豪傑，若招得這個女婿，也不辱了令妹."國太曰："我不曾認得劉皇叔. 明日約在甘露寺相見：如不中我意，任從你們行事；若中我的意，我自把女兒嫁他！"(*不由孫權作主.)孫權乃大孝之人，見母親如此言語，隨卽應承，出外喚呂範，分付："來日甘露寺方丈設宴，國太要見劉備."呂範曰："何不令賈華部領三百刀斧手，伏於兩廊；若國太不喜時，一聲號擧，兩邊齊出，將他拏下？"權遂喚賈華，分付預先准備，只看國太擧動.

*注: **不住口的**(부주구적): =不住口地. 입을 쉬지 않고. 말을 그치지 않고. 〈不住〉: 그치지 않다. 쉬지 않다. 멎지 않다. **眞個**(진개): 정말로. 실로. 확실히. (=眞個的) **出醜**(출추): 추태를 보이다. 망신당하다. **年紀**(연기): 나이. **甘露寺**(감로사): 지금의 강소성 鎭江市 北固山 뒷 봉우리에 있다. 전설에 의하면, 이 절을 지을 때 甘露가 내렸다고 해서 붙여진 이름이라고 한다. 그러나 이 절을 지은 年代는 서기 265년으로, 당시에는 아직 없었으나 소설의 구성을 위해 끌어들인 것이다. **任從**(임종): 자유에 맡기다. 제멋대로 하게 하다. **方丈**(방장): 四方一丈. 처음에는 〈寺院〉이란 뜻이었으나 후에는 중들 중에서도 長老, 主持의 居室, 和尙, 國師 등 높은 중의 處所를 가리킴. **部領**(부령): 통솔하다. 인솔하다. 〈部〉: 統率. 統轄.

〖10〗 却說喬國老辭吳國太歸，使人去報玄德，言:“來日吳侯·國太親自要見，好生在意!” 玄德與孫乾·趙雲商議. 雲曰:“來日此會，多凶少吉，雲自引五百軍保護.”

次日，吳國太·喬國老先在甘露寺方丈裏坐定. 孫權引一班謀士，隨後都到，却教呂範來館驛中請玄德. 玄德內披細鎧，外穿錦袍，從人背劍緊隨，上馬投甘露寺來. 趙雲全裝貫帶，引五百軍隨行. 來到寺前下馬，先見孫權. 權觀玄德儀表非凡，心中有畏懼之意. 二人敍禮畢，遂入方丈見國太. 國太見了玄德，大喜，謂喬國老曰:“眞吾婿也!”(*中了丈母意，自然中夫人意.) 國老曰:“玄德有龍鳳之姿，天日之表；更兼仁德布於天下: 國太得此佳婿，眞可慶也!” 玄德拜謝，共宴於方丈之中.

少刻，子龍帶劍而入，立於玄德之側. 國太問曰:“此是何人?” 玄德答曰:“常山趙子龍也.” 國太曰:“莫非當陽長坂抱阿斗者乎?”(*照應四十一回中事.) 玄德曰:“然.” 國太曰:“眞將軍也!”遂賜以酒. 趙雲謂玄德曰:“却纔某於廊下巡視, 見房內有刀斧手埋伏, 必無好意. 可告知國太.”玄德乃跪於國太席前, 泣而告曰:“若殺劉備, 就此請誅.”國太曰:“何出此言?”玄德曰:“廊下暗伏刀斧手, 非殺備而何?”國太大怒, 責罵孫權:“今日玄德旣爲我婿, 卽我之兒女也.(*親愛之極.) 何故伏刀斧手於廊下!”權推不知, 喚呂範問之; 範推賈華; 國太喚賈華責罵, 華黙然無言. 國太喝令斬之. 玄德告曰:“若斬大將, 於親不利, 備難久居膝下矣.”(*又是他討饒, 一發見得女婿好處.) 喬國老也相勸, 國太方叱退賈華. 刀斧手皆抱頭鼠竄而去.

*注: 好生(호생): 매우. 대단히. 충분히. 在意(재의): 주의하다. 마음에 두다. 신경을 쓰다. 却纔(각재): 방금. 지금 막.

〖11〗 玄德更衣出殿前, 見庭下有一石塊. 玄德拔從者所佩之劍, 仰天祝曰:“若劉備得勾回荊州, 成王霸之業, 一劍揮石爲兩段. 如死於此地, 劍剁石不開.”言訖, 手起劍落, 火光迸濺, 砍石爲兩段. 孫權在後面看見, 問曰:“玄德公如何恨此石?”玄德曰:“備年近五旬, 不能爲國家剿除賊黨, 心常自恨. 今蒙國太招爲女婿, 此平生之際遇也. 恰纔問天買卦, 如破曹興漢, 砍斷此石. 今果然如此.” 權暗思:“劉備莫非用此言瞞我?” 亦掣劍謂玄德曰:“吾亦問天買卦. 若破得曹賊, 亦斷此石.”却暗暗祝告曰:“若再取得荊州, 興旺東吳, 砍石爲兩半!”手起劍落, 巨石亦開. 至今有十字紋“恨石”尙存. 後人觀此勝蹟, 作詩讚曰:

寶劍落時山石斷, 金環響處火光生.
兩朝旺氣皆天數, 從此乾坤鼎足成.

*注: 得勾(득구): 할 수 있다. 가능하다(=能勾). 〈勾〉: 충분하다. 넉넉하다. 이르다. 도달하다. 닿다. 미치다. 剁石(타석): (칼로) 돌을 자르다. 迸濺

(병천): 솟아나 흩뿌리다. 사방으로 튀기다. **際遇**(제우): 기회를 만나다. 경우. 처지. 運. 恰纔(흡재): 방금. 바로 지금. **問天買卦**(문천매괘): 하늘에 물어서 吉凶과 禍福을 점치다.

〖12〗 二人棄劍, 相携入席. 又飮數巡, 孫乾目視玄德. 玄德辭曰: "備不勝酒力, 告退." 孫權送出寺前, 二人並立, 觀江山之景. 玄德曰: "此乃天下第一江山也!" 至今甘露寺牌上云: "天下第一江山". 後人有詩讚曰:

江山雨霽擁青螺, 境界無憂樂最多.

昔日英雄凝目處, 岩崖依舊抵風波.

二人共覽之次, 江風浩蕩, 洪波滾雪, 白浪掀天. 忽見波上一葉小舟, 行於江面上, 如行平地. 玄德嘆曰: "南人駕船, 北人乘馬, 信有之也." 孫權聞言, 自思曰: "劉備此言, 戱我不慣乘馬耳." 乃令左右牽過馬來, 飛身上馬, 馳驟下山, 復加鞭上嶺, 笑謂玄德曰: " '南人不能乘馬乎?' " 玄德聞言, 撩衣一躍, 躍上馬背, 飛走下山, 復馳騁而上. 二人立馬於山坡之上, 揚鞭大笑. 至今此處名爲駐馬坡. 後人有詩曰:

馳驟龍駒氣概多, 二人并轡望山河.

東吳西蜀成王霸, 千古猶存駐馬坡.

當日二人并轡而回. 南徐之民, 無不稱賀.

*注: **青螺**(청라): 〈螺〉: 고둥. 소라. 옛날 여자들이 머리 위로 고둥 모양으로 둥그렇게 틀어 올린(쪽진) 머리. 여기서는 멀리 바라다 보이는 산봉우리들을 형용한 것이다. **之次**(지차): 之間. 〈次〉: 여기서는 시간을 말함. **滾雪**(곤설): 파도가 높이 치면서 물방울을 일으켜 마치 눈이 오는 듯한 모습. 〈滾〉:구르다. 뒹굴다. (물이) 세차게 흐르다. **掀天**(흔천): (파도가) 하늘높이 솟아오르다. 기세가 대단하다. 〈掀〉:높이 들다. 뛰어오르다. 솟구쳐

오르다. **馳驟**(치취): (말을 타고) 빨리 달리다. =馳騁(치빙). **信**(신): 정말로. 확실히. **撩衣**(료의): 옷을 걷어 올리다. 〈撩(료)〉: 집적거리다. 도발하다. (물건의 늘어진 부분을) 걷어 올리다. 치켜들다. **龍駒**(용구): 준마.

〖13〗 玄德自回館驛, 與孫乾商議. 乾曰: "主公只是哀求喬國老, 早早畢姻, 免生別事." 次日, 玄德復至喬國老宅前下馬. 國老接入. 禮畢, 茶罷, 玄德告曰: "江左之人, 多有要害劉備者, 恐不能久居." 國老曰: "玄德寬心. 吾爲公告國太, 令作護持."(*國老可謂撮合山, 畢竟小媒人不如大媒人.) 玄德拜謝自回. 喬國老入見國太, 言玄德恐人謀害, 急急要回. 國太大怒曰: "我的女婿, 誰敢害他!" 卽時便敎搬入書院暫住, 擇日畢姻. 玄德自入告國太曰: "只恐趙雲在外不便, 軍士無人約束." 國太敎盡搬入府中安歇, (*玄德處處賴丈母之力.) 休留在館驛中, 免得生事. 玄德暗喜.

數日之內, 大排筵會, 孫夫人與玄德結親. 至晩客散, 兩行紅炬, 接引玄德入房. 燈光之下, 但見刀鎗簇滿, 侍婢皆佩劍懸刀, 立於兩旁. 唬得玄德魂不附體. 正是:

驚看侍女橫刀立, 疑是東吳設伏兵.

畢竟是何緣故, 且看下文分解.

***注**: 江左(강좌): 장강 하류의 중원 땅에서 바라보면 장강이 북으로 흘러 강동 지역은 강의 왼편에 있게 된다. **約束**(약속): 단속하다. 제약하다. 簇滿(족만): 무더기로 가득하다. 〈簇〉: 떼를 짓다. 무리. 무더기 떨기. 唬(호): 깜짝 놀라다.

第五十四回 毛宗崗 序始評

(1). 觀孫權之使魯肅弔喪, 而嘆今日之人情大抵如斯矣. 前之弔劉表, 非爲劉表而弔也, 爲劉備而弔也; 後之弔劉琦, 又非爲劉琦而弔也, 爲荊州而弔也. 弔本爲死, 乃以爲生; 弔本爲人, 乃以爲我. 弔之而無益於我, 則雖當弔而不弔焉. 弔之而有益於我, 則雖不必弔而亦弔焉. 豈獨東吳爲然哉, 又豈獨弔喪爲然哉? 凡近世之紛紛往來, 皆當作東吳弔喪觀也.

(2). 孔明之辭魯肅也, 劉琦未死, 則以劉琦謝之; 劉琦旣死, 則以取西天謝之. 而第二番之措詞與第一番不同: 前則止用緩詞耳; 今則先折之以正論, 旣明示不還之情, 後乃應之以權宜, 姑託爲暫借之說. 其云借也, 是卽其不還之意也. 孔明嘗借箭於敵矣, 嘗借風於天矣. 借箭亦將還箭, 借風亦將還風耶?

(3). 凡借物於人者, 以己之所有借之, 乃謂之借. 荊州非孫氏之有也, 何謂借乎? 及授契於人者, 先立契而後取物, 乃以契爲信, 荊州劉氏之所先取也, 何契之有乎? 近世有謀人之美産, 而必寫借契者矣; 亦有謝人之索逋, 而虛以抵契搪塞者矣. 魯肅·孔明, 毋乃類是, 至於兩家互相欺狂, 一則假寫借契, 一則假立婚書, 借契疑眞實假, 婚書弄假成眞. 一對空頭, 眞堪捧腹.(*借: 빌려주다. 捧腹: 배꼽을 잡고 웃다.)

(4). 孔明誦銅雀臺賦, 是以孫權之嫂·周瑜之妻激東吳也. 今授錦囊密計, 是又以孫權之母·周瑜之丈人助玄德也. 其子之策, 其母破之, 其壻之策, 其丈人又破之. 妙在卽用他自家人, 敎他怪別人不得.

第五十五回

玄德智激孫夫人
孔明二氣周公瑾

〖1〗 却說玄德見孫夫人房中, 兩邊槍刀森列, 侍婢皆佩劍, 不覺失色. 管家婆進曰: "貴人休得驚懼: 夫人自幼好觀武事, 居常令侍婢擊劍爲樂, 故爾如此." 玄德曰: "非夫人所觀之事, 吾甚心寒, 可命暫去." 管家婆稟覆孫夫人曰: "房中擺列兵器, 嬌客不安, 今且去之." 孫夫人笑曰: "厮殺半生, 尙懼兵器乎!" (*雖然厮殺半生, 却不曾與女將軍厮殺.) 命盡撤去, 令侍婢解劍伏侍. 當夜, 玄德與孫夫人成親, 兩情歡洽. 玄德又將金帛散給侍婢, 以買其心. 先教孫乾回荊州報喜. 自此連日飮酒. 國太十分愛敬.

*注: **森列**(삼렬): 빽빽이 줄지어 늘어서 있다. **管家婆**(관가파): 옛날 지주나 관리의 집안 살림을 관장하는 지위가 비교적 높은 여자 하인. **稟覆**(품복): 稟復. 復命하다. 보고하다. 상신하다. 건의하다. **嬌客**(교객): 사위(女

婿)(<아름답고 사랑스런 손님>이란 뜻). **且**(차): 잠깐. 당분간. **厮殺**(시살): 서로 싸우고 죽이다. 싸우다. **歡洽**(환흡): 기쁘고 흡족하다.

〖2〗 却說孫權差人來柴桑郡報周瑜, 說: "我母親力主, 已將吾妹嫁劉備. 不想弄假成眞. 此事還復如何?" 瑜聞大驚, (*撮合者乃是令岳.) 行坐不安, 乃思一計, 修密書付來人持回見孫權. 權拆書視之. 書略曰:

"瑜所謀之事, 不想反覆如此. 既已弄假成眞, 又當就此用計. 劉備以梟雄之姿, 有關·張·趙雲之將, 更兼諸葛用謀, 必非久屈人下者. 愚意莫如軟困之於吳中: 盛爲築宮室, 以喪其心志; 多送美色玩好, 以娛其耳目; 使分開關·張之情, 隔遠諸葛之契; 各置一方, 然後以兵擊之, 大事已定矣. 今若縱之, 恐蛟龍得雲雨, 終非池中物也. 願明公熟思之."

孫權看畢, 以書示張昭. 昭曰: "公瑾之謀, 正合愚意. 劉備起身微末, 奔走天下, 未嘗受享富貴. 今若以華堂大廈·子女金帛, 令彼享用, 自然疏遠孔明·關·張等, 使彼各生怨望, 然後荊州可圖也. 主公可依公瑾之計, 而速行之." (*前是假用美人計, 此却眞用美人計矣.) 權大喜, 卽日修整東府, 廣栽花木, 盛設器用, 請玄德與妹居住; 又增女樂數十餘人, 并金玉錦綺玩好之物. 國太只道孫權好意, 喜不自勝. (*爲丈母者, 不但望壻女相得, 尤望郎舅相得.) 玄德果然被聲色所迷, 全不想回荊州. (*已入溫柔鄕矣.)

*注: **力主**(력주): 강력히 주장하다. **弄假成眞**(농가성진): 농담이 진담되다. 장난삼아 한 것이 사실로 되다. **反覆**(반복): 거꾸로 뒤집히다. **軟困**(연곤): 연금(軟禁)시키다. 나른하고 기운이 없다(疲軟). 피로하다(困乏). **契**(계): 정의(情誼). 연분(緣分). **池中物**(지중물): 못 속에 사는 생물. 원대한 포부가 없이 한 곳에 편안히 숨어 지내는 사람의 비유. **只道**(지도):

다만 …라고 생각하다(여기다). **相得**(상득): 서로 사이좋게 지내다.

〖3〗 却說趙雲與五百軍在東府前住, 終日無事,(*玄德太忙, 子龍甚閑.) 只去城外射箭走馬. 看看年終. 雲猛省: "孔明分付三個錦囊與我, 教我一到南徐, 開第一個; 住到年終, 開第二個; 臨到危急無路之時, 開第三個: 於內有神出鬼沒之計, 可保主公回家.(*孔明附耳分付語, 至此方纔補出.) 此時歲已將終, 主公貪戀女色, 並不見面, 何不拆開第二個錦囊, 看計而行?" 遂拆開視之. 原來如此神策.

即日徑到府堂, 要見玄德. 侍婢報曰: "趙子龍有緊急事來報貴人." 玄德喚入問之. 雲佯作失驚之狀, 曰: "主公深居畫堂, 不想荊州耶?" 玄德曰: "有甚事如此驚怪?" 雲曰: "今早孔明使人來報, 說曹操要報赤壁鏖兵之恨,(*第四十九回中事) 起精兵五十萬, 殺奔荊州, 甚是危急, 請主公便回." 玄德曰: "必須與夫人商議." 雲曰: "若和夫人商議, 必不肯教主公回. 不如休說, 今晚便好起程. ── 遲則誤事."(*此是子龍激語.) 玄德曰: "你且暫退, 我自有道理." 雲故意催逼數番而出.

*注: **原來如此**(원래여차): 과연 그렇다. 알고 보니 그렇다. **失驚**(실경): 깜짝 놀라다. **驚怪**(경괴): 놀라며 괴이쩍게 여기다. **便好**(편호): 正好. 正可. …하는 것이 정말 좋다. **且**(차): 우선. 당분간. **自有**(자유): 별도로. 따로. **道理**(도리): 방법. 수단. 대책. **催逼**(최핍): 재촉하고 다그치다.

〖4〗 玄德入見孫夫人, 暗暗垂淚. 孫夫人曰: "丈夫何故煩惱?" 玄德曰: "念備一身飄蕩異鄉, 生不能侍奉二親, 又不能祭祀宗祖, 乃大逆不孝也, 今歲旦在邇, 使備悒怏不已." 孫夫人曰: "你休瞞我, 我已聽知了也! 方纔趙子龍報說荊州危急, 你欲還鄉, 故推此意.” 玄德跪而告曰: “夫人旣知, 備安敢相瞞. 備欲不去, 使荊州有失, 被天下人恥笑; 欲去, 又捨不得夫人: 因此煩惱.” 夫人曰: “妾已事君, 任君所之, 妾當相隨.”(*此時夫人, 亦是孔明囊中之物矣.) 玄德曰: “夫人之心, 雖則如此, 爭奈國太與吳侯安肯容夫人去? 夫人若可憐劉備, 暫時辭別.” 言畢, 淚如雨下.(*實是要他同去, 反說暫時辭別, 詐甚, 妙甚.) 孫夫人勸曰: “丈夫休得煩惱. 妾當苦告母親, 必放妾與君同去.” 玄德曰: “縱然國太肯時, 吳侯必然阻擋.” 孫夫人沈吟良久, 乃曰: “妾與君正旦拜賀時, 推稱江邊祭祖, 不告而去, 若何?” 玄德又跪而謝曰: “若如此, 生死難忘! 一切勿漏泄.” 兩個商議已定. 玄德密喚趙雲分付: “正旦日, 你先引軍士出城, 於官道等候. 吾推祭祖, 與夫人同走.” 雲領諾.

*注: **暗暗**(암암): 슬며시. 남몰래. 암암리에. 은근히. **歲旦**(세단): 正月초하루 아침. 元旦. **悒怏**(읍앙): 우울하여 마음이 편치 않은 모습. **捨不得**(사부득): 헤어지기 아쉽다. 섭섭하다. **任**(임): 되는 대로 맡겨두다. 내맡기다. …을 할지라도. …든지. 어디든지. **爭奈**(쟁나): 어찌하여. 어떻게. **苦告**(고고): 극력, 꾸준히, 끈기 있게 사정하다. **縱然**(종연): 설사 …하더라도. **推稱**(추칭): =推. 핑계를 대어 말하다. **生死**(생사): 삶과 죽음./죽어도(偏指死). **正旦**(정단); 元旦. 1월 1일 아침. **官道**(관도): 官에서 닦아놓은 도로. 큰길. 大道.

〖5〗 建安十五年春正月元旦, 吳侯大會文武於堂上. 玄德與孫夫人入拜國太. 孫夫人曰: “夫主想父母宗祖墳墓, 俱在涿郡, 晝夜傷感不已. 今日欲往江邊, 望北遙祭, 須告母親得知.”(*聽着丈夫之語, 連母親面前亦無實話. 今日此風亦盛.) 國太曰: “此孝道也, 豈有不從. 汝雖不識舅姑, 可同汝夫前去祭拜, 亦見爲婦之禮.” 孫夫人同玄德拜謝而出. 此時只瞞着孫權.

夫人乘車，止帶隨身一應細軟．玄德上馬，引數騎跟隨出城，與趙雲相會．五百軍士前遮後擁，離了南徐，趲程而行．當日孫權大醉，左右近侍扶入後堂，文武皆散．比及衆官探得玄德 · 夫人逃遁之時，天色已晚．要報孫權，權醉不醒．及至睡覺，已是五更．

*注：**建安十五年**：서기 210년. 신라 奈解尼師今 15년. 고구려 山上王延優 14년. **夫主**(부주)：남편. **遙祭**(요제)：멀리서 바라보고 제사를 지내다. **舅姑**(구고)：시부모. **見**(견)：보이다. **細軟**(세연)：귀금속, 보석, 장신구, 얇은 비단 따위의 휴대하기 간편한 귀중품이나 고급 의류. **趲程**(찬정)：길을 바삐 가다. 달아나다.

〖6〗次日，孫權聞知走了玄德，急喚文武商議．張昭曰："今日走了此人，早晚必生禍亂．可急追之．" 孫權令陳武 · 潘璋選五百精兵，無分晝夜，務要赶上拿回．二將領命去了．孫權深恨玄德，將案上玉硯摔爲粉碎．程普曰："主公空有沖天之怒，某料陳武 · 潘璋必擒此人不得．" 權曰："焉敢違我令!" 普曰："郡主自幼好觀武事，嚴毅剛正，諸將皆懼．既然肯順劉備，必同心而去．所追之將，若見郡主，豈敢下手?" 權大怒，掣所佩之劍，喚蔣欽 · 周泰聽令，曰："汝二人將這口劍去取吾妹，并劉備頭來！違令者立斬!" (*孫權此時已無兄妹之情，孰知夫人此時，止有夫妻之愛.) 蔣欽 · 周泰領命，隨後引一千軍赶來．

*注：**務要**(무요)：반드시 …하도록 하다. **摔**(솔)：내던지다. **郡主**(군주)：諸王들의 여자. 여기서는 孫權의 누이동생 孫夫人을 가리킴.

〖7〗却說玄德加鞭縱轡，趲程而行；當夜於路暫歇兩個更次，慌忙起行．看看來到柴桑界首，望見後面塵頭大起，人報追兵至矣．玄德慌問趙雲曰："追兵既至，如之奈何?" 趙雲曰："主公先行，某願當後.”轉過前面山脚，一彪軍馬攔住去路. 當先兩員大將，厲聲高叫曰：“劉備早早下馬受縛! 吾奉周都督將令，守候多時!”原來周瑜恐玄德走逃，先使徐盛·丁奉引三千軍馬於衝要之處箚營等候，時常令人登高遙望，料得玄德若投旱路，必經此道而過. 當日，徐盛·丁奉瞭望得玄德一行人到，各綽兵器截住去路. 玄德驚慌勒回馬問趙雲曰：“前有攔截之兵，後有追赶之兵：前後無路，如之奈何?”雲曰：“主公休慌. 軍師有三條妙計，多在錦囊之中. 已拆了兩個，并皆應驗. 今尙有第三個在此，分付遇危難之時，方可拆看. 今日危急，當拆觀之.”便將錦囊拆開，獻與玄德. (*前兩箇錦囊皆是趙雲自看，第三箇錦囊却送與玄德自看，蓋求夫人須是丈夫去求也.)

*注：**縱轡**(종비)：말을 달리다. 고삐(轡)를 느슨하게 하다(縱). 〈縱〉：방임하다. 멋대로 하다. 느슨하게 하다. **兩個更次**(양개경차)：4시간. 〈更〉：하룻밤(10시간)을 5등분한 시간 단위로 1경은 약 2시간. 〈次〉：시간. **看看**(간간)：이제 곧. 막. **時常**(시상)：자주. 늘. 항상. **瞭望**(료망)：높은 곳에 올라 멀리 바라보다.

〖8〗玄德看了，急來車前泣告孫夫人曰：“備有心腹之言，至此盡當實訴.”夫人曰：“丈夫有何言語，實對我說.”玄德曰：“昔日吳侯與周瑜同謀，將夫人招嫁劉備，實非爲夫人計，乃欲幽困劉備而奪荊州耳. 奪了荊州，必將殺備. 是以夫人爲香餌而釣備也. (*今香餌旣得，金鉤可脫.) 備不懼萬死而來，蓋知夫人有男子之胸襟，必能憐備. 昨聞吳侯將欲加害，故托荊州有難，以圖歸計. 幸得夫人不棄，同至於此. 今吳侯又令人在後追赶，周瑜又使人於前截住，非夫人莫解此禍. 如夫人不允，備請死於車前，以報夫人之德.”(*前在丈母面前請死，今又在夫人面前請死，此是從來婦人嚇丈夫妙訣，不意玄德亦作此態. 妙甚. 詐甚.) 夫人怒曰: "吾兄既不以我爲親骨肉, 我有何面目重相見乎? 今日之危, 我當自解." 於是叱從人推車直出, 捲起車簾, 親喝徐盛·丁奉曰: "你二人欲造反耶?" 徐·丁二將慌忙下馬, 棄了兵器, 聲喏於車前曰: "安敢造反! 爲奉周都督將令, 屯兵在此專候劉備."(*對夫人而呼玄德之名, 煞是可惡.) 孫夫人大怒曰: "周瑜逆賊! 我東吳不曾虧負你! 玄德乃大漢皇叔, 是我丈夫.(*只此四字, 便足壓倒徐·丁二將.) 我已對母親·哥哥說知回荊州去. 今你兩個於山脚去處, 引着軍馬攔截道路, 意欲劫掠我夫妻財物耶?" 徐盛·丁奉喏喏連聲, 口稱: "不敢! 請夫人息怒. 這不干我等之事, 乃是周都督的將令." 孫夫人叱曰: "你只怕周瑜, 獨不怕我? 周瑜殺得你, 我豈殺不得周瑜?" 把周瑜大罵一場, 喝令推車前進. 徐盛·丁奉自思: "我等是下人, 安敢與夫人違拗?" 又見趙雲十分怒氣, 只得把軍喝住, 放條大路教過去.(*已在孔明算中.)

*注: **昨**(작): 어제. 일전에. 그전에. **聲喏**(성야): 인사하다. 인사말을 하다. 〈喏〉: 예. 대답하는 말. **虧負**(휴부): (호의. 은혜. 기대 따위를) 저버리다. 배반하다. **去處**(거처): 곳. 장소. **喏喏**(야야): 예예. (윗사람의 부름에 대답하는 소리). **不干**(불간): 상관이 없다. 관련이 없다. **違拗**(위요): 거역하고 꺾다. 〈拗〉: (요): 꺾다. (욱): 누르다.

〖9〗 恰纔行不得五六里, 背後陳武·潘璋赶到. 徐盛·丁奉備言其事. 陳·潘二將曰: "你放他過去差了. 我二人奉吳侯旨意, 特來追捉他回去." 於是四將合兵一處, 趲程赶來. 玄德正行間, 忽聽的背後喊聲大起, 玄德又告孫夫人曰: "後面追兵又到, 如之奈何?" 夫人曰: "丈夫先行, 我與子龍當後." 玄德先引三百軍, 望江岸去了. 子龍勒馬於車傍, 將士卒擺開, 專候來將. 四員將見了孫夫人, 只得下馬, 叉手而立. 夫人曰: "陳武·潘璋, 來此何幹?"

二將答曰:“奉主公之命,請夫人·玄德回.”夫人正色叱曰:“都是你這夥匹夫,離間我兄妹不睦!我已嫁他人,今日歸去,須不是與人私奔.我奉母親慈旨,令我夫婦回荊州.便是我哥哥來,也須依禮而行.你二人倚仗兵威,欲待殺害我耶?”罵得四人面面相覷,各自尋思:“他一萬年也只是兄妹.更兼國太作主;吳侯乃大孝之人,怎敢違逆母言?明日翻過臉來,只是我等不是.不如做個人情.”軍中又不見玄德;但見趙雲怒目睜眉,只待厮殺.—— 因此四將喏喏連聲而退.(*已在孔明算中.)孫夫人令推車便行.

*注: **聽的**(청적): =聽得. 들었다. **夥**(과): 동료. 동아리. 패. 무리. **須不是**(수부시): 절대로 … 아니다. 〈須〉: 본래. 원래. 절대로. 반드시 …하여야 한다. **便是**(변시): 설령 …더라도. **罵得**(매득): = 受罵得. 욕을 먹다. 야단을 맞다. 一萬年(일만년): 일만 년. 영원히. 영구히. **作主**(작주): =做主. (일의) 주관자가 되다. 주인이 되다. 결정권을 가지다. 생각대로 처리하다. **翻過臉來**(번과검래): 안면을 바꾸고 나오다. 태도를 바꾸고 나오다. 〈翻臉(번검)〉: 안면을 바꾸다. 모른 채하다. **不是**(부시): 잘못하다. 틀리다. 과실. **怒目睜眉**(노목정미): 성난 눈을 부릅뜨고 눈썹을 찡그리다.

〖10〗 徐盛曰:“我四人同去見周都督,告稟此事.”四人猶豫未定.忽見一軍如旋風而來,視之,乃蔣欽·周泰.二將問曰:“你等曾見劉備否?”四人曰:“早晨過去,已半日矣.”蔣欽曰:“何不拏下?”四人各言孫夫人發話之事.蔣欽曰:“便是吳侯怕道如此,封一口劍在此,(*吳侯一劍怎敵孔明三囊.)敎先殺他妹,後斬劉備,違者立斬!”四將曰:“去之已遠,怎生奈何?”蔣欽曰:“他終是些步軍,急行不上.徐·丁二將軍可飛報都督,敎水路棹快船追赶;我四人在岸上追赶:無問水旱之路,赶上殺了,休聽他言語.”於是徐盛·丁奉飛報周瑜;蔣欽·周泰·陳武·潘璋四個領兵沿江赶來.

*注: **發話**(발화): 구두로 지시하다. 발언하다. 화가 나서 말하다. **便是吳侯怕**(편시오후파): 오후가 염려한 것은 바로 이것이다. 〈便是〉: 바로 …이다. **去之**(거지): 떠나가다. 〈之〉: 助詞. 문장에서 음절을 조정하거나 정돈을 표시하고 실제 의미는 없이 사용된다.(*頃之. 久之. 舞之. 蹈之.) **怎生奈何**(즘생나하): 어찌 하겠는가? 〈怎生〉: 어떻게 하면. 어떤. 〈奈何〉: 어떻게 하다. 어찌. 어떻게. …를 어찌하겠는가. **終是**(종시): 결국 …이다. 끝내. **~不上**(불상): (동사의 뒤에 붙어서) … 못하다. …할 수 없다.

〖11〗 却說玄德一行人馬, 離柴桑較遠, 來到劉郎浦, (*到了劉郎浦便不怕孫權港矣.) 心纔稍寬. 沿着江岸尋渡, 一望江水瀰漫, 并無船隻. 玄德俯首沈吟. 趙雲曰: "主公在虎口中逃出, 今已近本界. 吾料軍師必有調度, 何用憂疑?" 玄德聽罷, 驀然想起在吳繁華之事, 不覺凄然淚下. 後人有詩嘆曰:

吳蜀成婚此水潯, 明珠步幛屋黃金.
誰知一女輕天下, 欲易劉郎鼎峙心.

玄德令趙雲望前哨探船隻, 忽報後面塵土沖天而起. 玄德登高望之, 但見軍馬蓋地而來, 嘆曰: "連日奔走, 人困馬乏, 追兵又到, 死無地矣!" 看看喊聲漸近. 正慌急間, 忽見江岸邊一字兒拋着拖篷船二十餘隻. 趙雲曰: "天幸有船在此! 何不速下, 棹過對岸, 再作區處!" 玄德與孫夫人便奔上船. 子龍引五百軍亦都上船. 只見船艙中一人綸巾道服, 大笑而出, 曰: "主公且喜! 諸葛亮在此等候多時." 船中扮作客人的, 皆是荊州水軍. 玄德大喜. 不移時, 四將赶到. 孔明笑指岸上人言曰: "吾已算定多時矣. 汝等回去傳示周郎, 教休再使美人局手段." 岸上亂箭射來, 船已開的遠了. 蔣欽等四將, 只好呆看.

*注: **劉郎浦**(유랑포): 일명 劉郎洑. 지금의 호북성 石首縣 서북. 이 지명은

삼국시대 이후에 생긴 것으로, 이곳에서 유비가 동오의 손부인을 맞이했다고 하여 생긴 이름이다. **瀰漫**(미만): 물이 가극 차다. 만연하다. 〈瀰〉: 아득하다. 수면이 끝없이 넓어 아득한 모양. **調度**(조도): 배치. 처리. 지도(지시)하다. **驀然**(맥연): =驀地. 곧장. 쉬지 않고. 불현듯. **凄然**(처연): 슬프다. 처량하다. 쓸쓸하다. **潯**(심): 물가. (江潯: 강가). **步幛**(보장): (고대의 귀족들이 출행 시 먼지, 바람, 추위 등을 막기 위해 설치하는) 行幕. 帳幕. **鼎峙**(정치): 세 세력(방면)이 대립하다. 鼎立. 鼎足. **死無地**(사무지): 죽어도 묻힐 땅이 없다. **拖篷船**(타봉선): 배 위에 햇빛, 비, 바람 등을 막기 위해 대나무, 갈대거적, 범포 따위로 뜸(덮개)를 만들어 놓고 밧줄이나 예인선으로 끌어서 움직이는 배. 〈篷〉: 뜸. 덮개. **區處**(구처): 分別處置. 별도로(따로. 달리) 처리하다. **客人**(객인): 行商. 손님. 여객. 길손. **傳示**(전시): 전하여 알리다. **美人局**(미인국): 美人計. **手段**(수단): 수법. 방법. 수단. **呆看**(태간): 멍하게 바라보다. 〈呆(매 : 태)〉: 어리석다. 둔하다.

〖12〗 玄德與孔明正行間, 忽然江聲大振. 回頭視之, 只見戰船無數, 帥字旗下, 周瑜自領慣戰水軍, 左有黃蓋, 右有韓當, 勢如飛馬, 疾似流星. 看看赶上. 孔明敎棹船投北岸, 棄了船, 盡皆上岸而走, 車馬<u>登程</u>. 周瑜赶到江邊, 亦皆上岸追襲. 大小水軍, 盡是步行; 止有爲首官軍騎馬. 周瑜當先, 黃蓋·韓當·徐盛·丁奉緊隨. 周瑜曰: "此處是那裏?" 軍士答曰: "前面是黃州界首." 望見玄德車馬不遠, 瑜令并力追襲.

正赶之間, 一聲鼓響, 山谷內一陣刀手擁出, 爲首一員大將, 乃關雲長也. 周瑜擧止<u>失措</u>, 急撥馬便走; 雲長赶來, 周瑜縱馬逃命. 正奔走間, 左邊黃忠, 右邊魏延, 兩軍殺出. 吳兵大敗. 周瑜急急下得船時, 岸上軍士齊聲大叫曰: "周郞妙計安天下, 陪了夫人又折兵!" 瑜怒曰: "可再登岸決一死戰." 黃蓋 · 韓當力阻. 瑜自思曰: “吾計不成, 有何面目去見吳侯?”(*項王不曾把虞姬送與別人, 猶云: “無面見江東父老.” 今周郎平白地把夫人送與玄德, 更有何面見江東主人?) 大叫一聲, 金瘡迸裂, 倒於船上. 衆將急救, 却早不省人事. 正是:

兩番弄巧翻成拙, 此日含嗔却帶羞.

未知周郎性命如何, 且看下文分解.

*注: 登程(등정): =起程. 출발하다. 떠나다. 失措(실조): 無措. 어찌할 줄 모르다. 陪(배): 모시다. 수행하다.

第五十五回 毛宗崗 序始評

(1). 孫夫人房內設兵, 而玄德心常凜凜. 玄德非畏兵而畏夫人之兵, 亦非畏夫人而畏好兵之夫人也. 每怪今之懼內者, 其夫人未嘗好兵, 而亦畏之, 何也? 曰: 雖不好兵, 而未嘗不好戰, 好戰甚於好兵也. 只夫人便是兵, 又何必房中設兵而後謂之兵也?

(2). 甚矣孔明之計之妙也; 旣借孫權之母·周瑜之丈人爲玄德成婚之助, 又卽借孫權之妹爲玄德歸荊州之助. 不但喬國老·吳國太爲孔明所借, 卽孫夫人亦爲孔明所借矣. 國老可借, 國母可借, 夫人可借, 而荊州又何不可借哉?

(3). 孫夫人之配玄德, 如齊姜之配重耳, 皆丈夫女也. 重耳不欲去而齊姜遣之, 玄德欲去而孫夫人從之. 齊姜聽重耳獨去, 不獨去恐去不成; 孫夫人與玄德同去, 不同去也去不成. 重耳之去, 齊姜不告于其父; 玄德之去, 孫夫人不告于其兄. 一則殺采桑之女, 是英雄手段; 一則退攔路之兵, 亦是英雄手段.

第五十六回

曹操大宴銅雀臺
孔明三氣周公瑾

〖1〗 却說周瑜被諸葛亮預先埋伏關公·黃忠·魏延三枝軍馬一擊大敗. 黃蓋·韓當急救下船, 折却水軍無數. 遙觀玄德·孫夫人車馬僕從, 都停住於山頂之上, 瑜如何不氣? 箭瘡未愈, 因怒氣沖激, 瘡口迸裂, 昏絕於地. 衆將救醒, 開船逃去. 孔明教休追赶, 自和玄德歸荊州慶喜, 賞賜衆將.

周瑜自回柴桑. 蔣欽等一行人馬自歸南徐報孫權. 權不勝忿怒, 欲拜程普爲都督, 起兵取荊州. 周瑜又上書, 請興兵雪恨. 張昭諫曰: "不可. 曹操日夜思報赤壁之恨, 因恐孫·劉同心, 故未敢興兵. 今主公若以一時之忿, 自相吞併, 操必乘虛來攻, 國勢危矣!" (*以此時論之, 則張昭之見, 勝於周瑜.) 顧雍曰: "許都豈無細作在此? 若知孫·劉不睦, 操必使人勾結劉備. 備懼東吳, 必投曹操. 若此，則江南何日得安？爲今之計，莫若使人赴許都，表劉備爲荊州牧．曹操知之，則懼而不敢加兵於東南．且使劉備不恨於主公．然後使心腹用反間之計，令曹·劉相攻，吾乘隙而圖之，斯爲得耳．"(*顧雍之見更勝於張昭.) 權曰："元嘆之言甚善．但誰可爲使?" 雍曰："此間有一人，乃曹操敬慕者，可以爲使．" 權問何人．雍曰："華歆在此，何不遣之?" 權大喜，卽遣歆齎表赴許都．(*曹操恨劉備之取徐州，而反詔劉備爲徐州牧，欲使呂布忌之也；今東吳亦恨劉備之取荊州，而反表劉備爲荊州牧，欲使曹操忌之也，同是一樣機謀.) 歆領命起程，徑到許都來見曹操．聞操會群臣於鄴郡，慶賞銅雀台，歆乃赴鄴郡候見．

*注: **折却**(절각): 折兵. 〈折〉: 타격을 받다. 손실을 입다. **勾結**(구결): 결탁하다. 공모하다. **斯爲得耳**(사위득이): 이렇게 하는 편이 적절하다(得策이다). 〈斯〉: (指示代詞) 이. 이것(此). 〈得〉: 合當하다. 適合하다. 得策. **鄴郡**(업군): 하북성 磁縣 南. **慶賞**(경상): 상을 주다./ 구경하다. 觀賞하다.

〖2〗 操自赤壁敗後，常思報讐；只疑孫·劉併力，因此不敢輕進．時建安十五年春，造銅雀臺成，(*築臺是三十四回中事，至此始成，其勞民傷財可知．曹操之有銅臺，猶董卓之有郿塢也.) 操乃大會文武於鄴郡，設宴慶賀．其臺正臨漳河，中央乃銅雀臺，左邊一座名玉龍臺，右邊一座名金鳳臺．各高十丈，上橫二橋相通，千門萬戶，金碧交輝．是日，曹操頭戴嵌寶金冠，身穿綠錦羅袍·玉帶珠履，憑高而坐．文武侍立臺下．

*注: **併力**(병력): 협력하다. **建安十五年**: 서기 210년. 신라 奈解尼師今 15년(고구려 山上王延優 14년). **漳河**(장하): 지금의 하북성과 하남성 경계에 있는 강으로 衛河의 支流. **金碧**(금벽): 황금색과 푸른 옥색. **交輝**(교휘): 여러 가지 빛들이 서로 눈부시게 비추는 것.

〖3〗 操欲觀武官比試弓箭, 乃使近侍將西川紅錦戰袍一領, 挂於垂楊枝上, 下設一箭垜, 以百步爲界. 分武官爲兩隊; 曹氏宗族俱穿紅, 其餘將士俱穿綠; 各帶雕弓長箭, 跨鞍勒馬, 聽候指揮. 操傳令曰: "有能射中箭垜紅心者, 卽以錦袍賜之; 如射不中, 罰水一杯." 號令方下, 紅袍隊中, 一個少年將軍驟馬而出, 衆視之, 乃曹休也. 休飛馬往來, 奔馳三次, 扣上箭, 拽滿弓, 一箭射去, 正中紅心. 金鼓齊鳴, 衆皆喝采. 曹操於臺上望見大喜, 曰: "此吾家千里駒也!" 方欲使人取錦袍與曹休, 只見綠袍隊中, 一騎飛出, 叫曰: "丞相錦袍, 合讓俺外姓先取, 宗族中不宜攙越." 操視其人, 乃文聘也. 衆官曰: "且看文仲業射法." 文聘拈弓縱馬一箭, 亦中紅心. 衆皆喝采, 金鼓亂鳴. 聘大呼曰: "快取袍來!" 只見紅袍隊中, 又一將飛馬而出, 厲聲曰: "文烈先射, 汝何得爭奪? 看我與你兩個解箭!" 拽滿弓, 一箭射去, 也中紅心. 衆人齊聲喝采. 視其人, 乃曹洪也. 洪方欲取袍, 只見綠袍隊裏又一將出, 揚弓叫曰: "你三人射法, 何足爲奇! 看我射來!" 衆視之, 乃張郃也. 郃飛馬翻身, 背射一箭, 也中紅心. 四枝箭齊齊的攢在紅心裏. 衆人都道: "好射法!" 郃曰: "錦袍須該是我的!" 言未畢, 紅袍隊中一將飛馬而出, 大叫曰: "汝翻身背射, 何足稱異! 看我奪射紅心." 衆視之, 乃夏侯淵也. 淵驟馬至界口, 紐回身一箭射去, 正在四箭當中. 金鼓齊鳴. 淵勒馬按弓, 大叫曰: "此箭可奪得錦袍麽?" 只見綠袍隊裏, 一將應聲而出, 大叫: "且留下錦袍與我徐晃!" 淵曰: "汝更有何射法, 可奪我袍?" 晃曰: "汝奪射紅心, 不足爲異. 看吾單取錦袍!" 拈弓搭箭, 遙望柳條射去, 恰好射斷柳條, 錦袍墜地. 徐晃飛取錦袍, 披於身上, 驟馬至臺前聲喏曰: "謝丞相袍!" 曹操與衆官無不稱羨.

*注: 領(령): 목. 목덜미. /(옷의) 깃. 칼라./(長袍나 의복을 세는 단위) 벌.

착./다스리다. 거느리다./ 수령하다. 받다. **箭垜**(전타): 과녁(箭靶). **扣上**(구상): 엎어놓다. 두드리다. 치다. (단추나 고리 따위를) 걸다. 채우다. **合讓俺外姓**(합양엄외성): 마땅히 우리 외성들에게 양보해야만 한다. 〈合〉: 응당(마땅히) …해야 한다. **攙越**(참월): 본분을 벗어나다. 越職, 越權 등. (순서를 따르지 않는다는 뜻.) 〈攙〉: 찌르다. 끼어들어 낚아채다, 빼앗다. 뒤섞다. **拈弓**(념궁): 활을 잡다. **文烈**(문렬): 曹休의 字. **解箭**(해전): 화살을 갈라놓다. 〈解〉: 갈라놓다. 분리하다(脫落. 開放. 分裂). **齊齊的**(제제적): 다 같이(함께. 일제히). 나란히. **攢**(찬): 모으다. 모이다. **聲喏**(성야): 인사말을 하다. 인사하다.

〖4〗 晃纔勒馬要回, 猛然臺邊躍出一個綠袍將軍, 大呼曰: "你將錦袍那裏去? 早早留下與我!" 衆視之, 乃許褚也. 晃曰: "袍已在此, 汝何敢强奪!" 褚更不回答, 竟飛馬來奪袍. 兩馬相近, 徐晃便把弓打許褚. 褚一手按住弓, 把徐晃拖離鞍轎. 晃急棄了弓, 翻身下馬, 褚亦下馬, 兩個揪住厮打. (*射箭起頭, 厮打結局, 可發一笑.)

操急使人解開, 那領錦袍已是扯得粉碎. 操令二人都上臺. 徐晃睜眉怒目, 許褚切齒咬牙, 各有相鬪之意. 操笑曰: "孤特視公等之勇耳. 豈惜一錦袍哉?" 便教諸將盡都上臺, 各賜蜀錦一疋. (*老瞞最會和事.) 諸將各各稱謝. 操命各依位次而坐. 樂聲競奏, 水陸並陳. 文官武將, 輪次把盞, 獻酬交錯. (*與釃酒臨江之時正復相類.)

*注: **鞍轎**(안교): 鞍橋. 말안장. 〈轎〉와 〈橋〉는 서로 통한다. 말안장의 모양이 〈다리(橋)〉와 비슷하므로 생긴 명칭이다. **揪住**(추주): 꼭 붙잡다. 붙들다. **特**(특): 다만. 겨우. 단지. **盡都**(진도): 盡=都=全部. **水陸並陳**(수륙병진): 山海珍味를 벌려놓다. **輪次**(륜차): 차례. 순번. 순서. **獻酬交錯**(헌수교착): 술잔을 권하는 손들이 서로 엇갈리다.

〖5〗操顧謂衆文官曰："武將旣以騎射爲樂，足顯威勇矣．公等皆飽學之士，登此高臺，可不進佳章以紀一時之勝事乎?" 衆官皆躬身而言曰："願從鈞命." 時有王朗·鍾繇·王粲·陳琳一班文官，進獻詩章．詩中多有稱頌曹操功德巍巍，合當受命之意.(*王莽之時〈劇秦美新〉只是一箇，此日乃有無數楊雄.) 曹操逐一覽畢，笑曰："諸公佳作，過譽甚矣．孤本愚陋，始擧孝廉，後値天下大亂，築精舍於譙東五十里，欲春夏讀書，秋冬射獵，以待天下淸平，方出仕耳．不意朝廷徵孤爲典軍校尉，遂更其意，專欲爲國家討賊立功，圖死後得題墓道曰：'漢故征西將軍曹侯之墓'，平生願足矣.(*後來稱魏公·稱魏王者誰耶?) 念自討董卓·剿黃巾以來，除袁術·破呂布·滅袁紹·定劉表，遂平天下．身爲宰相，人臣之貴已極，又復何望哉? 如國家無孤一人，正不知幾人稱帝，幾人稱王.(*別人稱帝稱王，未必弑母后殺貴妃，而大肆其惡也.) 或見孤權重，妄相忖度，疑孤有異心，此大謬也．孤常念孔子稱文王之至德，此言耿耿在心.(*自比周文王，推不好人與子孫做.) 但欲孤委捐兵衆，歸就所封武平侯之國，實不可耳：誠恐一解兵柄，爲人所害；(*此是實話．亦騎虎難下之勢矣.) 孤敗則國家傾危；是以不得慕虛名而處實禍也.(*又將國家推頭，奸甚.) 諸公必無知孤意者." 衆皆起拜曰："雖伊尹·周公，不及丞相矣."(*曹操欲爲文王，而衆人比之伊尹·周公，又非其意.) 後人有詩曰：

周公恐懼流言日，王莽謙恭下士時．
假使當年身便死，一生眞僞有誰知．

*注：可不(가부)：①물론이다. 그렇다. ②어찌 …이 아니겠는가. …으로 되지 않는가. 〈可〉: 부사로서 의문문에서 의문의 어기를 강하게 한다. **勝事**(승사)：좋은 일. 훌륭한 일. **鈞命**(균명)：귀하의 명령. 〈鈞〉은 옛날 아랫사람이 윗사람의 말이나 행동 또는 관계있는 사물에 대하여 존경의 뜻을 나타내는 일종의 敬辭. **巍巍**(외외)：높고 큰 모양. **受命**(수명)：명령이나

임명을 받다. 天命을 받다.(천명을 받아 황제가 되다). 〈劇秦美新(극진미신)〉: 王莽 때 楊雄이 쓴 문장 이름. 秦을 폄훼하고 新을 찬양한 내용의 글. **精舍**(정사): 學舍. 학생들을 모아 학문을 가르치는 곳. **譙**(초): 譙郡. 지금의 산동성 濟南 부근. **墓道**(묘도): 묘 앞에 양측으로 담을 쌓아놓은 길. 여기서는 墓道 전면에 세우는 石碑를 말한다. **委捐**(위연): 내버리다(放棄). **武平侯**(무평후): 조조의 封爵名. 〈武平〉: 古縣名. 지금의 하남성 鹿邑縣 서북(안휘성 亳州 西), 武平侯의 封國이 있었던 곳. **伊尹 · 周公**(이윤 · 주공): 〈伊尹〉: 商의 湯王을 도와 夏桀을 멸하고 商을 건국한 殷의 공신. 〈周公〉: 형인 武王을 도와 殷의 紂王을 멸하고 周를 건국한 후 周의 문물제도를 제정한 周의 공신. 周公 旦. **王莽**(왕망): 漢 元帝 皇后의 조카로서 宰相이 된 후 西漢 정권을 찬탈하여 新 王朝를 건국한 사람. 자세한 내용은 〈漢書 · 王莽傳〉에 나온다.

〖6〗 曹操連飮數杯, 不覺沈醉, 喚左右捧過筆硯, 亦欲作〈銅雀臺詩〉. 剛纔下筆, 忽報: "東吳使華歆表奏劉備爲荊州牧, 孫權以妹嫁劉備, 漢上九郡大半已屬備矣." 操聞之, 手脚慌亂, 投筆於地. 程昱曰: "丞相在萬軍之中, 矢石交攻之際, 未嘗動心; 今聞劉備得了荊州, 何故如此失驚?" 操曰: "劉備, 人中之龍也, 生平未嘗得水. 今得荊州, 是困龍入大海矣. 孤安得不動心哉!" (*孰知其未得荊州之時, 早已得水矣. 何也? 彼固以孔明爲水也.) 程昱曰: "丞相知華歆來意否?" 操曰: "未知." 昱曰: "孫權本忌劉備, 欲以兵攻之; 但恐丞相乘虛而擊, 故令華歆爲使, 表薦劉備. 乃安備之心, 以塞丞相之望耳." 操點頭曰: "是也." 昱曰: "某有一計, 使孫 · 劉自相呑併, 丞相乘間圖之, 一鼓而二敵俱破." 操大喜, 遂問其計. 程昱曰: "東吳所倚者, 周瑜也. 丞相今表奏周瑜爲南郡太守 · 程普爲江夏太守, 留華歆在朝重用之; 瑜必自與劉備爲讐敵矣.(*卽荀彧所謂 '二虎爭食' 之計.) 我乘其相併而圖之, 不亦善乎?" 操曰: "仲德之言, 正合孤意." 遂召華歆上臺, 重加賞賜. 當日筵散, 操卽引文武回許昌, 表奏周瑜爲總領南郡太守·程普爲江夏太守. 封華歆爲大理少卿, 留在許都.(*第六十六回伏線.) 使命至東吳, 周瑜·程普各受職訖.(*有職而無地, 竟是挂名太守.)

*注: **漢上**(한상): 장강의 최대 지류인 漢江(漢水)의 상류지대. 섬서성 寧强縣에서 발원, 동남으로 흘러 섬서성 남부와 호북성 서부, 중부를 거쳐 武漢에서 장강으로 유입됨. **南郡**(남군): 荊州에 속한 郡名. 治所는 江陵(지금의 호북성 江陵). 三國時에 治所를 公安縣(지금의 호북성 公安)으로 옮겼다. 당시 이곳은 유비가 점거하고 있었다. **相併**(상병): 서로 목숨 걸고 싸우다. 〈併〉: 목숨 걸고 싸우다. 필사적이다. **大理少卿**(대리소경): 官名. 大理寺少卿. 옛날 中央審判機關의 관리.

〖7〗 周瑜旣領南郡, 愈思報讐, 遂上書吳侯, 乞令魯肅去討還荊州. 孫權乃命肅曰: "汝昔保借荊州與劉備, 今備遷延不還, 等待何時?" 肅曰: "文書上明白寫着, 得了西川便還." 權叱曰: "只說取西川, 到今又不動兵, 不等老了人!" 肅曰: "某願往言之." 遂乘船投荊州而來.(*第三次討荊州.)

却說玄德與孔明在荊州廣聚糧草, 調練軍馬, 遠近之士多歸之. 忽報魯肅到. 玄德問孔明曰: "子敬此來何意?" 孔明曰: "昨者孫權表主公爲荊州牧, 此是懼曹操之計. 操封周瑜爲南郡太守, 此欲令我兩家自相呑併, 他好於中取事也. 今魯肅此來, 又是周瑜旣受太守之職, 要來索荊州之意." 玄德曰: "何以答之?" 孔明曰: "若肅提起荊州之事, 主公便放聲大哭.(*前來弔孝不哭, 此非弔孝反哭, 奇絕, 怪絕.) 哭到悲切之處, 亮自出來解勸." 計會已定, 接魯肅入府.

*注: **不等老了人**(부등로료인): 사람이 (늙어) 죽기를 기다릴 수 없다. 〈老

了人〉: 사람이 늙어서 죽다. 사람이 돌아가다.(老 다음에 반드시 了가 붙는다). **悲切**(비절): 비통하다. **解勸**(해권): 달래다. 중재하다. 무마하다. **計會**(계회): 계책을 상의하다. 會計. 計算. 商量. 商議. 議論.

〖8〗禮畢, 敍坐. 肅曰: "今日皇叔做了東吳女婿, 便是魯肅主人, 如何敢坐?" 玄德笑曰: "子敬與我舊交, 何必太謙?" 肅乃就坐. 茶罷, 肅曰: "今奉吳侯鈞命, 專爲荊州一事而來. 皇叔已借住多時, 未蒙見還. 今旣兩家結親, 當看親情面上, 早早交付." 玄德聞言, 掩面大哭. 肅驚曰: "皇叔何故如此?" 玄德哭聲不絕. 孔明從屛後出曰: "亮聽之久矣. 子敬知吾主人哭的緣故麽?" 肅曰: "某實不知." 孔明曰: "有何難見? 當初我主人借荊州時, 許下取得西川便還. 仔細想來: 益州劉璋是我主人之弟, 一般都是漢朝骨肉, 若要興兵去取他城池時, 恐被外人唾罵; 若要不取, 還了荊州, 何處安身? 若不還時, 於尊舅面上又不好看. 事實兩難, 因此淚出痛腸." 孔明說罷, 觸動玄德衷腸, 眞個搥胸頓足, 放聲大哭. 魯肅勸曰: "皇叔且休煩惱, 與孔明從長計議." 孔明曰: "有煩子敬, 回見吳侯, 勿惜一言之勞, 將此煩惱情節, 懇告吳侯, 再容幾時." (*妙在只用緩兵之計.) 肅曰: "倘吳侯不從, 如之奈何?" 孔明曰: "吳侯旣以親妹聘嫁皇叔, 安得不從乎? 望子敬善言回覆." 魯肅是個寬仁長者, 見玄德如此哀痛, 只得應允. 玄德·孔明拜謝. 宴畢, 送魯肅下船.

*注: **敍坐**(서좌): 앉으라고 말하다(권하다). **許下**(허하): 허락하다. 약속하다. **一般都是**(일반도시): 마찬가지로 모두 다 …이다. 〈一般〉: 同樣. **尊舅**(존구): 〈舅〉의 경칭. 여기서의 〈舅〉는 妻男으로 妻의 형이나 아우, 즉 孫權을 말한다. **觸動**(촉동): (속마음을) 건드리다. (감정을) 불러일으키다. **煩惱**(번뇌): 번뇌하다. 걱정하다. **從長計議**(종장계의): 천천히 신중

하게 의논(상의)하다. **有煩**(유번): 수고스럽지만(미안하지만) …하다. **聘嫁**(빙가): 여자가 시집가다(시집보내다). 〈聘〉:=嫁. 초빙하다, 정혼하다. 출가하다.

〖9〗 徑到柴桑, 見了周瑜, 具言其事. 周瑜頓足曰: "子敬又中諸葛亮之計也! 當初劉備依劉表時, 常有呑併之意, 何況西川劉璋乎? 似此推調, 未免累及老兄矣. 吾有一計, 使諸葛亮不能出吾算中. 子敬便當一行." 肅曰: "願聞妙策." 瑜曰: "子敬不必去見吳侯, 再去荊州對劉備說: 孫・劉兩家, 旣結爲親, 便是一家; 若劉氏不忍去取西川, 我東吳起兵去取: 取得西川時, 以作嫁資, 却把荊州交還東吳." (*何不卽以荊州爲嫁資?) 肅曰: "西川迢遞, 取之非易. 都督此計, 莫非不可?" (*老實人說實心話.) 瑜笑曰: "子敬眞長者也. (*長者是無用之別名.) 你道我眞個去取西川與他? 我只以此爲名, 實欲去取荊州, 且敎他不做准備. 東吳軍馬收川, 路過荊州, 就問他索要錢糧, 劉備必然出城勞軍. 那時乘勢殺之, 奪取荊州, 雪吾之恨, 解足下之禍." (*此等計策, 周郎甚是不濟.) 魯肅大喜, 便再往荊州來.

*注: **推調**(추조): 핑계(대다). 구실. 거절하다. 사양하다. 추탁(推托). 추사(推辭). 탁사(托辭). **嫁資**(가자): 여자의 혼인 비용. 결혼 때 여자 집에서 딸려 보내는 財物. **却**(각): 그러나. **迢遞**(초체): 먼 모양. 까마득히 멀다. 아득히 멀다. 迢遙. 遙遠. 〈迢〉: 멀다. 높다. **道**(도): 말하다. 여기다. …라고 생각하다. **眞個**(진개): 정말로. 참으로. **收川**(수천): 收西川. 〈收〉: 공취하다(攻取). 점거하다. **索要**(색요): =索求. 요구하다. 강요하다.

〖10〗 玄德與孔明商議. 孔明曰: "魯肅必不曾見吳侯, 只到柴桑和周瑜商量了甚計策, 來誘我耳. 但說的話, 主公只看我點頭,便滿口應承."(*或教他不應, 或教他哭, 或教他應承, 皆是孔明扯線.) 計會已定. 魯肅入見, 禮畢, 曰: "吳侯甚是稱讚皇叔盛德, 遂與諸將商議, 起兵替皇叔收川. 取了西川, 却換荊州, 以西川權當嫁資. (*荊州是現成妝奩, 何必舍近而圖遠?) 但軍馬經過, 却望應些錢糧." 孔明聽了, 忙點頭曰: "難得吳侯好心!" 玄德拱手稱謝, 曰: "此皆子敬善言之力." 孔明曰: "如雄師到日, 卽當遠接犒勞." 魯肅暗喜, 宴罷辭回.

玄德問孔明曰: "此是何意?" 孔明大笑曰: "周瑜死日近矣! 這等計策,小兒也瞞不過!" 玄德又問如何, (*小兒瞞不過, 大人倒不曉得.) 孔明曰: "此乃'假途滅虢'之計也. 虛名收川, 實取荊州. 等主公出城勞軍, 乘勢拏下, 殺入城來, '攻其不備, 出其不意'也." 玄德曰: "如之奈何?" 孔明曰: "主公寬心,只顧'准備窩弓以擒猛虎, 安排香餌以釣鼇魚'. 等周瑜到來, 他便不死, 也九分無氣." 便喚趙雲聽計: "如此如此,其餘我自有布擺." 玄德大喜. 後人有詩嘆云:

> 周瑜決策取荊州, 諸葛先知第一籌.
> 指望長江香餌穩, 不知暗裏釣魚鉤.

*注: **甚計策**(심계책): 무슨(甚: 怎) 계책. **却**(각): …한 다음에. **權當**(권당): 임시로 충당하다. **應**(응): 지원하다. 승낙하다. 허락하다. **難得**(난득): 얻기(구하기) 어렵다 : …하기는 어렵다. 모처럼(드물게) …하다.(가능성이 전혀 없는 일이 현실화될 때 감탄의 어기가 포함되어 있다.) **假途滅虢**(가도멸괵): 춘추시대에 晉이 虞君에게 虢(괵)을 치려고 하는데 지나가는 길을 빌려주면 많은 보물과 좋은 말들을 주겠다고 했다. 그것들에 눈이 먼 虞君은 신하들의 諫言을 듣지 않고 晉에게 길을 빌려 주었다. 晉은 虞國의 땅을 빌려 지나가서 虢을 멸망시킨 후, 돌아오는 길에 虞國까지 멸망시켰다.(*〈孟子. 萬章上(9-9)〉 편에 자세한 이야기가 나옴.) **窩弓**(와궁): 사냥꾼이

짐승을 잡기 위해 몰래 설치해 놓은 강궁(强弩). **鼇魚**(오어): 자라와 고기. **布擺**(포파): 布置. 配置하다. 준비하다. 계획하다. **第一籌**(제일주): 첫 번째 계책. 제일가는 계책. **穩**(온): 안정되다; 그대로 두다. 진정시키다. 가라앉히다.

〖11〗 却說魯肅回見周瑜, 說玄德·孔明歡喜一節, 准備出城勞軍. 周瑜大笑曰: "原來今番也中了吾計!" 便敎魯肅稟報吳侯, 并遣程普引軍接應. 周瑜此時箭瘡已漸平愈, 身軀無事, 使甘寧爲先鋒, 自與徐盛·丁奉爲第二, 凌統·呂蒙爲後隊, 水陸大兵五萬, 望荊州而來. 周瑜在船中, 時復歡笑, 以爲孔明中計. 前軍至夏口, 周瑜問: "荊州有人在前面接否?" 人報: "劉皇叔使糜竺來見都督." 瑜喚至, 問勞軍如何. 糜竺曰: "主公皆准備安排下了." (*准備窩弓以射猛虎, 安排香餌以釣鼇魚.) 瑜曰: "皇叔何在?" 竺曰: "在荊州城門外相等, 與都督把盞." 瑜曰: "今爲汝家之事, 出兵遠征; 勞軍之禮, 休得輕易." 糜竺領了言語先回.

戰船密密排在江上, 依次而進. 看看至公安, 並無一隻軍船, 又無一人遠接. 周瑜催船速行. 離荊州十餘里, 只見江面上靜蕩蕩的. 哨探的回報: "荊州城上, 揷兩面白旗, (*送嫁資來, 如何反揷白旗? 想豫爲周郎弔孝耳.) 並不見一人之影." 瑜心疑, 敎把船傍岸, 親自上岸乘馬, 帶了甘寧·徐盛·丁奉一班軍官, 引親隨精軍三千人, 徑望荊州來. 旣至城下, 並不見動靜.

*注: **一節**(일절): 한 시간 ; (일의) 일부. 한 부분. 한 단락(一截). **原來**(원래): 당초에는. 알고 보니. (시간부사로서 이전에는 몰랐던 사정을 알게 되었음을 나타낸다). **今番也**(금번야): 이번에는. 〈也〉: 강조를 나타내는 語氣詞. …에는. …에야말로. **時復**(시부): 시상(時常). 늘. 항상. 자주. 시도 때도 없이. **夏口**(하구): 지금의 호북성 무한시 漢口. 한수와 장강이 합쳐지

는 곳. **公安**(공안): 荊州 南郡의 治所 公安縣(지금의 호북성 公安). **靜蕩蕩的**(정탕탕적): 씻어낸 듯이 고요하다. 〈蕩〉: 흔들리다 ; 씻다. 행구다 ; 완전히 제거하다. 일소하다. (*靜落落(정락락): 쥐 죽은 듯이 고용하다.) **兩面**(양면): 두 개. 〈面〉: (거울. 깃발 등) 편평한 물건을 세는 데 쓰는 量詞. **傍岸**(방안): 기슭에 대다(닿다). 〈傍〉: 다가가다. 접근하다. 기대다.

〖12〗 瑜勒住馬, 令軍士叫門. 城上問是誰人. (*只做不認得, 妙.) 吳軍答曰: "是東吳周都督親自在此." 言未畢, 忽一聲梆子響, 城上軍一齊都竪起槍刀, 敵樓上趙雲出曰: "都督此行, 端的爲何?" 瑜曰: "吾替汝主取西川, 汝豈猶未知耶?" 雲曰: "孔明軍師已知都督 '假途滅虢' 之計, 故留趙雲在此. 吾主公有言: '孤與劉璋, 皆漢室宗親, 安忍背義而取西川? 若汝東吳端的取蜀, 吾當披髮入山, 不失信於天下也.' " (*偏與後文相反.) 周瑜聞之, 勒馬便回. 只見一人打着 '令' 字旗, 於馬前報說: "探得四路軍馬, 一齊殺到: 關某從江陵殺來, 張飛從秭歸殺來, 黃忠從公安殺來, 魏延從孱陵小路殺來, 四路正不知多少軍馬. 喊聲遠近震動百餘里, 皆言要捉周瑜." (*此是把盞勞軍的.) 瑜馬上大叫一聲, 箭瘡復裂, 墜於馬下. 正是:

一着棋高難對敵, 幾番算定總成空.

不知性命如何, 且看下文分解.

***注:** **梆子**(방자): 딱따기. **端的**(단적): 과연. 정말로. 확실히. 분명히. 도대체. **打着**(타착): 쳐들고. 내걸고. 〈打〉: 펴들다. 쳐들다. 내걸다. **秭歸**(자귀): 당시 荊州 南郡에 속했던 縣名. 지금의 호북성 秭歸(宜昌 西). **孱陵**(잔릉): 당시 荊州 武陵郡에 속한 縣. 지금의 호북성 公安縣 西.

第五十六回 毛宗崗 序始評

(1). 操以備之得荊州, 比龍之得水, 其視備一龍也. 乃自青梅煮酒之時(*第21回 (3)之事), 以龍比英雄, 而日英雄“唯使君與操”, 則其自視亦一龍也. 向則一龍失水, 一龍得水, 失水之龍, 猶受制於得水之龍; 而今則兩龍皆得水矣. 操以兗·許爲水, 而玄德以荊·襄爲水. 然玄德之得荊州, 猶是借來之水, 不若得西川, 方爲自有之水, 是得荊州, 猶未可云得水也. 乃玄德不以荊州爲水, 亦不以西川爲水, 而直以孔明爲水耳. 以西川爲水, 則得水尙在荊州之後; 以孔明爲水, 則得水已在荊州之前. 況孔明固所稱臥龍也. 玄德遇孔明, 如龍得水; 孔明遇玄德, 亦如龍得水. 其臥南陽, 則爲勿用之潛龍; 其出茅廬, 則爲在田之見龍; 其助玄德以討曹操, 則奉應運之飛龍以敵野戰之孼龍. 水以濟水, 龍以輔龍, 曹操雖如鬼如蜮, 安能以一水敵二水, 一龍當二龍哉? (*孼龍(얼룡): 전설에 나오는 물을 일으키고 온갖 재해를 만들어낸다는 용.)

(2). 孫權之表劉備爲荊州牧, 非結備也, 正欲使操之忌備而攻備也. 操攻備, 而我得乘間以取荊州, 是佯以己之所欲者讓備, 而實欲以備之所有者歸我也. 操之以周瑜爲南郡守, 非畏瑜也, 正畏備而欲使瑜之攻備也. 瑜攻備, 而我亦得乘間以取荊州, 是名以備之所得者授瑜, 而實欲以我之所失者還歸我也. 然則以荊州表劉備, 則是魯肅索荊州之心, 以南郡授周瑜, 無異曹仁守南郡之意. 兩樣機謀, 一樣詭譎, 〈戰國策〉中多有此等文字, 不謂於〈三國〉往往見之.

(3). 魯肅之索荊州者三, 孔明之辭魯肅者三; 初以劉琦未死辭之, 繼以候取西川辭之, 終又以不忍取西川辭之. 前旣候取西川, 而忽云不忍取西川; 旣云不忍取西川, 而其後乃卒取西川, 是前與後相謬也, 詐也. 孫權旣使魯肅索荊州, 而又表劉備爲荊州牧; 旣表劉備爲荊州牧, 而又使魯肅索荊州, 是前與後亦相謬也, 詐也. 彼以詐來, 故此以詐往耳. 孫權之上表, 旣不足據, 而劉備之立契, 又何足憑? 周瑜之做媒, 旣非好意, 而魯肅之作保, 又何必不受騙耶? 魯肅見玄德之哭而不忍, 是以玄德之假不忍動其眞不忍也; 周瑜聞玄德之喜而得意, 是以玄德之假得意賺其眞得意也. 周瑜詐言取蜀, 而魯肅誤以爲眞, 是老實人不曉得弄虛頭; 孔明詐許犒師, 而周瑜不知其詐, 是聰明人又撞了撮空手. 寫來眞是好看.

第五十七回

柴桑口臥龍弔喪
耒陽縣鳳雛理事

〖1〗 却說周瑜怒氣塡胸, 墜於馬下, 左右急救歸船. 軍士傳說: "玄德 · 孔明在前山頂上飮酒取樂." 瑜大怒, 咬牙切齒, 曰: "你道我取不得西川, 吾誓取之!" 正恨間, 人報吳侯遣弟孫瑜到. 周瑜接入, 具言其事. 孫瑜曰: "吾奉兄命來助都督." 遂令催軍前行. 行至巴丘, 人報上流有劉封 · 關平二人領軍截住水路. 周瑜愈怒. 忽又報孔明遣人送書至.(*催死文書到了.) 周瑜拆封視之, 書曰:

> 漢軍師中郞將諸葛亮, 致書于東吳大都督公瑾先生麾下: 亮自柴桑一別, 至今戀戀不忘. 聞足下欲取西川, 亮竊以爲不可. 益州民强地險, 劉璋雖暗弱, 足以自守. 今勞師遠征, 轉運萬里, 欲收全功, 雖吳起不能定其規, 孫武不能善其後也. 曹操

失利於赤壁，志豈須臾忘報讐哉？今足下興兵遠征，倘操乘虛而至，江南齏粉矣！亮不忍坐視，特此告知．幸垂照鑒．

*注：耒陽縣(뢰양현)：지금의 호남성 衡陽市 南．巴丘(파구)：지금의 호남성 岳陽 南，湘水 오른쪽 기슭에 있다．轉運(전운)：운반하다(運輸)．운반되어 온 물건을 다시 다른 곳으로 운반하다(循環運行)．吳起·孫武(오기·손무)：두 사람 모두 고대의 뛰어난 兵法家．〈孫武〉：〈孫子兵法〉의 著者．定其規(정기규)：그 계책을 확정하다．〈定〉：확정하다．반드시．〈規〉：규정．계획．계책．善其後(선기후)：그 사후처리를 잘하다．그 뒷수습(뒷감당)을 잘하다．齏粉(제분)：잘게 부순 가루．가루가 되다．〈齏〉：다지다．부수다．잘게 다진 조미용 생강．마늘．부추．幸垂照鑒(행수조감)：명찰해 주시기를 바랍니다．〈幸〉：바라다．희망하다．〈照鑒〉：明察．

〖2〗周瑜覽畢，長嘆一聲，(*忿極而嘆，嘆甚於忿．)喚左右取紙筆作書上吳侯．乃聚衆將曰："吾非不欲盡忠報國，奈天命已絕矣．汝等善事吳侯，共成大業．"言訖，昏絕．徐徐又醒，仰天長嘆曰："既生瑜，何生亮！"連叫數聲而亡．(*周瑜少年，經怒不起，蓋其讀書養氣之學不及孔明耳．)壽三十六歲．後人有詩歎曰：

赤壁遺雄烈，青年有俊聲．
弦歌知雅意，杯酒謝良朋．
曾謁三千斛，常驅十萬兵．
巴丘終命處，憑弔欲傷情．

周瑜停喪於巴丘．衆將將所遺書緘，遣人飛報孫權．權聞周瑜死，放聲大哭．拆視其書，乃薦魯肅以自代也．書略曰：

瑜以凡才，荷蒙殊遇，委任腹心，統禦兵馬，敢不竭股肱之力，以圖報效．奈死生不測，修短有命；愚志未展，微軀已殞，遺恨何極！方今曹操在北，疆埸未靜；劉備寄寓，有似養虎．(*

曹操以備爲龍, 周郎又以備爲虎.) 天下之事, 尙未可知. 此正朝士旰食之秋, 至尊垂慮之日也. 魯肅忠烈, 臨事不苟, 可以代瑜之任. "人之將死, 其言也善". 倘蒙垂鑒, 瑜死不朽矣.

孫權覽畢, 哭曰: "公瑾有王佐之才, 今忽短命而死, 孤何賴哉? 旣遺書特薦子敬, 孤敢不從之?" 卽日便命魯肅爲都督, 總統兵馬; 一面敎發周瑜靈柩回葬.

*注: **曾謁三千斛**(증알삼천곡): 周瑜가 居巢의 長으로 재임 할 때 魯叔에게 一囷(3千 斛)의 쌀을 요청한 적이 있는데, 이 일을 말한 것이다. 〈謁〉: 배알. 배견. 請見. **終命處**(종명처): 생을 마친 곳. 운명한 곳. **憑弔**(빙조): (유적이나 분묘 앞에서) 고인이나 옛일을 추모하다. 위령제를 지내다. **荷蒙**(하몽): …을 받다. …을 입다. 荷와 蒙은 같은 뜻이다. **修短**(수단): =脩短(수단). 수명의 長短. **愚**(우): 저. 제.(자기의 겸칭). **已殞**(이운): 얼마 후 죽다. 〈已〉: 곧. 얼마 후. **疆場**(강장): 전장. 싸움터.(*疆埸(강역): 변경. 국경). **寄寓**(기우): 寄居(기거). 기거하다. 기숙하다. 얹혀살다. **朝士**(조사): 조정의 관리. **旰食**(간식): 시간이 지나서 식사하다. 〈旰〉: 해가 지다. 늦다. 〈**宵衣旰食**(소의간식)〉: (날이 새기 전) 밤에 옷을 입고 나가서 국사에 바빠서 해가 진 뒤 늦게야 겨우 밥을 먹다. 침식을 잊고 나라 일에 열중하다. **人之將死, 其言也善**(인지장사, 기언야선): 사람이 죽으려 할 때는 그 하는 말이 선하다. (*〈論語 · 泰伯篇〉에 나오는 曾子의 말) **死不朽**(사불후): 죽더라도 썩어 없어지지 않는다. 죽어도 그 영혼은 살아남는다.

〖3〗 却說孔明在荊州, 夜觀天文, 見將星墜地, 乃笑曰: "周瑜死矣." 至曉, 告於玄德. 玄德使人探之, 果然死了. 玄德問孔明曰: "周瑜旣死, 還當如何?" 孔明曰: "代瑜領兵者. 必魯肅也.(*能料死, 又能料生.) 亮觀天象, 將星聚於東方. 亮當以弔喪爲由, 往江東走一遭, 就尋賢士佐助主公."(*豫爲龐統伏線.) 玄德曰: "只恐吳中將士加害於先生.”孔明曰:“瑜在之日, 亮猶不懼; 今瑜已死, 又何患乎?”乃與趙雲引五百軍, 具祭禮, 下船赴巴丘弔喪. 於路探聽得孫權已令魯肅爲都督, 周瑜靈柩已回柴桑. 孔明徑至柴桑, 魯肅以禮迎接. 周瑜部將皆欲殺孔明, 因見趙雲帶劍相隨, 不敢下手. 孔明教設祭物於靈前, 親自奠酒, 跪於地下, 讀祭文, 曰:

*注: 由(유): 이유. 까닭. 구실. 遭(조): 번. 차. 회.

〖4〗 嗚呼公瑾, 不幸夭亡. 修短故天, 人豈不傷? 我心實痛, 酹酒一觴; 君其有靈, 享我烝嘗! 吊君幼學, 以交伯符; 仗義疏財, 讓舍以居. 吊君弱冠, 萬里鵬摶; 定建霸業, 割據江南. 吊君壯力, 遠鎭巴丘; 景升懷慮, 討逆無憂. 吊君豊度, 佳配小喬; 漢臣之婿, 不愧當朝. 吊君氣槪, 諫阻納質; 始不垂翅, 終能奮翼. 吊君鄱陽, 蔣幹來說; 揮洒自如, 雅量高志. 吊君弘才, 文武籌略; 火攻破敵, 挽强爲弱. 想君當年, 雄姿英發; 哭君早逝, 俯地流血. 忠義之心, 英靈之氣; 命終三紀, 名垂百世. 哀君情切, 愁腸千結, 惟我肝膽, 悲無斷絶. 昊天昏暗, 三軍愴然; 主爲哀泣, 友爲淚漣.

亮也不才, 丐計求謀; 助吳拒曹, 輔漢安劉; 犄角之援, 首尾相儔; 若存若亡, 何慮何憂? 嗚呼公瑾! 生死永別! 樸守其貞, 冥冥滅滅. 魂如有靈, 以鑒我心: 從此天下, 更無知音! (*此是實話.) 嗚呼痛哉! 伏惟尙饗.

*注: **修短故天**(수단고천): 사람 수명의 장단은 본래 하늘에 의해 결정되는 것이다. **酹酒一觴**(뢰주일상): 한 잔 술을 붓다. 〈酹〉: 降神 술을 땅에 붓고 제사를 지내다. 〈觴〉: 술잔. 특히 술을 땅에 부을 때 쓰는 술잔. **烝嘗**(증상): 제사 이름. 겨울에 지내는 제사가 〈烝〉, 가을에 지내는 제사가 〈嘗〉이다. 下文의 〈蒸〉은 〈烝〉과 같은 뜻이다. **吊**(조. 적): =弔(조). 조상하다. 애도

하다. 애통해 하다(傷悼) : 매달다(吊橋). **伯符**(백부): 孫策의 字. **仗義疏財**(장의소재): 의를 중하게 여기고 재물을 가볍게 보다. 자신의 재물을 내어 의로운 일을 하다(疏財仗義). **讓舍以居**(양사이거): 〈三國志 · 吳書〉에는: "堅子策與瑜同年, 獨相友善, 瑜推道南大宅以舍策, 昇堂拜母, 有無通共." 이라고 했다. **萬里鵬摶**(만리붕단): 鵬飛萬里. 붕새가 만리를 날아가다. 사람이 분발하여 큰일을 도모하는 것을 비유한 말이다. (*出處: 〈莊子 · 逍遙游〉: "鵬之徙於南冥也, 水陸三千里, 摶扶搖(旋風)而上者九萬里." **壯力**(장력): 장한 힘. 힘을 내다. 용기를 돋우다. 장년(壯年). **討逆**(토역): 역적을 토벌하다. 여기서는 討逆將軍에 봉해진 孫策을 말한다(*제18회(4).참조). **豊度**(풍도): =風度. 風格. **漢臣之婿**(한신지서): 漢의 신하, 즉 喬國老의 사위. (*제44회(5) 注 참조). **諫阻**(간조): 간하여 말리다. **納質**(납질): 인질로 바치다.(*제44회(7) 참조). **垂翅**(수시): 날개를 축 떨어(늘어)뜨리다. **揮洒**(휘쇄): (물을) 뿌리다.(마음 내키는 대로) 글이나 그림을 그리다. **英發**(영발): 영발하다. 재기가 현저하게 뛰어나다. **三紀**(삼기): 36년. 지금은 一紀는 100년이지만, 옛날 중국에서는 一紀는 12년이었다.(*年紀: 나이). **丐計**(개계): 계책을 구하다. 〈丐〉: 빌다. 구하다(=匃). **樸守其貞**(박수기정): 충성스럽고 곧은 절개를 착실하게 지키다(朴實專一地守其忠貞之節). **知音**(지음): 음률에 정통한 사람. 자기를 제대로 알아주는 사람(知己). **伏惟尚饗**(복유상향): 올리는 제물을 흠향하시기 바랍니다.(祭文의 끝에 사용되는 문장). 〈伏惟〉: 공손히 엎드려 생각하다.

〖5〗 孔明祭畢, 伏地大哭, 淚如涌泉, 哀慟不已. (*哭其不能助我以攻曹, 乃眞哭, 非假哭也.) 衆將相謂曰: "人盡道公瑾與孔明不睦, 今觀其祭奠之情, 人皆虛言也!" 魯肅見孔明如此悲切, 亦爲感傷, 自思曰: "孔明自是多情, 乃公瑾量窄, 自取死耳." 後人有詩嘆曰:

臥龍南陽睡未醒，又添列曜下舒城.

蒼天既已生公瑾，塵世何須出孔明.

魯肅設宴款待孔明. 宴罷，孔明辭回. 方欲下船，只見江邊一人道袍竹冠，皂絛素履. 一手揪住孔明，大笑曰：“汝氣死周郎，却又來弔孝，明欺東吳無人耶!” 孔明急視其人，乃鳳雛先生龐統也.（*孔明此來正爲尋訪賢士，乃不用孔明去尋，偏用龐統自來.）孔明亦大笑. 兩人携手登舟，各訴心事. 孔明乃留書一封與統，囑曰：“吾料孫仲謀必不能重用足下. 稍有不如意，可來荊州共扶玄德. 此人寬仁厚德，必不負公平生之所學.” 統允諾而別.（*不便偕歸，妙，有曲折.）孔明自回荊州.

*注：自是(자시)：원래부터(본래) …하다(自然是. 原來是).〈自〉：本來. 自然. 當然. 列曜(열요)：하늘에 죽 늘어선 별들(列星). 舒城(서성)：지금의 안휘성 廬江縣 西南(合肥市 南). 당시 廬江郡의 治所로 周瑜의 고향이다. 古代에는 영웅호걸은 天上의 별이 내려와서 되는 것이라는 觀念이 있었다. 塵世(진세)：티끌세상. 속세. 皂絛(조조)：검은 띠. 揪住(추주)：꽉 붙잡다. 붙들다. 氣死(기사)：화가 나서(분에 못 이겨) 죽다. 憤死하다. 弔孝(조효)：吊喪：조상하다. 조문하다.

〖6〗 却說魯肅送周瑜靈柩至蕪湖，孫權接着，哭祭於前，命厚葬於本鄉.（*了却周瑜.）瑜有兩男一女，長男循，次男胤，權皆厚恤之. 魯肅曰：“肅碌碌庸才，誤蒙公瑾重薦，其實不稱所職，願擧一人以助主公. 此人上通天文，下曉地理；謀略不減於管·樂，樞機可並於孫·吳. 往日周公瑾多用其言，孔明亦深服其智. 見在江南，何不重用?”（*借魯肅口極寫龐統.）權聞言大喜，便問此人姓名. 肅曰：“此人乃襄陽人，姓龐，名統，字士元，道號鳳雛先生.” 權曰：“孤亦聞其名久矣. 今既來此，可卽請來相見.” 於是魯肅邀請龐統入見孫權. 施禮畢, 權見其人濃眉掀鼻, 黑面短髥, 形容古怪, 心中不喜.(*以貌取人, 失之子羽, 獨不思碧眼紫髥, 亦自形容古怪耶?) 乃問曰: "公平生所學, 以何爲主?" 統曰: "不必拘執, 隨機應變." 權曰: "公之才學, 比公瑾何如?" 統笑曰: "某之所學, 與公瑾大不相同." 權平生最喜周瑜, 見統輕之, 心中愈不樂.(*旣厭其貌, 又怪其言.) 乃謂統曰: "公且退. 待有用公之時, 却來相請." 統長嘆一聲而出. 魯肅曰: "主公何不用龐士元?" 權曰: "狂士也, 用之何益!" 肅曰: "赤壁鏖兵之時, 此人曾獻連環策, 成第一功.(*照應四十七回中事.) 主公想必知之." 權曰: "此時乃曹操自欲釘船, 未必此人之功也, 吾誓不用之." 魯肅出謂龐統曰: "非肅不薦足下, 奈吳侯不肯用公. 公且耐心." 統低頭長嘆不語. 肅曰: "公莫非無意於吳中乎?" 統不答. 肅曰: "公抱匡濟之才, 何往不利! 可實對肅言, 將欲何往?" 統曰: "吾欲投曹操去也."(*反言以激之.) 肅曰: "此明珠暗投矣. 可往荊州投劉皇叔, 必然重用." 統曰: "統意實欲如此, 前言戱耳." 肅曰: "某當作書奉薦. 公輔玄德, 必令孫·劉兩家, 無相攻擊, 同力破曹."(*見識勝周郞十倍.) 統曰: "此某平生之素志也." 乃求肅書, 徑往荊州來見玄德.

*注: **蕪湖**(무호): 당시 양주 丹陽郡에 속했던 현. 지금의 안휘성 蕪湖市 東. **稱職**(칭직): (능력 따위가) 직무를 담당할 만하다. 직무에 적합하다. **樞機**(추기): 사물의 관건이 되는 부분. 여기서는 〈戰略〉, 〈軍略〉이란 뜻이다. **掀鼻**(흔비): 들창코. 〈掀〉: 위로 들다(向上翹). **古怪**(고괴): 기괴하다. 기이하다. 괴기스럽다. **大不相同**(대불상동): 크게 다르다. **主公想必知之**(주공상필지지): =我想主公必知之. 주공께서도 그것을 알고 있을 것이라고 생각했다. 〈想〉: 여기서 主語는 〈主公〉이 아니라 話者인 〈魯肅〉이다. **誓不用**(서불용): 쓰지 않겠다고 맹세하다. 맹세코 쓰지 않겠다. **耐心**(내심): 참을성. 참을성이 강하다. **莫非**(막비): 설마 …아니겠지? 혹시 …

이 아닐까? **匡濟**(광제): 바로잡아 구제하다. **何往不利**(하왕불리): 어디 간들 성공하지 못하겠는가. 〈不利〉: 불리하다. 잘 되지 않다. 순조롭지 못하다.

〖7〗 此時孔明按察四郡未回. 門吏傳報: "江南名士龐統, 特來相投." 玄德久聞統名, 便教請入相見. 統見玄德, 長揖不拜. 玄德見統貌陋, 心中亦不悅, (*曹操初見龐統, 恭敬之極, 仲謀·玄德反不如之.) 乃問統曰: "足下遠來不易?" 統不卽取出魯肅書并孔明書投呈, 但答曰: "聞皇叔招賢納士, 特來相投." (*妙, 有身分, 若今之挾薦書投人者, 未曾入門而先傳進矣.) 玄德曰: "荊楚稍定, 苦無閒職. 此去東北一百三十里, 有一縣名耒陽縣, 缺一縣宰, 屈公任之. 如後有缺, 却當重用." 統思: "玄德待我何薄!" 欲以才學動之, 見孔明不在, 只得勉强相辭而去. (*妙, 有曲折.) 統到耒陽縣, 不理政事, 終日飮酒爲樂, (*醉翁之意不在酒.) 一應錢糧詞訟, 并不理會. 有人報知玄德, 言龐統將耒陽縣事盡廢. 玄德怒曰: "竪儒焉敢亂吾法度!" 遂喚張飛分付: "引從人去荊南諸縣巡視; 如有不公不法者, 就便究問. 恐於事有不明處, 可與孫乾同去."

*注: **按察**(안찰): 검사하다. 점검하다. 취조하다. **身分**(신분): 품위. 체면. **苦無閒職**(고무한직): 그러나 한가한 자리(또는 빈자리)가 없다. 〈苦〉:(부사) 그러나. (=却. 表示轉折). 〈閒職〉: =閑職. 한직. 한가한 직위. 또는 비어있는 직위. **此去**(차거): 여기서 ~떨어져 있는 곳에. **耒陽縣**(뢰양현): 耒陽縣은 荊州 桂陽郡에 속했다. 지금의 호남성 耒陽. **屈**(굴): 상대방이 참고 …해주시다. 참고 견디다. **一應**(일응): 모든. **荊南**(형남): 지금의 호북성 江陵峴 以南 및 호남성 一帶 地區. **究問**(구문): 따져 묻다.

〖8〗 張飛領了言語, 與孫乾前至耒陽縣. 軍民官吏, 皆出郭迎接，獨不見縣令.(*以飮酒廢事，猶勝於以迎接廢事．若善於迎接者，便非好縣令.）飛問曰："縣令何在?" 同僚覆曰："龐縣令自到任及今，將百餘日，縣中之事，并不理問，每日飮酒，自旦及夜，只在醉鄕．今日宿酒未醒，猶臥不起."(*旣有臥龍，安得無臥鳳? 臥治有餘，臥亦是醒．彼闇於治者，雖日日醒，猶日日臥耳.）張飛大怒，欲擒之．孫乾曰："龐士元乃高明之人，未可輕忽．且到縣問之．如果於理不當，治罪未晩." 飛乃入縣，正廳上坐定，敎縣令來見．統衣冠不整，扶醉而出.(*故作偃蹇之態.）飛怒曰："吾兄以汝爲人，令作縣宰，汝焉敢盡廢縣事!" 統笑曰："將軍以吾廢了縣中何事?" 飛曰："汝到任百餘日，終日在醉鄕，安得不廢政事?" 統曰："量百里小縣，些小公事，何難決斷! (*此不足爲先生事.）將軍少坐，待我發落." 隨卽喚公吏，將百餘日所積公務，都取來剖斷．吏皆紛然賫抱案卷上廳，訴詞被告人等，環跪階下．統手中批判，口中發落，耳內聽詞，曲直分明，並無分毫差錯．民皆叩首拜伏．不到半日，將百餘日之事，盡斷畢了，(*誰云大受者不可小知.）投筆於地而對張飛曰："所廢之事何在? 曹操 · 孫權，吾視之若掌上觀文，量此小縣，何足介意!" 飛大驚，下席謝曰："先生大才，小子失敬，吾當於兄長處極力擧薦."(*前据後恭，粗中有細.）統乃將出魯肅薦書.(*兩封薦書又只先取一封，藏却一封，妙，有曲折.）飛曰："先生初見吾兄，何不將出?" 統曰："若便將出，似乎專藉薦書來干謁矣." 飛顧謂孫乾曰："非公則失一大賢也." 遂辭統回荊州見玄德，具說龐統之才．玄德大驚曰："屈待大賢，　吾之過也!" 飛將魯肅薦書呈上.(*不消魯肅薦，先生先自薦矣.）玄德拆視之，書略曰：

> 龐士元非百里之才，使處治中 · 別駕之任，始當展其驥足．如以貌取之，恐負所學，(*有鑒於孫權，而先爲是言也.）終爲他人所用，實可惜也!

*注: **將**(장): (부사) 이에(乃). 비로소(方). **理問**(이문): 審問하다. 訊問하다. **醉鄕**(취향): 취향. 술이 거나하여 즐기는 별천지. 술에 취해 몽롱한 상태. **宿酒**(숙주): 전날 밤에 마신 술이 이튿날까지 깨지 아니한 취기. 숙취(宿醉). 〈宿〉: 隔夜. **扶醉**(부취): 술 취한 몸을 가누다. **偃蹇**(언건): 오만하다. 거만하다. **以**(이): (동사) …라고 생각하다(여기다). **發落**(발락): 처리(처분)하다. **剖斷**(부단): 분석 판단하다. 시비를 가리다. **訴詞被告人**(소사피고인): 고소한 사람과 被告人. 〈訴詞〉: 고소의 말. 소송 문서. 여기서는 고소한 사람, 즉 原告를 말함(*판본에 따라서는 〈訴訟〉으로 되어 있는 것도 있다). **批判**(비판): =批示判斷. 청원이나 신청한 안건에 대해 그 是非와 可否를 판단하여 지시를 내리다. **掌上觀文**(장상관문): 손바닥 위의 손금을 보다. 〈文〉: 손금. 紋理. **將出魯肅薦書**(장출노숙천서): 將魯肅薦書出. 노숙의 추천서를 내보이다. (*흔히 이처럼 賓語(魯肅薦書)가 긴 경우 빈어 前置를 표시하는 介詞(將)와 動詞(出) 사이를 붙인다.) **將出**(장출): 將出魯肅薦書의 생략형. **干謁**(간알): 구하거나 부탁할 게 있어서 만나보기를 청하다. **屈待**(굴대): 도리에 맞지 않게(어긋나게. 부당하게) 대우하다. 욕되게 대우하다. **治中**(치중): 주나 군에서 정사문서를 담당하는 관리. 흔히 州 자사나 郡 태수의 보좌관 역을 겸한다. **別駕**(별가): 官名. 즉 別駕從事: 刺史의 보좌관. 刺史가 관할 지구를 순찰할 때 別駕는 驛車를 타고 수행하므로 이렇게 부르게 되었다.

〖9〗 玄德看畢, 正在嗟歎, 忽報孔明回. 玄德接入, 禮畢, 孔明先問曰: "龐軍師近日無恙否?" 玄德曰: "近治耒陽縣, 好酒廢事." 孔明笑曰: "士元非百里之才, 胸中之學, 勝亮十倍.(*此句是過譽, 足見孔明之謙, 不似今人之妄自矜詡也.) 亮曾有薦書在士元處, 曾達主公否?" 玄德曰: "今日方得子敬書, 却未見先生之書." 孔明曰: "大賢若處小任, 往往以酒糊塗, 倦於視事." 玄德曰: "若非吾弟所言，險失大賢.” 隨卽令張飛往耒陽縣敬請龐統到荊州. 玄德下階請罪. 統方將出孔明所薦之書.(*兩封書作兩次取出，寫龐統極有身分.) 玄德看書中之意，言鳳雛到日，宜卽重用. 玄德喜曰:“昔司馬德操言:‘伏龍·鳳雛，兩人得一，可安天下.’(*照應三十五回中語.) 今吾二人皆得，漢室可興矣!” 遂拜龐統爲副軍師中郎將，與孔明共贊方略，敎練軍士，聽候征伐.(*以上按下玄德一邊，以下接敍曹操一邊.)

*注: 險(험): 하마터면. 자칫하면. 贊(찬):돕다. 협력하다. 聽候(청후); 기다리다. 대기하다.

〖10〗 早有人報到許昌，言劉備有諸葛亮·龐統爲謀士，招軍買馬，積草屯糧，連結東吳，早晩必興兵北伐. 曹操聞之，遂聚衆謀士商議南征. 荀攸進曰:“周瑜新死，可先取孫權，次攻劉備.” 操曰:“我若遠征，恐馬騰來襲許都. 前在赤壁之時，軍中有訛言，亦傳西涼入寇之事,(*照應四十八回中事.)今不可不防也.” 荀攸曰:“以愚所見，不若降詔加馬騰爲征南將軍，使討孫權，誘入京師，先除此人，則南征無患矣.”(*本因玄德轉出孫權，又因孫權轉入馬騰，將二十回中事，至此忽然歸結.) 操大喜，卽日遣人賫詔至西涼召馬騰.

*注: 京師(경사): 東周의 王都. 즉 지금의 洛陽市.

〖11〗 却說騰字壽成，漢伏波將軍馬援之後. 父名肅，字子碩，桓帝時爲天水蘭干縣尉; 後失官流落隴西，與羌人雜處，遂娶羌女生騰. 騰身長八尺，體貌雄異，稟性溫良，人多敬之. 靈帝末年，羌人多叛，騰召募民兵破之. 初平中年，因討賊有功，拜征西將軍，與鎭西將軍韓遂爲弟兄.

當日奉詔，乃與長子馬超商議曰:“吾自與董承受衣帶詔以來，與劉玄德約共討賊. 不幸董承已死, 玄德屢敗. 我又僻處西凉, 未能協助玄德.(*馬騰一向冷落, 不見出頭, 得此兩句敍明.) 今聞玄德已得荊州, 我正欲展昔日之志, 而曹操反來召我, 當是如何?" 馬超曰: "操奉天子之命以召父親, 今若不往, 彼必以'逆命'責我矣. 當乘其來召, 竟往京師, 於中取事, 則昔日之志可展也."(*有馬超之言, 方見馬騰此去不是疏虞.) 馬騰兄子馬岱諫曰: "曹操心懷叵測, 叔父若往, 恐遭其害."(*爲下文伏筆.) 超曰: "兒願盡起西凉之兵, 隨父親殺入許昌, 爲天下除害, 有何不可?" 騰曰: "汝自統羌兵保守西凉, 只教次子馬休·馬鐵并姪馬岱隨我同往. 曹操見有汝在西凉, 又有韓遂相助, 諒不敢加害於我也." (*爲下文韓遂助馬超伏線.) 超曰: "父親若往, 切不可輕入京師. 當隨機應變, 觀其動靜." 騰曰: "吾自有處, 不必多慮." 於是馬騰乃引西凉兵五千, 先教馬休·馬鐵爲前部, 留馬岱在後接應,(*爲馬岱逃回伏筆.) 迤邐望許昌而來. 離許昌二十里屯住軍馬.

*注: **桓帝**(환제): 동한의 황제. 재위는 서기 146~167년. **靈帝**(영제): 동한의 황제. 재위는 서기 168~189년. **天水蘭干**(천수란간): 지금의 감숙성 농서현 부근. 〈天水〉: 郡名. 治所는 상규(上邽: 지금의 甘肅省 天水 서남). **初平中年**(초평중년): 서기 192년(신라 伐休尼師今 9년. 고구려 故國川王伯固 14년). 〈初平〉: 東漢의 마지막 황제인 獻帝(서기 190~219)의 年號 中의 하나로, 서기 190~193년 동안 사용되었음. **叵測**(파측): 헤아릴 수 없다. 추측할 수 없다. 〈叵〉: …할 수 없다. …하기 어렵다. 不可하다. (*〈可〉 자를 왼쪽으로 뒤집어 쓴 것으로 〈不可〉의 뜻을 나타내며 〈不可〉의 合音(부가 → 파.) **諒**(량): (동사) 양해하다. 이해하다 : (부사) 아마도. 짐작컨대. 생각건대. **自有處**(자유처): 별도의 조처가 있다. 〈自有〉: 별도로. 따로. 〈處〉: 處置. 按排. 조처. 迤邐(이리): 천천히(緩行貌).

〖12〗 曹操聽知馬騰已到, 喚門下侍郎黃奎分付曰: "目今馬騰南征, 吾命汝爲行軍參謀. 先至馬騰寨中勞軍, 可對馬騰說: 西凉路遠, 運糧甚難, 不能多帶人馬. 我當更遣大兵, 協同前進. 來日教他入城面君,(*賺他入城, 便是誘殺之計.) 吾就應付糧草與之." 奎領命, 來見馬騰. 騰置酒相待. 奎酒半酣而言曰: "吾父黃琬死於李傕·郭汜之難, 嘗懷痛恨. 不想今日又遇欺君之賊!" 騰曰: "誰爲欺君之賊?" 奎曰: "欺君者, 操賊也. 公豈不知之, 而問我耶?" 騰恐是操使來相探, 急止之曰: "耳目較近, 休得亂言." 奎叱曰: "公竟忘却衣帶詔乎!" 騰見他說出心事, 乃密以實情告之. 奎曰: "操欲公入城面君, 必非好意. 公不可輕入. 來日當勒兵城下, 待曹操出城點軍, 就點軍處殺之, 大事濟矣." 二人商議已定.

*注: **應付**(응부): 支付하다. 供給하다. **恐**(공): (동사) 두려워하다. 무서워하다. (부사) 아마도. **點軍處**(점군처): 군사를 점고할 때(時. 時候). 〈處〉: 다음 (13)의 문장 중 〈明日在城外點兵時殺之〉에서 보듯이 〈處〉는 〈時〉를 나타낸다.

〖13〗 黃奎回家, 恨氣未息, 其妻再三問之, 奎不肯言. 不料其妾李春香, 與奎妻弟苗澤私通. 澤欲得春香, 正無計可施.(*與董承家秦慶童事又相彷佛.) 妾見黃奎憤恨, 遂對澤曰: "黃侍郎今日商議軍情回, 意甚憤恨, 不知爲誰." 澤曰: "汝可以言挑之曰: '人皆說劉皇叔仁德, 曹操奸雄, 何耶?' 看他說甚言語." 是夜, 黃奎果到春香房中. 妾以言挑之. 奎乘醉言曰: "汝乃婦人, 尙知邪正, 何況我乎? 吾所恨者, 欲殺曹操也!" 妾曰: "若欲殺之, 如何下手?" 奎曰: "吾已約定馬將軍, 明日在城外點兵時殺之."(*謀及婦人, 宜其死耳.) 妾告於苗澤, 澤報知曹操. 操便密喚曹洪·許褚分付如此如此; 又喚夏侯淵·徐晃分付如此如此. 各人領命去了. 一面先將黃奎一家老小拿下.

*注: **恨氣**(한기): 원한. 증오심. **吾所恨者, 欲殺曹操也**(오소한자, 욕살조조야): 나는 분해서 조조를 죽이려고 한다. 여기서 〈者〉는 複合句에서 앞의 句에 사용되어 因果關係를 표시하는 助詞이다.

〖14〗 次日, 馬騰領着西凉兵馬, 將次近城, 只見前面一簇紅旗, 打着丞相旗號. 馬騰只道曹操自來點軍, 拍馬向前. 忽聽得一聲炮響, 紅旗開處, 弓弩齊發. 一將當先, 乃曹洪也. 馬騰急撥馬回時, 兩下喊聲又起, 左邊許褚殺來, 右邊夏侯淵殺來, 後面又是徐晃領兵殺至, 截斷西凉軍馬, 將馬騰父子三人困在垓心. 馬騰見不是頭, 奮力衝殺. 馬鐵早被亂箭射死, 馬休隨着馬騰, 左沖右突, 不能得出. 二人身帶重傷, 坐下馬又被箭射倒, 父子二人俱被執. 曹操教將黃奎與馬騰父子, 一齊綁至. 黃奎大叫: "無罪!" 操教苗澤對證. 馬騰大罵曰: "竪儒誤我大事! 我不能爲國殺賊, 是乃天也!" 操命牽出. 馬騰罵不絕口, 與其子馬休及黃奎, 一同遇害. 後人有詩歎馬騰曰:

父子齊芳烈, 忠貞著一門.
捐生圖國難, 誓死答君恩.
嚼血盟言在, 誅奸義狀存.
西凉推世胄, 不愧伏波孫.

苗澤告操曰: "不願加賞, 只求李春香爲妻." 操笑曰: "你爲了一婦人, 害了你姐夫一家, 留此不義之人何用!" 便教將苗澤·李春香與黃奎一家老小并斬於市. 觀者無不歎息. 後人有詩歎曰:

苗澤因私害藎臣, 春香未得反傷身.
奸雄亦不相容恕, 枉自圖謀作小人.

曹操教招安西凉兵馬, 諭之曰: "馬騰父子謀反, 不干衆人之事.” 一面使人分付把住關隘, 休教走了馬岱.

*注: 次(차): 머물다. (군대가) 주둔하다. 只道(지도): 단지 …라고만 생각하다(여기다). 困在垓心(곤재해심): 한가운데 가둬놓다. 〈困〉: 포위하다. 가둬놓다. 〈垓心〉: 싸움터 한가운데. 不是頭(불시두): 사정이(사태가) 좋지 않다. 형세가 불리하다(*情勢不佳. 不對頭). 嚼血(작혈): 피를 마시다. 〈嚼〉: 씹다. 물다. 마시다(=飮). 推世胄(추세주): 〈推〉: 받들다. 찬양하다. 〈世胄〉: 世家. 귀족의 후예. 姐夫(저부): 누이의 남편. 매부. 자형. 藎臣(신신): 충신. 忠君愛國하는 마음이 두터운 臣下. 〈藎〉: 조개풀. 나아가다. 나머지. 枉(왕): 헛되이. 쓸데없이. 보람 없이.

〖15〗 且說馬岱自引一千兵在後. 早有許昌城外逃回軍士, 報知馬岱. 岱大驚, 只得棄了兵馬, 扮作客商, 連夜逃遁去了.

曹操殺了馬騰等, 便決意南征. 忽人報日: “劉備調練軍馬, 收拾器械, 將欲取川.” 操驚日: “若劉備收川, 則羽翼成矣. 將何以圖之?” 言未畢, 階下一人進言日: “某有一計, 使劉備·孫權不能相顧, 江南·西川皆歸丞相.” 正是:

西州豪傑方遭戮, 南國英雄又受殃.

未知獻計者是誰, 且看下文分解.

第五十七回 毛宗崗 序始評

(1). 天下當治, 人才輩出; 天下當亂, 人才亦輩出. 君子觀於生瑜生亮之嘆, 而竊以爲當日人才之並生, 不獨此二人爲然也. 其並生而相濟者, 如庶之先亮, 統之贊亮, 維之繼亮, 肅·蒙·遜之嗣瑜, 嘉·昱·彧·攸之佐操皆是矣. 其並生而相難者, 如備之遇操, 亮之遇懿, 維之遇艾皆是矣. 天生一非常之人, 必更生非常之人以濟之，而天生一非常之才，亦必更生一非常之才以難之．夫既生備，何生操？既生亮，何生懿？生維又何生艾哉？

(2)．孔明弔公瑾之言曰：“從此天下更無知音．”蓋不獨愛我者爲知己，能忌我者亦知己也；不獨欲用我者爲知音，欲殺我者亦知音也．不寧惟是，苟能愛我而不能用，用我而用之不盡其才，反不如忌我·殺我者之知我耳．

(3)．孫權既失一周瑜，又失一龐統，是再失也；玄德既得一孔明，又得一龐統，是兩得也．周瑜不能薦統，而肅乃薦統；周瑜忌孔明之助劉，而魯肅則薦統以助劉．不但龐統所學與周瑜大不相同，而魯肅所見亦周瑜大不相同．

(4)．事有前文所未載，而觀於後文可以識前文者，如曹操之殺苗澤是也．卽其後之殺苗澤，而前之殺秦慶童可知，(*第二十三回之事）豈有不赦黃奎之親戚，而獨縱董承之家奴者乎？小人不獨不用於君子，而並不見容於小人．不獨以小人謀小人，而不容於小人；卽以小人助小人，而亦不容於小人．讀此可爲小人之戒．

第五十八回

馬孟起興兵雪恨
曹阿瞞割鬚棄袍

〖1〗却說獻策之人，乃治書侍御史陳群，字長文．操問曰："陳長文有何良策?"群曰："今劉備・孫權結爲脣齒，若劉備欲取西川，丞相可命上將提兵，會合淝之衆，徑取江南，則孫權必求救於劉備；備意在西川，必無心救權；權無救則力乏兵衰，江東之地，必爲丞相所得．若得江東，則荊州一鼓可平也；荊州既平，然後徐圖西川：天下定矣．"操曰："長文之言，正合吾意．"即時起大兵三十萬，徑下江南；令合淝張遼，准備糧草，以爲供給．

早有細作報知孫權．權聚衆將商議．張昭曰："可差人往魯子敬處，敎急發書到荊州，使玄德同力拒曹．子敬有恩於玄德，其言必從；且玄德既爲東吳之婿，亦義不容辭．若玄德來相助，江南可無患矣．"(*事急則孫・劉復合，但內兄不致書於妹丈，而必欲煩魯肅修書者，以上有江上之追故耳. 故曰:“凡事留人情, 後來好相見.) 權從其言, 卽遣人諭魯肅, 使求救於玄德. 肅領命, 隨卽修書使人送玄德. 玄德看了書中之意, 留使者於館舍, 差人往南郡請孔明. 孔明到荊州, 玄德將魯肅書與孔明看畢, 孔明曰:“也不消動江南之兵, 也不必動荊州之兵, 自使曹操不敢正覷東南.”便回書與魯肅, 教:“高枕無憂. 若但有北兵侵犯, 皇叔自有退兵之策.”使者去了. 玄德問曰:“今操起三十萬大軍, 會合淝之衆, 一擁而來, 先生有何妙計, 可以退之?”孔明曰:“操平生所慮者, 乃西涼之兵也. 今操殺馬騰, 其子馬超, 現統西涼之衆, 必切齒操賊. 主公可作一書, 往結馬超, 使超興兵入關, 則操又何暇下江南乎?”(*馬騰死後便當接出馬超, 却偏因曹操伐吳, 孫權求救, 然後轉將出來. 事曲而文亦曲.) 玄德大喜, 卽時作書, 遣一心腹人, 徑往西涼州投下.

*注: 脣齒(순치): 〈脣齒〉로도 씀. 입술과 이빨의 관계. 입술이 없어지면 이빨이 시려진다(脣亡齒寒)는 관계, 상부상조해야만 하는 관계를 말한다.
不消(불소): …할 필요가 없다. 필요하지 않다(=不必).

〖2〗 却說馬超在西涼州, 夜感一夢: 夢見身臥雪地, 群虎來咬. 驚懼而覺, 心中疑惑, 聚帳下將佐, 告說夢中之事. 帳下一人應聲曰:“此夢乃不祥之兆也.”衆視其人, 乃帳前心腹校尉, 姓龐, 名德, 字令名. 超問:“令名所見若何?”德曰:“雪地遇虎, 夢兆殊惡. 莫非老將軍在許昌有事否?”言未畢, 一人踉蹌而入, 哭拜於地, 曰:“叔父與弟皆死矣!”超視之, 乃馬岱也. 超驚問何爲. 岱曰:“叔父與侍郎黃奎同謀殺操, 不幸事泄, 皆被斬於市. 二弟亦遇害. 惟岱扮作客商, 星夜走脫.”超聞言, 哭倒於地. 衆將救起, 超咬牙切齒, 痛恨操賊. 忽報荊州劉皇叔遣人賫書至. 超拆視之, 書略曰:

伏念漢室不幸，操賊專權，欺君罔上，黎民凋殘．備昔與令先君同受密詔，誓誅此賊．(*照應二十回中事.) 今令先君被操所害，此將軍不共天地·不同日月之讐也．若能率西凉之兵，以攻操之右，備當擧荊襄之衆，以遏操之前，則逆操可擒，奸黨可滅，讐辱可報，漢室可興矣．書不盡言，立待回音．

馬超看畢，卽時揮涕回書，發使者先回，隨後便起西凉軍馬．

*注：**感夢**(감몽)：어떤 일이 꿈속에서 감응하여 나타나는 것．**帳下**(장하)：막사 안(營帳中)．장수의 部下．麾下．다음의 〈帳前〉도 〈帳下〉와 같은 뜻．**踉蹌**(량창)：비틀거리며 걷는 모양．비틀비틀하며．**何爲**(하위)：어째서．왜．무엇 때문에．(=爲什麽)．**凋殘**(조잔)：쇠잔해지다．시들다．**令先君**(령선군)：상대의 돌아가신 부친을 높여 부르는 말．**操之右**(조지우)：曹操軍의 西面．〈右〉：옛날에는 西쪽을 〈右〉，동쪽을 〈左〉라고 불렀다．남쪽을 향하고 있는 사람의 위치에서 보면 오른쪽이 西쪽이다．**讐辱**(수욕)：讎辱．원한과 모욕．

〖3〗正欲進發，忽西凉太守韓遂使人請馬超往見．超至遂府，遂將出曹操書示之．內云："若將馬超擒赴許都，卽封汝爲西凉侯．"超拜伏於地，曰："請叔父就縛俺兄弟二人，解赴許昌，免叔父戈戟之勞．"韓遂扶起曰："吾與汝父結爲兄弟，安忍害汝？汝若興兵，吾當相助．"馬超拜謝．韓遂便將操使者推出斬之，乃點手下八部軍馬，一同進發．那八部乃侯選·程銀·李堪·張橫·梁興·成宜·馬玩·楊秋也．八將隨着韓遂，合馬超手下龐德·馬岱，共起二十萬大兵，殺奔長安來．

長安郡守鍾繇，飛報曹操；一面引軍拒敵，布陣於野．西凉州前部先鋒馬岱，引軍一萬五千，浩浩蕩蕩，漫山遍野而來．鍾繇出馬答話．岱使寶刀一口，與繇交戰．不一合，繇大敗奔走．(*只會寫字，哪裏會厮殺?) 岱提刀赶來. 馬超·韓遂引大軍都到, 圍住長安. 鍾繇上城守護. 長安乃西漢建都之處, 城郭堅固, 壕塹險深, 急切攻打不下. 一連圍了十日, 不能攻破. 龐德進計曰: "長安城中土硬水鹼, 甚不堪食, 更兼無柴. 今圍十日, 軍民饑荒. 不如暫且收軍, 只須如此如此, 長安唾手可得." 馬超曰: "此計大妙!" 卽時差"令"字旗傳與各部, 盡敎退軍, 馬超親自斷後. 各部軍馬漸漸退去. 鍾繇次日登城看時, 軍皆退了, 只恐有計; 令人哨探, 果然遠去, 方才放心, 縱令軍民出城打柴取水, 大開城門, 放人出入. (*卽此便是計策.) 至第五日, 人報馬超兵又到, 軍民競奔入城, (*此時龐德已雜其中矣.) 鍾繇仍復閉城堅守.

*注: **拜謝**(배사): 절을 하여 감사를 표시하다(行拜禮表示感謝). **長安**(장안): 지금의 섬서성 西安市. **浩浩蕩蕩**(호호탕탕): 규모가 크고 기세가 드높다. 위풍당당하다. **急切**(급절): 급히. 당장. 서둘러. **鹼**(험. 감): 소금기(험). 잿물(감). **唾手可得**(타수가득): 손바닥에 침을 뱉고 얻을 수 있다. 극히 쉬운 일을 말함. **縱令**(종령): ①설령…하더라도. ②방임하다. 내버려 두다.

〖4〗 却說鍾繇弟鍾進, 守把西門. 約近三更, 城門裏一把火起. 鍾進急來救時, 城邊轉過一人, 擧刀縱馬, 大喝曰: "龐德在此!" (*龐德入城不用明敍, 至此突如其來, 如亞夫將軍從天而下.) 鍾進措手不及, 被龐德一刀斬於馬下, 殺散軍校, 斬關斷鎖, 放馬超·韓遂軍馬入城. 鍾繇從東門棄城而走. 馬超·韓遂得了城池, 賞勞三軍.

鍾繇退守潼關, 飛報曹操. 操知失了長安, 不敢復議南征. (*照應前文東吳求救事, 此馬超救之, 而實玄德救之也.) 遂喚曹洪·徐晃分付: "先帶一萬人馬, 替鍾繇緊守潼關. 如十日內失了關隘, 皆斬; 十日外, 不干汝二人之事. 我統大軍隨後便至." 二人領了將令, 星夜便行. 曹仁諫曰: "洪性躁, 誠恐誤事." (*豫爲失潼關伏筆.) 操曰: "你與我押送糧草, 便隨後接應."

*注: 潼關(동관): 漢나라 때 설치한 關所로서 당시에는 司隷州 弘農郡 華陰縣에 속했다. 지금의 섬서성 潼關 동남. 이곳은 섬서성, 산서성, 하남성 3성의 교차점으로 관중으로 들어가는 요해처이다. 關城은 산허리에 자리 잡아 아래로 황하를 내려다보고 있는데 형세가 험하다. 星夜(성야): 밤. 야간.

〖5〗 却說曹洪·徐晃到潼關, 替鍾繇堅守關隘, 并不出戰. 馬超領軍來關下, 把曹操三代毁罵. 曹洪大怒, 要提兵下關厮殺. 徐晃諫曰: "此是馬超要激將軍厮殺, 切不可與戰. 待丞相大軍來, 必有主畫." 馬超軍日夜輪流來罵. (*陳琳罵操以筆, 馬超罵操以口, 筆止一筆, 口有萬口.) 曹洪只要厮殺, 徐晃苦苦擋住. 至第九日, 在關上看時, 西凉軍都棄馬在於關前草地上坐; 多半困乏, 就於地上睡臥. 曹洪便敎備馬, 點起三千兵殺下關來. 西凉兵棄馬拋戈而走. 洪迤邐追赶. 時徐晃正在關上點視糧車, 聞曹洪下關厮殺, 大驚, 急引兵隨後赶來, 大叫曹洪回馬. 忽然背後喊聲大震, 馬岱引軍殺至. 曹洪·徐晃急回走時, 一棒鼓響, 山背後兩軍截出: 左是馬超, 右是龐德, 混殺一陣. 曹洪抵當不住, 折軍大半, 撞出重圍, 奔到關上. 西凉兵隨後赶來, 洪等棄關而走. 龐德直追過潼關, 撞見曹仁軍馬, 救了曹洪等一軍. 馬超接應龐德上關.

*注: 主畫(주획): 생각과 계획. 輪流(륜류): 교대로 하다. 돌아가면서 하다. 只要(지요): 기를 쓰고 …하려고 하다(直要. 一味地要). …하기만 하면. 苦苦(고고): 극력. 간절히. 열심히. 迤邐(이리): 차츰차츰. 점차 더(가까이).

〖6〗 曹洪失了潼關, 奔見曹操. 操曰: "與你十日限, 如何九日失了潼關?" 洪曰: "西凉軍兵, 百般辱罵. 因見彼軍懈怠, 乘勢赶去, 不想中賊奸計." 操曰: "洪年幼躁暴, 徐晃你須曉事!" 晃曰: "累諫不從. 當日晃在關上點糧車, 比及知道, 小將軍已下關了. 晃恐有失, 連忙赶去, 已中賊奸計矣." 操大怒, 喝斬曹洪.(*忘却天下"寧可無洪不可無公"之時耶? 六回中事.) 衆官告免. 曹洪服罪而退.

操進兵直叩潼關. 曹仁曰: "可先下定寨柵, 然後打關未遲." 操令砍伐樹木, 起立排柵, 分作三寨: 左寨曹仁, 右寨夏侯淵, 操自居中寨. 次日, 操引三寨大小將校, 殺奔關隘前去, 正遇西凉軍馬. 兩邊各布陣勢. 操出馬於門旗下, 看西凉之兵, 人人勇健, 個個英雄. 又見馬超生得面如傅粉, 唇若抹硃, 腰細膀寬, 聲雄力猛, 白袍銀鎧, 手執長槍, 立馬陣前. 上首龐德, 下首馬岱. 操暗暗稱奇, 自縱馬謂超曰: "汝乃漢朝名將子孫, 何故背反耶?" 超咬牙切齒, 大罵: "操賊! 欺君罔上, 罪不容誅! 害我父弟, 不共戴天之讐! 吾當活捉生啖汝肉!" 說罷, 挺槍直殺過來. 曹操背後于禁出迎. 兩馬交戰, 鬪到八九合, 于禁敗走. 張郃出迎, 戰二十合亦敗走. 李通出迎. 超奮威交戰, 數合之中, 一槍刺李通於馬下. 超把槍望後一招, 西凉兵一齊衝殺過來. 操兵大敗. 西凉兵來得勢猛, 左右將佐, 皆抵當不住.

*注: 限(한): 제한하다. 범위를 정하다. **百般**(백반): 여러 가지. 갖가지. **服罪**(복죄): 자기의 죄를 인정하다. **傅粉**(부분): 분을 바르다. 〈傅〉: 스승. 돕다. 바르다. **抹硃**(말주): 붉은 안료를 바르다. 〈抹〉: 문지르다. 바르다. **膀寬**(방관): 어깨가 넓다. 〈膀〉: 어깨. 방광. 넓적다리(大腿: =髈). 허벅다리. **上首**(상수): 首位. 位次가 비교적 높은 쪽. 통상 〈左便〉을 가리킨다. 〈下首〉: 〈右便〉. **罪不容誅**(죄부용주): 罪가 무거워 誅殺을 해도 모자랄

지경이다. 죽여도 시원찮은 罪이다.

〖7〗 馬超·龐德·馬岱引百餘騎, 直入中軍來捉曹操. 操在亂軍中, 只聽得西涼軍大叫: "穿紅袍的是曹操!" 操就馬上急脫下紅袍. 又聽得大叫: "長髥者是曹操!" 操驚慌, 掣所佩刀斷其髥. 軍中有人將曹操割髥之事, 告知馬超, 超遂令人叫: "拏短髥者是曹操!" 操聞知, 卽扯旗角包頸而逃. 後人有詩曰:

　潼關戰敗望風逃, 孟德愴惶脫錦袍.

　劍割髭髥應喪膽, 馬超聲價蓋天高.

曹操正走之間, 背後一騎赶來, 回頭視之, 正是馬超. 操大驚. 左右將校見超赶來, 各自逃命, 只撇下曹操. 超厲聲大叫曰: "曹操休走!" 操驚得馬鞭墜地. 看看赶上, 馬超從後使槍搠來. 操繞樹而走. 超一槍搠在樹上; 急拔下時, 操已走遠. (*或曰: "惡人不死, 天之道也." 予曰: "此非天道, 特天數耳.") 超縱馬赶來, 山坡邊轉過一將, 大叫: "勿傷吾主! 曹洪在此." 輪刀縱馬, 攔住馬超. 操得命走脫. (*與滎陽救操彷佛相似. 六回中事.) 洪與馬超戰到四五十合, 漸漸刀法散亂, 氣力不加. 夏侯淵引數十騎隨到. 馬超獨自一人, 恐被所算, 乃撥馬而回. 夏侯淵也不來赶.

*注: **旗角**(기각): =旗脚. 깃발의 꼬리(旗尾). **望風逃**(망풍도): 望風而逃. 望風而遁(망풍이둔). 적의 종적이나 강대한 기세를 멀리서 바라보고 곧바로 달아나 숨다. **愴惶**(창황): 슬프고(愴) 불안해하다(惶: 무서워하다. 당황하다). **髭髥**(자염): 〈髭〉: 윗수염. 코 밑의 수염. 〈髥〉: 구레나룻. 귀밑에서 턱까지 난 수염. **撇下**(별하): 내팽개치다. 방치하다. 내버리다. 남겨두다. **搠**(삭): 찌르다. **所算**(소산): 계산. 암산. 謀害.

〖8〗 曹操回寨, 却得曹仁死據定了寨柵, 因此不曾多折軍馬. 操入帳，歎日：“吾若殺了曹洪，今日必死於馬超之手也!”遂喚曹洪，重加賞賜．收拾敗軍，堅守寨柵，深溝高壘，不許出戰．超每日引兵來寨前辱罵搦戰．操傳令教軍士堅守，如亂動者斬．諸將日：“西凉之兵，盡使長槍，當選弓弩迎之.”操日：“戰與不戰，皆在於我，非在賊也．賊雖有長槍，安能便刺？諸公但堅壁觀之，賊自退矣.”諸將皆私相議日：“丞相自來征戰，一身當先；今敗於馬超，何如此之弱也!”

過了幾日，細作報來：“馬超又添二萬生力兵來助戰，乃是羌人部落.”操聞知大喜.(*喜得作怪.) 諸將日：“馬超添兵，丞相反喜．何也?”操日：“待吾勝了，却對汝等說.”三日後，又報關上又添軍馬．操又大喜，就於帳中設宴作賀.(*賀得作怪.) 諸將皆暗笑．操日：“諸公笑我無破馬超之謀，公等有何良策?”徐晃進日：“今丞相盛兵在此，賊亦全部現屯關上，此去河西，必無準備；若得一軍，暗渡蒲阪津，先截賊歸路，丞相徑發河北擊之，賊兩不相應，勢必危矣.”(*因曹操分兵，故韓與馬亦分兵，則易間也.) 操日：“公明之言，正合吾意.”便教徐晃引精兵四千，和朱靈同去徑襲河西，伏於山谷之中，“待我渡河北同時擊之.”徐晃·朱靈領命，先引四千軍暗暗去了．操下令，先教曹洪於蒲阪津，安排船筏，留曹仁守寨．操自領兵渡渭河.

早有細作報知馬超．超日：“今操不攻潼關，而使人準備船筏，欲渡河北，必將遏吾之後也．吾當引一軍沿河拒住岸北．操兵不得渡，不消二十日，河東糧盡，操兵必亂，却循河南而擊之，操可擒矣.”(*長江不可渡，渭河亦幾不可渡.) 韓遂日：“不必如此．豈不聞兵法有云：‘兵半渡可擊.’待操兵渡至一半，汝却於南岸擊之，操兵皆死於河內矣.”超日：“叔父之言甚善.”卽使人探聽曹操幾時渡河.

*注: **却**(각): 뜻밖에. 의외로. 오히려. 반대로. **死據定**(사거정): 죽음을 무릅쓰고 안정시키다.(〈據〉: 安也. 定也.) 죽음으로 항거하여 지키다.(〈據〉: 抵拒也. 抗拒也.) **生力兵**(생력병): 새로 전투에 투입된 정예 부대. 〈生力〉: 정예 역량. **却**(각): 그런 후에. **河西**(하서): 渭河 以西. 本文에서 〈河〉는 〈黃河〉가 아니라 〈渭河〉를 말한다. **蒲阪津**(포판진): 황하의 옛 나루 이름. 포판현에 있어서 얻어진 이름으로 포판현은 옛날 司隷州 河東郡 소속. 나루는 縣의 서북에 있는데, 이곳은 섬서성과 산서성 사이를 흐르는 황하 상류의 중요 나루이다. 지금의 산서성 永濟縣 西蒲州에 있다. **渭河**(위하): 황하 최대의 支流. 감숙성 渭源縣의 鳥鼠山에서 발원하여 섬서성 중부를 지나 潼關縣에서 황하로 들어간다. 渭水라고도 하며 길이는 787킬로나 된다. **河東**(하동): 황하는 발원지에서 흘러오다가 섬서성 서편에서부터 북에서 남으로 흘러, 섬서성 서남쪽에 이른 후부터는 다시 동으로 흘러가는데, 섬서성은 곧 황하의 동쪽에 있다. 따라서 이 지역을 河東이라 부른다.

〖9〗 却說曹操整兵已畢, 分三停軍, 前渡渭河. 比及人馬到河口時, 日光初起. 操先發精兵渡過北岸, 開創營寨. 操自引親隨護衛軍將百人, 按劍坐於南岸, 看軍渡河. 忽然人報: "後邊白袍將軍到了!" 衆皆認得是馬超, 一擁下船. 河邊軍爭上船者, 聲喧不止. 操猶坐而不動, 按劍指約休鬧. 只聽得人喊馬嘶, 蜂擁而來, 船上一將躍身上岸, 呼曰: "賊至矣! 請丞相下船!" 操視之, 乃許褚也. 操口內猶言: "賊至何妨?" 回頭視之, 馬超已離不得百余步. 許褚拖操下船時, 船已離岸一丈有餘, 褚負操一躍上船. 隨行將士盡皆下水, 扳住船邊, 爭欲上船逃命. 船小將翻, 褚掣刀亂砍, 傍船手盡折倒於水中.(*舟中之指可掬.) 急將船望下水棹去. 許褚立於梢上, 忙用木篙撑之. 操伏在許褚脚邊. 馬超赶到河岸, 見船已流在半河, 遂拈弓搭箭, 喝令驍將繞河射之, 矢如雨急. 褚恐傷曹操,以左手擧馬鞍遮之.(*操無洪則死於陸, 無褚則死於水. 其不死者, 天也.) 馬超箭不虛發, 船上駕舟之人, 應弦落水; 船中數十人皆被射倒. 其船反撑不定, 於急水中旋轉. 許褚獨奮神威, 將兩腿夾舵搖撼, 一手使篙撑船, 一手擧鞍遮護曹操.(*以旗包頸, 以鞍遮身, 不謂旗與鞍却有如此用法.)

*注: 分三停軍(분삼정군): 전군을 3등분한 후 그 1/3. 〈停〉: 몫. 할. 분. 전체를 몇 등분한 후 그 중의 한 몫을 〈一停〉이라 한다. 河口(하구): 渭河가 황하로 유입되는 지점. 開創(개창): 세우다. 창설하다. 指約(지약): 단속하다. 약속하다. 제한하다. 扳住(반주): (위로 올라가려고) 잡아당기다. (扳: 攀과 同字). 梢(초): 끝부분. 고물(船尾. 艄(소)와 同字). 篙撑(고탱): 상앗대로 배를 젓다. 〈篙〉: 상앗대. 〈撑〉: 배를 젓다. 상앗대로 배질을 하다.(撐과 同字). 反撑不定(반탱부정): 계속해서(不定) 반대로 젓다.

〖10〗 時有渭南縣令丁斐, 在南山之上, 見馬超追操甚急, 恐傷操命, 遂將寨內牛隻馬匹, 盡驅於外, 漫山遍野, 皆是牛馬. 西凉兵見之, 都回身爭取牛馬, 無心追赶, 曹操因此得脫.(*曹操不死, 虧了樹, 虧了旗, 虧了鞍, 又虧了牛馬.) 方到北岸, 便把船筏鑿沈. 諸將聽得曹操在河中逃難, 急來救時, 操已登岸. 許褚身被重鎧, 箭皆嵌在甲上. 衆將保操至野寨中, 皆拜於地而問安. 操大笑曰: “我今日幾爲小賊所困.”(*每敗必笑, 奸雄故態.) 褚曰; “若非有人縱馬放牛以誘賊, 賊必努力渡河矣.” 操問曰: “誘賊者誰也?” 有知者答曰: “渭南縣令丁斐也.” 少頃, 斐入見. 操謝曰: “若非公之良謀, 則吾被賊所擒矣.” 遂命爲典軍校尉. 斐曰: “賊雖暫去, 明日必複來, 須以良策拒之.” 操曰: “吾已准備了也.” 遂喚諸將, 各分頭循河築起甬道, 暫爲寨脚. 賊若來時, 陳兵於甬道外, 內虛立旌旗, 以爲疑兵; 更沿河掘下壕塹, 虛土棚蓋, 河內以兵誘之: “賊急來必陷，賊陷便可擒矣.”(*但爲自守之計，是示之以弱.)

***注**: **渭南**(위남): 본래는 漢代의 新豊縣地. 지금의 陝西省 渭南 동남. 渭河 以南에 있으므로 얻어진 명칭. **牛隻馬匹**(우척마필): 〈隻〉: (量詞) 짐승이나 물건, 배 등을 세는 데 쓴다. 마리. 개. 척. 〈匹〉: (量詞) 말을 세는 단위. **分頭**(분두): 일을 나누어 하다. 각각. 따로따로. 분담하다. **甬道**(용도): 양쪽으로 담이 있는 通道. 그 안에 군사를 숨겨 적을 막을 수 있다. **寨脚**(채각): 영채를 세울 터전, 기초, 기반 ; 영채를 세우다. 머물다. **壕塹**(호참): 참호. **虛土棚蓋**(허토붕개): 속임수로 덮개를 씌우고 그 위를 흙으로 살짝 덮다. 〈棚〉: 막. 우리 ; 살짝 덮다. 〈棚蓋〉: 삿자리나 포장 따위로 만든 지붕.

〖11〗 却說馬超回見韓遂，說:“幾乎捉住曹操! 有一將奮勇負操下船去了，不知何人.”遂曰:“吾聞曹操選極精壯之人，爲帳前侍衛，名曰‘虎衛軍’，以驍將典韋·許褚領之. 典韋已死，今救曹操者，必許褚也. 此人勇力過人，人皆稱爲‘虎癡’; 如遇之. 不可輕敵.”超曰:“吾亦聞其名久矣.”遂曰:“今操渡河，將襲我後，可速攻之，不可令他創立營寨. 若立營寨，急難剿除.”超曰:“以侄愚意，還只拒住北岸，使彼不得渡河，乃爲上策.”遂曰:“賢侄守寨，吾引軍循河戰操，若何?”超曰:“令龐德爲先鋒，跟叔父前去.”於是韓遂與龐德將兵五萬，直奔渭南.

***注**: **虎癡**(호치): 호랑이처럼 용맹하나 그 지능은 白痴와 같다는 뜻이다.

〖12〗 操令衆將於甬道兩旁誘之. 龐德先引鐵騎千餘，衝突而來. 喊聲起處，人馬俱落於陷馬坑內. 龐德踊身一跳，躍出土坑，立於平地，立殺數人，步行砍出重圍.(*寫龐德聲勢，爲後文戰關公伏線.) 韓遂已被困在垓心，龐德步行救之. 正遇着曹仁部將曹永，被龐德一刀砍於馬下, 奪其馬, 殺開一條血路, 救出韓遂, 投東南而走. (*龐德失馬奪馬, 許褚跳船撑船, 其勇相似.) 背後曹兵赶來, 馬超引軍接應, 殺敗曹兵, 復救出大半軍馬. 戰至日暮方回, 計點人馬, 折了將佐程銀 · 張橫, 陷坑中死者二百余人.(*韓遂八將中折了二人.) 超與韓遂商議: "若遷延日久, 操於河北立了營寨, 難以退敵; 不若乘今夜引輕騎去劫野營." 遂曰: "須分兵前後相救." 於是超自爲前部, 令龐德 · 馬岱爲後應, 當夜便行.

〖13〗 却說曹操收兵屯渭北, 喚諸將曰: "賊欺我未立寨棚, 必來劫野營. 可四散伏兵, 虛其中軍, 號炮響時, 伏兵盡起, 一鼓可擒也." (*超 · 遂之謀, 早爲老賊所覺.) 衆將依令, 伏兵已畢. 當夜, 馬超却先使成宜引三十騎往前哨探, 成宜見無人馬, 徑入中軍. 操軍見西凉兵到, 遂放號炮. 四面伏兵皆出, 只圍得三十騎. 成宜被夏侯淵所殺.(*韓遂八將中又折了一人.) 馬超却自從背後與龐德 · 馬岱兵分三路蜂擁殺來. 正是:

縱有伏兵能候敵, 怎當健將共爭先?

未知勝負若何, 且看下文分解.

第五十八回 毛宗崗 序始評

(1). 曹操 · 孫權之欲報父讐, 爲父也, 非爲君也, 私也; 馬超之欲報父讐, 爲父也, 亦爲君也, 公也. 馬騰爲衣帶詔而死, 則騰爲忠臣; 超爲父之死於衣帶詔而討操, 則超爲孝子而亦爲忠臣. 而前史誤書之爲賊, 誤書之爲反, 則大謬矣! 若斷以〈春秋〉之義, 直當書曰: "馬超起兵西凉討曹操." 斯爲得之. 曹操不能殺陶謙, 而以呂布回兵; 孫權不能殺劉表, 而反使魯肅弔孝. 父讐所謂不共天地，不同日月者乎？若馬超者，是眞能報讐矣．繞樹之槍，渡河之箭，操之不死，間不容髮．雖天方助操，不能遽斬國賊，而使之心寒膽落，魄散魂飛，則謂馬超已誅曹操可也．

(2)．君子觀於割鬚棄袍之事，而竊以爲是漢帝之威靈也．何也？衣帶詔不降，則義狀不立(*第二十回之事)；義狀不立，則馬騰不死；馬騰不死，則馬超不來．惟有帝之刺血，所以有操之割鬚．惟有帝之解帶，所以有操之棄袍耳．

(3)．曹操每至危急時，有曹洪救之，有許褚救之，有丁斐救之．然而曹洪·許褚之救，是以救救也；丁斐之救，是以不救救也．延津之戰，棄糧與馬；渭橋之戰，放馬與牛．前之餌敵，所以取勝；後之餌敵，所以救敗．則洪與褚之勇，又不若丁斐之智耳．

(4)．赤壁鏖兵之日，徐庶曾乞一兵守潼關矣．而此卷但見鍾繇不見徐庶，何也？意者徐庶此時已死乎？不然，庶縱不肯爲曹操設謀，而身在潼關，恐不能謝其責也．自赤壁一去，更不見徐庶下落，庶卽不死，我知其必託病而歸田里耳！

第五十九回

許褚裸衣鬪馬超
曹操抹書間韓遂

〖1〗 却說當夜兩兵混戰，直到天明，各自收兵．馬超屯兵渭口，日夜分兵，前後攻擊．曹操在渭河內，將船筏鎖鏈作浮橋三條，接連南岸．曹仁引軍夾河立寨，將糧草車輛穿連，以爲屏障．馬超聞之，教軍士各挾草一束，帶着火種，與韓遂引軍併力殺到寨前，堆積草把，放起烈火.(*前有赤壁之燒，後有渭河之燒，大火之後又有小火.)操兵抵敵不住，棄寨而走．車乘·浮橋，盡被燒毁．西凉兵大勝，截住渭河．曹操立不起營寨，心中憂懼．荀攸曰："可取渭河沙土築起土城，可以堅守."操撥三萬軍擔土築城．馬超又差龐德·馬岱各引五百馬軍，往來衝突；更兼沙土不實，築起便倒，操無計可施．

*注：渭口(위구)：渭河(渭水)가 黃河로 들어가는 곳. 지금의 섬서성 華陰縣

동북, 潼關 북, 산서성 永濟 風陵 나루 부근. **鎖鏈**(쇄련): 쇠사슬. **接連**(접련): 연접. 연결시키다. **屛障**(병장): 장벽. 보호벽.

〖2〗 時當九月盡, 天氣暴冷, 彤雲密布, 連日不開. 曹操在寨中納悶. 忽人報曰: "有一老人來見丞相, 欲陳說方略." 操請入. 見其人鶴骨松姿, 形貌蒼古. 問之, 乃京兆人也, 隱居終南山, 姓婁, 名子伯, 道號夢梅居士. 操以客禮待之. 子伯曰: "丞相欲跨渭安營久矣, 今何不乘時築之?" 操曰: "沙土之地, 築壘不成. 隱士有何良策賜教?" 子伯曰: "丞相用兵如神, 豈不知天時乎? 連日陰雲布合, 朔風一起, 必大凍矣. 風起之後, 驅兵士運土潑水, 比及天明, 土城已就." 操大悟, 厚賞子伯. 子伯不受而去.

*注: **彤雲**(동운): 붉은 노을(구름). (눈이 내리기 전의) 짙은 구름. (*~密布: 검은 구름이 잔뜩 끼다.) **納悶**(납민): 답답해하다. 갑갑해하다. **方略**(방략): 병법의 모략. **蒼古**(창고): 蒼勁古朴. 고아하면서도 힘차고, 수수하면서도 고풍스럽다. 늙었어도 굳세다. **京兆**(경조): 漢의 京畿의 행정구역. 京都. 지금의 섬서성 西安市 以東에서 華縣에 이르는 지역. **終南山**(종남산): 그냥 南山이라고도 한다. 지금의 섬서성 西安市 南. **跨**(과): (교량 등이 …에) 걸치다(놓이다).

〖3〗 是夜北風大作. 操盡驅兵士擔土潑水; 爲無盛水之具, 作縑囊盛水澆之, 隨築隨凍. 比及天明, 沙水凍緊, 土城已築完. 細作報知馬超. 超領兵觀之, 大驚, 疑有神助.

次日, 集大軍鳴鼓而進. 操自乘馬出營, 止有許褚一人隨後. 操揚鞭大呼曰: "孟德單騎至此,請馬超出來答話." 超乘馬挺槍而出. 操曰: "汝欺我營寨不成, 今一夜天使築就, 汝何不早降!" (*老賊妄稱天命, 天實爲之, 謂之何哉!) 馬超大怒, 意欲突前擒之, 見操背後一人, 睜圓怪眼, 手提鋼刀, 勒馬而立.(*極寫許褚英勇, 以衬馬超之英勇.) 超疑是許褚, 乃揚鞭問曰: "聞汝軍中有虎侯, 安在哉?" 許褚提刀大叫曰: "吾卽譙郡許褚也!" 目射神光, 威風抖擻. 超不敢動, 乃勒馬回. 操亦引許褚回寨. 兩軍觀之, 無不駭然. 操謂諸將曰: "賊亦知仲康乃虎侯也!" 自此軍中皆稱褚爲 '虎侯', 許褚曰: "某來日必擒馬超." 操曰: "馬超英勇, 不可輕敵." 褚曰: "某誓與死戰!" 卽使人下戰書, 說虎侯單搦馬超來日決戰. 超接書, 大怒曰: "何敢如此相欺耶!" 卽批次日誓殺 "虎癡." (*褚一虎也, 超亦一虎也. 虎超豈畏虎褚!)

*注: 縑囊(겸낭): 물이 새지 않을 정도로 조밀하게 짠 비단(縑)으로 만든 주머니(囊). 抖擻(두수): 손으로 물건을 들어 흔들어 털다. 진작(振作)하다. 批(비): 결재하다. 허가하다.

〔4〕 次日, 兩軍出營布成陣勢. 超分龐德爲左翼, 馬岱爲右翼, 韓遂押中軍. 超挺槍縱馬, 立於陣前, 高叫: "虎癡快出!" 曹操在門旗下回顧衆將曰: "馬超不減呂布之勇!" (*此語是激許褚.) 言未絕, 許褚拍馬舞刀而出, 馬超挺槍接戰. 鬪了一百餘合, 勝負不分. 馬匹困乏, 各回軍中, 換了馬匹, 又出陣前. 又鬪一百餘合, 不分勝負. 許褚性起, 飛回陣中, 卸了盔甲, 渾身筋突, 赤體提刀, 翻身上馬, 來與馬超決戰.(*極寫許褚, 正是極寫馬超. 曹操棄袍, 許褚棄甲, 棄甲亦算輸矣.) 兩軍大駭. 兩個又鬪到三十餘合, 褚奮威擧刀便砍馬超. 超閃過, 一槍望褚心窩刺來. 褚棄刀將槍挾住. 兩個在馬上奪槍. 許諸力大, 一聲響, 拗斷槍桿, 各拏半節在馬上亂打. 操恐褚有失, 遂令夏侯淵 · 曹洪兩將齊出夾攻. 龐德 · 馬岱見操將齊出, 麾兩翼鐵騎, 橫衝直撞, 混殺將來. 操兵大亂. 許褚臂中兩箭, 諸將慌退入寨. 馬超直殺到河邊, 操兵折傷大半. (*未行反間之前,

操兵屢敗. 可見將在謀而不在勇也.) 操令堅閉休出. 馬超回至渭口, 謂韓遂曰: "吾見戀戰者, 莫如許褚, 眞 '虎癡' 也!"

*注: **心窩**(심와): 명치. 심장이 있는 가슴부위. **拗斷**(요단): 꺾다. 부러뜨리다. **溷殺將來**(혼살장래): 뒤엉켜 싸웠다. (〈溷〉과 〈混〉은 같은 뜻이다.) 〈將〉: 조사로, 동사와 방향보어 중간에 쓰여 그 동작의 지속이나 개시 등을 나타냄. **河邊**(하변): 해자 가. 壕邊. 〈河〉: 壕와 동의. **戀戰**(련전): 싸울 때 중간에 그만두지 않고 이길 때까지 악착같이 물고 늘어지면서 끝까지 싸우는 것.

〖5〗 却說曹操料馬超可以計破, 乃密令徐晃 · 朱靈盡渡河西結營, 前後夾攻. 一日, 操於城上見馬超引數百騎, 直臨寨前, 往來如飛. 操觀良久, 擲兜鍪於地曰: "馬兒不死, 吾無葬地矣!" 夏侯淵聽了, 心中氣忿, 厲聲曰: "吾寧死於此地, 誓滅馬賊!" 遂引本部千餘人, 大開寨門, 直赶去. 操急止不住, 恐其有失, 慌自上馬前來接應. 馬超見曹兵至, 乃將前軍作後隊, 後隊作先鋒, 一字兒排開. 夏侯淵到, 馬超接住厮殺. 超於亂軍中遙見曹操, 就撇了夏侯淵, 直取曹操. 操大驚, 撥馬而走. 曹兵大亂.

正追之際, 忽報操有一軍, 已在河西下了營寨. 超大驚, 無心追赶, 急收軍回寨, 與韓遂商議, 言: "操兵乘虛已渡河西, 吾軍前後受敵, 如之奈何?" 部將李堪曰: "不如割地請和, 兩家且各罷兵. 捱過冬天, 到春暖別作計議." 韓遂曰: "李堪之言最善, 可從之." 超猶豫未決. (*馬超不欲和, 而韓遂欲和. 卽此便爲下文生疑張本.)

*注: **兜鍪**(두무): 투구. **撇**(별): 버리다. 방치하다. **捱**(애): (세월을) 보내다. 연기하다. 늦추다.

〖6〗 楊秋 · 侯選皆勸求和. 於是韓遂遣楊秋爲使, 直往操寨下書，言割地請和之事.(*曹操反間之書未來，韓遂求和之書先去.) 操曰："汝且回寨. 吾來日使人回報." 楊秋辭去. 賈詡入見操曰："丞相主意若何?" 操曰："公所見若何?" 詡曰："兵不厭詐，可僞許之；然後用反間計，令韓·馬相疑，則一鼓可破也." 操撫掌大喜曰："天下高見,多有相合.文和之謀,正吾心中之事也." 於是遣人回書，言："待我徐徐退兵，還汝河西之地." 一面教搭起浮橋，作退軍之意. 馬超得書，謂韓遂曰："曹操雖然許和，奸雄難測. 倘不准備，反受其制. 超與叔父輪流調兵，今日叔向操，超向徐晃，明日超向操，叔向徐晃：分頭隄備，以防其詐."(*兩下分開，反間之計便可從此而入.) 韓遂依計而行.

*注：**輪流**(륜류)：교대로 하다. 돌아가면서 하다. **調兵**(조병)；군사를 움직이다. 군사를 이동하다. **向**(향)：가다(去). 앞으로 가다(前往). 가까이 가다(將近). **分頭**(분두)：일을 나누어 하다. 각각. 따로따로. 분담하여.

〖7〗早有人報知曹操. 操顧賈詡曰："吾事濟矣!" 問："來日是誰合向我這邊?" 人報曰："韓遂." 次日，操引衆將出營，左右圍繞，操獨顯一騎於中央. 韓遂部卒多有不識操者，出陣觀看. 操高叫曰："汝諸軍欲觀曹公耶? 吾亦猶人也，非有四目兩口，一一 但多智謀耳."(*割鬚棄頸之時惟恐被識認，今却出面示人，好生大膽.) 諸軍皆有懼色.操使人過陣謂韓遂曰："丞相謹請韓將軍會話." 韓遂卽出陣，見操並無甲仗，亦棄衣甲，輕服匹馬而出. 二人馬頭相交，各按轡對語. 操曰："吾與將軍之父，同擧孝廉，吾嘗以叔事之. 吾亦與公同登仕路，不覺有年矣. 將軍今年妙齡幾何?"(*旣敍寒溫，又敍年齒，全不似對陣時語,是極沒要緊話，却是極要緊處.) 韓遂答曰："四十歲矣." 操曰："往日在京師，皆青春年少，何期又中旬矣! 安得天下淸平共樂耶!" 只把舊事細說，並不提起軍情. 說罷大笑. 相談有一個時辰，方回馬而別，各自歸寨．早有人將此事報知馬超．超忙來問韓遂曰："今日曹操陣前所言何事?" 遂曰："只訴京師舊事耳．" 超曰："安得不言軍務乎?" 遂曰："曹操不言，吾何獨言之?" 超心甚疑，不言而退．(*在曹操算中.)

*注: 合(합): (부사) 응당 …해야 한다. (동사) 해당하다. **顯**(현): 보이다. 드러내 보이다. 훌륭하게 보이다. **何期**(하기): 어찌 생각이나 했겠느냐. …라고는 생각지도 않았다. 뜻밖이다. **時辰**(시진): 옛날의 時間 단위로, 하루는 12時辰으로, 1時辰은 지금의 2時間에 해당.

〖8〗 却說曹操回寨，謂賈詡曰："公知吾陣前對語之意否?" 詡曰："此意雖妙，尙未足間二人．某有一策，令韓·馬自相讐殺．" 操問其計．賈詡曰："馬超乃一勇夫，不識機密．丞相親筆作一書單與韓遂，中間朦朧字樣，於要害處，自行塗抹改易，然後封送與韓遂，故意使馬超知之．超必索書來看，若看見上面要緊去處，盡皆改抹，只猜是韓遂恐超知甚機密事，自行改抹，正合着單騎會語之疑；疑則必生亂．我更暗結韓遂部下諸將，使互相離間，超可圖矣．"(*敍談不足，繼之以書，書中有塗抹，則疑語中亦必有隱諱矣．因前疑後，因後疑前，眞是絕妙疑兵之計.) 操曰："此計甚妙．" 隨寫書一封，將緊要處盡皆改抹，然後實封，故意多遣從人送過寨去，(*多帶從人，正欲使馬超知之.) 下了書自回．果然有人報知馬超．超心愈疑，徑來韓遂處索書看．韓遂將書與超．超見上面有改抹字樣，問遂曰："書上如何都改抹糊塗?" 遂曰："原書如此，不知何故．" 超曰："豈有以草稿送與人耶? 必是叔父怕我知了詳細，先改抹了．"(*俱在賈詡算中.) 遂曰："莫非曹操錯將草稿誤封來了?" 超曰："吾又不信．曹操是精細之人，豈有差錯? 吾與叔父併力殺賊，奈何忽生異心?" 遂曰："汝若不信吾心， 來日吾在陣前賺操說話， 汝從陣內突出，一槍刺殺便了.” 超曰: “若如此, 方見叔父眞心.” 兩人約定.

*注: **機密**(기밀): 중요하고 비밀에 속하는 일(또는 직무. 직책). **索書**(색서): 글을 보여 달라고 하다. 〈索〉: 요구하다. 달라고 하다. 청구하다. **要緊去處**(요긴거처): 要緊處. 요긴한(중요한) 곳. 〈去處〉: =處. 곳. 장소. **實封**(실봉): 단단히 봉하다. 〈實〉: (부사) 확실히. 실제로. 잘.

〖9〗次日, 韓遂引侯選·李堪·梁興·馬玩·楊秋五將出陣, 馬超藏在門影裏. 韓遂使人到操寨前, 高叫: “韓將軍請丞相攀話.” 操乃令曹洪引數十騎徑出陣前與韓遂相見. 馬離數步, 洪馬上欠身言曰: “夜來丞相拜意將軍之言, 切莫有誤.” 言訖便回馬. 超聽得大怒, 挺槍驟馬, 便刺韓遂. 五將攔住, 勸解回寨. 遂曰: “賢姪休疑, 我無歹心.” 馬超那裏肯信, 恨怨而去.

韓遂與五將商議曰: “這事如何解釋?” 楊秋曰: “馬超倚仗武勇, 常有欺凌主公之心, 便勝得曹操, 怎肯相讓? 以某愚見, 不如暗投曹公, 他日不失封侯之位.” (*弄假成眞, 俱在曹操·賈詡算中.) 遂曰: “吾與馬騰結爲兄弟, 安忍背之?” 楊秋曰: “事已至此, 不得不然.” 遂曰: “誰可以通消息?” 楊秋曰: “某願往.” 遂乃寫密書, 遣楊秋徑來操寨, 說投降之事. 操大喜, 許封韓遂爲西凉侯, 楊秋爲西凉太守, 其餘皆有官爵. 約定放火爲號, 共謀馬超. 楊秋拜辭, 回見韓遂, 備言其事: “約定今夜放火, 裏應外合.” 遂大喜, 就令軍士於中軍帳後堆積乾柴, 五將各懸刀劍聽候. 韓遂商議, 欲設宴賺請馬超, 就席圖之, 猶豫未決.

*注: **攀話**(반화): 이야기를 걸다. 이야기를 하다. **夜來**(야래): 어제. 작일. **拜意**(배의): '致意(치의)' 의 敬詞. 안부를 전하다. 인사(문안)드리다. **切莫**(절막): 결코(절대로) …하지 말라. **勸解**(권해): 권유하다. 타이르다. 위로하다. **歹心**(대심): 나쁜 마음. **解釋**(해석): 해석하다. 변명(해명. 설명)하

다. **欺凌**(기릉): 얕보다. 업신여기다. **便勝得**(편승득): 설령 이긴다 하더라도. 〈便〉: 설령 …하더라도(가정을 표시함).

〖10〗 不想馬超早已探知備細, 便帶親隨數人, 仗劍先行, 令龐德·馬岱爲後應. 超潛步入韓遂帳中, 只見五將與韓遂密語, 只聽得楊秋口中說道: "事不宜遲, 可速行之!" 超大怒, 揮劍直入, 大喝曰: "群賊焉敢謀害我!" 衆皆大驚. 超一劍望韓遂面門剁去, 遂慌以手迎之, 左手早被砍落.(*韓遂手痛, 不是馬超手辣, 只緣曹操手毒耳.) 五將揮刀齊出. 超縱步出帳外, 五將圍繞溷殺. 超獨揮寶劍, 力敵五將. 劍光明處, 鮮血濺飛; 砍翻馬玩, 剁倒梁興, 三將各自逃生. 超復入帳中來殺韓遂時, 已被左右救去. 帳後一把火起, 各寨兵皆動. 超連忙上馬, 龐德·馬岱亦至, 互相溷戰.

超領軍殺出時, 操兵四至: 前有許褚, 後有徐晃, 左有夏侯淵, 右有曹洪. 西凉之兵, 自相併殺. 超不見了龐德·馬岱, 乃引百餘騎, 截於渭橋之上. 天色微明, 只見李堪領一軍從橋下過, 超挺槍縱馬逐之. 李堪拖槍而走. 恰好于禁從馬超背後赶來. 禁開弓射馬超, 超聽得背後弦響, 急閃過, 却射中前面李堪, 落馬而死. 超回馬來殺于禁, 禁拍馬走了. 超回橋上住箚. 操兵前後大至, 虎衛軍當先, 亂箭夾射馬超. 超以槍撥之, 矢皆紛紛落地. 超令從騎往來突殺. 爭奈曹兵圍裹堅厚, 不能沖出. 超於橋上大喝一聲, 殺入河北, 從騎皆被截斷. 超獨在陣中衝突, 却被暗弩射倒坐下馬, 馬超墮於地上, 操軍逼合. 正在危急, 忽西北角上一彪軍殺來, 乃龐德·馬岱也.(*此是絕處逢生.) 二人救了馬超, 將軍中戰馬與馬超騎了, 翻身殺條血路, 望西北而走. 曹操聞馬超走脫, 傳令諸將: "無分曉夜, 務要赶到馬兒. 如得首級者, 千金賞, 萬戶侯; 生獲者封大將軍." 衆將得令, 各要爭功, 迤邐追襲. 馬超顧不得人馬困乏,只顧奔走，從騎漸漸皆散，步兵走不上者，多被擒去．止剩得三十餘騎，與龐德·馬岱望隴西·臨洮而去．(*以上按下馬超，以下專敍曹操.)

*注：剁去(타거)：(칼로)자르다. 잘게 다지다. 溷殺(혼살)：混戰.〈溷〉：混과 同字. 濺飛(천비)：튀어 날아오르다.〈濺〉：(물. 빗방울 등이) 튀다. 撥之(발지)：그것(화살)을 튕기다. 튕겨서 밀어내다. 紛紛(분분)：연달아. 계속해서./어수선하다. 많다. 爭奈(쟁나)：어찌하랴. 어떻게(怎奈). 어떻게 할 길이 없다(無奈). 臨洮(임조)：隴西郡에 속한 縣名. 지금의 감숙성 岷縣(민현). 曉夜(효야)：밤낮. 日夜. 務要(무요)：반드시 …하도록 하다. 迤邐(이리)：차츰차츰. 점차 더(가까이). 천천히. 顧不得(고부득)：顧不上. 돌볼 틈이 없다. 생각도 할 수 없다. 只顧(지고)：다만. 단지. 隴西(농서)：지금의 감숙성의 별칭으로 옛날의 隴西郡은 지금의 감숙성 東南에 있다.

〖11〗曹操親自追至安定，知馬超去遠，方收兵回長安．衆將畢集，韓遂已無左手，做了殘疾之人，操敎就於長安歇馬，授西凉侯之職．楊秋·侯選皆封列侯，令守渭口．下令班師回許都．凉州參軍楊阜，字義山，徑來長安見操．操問之，楊阜曰："馬超有呂布之勇，深得羌人之心．今丞相若不乘勢剿絶，他日養成氣力，隴上諸郡，非復國家之有也，望丞相且休回兵．"(*爲後文馬超奪隴西張本.) 操曰："吾本欲留兵征之，奈中原多事，南方未定，不可久留．君當爲孤保之．" 阜領諾，又保薦韋康爲凉州刺史，同領兵屯冀城，以防馬超．(*爲後文楊阜破馬超張本.) 阜臨行，請於操曰："長安必留重兵以爲後援．" 操曰："吾已定下，汝但放心．" 阜辭而去．

*注：安定(안정)：郡名. 治所는 臨涇(지금의 감숙성 涇川縣 北). 殘疾之人(잔질지인)：몸을 다치거나 병을 앓은 흔적이나 결과가 남아 있는 사람. 우리나라에서는 이들을〈障碍人〉, 즉 장애가 있는 사람이라 하지만, 중국에서는 질병을 앓은 흔적이 있는 사람, 즉〈殘疾人〉이라 부르는데 이것이 더 적절한

명칭이다. **徑來**(경래): 곧장(직접) 오다. 〈徑〉; 곧장. 바로. 직접. **隴上諸郡**(농상제군): 隴西, 南安, 漢陽, 永陽 등의 郡들. 즉 지금의 감숙성 東南部 地區. **冀城**(기성): 본래 凉州 漢陽郡 冀縣. 郡의 治所. 지금의 감숙성 天水市 西北. **但**(단): 다만. 기탄없이. 거리낌 없이.

〖12〗 衆將皆問曰: "初賊據潼關, 渭北道缺, 丞相不從河東擊馮翊, 而反守潼關, 遷延日久, 而後北渡, 立營固守, 何也?" 操曰: "初賊守潼關, 若吾初到, 便取河東, 賊必以各寨分守諸渡口, 則河西不可渡矣. 吾故盛兵皆聚於潼關前, 使賊盡南守, 而河西不准備, 故徐晃 · 朱靈得渡也. 吾然後引兵北渡, 連車樹柵爲甬道, 築冰城, 欲賊知吾弱, 以驕其心, 使不準備. 吾乃巧用反間, 畜士卒之力, 一旦擊破之. 正所謂 '疾雷不及掩耳'. 兵之變化, 固非一道也." 衆將又請問曰: "丞相每聞賊加兵添衆, 則有喜色, 何也?" 操曰: "關中邊遠, 若群賊各依險阻, 征之非一二年不可平復; 今皆來聚一處, 其衆雖多, 人心不一, 易於離間, 一擧可滅: 吾故喜也." (*〈孟德新書〉雖不傳, 只此一段, 可當〈新書〉一則.) 衆將拜曰: "丞相神謀, 衆不及也!" 操曰: "亦賴汝衆文武之力." 遂重賞諸軍. 留夏侯淵屯兵長安, 所得降兵, 分撥各部. 夏侯淵保擧馮翊高陵人, 姓張, 名旣, 字德容, 爲京兆尹, 與淵同守長安. 操班師回都. 獻帝排鑾駕出郭迎接. (*明明是迎賊, 並非迎討賊之人.) 詔操 "贊拜不名, 入朝不趨, 劍履上殿": 如漢相蕭何故事. 自此威震中外. (*以上按下曹操, 以下接入張魯.)

*注: **潼關**(동관): 지금의 섬서성 潼關 동남. **馮翊**(풍익): 郡名. 동한 때는 左馮翊이라 하여 司隷州에 속했으며 治所는 高陵(지금의 섬서성 高陵). 삼국 魏 때는 雍州 풍익군으로 治所는 臨晉, 지금의 陝西省 大荔縣(대려현). **疾雷不及掩耳**(질뢰불급엄이): 급히 울리는 천둥소리에 귀를 가릴 여가가

없다. **贊拜不名**(찬배불명): 신하가 입조하여 황제에게 인사를 할 때 贊禮者가 그 사람의 이름을 부르지 않고 그의 관직만 부른다. **入朝不趨**(입조불추): 입조할 때(入朝) 총총걸음으로 걷지(趨) 않는다. **劍履上殿**(검리상전): 신하가 황제의 용상에 나아갈 때 검을 차거나(佩劍) 신발을 신고(穿履) 오를 수(上殿) 있다. 이 세 가지를 할 수 있다는 것은 곧 신하의 권력이 제왕의 권력과 동등함을 나타낸다.(*이런 特權은 第四回에서 董卓이 相國으로 있을 때에도 허용된 적이 있다.) **蕭何**(소하): 秦末 劉邦을 도와 봉기하도록 했고, 楚漢 전쟁 중에는 丞相의 신분으로 關中에 남아 있으면서 나라 안 일체 사무를 관리하고 전쟁물자와 인력을 조달하여 전선에 보내는 등 漢나라 建立에 중대한 기여를 했다. 開國 후 酇侯로 봉해져 漢의 法制를 정비하고 異姓의 諸侯들을 제거하는 역할을 했다.(*第二十回 注 참조.)

〖13〗這消息播入漢中，早驚動了漢寧太守張魯．原來張魯乃沛國豊人．其祖張陵在西川鵠鳴山中造作道書以惑人，人皆敬之．陵死之後，其子張衡行之．百姓但有學道者，助米五斗，世號“米賊”．張衡死，張魯行之．魯在漢中自號爲“師君”；其來學道者皆號爲“鬼卒”；爲首者號爲“祭酒”；領衆多者號爲“治頭大祭酒”．務以誠信爲主，不許欺詐．如有病者，卽設壇使病人居於靜室之中，自思已過，當面陳首，然後爲之祈禱；主祈禱之事者，號爲“奸令祭酒”．祈禱之法，書病人姓名，說服罪之意，作文三通，名爲“三官手書”：一通焚於山頂以奏天，一通埋於地以奏地，一通沈於水底以申水官．(*張角之天公·地公·人公與張魯之天官·地官·水官，前後又遙遙相對.) 如此之後，但病痊可，將米五斗爲謝．(*今之僧道替人家作好事，每以鋪燈鎭壇騙人米粟，不若米賊之猶爲老實也.) 又蓋義舍：舍內飯米·柴火·肉食齊備，許過往人量食多少，自取而食；多取者受天誅．(*天只怕不管此等閑事.) 境內有犯法者，必恕三次；不改者，然後施刑. 所在並無官長, 盡屬祭酒所管. 如此雄據漢中之地已三十年. 國家以爲地遠不能征伐, 就命魯爲鎭南中郎將, 領漢寧太守, 通進貢而已.

*注: **漢寧**(한녕): 郡名. 즉 漢中郡. 張魯가 한중에 있을 때 이 이름으로 바꿨다. 治所는 南鄭(지금의 섬서성 漢中市 東). **沛國豊**(패국풍): 지금의 강소성 豊縣. **鵠鳴山**(곡명산): 山名. 鶴鳴山이라고도 함. 지금의 사천성 崇慶縣 西北, 大邑 北에 있다. **米賊**(미적): 쌀 도둑. 道를 배우는 대가로 쌀 다섯 말을 낸다고 하여 이들 종교집단을 역사에서는 '五斗米道'라 부른다. **祭酒**(제주): 고대에는 잔치나 제사에서 나이 많고 신망이 있는 사람이 나서서 땅에 술을 부으면서 신에게 제사를 지냈으므로 '祭酒'라는 말이 생겼다. 후한 때 박사들의 우두머리를 '博士祭酒'라 불렀는데, 이로부터 후세에 國子監, 즉 오늘날 국립대학의 총장을 '國子祭酒'라 부르게 되었다. **陳首**(진수): 자신의 죄를 스스로 진술하다. 自首하다. **蓋**(개): 덮개. 집을 짓다. **所在**(소재): (張魯가 다스리고) 있는 곳. 관내. 경내. **領**(령): 겸직하다.(*漢代 이후 지위가 높은 관원이 더 낮은 직무를 겸하는 것을 〈領〉이라 했다(漢官以上兼下曰領). 〈錄〉이라 부르기도 한다. 이에 반해 직위에 관계없이 단순히 업무를 겸직하는 것은 〈行〉이라고 한다.) **通進**(통진): 위로 바치다(向上呈遞).

〖14〗當年聞操破西凉之衆, 威震天下, 乃聚衆商議曰: "西凉馬騰遭戮, 馬超新敗, 曹操必將侵我漢中. 我欲自稱漢寧王,(*何不竟稱漢中大師君·大祭酒?) 督兵拒曹操, 諸君以爲何如?" 閻圃曰: "漢川之民, 戶出十萬余衆, 財富糧足, 四面險固; 今馬超新敗, 西凉之民, 從子午谷奔入漢中者, 不下數萬. 愚意益州劉璋昏弱, 不如先取西川四十一州爲本, 然後稱王未遲." 張魯大喜, 遂與弟張衛商議起兵. 早有細作報入川中.

*注: **漢川**(한천): 漢中. **子午谷**(자오곡): 〈子午道〉라고도 함. 고대에 진령(秦嶺)을 넘어가는 계곡 길. 북쪽 입구는 지금의 섬서성 서안 남쪽에 있는 終南山 안에 있는데 秦嶺의 한 계곡의 입구이고, 남쪽 입구는 洋縣 동쪽에 있다. 이 계곡은 고대에 關中과 巴, 蜀 간의 交通要道로 西漢 말년에 뚫렸다.

〖15〗 却說益州劉璋, 字季玉, 卽劉焉之子, 漢魯恭王之後. 章帝元和中, 徙封竟陵, 支庶因居於此. 後焉官至益州牧, 興平元年患病疽而死, (*第一卷(13)中便以劉焉作引, 至此方纔敍明來歷, 遙應前文.) 州太史趙韙 等, 共保璋爲益州牧. 璋曾殺張魯母及弟, 因此有讐. (*張魯劉璋, 在曹操靑梅煮酒之時(第二十一回(3), 劉備已說出兩人名字, 至此方纔敍明來歷, 亦遙應前文.) 劉備已說出其名字, 至此方纔敍明來歷, 遙應前文) 璋使龐羲爲巴西太守, 以拒張魯. 時龐羲探知張魯欲興兵取川, 急報知劉璋. 璋平生懦弱, 聞得此信, 心中大憂, 急聚衆官商議. 忽一人昂然而出曰: "主公放心. 某雖不才, 憑三寸不爛之舌, 使張魯不敢正眼來覷西川." 正是:

只因蜀地謀臣進, 致引荊州豪杰來.

未知此人是誰, 且看下文分解.

*注: **元和**(원화): 漢 章帝 연호(서기 84~87년 재위). **竟陵**(경릉): 형주 남양군에 속한 현. 지금의 호북성 棗陽 南. **支庶**(지서): 종족의 방계 支派. **興平元年**: 서기 194年. 신라 伐休尼師今 11년. 고구려 故國川王伯固 16년. **疽**(저): 악창. 악성 종기. **趙韙**(조위): 人名. **巴西**(파서): 郡名. 治所는 閬中(지금의 사천성 랑중현(閬中縣) 西).

第五十九回 毛宗崗 序始評

(1). 兵法有妙於用間者, 勝一人難, 勝兩人易, 以一人不可間,而兩人則可間也；聚兩人於一處而勝之難，分兩人於兩處而勝之易，以兩人之聚不可間，而兩人之分則可間也．然而間之則非一術矣：有馬上之語，而書中之字可疑：有書中之字，而馬上之語愈可疑．愈可疑，間之則又非無端矣：操之所以疑超者，豈深得兵家間法之妙云．

(2)．天下豈有兩陣對圓，而但敍寒溫，無一語及軍事者？又豈有遣使送書，精密如曹操，而誤封草稿者？此明係反間之計，而韓遂不知，乃含糊以對馬超，馬超安得不怒乎？然則馬超之疑，雖曹操之智足以使之，而亦韓遂之愚有以成之耳．

(3)．馬超斷韓遂之手，猶自斷其手也．韓遂因馬超之疑，而欲圖馬超，亦猶自斷其手也．兩人之相救當如左右手，而乃自相矛盾，使曹操拱手而享其利，袖手而觀其敗，豈不深可惜哉？

(4)．孫權之兵事決於大都督，劉備之兵事決於軍師，而唯曹操則自攬其權，而獨運其謀．雖有衆謀士以贊之，而裁斷出諸臣之上，又非劉備孫權比也．觀其每運一計，其始必爲衆將之所未知，其後乃爲衆將之所歎服．

(5)．曹操見西凉之添兵而大喜，蓋以兵多而糧不能繼，一可喜也；兵多則心不能一，二可喜也．烏巢之戰以少而勝，赤壁之戰以多而敗．操之料人，亦以己之得失料之而已．

第六十回

張永年反難楊修
龐士元議取西蜀

〖1〗 却說那進計於劉璋者，乃益州別駕，姓張，名松，字永年。其人生得額钁頭尖，鼻偃齒露，身短不滿五尺，言語有若銅鍾。(*龐統貌陋，張松亦貌陋，可見以貌取人者不可以相天下士。) 劉璋問曰："別駕有何高見，可解張魯之危?" 松曰："某聞許都曹操，掃蕩中原，呂布·二袁皆爲所滅，近又破馬超，天下無敵矣。主公可備進獻之物，松親往許都，說曹操興兵取漢中，以圖張魯。則魯拒敵不暇，何敢復窺蜀中耶?" 劉璋大喜，收拾金珠錦綺，爲進獻之物，遣張松爲使。松乃暗畵西川地理圖本藏之，帶從人數騎，取路赴許都。早有人報入荊州。孔明便使人入許都打探消息。

*注: 額钁(액곽): 곡괭이 모양의 이마. (이마가 아래로 비스듬히 내려오다가 눈썹 아래에서 안으로 쏙 들어간 모양). 〈钁〉: 큰 괭이. 곡괭이. **鼻偃**

(비언): 코가 눕다. 즉 납작코. 빈대 코. 안장코. 塌鼻(탑비).

〖2〗 却說張松到了許都, 館驛中住定, 每日去相府伺候, 求見曹操. 原來曹操自破馬超回, 傲睨得志, 每日飲宴, 無事少出, 國政皆在相府商議. 張松候了三日, 方得通姓名, 左右近侍先要賄賂, 却才引入.(*此蘇秦所謂因鬼見帝者也. 然走謁大人者, 往往如此, 豈獨曹操爲然哉?) 操坐於堂上, 松拜畢, 操問曰: "汝主劉璋連年不進貢, 何也?" 松曰: "爲路途艱難, 賊寇竊發, 不能通進." 操叱曰: "吾掃淸中原, 有何盜賊!"(*好言太平, 而惡言盜賊者, 秦之趙高, 宋之賈似道則然.) 松曰: "南有孫權, 北有張魯, 西有劉備, 至少者亦帶甲十餘萬, 豈得謂太平耶?" 操先見張松人物猥瑣, 五分不喜, 又聞語言衝撞, 遂拂袖而起, 轉入後堂.(*曹操不以貌陋輕龐統, 獨以貌陋輕張松, 何也? 蓋龐統諛之而張松觸之也.) 左右責松曰: "汝爲使命, 何不知禮, 一味衝撞? 幸得丞相看汝遠來之面, 不見罪責. 汝可急急回去!" 松笑曰: "吾川中無諂佞之人也."(*身雖短, 言則長.) 忽然階下一人大喝曰: "汝川中不會諂佞, 吾中原豈有諂佞者乎?" 松觀其人, 單眉細眼, 貌白神淸. 問其姓名, 乃太尉楊彪之子楊脩, 字德祖. 現爲丞相門下掌庫主簿.

*注: **傲睨**(오예): 깔보다. 거드름 피우며 흘겨보다. 경시하다. **少出**(소출): 나가는 일이 없어지다. 〈少〉: 잃다. 없어지다. **却才**(각재): …한 후에(却) 겨우(才). **通進**(통진): 위로 바치다. **猥瑣**(외쇄): (용모. 거동이) 비루하고 자질구레하다(鄙陋煩碎). 옹졸하다. 쩨쩨하다. 〈猥〉: 천하다. 상스럽다. **五分**(오분): 반. 상당히(五成. 一半). **衝撞**(충당): 비위를 거스르다. 부딪치다. 충돌하다. 화나게 하다. **一味**(일미): 줄곧. 오로지. 덮어놓고. 외곬으로. **單眉**(단미): 一字 눈썹.

〖3〗此人博學能言，智識過人．松知脩是箇舌辯之士，有心難之．脩亦自恃其才，小覷天下之士．當時見張松言語譏諷，遂邀出外面書院中，分賓主而坐，謂松曰："蜀道崎嶇，遠來勞苦．"松曰："奉主之命，雖赴湯蹈火，弗敢辭也．"脩問："蜀中風土何如?"松曰："蜀爲西郡，古號益州．路有錦江之險，地連劍閣之雄．回還二百八程，縱橫三萬餘里．鷄鳴犬吠相聞，市井閭閻不斷．田肥地茂，歲無水旱之憂；國富民豊，時有管弦之樂．所産之物，阜如山積，天下莫可及也!"(*張松口中誇示之語，亦抵得一幅畵圖.) 脩又問曰："蜀中人物如何?"松曰："文有相如之賦，武有伏波之才；醫有仲景之能，卜有君平之隱．九流三教，'出乎其類，拔乎其萃'者，不可勝計，豈能盡數!"脩又問曰："方今劉季玉手下，如公者還有幾人?"松曰："文武全才，智勇足備，忠義慷慨之士，動以百數．如松不才之輩，車載斗量，不可勝記．"脩曰："公近居何職?"松曰："濫充別駕之任，甚不稱職．敢問公爲朝廷何官?"脩曰："現爲丞相府主簿．"松曰："久聞公世代簪纓，何不立於廟堂，輔佐天子，乃區區作相府門下一吏乎?"(*孔融稱楊彪四世淸德，而其子乃爲曹操所用．且操曾執辱楊彪，而脩曾不以爲嫌，宜其爲松笑耳．第二十回事.) 楊脩聞言，滿面羞慚，强顔而答曰："某雖居下寮，丞相委以軍政錢糧之重，早晩多蒙丞相敎誨，極有開發，故就此職耳．"(*不曰附操之勢，而曰服操之才，亦是勉强支吾之語.)

*注: **難之**(난지): (대답하기 어려운 질문을 하여) 그를 곤란하게 하다. **錦江**(금강): 流江, 汶江 또는 府河라고도 부른다. 岷江의 한 支流이다. 지금의 사천성 郫縣(비현) 서쪽에서 岷江과 갈라져 흐르다가 成都 남쪽에서 민강의 지류인 郫江과 서로 만난다. 옛날 사람들은 비단을 짜서 이 강물에서 씻었는데 다른 강물보다 물이 맑아서 이런 이름이 생겼다고 한다. **劍閣**(검각): 關隘 이름. 즉 劍門關. 익주 梓潼郡(재동군) 漢德縣에 있는 棧道와

關所가 이에 해당한다. 지금의 사천성 劍閣 북쪽. **程**(정): 旅途停頓處. 노정. 도정. 역참의 郵亭 등이 멈추어 止宿하는 지점에서 시작하여 끝날 때까지의 行程 段落. 하룻길. **阜如山積**(부여산적): 재물이 풍성하기가 마치 재물을 산처럼 쌓아놓은 것 같다. 〈阜〉: 많다. 풍성하다. **相如**(상여): 司馬相如. 西漢時의 文學家. 賦를 잘 썼다. **伏波**(복파): 伏波將軍 馬援. 후한 건립에 큰 공을 세운 名將이었다.(第57回 (11)에서 소개되었다.) **仲景**(중경): 張機의 字. 東漢 말의 名醫로 후세에 漢醫學의 亞聖이라 불렸다. **君平**(군평): 嚴遵. 西漢 때의 卜者(점쟁이)로 유명했다. **九流三教**(구류삼교): 〈九流〉: 유가, 도가, 음양가, 법가, 名家, 묵가, 종횡가, 잡가, 농가 등 先秦 때의 각종 學術 流派. 후에 와서는 각종 전문직업의 사람들을 일컫는 말이 되었다. 〈三教〉: 유교, 도교, 불교. **出乎其類**(출호기류): 그 부류에서 뛰어나다. 〈孟子〉 공손추 상(3-2)에는 〈出於其類, 拔乎其萃〉라 되어 있는데, 이는 공자를 가리키는 말이다. **動以百數**(동이백수): 왕왕 백 단위의 숫자로 세다. 〈動〉: (부사) 항상. 왕왕. 걸핏하면. (*예: 動以萬計). **濫充**(남충): 쓸데없이 자리만 채우다. 〈濫〉: 범람하다. 쓸데없다. 내용이 없다. **簪纓**(잠영): 〈簪〉: 머리를 고정시키는 비녀. 〈纓〉: 관을 매는 끈. 귀족의 치장. **區區**(구구): 작고 변변하지 못함. **强顏**(강안): 厚顏. (수치를 모르는 두꺼운 낯). 억지로 즐거운 표정을 짓다(勉强表示歡欣. 예: 强顏歡笑). **開發**(개발): 啓發. 일깨우다. 교도하다.

〖4〗松笑曰: "松聞曹丞相文不明孔·孟之道, 武不達孫·吳之機, 專務强霸而居大位, 安能有所教誨, 以開發明公耶?" (*旣笑楊脩又笑曹操, 妙甚.) 脩曰: "公居邊隅, 安知丞相大才乎? 吾試令公觀之." 呼左右於篋中取書一卷, 以示張松. 松觀其題曰"孟德新書". 從頭至尾, 看了一遍, 共一十三篇, 皆用兵之要法. 松看畢, 問曰: "公以此爲何書耶?" 脩曰: "此是丞相酌古準今, 仿〈孫子〉

十三篇而作.(*若倣十三篇, 便不得謂之〈新書〉.) 公欺丞相無才, 此堪以傳後世否?" 松大笑曰: "此書吾蜀中三尺小童, 亦能暗誦, 何爲'新書'? 此是戰國時無名氏所作, 曹丞相盜竊以爲己能, 止好瞞足下耳!"(*今之盜竊他人文字以爲己有者, 恨不令張永年見之.) 脩曰: "丞相秘藏之書, 雖已成帙, 未傳於世. 公言蜀中小兒暗誦如流, 何相欺乎?" 松曰: "公如不信, 吾試誦之." 遂將〈孟德新書〉, 從頭至尾, 朗誦一遍, 並無一字差錯.(*不是曹操蹈襲他人文, 却是曹操之文被張松蹈襲去了.) 脩大驚曰: "公過目不忘, 眞天下奇才也!" 後人有詩贊曰:

古怪形容異, 淸高體貌疏.
語傾三峽水, 目視十行書.
膽量魁西蜀, 文章貫太虛.
百家并諸子, 一覽更無餘.

當下張松欲辭回, 脩曰: "公且暫居館舍, 容某再稟丞相, 令公面君." 松謝而退.

*注: **孫·吳之機**(손·오지기): 병법의 대가인 손자와 오자의 책략. **强覇**(강패): 강대한 패국. 稱雄. 稱霸. 흉행강포. **酌古准今**(작고준금): 옛것과 지금의 것을 참작하여 준거로 삼다. **止好**(지호): 只好. 다만. 단지. **魁**(괴): 우두머리. 괴수. 제 일인자. (몸집이) 크다. 가장 뛰어나다.

〖5〗 脩入見操曰: "適來丞相何慢張松乎?" 操曰: "言語不遜, 吾故慢之." 脩曰: "丞相尚容一禰衡, 何不納張松?"(*照應二十三卷中事.) 操曰: "禰衡文章, 播於當今, 吾故不忍殺之. 松有何能?" 脩曰: "且無論其口似懸河, 辯才無碍. 適脩以丞相所撰〈孟德新書〉示之, 彼觀一遍, 卽能暗誦. 如此博聞强記, 世所罕有. 松言此書乃戰國時無名氏所作, 蜀中小兒, 皆能熟記." 操曰: "莫非古人與我暗合否?" 令扯碎其書燒之.(*今人文字多有暗合古人者, 却不肯學曹操之燒之也.) 脩曰: "此人可使面君, 教見天朝氣象." 操曰: "來日我於西教場點軍, 汝可先引他來, 使見我軍容之盛,(*楊脩誇之以文, 曹操又耀之以武.) 教他回去傳說: 吾卽日下了江南, 便來收川." 脩領命.

*注: **適來**(적래): 방금(=適才. 適間). **慢**(만): 느리다. 기다리다. 태도가 쌀쌀하다(냉담하다). **莫非**(막비): 설마 …란 말인가? 설마 …은 아니겠지? **暗合**(암합): 우연히 일치하다. **教場**(교장): 옛날 군대를 훈련하거나 검열하는 곳.

〖6〗 至次日, 與張松同至西教場. 操點虎衛雄兵五萬, 布於教場中. 果然盔甲鮮明, 衣袍燦爛; 金鼓震天, 戈矛耀日; 四方八面, 各分隊伍; 旌旗颺彩, 人馬騰空. 松斜目視之.(*斜目便有傲睨不屑之意.) 良久, 操喚松指而示曰: "汝川中曾見此英雄人物否?" 松曰: "吾蜀中不曾見此兵革, 但以仁義治人."(*文不足以動之, 而欲以武動之, 曹操已低一着.) 操變色視之, 松全無懼意. 楊脩頻以目視松. 操謂松曰: "吾視天下鼠輩猶草芥耳. 大軍到處, 戰無不勝, 攻無不取, 順吾者生, 逆吾者死. 汝知之乎?" 松曰: "丞相驅兵到處, 戰必勝, 攻必取, 松亦素知. 昔日濮陽攻呂布之時, 宛城戰張繡之日, 赤壁遇周郎, 華容逢關羽; 割鬚棄袍於潼關, 奪船避箭於渭水: 此皆無敵於天下也!"(*當面嘲笑, 亦大快心. 聞此數語, 〈新書〉卽不暗合古人, 亦當燒矣.) 操大怒曰: "豎儒怎敢揭吾短處!" 喝令左右推出斬之. 楊脩諫曰: "松雖可斬, 奈從蜀道而來入貢, 若斬之, 恐失遠人之意." 操怒氣未息. 荀彧亦諫, 操方免其死, 令亂棒打出.

*注: **宛城**(완성): 지금의 하남성 南陽市. 漢나라 때 南陽郡의 治所였다.

〖7〗松歸館舍, 連夜出城, 收拾回川. 松自思曰: "吾本欲獻西川州郡與曹操, 誰想如此慢人! (*把一箇西川亂棒打落了.) 我來時於劉璋之前, 開了大口; 今日怏怏空回, 須被蜀中人所笑. 吾聞荊州劉玄德仁義遠播久矣, 不如徑由那條路回. 試看此人如何, 我自有主見." 於是乘馬引僕從望荊州界上而來. 前至郢州界口, 忽見一隊軍馬, 約有五百餘騎, 爲首一員大將, 輕裝軟扮, 勒馬前問曰: "來者莫非張別駕乎?" 松曰: "然也." 那將慌忙下馬, 聲喏曰: "趙雲等候多時." (*明明是孔明調遣. 妙在不敍出來, 令讀者自知之.) 松下馬答禮曰: "莫非常山趙子龍乎?" 雲曰: "然也, 某奉主公劉玄德之命, 爲大夫遠涉路途, 鞍馬驅馳, 特命趙雲聊奉酒食." 言罷, 軍士跪奉酒食, 雲敬進之. (*極其恭敬, 務與曹操相反.) 松自思曰: "人言劉玄德寬仁愛客, 今果如此." (*俱在孔明算中.) 遂與趙雲飮了數杯, 上馬同行. 來到荊州界首. 是日天晚, 前到館驛, 見驛門外百餘人侍立, 擊鼓相接. 一將於馬前施禮曰: "奉兄長將令, 爲大夫遠涉風塵, 令關某洒掃驛庭, 以待歇宿." (*又明明是孔明調遣. 妙在只不敍明, 令讀者自知之.) 松下馬, 與雲長·趙雲同入館舍, 講禮敍坐. 須臾, 排上酒筵, 二人殷勤相勸. 飮至更闌, 方始罷席, 宿了一宵.

*注: **收拾**(수습): 거두다. 치우다. 정돈하다 ; 준비하다. 꾸리다. **開大口**(개대구): 큰소리치다. **怏怏**(앙앙): 불만에 가득찬 모양. 즐겁지 않은 모양. 郢州(영주): 治所는 夏口(지금의 호북성 武漢市 武昌). 이는 南宋 때 荊州, 湘州, 江州(지금의 重慶市. 당시 巴郡의 治所), 豫州 4개 州를 쪼개어 설치한 것이다. **聲喏**(성야): 인사(말)을 하다. **敬**(경): 공손히. 깍듯이. **敍坐**(서좌): 앉도록 권하다. 앉으라고 말하다. **更闌**(경란): 심야. 한밤중. 깊은 밤. 이슥한 밤(=夜闌). 〈更〉: 밤(10시간)을 5등분한 시간 단위. 밤의 시간. 〈闌〉: 끝나가다. 다하다. 저물어가다. (*밤 시간이 끝나가는 것은 곧 새벽이

가까워진 밤을 말함).

〖8〗 次日早膳畢, 上馬行不到三五里, 只見一簇人馬到. 乃是玄德引着伏龍·鳳雛, 親自來接. 遙見張松, 早先下馬等候.(*非敬張松也, 敬西川耳.) 松亦慌忙下馬相見. 玄德曰: "久聞大夫高名, 如雷灌耳, 恨雲山迢遠, 不得聽教. 今聞回都, 專此相接. 倘蒙不棄, 到荒州暫歇片時, 以敍渴仰之思, 實爲萬幸."(*非請張松, 直請得一箇西川來了.) 松大喜, 遂上馬并轡入城. 至府堂上, 各各敍禮, 分賓主依次而坐, 設宴款待. 飮酒間, 玄德只說閒話, 並不提起西川之事.(*孔明教法絕妙.) 松以言挑之曰: "今皇叔守荊州, 還有幾郡?" 孔明答曰: "荊州乃暫借東吳的, 每每使人取討. 今我主因是東吳女婿, 故權且在此安身."(*却用孔明回答, 妙甚.) 松曰: "東吳據六郡八十一州, 民强國富, 猶且不知足耶?" 龐統曰: "吾主漢朝皇叔, 反不能占據州郡; 其他皆漢之蟊賊, 却都恃强侵占地土: 惟智者不平焉."(*又換龐統回答. 孔明只言玄德無處安身, 龐統便言他人合當相讓. 一吹一昌, 大家說着啞謎.) 玄德曰: "二公休言. 吾有何德, 敢多望乎!"(*龐統不平之語, 漸漸說得近了, 却用玄德一語漾開去.) 松曰: "不然, 明公乃漢室宗親, 仁義充塞乎四海, 休道占據州郡, 便代正統而居帝位, 亦非分外." 玄德拱手謝曰: "公言太過, 備何敢當!"(*玄德一味謙遜, 只不攏來.)

*注: **雲山迢遠**(운산초원): 구름 위로 높이 솟은 산(雲山)으로 막혀서 멀리 떨어져 있다. **荒州**(황주): 황량한 州. 외진 州. 변방의 州. 자신이 있는 州를 낮추어 부르는 말로 敝(폐)와 같은 뜻이다. **渴仰**(갈앙): 간절히 仰望하다. 〈渴〉: 목마르다. 간절히. **蟊賊**(모적): 농작물 또는 묘목의 뿌리를 잘라 먹는 害蟲의 총칭. 轉하여 良民을 해치는 惡人. 〈蟊〉: 〈蝥〉와 同字. **休道**(휴도): 말할 것도 없다.

〖9〗 自此一連留張松飮宴三日, 並不提起川中之事.(*三日後還不提起. 妙甚.) 松辭去, 玄德於十里長亭設宴送行. 玄德擧酒酌松曰: "甚荷大夫不棄, 留敍三日; 今日相別, 不知何時再得聽敎." (*到西川來領敎便了.) 言罷, 潸然淚下.(*非爲張松而淚, 爲西川而淚也.) 張松自思: "玄德如此寬仁愛士, 安可舍之? 不如說之, 令取西川." 乃言曰: "松亦思朝暮趨侍, 恨未有便耳. 松觀荊州: 東有孫權, 常懷虎踞; 北有曹操, 每欲鯨呑. 亦非可久戀之地也." 玄德曰: "故知如此, 但未有安迹之所."(*以言釣之.) 松曰: "益州險塞, 沃野千里, 民殷國富; 智能之士, 久慕皇叔之德. 若起荊襄之衆, 長驅西指, 覇業可成, 漢室可興矣."(*至此更耐不得, 只得和盤托出.) 玄德曰: "備安敢當此? 劉益州亦帝室宗親, 恩澤布蜀中久矣. 他人豈可得而動搖乎?"

*注: **十里長亭**(십리장정): 십리 밖에 있는 빈객 送迎所. 〈長亭〉: 도로 여러 곳에 마련된 여행자 휴게소. 수도 성 밖에 지어놓은 賓客의 送迎所. 옛날에는 送別宴은 언제나 郊外에서 이루어졌다. 그리하여 〈長亭〉은 곧 〈送別〉의 대명사로 쓰이게 되었다. **荷**(하): 지다. 메다. 짐. 은혜를 입다. (주로 편지에 쓰이는 겸어로 〈감사드리다〉. 〈고맙다〉란 뜻이다.) **留敍**(류서): 留宿敍話. 머물러 있으면서 이야기를 나누다. **潸然**(산연): 줄줄. 눈물을 흘리는 모양. (~淚下: 눈물을 줄줄 흘리다.) **險塞**(험새): 험악하다. 험준하며 막혀 있다.

〖10〗 松曰: "某非賣主求榮; (*實實是此四字, 偏要先辯白一句, 亦自覺口重耳.) 今遇明公, 不敢不披瀝肝膽: 劉季玉雖有益州之地, 稟性暗弱, 不能任賢用能; 加之張魯在北, 時思侵犯; 人心離散, 思得明主. 松此一行, 專欲納款於操; 何期逆賊恣逞奸雄, 傲賢慢士, 故特來見明公.(*不打自招, 盡情說出.) 明公先取西川爲基, 然後北圖漢中，收取中原，匡正天朝，名垂青史，功莫大焉．明公果有取西川之意，松願施犬馬之勞，以爲內應．未知鈞意若何？”(*連日殷勤相待，正爲要釣他這幾句話.) 玄德曰：“深感君之厚意．奈劉季玉與備同宗，若攻之，恐天下人唾罵.”(*又推開一句.) 松曰：“大丈夫處世，當努力建功立業．‘著鞭在先’．今若不取，爲他人所取，悔之晩矣.”(*皆是孔明·龐統意中之語，却偏要迫張松口中說出，妙甚.) 玄德曰：“備聞蜀道崎嶇，千山萬水，車不能方軌，馬不能聯轡；雖欲取之，用何良策？”(*此處方纔應承，却便要釣他這本畵圖出來.) 松於袖中取出一圖，遞與玄德曰：“松感明公盛德，敢獻此圖．但看此圖，便知蜀中道路矣.”(*孔明用計，至此大事已畢.) 玄德略展視之，上面盡寫着地理行程，遠近闊狹，山川險要，府庫錢糧，一一俱載明白．松曰：“明公可速圖之．松有心腹契友二人，法正·孟達，此二人必能相助．如二人到荊州時，可以心事共議.”玄德拱手謝曰：“青山不老，綠水長存．他日事成，必當厚報.”松曰：“松遇明主，不得不盡情相告，豈敢望報乎？”說罷作別．孔明命雲長等護送數十里方回．

*注：**納款**(납관)：의탁하다(投奔)．내통하다．情誼를 통하다． **恣逞**(자령)：방자하게(함부로) 드러내다． **著鞭在先**(착편재선)：남보다 먼저 채찍질을 하다．선수를 치다．기선을 제압하다．〈著〉：着(착：두다)과 同字． **方軌**(방궤)：(수레 두 대가) 나란히 가다．〈方〉：并列．并排．〈軌〉：수레가 지나간 자취．轉하여 수레(車)． **聯轡**(연비)：말고삐를 나란히 하다．말 두 마리가 나란히 달리다． **契友**(계우)：서로 의기투합하는 친구．至契．交契．〈契〉：投合．의기투합．

〚11〛張松回益州，先見友人法正．正字孝直，右扶風郡人也，賢士法眞之子．松見正，備說：“曹操輕賢傲士，只可同憂，不可同樂. 吾已將益州許劉皇叔矣. 專欲與兄共議."(*輕輕將一國賣與人了.) 法正曰:"吾料劉璋無能, 已有心見劉皇叔久矣. 此心相同, 又何疑焉?" 少頃, 孟達至. 達字子慶, 與法正同鄕. 達入, 見正與松密語. 達曰:"吾已知二公之意, 將欲獻益州耶?" 松曰:"是, 欲如此. 兄試猜之, 合獻與誰?" 達曰:"非劉玄德不可." 三人撫掌大笑. 法正謂松曰:"兄明日見劉璋, 當若何?" 松曰:"吾薦二公爲使, 可往荊州." 二人應允.

*注: 右扶風郡(우부풍군): 京畿 三輔의 하나로 治所는 槐里(괴리)로 지금의 섬서성 興平縣 東南에 있었음. 是(시): 맞다. 옳다. 예. : …이다. 合(합): 응당 …해야 한다. 마땅히 …해야 한다.

〖12〗 次日, 張松見劉璋, 璋問:"幹事若何?" 松曰:"操乃漢賊, 欲簒天下, 不可爲言. 彼已有取川之心."(*先將取川嚇他.) 璋曰:"似此如之奈何?" 松曰;"松有一謀, 使張魯·曹操必不敢輕犯西川." 璋曰:"何計?" 松曰:"荊州劉皇叔, 與主公同宗, 仁慈寬厚, 有長者風. 赤壁鏖兵之後, 操聞之而膽裂, 何況張魯乎? 主公何不遣使結好, 使爲外援, 可以拒曹操·張魯矣.(*不須玄德自來, 却是劉璋去請, 亦謂善於賣國矣.) 璋曰:"吾亦有此心久矣. 誰可爲使?" 松曰:"非法正·孟達, 不可往也." 璋卽召二人入, 修書一封, 令法正爲使, 先通情好; 次遣孟達領精兵五千, 迎玄德入川爲援.

〖13〗 正商議間, 一人自外突入, 汗流滿面, 大叫曰:"主公若聽張松之言, 則四十一州郡, 已屬他人矣!" 松大驚; 視其人, 乃巴西閬中人, 姓黃, 名權, 字公衡, 現爲劉璋府下主簿.(*黃權後亦從劉備, 而此時則忠於劉璋.) 璋問曰:"玄德與我同宗, 吾故結之爲援;

汝何出此言?" 權曰: "某素知劉備寬以待人, 柔能克剛, 英雄莫敵; 遠得人心, 近得民望; 兼有諸葛亮·龐統之智謀, 關·張·趙雲·黃忠· 魏延爲羽翼. 若召到蜀中, 以部曲待之, 劉備安肯伏低做小? 若以客禮待之, 又一國不容二主. 今聽臣言, 則西蜀有泰山之安; 不聽臣言, 則主公有累卵之危矣. 張松昨從荊州過, 必與劉備同謀.(*其言如見.) 可先斬張松, 後絕劉備, 則西川萬幸也." 璋曰: "曹操·張魯到來, 何以拒之?" 權曰: "不如閉境絕塞, 深溝高壘, 以待時淸." 璋曰: "賊兵犯界, 有燒眉之急; 若待時淸, 則是慢計也." 遂不從其言, 遣法正行. 又一人阻曰: "不可! 不可!" 璋視之, 乃帳前從事官王累也.(*韓馥欲招袁紹, 耿武·關純諫之; 劉璋欲招玄德, 而黃權·王累諫之. 前後正復相類.) 累頓首言曰: "主公今聽張松之說, 自取其禍." 璋曰: "不然. 吾結好劉玄德, 實欲拒張魯也." 累曰: "張魯犯界, 乃癬疥之疾; 劉備入川, 乃心腹之大患. 況劉備世之梟雄, 先事曹操, 便思謀害; 後從孫權, 便奪荊州. 心術如此, 安可同處乎? 今若召來, 西川休矣!"(*王累之言更切於黃權, 故其後黃權不死, 而王累獨死.) 璋叱曰: "再休亂道! 玄德是我同宗, 他安肯奪我基業?" 便敎扶二人出, 遂命法正便行.

*注: 已(이): 얼마 후. 조금 지나서. **巴西閬中**(파서랑중): 지금의 사천성 閬中縣 서쪽. 毛本과 明嘉靖本에는 모두 〈西閬中巴(서랑중파)〉로 되어 있으나 〈三國志 · 蜀書 · 黃權傳〉에 근거하여 바로잡는다. 〈巴西(파서)〉: 익주 파서군. 동한 말년에 巴郡에서 갈라져 나왔는데 치소는 閬中縣. **部曲**(부곡): 고대의 군대 편제 단위. 大將軍營에는 5部가 있고 각 部에는 曲이 있었다. 이로써 軍隊 또는 古代의 豪門大族의 私人軍隊를 지칭. 부하 군대. 산하 군대. 부하 군대. **伏低做小**(복저주소): 비굴하게 무릎을 꿇고 작은 일을 이루려 하다. **癬疥**(선개): 옴.

〖14〗法正離益州，徑取荊州，來見玄德．參拜已畢，呈上書信．玄德拆封視之，書曰：

族弟劉璋，再拜致書於玄德宗兄將軍麾下：久伏電天，蜀道崎嶇，未及齎貢，甚切惶愧．璋聞“吉凶相救，患難相扶”，朋友尙然，況宗族乎？今張魯在北，旦夕興兵，侵犯璋界，甚不自安．專人謹奉尺書，上乞鈞聽．倘念同宗之情，全手足之義，卽日興師剿滅狂寇，永爲脣齒，自有重酬．(*卽以西川酬之.) 書不盡言，專候車騎．

玄德看畢大喜，設宴相待法正．酒過數巡，玄德屛退左右，密謂正曰：“久仰孝直英名，張別駕多談盛德．今獲聽敎，甚慰平生．”(*前張松初來，再三推調；今日却急於自說矣．前緩後急，變化不同.) 法正謝曰：“蜀中小吏，何足道哉！蓋聞‘馬逢伯樂而嘶，人遇知己而死’．張別駕昔日之言，將軍復有意乎？”(*只消張松語一提，不必更說自家話.) 玄德曰：“備一身寄客，未嘗不傷感而歎息．嘗思鷦鷯尙存一枝，狡兔猶藏三窟，何況人乎？蜀中豊餘之地，非不欲取；奈劉季玉係備同宗，不忍相圖．”(*旣言欲得西川，却又假意推調.) 法正曰：“益州天府之國，非治亂之主，不可居也．今劉季玉不能用賢，此業不久必屬他人．今日自付與將軍，不可錯失．豈不聞‘逐兎先得’之語乎？將軍欲取，某當效死．”(*前得畵圖，今又得一鄕導.) 玄德拱手謝曰：“尙容商議．”

*注：**久伏電天**(구복전천)：오랫동안 貴下의 영명하고 아름다운 이름을 思慕해 왔습니다．〈電天〉：고대에 書信에서 權威가 혁혁한 사람에 대한 敬稱으로 써온 代名詞로 〈電〉은 경사，〈天〉은 聲名이 매우 큼을 형용한 것이다．**專人**(전인)：特使．전담자．특파원．**專**(전)：오로지．**蓋**(개)：(語氣助詞) 句의 첫머리에 놓여 語氣를 표시한다．**馬逢伯樂而嘶**(마봉백낙이시)：말이 자신을 잘 알아봐 주는 백락을 만나서 울다．〈伯樂〉：春秋 秦穆公 때 사람．

이름은 孫陽, 백락은 그의 별명이다. 백락은 본래 天馬를 관장하는 별의 이름으로, 손양은 말을 잘 감정했으므로 이런 이름으로 불리게 됐다. **鷦鷯尚存一枝**(초료상존일지): 굴뚝새조차도 나뭇가지 하나는 가지고 있다. 〈鷦鷯〉: 굴뚝새(길이가 겨우 3寸인 아주 작은 새). 등의 날개는 적갈색이다. 〈尙〉: 尙且.~조차. ~까지도. (*이 말의 본래 출처는 〈莊子·逍遙游〉로 "鷦鷯巢于深林, 不過一枝."(굴뚝새는 깊은 숲속에 둥지를 트는데, 소요되는 것은 나뭇가지 하나에 불과하다.)이다. 따라서 본래의 뜻과 여기서 사용되는 뜻은 서로 다르다. **狡兎藏三窟**(교토장삼굴): 〈狡兎三窟〉, 〈狡兎三穴〉이라고도 한다. 영리한 토끼는 3개의 굴을 가지고 자기 몸을 숨긴다. (*〈戰國策·齊策四〉에 나오는 故事로, 馮諼(풍훤)이 孟嘗君에게 한 말이다. "狡兎有三窟, 僅得免其死耳; 今君有一窟, 未得高枕而臥也; 請爲君復鑿二窟." 이로부터 몸을 숨겨 화를 피한다는 뜻으로 사용된다. **治亂**(치란): 다스려짐과 난세. 난세를 다스리다. **逐兎先得**(축토선득): 토끼를 쫓을 때 먼저 잡다. 옛날 속담에 "萬人逐兎, 一人獲之, 貪者悉止, 分定故也."(많은 사람들이 달아나는 토끼를 쫓을 때 한 사람이 그것을 잡으면 나머지 사람들은 쫓기를 멈추고 포기하는데, 이는 그 임자가 이미 정해졌기 때문이다)고 했다. **尙容商議**(상용상의): 아직은 뒤에 상의하자. 〈容〉: 뒤에. 조만간.

〖15〗當日席散, 孔明親送法正歸館舍. 玄德獨坐沈吟. 龐統進曰: "事當決而不決者, 愚人也. 主公高明, 何多疑耶?" 玄德問曰: "以公之意, 當復何如?" 統曰: "荊州東有孫權, 北有曹操, 難以得志. 益州戶口百萬, 土廣財富, 可資大業. 今幸張松·法正爲內助, 此天賜也. 何必疑哉?" (*如范蠡 "天以吳賜越" 之語.) 玄德曰: "今與吾水火相敵者, 曹操也. 操以急, 吾以寬; 操以暴, 吾以仁; 操以譎, 吾以忠: 每與操相反, 事乃可成. (*不忍取劉表, 正是此意.) 若以小利而失信義於天下, 吾不忍也." 龐統笑曰: "主公之言, 雖合天理, 奈離亂之時, 用兵爭强, 固非一道; 若拘執常理, 寸步不可行矣, 宜從權變. 且 '兼弱攻昧', '逆取順守', 湯·武之道也. 若事定之後, 報之以義, 封爲大國, 何負於信? (*此處說封以大國, 後乃欲襲殺之於涪城, 何耶?) 今日不取, 終被他人取耳. 主公幸熟思焉." 玄德乃恍然曰: "金石之言, 當銘肺腑." 於是遂請孔明, 同議起兵西行.

孔明曰: "荊州重地, 必須分兵守之." 玄德曰: "吾與龐士元 · 黃忠 · 魏延前往西川, 軍師可與關雲長 · 張翼德 · 趙子龍守荊州." 孔明應允. (*取川之謀, 惟龐統力勸, 收川之事, 亦惟龐統任之耳.) 於是孔明總守荊州; 關公拒襄陽要路, 當青泥隘口; 張飛領四郡巡江; 趙雲屯江陵, 鎭公安. 玄德令黃忠爲前部, 魏延爲後軍, 玄德自與劉封 · 關平在中軍, 龐統爲軍師, 馬步兵五萬, 起程西行. 臨行時, 忽廖化引一軍來降, (*二十七卷中所伏之人, 於此處始來.) 玄德便教廖化輔佐雲長以拒曹操.

*注: **權變**(권변): 隨機應變. 權道를 써서 變化에 대처하다. 臨機應變하다. **兼弱攻昧**(겸약공매): 힘이 약한 나라를 병탄하고, 어리석은 자가 다스리는 나라를 치다. 〈昧〉: 昏昧. 昏亂. (*출처: 〈尚書·仲虺之誥〉: "兼弱攻昧, 取亂侮亡." (약한 나라를 겸병하고 어리석은 정치를 하는 나라를 공격하며, 혼란한 나라를 취하고 망할 정치를 하는 나라를 경멸하다.) **逆取順守**(역취순수): 〈逆取〉: 고대에 諸侯가 武力을 사용하여 帝位를 탈취하는 것. 〈順守〉: 帝位를 탈취한 후 正道로써 政權을 지키고 백성을 위하는 政治를 시행하는 것. (*출처: 〈漢書· 陸賈傳〉: "且湯武逆取而順守之, 文武併用, 長久之術也." **湯·武之道**(탕·무지도): 商의 湯이 夏桀을 멸망시키고 商(殷)을 건국한 것과 周武王이 商紂를 멸망시키고 周를 건국할 때 취한 策略, 方法. **青泥隘口**(청니애구): 지금의 섬서성 藍田縣 동남에 위치. **江陵**(강릉): 지금의 호북성 江陵. **公安**(공안): 荊州 南郡의 치소인 公安縣(지금의

호북성 公安). 원래 지명은 油江口였는데, 현덕이 이를 公安으로 바꾸었다.

〖16〗 是年冬月, 引兵望西川進發. 行不數程, 孟達接着, 拜見玄德, 說: "劉益州令某領兵五千遠來迎接." 玄德使人入益州, 先報劉璋. 璋便發書告報沿途州郡, 供給錢糧. 璋欲自出涪城親接玄德, 卽下令准備車乘帳幔, 旌旗鎧甲, 務要鮮明. 主簿黃權入諫曰: "主公此去, 必被劉備之害. 某食祿多年, 不忍主公中他人奸計. 望三思之!" (*旣於遣使時諫之, 又於出迎時諫之.) 張松曰: "黃權此言, 疏間宗族之義, 滋長寇盜之威, 實無益於主公." 璋乃叱權曰: "吾意已決, 汝何逆吾!" 權叩首流血, 近前口啣璋衣而諫. 璋大怒, 扯衣而起. 權不放, 頓落門牙兩個. (*黃權之齒落, 黃權之心盡矣.) 璋喝左右推出黃權. 權大哭而歸.

*注: 涪城(부성): 즉 涪縣. 지금의 사천성 綿陽市 동쪽. 口啣(구함): (유장의 옷을) 입으로 물다(以口啣璋衣). 門牙(문아): 門齒. 앞니.

〖17〗 璋欲行, 一人叫曰: "主公不納黃公衡忠言, 乃欲自就死地耶!" 伏於階前而諫. 璋視之, 乃建寧俞元人也, 姓李, 名恢. 叩首諫曰: "竊聞 '君有諍臣, 父有諍子'. 黃公衡忠義之言, 必當聽從. 若容劉備入川, 是猶迎虎於門也." (*李恢後來亦事玄德, 然此時忠於劉璋.) 璋曰: "玄德是吾宗兄, 安肯害吾? 再言者必斬!" 叱左右推出李恢. 張松曰: "今蜀中文官各顧妻子, 不復爲主公效力; 諸將恃功驕傲, 各有外意. 不得劉皇叔, 則敵攻於外, 民攻於內, 必敗之道也." (*偏是賣國之人, 反說別人不忠.) 璋曰: "公所謀, 深於吾有益." 次日, 上馬出楡橋門. 人報: "從事王累, 自用繩索倒吊於城門之上, 一手執諫章, 一手仗劍, 口稱如諫不從, 自割斷其繩索, 撞死於此地." (*如此諫法從來未有.) 劉璋敎取所執諫章觀之. 其

略曰:

*注: **建寧俞元**(건녕유원): 지금의 운남성 澄江縣 境內. 〈建寧〉: 郡名. 治所는 味縣(지금의 운남성 曲靖縣). **諍臣**(쟁신): 군주에게 直言으로 諫하는 臣下. 〈諍〉: 직언으로 간하다. 〈諍子〉의 〈諍〉도 同義. **外意**(외의): 다른 뜻. 다른 생각.

〖18〗

益州從事臣王累, 泣血懇告: 竊聞 "良藥苦口利於病, 忠言逆耳利於行". 昔楚懷王不聽屈原之言, 會盟於武關, 爲秦所困. 今主公輕離大郡, 欲迎劉備於涪城, 恐有去路而無回路矣. 倘能斬張松於市, 絕劉備之約, 則蜀中老幼幸甚, 主公之基業亦幸甚!

劉璋觀畢, 大怒曰: "吾與仁人相會, 如親芝蘭, 汝何數侮於吾耶!" 王累大叫一聲, 自割斷其索, 撞死於地. (*黃權·李恢之識同於王累, 而王累之忠則過於此二人.) 後人有詩歎曰:

倒挂城門捧諫章, 拚將一死報劉璋.

黃權折齒終降備, 矢節何如王累剛.

劉璋將三萬人馬往涪城來. 後軍裝載資糧錢帛一千餘輛, 來接玄德.

*注: **親芝蘭**(친지란): 芝草와 蘭草(즉, 군자)를 가까이 하다. 〈芝蘭〉: 향기로운 풀. 賢者의 비유. **拚將一死**(변장일사): 목숨을 서슴없이 버리고 한 번 죽다. 〈拚〉: 서슴없이 버리다(舍棄不顧). **矢節**(시절): 곧은(정직한) 절조. 〈矢〉: 正直하다. 곧다.

〖19〗 却說玄德前軍已到墊沮, 所到之處, 一者是西川供給, 二者是玄德號令嚴明, 如有妄取百姓一物者斬; 於是所到之處, 秋毫無犯. 百姓扶老携幼, 滿路瞻觀, 焚香禮拜. 玄德皆用好言安慰.(*初來便收拾人心.)

却說法正密謂龐統曰: "近張松有密書到此, 言於涪城相會劉璋, 便可圖之. 機會切不可失."(*張松之計太狠.) 統曰: "此意且勿言. 待二劉相見, 乘便圖之. 若預走泄, 於中有變."(*龐統直欲并瞞過玄德.) 法正乃秘而不言. 涪城離成都三百六十里. 璋已到, 使人迎接玄德. 兩軍皆屯於涪江之上. 玄德入城, 與劉璋相見, 各敍兄弟之情. 禮畢, 揮淚訴告衷情.(*初見劉表未嘗揮淚. 今見劉璋而揮淚者, 以將欲取西川, 故有所以不忍而揮淚也.) 飮宴畢, 各回寨中安歇.

璋謂衆官曰: "可笑黃權·王累等輩, 不知宗兄之心, 妄相猜疑. 吾今日見之, 眞仁義之人也. 吾得他爲外援, 又何慮曹操·張魯耶? 非張松則失之矣."(*且慢謝, 須仔細看.) 乃脫所穿綠袍, 竝黃金五百兩, 令人往成都賜與張松.(*人言劉璋闇, 卽此便知其闇.)

時部下將佐劉璝·泠苞·張任·鄧賢等一班文武官曰: "主公且休歡喜. 劉備柔中有剛, 其心未可測, 還宜防之."(*後來此四人皆死於戰, 可謂璋之忠臣.) 璋笑曰: "汝等皆多慮. 吾兄豈有二心哉!" 衆皆嗟歎而退.

*注: 墊沮(숙저): 지금의 사천성 合川縣. 涪江(부강): 嘉陵江의 支流. 지금의 사천성 中部를 흐르는데 南坪縣 남쪽에서 발원하여 合川縣에서 嘉陵江으로 들어감.

〚20〛 却說玄德歸到寨中. 龐統入見曰: "主公今日席上見劉季玉動靜乎?" 玄德曰: "季玉眞誠實人也." 統曰: "季玉雖善, 其臣劉璝·張任等皆有不平之色, 其間吉凶未可保也. 以統之計, 莫若來日設宴, 請季玉赴席; 於壁衣中埋伏刀斧手一百人, 主公擲杯爲號, 就筵上殺之; 一擁入成都, 刀不出鞘, 弓不上弦, 可坐而定也."(*勸殺劉璋, 孔明必不出此言.) 玄德曰: "季玉是吾同宗, 誠心待吾; 更兼吾初到蜀中, 恩信未立; 若行此事, 上天不容, 下民亦怨. 公此謀, 雖霸者亦不爲也."(*不曰王者不爲, 曰霸者亦不爲, 拒統之甚.) 統曰: "此非統之謀, 是法孝直得張松密書, 言事不宜遲, 只在早晩當圖之." 言未已, 法正入見, 曰: "某等非爲自己, 乃順天命也." 玄德曰: "劉季玉與吾同宗, 不忍取之." 正曰: "明公差矣. 若不如此, 張魯與蜀有殺母之讐, 必來攻取. 明公遠涉山川, 驅馳士馬, 旣到此地, 進則有功, 退則無益. 若執狐疑之心, 遷延日久, 大爲失計. 且恐機謀一洩, 反爲他人所算.(*龐統只言取之之利, 法正却言不取之害, 更進一層.) 不如乘此天與人歸之時, 出其不意, 早立基業, 實爲上策." 龐統亦再三相勸. 正是:

人主幾番存厚道, 才臣一意進權謀.

未知玄德心下如何, 且看下文分解.

*注: **爲他人所算**(위타인소산): =被他人所算: 타인의 계략에 걸려들다. 남에게 당하다. **天與人歸**(천여인귀): 하늘이 허여해 주고(하늘이 찬동해 주고) 인심이 귀의하다. **存**(존): (생각. 요구. 불만 따위를) 가지다. 품다. 마음먹다. **厚道**(후도): 너그럽다. 관대하다. 성실하다. **一意**(일의): 오직. 오로지. **心下**(심하): 마음속. 심중. 〈下〉: (명사 뒤에 놓임) …중. 가운데. (心下. 意下. 言下).

第六十回 毛宗崗 序始評

(1). 張松暗暗把一西川欲送與曹操, 曹操却白白把一西川讓與玄德. 玄德以謙得之, 曹操以驕失之也. 許攸押侮曹操, 而操獨能忍者, 當未破袁紹之時, 故氣抑而善下; 張松狎侮曹操, 而操不能忍者, 以旣破馬超之後, 故志滿而易驕耳.

(2). 文有隱而愈現者: 張松之至荊州, 凡子龍·雲長接待之禮, 與玄德對答之言, 明係孔明所教, 篇中只寫子龍, 只寫雲長, 只寫玄德, 更不敍孔明如何打點, 如何指使, 而令讀者心頭眼底, 處處有一孔明在焉. 眞神妙之筆.

(3). 孔明深欲爲玄德取西川, 又明知張松此來是賣西川, 却教玄德只做不知, 憑他挑撥, 並不提起, 直待張松忍耐不住, 自吐衷曲, 最似今之巧於貿易者, 極欲買是物, 偏故作不欲買之狀, 直待賣者求售, 然後取之. 寫來眞是好看.

(4). 西川圖畫一軸, 孔明在草廬時, 已曾取以示玄德, 何待張松而後見之? 曰: 孔明之圖, 不過形勢之大略也; 張松之圖必其險要曲折之詳備者也. 大略雖已可見, 而至於何處可以屯糧, 何處可以伏兵, 不有張松, 安能知其詳哉? 況將入一險峻之西川, 則必有人焉, 爲之先容, 爲之內應. 是其得松又不專在於得圖耳.

(5). 玄德迎張松之計, 孔明敎之, 而取西川之謀, 則龐統主之, 何也? 蓋孔明欲以守荊州之責自任, 而特以取川之事委之龐統也. 以荊州當吳·魏之衝, 苟我方入川而吳·魏乘虛來襲, 將奈之何? 故劉璋之使不來, 則西川不可入: 荊州之守不重, 則西川亦不可入.